浙江文獻集成

浙江文叢

王端淑集

〔第一册〕

〔明〕王端淑 著
楊 葉 周昕暉 點校

浙江古籍出版社

圖書在版編目（CIP）數據

王端淑集 / (明) 王端淑著 ; 楊葉, 周昕暉點校.
杭州 : 浙江古籍出版社, 2024. 12. -- (浙江文叢).
ISBN 978-7-5540-3230-5

Ⅰ. I222.748

中國國家版本館CIP數據核字第20242ZB574號

浙江文叢

王端淑集

（全四册）

〔明〕王端淑 著　楊　葉　周昕暉 點校

出版發行　浙江古籍出版社
（杭州市環城北路177號　郵編：310006）
網　　址　http://zjgj.zjcbcm.com
責任編輯　周　密
文字編輯　曾　拓　譚玉珍
封面設計　吴思璐
責任校對　吴穎胤
責任印務　樓浩凱
照　　排　浙江大千時代文化傳媒有限公司
印　　刷　浙江新華數碼印務有限公司
開　　本　710 mm × 1000 mm　1/16
印　　張　82　插頁　6
字　　數　840千
版　　次　2024年12月第1版
印　　次　2024年12月第1次印刷
書　　號　ISBN 978-7-5540-3230-5
定　　價　580.00圓（精裝）

ISBN 978-7-5540-3230-5
9 787554 032305

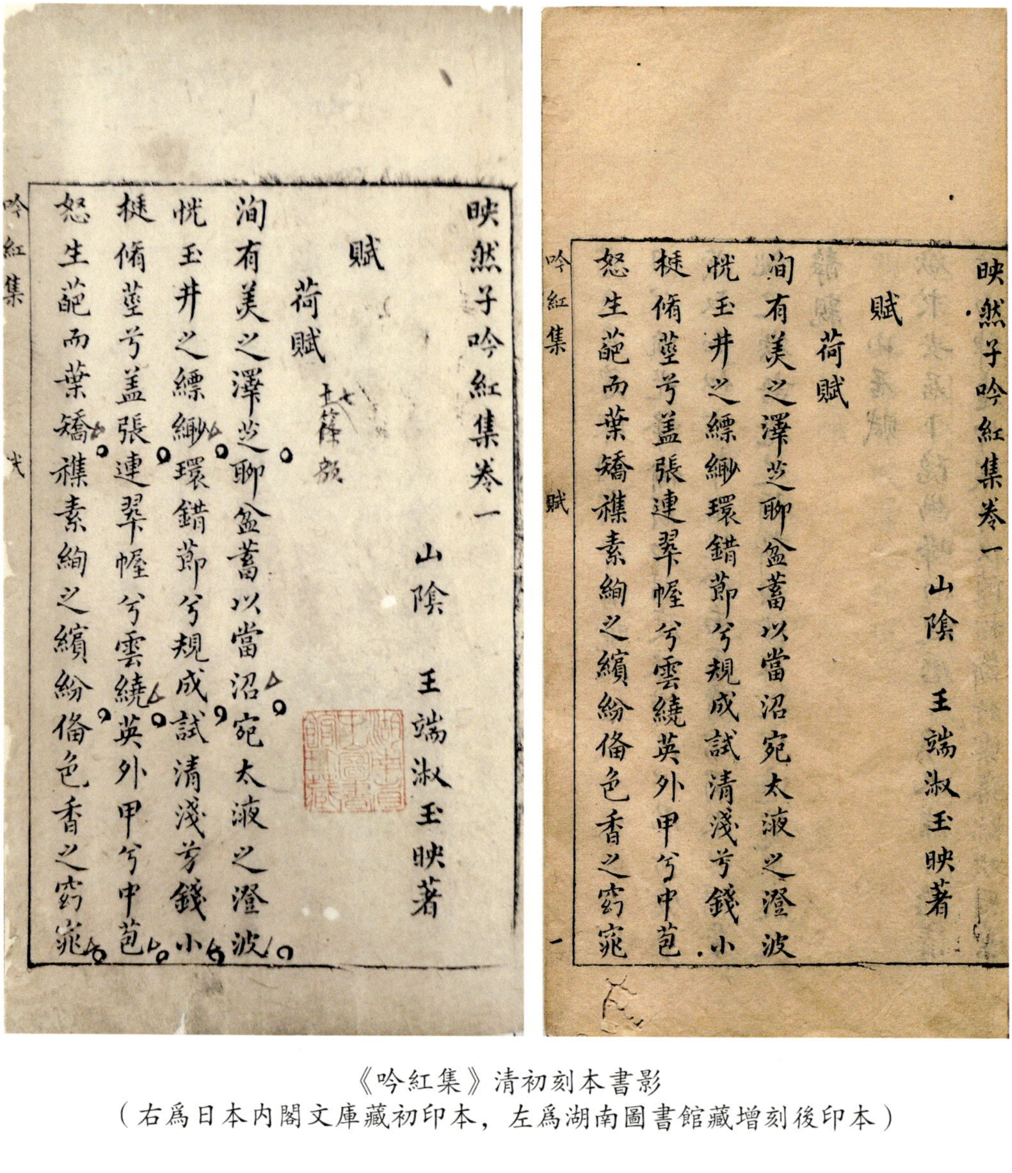

映然子吟紅集卷一

賦

荷賦

山陰　王端淑玉映著

澗有美之澤芝聊盆蓄以當沼宛太液之澄波
恍玉井之縹緲環錯節兮規成試清淺兮錢小
挺俏莖兮蓋張連翠幄兮雲繞英外甲兮中苞
怒生葩而葉矯襟素絢之繽紛備色香之窈窕

映然子吟紅集卷一

賦

荷賦

山陰　王端淑玉映著

澗有美之澤芝聊盆蓄以當沼宛太液之澄波
恍玉井之縹緲環錯節兮規成試清淺兮錢小
挺俏莖兮蓋張連翠幄兮雲繞英外甲兮中苞
怒生葩而葉矯襟素絢之繽紛備色香之窈窕

《吟紅集》清初刻本書影
（右爲日本内閣文庫藏初印本，左爲湖南圖書館藏增刻後印本）

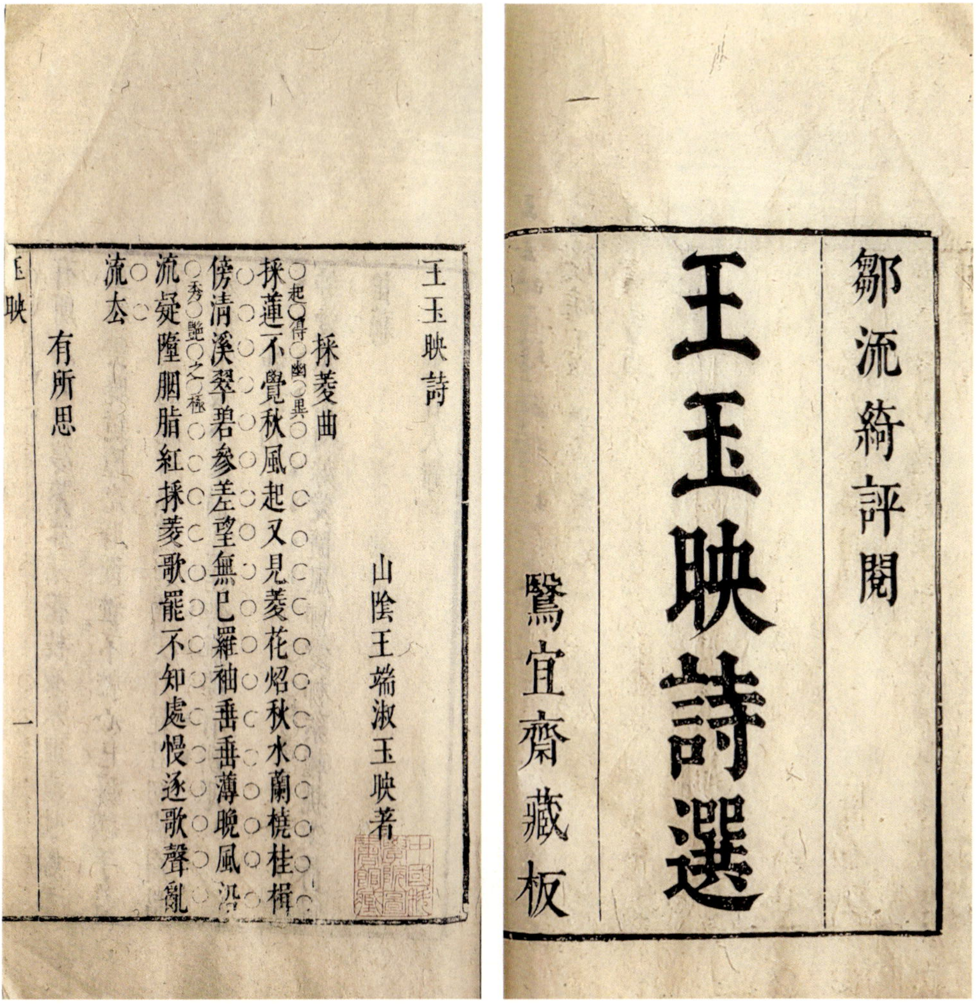
鄒流綺評閱

王玉映詩選

鷺宜齋藏板

王玉映詩

山陰王端淑玉映著

採菱曲

採蓮不覺秋風起又見菱花炤秋水蘭橈桂楫傍清溪翠碧參差望無已羅袖垂垂薄晚風沿流疑墮胭脂紅採菱歌罷不知處慢逐歌聲亂流去

起得幽異

秀艷之極

有所思

玉映　一

《詩媛八名家集・王玉映詩選》清順治十二年鄒氏鷺宜齋刻本書影

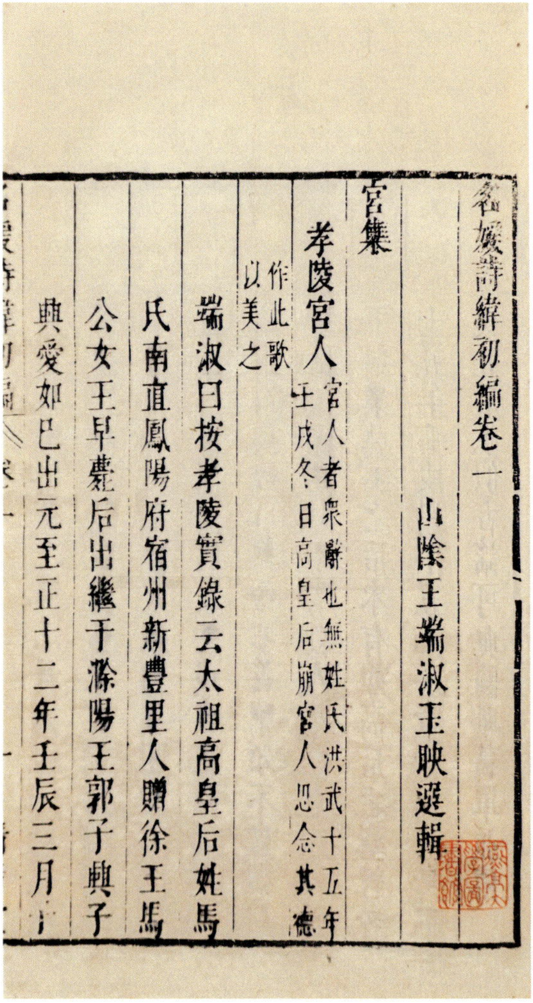
名媛詩緯初編卷一

山陰王端淑玉映選輯

宮集

孝陵宮人 宮人者衆辭也無姓氏洪武十五年壬戌冬日高皇后崩宮人思念其德作此歌以美之

端淑曰按孝陵實錄云太祖高皇后姓馬氏南直鳳陽府宿州新豐里人贈徐王馬公女王早薨后出繼于滁陽王郭子典子典愛如巳出元至正十二年壬辰三月

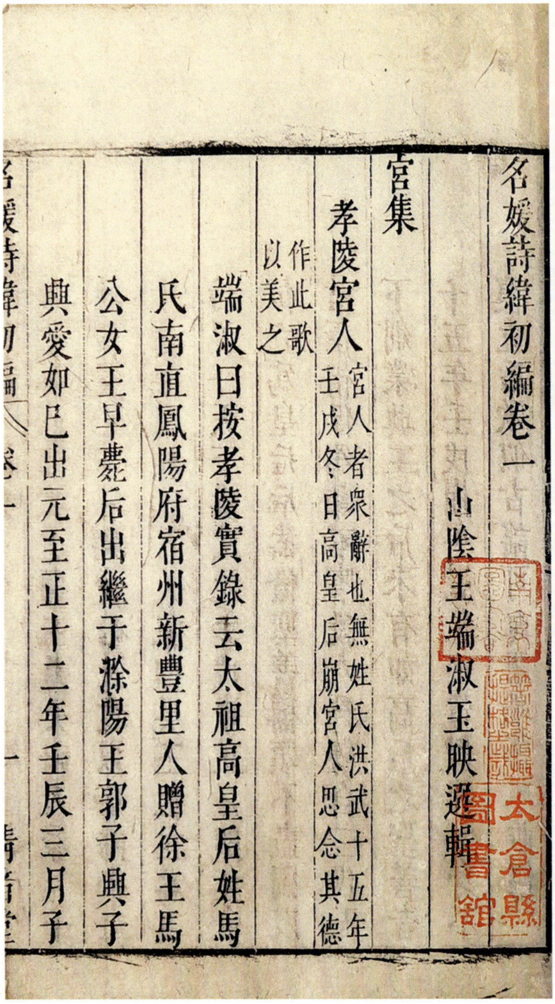
名媛詩緯初編卷一

山陰王端淑玉映選輯

宮集

孝陵宮人 宮人者衆辭也無姓氏洪武十五年壬戌冬日高皇后崩宮人思念其德作此歌以美之

端淑曰按孝陵實錄云太祖高皇后姓馬氏南直鳳陽府宿州新豐里人贈徐王馬公女王早薨后出繼于滁陽王郭子典子典愛如巳出元至正十二年壬辰三月予

《名媛詩緯初編》清初刻本書影

（右爲南京圖書館藏初印本，左爲北京大學圖書館藏增刻後印本）

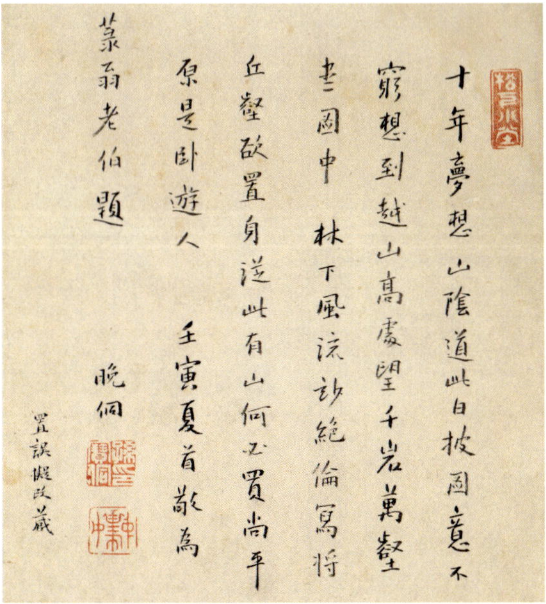
十年夢想山陰道此日披圖意不
窮想到越山高處望千岩萬壑
畫圖中　林下風流訪絕倫寫將
丘壑啟置身從此有山何必買尚平
原是卧遊人　壬寅夏首敬為
菉翁老伯題

倣元章筆意
王端淑

故宫博物院藏王端淑山水册（一）

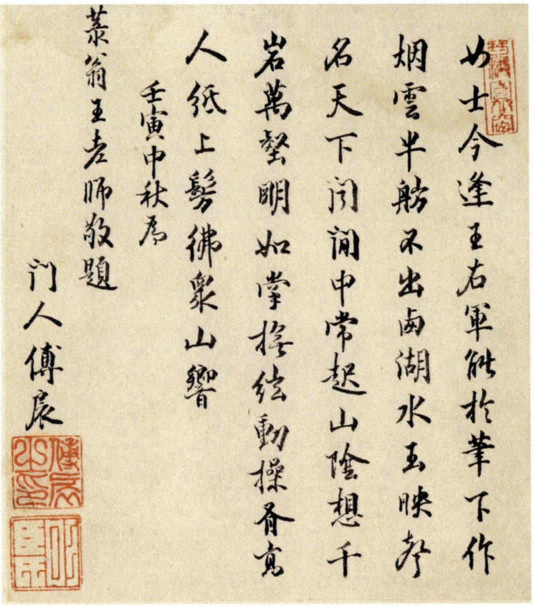

故宫博物院藏王端淑山水册（二）

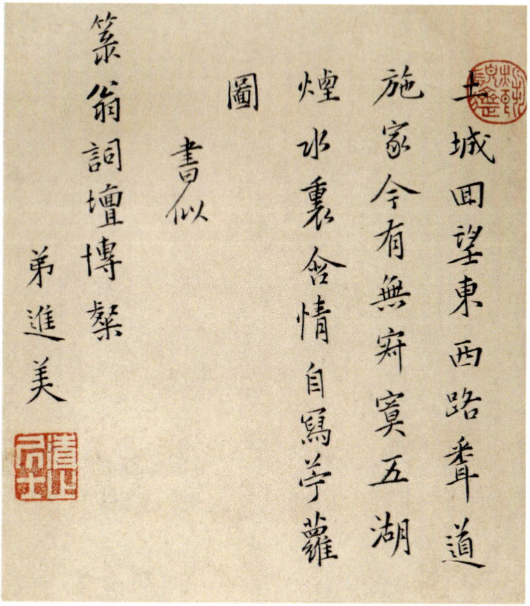

故宫博物院藏王端淑山水册（三）

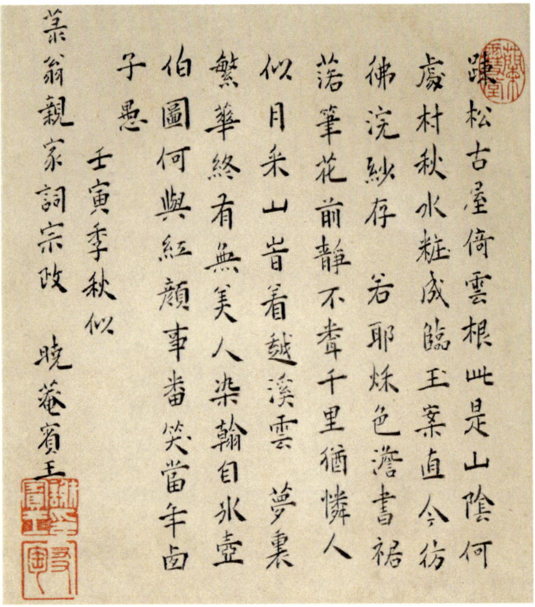

故宫博物院藏王端淑山水册（四）

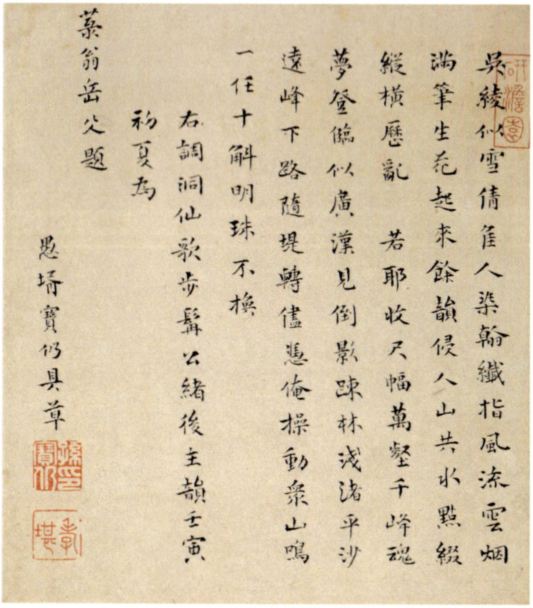
吳綾似雪倩佳人染翰纖指風流雲烟
滿筆生花起來餘韻侵入山共水點綴
縱橫歷亂 若耶收尺幅萬壑千峰魂
夢登臨似廣漠見倒影踈林淺渚平沙
遠峰下路隨堤轉儘憑俺操動衆山鳴
一任十斛明珠不換
右調洞仙歌步龔公緒後主韻壬寅
初夏為
蒹翁岳父題 思埼寶仍具草

山陰王端淑

故宫博物院藏王端淑山水册（五）

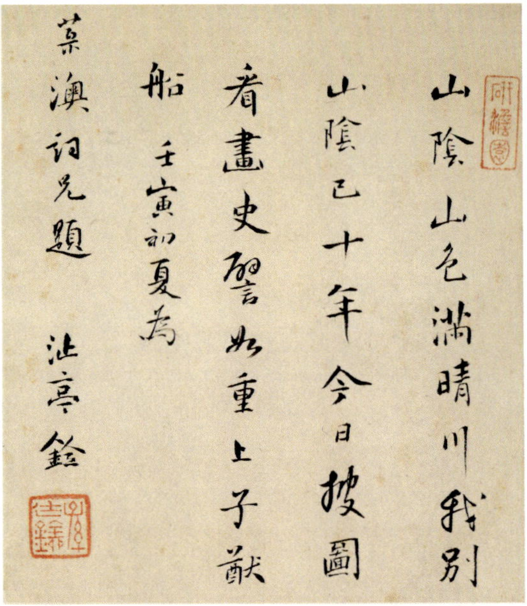
山陰山色滿晴川我別
山陰已十年今日披圖
看畫史譬如重上子猷
船　壬寅初夏為
菉漪詞兄題　沚亭銓

山陰女史王端淑寫

故宫博物院藏王端淑山水册（六）

紹興青藤書屋（王端淑舊居）

浙江省文化研究工程指導委員會

主　任　王　浩

副主任　劉　捷　彭佳學　邱啓文　趙　承
胡　偉　任少波

成　員　高浩杰　朱衛江　梁　群　來穎杰
陳柳裕　杜旭亮　陳春雷　尹學群
吴偉斌　陳廣勝　王四清　郭華巍
盛世豪　程爲民　蔡袁强　蔣雲良
陳　浩　陳　偉　施惠芳　朱重烈
高　屹　何中偉　李躍旗　吴舜澤

浙江文化研究工程成果文庫總序

習近平

有人將文化比作一條來自老祖宗而又流向未來的河，這是説文化的傳統，通過縱向傳承和横向傳遞，生生不息地影響和引領着人們的生存與發展；有人説文化是人類的思想、智慧、信仰、情感和生活的載體、方式和方法，這是將文化作爲人們代代相傳的生活方式的整體。我們説，文化爲群體生活提供規範、方式與環境，文化通過傳承爲社會進步發揮基礎作用，文化會促進或制約經濟乃至整個社會的發展。文化的力量，已經深深熔鑄在民族的生命力、創造力和凝聚力之中。

在人類文化演化的進程中，各種文化都在其内部生成衆多的元素、層次與類型，由此決定了文化的多樣性與複雜性。

中國文化的博大精深，來源於其内部生成的多姿多彩；中國文化的歷久彌新，取決於其變遷過程中各種元素、層次、類型在内容和結構上通過碰撞、解構、融合而産生的革故鼎新的强大動力。

中國土地廣袤、疆域遼闊，不同區域間因自然環境、經濟環境、社會環境等諸多方面的差異，建構了不同的區域文化。區域文化如同百川歸海，共同匯聚成中國文化的大傳統，這種大傳統如同春風化雨，滲透於各種區域文化之中。在這個過程中，區域文化如同清溪山泉潺潺不息，在中國文化的共同價值取向下，以自己的獨特個性支撐着、引領着本地經濟社會的發展。

從區域文化入手，對一地文化的歷史與現狀展開全面、系統、扎實、有序的研究，一方面可以藉此梳理和弘揚當地的歷史傳統和文化資源，繁榮和豐富當代的先進文化建設活動，規劃和指導未來的文化發展藍圖，增强文化軟實力，爲全面建設小康社會、加快推進社會主義現代化提供思想保證、精神動力、智力支持和輿論力量；另一方面，這也是深入瞭解中國文化、研究中國文化、發展中國文化、創新中國文化的重要途徑之一。如今，區域文化研究日益受到各地重視，成爲我國文化研究走向深入的一個重要標誌。我們今天實施浙江文化研究工程，其目的和意義也在於此。

千百年來，浙江人民積澱和傳承了一個底蘊深厚的文化傳統。這種文化傳統的獨特性，正在於它令人驚歎的富於創造力的智慧和力量。

浙江文化中富於創造力的基因，早早地出現在其歷史的源頭。在浙江新石器時代最爲著名的跨湖橋、河姆渡、馬家浜和良渚的考古文化中，浙江先民們都以不同凡響的作爲，在中華民族的文明之源留下了創造和進步的印記。

浙江人民在與時俱進的歷史軌跡上一路走來，秉承富於創造力的文化傳統，這深深地融匯在一代代浙江人民的血液中，體現在浙江人民的行爲上，也在浙江歷史上衆多傑出人物身上得到充分展示。從大禹的因勢利導、敬業治水，到勾踐的卧薪嘗膽、勵精圖治；從錢氏的保境安民、納土歸宋，到胡則的爲官一任、造福一方；從岳飛、于謙的精忠報國、清白一生，到方孝孺、張蒼水的剛正不阿、以身殉國；從沈括的博學多識、精研深究，到竺可楨的科學救國、求是一生；無論是陳亮、葉適的經世致用，還是黄宗羲的工商皆本；無論是王充、王陽明的批判、自覺，還是龔自珍、蔡元培的開明、開放，等等，都展示了浙江深厚的文化底蘊，凝聚了浙江人民求真務實的創造精神。

代代相傳的文化創造的作爲和精神，從觀念、態度、行爲方式和價值取向上，孕育、形成和發展了淵源有自的浙江地域文化傳統和與時俱進的浙江文化精神，她滋育着浙江的生命力、催生着浙江的凝聚力、激發着浙江的創造力、培植着浙江的競争力，激勵着浙江人民永不自滿、永不停息，在各個不同的歷史時期不斷地超越自我、創業奮進。

悠久深厚、意韻豐富的浙江文化傳統，是歷史賜予我們的寶貴財富，也是我們開拓未來的豐富資源和不竭動力。黨的十六大以來推進浙江新發展的實踐，使我們越來越深刻地認識到，與國家實施改革開放大政方針相伴隨的浙江經濟社會持續快速健康發展的深層原因，就在於浙江深厚的文化底蘊和文化傳統與當今時代精神的有機結合，就在於發展先進生産力與發展先進文化的有機結合。今後一個時期浙江能否在全面建設小康社會、加快社會主義現代化建設進程中繼續走在前列，很大程度上取決於我們對文化力量的深刻認識、對發展先進文化的高度自覺和對加快建設文化大省的工作力度。我們應該看到，文化的力量最終可以轉化爲物質的力量，文化的軟實力最終可以轉化爲經濟的硬實力。文化要素是綜合競争力的核心要素，文化資源是經濟社會發展的重要資源，文化素質是領導者和勞動者的首要素質。因此，研究浙江文化的歷史與現狀，增强文化軟實力，爲浙江的現代化建設服務，是浙江人民的共同事業，也是浙江各級黨委、政府的重要使命和責任。

二〇〇五年七月召開的中共浙江省委十一届八次全會，作出《關於加快建設文化大省的決定》，提出要從增强先進文化凝聚力、解放和發展生産力、增强社會公共服務能力入手，大力實施文明素質工程、文化精品工程、文化研究工程、文化保護工程、文化産業促進工程、文化陣地工程、文化傳播工程、文化人才工程等『八項工程』，實施科教興國和人才强國戰略，加快建設教育、科技、衛生、體育等『四個强省』。作爲文化建設『八項工程』之一的文化研究工程，其任務就是系統研究浙江文化的歷史成就和當代發展，深入挖掘浙江文化底藴、研究浙江現象、總結浙江經驗、指導浙江未來的發展。

浙江文化研究工程將重點研究『今、古、人、文』四個方面，即圍繞浙江當代發展問題研究、浙江歷史文化專題研究、浙江名人研究、浙江歷史文獻整理四大板塊，開展系統研究，出版系列叢書。在研究内容上，深入挖掘浙江文化底藴，系統梳理和分析浙江歷史文化的内部結構、變化規律和地域特色，堅持和發展浙江精神；研究浙江文化與其他地域文化的異同，釐清浙江文化在中國文化中的地位和相互影響的關係；圍繞浙江生動的當代實踐，深入解讀浙江現象，總結浙江經驗，指導浙江發展。在研究力量上，通過課題組織、出版資助、重點研究基地建設、加强省内外大院名校合作、整合各地各部門力量等途徑，形成上下聯動、學界互動的整體合力。在成果運用上，注重研究成果的學術價值和應用價值，充分發揮其認識世界、傳承文明、創新理論、諮政育人、服務社會的重要作用。

我們希望通過實施浙江文化研究工程，努力用浙江歷史教育浙江人民、用浙江文化薰陶浙江人民、用浙江精神鼓舞浙江人民、用浙江經驗引領浙江人民，進一步激發浙江人民的無窮智慧和偉大創造能力，推動浙江實現又快又好發展。

今天，我們踏着來自歷史的河流，受着一方百姓的期許，理應負起使命，至誠奉獻，讓我們的文化綿延不絕，讓我們的創造生生不息。

二〇〇六年五月三十日於杭州

前言

楊葉

王端淑（一六二一—一六八一）[一]，字玉映，别號映然子，又號青蕪子、吟紅主人。紹興府山陰縣（今紹興市）人。王思任第三女，丁乾學媳，丁聖肇妻。明末清初著名女作家。

王端淑成長於『士比鯽魚多』的紹興，其父王思任更是一位博學多才的名士，因此雖然她爲庶出之女，但依然接受了良好的教育，兼之少年聰慧，虚心向學，是王思任諸多子女中最爲傑出的一位。王思任嘗撫而愛憐之曰：『身有八男，不易一女。』幼年許配給丁乾學之子丁聖肇，十六歲與丁聖肇成婚，不久隨同丁聖肇到北京定居。崇禎十六年（一六四三）與丁聖肇南歸，定居山陰。南明弘光元年（一六四五）十月，李之椿薦丁聖肇爲推官。南明監國魯元年（一六四六），丁聖肇得授衢州府推官，王端淑隨夫就任；八月初二，衢州陷落，王端淑一家在亂離中逃歸紹興。先是僑居會稽縣漫池，後又徙居徐渭故居青藤書屋。爲維持生活，王端淑以授女徒爲業，丁聖肇則以飲酒排解家國殘破之苦悶，不事生産，遂日漸困頓。

王端淑有詩名，每有名士過紹興，必造訪丁氏夫婦，詩酒倡和，丁聖肇的作品亦多爲王端淑所代筆。爲緩解生活狀況，王端淑一家數度出遊，外出謀生。隨着王端淑名氣越來越大，經濟狀況也日漸好轉。清順治十七年（一六六〇）九月，丁聖肇、王端淑再次客遊杭州，寓居吴山，與四方名流相唱和，此後僑居杭州二十載。康熙二十年（一六八一），王端淑『偶過郭郡，托迹桐川，示現空王，唔焉坐化』，一代才女黯然離世。郭郡即今浙江安吉，桐川即今安徽廣德。丁聖肇扶棺歸於杭州，曹溶爲作《傷映然子》。其棺櫬寄停僧寺，浮厝未葬，毛先舒又爲作《爲王夫人營葬啟》，以謀安葬西湖孤山。

王端淑著述豐碩，據胡文楷《歷代婦女著作考》記載，計有《吟紅集》、《名媛詩緯初編》、《名媛文緯》、《歷代帝王后妃考》、《玉映堂集》、《史愚》、《恒心集》、《宜樓集》、《無才集》、《留篋集》等多種，然多已失傳，今傳世者惟《吟紅集》、《名媛詩緯初編》兩種。另外，順治十二年（一六五五）鄒漪編刊《詩媛八名家集》，存《王玉映詩選》（卷首題『王玉映詩』）一卷。

此次整理《王端淑集》，收録目前所能見到的王端淑全部作品。編排如次：

（一）《吟紅集》刻本存世者有兩部，一存湖南圖書館，一存日本内閣文庫。内閣文庫本爲初印本，湖南圖書館本爲後印本。從保存狀況來看，内閣文庫本保存完好，而湖南圖書館本存在缺頁、破損等問題[二]；從文本内容本身來看，湖南圖書館本較内閣文庫本有所增補[三]。《吟紅集》以内閣文庫本爲底本，校以湖南圖書館本，並將湖南圖書館本增刊内容依照原卷次補充進去。另外，日本内閣文庫本《吟紅集》卷末附有王士瀚《嘯餘》一卷，爲保存文獻原始面貌，作爲《吟紅集》附録予以收入。另據胡文楷《歷代婦女著作考》，吴縣吴慰祖藏有咸豐元年辛亥（一八五一）鈔本，未知該本尚在人世否。

（二）《王玉映詩選》爲鄒漪編刊《詩媛八名家集》之一種，選王端淑詩九十六首、詩餘三首，大多數篇什見於《吟紅集》及《名媛詩緯初編》。因其稀見，以原貌呈現。所據底本爲鄒亮先生藏複印件。

（三）《名媛詩緯初編》存世者有數部，分藏南京圖書館、北京大學圖書館、四川圖書館、北京市文物局等處。筆者所見之《名媛詩緯初編》，爲網上流傳之美國哈佛大學圖書館電子版及南京圖書館藏本。經路偉先生告知，所謂哈佛大學圖書館電子版其實是北京大學圖書館藏本膠片轉録而成。因電子版易於獲取，故本次整理《名媛詩緯初編》，以此本爲工作本進行文字録入。又因電子版文字漫漶嚴重，以南京圖書館藏本校對一遍，南圖本爲初印本，内容較電子版簡省，無法補足所有缺字。而北京大學圖書館藏有兩部《名媛詩緯初編》，一部爲哈佛大學圖書館電子版所據，另一部向來未爲人知（索書號：NC／5570／1103），爲後印本，作爲底本最爲恰當。復經路偉先生聯絡，邀請北京大學博士研究生周昕暉對《名媛詩緯初編》缺字部分以北大藏後印本爲底本進行增補。另南圖本尚有不少批校内容，不知出於誰何之手，爲保存文獻原貌，亦予以保留。

整理時，凡底本有明顯錯誤而無他本可校者，或底本、參校本俱誤者，以（　）標出錯誤内容，字體小一號，以〔　〕標出改正後的内容；有他本可校者，另出校勘記附於篇後。底本原有的評語或批校内容，以【　】小字的形式標出。

《王端淑集》的整理，肇始於二〇一六年，完成於二〇二二年，歷六年之久，其間幾度欲放棄，幸而得到衆多師友鼎力相助，始不致半途而廢。路偉先生幫忙搜尋底本、輯録佚文，日本友人早川太基代爲申請複製内閣文庫藏本《吟紅集》，鄒亮先生提供《王玉映詩選》，趙青女士提供佚詩，莫曉霞、劉雪平、祖胤蛟三位同道也於此書貢獻良多，特别是素未謀面的北大博士周昕暉，對篇幅長達二十二萬字的《名媛詩緯初編》進行校對，其間艱辛，常人無法想象，一併感謝！

注　釋

〔一〕王端淑生於天啟元年（一六二一）七月八日，見《名媛詩緯初編》卷首所收録之王猷定《王端淑傳》，並無異議，然卒年史無明載。《國朝畫徵録》等諸多文獻云其卒年八十餘，不確切。《憑山閣增輯留青新集》卷九收録毛先舒《爲王夫人營葬啟》一文，乃爲王端淑所作。毛先舒卒於康熙二十七年（一六八八），則王端淑卒年不會遲於是年。日本静嘉堂文庫藏有編年體《静惕堂續稿》，中有《傷映然子》一詩，據前後諸詩歲時，可確定《傷映然子》作於康熙二十年（一六八一）年底，王端淑當卒於此前不久。

〔二〕如卷首諸序、卷末跋，卷九《代睿子懷玉尺弟》《鄰婦》《初雪》《予年十二夢隨羽士陟廣寒園曰青蕪因作青蕪園記記此》、卷十三《姪女丁君淑雨中過訪》、卷二十二《傅文學公中煌》《朱茂才公鴻儒》《楊文學公雪門》、卷三十《金衣公子》諸篇，湖南圖書館本皆缺失。

〔三〕如卷二《一夫冤》、卷三《賨劍歌爲李席玉壽代睿子咏》《無衣二章章六句》《喜周公勷盟兄别駕常州》《續九歌三章》《送閩莆楊衷玄廣文之青陽令叔德山先生任》《（缺題）》、卷五《贈張子美學憲》《嵊邑吴亮公父母太翁崑老以現任司訓太君李母雙壽》、卷六《癸巳上元後一日代睿子壽涂四長別駕四十初度》《次錢穉農錢子方坐雨聯句韵》、卷七《壽純所二伯翁代長裕》《聞張振公嬸舅父榮任雲間》、卷九《兵憲耿玉齊睿子同年也候命台署忽逢勁旅其社友唁之有安知非福豈虚譚句玉齊步韵惠箑睿子屬余代和仍用原韻》《甲午馬日王泰然將軍吴奉璋別駕李枚臣明府孫天印中翰趙我法參戎枉過草堂睿子出予集請教閲竟留飲泰然以春燈雪月頒令我法遂拈首句各續一律代睿子咏》《仍用前首句代睿子送吴濬之孝廉還燕》《代壽李席玉初度》、卷二十七《茹仔蒼小像贊》《化愚大師壽贊》《李席玉小像贊》《題李枚臣明府像贊》《季雍七弟行樂圖贊》、卷二十八《盟銘》《題吴夢勳別駕五十壽銘》，皆爲湖南圖書館本所增補。

目録

映然子吟紅集卷五……（三六）

映然子吟紅集卷九

映然子吟紅集卷十……（八三）

映然子吟紅集卷十一……（九六）

映然子吟紅集卷十二

詩媛八名家集·王玉映詩選

名媛詩緯初編卷四……（三一八）

名媛詩緯初編卷五

名媛詩緯初編卷六……（三七四）

名媛詩緯初編卷十……（四八七）

名媛詩緯初編卷十一……（五一〇）

名媛詩緯初編卷十七……（七一四）

名媛詩緯初編卷二十……（七八八）

名媛詩緯初編卷二十一……（八〇二）

名媛詩緯初編卷二十三

名媛詩緯初編卷二十五……（八七八）

名媛詩緯初編卷二十六……(九一二)

名媛詩緯初編卷二十七……（九二六）

名媛詩緯初編卷二十九……（九四四）

名媛詩緯初編卷三十

名媛詩緯初編卷三十七

名媛詩緯初編卷三十八……（一〇五四）

名媛詩緯初編卷三十九……（一〇六三）

名媛詩緯跋

詩文補遺

詩文補遺

附録四　王端淑年譜簡編

吟紅集

序吟紅集

今古有大恨事，風雅一席，獨文士擅之，閨中即多慧巧，不過如鵑啼月午，蛩咽秋庚，候至天鳴，無關至極，此一恨也。或則懸格評詩，凡文士之體豐無骨、才艷傷纖、意婉近卑、情柔入媚者，即題之曰『脂淹粉膩，閨閣細唾』耳。然則詩之劣格，閨中顧代文士爲之受貶，此又一恨也。夫以鬚眉丈夫而題之曰『脂粉』，曰『閨閣』，鬚眉丈夫誠耻之。今有英傑女子，于此縋心廓目，叱命奴騷，無洲不黹，有樓必碎，踔然自命，起而一雪閨中之耻，又俾諸鬚眉丈夫咸自憎其鬚眉，而嘆服女子中有如此英傑。余之所謂大恨者，今更以爲大快，則余于映然子僅見之矣。

映然子之詩，不必問其何格，第隨取一二語評之。如『權變英雄事，才疎到老閒』，『七寸小臣刃，五步大王頭』，即何減少陵之奇蔚；如『抱負若非逢狗監，上林誰識漢相如』，『輕囑我兒勿〔一〕浪啼，米薪孃解羅衣質』，即何減蘇州之俊朗；如『鶯濕羽衣憐豔冶，苔傷花影補〔二〕心旌』，則王江寧之娟秀也；如『果爾穎君重若山，誰留此業禍〔三〕人間。蔡倫囚困蒙恬斬，一炬咸陽皆得閒』，則李青蓮之靈警也；如『暗月催光窺柳色，笑人啼鳥弄春思』，則靜遠逼嘉州矣；如『問師夜色娟娟影，知在〔四〕迴峰第幾巔』，則淡遠追摩詰矣；如『孤雲蒼秀空山起，光入古松老不死』，則沈峭邁昌穀矣。蓋其腸迴五色，腕俊雙丸，鵰追鷹擊以標新，珠涵玉瀉以蘊貴，而俱原本于家學之醇備，故能使人諷咏無多，肅然生敬。至其評論古今，談引節烈，則凜然忠憤，吾輩偷生，皆當愧死。但曰風雅女子，烏足以知映然子哉？不然，古今閨中詩人，豈無蔡拍酸笳、蘇機錦字？壚發遠山之黛，墻隣流水之音。鬬茗椀于蟾宵，跨瑤笙于鶴背。心隕片言，色飛隻字。而風範未尊，箴誨無聞，祇同歸於豔冶而已矣。

映然爲家季重先生愛玉，嬪於丁自菴先生之季公睿子。睿子高才傲骨，余樂與之晨夕。自庵與余內子，兄弟也，余是以得盡讀映然子之詩。映然子既使今古閨中人不代文士受貶，又使今古文士不爲閨中留恨，厥功既偉，何妨共寶天下乎！嗟乎！家有名士，乃在香奩，臣叔洵癡，余亦何解於斯語？

叔紹美子璵氏書於梅莊。

校勘記

〔一〕『勿』，《吟紅集》卷五《董大素柔過訪乏炊》作『弗』。

〔二〕『補』，《吟紅集》卷九《雨中桃花》作『譜』。

〔三〕『禍』，《吟紅集》卷十三《又和高朴素不識字韵》作『害』。

〔四〕『在』，《吟紅集》卷十三《問禪》作『墮』。

序

文章一流，與人品不類，而制藝爲甚，詞賦次之。今人厠身學宫，輒作經濟語，效解事人模樣，及售而見試，一無所長。夫論《辨亡》而陷河梁軍，賦《上林》而終文園令，比比且然。是以古人不專取文學一途，而兼重行誼。然而王莽、華歆身未榮，節未敗，其行誼又何如也？無他，所重者在乎功名，故非徒文章并行誼，而亦以其贋者爲倖進之媒耳。若夫詩章樂府，皆古人思慕怨悱之懷，託諸筆墨，多直寫性靈，情至文生，良有以也。雖然，沅湘之所賦，名山之所藏，則又晚而見廢，視之爲無聊之事矣。至於閨閣麗媛，絶不聞科制事，譽非所望也，故其言真；亦不與興亡數，騷非所寄也，故其言冷。間有所懷疑，不過謝嫗柳絮詞、思伯飛蓬句耳，何足當辭壇之再麟也？

若吾鄉閨秀映然子，更有異者。不佞與其父季重爲把臂交，季重居官，侃侃而爲文，復大展其生平。自予游薊都，侍從輦蹕，又會國家多難，不及與鄉鄙諸名公把酒論詩。憶昔度庾嶺，始締社，因效顰焉。變革以來，越地風雅爲晟，偶得《吟紅集》一帙，閲未竟，嘆賞再四，乃知出自季重君季女之手。其所著牢騷憤激，絶去膩粉塗胭之狀，而直追三唐，不應科制而具其才，不與興亡而有其感者也。真者其直筆，而冷者爲微辭，雖大家集史之成，不是過焉。識者觀其詩暨古文詞，想見其爲人，倜儻傲岸，不可一世，是又不可謂文章、人品之不類也。史遷疑留侯魁梧奇偉，而其狀貌如婦人女子，則世之真爲婦人女子，而作魁梧奇偉之文，見魁梧奇偉之志者，非映然子其誰？則又當與千古英雄並垂不朽矣。若以胡天胡帝論文章、論人品，非所以知映然子也。

古司隸氏吳國輔題於嚶鳴齋。

小叙

詩，委也，有源焉，其源厚者，其委困静而寒潔。吾妹映然子，父季重宗伯，而翁文忠公天行先生，忠孝文章之盛，一身際之。而睿子一官屣去，滅竈更燃，映然子更椎布操作以事之，曰：『能如是乎，與子偕隱。』居恒讀史，知人論世，嚴而辯也。庶幾踵成《漢紀》，如班家妹，豈欲僅以詩詞見？既以詩詞見，亦必如《安世房中》薦之郊廟。若謝道韞之『柳絮因風』，李易安之『吹梅角煖』，又其每下者矣。

己丑孟穐，近庵居士兄登三皞長題。

叙

《三百篇》多閨中作，予向醉心《雄雉》、《葛覃》諸篇，若《李夫人》章句，于《瓠子歌行》，固相擊節也。予内子性嗜書史，工筆墨，不屑事女紅。黛餘燈隙，吟咏不絶，雪霽西嶺，雲障金臺，内子得句，不廢疾書。居燕邸數載，先太史憤傷於熹廟閹人，先帝變興，煤峰泣血，予遂携家南歸，内子更多長沙、三閭之句。歸蠡，家於翁□謔庵小樓，處於白馬巖田廬數年，得林巒花鳥之情，爲簾窺鏡感之助。荆布塵甑，鬢無鶩鬻，澹如也，而詩章盈於粧盝矣。集曰『吟紅』，不忘一十七載黍離之墨蹟也。予不自言，得吾内子而於是獲良友，亦足誌也。將翶將翔，弋鳧與雁，内子其有以勖予哉！

衢間散人睿子氏漫題。

刻吟紅集小引

夫古今著作亦多矣，其傳之後世者，必見之當世。乃當世之人，恒見之而不惜，及見之而興嫉。作者無以自屈于當世，散失湮没于衰草寒烟，不可紀述，因而期識者於後世。無論一詩，太史有然。悲夫！當世有曠才異調，幽吟絶倫，當世不知之，而期識者于後世，吾竊爲當世者陋之。

余越閨秀王子映然，善讀父書，爲詩空異，落筆飛烟，真不愧古之作者。吾輩竊嘆當世之才，不鍾之輪菌之士，而鍾之粧鏡之窟，相與閣筆驚異。但南北囊空，蕭條琴帶，金露冰螢，枯桐笑菊，能無抑鬱消阻之思乎？雖有作者，傳之無人，非作者之罪，而不見知者之罪已。是不願責之後世，而竊以責之當世，則又深有厚待于當世之士也。剞劂之役，敢共勷之，毋俾後人之議當世之士棄才于前，忌才于女子。

同秋社盟弟曾益、張岱、杜肇勳、吴應芳、諸彦僑、王緘三、王登三、張弘、王雨謙、趙美新、王楫、邢錫禎、李時燦、陸士慎、李瑋、劉明系、諸朗、楊選、張弧、錢其恒、蔡瑜、徐斗芳、吴慶禎、姜廷幹、吴沛、孫承明、許宏、陶潑、葉紹高、陳暠、成繪、茹鉉、朱曾蠡、馬胤璜、諸胤詵、蔡球、章覺士、商相盤、俞嘉謨、裘纁、嚴汝霖、陳善孜、張恭孫、徐衍、吴道新、丁聖化、丁從龍等仝頓首拜具。

映然子吟紅集卷一

山陰王端淑玉映著

賦

荷賦

洵有美之澤芝，聊盆蓄以當沼。宛太液之澄波，恍玉井之縹緲。環錯節兮規成，試清淺兮錢小。挺脩莖兮蓋張，連翠幄兮雲繞。英外甲兮中苞，怒生葩而葉蟜。褋素絇之繽紛，備色香之窈窕。若夫月碧疎烟，露〔一〕溥清曉。颸輕風兮容與，麗初日兮流光。蜂偷須而暗度，珠墐户以胎房。愛申茂叔，耻似六郎。出泥塗而不濁，濡濁水以彌芳。誂之欲語，挹之彌新。嗤涉江之空遠，覽中庭之静親。

校勘記

〔一〕『露』，原作『霜』，據湖南圖書館藏《吟紅集》增刻本（以下簡稱增刻本）改。

山居賦

欲求安居，卜隱幽峰。四迴歷歷，溪水淙淙。聽清音而神遠，仰寒月以隨松。斷行雲落山衣可敝，山髻可鬆。恨子規之無事，惜晚景之催儂。每憐梨花色澹，偏聞野寺殘鐘。急瀉山流飛練，摧横古幹如龍。跡，吹凋葉無踪。

秋蟲賦〔一〕

物生微眇，秋蟲獨靈。春華昭質，玉液清泠。魂魂瑟瑟，趯趯冥冥。其儲軀也，月窾風丘，蒸巒霧谷。斷墻〔二〕古墓，腐草萎菔。奇形異模，如歌似哭。其託體也，則有璇題縹壁，複閣幽堂。玄疏黑礵，椒塗曲房。蘭金藻玉，轉蕙流香。或入床以墐户，或促織以徬徨。迺有王孫公子，倖豎權豪。鬬蟋蟀以據地，委國惜〔三〕於鴻毛。黄金不貴，百戰相高。校武鋸牙，選形狚戟。頂渥丹砂，翼凝點漆。襲養既和，師出以律。亦有麗人妙伎，姣女妖姬。偶柔情之所寄，命婢子以羈縻。飼以黄花，緣以翠絲。雕籠斐叠，玉指春嬉。馮馮駓駓，觡觡鬇鬇。晝相視以垂眄，夜聞聲而静思。若乃飛燕地之嚴霜，增楚水之層瀾。天低景短，風凄暮寒。孤臣見放，思婦棲山。久客登樓，愛子戍關。畸人獨處，壯夫不還。心有懲而彌亂，誰破涕而爲歡？

校勘記

〔一〕《燃脂集》收録此賦，評『魂魂瑟瑟，趯趯冥冥』：『八字寫秋蟲入微。』眉批：『極似古人小賦。』

〔二〕『墻』，《燃脂集》作『垣』。

〔三〕『惜』，《燃脂集》作『恤』。

端望樓賦

有樓十二，端望爲名。得山陰之古勝，占太乙之蠡城。象分牛女，氣接瑶京。秦峰拱對，映緑槐而一室；翠水環流，粧西子而半泓。披襟恍烟霞世外，高卧啟風月孤清。聽秋蟬以神遠，喜蟋蟀之初鳴。小舟輕渡，見採菱紅袖；殘梅拂檻，值乳燕調笙。遠痕淡掃，如美人憔悴；暮色青歸，出漁火微明。登樓凭覽，倣阮公以長嘯；眺野幽芳，抱仲宣而宿醒。天漢耿耿，玉山將傾。寂寂昏黄，挑燈賦成。

菊　賦

朱明徂暑，玄月改律。雁北違寒，晷南短日。露冷吴宫，波增漢曲。人有愁而必盡，物無微而不肅。曾晚榮之幾何，洵無渝於兹菊。内含精美，敷藻清儀。翠葉莌茂，紫莖襬襹。越託根於秋坂，亦寄傲於東籬。繞苔徑以繡分，匝烟區而錦蘼。天泬寥兮彌清，木蕭槭兮逾馥。匪負霜而淪操，閲上葯於丹籙。落英志于《離騷》，一觴進于彭澤。見南山以悠然，將棲隱其攸託。彼華林之琪樹，豈非今而是昨？

映然子吟紅集卷二

山陰王端淑玉映著

樂府

城上烏

城上烏，城上烏，悲風哽咽清夜呼。羽垂委貌嘆無棲，玉關腸裂響鐵夫。最是深閨憔悴兒，聞哀魂隔瀟湘湖。衆鳥有巢爾所無，徘徊伴月傷影孤。形雖在，聲已枯。暫落泥塗潔不污，烟迷霜冷失規模。俗鳥無珠羞與俱，朝飡暮宿日不如。烏乎烏乎爾何愚，何不飛整羽儀遠凡烏！

出門難

出門難，出門難，出門轉羞澁。長兄詰小妹，匆匆何負笈？昆弟無所求，但問諸友執。且父海内名，如何人簷立？兄等製衣裳，各弟出供給。捨此去倚誰，聲悲氣亦唈。予隨答衆昆，所論亦長策。阿翁作文苑，遺子惟圖籍。汝妹病且慵，無能理刀尺。上衣不敝身，朝飡不及夕。静思今日言，猶憶去年昔。寒風捲幽窗，居市仍如僻。舌耕暫生爲，聊握班生筆。况今春陽和，可免凍餒厄。諸兄阿弟幸無慮，當年崇嘏名最著。兄弟聞予一篇言，面赤各各相偷覷。

兄辭有事暫先回，弟輩尚欲往他處。萬分無奈擇初三，携書哭别含悲去。慎哉始信毛詩云，兄弟之言不可據。

銀瓶怨〔一〕

君不見妾容無日不蓬首，又不見出入井中爲君守。可憐汲之中道枯，始信千載難爲婦。同心帶，不可綰。滴露珠，若淚眼。君心映妾淺，妾心念君遠。井深至底瓶或冷，君知妾身沈孤影。行人道旁日不竭，妾與君家恐難用其力。吁嗟兮瓶或碎，孤冷兮無年歲。幽幽衷曲兮世昏昧，君同妾身兮何日會？

校勘記

〔一〕《燃脂集》收録此詩，題下注云：『白居易新樂府題有《井底引銀瓶》，題當出此。』眉批：『末二語古甚。』

弔西陵女子

有美人，琴臺友。黛如巒，腰欺柳。解詩詞，樊家口。芙容衣，連環鈕。入侯門，操箕帚。散連枝，應難藕。遠清音，近獅吼。寂深閨，老于牖。落花風，容光朽。瘞玉碑，埋香茆。古驛烟，吹荒畝。惜者誰，嘆者某。舉世中，皆瞽瞍。映然子，君知否？左歌銘，右擊缶。弔西陵，山陰叟。

北去

吾母子息艱，生我偏嬌弱。十四髮齊眉，未識掀簾幙。十五習女紅，十六離閨閣。遠嫁去燕京，父母恩情薄。牽袂戀親懷，頃刻天涯各。惟祈行雲中，過雁頻相託。隔有錢唐江，即是山陰郭。昆仲十三人，此身何漂泊。願親百歲齡，認我遼陽鶴。

姊妹詞

姊愛承露荷，妹愛隨風柳。愛柳絮輕挑，愛荷得佳藕。

有所思[一]

有所思，怨無夢。莽春寒，花枝凍[二]，冰肌瘦怯嫌衣重。緑雲曉鏡墮光時，欲粧不粧心已癡。纖手簪香犀，柔腸繞若絲。風起瑶天月，疑君初畫眉。惜别何悵悵，今來偏遲遲。怨無夢，有所思。[三]

校勘記

[一]《燃脂集》收録此詩，題下注云：『稍删。○《樂府・鼓吹曲辭・漢鐃歌》題。』

[二]『莽春寒，花枝凍』，《燃脂集》無。

[三]『所』，《燃脂集》改爲『時』。

來日大難〔一〕

來日大難，厥田舉犂。滄桑欲變，暮收屬誰？一解。乘桴東海，佇望蓬壺。神仙逸去，遺我丹爐。二解。武陵蹊徑，仙源無門。麻姑舊跡，笑指花痕。三解。自惜影幻，幻影惜身。夢見親故，謂曰新春。四解。鍊氣指術，振響羽衣。今辰往矣，明日已非。五解。鶴來草室，授之丹書。飄然冲舉，珮玉瓊琚。六解。

校勘記

〔一〕《燃脂集》收録此詩，題下注云：『《樂府・相和歌辭・瑟調曲》題。』眉批：『酷摹太白，别有寄託。』

出東門〔一〕

出東門，草離離。踏蹊路，自悔初不慎，憂憂遭此成百罹。一解。若耶溪水寒，玉美知有瘢。人生亦如寄爾，且樂杯中一飲歡。二解。酒盡卮，花開月沈。長嘯嘗栢，鼓琴咏詩。青山悠悠，晴川皋皋。夢蘭思火鑽木吹。三解。青山悠悠，晴川皋皋，夢蘭思火冷木吹。世道一如斯，皆虛幻，胡足悲？四解。

校勘記

〔一〕《燃脂集》收録此詩，題下注云：『《樂府・相和歌辭・瑟調曲》有《東門行》，首云「出東門不顧」云云，題當出此。』

出西門

出西門，嘆時艱。功名無定期，青髩已班。一解。前路杳，富貴豈能攀？覓得踏雲雙履，遨游鍾南山。二解。歡飲酒，眉莫顰。對此勿戚戚，愁深易傷神。三解。呼牛不惡，呼馬不嗔。棄妻如敝屣，樂安棗喬笙。四解。每羨鈎弋延年妹，徹能尸解遺空棺。棺可頓遺尸可解，色即是空乘青鸞。五解。人世如電光，電光豈久長？特語知音兒，士隱勿高昂。六解。

一矢冤〔一〕

踐土盟，諸侯肅，覇主施威天下服。荆楚俘，姬氏睦，石匱金縢藏簡牘。衛鄭畏覇勝天子，元咺奉叔歂犬〔二〕訾。捉髪沐，叔武〔三〕戮，一矢之冤軍民哭。

校勘記

〔一〕底本無，據增刻本補。
〔二〕『歂犬』，原作『犬歂』，據《左傳》改。
〔三〕『叔武』，原作『武叔』，據《左傳》改。

映然子吟紅集卷三

山陰王端淑玉映著

歌行

悲憤行

凌殘漢室滅衣冠，社稷丘墟民力殫。勒兵入寇稱可汗，九州壯士死征鞍。嬌紅逐馬聞者酸，干戈擾攘行路難。予居陋地不求安，葉聲颯颯水漫漫。月催寒影到闌干，長吟漢史靜夜看。思之興廢冷淚彈，杜鵑啼徹三更殘。何事男兒無肺肝，利名切切在魚竿。椎擊始皇身弱單，謀雖不成心報韓。天風借吹羶血乾，徵賢深谷出幽蘭。

正平撾鼓歌

漢季衰兮臣道虧，忌名賢兮國士危。願爲鼓吏兮慷慨高歌，壯哉先生兮傲志不阿。四座驚問兮爾何名，應以不附權門清白之禰正平。堂堂皇漢兮汝輩何爲，言出而禍隨兮視死如歸。心若秋霜，俠骨猶香。本欲辱衡，操惡反揚。假手黄祖，擢髮難數。千古凭吊，洲邊鸚武。

苦難行

甲申以前民庶豐，憶吾猶在花錦叢。鶯囀簾櫳日影横，慵粧倦起香幃中。一自西陵渡兵馬，書史飄零千金捨。鬙鬙蓬鬆青素裳，悞逐宗兄走村埜。武寧軍令甚嚴肅，部兵不許民家宿。此際余心萬斛愁，江風括面焉敢哭？半夜江潮若電入，呼兒不醒勢偏急。宿在沙灘水汲身，輕紗衣袂層層濕。聽傳軍令束隊行，冷露薄身雞未鳴。是此長隨不知止，马嘶疑爲畫角聲。汗下成斑淚如血，蒼天困人梁河竭。病質何堪受此情，鞋跟踏綻肌膚裂。定海波濤轟巨雷，貪生至此念已灰。思親猶在心似焚，願湌鋒刃冒死回。步步心驚天將暮，敗舟錯打姜家渡。行資遇刼食不敷，悽風泣雨悲前路。暗喜生從矢上歸，抱赧羞顔何所倚？墻延蔓艸扉半開，吾姊出家老父死。骨肉自此情意疎，僑寓暫且池東居。幸得詩書潤茅屋，僻徑無求顯者車。曉來梨雨幽窗洒，暮借殘星補破瓦。偶聽雲聲送落鴻，哀其悽惻如我同。

寶劒歌爲李席玉壽代睿子咏[一]

歐冶鑄劒熸神工，赤壥破錫若耶銅。煌耀宇宙日月曚，岱嶽失翠小穹窿。龍文列星環玲瓏，錚錚清響驚雙鴻。經綸緯度斷青虹，張華識氣牛斗通。撫摩爲佩跨花驄，綺席狂歌舞大風。飛廉鼓扇抱豐隆，靈沙鼎鐺出大洪。其鋩鑠鑠烟雲蒙，驚人詩句倚崆峒。惜女埋鈎姬光惷，黃蛇鞭電術袁公。崑奴空精舉飛翀，運奇夜至楚王宮。聖人持此除元兇，上方神器配彤弓。斬蛇亭長逐鹿翁，畫影騰空驅烟烽。馮驩賦魚國士供，刻舟不與愚夫從。昆吾石成格飛熊，天子諸侯兩劍鎔。莫炤春坊搏玉鋒，西嗷白帝冷芙蓉。太阿刈葵士之窮，泥蟠不作屠狗功。湛盧辟閭塵寰中，十年未試隱孤松。睿子蘭友人中龍，長吟擊缶書生雄。古今淵博聽者聰，出言温温禮貌恭。天潢屈注僻詩筒，太白長吉安所宗？汲汲求仕鄙俗傭，孫山久淹尚飄蓬。傲岸澹冷如秋容，琴書瀟洒困新豐。鑑湖春水偏溶溶，嫦娥下凡廣寒空。蟾蜍老秋桂枝紅，知君探取最高叢。桃花三月仙源淙，予鼓美筑撫絲桐。漫歌寶劍祝岡崇，君壽劍古天地同。

校勘記

〔一〕此首至卷末『缺題』，底本均無，據增刻本補。

無衣二章章六句

蟋蟀鳴矣，秋已微矣。温温君子，哀我無衣。哀我無衣，德音莫違。

又

秋已深矣，白露瀼瀼。於惟君子，憫我無裳。憫我無裳，德意莫忘。

喜周公勷盟兄别駕常州代

周公年少名流欽，慷慨結客輕黄金，狂歌斗酒歡清音。都門傾蓋予獨深，勞勞寸結懷高襟。鼎革數年成西參，知君榮轉喜不禁，美才遍郡頌賢箴。即欲買棹談宿心，布衣交或念淹沈，吴江越水聽棠吟。

續九歌三章

沅水深兮無光，昧空明兮雲茫。惜蛟珠兮擲暗，悲世道兮田桑。醒與醉兮難分，思佳人兮湘君，苦行吟兮滄浪。

又

仰寒空兮凝眸，送韶華兮三秋。視無端兮朔雁，聽菱歌兮蓮舟。怨薄命兮離索，嗟天涯兮遲留。賦新章兮難書，鬱芳心兮誰知？

又

病膏肓兮骨蒸，履塵俗兮如冰。伴深更兮明月，透羅幃兮青燈。銀河幽兮清清，弄花影兮疎𤄃。

送閫莆楊衷玄廣文之青陽令叔德山先生任代

酌君卮酒涉青陽，錦雲一片載輕航。圖書笑攜寶鋏長，青陽邑侯稱循良。鳌剔斷擊挾秋霜，春風謳頌樂琴堂。丸弄百里才名彰，煖逾鄒吹孔邇章。賢過即墨澤麻桑，明花滿縣涇水揚。識荆天漢徒傍徨，送君古道心如鋩。越城牛斗暗文(下缺半頁)

(缺題)

……(上缺)落松花兮佳醪。發奇烟兮靈墨，奏清音兮風濤。佇蹁躚兮玄鶴，樂鈞天兮雲璈。

映然子吟紅集卷四

山陰王端淑玉映著

詩　類五言古

藺相如

連城易和璧，弱趙墮其謀。畏秦似狼虎，孰敢犯鋒矛？舍人藺相如，慨願共遨游。函谷欣然出，澠池洗筑羞。七寸小臣刃，五步大王頭。威武胡能屈？積憤志輕酬。謙引廉頗愧，猷謨白起愁。英標光史册，千古壯春秋。

虞美人

弔古窮山壑，深林識舊碑。勒文久不辨，聞道項王姬。髩髮侍櫛盥，除秦軍旅隨。慘雲迷夜月，怨笛楚人離。天亡垓下絶，宛轉惜蛾眉。烏騅何不逝，紅顔屬阿誰？殷勤事新主，休增長别悲。美人哀憤極，嘆王弗我知。妾曾讀女史，從一此其時。死等鴻毛易，捐軀報主宜。錦衾恩愛盡，昆鋙碎玉脂。血痕嬌滴滴，洒作草絲絲。更闌猿鶴唳，風雨泣松枝。

李夫人

延年有女弟，麗色欲傾城。紅潤嬌膚凈，嵐生曉黛明。嚬笑宫人妬，新粧天子驚。香霧錦茵衛，漢珠玉掌擎。悲夫顔易悴，鸚鵡寂無聲。淚掩湘魂斷，風吹瘦骨輕。擁衾謝天子，妾病無聊生。尊官豈在妾，願君念初盟。甘泉圖素影，甲帳尚幪帡。擬冷何遲暮，姗姗怨慕情。

嚴子陵

齊國一男子，寒暑披羊裘。左手携古書，右手執魚鈎。當屯之初九，陽剛方盛秋。蒲車往三返，徵賢物色求。咄咄撫光腹，君爲社稷留。熟目視天子，是言亦且休。德雖逢堯舜，知復有巢由。客星犯御坐，故人共衾裯。王良與周黨，格品何其浮。驕悍廷臣劾，煩屑友朋羞。士懷丘壑志，願豈在封侯？清絶嚴灘水，千載冷幽幽。

方文正忠烈公孝孺

寧海文正公，聰穎謹而肅。鄉人目小韓，文藝貫雍穆。交薦徵至京，聲名振輦轂。太祖老是才，莊士子孫福。漢中重其賢，正學群書蓄。類要大典成，兼總裁實録。應讖燕兵興，靖難君臣覆。草詔煩先生，欲法周公叔。成王安在哉，擲筆厲聲哭。御音數慰勞，忠心死不服。慨題絶命詞，正氣寧甘戮。悲夫瓜蔓延，窮搜遍山谷。仍非背國臣，濫刑夷十族。青簡補忠貞，凛凛香魂馥。

惠給諫世揚

逆璫亂熹朝，君子羅織半。三秦惠元孺，抗疏除驕悍。矯旨逮公行，潼關老幼惋。捶楚遍脛骨，肝腸死不换。家屬隔難通，黑獄冷無爨。幸賴一廢床，鬻錢六百貫。煤熏絶復蘇，詩有還元嘆。丙寅秋決成，凄雲暗星爛。笑談慰送人，休嗟遠行漢。豈有真元孺，亦逐幻身斷。俄傳皇子生，又得重櫛盥。不作夏侯顔，險歌廣陵散。再列聖明班，清史存忠案。

先翁文忠公殉璫紀述

熹朝天啟時，逆閹神器竊。肆横任恣行，朝野盡結舌。先翁少宗伯，幼負清風節。端慎選木天，史舘甚勞屑。壬戌較禮闈，聲聞貫兩浙。甲子試西江，所拔皆名傑。借策代彈章，回天除妖孽。俄然矯旨傳，膚肉毁寸裂。報君止頭顱，豈博刑餘悦？日月炤丹心，命逐殘星滅。卵存奈覆巢，誣賍苦污衊。棄兒方六齡，孤煢隨母孑。親族視如冰，飢寒欲自絶。訟寃于聖朝，得蒙解羈紲。煌煌守正言，中外知節烈。易名曰文忠，幽魂幸昭雪。大鳥集翁墳，千秋應碧血。每至三春時，觸懷惟哽咽。風木動餘哀，淚落河流決。何物最傷心，傷心在啼鴂。

題達磨大師折蘆圖

東渡憫蒼生，弱水投枝葉。天風吹埜雲，飄流不用楫。慧目觀中華，樂受塵寰業。未老菩提心，冷作莊周蝶。四海乏知音，九載無交接。

挽四姆張二嗣音

脩月補清姿，浮光秋水澤。永日憶湘簾，共咏芙蓉碧。鐵騎逐烟横，飄然而完璧。珮影沈空庭，裊裊靈衣隔。有鴻從北來，雲亂巫山魄。方知仙苑香，不染凡閨籍。

劉夫人蔡音度過訪

草垣山僻況，愁質病中存。貧無鸚武舌，春煖客臨門。僑居孤竹舍，知辱貴人尊。舟來村婦避，犬卧帶烟奔。疾捲流蘇帳，揮巾拭枕痕。樽開恕窘乏，叨領世心論。神揺風雨瀑，疑是昨驚魂。

題吴金堂先生元配蕭安人傳後

古月映蒼雲，清光炤鑑水。蘭陵舊儒裔，秀落蛾眉史。有姝淑慧芳，結褵歸樂只。雅好夢奇蘭，螢案寒相倚。緌紡益自勞，下帷勵夫子。禔躬苦御窮，敬順媚姑氏。曳縞味淡茹，賢助宛上仕。念載持蘋蘩，壼範尊隆始。月墮新雲痕，輝耀名香誄。

題金堂先生繼配高安人傳後

蘭閨有名媛，婉嫕嚴且明。志儆于晨昧，純孝素賢聲。和音樂琴瑟，動止必循規。温養代君子，喪儀禮無虧。偕仕上川南，錦水巫峰影。艱險蜀道難，況值流氛警。清風滿香車，香車惟載書。大夫夷齊儔，離鴻霜夜秋。愧予初識荆，磊落閨中英。

悼亡姪女樛

骨清蘭作質，靈慧每争奇。予初授曲禮，未讀心已知。承顔娱親意，即能盡女規。悲哉美玉碎，命與落花垂。深嘆寒門薄，難留天上兒。潤筆仍揮淚，箋舒若抱癡。思伊不欲夢，夢盡轉增思。巢燕春重集，歸魂定有期。梅山風雨度，草覆斷腸碑。

貪　吏

慷慨優孟歌，古逸詩皆[一]録。廉吏子孫寒，貪吏子孫足。目今有污官，悍質多鄙濁。縣令即飛蝗，村野遍荼毒。境無土木存，濫刑嗜己慾。快傳按司臨，民望勵風俗。險已落貪魂，心虚轉蹝蹻。喜錢可通神，依舊鸞膠續。幸而漏網逃，肆横無拘束。問天假霹靂，立擊除奸酷。

校勘記

〔一〕『皆』，原作『歸』，據增刻本改。

穢　吏

貪墨尚尋常，而兹穢莫齒。越城藏垢區，縣署納污匭。彼其咏哀鴻，蠢然肥晳豕。衣冠冒笠耩，羈紲從弓矢。竊位即棼闠，彈章旋刻褫。蠅營臭復餤，狗苟饕無已。借寇以誣民，凌紳而穽士。株連蔓益滋，竭血敲空髓。蟻貢賊之渠，奴顔膝甚婢。苦哉兵火餘，盡此地皮起。衆口譁其行，城頭覆以屎。督郵涖縣衢，詞詈呼鞭箠。面土數行潸，角崩半餉跪。或云庶改諸，誰料彌增哆？諂罷恣心驕，淚收隨色喜。多賕濟厥終，寇虐倍于始。豺狼詎食之，畜獄奚容此？吾不屑誅伊，憐其父祖耻。

織　婦

雞鳴日未昇，織婦當窗牖。潔白機上繒，清光透杼扣。幽幽含素心，絲絲出蠶口。節儉開皇年，易書存不朽。驕奢大業間，一縑一株柳。念此縷時難，金剪豈忍剖？莫爲蕩子衣，休作娼家繡。不惜繭中人，但傷織婦手。

菊花影

有花自有陰，大約蕃春夏。隱逸愛秋孤，傲霜所獨也。處甘老塢中，出願埋籬下。一暴而十寒，暘晞寧雨打？忽移皎月來，墨畫天工假。視疎似較多，視密又殊寡。枝葉有無間，疑筆時時寫。射焉沙莫污，躡也塵奚惹？柴桑醉見之，欲采不能把。呼酒與勸酬，贈答詎忍捨？隱跡既踪尋，此影堪題社。

秋夜吟

迢迢秋夜長，徬徨起嘆息。水深近而明，山長遠而黑。風景果不殊，日月光無色。捫心惟行吟，吴鈎何可得？壯髪漸凋殘，神京曷時克？空掩楚囚悲，恨乏木蘭力。仗天掃妖氛，復我昔時式。仰瞻雲漢間，透骨清寒逼。

己丑除夕嘆

孰云除夕忙，淡冷喜無事。半宵即庚寅，笑爲己丑慮。達哉夫子言，非道貧不去。拙哉昌黎公，送窮文空著。抱膝對寒燈，爆竹聲何處？

叙難行代真姊

國祚忽更移，大難逼何速。嗟我薄命人，愁心轉車軸。夫亡遺老親，家窘難容僕。一兒止三齡，雖慧還如木。予族若無人，孰肯憐孤獨？恐爲讐家知，相携奔山谷。山人索屋金，解衣浼鄰鬻。月光炤敗廬，雖寐難成熟。聞兵往西來，刼掠尋村宿。姑子能兩全，此頸寧甘戮。節敗何生爲，摧容髩剪秃。志老寂空門，流光惜瞬倏。悲聲落紙中，能書不能讀。

竹雨

摇拂龍蛇影，茅垣覆緑陰。猗猗知勁節，志逸集空林。愁多書未寐，凄霖薄更深。點逐瀟湘滴，摩疑葉上音。雲堆天作色，風静識鳩心。不爲高士笛，不琢美人簪。清標甘冷寂，妬雨忽相侵。

桐風

齋旁有幽桐，清懷而韻潔。金風從何來，形無性甚劣。淅淅忽傳音，倏起又倏滅。不驅掩月雲，不逐砧聲絶。傷我閨中心，吹我桐枝節。縹緲入秋空，葉動蟬嗚咽。

蕉　露

美人心未舒，静夜庭垣立。鳳尾贈知音，春闌轉羞澁。炤月影徘徊，露浥羅襦濕。吹碧綺窗幽，鹿夢同雲入。苔冷卧蕉魂，香渺孤鴻悒。東風催曉粧，俛首惟含泣。

茶　烟

初試幽蘭美，香憐雀舌煮。炊聲出竹外，清氣落花聞。火温性漸熟，静水幻奇紋。飄曳風前繞，襟舒漾野雲。心茶兩寂寂，浮碧起氤氳。虚齋吹一縷，嘗傍古徵君。

山　韵

皎月出山巔，山光與月映。猿鶴唳空林，聲落流雲靚。俗客寫山顔，反損山之行。微風吹松花，心屬幽蘭聘。飛烟韻士襟，醉雨佳人病。日影入寒泉，水日疑相競。山能爲主人，詩酒同山竟。

書　香

孰謂書生幽，孤孑無多僕。孰謂書生清，腹素無蠅肉。携書卧寒氊，披葛勝綺縠。咏秋宋玉悲，傷時賈誼哭。世濁無所宜，止有書堪讀。偶然煩慮生，對此精神肅。舒卷春前蘭，掩卷秋深菊。異書入胸襟，筆落奇香馥。

綠綺琴

凌雲發寒墨，墨韻入孤琴。一鳴幽萬籟，再響屬高林。擊空秋色默，花醉美人心。遨游百里外，書卷故交深。虚月隨四壁，渺渺愁已侵。客知琴有曲，圍坐促新音。烏識湘簾際，偏解鳳兮吟。

惜梅殘

不羨梅開時，偏惜梅花落。一半寄清流，一半投簾箔。無計理殘粧，惟怨東風惡。有人在高樓，樓高春寂莫。

瓜棚同睿子聯句

户暗掩清光，嵐影若斷續。睿。一架引凉風，製繩如碁局。映。月痕透窗虚，合離隨影逐。睿。冲霄志未伸，蔓延暫委曲。性潔拔泥生，瓜下無榮辱。映。葉動浮雲來，樽啟傾醽醁。瓜結露含珠，蝶羽疑新浴。蟬來架滿秋，吸飲無他欲。睿。

戒殺詩

一氣吸天地，化濕卵類溥。羽獸棲深林，鱗甲遍水滸。一阜一勺多，俱入山川譜。有巢飲茹毛，血食追隆古。非不欲生之，生之物無主。巨魚可吞舟，强獸恣行伍。反起傷人心，豈服漁獵弩？釋氏戒所爲，減味功誠普。香甘娱客容，含悲落沸釜。相視惟嗷嗷，欲語難分吐。一時有限情，填人無厭肚。念此心惻然，忍令淪刀斧。菜根味亦長，荷鋤理園圃。戒殺者何人，烹羹者何瞽？不殺不齋持，吾儒中正腑。

代海棠秋怨

幽堦落顔色，長嘆陰風曀。恨不化石尤，可阻兒夫婿。憶别烏絲箋，上寫同心誓。負妾小窗前，經年復經歲。梧墮減香姿，輕寒逼羅袂。皎月過雲來，雲清孤雁唳。萬物有窮時，情心癡不憇。玉骨空烟冷，殘痕滴深砌。

吊義塚

昨從城南歸，纍纍多古壙。暗風吹寒花，高樹飢烏望。日色欺敗棺，牛馬據其上。抔土瘞壯夫，狸穿吸枯髓。癡骨伴秋霜，燐燐陰光起。主祀嘆無人，魂隨草木徙。啼鵑泣空影，靡毁識何氏？視此心惻然，焉知不爾爾？

紅　樹五仄體

佇目緑已變，雁度暮景候。艷質歲月改，寶鏡徒自守。一半逐卷石，石老樹亦秀。立地叩墨影，減味入古岫。數筆抹壯志，永夜不解晝。擊節少識者，嘆息但俛首。冶態恐忽徙，雪凍惜蝶瘦。好句寫去葉，水活向耳奏。逆視美粲粲，雨打萬木吼。野鳥慕絳色，晤對遠墅右。

悼　姬小引

姬姓陳氏，行六，金陵人。歸睿子八載，未三十而逝，君望、君卿俱所出也。代睿子傷之。

寒色香飛墮，馬嵬悮玉環。輕盈飄素質，淡淡兩眉彎。海棠流韻足，萬卉一時删。金屋貧無貯，隨珠得再艱。沈花千瓣冷，忍看白雲還。桃源仙跡杳，巫峽豈能攀？孤燈留影淚，滴處已成斑。墨情吹暗月，翠被幾宵閒。泉臺應有恨，莫上望夫山。

贈比丘尼純宗師壽

妙幻支公鶴，翱翔霄漢舞。朝領雲霞情，暮宿梅花塢。武陵有高衲，不與凡僧伍。脩雅博史書，清氣含香吐。移此比秀鶴，預祝君稀古。

映然子吟紅集卷五

山陰王端淑玉映著

詩　類七言古

群花篇

有花有賦春金谷，主人愛花兼愛竹。名花有主心自歡，海棠艷領韶光獨。古梅高潔幽蘭芬，傲冷孤山如徵君。绿映蒼苔放牡丹，杏花李蓝烟雨寒。瓊枝炤月人如玉，醉狂芍藥雕闌束。微風香度夜荷舒，鴛鴦暖宿芙蓉渠。一架荼蘼白似霰，桂落浮雲點秋研。霜壓東籬菊影凋，埜鹿眠蕉伴寂寥。蝴蝶花飛百合剪，粉團半逐楊花捲。石榴含笑胭脂紅，茉莉不與薔薇同。錦葵蜀葵向日傾，紫荆初透黄枳情。秋江開遍水紅花，鸚哥巧唤楊妃茶。姊妹嬌分白玉蘭，山麓嫣然百日殘。瑞香錦帶宜春蕚，深院無人墮金雀。夜落金錢買合歡，玉簪斜插宜男冠。燈擎捧炤銀杏瞼，相思草茂情難免。紫微郎有凌霄志，洛陽疑爲探春去。玫瑰偏添月季長，寂莫雞冠綉海囊。愁多易洒梨花淚，解贈珠蘭八寶鑲。弱弱深閨虞美人，粉桃腮瘦丁香身。茨苺脩真伴水仙，曇花談佛不知年。牽牛花杳斷腸草，玉梨木筆長春老。綉毬空抛聘木香，松花滿地流雲掃。晚展燈籠炤剪春，交藤光蔽菱花塵。去年看花花容麗，花如風蘭人如蕙。今年見花美去年，花底紅顏增一歲。予覩花枝甚唏歔，花枝覩予亦嘆息。蜂蝶惜花聲氣同，苦被封姨妬顏色。賦花品花惜其致，願入花間作花吏。拾得群芳無限情，莫使香空寒羽翠。

失扇詩〔一〕

山水主人甚淵博，文心常被東風縛。才高傲骨〔二〕薄利名，願逐芳蘭在幽壑。偶占好句書扇頭，梅花一瓣隨春落。君不見僧繇畫龍〔三〕雷雨昇，子美詩成神鬼〔四〕愕。延津劒去終化蛟〔五〕，令威仙乎來爲鶴。始知神物豈可留，離情非是經秋却。

校勘記

〔一〕《燃脂集》收録此詩，眉批：「説失扇甚雅。」

〔二〕「傲骨」，《燃脂集》作「骨傲」。

〔三〕「龍」，《燃脂集》作「壁」。

〔四〕「神鬼」，《燃脂集》作「鬼神」。

〔五〕「蛟」，《燃脂集》作「龍」。

小青

廣陵女子字小青，生長深閨二八齡。嬌柔窈窕美且婬，才堪咏絮過謝庭。椿萱蚤失苦伶仃，故將弱質作小星。遠嫁匪人恁漂零，家有妬婦發雷霆。敲金碎玉焚五經，幽房暗閉若囹圄。慘風悽月透窗櫺，欲踏落花出畫屏。鸚武休言轉叮嚀，挑燈閒讀牡丹亭。雨滴空堦不忍聽，閨俠設計出重扃。携入孤山甚岑岭，寒莉一枝蔭破瓶。更闌哀雁唳〔一〕沙汀，强支梳洗怯婷婷。低囑化工傳病形，自搦班管寫香銘〔二〕。捧讀遺章奠美醽，恨不隨君到九冥。

校勘記

〔一〕『唳』，原作『淚』，據增刻本改。

〔二〕『銘』，原作『茗』，據增刻本改。

哭金烈婦同夫殉節

越岳偁山鍾女士，雪胎冰濯鑑湖水。德容窈窕推仙子，伉儷好逑矢共死。時勢明知無濟矣，贊夫攘臂膺弓矢。夫猶嘆婦如斯已，婦更勉夫從我始。同聲呼應詈不止，披赤抒丹剖肝肺。志能帥氣昂以起，怡然莫逆睛相視。人云慘極彼愈喜，知痛而分曷足比？肉飛片片香花蘂，骨粉霜清馥逾芷。不願佳城葱鬱累，不願美名忠烈誄。不願五鼎烝嘗祀，不願千秋竹帛紀。但願英魂兩不離，重來捲土雪兹耻。

董大素柔過訪乏炊

荒墟塵寂冷茅室，秋風乍起微寒慄。竹窗初曉猶朦朧，露封徑艸良人出。自君之出歸暮遲，閨伴訪予厨乏炊。詩書療飢果不勝，棄却詩書無所宜。卜兒未諳口喃喃，望女添愁聲唧唧。輕囑我兒弗浪啼，米薪娘解羅衣質。膏粱子弟不識書，狐裘良馬大厦居。簫鼓追隨食甘味，豐粮盈積多饒餘。人詈聰明天亦嫉，誓必焚書并瘞筆。富貴羞聞歌扊扅，咏此無炊記今日。

山雲篇爲玉巖子皡長兄壽

孤雲蒼秀空山起，光入古松老不死。恍如秋水載芙蕖，風欺脩竹吹烟裏。玉巖獨得山雲情，長吟冷冷如琴鳴。安期仙乘王喬鶴，飛向梅花隱廬落。晚鴉雲亂點斜曛，東山眠緑枕埜雲。玄守論成山氣清，雲流過山山有聲。

種　魚

一泓淡淡鑑湖粧，捲盡横波烟雨茫。細鱗檀口香鰓嫩，窈窕魚苗僅三寸。戲草追隨貫隊行，綠漾光飛不識名。浮沈弄影吞月痕，芙蕖夜吐鴛鴦魂。斗帳寒眠秋氣入，萍動有聲聞魚泣。愧予幸無尺素書，恣行肆滄得自如。肝胆青魚志盈腹，供世刀砧療人目。蘭橈輕摇魚夢醒，猶傍菱花含露宿。姬光竊位專諸死，笑他名利烟波裏。主人恩重豈忍違，耻添頭角風雲起。

採菱〔一〕

一涯秀色寒空起，片片香光入秋水。蘭橈錯鷩鴛央群，舟裏雙鬟如桃李。羅袖垂垂薄晚風〔二〕，汎流疑墮胭脂紅。遠樹青分下夕陽〔三〕，纖手猶〔四〕牽菱蔓長。瀲灧波横綠水新，扣舷舊識耶溪民〔五〕。採菱菱茂不知處，輕歌已〔六〕逐烟雲去。

校勘記

〔一〕《燃脂集》收録此詩，題下有夾注：『稍删。〇《樂府・清商曲辭・江南弄》題。』

〔二〕『薄晚風』，《燃脂集》作『映夕陽』。

〔三〕『汎流疑墮胭脂紅。遠樹青分下夕陽』，《燃脂集》無。

〔四〕『猶』，《燃脂集》作『徐』。

〔五〕『瀲灧波横綠水新，扣舷舊識耶溪民』，《燃脂集》無。

〔六〕『已』，《燃脂集》作『更』。

蟲淒

宵來露冷聞蟲語，借草寒棲草不許。林烟吹散亂紅堆，一派愁音起荒墅。半天陰雨昧空明，淒淒偏入秋人耳。

代睿子贈畫師徐象九

漠漠黄花秋一把，秋霜夜擊鴛央瓦。千種烟雲屬化工，澹墨輕綃隨意寫。韓幹畫馬不畫人，徐君畫人不畫馬。情光筆光神欲飛，異傳不在虎頭下。畫龍好龍真龍來，莫作葉公驚遁者。

代睿子贈邗上周允公

天道變兮枯草木，野民斂跡居寒谷。霜花點點落幽窗，抱膝長吟聲入竹。岳母憐女勸移歸，燕子重棲王謝屋。風透小簾户不扃，問者無人知者孰？聞有君子邗上來，斯文豪俠貌郁郁。予爲農事出城南，倒屣無緣瞻賢淑。幾欲尋踪到上方，奈何乏簡又乏僕。猶道平原十日羇，扁舟豈料君行速？捧讀新詩心悵然，徘徊止對籬邊菊。

山雲篇壽浮翠軒吴夫人

淡罨幾峰青可數，雲烟山氣時時吐。鶴過長空雲影生，山光不足梅花補。一瓣寒痕寄遠心，恍惚忽聞緱山音。雲入蒼松松自舞，祝君壽與山雲古。

挽貞烈湯夫人

日月晦明艸木腐，長安塵動楊花舞。涓涓御水亂紅飄，禁苑籠開出鸚武。古燕湯母太夫人，冰霜節操厲一身。裂帛垂芳羨簪珥，愧殺朝堂苟免士。浩然正氣表清名，貞潔含香載鑑史。

韓幹畫馬十四匹〔一〕

幽齋或聞澗中響，一簇駿馬生圖上。訊之筆峰〔二〕屬何人，唐時韓幹畫如雲〔三〕。行卧奔騰各有態，遠神別寄烟雲〔四〕外。聲音或出山水邊，情光可並天地傳〔五〕。曹霸有後誠不死，繪馬千古無逾此。十四匹中皆有神，樹邊緑艸各森森。王良自古有聲價，耳聳蹄豎似欲下。

校勘記

〔一〕《燃脂集》收録此詩，題下有夾注：『稍删。○以下五首並《吟紅集》。』謂此首及《葛巾漉酒》、《尊羹敵酪漿》、《採菱》、《失扇詩》。此首眉批：『首尾小具作意，中間實際殊少，讀此等令人轉憶杜陵。』

〔二〕『筆峰』，《燃脂集》作『筆鋒』，王士禄改作『畫者』。

〔三〕『畫如雲』，王士禄改作『筆絶倫』。

〔四〕『烟雲』，《燃脂集》作『驪黄』。

〔五〕『聲音或出山水邊，情光可並天地傳』，《燃脂集》無。

擬青鳥錯爲徐象九室人壽

松枝笑綰流雲片，光散芸窗點寒硯。凝新妍麗曉粧開，美錦天孫手自裁。徐君有婦淑且賢，鹿門偕讀梁鴻傳。舊居武林今始來，空聞德名未識面。吹簫秦苑思悠悠，羡爾長生共月侔。青鳥錯傳花外信，初度塵寰五十秋。

葛巾漉酒

逸士卧秋秋意獨，霜光數數〔一〕觸寒目。野人惠酒雅好同，丹楓吹落黄花叢。蟋蟀哀鳴老糟〔二〕牀，耳邊鼻邊〔三〕茱萸香。村醪恐作清名濁，不惜葛巾重一漉。

校勘記

〔一〕《燃脂集》收録此詩，『數數』作『歷歷』。

〔二〕『老糟』，《燃脂集》作『近酒』。

〔三〕『耳邊鼻邊』，《燃脂集》作『晚風籬畔』。

答某子刺某氏詩

鸚武鳴春艸木香，柳烟青發日初長。含毫落句愚人嫉，殘篇空冷舊寒緗。自知學業久疎荒，好月不到愁人墻。豪家車馬如層雲，好客從無平原君。虛樓乏燭守漏永，癡聽啼烏點夕曛。金閨亦有掃眉士，喜賦愛吟香口齒。讀予紅艸慕予深，目覩纔真非屬耳。坐譚感慨果清神，翠軒詩綉天孫針。予愧菲才服君德，羡君量智勝頭巾。幽窗評句乍拋愁，共惜芙容恨染秋。猜嫌意恐黄鸝見，花落簾垂不上鈎。玉碎花凌石下飛，子規應笑莫須歸。殘痕半逐香光斷，雨滿庭除淚滿衣。君不見班姬薄命悲紈扇，耻與低微論是非。

厭月明

月光醉卧秦峰頂，一派閒雲秋水等。煖風輕度新月香，清氣入花花事醒。石橋踏月景色幽，半泓春炤歸舟去。閨人有淚月無聲，九十韶光奈如許。書燈將滅竹影横，桌間覓得題殘紙。迴身避月月不知，月痕又向窗前徙。

蓴羹敵酪〔一〕漿

月容慘淡黄塵起，馬駝盡繫枯楊裏。琵巴彈弄胡姬手，酣歌夜吸葡萄酒。恍惚初聞血乳香，盃中映出流霞光。有尊寒潔産湘湖，采之食之逾酪酥。

校勘記

〔一〕『酪』，原作『骼』，據增刻本改。下『酪』字同。

獨　愁

君子固窮愁不得，遠痕消盡殘秋式。離鴻偏過仲宣樓，月入破窗寒氣逼。淒清蟲傍枯草吟，有懷無酒心如醉。曲欄凭遍暗雲迷，寂寥且抱殘書睡。

九日有感

登高酣飲無憂子，逍遥巾服輕綃履。朝玩芙容扁舟中，暮宿秦樓在花市。素屏斜倚翠袖傾，揮毫笑記妖姬名。雲光擁月玉漏催，鳴筝檀板歌初起。不知萬木凋空山，人事更常臺榭徙。今歲尋花續舊游，環珮聲沈青娥死。舉杯碌碌知音希，惟有殘烟裊秋水。

擬秦峰溪松爲吴震崆先生壽代睿子作

秦峯溪松千尋緑，解作人間幾百曲。墮芳蘭汎炤新痕，幽蒼韻遶寒梅屋。松弄閒雲緱鶴起，餘香幻出雄文史。臨流墨發醉魚光，吹花綉衣秋烟裝。空音冷冷如談玄，水動松迴步虛舞。雲浮應散月易沈，擬祝溪松淡今古。

賀家侍御千里室周夫人壽

岫梅初發春風倚，不使烟霞入寒水。麻姑珮影藉鵬踪，迴顧層霄幾千里。猗猗韵染芝蘭艸，新痕深遶梅情老。吹香静月燈共輝，素容欵映裁雲衣。幽芳一段清光束，古梅蒼竹擬君祝。

贈張子美學憲代〔一〕

提衡古哲嶸文壘，燕公才筆巍千祀。横渠理學繼當年，今日兼之屬子美。旗鼓中原聽壯聲，小巫大巫皆珥耳。斯文端的在于兹，鶴引清風來浙水。一代人倫埒絳幃，百年禮樂從今始。曲江品格辨魚龍，羅象珊瑚無遺士。群材此日欣有托，杞梓梗楠艷桃李。舉世但願逢荆州，萬户真輕如敝屣。

校勘記

〔一〕以下兩首底本無，據增刻本補。

嵊邑吴亮公父母太翁崑老以現任司訓太君李母雙壽代

春雲今遏剡溪緑，一帶棠陰撫絃曲。清璈奏動玉壺秋，輕烟縹緲燒銀燭。天空垂象耀滄溟，堦庭苔襯生芝苓。偉然師表産亦馨，文光炤徹鴛鴦屏。胡麻不泛桃源渡，香塵滿境明花路。十二峯前鶴並來，翱翔歡捧雙星杯。

映然子吟紅集卷六

山陰王端淑玉映著

詩　類五言排律

擬古月臨松代睿子壽吴期生先生

月華秋意滿，高韵托松枝。桂影霓裳舞，霜明丹彩垂。緱鶴巖前度，喬笙花底吹。禹陵嵐氣續，天漢月光移。亘古輝猶在，歲寒顔不衰。擬祝同悠久，長生笑詠詩。

代睿子賀南和白函三同年按漕報竣

北斗文星曜，南陽宰輔聲。股肱夔左席，耳目鳳孤鳴。帝軫頻年殍，民依一線生。嗷嗷枵腹哺，勉勉拊心征。出稷襄皋禹，資蕭給季彭。翰飛輸萬里，雀踴飽長城。敷奏龍顔粲，麻宣麟閣峥。寒鰥逢歲險，涸轍望濡泙。車笠叨忘分，雲泥不食盟。王孫何以報，擬賦獻淮清。

山色有無中

山影卧秋水，窺青魚有光。其光入層樓，簾垂嵐氣凉。凝神瞻意色，筆幻麗人粧。澹澹匀殘墨，思空樹夕陽。烟迷巫峽遠，翠冷白雲茫。縹緲鳴禽過，松花透羽香。

代睿子上陳唯公八韻

深荷驊騮接，重輝古越州。世誼先有望，山寇自相投。禮士談兵俠，迎賢檢策謀。烱眉容默默，英質體彪彪。紫玉韝雲影，寒星帶雪鈎。嚴明秦峽遠，威燭鑑湖秋。細柳貔貅擁，長城衛霍流。塵烟清海甸，民已鼓歌謳。

秦望懷古

澗光飛白練，嵐氣逼清旻。日動蒼松嘆，旗翻海岳嗔。恃雄惟暴法，爲政獨虧仁。石骨書銘跡，山花封禪神。怏申博浪志，悮擊副車茵。鶴唳悲餘壑，猿啼泣遠隣。樹摇陰鬼出，草偃古碑湮。佇憶亡秦事，秋風繼曉晨。

代睿子悼西侄有小引

西侄，睿子社友李席玉[一]次郎也。年七齡，聰慧不凡，以痘夭，席玉哭之慟。睿子屬余悼慰，愧不成句，聊賦八韵，以誌餘傷。

英致飛虹杳，星移帶月殘。鳳毛知易損，蘭夢忽驚闌。日近長安慧，文標秀骨端。龍門疑有望，白玉嘆空寒。一影垂髫髻，全羞無髮冠。猶傷沉璧夜，尚捧苦參丸。減色花應痛，鍾情客亦酸。春秋吾道閉，今識獲麟難。

校勘記

〔一〕『席玉』，原作『蘊生』，據增刻本改。下『席玉』同。

癸巳上元後一日代睿子壽涂四長別駕四十初度[一]

何須乘鶴去，高曠即神仙。月現松濤寂，梅疎石韵堅。嵩巔雲澹澹，金谷草芊芊。青鳥啣荆玉，玄霜映楚天。抱書懷上古，捫膝傲時賢。究得黄庭秘，能聯白社禪。郢中佳國士，沅水美蘅茎。撫越歌三月，迎春奏五絃。蒼生懸望切，蹻足待遐遷。

校勘記

〔一〕以下二題三首底本無，據增刻本補。

次錢穉農錢子方坐雨聯句韵

吾廬吾自愛，幽徑碧窗閑。楓葉隨風動，樵農帶笠還。舟行沙岸曲，漁火越溪灣。空谷傳鐘寺，秋容老髩鬟。錦囊藏妙咏，紅荳戲調鷴。美酒消愁色，頑兒學舞斕。書懷收萬卷，雲合隱千山。蟲語哀茅屋，文光壯宇寰。人生清爽態，意在有無間。客况驚簷滴，香銘刻竹斑。鳩欺衰柳漸，衣怯病膚孱。評古花朝嘆，行吟水夜潺。葛巾籠短髮，閒緒減芳顔。埽跡殘烟盡，慵情好句删。高賢却轂避，雅士仗詩攀。嵐障渾迷雁，啣蘆度遠關。

其　二

半載江雲外，孤天日日閑。隻烟飛不盡，寒嶺爲誰還？車影杉巔出，空聲翠裏灣。巖梯石可入，亭煖氣成鬟。海别三千里，霞蒸數點鷴。柳連四野白，樹積小香斕。欲過堆嵐市，難明咫尺山。我心惟澮一，八闔又盈寰。師密愚耕室，餘紅泣望間。意深藏遠恨，淚苦聽幽斑。豪奪江湖壯，魂隨秋草孱。霧雄溪瀉瀉，夢劇水潺潺。晚墨來朝鏡，蘆衾貌古顔。此中無旁午，静説且吾删。愛昔偏從雨，鋤今未可攀。錙銖歸雪棹，籠袖掩松關。

映然子吟紅集卷七

山陰王端淑玉映著

詩　類七言排律

吊錢塘戰場

萋萋岸草雨瀟瀟，戰死寒戈恨未銷。沙際蛍光沈月影，陰房鬼淚泣秋宵。敲殘遠岫鐘初寂，唳徹荒村雁已嘹。默默驚魂隨敗楫，離離故黍悼空沼。野花根畔惟羶血，過客朝吟帶墨妖。雄志今隨烟月冷，芳名何處紙旛招？深閨亦有孤燈婦，莫聽江聲待晚潮。

春日舟過鑑湖見麗人

遠山蹙蹙淡横秋，柳拂寒烟寄上流。風弄瀟湘臨水瑟，月沈南陌點沙鷗。鬢香緑裊芙蓉冷，膚潤紅凝軟玉投。光壓梨花吹醉蝶，夢迴燕子怯登樓。春衫應悔含梅瘦，鮫淚深愁凍墨收。思到碧欄垂手立，閒評尺素掃眉儔。竹釵新影巫雲靄，苔石妍痕楚岫幽。杜若芳芬天漢隔，清眸猶憶盼行舟。

壽純所二伯翁代長裕〔一〕

花甲重輪又十秋，丹霞吹送舊笠篌。日昇海静蒼龍老，風入松高玄鶴投。玉樹滿庭誇鳳集，瓊樓遠閣望仙儔。春燈光炤梅根古，芝草芳菲巖壑幽。白首雙星銀漢現，馨蘭九葉碧苔稠。褒綸大雅奇三桂，世貴王章重五侯。賨鴨畫屏香襲襲，嵩巔溪岸水悠悠。簪纓盈座傾紅□，斗酒霓裳進百籌。

校勘記

〔一〕以下二首底本無，據增刻本補。

聞張振公嬸舅父榮任雲間代

昔年弱冠别台顔，廿載暌違髩欲斑。辱教日聆終佩膺，問安馳載隔關山。天才落落椽如筆，棠徑陰陰民自閒。北闕文星誇政績，高岡鸞鳳集雲間〔一〕。膏流宓響歌鄒律，鶴舞翺翔戲白鵰。乳虎鷙搏□雅化，繭絲霆叱摘神奸。救時保障知匡（下缺）

校勘記

〔一〕『間』，底本僅可見『門』字樣，據詩意訂正爲『間』。

映然子吟紅集卷八

山陰王端淑玉映著

詩　類五言律

讀先君文飯

日啖先嚴飯，文存即飯存。羮墻追夙嗜，菽粟便饔飧。班史胡能續，蘇門詎敢援？恨非男子相，繼述聽諸昆。

其　二

文飯先君筆，才雄直更狂。傲情高李白，逸致倣羲皇。山水雲烟秀，冰霜氣節芳。聲名播海内，千古誦遺章。

奠中表定生衲子

悟刼靈光去，飄然棄敝廬。玄洲垂月晚，西境落花初。蝶夢烟中散，藤纏静裏除。惟祈飛錫至，享我碧園蔬。

新　居

幽谷今纔出，奚夸緑野堂？近池多雪漉，遠樹映鄰光。但有牛横笛，而無馬控韁。貧叨清供富，晨起飽禾香。

其　二

却病居幽僻，烹茶拂净甌。雲飛出岫遠，月爲小窗留。泥古詩翻俗，聲新鳥悉秋。草廬肥遯足，三顧敢希求？

其　三

門開千畝碧，何必定吾田？間架無多地，秋空有曠天。殘篇饒課子，啜茗學參禪。况際初弦月，宵宵坐至圓。

晨　起

夙興忘櫛盥，山色看將癡。挹爽乘天曉，聞香怕露遲。柳眠方起舞，鵝醒即奔池。甫曙無人出，支頤且憶詩。

晚　坐

班荆來露坐，兒女互相携。海氣方通北，朱暉已下西。犬眠從未吠，雞塒自知棲。徙倚黄昏候，烟波處可題。

先嚴生忌

生辰誰曰忌，展像儼如生。天亦延才望，人彌重令名。書樓千古業，文飯萬年羹。酒近南山祝，嗎然進一觥。

雪癡兄至

愧我非蘇妹，而兄自長公。字奇知有訣，詩病指無窮。晤即餤文餅，吟聊代酒筩。所饒天冶具，巖壑贈涼風。

化愚師至

信佛還疑半，惟師與我投。損之誠少業，淡也果忘憂。一喝難懸解，從聞漸學脩。皈依今始決，水月此間幽。

蓬門

骨傲豈隨俗，寧攀山鬼鄰？舒雲聊作帳，集葉戲爲茵。鳳嶺知難效，鹿門且耐貧。殘篇任意讀，不羨騎轔轔。

席上作代睿子

人生貴適志，富貴欲何爲？放達托卮酒，清音愧竹絲。流雲佇佳木，飛鷺點漣漪。暢飲毋辭醉，曾聞荷鍤隨。

月

猶是初秋月，投荒便不同。無雲誰擬雪，夾水似乘風。境曠輪增闊，旻高鏡并空。嬋娟歆伴我，晤語漏將終。

雨

苦雨危簷下，霓瞻此索居。稚兒騰足屈，田父笑眉舒。未雪先封逕，臨風可讀書。鳴泉聽樹杪，起汲沼中魚。

壽睿子

淹蹇將三十，清空半世囊。人隨花底老，顔逐鏡中蒼。瑞色浮文燭，流霞點壽觴。於陵傲志足，書史共糟糠。

送雪癡三兄游邗

十年寧幾晤，書劒又萍飄。脱草詩誰正，看山坐更寥。文樓知妙選，瓊觀有仙邀。所藉池東月，清同念四橋。

病中喜新月

促織頻催懶，寒衣猶未成。起床忘骨瘦，着履覺身輕。青帝飄飄散，姮娥冉冉情。秋懷無所處，共月結新盟。

弦月即事

月輪弱未滿，偶藉淡雲鋪。筆落秋襟爽，吟清病骨蘇。螢投衰草没，酒向碧烟沽。幽影猶存色，埋香已熱爐。

立冬日蜀阜即事和韻

景索知秋去，惟餘葉擁門。雲痕藉水散，月影賴松存。古研新烟冷，博山宿火温。若歸人我法，休作歲寒論。

孟冬廿六日初寒

雲迷知欲雪，天際若霏霏。爐冷茶烟寂，箋寒水凍揮。游魚悞落網，飛鳥錯投扉。愁到梅花瘦，腰肢減一圍。

睿子銓除衢郡司李

鼎沸乾坤亂，金甌半已殘。旅興歸共主，草莽博微官。明允誠非易，矜疑亦自繁。今添憂國淚，甚弗〔一〕坐尸飡。

校勘記

〔一〕《燃脂集》收録此詩，『弗』作『莫』。

懷丁姑步孟

叨領芝蘭氣，幽窗契語時。臨風朝共鏡，傲雨夜聯詩。温惠如君子，才華勝謝姬。自從分袂後，無日不思之。

閨友鄭二明湛始寧回過訪

葉飛秋已半，閨友過衡門。佩曳閒花逗，釵鳴静鳥喧。羨君還故址，憐我守孤村。共述襟懷事，舟行日漸昏。

貧病有感

纔已行貧運，偏增新病魔。燈花虚擬結，鵲語幾番訛。針指能生睡，詩篇强自哦。寒風吹瘦骨，酌茗亦陽和。

憶真姊

證法扁舟去，幽村古寺寒。風吹旛影亂，月落鉢中殘。弄色優曇放，娱情山水飡。師超三界外，嗟我混詩壇。

山居夜咏

欲知更漏永，遠寺斷鐘聲。月接清溪影，風颼敗竹鳴。鶴音聞老柏，雁瘦怨香蘅。磊落愁多客，能移山水情。

丁姑步孟三十初度

清操柏舟咏，松筠舊有稱。是知花甲半，喜歷歲寒增。涇水潔如鏡，辟纑隱炤燈。一經勤課子，望藉賢書登。

暮 捲

終朝癡對罷，暝色更蕭然。鳥語囂還寂，山光倦欲眠。是雲皆入岫，未月已籠烟。愁只孤闈静，燈微影自憐。

風 片

風厲刮人面，風和吹妾心。颸從水上起，薄甚樹梢侵。習習飄花蕋，層層透袂衿。一垣天遂隔，不肯入閨深。

上元後二日劉子端司李室蔡音度過訪以詩見贈索和

權變英雄事，才疎到老閒。雲孤吹埜月，塚壘若荒山。漢史原推蔡，椒花愧數班。陋居栖病骨，孰敢望循環？

其　二

鶴埜難覊性，翎垂暫隱昂。梅凋枝未老，客至壁生光。僻敬申園薮，舟行怨夕陽。嚴粧曳珮去，春色滿空梁。

春日真姊過訪

花落琹書冷，香吹過鳥鳴。東風解寂莫，春艸笑凄清。正抱懷師念，深蒙顧我情。道通應有法，何以破愁城？

春　感

未見梅花落，誰云春可尋？微風吹暖日，衰草漸青心。世濁如塵鏡，家寒若廢琴。林禽深有意，憔悴伴孤吟。

雨中桃花代睿子

山暗連雲没，紅妍傍柳絲。粧殘花溺雨，樽啟客因詩。香渺枝空淡，烟分蝶自知。春風何太厲，偏向小桃吹。

代睿子壽杜功王表叔

名望推君獨，龍韜舊識兵。浣花春草緑，過雨遠峰明。香彩雲同擁，詩新酒易傾。流鶯偏解語，柳畔唛長生。

舟中夜月

野岸行舟泊，清光炤客孤。鐘聲至遠韵，雁影入荒蕪。山氣連雲碧，花衰傍艸枯。風帆吹寂莫，楓落冷三吴。

壽睿子三十

初度君三十，棲荒共一廛。花飄秋水渡，雁去緑烟邊。栽得陶公菊，誰先祖氏鞭？光輝天漢静，碧落壽星懸。

咏美人再贈浮翠軒主人

美人比秀鶴，蹁舞在高林。但寫烟霞韵，難描慧警心。咏他嬌且艷，費我短長吟。水遠蘭舟去，香空杳莫尋。

代睿子懷友

春斷詩人蹟，淇園每錯尋。海棠仍不語，鸚武杳新音。艷色紅初墮，空香緑已森。清宵聞杜宇，或也憶山陰。

僻居同睿子聯句

因病居茅屋，映。尋幽此地嘉。睿。臨池月雙映，映。觀壑面三霞。睿。雲亂呢梁燕，花翻集樹鴉。映。含情芳草色，睿。烟裏泛漁艖。映。

賀吴亮公炤磨室楊淑貞再舉子

紫芝天種秀，奇彦産名邦。新桂含烟發，明星帶月降。文光通六極，虹氣壓三江。孰謂楚無寶，藍田玉已雙。

讀董大素柔詩

班管拈纖手，裁雲紙上時。秋空巫峽遠，天静月眉移。七步非難事，十年豈緩思？寧如曾子固，到老不知詩。

九　日

含秋霜已墮，雁帶玉關愁。雲響依寒竹，書空傍小樓。烟殘荷葉盡，思冷遠痕收。人謂災能避，身登最上頭。

俠　士

一目識肝膽，頭顱值幾何？異書臨水讀，利鋏傍崖磨。真氣壯天漢，長歌塞海波。古今談俠美，慎勿學荆軻。

讀鴛湖黄媛介詩

竹花吹墨影，片錦貯雄文。抹月含山谷，披雲寫右軍。擊音秋水寂，空響遠烟聞。脂骨應人外，幽香紙上分。

紅　詠

入漢宫人淚，吟清玉映詩。空音芍藥想，飄渺御溝思。汗血嘶風馬，長鋒斷赤眉。疎林留落炤，擊碎石崇枝。

飲　茗

松炊寒夜色，烟瀉緑窗詩。晤夢凡花落，談禪病衲知。溺情春澹澹，繞境月其其。心醉茂陵客，琴臺佐遠思。

映然子吟紅集卷九

山陰王端淑玉映著

詩　類七言律上

八月十四姑胡太夫人生忌

仍依漢制獻秋嘗，跪對几筵進一觴。葛沽村風悲木落，若耶溪雨淚同泱。憶魂幾欲祈來夢，掃墓無由買去航。瞻望燕京惟極目，迷矇苦被白雲茫。

讀司馬長卿傳

鷫鸘裘典剩琴書，每爲寒風薄敝廬。濯錦江吹輕粉浪，臨邛花遶落雲居。渥洼太乙歌神馬，傳舍無聊彈鋏魚。抱負若非逢狗監，上林誰識漢相如？

答稚女詩示君望

憐女非關阿母慈，慧心他自解追隨。食來到口猶推遜，客至偏知隔户窺。演拜似能嫻禮數，翻書宛若集容儀。嗤嗤偶作嬌柔態，也費先生一首詩。

端望樓次諸昆韵

排闥青山眉宇舒，槐森錮碧映清居。燕歸未毁巢猶在，花點淩霄插漢虚。窗外空懸庾亮月，樓頭誰讀仲宣書？落霞韵色横波秀，端望臨流賦老漁。

次吴巖子韵

遠抹脩眉畫碧湖，遺山寫譜入蘇圖。近聞郢曲連篇和，可有陽春調也無？釵珮雖華惟覺雅，詩書尚在未爲孤。何緣仙子干塵謫，漫把琴心托酒壚。

隱　癖

雲封曲徑草萋萋，人愛偏幽路欲迷。飛落寒螢投敗壁，吹凋殘葉委新泥。燈分餘焰隨心炤，詩到清空好處題。幸得蓬門無俗駕，癖如鷗鳥願同棲。

其　二

烟墟寂歷一椽低，曲徑雲封寒士棲。潔僻泉流堪作鏡，吹歸落葉可書題。素情甘向於陵老，傲骨羞同北海迷。最愛更闌啼鳥静，月明黄卷獨相携。

遠　樹

幽情歷歷望中青，落目烟蕪翠展屏。花岸借湄留鳥怨，水舟村火出漁螢。曠懷閒寂神飛越，淡色秋風葉欲零。此際難書新雅態，聊瞻疎景日將冥。

關　月

望關且莫羨南鴻，圖覔焉支勒石功。烟灶尋枝炊野緑，寒戈伴色枕殘紅。歸鴉未静天山冷，入幕初沾塞北風。惟有秋懷悲不盡，捲蘆吹向月明中。

夢　幻

産完喜已絶徵胥，推是兵年事事除。爲畏嚴冬憐敝帽，欲成新句撿殘書。寒鴉窗外悲枝冷，飢鼠梁間嘆室虚。堪笑宵來癡幻處，夢中催上七香車。

睿子病起

文園寂莫事偏多，不着詩魔即病魔。待兔守株垂羽翮，眠蠶老困没頭鵝。寧甘腐朽名猶在，豈爲孤寒志可那？ 薄薄明霜應節落，一林楓葉奈秋何。

效閨秀詩博哂

慵翻綉被拂重茵，寂莫深閨似小春。 惨淡姿容無麗粉，輕颶衣袂避香塵。 烟飛燕子雲生閣，風落花痕月笑人。 閒繞曲欄追蛺蝶，翩翩又已過西鄰。

其　二

鏡光塵蔽拭重揩，粉褪容消冷竹釵。 鸜鵒不傳香閣恨，花枝偏向綺窗排。 烟爐宿火熏鴛褥，墮燕新泥污繡鞋。 步出素屏聊遣悶，凄凉又聽鳥喈喈。

舟　月

淡雲初展現紅么，泣岸孤舟帆影寥。 鴻雁寄情偏嚦嚦，荻蘆不雨亦蕭蕭。 長江有色映巒壑，碧漢翻空捲信潮。 光炤飛篷添旅恨，凄清風度廣陵簫。

耐　貧

竹窗風雨冷瀟瀟，墨落無聲筆自摇。 几上妄希燈結蕋，松間惟繫月如弨。 夜深黄鼠偏爲祟，坐久青氊欲變妖。陋巷不堪人共惜，清幽余愛樂（簞）〔簞〕瓢。

睿子病中稱貸不應

通財未識有還無，翰墨羞揮示鄙夫。割席知貪宜友決，絶交擬論嘆朋辜。習成污行心先喪，雖暫寒微德不孤。海上雲氛昇旭日，千金何處贖頭顱？

呈三宜和尚

孤梅寒久襍幽林，春綰眉踪署有襟。國士愧非蒙慧炤，儒宗忝共誨慈音。香驚暗覓蕉花夢，簾墜猶疑鳥雀心。宛委亦堪留碧月，水雲幸弗負山陰。

蜀阜即事

敗篁風剪弄霜烟，雲影含香古刹邊。神氣不隨清磬遠，客魂每逐曉星旋。光流無跡溪中月，泛出浮生鉢裏蓮。數句梵音超濁骨，閒幽余願老枯禪。

代睿子懷玉尺弟

凋殘花萼失芳叢，嗟爾天涯我孰同？鴻雁序離悲夜月，鶺鴒詩就泣東風。縈牽夢隔西江杳，淪落音難越水通。景物觸懷思切切，何時携手嘆飄（篷）〔蓬〕。

鄰　婦

鳥聲初囀墮花春，静女幽粧采落蘋。臉映芙蕖嬌且艷，眉脩清月淡無塵。一泓秋水留西子，半幅輕綃寫洛神。秀色供飡飢可樂，不才忝已在東鄰。

初　雪

寂寥偏歷歲寒中，雪掩低雲徑未通。幽致畧疑顔巷别，雅情聊與吕窑同。鐘聲夜擊罏窗月，紙裂陰吹古墓風。望藉陽春舒藴結，堤邊閑數小桃紅。

予年十二夢隨羽士陟廣寒園曰青蕪因作青蕪園記記此

飂如冲舉逅黄冠，引入青蕪曰廣寒。丹草芃芃新月映，雙鬟隊隊碧雲攢。幽游一晌歸春杳，謫落三旬解俗難。敗葉聲敲清夢遠，荒雞啼徹曉鐘殘。

睿子女弟適姜春前招予同居泮側賦答次日即其初度

霜餘旭日映初春，闔伴招偕作隱隣。瓶破梅疎不礙韵，囊空書在未爲貧。草通藜室幽人逕，水接宫墻夫子津。思擾偏難調病霍，稱觴恐後赴華辰。

新　柳

新青細剪綰人條，拂水凭欄緑雪瀌。一曲依依疑入夢，三眠栩栩倦舒腰。含烟雨暗鶯聲寂，繫月雲空燕語驕。輕捲小簾春欲暮，絮花又逐曉風飄。

賦得春閨人病時

一從含恨寫烏絲，香冷眉痕體怯支。暗月催光窺柳色，笑人啼鳥弄春思。凭欄無語飛花候，攬鏡還驚膏沐時。南國風流應已殆，啟粧盡典燕釵枝。

其　二

偶隨游冶惜飛絲，戌削雲偏弱不支。爲愛餘香方盡色，戀留殘艶繫情思。凝神殢雨迷脂夢，託影疎容墜粉時。病起未知春漸去，癡癡望損海棠枝。

九月十六姑李太孺人十週年

流氛軀媳若耶隈，家國淪亡不禁哀。十載眸穿棺側紙，四千路阻刼中灰。未能越岫扞葱鬱，且望燕塵得土（抔）〔坏〕。霜月凄凄黄葉淚，連宵唤夢是姑來。

雙池月影得窺字

雲空清炤湧雙池，魚慕香光帶艸窺。山色冷飛明復暗，水烟縹緲散重垂。無聲蟋蟀迎窗寐，有意姮娥笑我癡。遠際盈盈推淡墨，晚風分韵影分詩。

其　二

含雲弄影透雙池，浮氣舒香耐晚窺。偷隱窗虚光擬足，稀離漏轉促裁詩。嫌燈共色偏分炤，聽葉隨風墮月移。碧漢烟林同一抹，秋宵拈韵憶羲之。

三山秋色得江字

三山隔掩行雲斷，林鴈孤飛下沉江。遺珮澧淵分異韻，採菱晚渡解愁腔。蝶寒作意投秋草，月冷幽思墮小窗。嵐氣方濃楓葉落，輕風吹幕暗銀釭。

燈　花

風摇清焰隱窗虚，秋水憐容泛落蕖。好色潤香添客影，輕烟擬墨補殘書。分花未燼空前席，共月垂幽炤敝廬。冷暗濕雲愁度鴈，長宵不忍滅輝餘。

殘　蟬

爽然信筆掃秋空，斷續蟬音出晚叢。蕭索羽衣愁日暮，憶將遺蜕畏途窮。寄情啼血同流水，解意形清托畫工。微隱枝梢窺墮葉，輕餘幽韵點詩筒。

吟　愁

仲連計不下愁城，枕畔幽清百感生。長嘆塚中人有淚，枯吟筆落硯無聲。臨風拚得同花老，過月猶憐遠樹情。春到未知因甚事，半宵凄雨襍雞鳴。

雨中桃花

寒風微透入凄清，過雨夭桃色易傾。鶯濕羽衣憐艷冶，苔傷花影譜心旌。飛烟乍掩爐峰失，新草萎殘曲徑縈。拾得落雲天已暮，遠林遥聽墮春聲。

汲東池水煮茗

墮春新影入清淵，泛出幽情色自然。遠黛趨來炊玉液，微風香度裊輕烟。更奇偶得蘇公法，不必留心陸子篇。棲窘愧無雞骨炭，松枝欵欵帶花煎。

吴巖子徵和起句元韵

榻占西湖第一樓，垂簾落影咽雲流。含香燕入歌聲裏，避月花飛點案頭。鶯嶺青來描錦字，蒹葭碧處繫春舟。阮公清嘯江生筆，贏得輕烟紙上幽。

其　二

坐占西湖第一舟，嵐風吹韻襲人幽。林疎燈影分烟月，柳漏琴聲出畫樓。芳艸有情沿岸緑，水雲特意傍春浮。汎流拚得同花醉，舉棹迷香燕語稠。

賀陳勉之新婚代睿子

寒英重發茂陵妍，司馬才堪碧玉憐。香爇今宜留寶鼎，蘇融可以廢青氈。流鶯春煖雲中史，醉蝶烟迷花裏仙。從此騷壇踪跡遠，蘭閨日咏畫眉篇。

人日社飲代睿子

詞壇雲集晋兼唐，吹漾晴絲百和香。剪彩生花争艷咏，傾尊浮緑映春陽。鳩音疑喚明晨雨，梅倦猶含昨夜霜。漏永燈微醒醉後，悵然悔不傍文光。

天易曉

香煖芙容捲翠衾，薄寒初染夢魂深。月移山影松回跡，風入溪流水有音。簾動乍驚鸚武舌，蜂喧慵整畫眉心。曉光偏射矇矓目，欲假更餘片刻陰。

午日次睿子韻

色絲不續大夫魂，龍毒沅江帶浪奔。香艾雲沾俱化葉，水蒲花解盡爲根。山空自落黄梅影，溪響誰留淡月痕？新竹乍摇啼鳥寂，尚餘殘炤掩蓬門。

雨後蛙聲次睿子韵

塘蛙亦慧解新晴，想爲官乎傍夜鳴。水氣忽收雲乍展，山光漸起月初生。烟迷草徑漁螢暗，韵遶郊原籬火明。半部鼓吹敲寂莫，更闌惟恨襍書聲。

中夜聞雁次浮翠軒吴夫人韻

斷鴻清落醉烟限，數數霜飛静夜哀。聞逐吴楓敲夢遠，聽沾湘水破雲來。影分月冷層巒暗，唳徹秋空塞北迴。思到蘆花增旅怨，聲光嚦嚦動寒毷。

其　二

幾年時隱若耶隈，暮聽征鴻迴自哀。肅肅霜光秦嶺遠，蕭蕭秋影漢宮來。摩空倐翮樓前度，疑共寒砧菊底迴。聲入平沙過夜半，觸愁强起賦清毷。

次浮翠軒咏美人韻

春姿澹澹玉無多，一段文心繫薜蘿。風度簾光香影隔，花催燕語緑烟莎。梳雲半逐巫山去，曳珮初從漢水過。今夜月明清可愛，麗人應在萬書窩。

代睿子挽裘資深

問天真矣妬聰明，花落埋香墮玉衡。哽哽哀猿悲古樹，涓涓流水散浮萍。風摇新域吹詩骨，雁度剡溪唳月聲。恨未鹿門通半面，願隨秋夢話三生。

秋雨諸子集浮翠軒得投字吴夫人徵和

蘭芝馨雅墨花投，葉捲西風聽暮鳩。隱隱數峰江上瑟，悽悽孑影雁横秋。驚雲落句香光冷，暗雨成吟景自幽。玉漏已殘童夢鹿，潺湲猶有去來舟。

甲申春予脱簪珥爲睿子納姬暱甚與予反目

當時亦望兩心同，千里懸絲一線通。二八嬌羞還怯怯，百年携愛莫匆匆。茂陵他日吟頭白，閨閣今宵掩淚紅。捐棄應知難復舊，徘徊寂莫伴凄風。

緑蕚梅

芸窗春炤淡匀初，虚影扶青幾樹疎。静水一泓愁冷研，遠峯半映隱君廬。香驚夜破烟飛月，花散燈芬草素書。痕落檐光催蝶夢，寒空吹墮碧輕裾。

虞美人花得其字

弱弱春光怯怯枝，閒堦小立傍烟吹。埋踪悔跡中秋月，解語羞供雅客詩。長笛一聲追遠恨，短歌千載怨凄其。連宵醉雨流香淚，淡洗紅顔聽子規。

其　二集曲牌名

虞美人嬌有所思，玉樓閒凭憶鶯兒。錦堂月炤冰心静，素帶香飄粉蝶知。新水令完春已去，滿庭芳盡夜何其。無情沈醉東風惡，吹落園林好幾枝。

壽吴夢勳通府室孫盟姊

羇懷屢夢越錢塘，賴有娘行慰異鄉。昨日强支聊泛粥，今朝何幸薦稱觴。挑燈促膝神清遠，結袂談心漏已長。固識金吾通不禁，奈多寒病怯臨霜。

辛卯三月五日突有某氏之侮悶氣填胸終夜不寐偶集曲牌一律得叉字

雁兒落處已無家，感集賢賓到碧紗。綿搭絮寒春未盡，香羅帶煖月初斜。自憐怯弱紅娘子，偏遇兇頑黑夜叉。片紙若存青玉案，稱人心唱一枝花。

羡春游女子〔一〕

亦知春色向春行，炭作容肌粉砌成。盛帶花香盈袖滿，輕翻蓮步入菲鶯。疑非水魅能無跡，道是山魈乍有形。解得臨風游半晌，歡聲襍處萬鴉鳴。

校勘記

〔一〕此首及《讀姜綺季序予吟紅集》，增刻本置於《代壽李席玉初度》後。

讀姜綺季序予吟紅集

吟紅敝草集數載，雖習典雅愧未深。生花筆落畧大意，不泥書空作者心。似水一泓洗鉛粉，如琴再鼓響遠林。蘭言讀竟神氣肅，移此清韻補高岑。

兵憲耿玉齊睿子同年也候命台署忽逢勁旅其社友唁之有安知非福豈虛譚句玉齊步韵惠箋睿子屬余代和仍用原韻〔一〕

心慵每亦厭浮譚，野鶴踈雲報素函。竹箇不求人外事，嵐風吹醒塔中龕。從來但究梨花夢，離即皆成鸚鵡參。自仰台光秋色澹，清宵刻刻對衾慚。

其　二

不謁王侯捫虱談，幻情咄咄贈空函。字奇偶結蓮花社，境盡仍投衲子龕。碌碌未完枯粉黛，癡癡何處了玄參？証盟烟水無緣晤，檢點餘功獨抱慚。

校勘記

〔一〕此首至《代壽李席玉初度》諸篇，底本無，據增刻本補。

甲午馬日王泰然將軍吴奉璋別駕李枚臣明府孫天印中翰趙我法參戎枉過草堂睿子出予集請教閲竟留飲泰然以春燈雪月頒令我法遂拈首句各續一律代睿子咏

春燈雪月炤梅花，蓮社蘭心静不譁。斗室嘯歌聊擊筑，十年燕越未爲家。桑麻明德同秋水，筆墨豪情薄浪沙。數帙一觴能引玉，錦雲片片落蒹葭。

仍用前首句代睿子送吴濬之孝廉還燕

春燈雪月炤梅花，珠玉傾輝韵更加。香逗蘭芽歌寶鋏，風摇脩竹動龍蛇。幾宵詩酒心偏壯，千里琴書志自奢。流水畫船惆悵極，屋梁顔色又天涯。

代壽李席玉初度

清音何必奏雲璈，解讀丹經寄素毫。墨醉幽齋餐玉屑，鶴迴漢渚啖芝膏。閒飛燕子虚春谷，戲玩詩筒也律陶。風透淡然人意肅，月明兀坐聽松濤。

映然子吟紅集卷十

山陰王端淑玉映著

詩　類七言律下

讀白香山琵琶行

斷瑟飛鈿曲未終，琵琶秋語蓼花紅。孤舟江水飄流異，遷客潯陽淪落同。魚夢已闌殘柳月，雲聲半帶破烟鴻。清光影墮魂消處，炤徹離筵冷緒中。

鳳仙花用正韻次程文在廣文代睿子

鬬彩枝頭逞媚容，霞雕片片瓣玲瓏。是莖野外皆迎露，無葉庭邊不舞風。鳳翥未鳴疑似喙，仙儀若剪實難工。雖然遺載名花譜，幸落詞壇鑒賞中。

其　二

染指花街賣俏容，薄敷胭粉説玲瓏。笑來有色殊無韵，吹過無香枉有風。妝似鳳頭搖易落，題雖仙口咏難工。詞壇弗辱名葩譜，誤認宜男美在中。

奈何天

臨風搔首對春嗟，一水盈盈泛落花。幽寂不經芳草怨，嬌癡無那髻雲斜。曉鶯勞攘喧垣蝶，暮冷餘暉集樹鴉。好句懶揮香睡怯，愁心應老碧窗紗。

代睿子挽趙寅生次趙文妹韵

端嚴識是美馨兒，望作調羹待救時。囂濁不留清浄體，去來豈措笑啼辭？音聲色見同光滅，愛憎情踪幻影之。化鶴儒生歸月冷，英魂東嶽案香隨。

睿子同諸子社集艸堂予與一真師姊次韻

自憐病怯倩床扶，强起臨風弱骨圖。益志草枯詩已竭，續魂湯煮意中無。疎燈羞炤潘生鬢，支枕聽傳碧玉壺。潤墨惟吟欣雅醉，隨烟重覓舊黄壚。

秋日同諸子社集邢淇瞻先生今是園閲其所著鴛鴦扇詞記限衣字

代睿子

久羡陶君早拂衣，竹梧深處叠山扉。徑無鳥跡堪雲覆，苔有花痕倩雨飛。鶴滿幽池稀俗客，葚開古帖妙香微。雪兒輕咏鴛鴦調，蕉底欹窗玩晚暉。

八月十三日社集張毅孺草堂遲宗子不至代睿子作

草堂香影半簾浮，雅社清譚一座幽。蟋蟀聲殘桐葉落，芙蓉枝發蓼花秋。逸同籬菊仍思晋，志老山薇亦傲周。雲跡未來將有月，擎樽先已斷青眸。

代睿子次新安曹文季進士龍山偶社韻

海空碧影暮雲殘，遠樹紅離醉目看。漢史已成王氣弱，郢歌長咏俗情寬。葛袍素負山川韻，石研光分牛斗寒。寂莫新亭應有淚，楚囚無髮愧南冠。

其　二

秋老黄花碧水鄉，雁含蘆影隔瀟湘。數年寥落埋王粲，一旅應難起少康。竹杖乍扶觀蝶戲，芒鞋特着爲山忙。閒舒白眼隨時混，學得歌狂共酒狂。

庚寅孟冬朔日辛巳日有食之既

墨雲黯慘蔽天門，昧掩陽光萬象昏。風入空烟寒未吐，鳥投迷氣互相吞。索燈援筆書新異，顧影蒼苔覓舊痕。薄日仰儀搜古易，察時輪與野夫論。

訪映然子隱居代真姊作

流雲淡淡接疎林，半墮晴光綠水沈。蟬静不喧巢葉穩，人幽多管抱琴吟。泥封徑草隨音覓，杖撥閒花帶笑尋。月冷一椽寒影隔，輕烟香已出松陰。

秋夜憶映然子弟婦代步孟姑作

羨君高隱鹿門留，一片閒雲接素秋。疎樹紅飄香水静，遠山翠落淡烟收。雁來拾得蘆花味，詩就同尋敗葉脩。此際芳懷應不寐，綺窗倚玩小銀鈎。

挽武林卓夫人

鳳跡簫音恨不留，寒蘆江水冷悠悠。月痕清落蛾眉秀，樹影紅飄牛女秋。坏土無情悲玉瘞，斷鴻何處覓仙游？ 裁雲試作蓮花筏，欲返魂香到十洲。

中秋乏炊

生來此患未經過，不識良人志若何。 井上苦無仲子李，堂中兼乏大夫鵝。 草廬風度空如磬，敗壁塵蒙冷㪺鍋。 梧葉飄秋鴻雁寂，慢將心事語姮娥。

種　菊

一林孤傲勝春蘭，栽待柴桑處士看。 緑葉乍舒秋水澹，黄英尚捲玉膚寒。 琴調鶴唳清霜滿，籬動蜂喧嫩蕋殘。 恐爲西風憔悴色，夜深不寐倚欄杆。

謔白蓮庵新當家覺濟尼師

檀越年來見識差，捨鸞棄鳳去尋鴉。 幸離接送勤勞扭，帶上油鹽醬醋枷。 有用火頭權首座，無能知客暫當家。 鄙詩謔語聊相贈，糊鉢爲心苦苦巴。

梅花詩十首次韻避雪、月、風、雲、冰、霜字

一枝傳到嶺南花，萬點明星光漢槎。 古樹遠痕收冷艷，湘簾半捲散英華。 微烟凝緑幽香

結，枯柳昏黄瘦影斜。紙帳輕摇驚蝶夢，闗春無計把春賒。

其　二

麗白妍紅弱質身，種情娬媚瓣初新。孤芳幻出皚然秀，冷傲原生別有神。翠映環溪西子色，靚粧遶屋隱君貧。東王宛惜殷勤護，莫遣清香度北鄰。

其　三

暈臉文心粉作胎，新裁擣素漢宫才。珠成樂府江妃怨，驢載襄陽處士來。美極錯傳鶯燕信，嬌舒不倩蝶蜂媒。清輝小閣巡檐笑，紅袖擎奇玉鏡臺。

其　四

一阜孤山流水東，高枝綴玉瓣瓊瓏。半敲幽韵銅壺滴，三弄揚州羌笛通。淡墨乍飛林子宅，含毫春點梵王宫。扁舟意欲尋芳徑，人貌花顔兩不同。

其　五

陽和吹暖癖寒葩，羞插油鬟蟬翼丫。光潤宛分何晏粉，脩容疑降素（蛾）〔娥〕車。虚齋瘦立癡如病，遠嶼孤芳儉是奢。凍雀亦憐青萼放，更深猶噪古枝叉。

其　六

歲寒催放玉壺春，瘦骨清癯獨守真。心到羅浮癡裏恨，情分花魄潔無塵。半移震澤朝烟韵，全帶巫峰暮雨神。蟾影初懸天漢静，枝横疑有墮釵人。

其　七

一片亭亭澹雅魂，曠懷愛結竹爲昆。添粧悮點壽陽額，止渴猶思魏武言。苔徑輕餘飛鳥跡，裙裾怕掃落花痕。嬌情恐被紅脂污，素面新承旭日恩。

其　八

耻與夭桃鬬麗妍，暗香愁結不知年。光浮山氣斜流水，春到茅垣别有天。傲骨宜生痴作癖，檀心高遠静中禪。舒箋欲擬群芳詠，占得青陽賦子先。

其　九

皓質容姿徹夜寒，僻春和雨醉雕闌。秀如謝女幽無冶，韻似儒生豪亦酸。鸚武欲言含粉蒂，丁香初結小青丸。當時若應昭陽瑞，不學梨花誑百官。

其　十

共隱荆籬半畝荒，樂滄烟冷飽清香。枝分石骨寒山影，花帶瓊瑶古樹光。翠落蛾眉談漱玉，瀇輝蝶翅鬧青陽。栽培一種憐人色，解得清芬不可量。

明妃夢回漢宫次浮翠軒吴夫人韻〔一〕

斷玉分香〔二〕出未央，空餘幽韵〔三〕在昭陽。琵琶曲盡彈殘〔四〕淚，環珮聲歸帶曉〔五〕霜。衰柳乍懸青塚月，寒梅春透縷金床〔六〕。舊時憔悴〔七〕三秋怨，不及穹窿一〔八〕夜長。

校勘記

〔一〕《越郡詩選》卷六收録此詩，題作『賦得明妃夢回漢宫次吴夫人韻』，詩評：『大可曰：中四渾壯有色，結更婉孌。』

〔二〕『斷玉分香』，《越郡詩選》作『一自明粧』。

〔三〕『餘幽韵』，《越郡詩選》作『留遺恨』。

〔四〕『彈殘』，《越郡詩選》作『關山』。

〔五〕『帶曉』，《越郡詩選》作『塞上』。

〔六〕『衰柳乍懸青塚月，寒梅春透縷金床』，《越郡詩選》作『宿雁殘更移曉幕，依人落月下空床』。

〔七〕『憔悴』，《越郡詩選》作『縱有』。
〔八〕『窿一』，《越郡詩選》作『廬此』。

其　二

曲曲關山隔未央，不堪凝目望斜陽。一行玉勒隨寒雁，半幅征衫逐晚霜。有意烟光連古樹，無情月影到空床。小鬟切勿調鸚武，喚醒梨雲恨轉長。

登種山有感

九術圖謀事已沈，慢將荒影對烟林。斷雲古塚悲王業，細柳空臺吊子禽。隱隱歌迴吹玉屑，飄飄香度落花音。觸懷易感羈人淚，帶雨啼鵑一樣吟。

雪壓桃花同浮翠主人咏

玄都幾樹傍春栽，乍捲烟光帶笑開。澹點恨沾香閣韵，輕揮愧乏謝庭才。半床醒醉羅浮夢，片石凝虚影碧苔。零落妍紅芳寂寂，漁人空使冒寒來。

登怪山遠眺

踏花春滿碧山彎，埜蔓青飛古塔關。高識柳梢游蝶佇，空明烟裏去雲還。詩成瘦質愁偏值，思遠神清病可删。更上逍遥城郭半，綿蠻啼處幾般般。

答浮翠軒吴夫人

素守清貧祇自知，世人欲殺忌才思。狂蜂口壓紅顔污，斷魄身歸青塚期。寂寂烟分如緑柳，飛飛予不及黄鸝。此情願博芸窗史，故向朱門作女師。

閨伴王夫人惠倪集及詩扇賦答

墨烟淡擁萬峰齊，志壯長空鋏自提。香篴未舒清氣遠，忠文初展白雲低。一窗桐影留蟬語，半榻秋痕帶月題。倒屣已開青眼待，英才又屬越城西。

代睿子上陳唯公

翩翩人傑玉花驄，温格無驕古將風。仗鉞已來蘇越困，彤弓應許錫元功。寒戈光落憐霜白，淡月輝分炤幕紅。龍穴今堪玄豹隱，謳歌處處羨雷同。

雨中芙容同睿子聯句

蟲咽悲秋聲漸迷，睿。柔枝冒雨玉顔低。映。香分雲暗吹零落，睿。雁度沙鋪泣暮栖。映。

苔濕花殘如有訴，睿。山濛翠冷可書題。映。碧痕隱約猶疑夢，睿。似醉凝粧傍水堤。映。

幻色芙容

乍扶碧影剪秋烟，澹粉凝脂點絳仙。冒雨臨邛醒未解，含霜越水態初鮮。投枝寒蝶驚花夢，弄跡沈魚殢客船。必竟輕妍粧不定，難書容色笑黄荃。

季秋見杏花喜而有作次浮翠軒吴夫人韻

不隨春艷喜秋殘，甘對西風隱士看。細裊寒烟吹菊老，輕盈嬌語負梅單。妍紅覓韵歌書獨，瘦蝶環枝泣夜闌。懶傍高樓思上苑，故憐月影到欄杆。

吊古塚

癡骨長眠問幾秋，壯夫無奈土盈頭。狡狸夜逼搜空髓，衰草朝隨駐馬牛。颼颼陰風吹古木，燐燐鬼火炤孤丘。杜鵑花下悲寒食，魂逐啼鳩怨未休。

游西施山房

古崖傾處葉楓丹，宿昔歌臺舊舞欄。響屧月迴環珮冷，與閒風動步香殘。明紗一縷酬知已，客夢三秋嘆已闌。夜夜花揮亡國淚，鷓鴣啼徹玉顔寒。

其　二

玉色空沈水自流，舞臺留恨寄千秋。苔花微度松光寂，墨淚輕憐珮影幽。石上三生聽鼓瑟，雲中一曲悼荒丘。馮虚小閣聞鷗語，猶覓餘香片葉舟。

詠玄鶴代睿子壽朱仲維表弟

玄鶴含來絳雪丹，香傳翠擁伴幽蘭。九皋遠唳峨眉淡，三島清揚玉珮寒。控月羽翎吹墨影，援花秀色寄雲端。烟滄偶得黄庭秘，猶勝馮虚承露盤。

送茹仔蒼公車北上代睿子咏

長堤梅格漸生香，叠入奚童舊錦囊。離緒征帆寒雁遠，移文秀筆淡山光。花含碧玉裁清珮，雲映芝眉剪緑裳。解得苑鶯調柳色，束紅凝目望華章。

代贈劉服遠郡侯

烟霞微透玉壺清，圖映風流五馬行。秀插秦峰高阜月，文輝鑑水舊蠡城。雲含竹韻依寒嚮，敲墨花生逗石明。處處歌謡春最勝，甘棠蔭里頌賢聲。

其　二

平反平無獄誦歌絃，一瓣寒梅寄素仙。香轉圖書金玉格，花吟英氣祖先鞭。雁門風度推麟閣，客旅蕭疏覓鳳篇。述志聊同貧甯越，欲將紅蓼傍蘅荃。

竹雪同睿子外君蔚雲侄咏刻韵

緑烟深減點篢漁，玉凍寒枝淡抹初。舊鋏推光君子節，巡檐飄絮美人書。重簾不捲蘆花遠，静嶼偏憐雁羽舒。一夜無聲知落甚，長梢應已壓新居。

贈家直指千里室周夫人

春光尋已映山陰，梅逼長宵醉夜深。一影清琴携瘦鶴，半函秀墨寫高嶔。遠雲裁珮援花跡，曲水流觴淡月心。林下襟懷應占獨，寒毫笑撚爲君吟。

映然子吟紅集卷十一

山陰王端淑玉映著

詩　類五言絶

元　旦

楚楚舊精神，春來扮一新。自携明鏡炤，仍是隔年人。

上　元

九陌春燈簇，千家吹正繁。良辰兼勝事，歲歲永爲歡。

顯聖寺溪

雲帶千巖秀，溪争萬壑流。根源歸一本，深悟此生浮。

惜花

多育根中土，輕揮葉上塵。休驚花下蝶，同是惜花人。

壽劉盟姊蔡大音度

環珮景雲裁，瑶池捧壽杯。錫麟天降瑞，湯餅復重來。

病起

藥問醫士賒，愿向虛空祝。剩有案頭書，書殘何處鬻？

其二

行如浪裏萍，怯似春歸柳。郎乏鷫鸘裘，消愁那得酒？

其三

春初病至秋，骨悴肌香散。參藥問郎求，低頭惟浩歎。

其　四

風吹虚弱身，彷彿臨霜葉。極愛月中行，簾垂無力揭。

三　山

不與千巖競，八山已得三。西鄰胡集此，同我酌秋潭。

梅嶺松化石

久知龍化人，今見松爲石。林外鎖花魂，嶺頭留月魄。

秋　殘

玩意瞻紅樹，停樽想碧山。黄花雖未落，不耐瘦人攀。

雪　感

積雪閒堦擁，呼兒莫掃開。閉門甘獨我，内戚孰人來？

白蓮禪室

暫綰蓮花夢，心同蕉葉舒。媚鸝流韵處，新影客窗虚。

菊花影

籬下黄花映，虚移簾上枝。月憐風易繞，瘦影忽參差。

幽　懷

地僻泉偏潔，山從愛處青。深憐秋雁落，瘦老蓼花汀。

晚　棹

遠日炤寒泉，歌狂學扣舷。暮雲隨埜色，人在鏡中天。

題　畫

欲瞻巒壑妙，持此一圖看。盱目未能久，逼人山氣寒。

其　二

孤峯雲意外，嵓壁掛枯藤。埜鶴隨烟入，岧嶤又數層。

苦　疥

（羸）〔羸〕骨點紅脂，香消叩藥師。知非心腹患，肌肉幾凌痍。

偶　題

酒愛愁中飲，詩從病裏哦。迷霜孤月冷，雁向漏初過。

其　二

寒鳥朝來色，飛鳴失舊儀。丁丁幽谷響，誰伐南山枝？

其　三

游冶惜顏色，文人重才思。漢宮多麗婦，千古羨班姬。

咏梅

深解梅花意，成吟梅裏詩。清新滿片紙，彷彿梅開時。

咏燕

昨已云春去，今來集我扉。燕門新有句，啼贈舊烏衣。

披簑

披簑聽魚言，雪後惟覺冷。荒禽墮敗枝，見枝不見影。

西陵渡看潮

江潮不失時，來往嘗如此。友朋近交誼，人情豈及水？

重九前三日社集馬玉起草堂賦得采菊東籬下代睿子

昨逢籬下人，傳到黃花媚。烟雨漸重陽，拚與良朋醉。

賦得手香江橘嫩

素手携新橘，香分嫩自知。年來秋影隔，歡或憶儂時。

其　二

今日理秋霜，橘嫩紅顔好。歡如愛香纖，莫悮儂顔老。

感遇詩呈浮翠軒主人

自悔産空桑，孑身無倚將。妾心終鬱鬱，河水何湯湯。

其　二

耻爲才名悮，才名悮我真。落花狼藉恨，日月誓同泯。

其　三

聞君負俠氣，仗策雪寃痕。願爲大梁客，死報信陵恩。

其　四

卓立人皆妬，如君世所難。半宵殘雨滴，血淚未曾乾。

買菊解杖頭錢

數貫懸杖頭，行止隨予好。錢盡買秋孤，所得東籬傲。

夢先慈姚孺人次真姊韵

不怕朱門隔，慈親入夢來。窗間風弄竹，啼鳥怨驚催。

其　二

燈暗猶疑夢，祈親夢裏來。牽衣渾不語，淚醒恨雞催。

其　三

憔悴儀容盡，含悲傍枕來。憐兒零落甚，無耐漏聲催。

溪　屋四絶次何孺人韻

碧流清且淺，炤出茅垣痕。月落驚魚夢，漁燈半繞村。

步　流

行有麻姑跡，花迷夾岸藜。一泓春水映，疑至武陵西。

霧　帳

難辨山雲影，凝邪結不開。旭陽迷冒甚，東閣望調梅。

村　粧

何須金屋貯，質素遠眉新。掩映疎籬内，梨花淺澹春。

中秋雨

碧月愁中隱，蟲吟草自寒。微微秋雨滴，幾樹桂花殘。

西　施

倩水炤顔色，飄流逐片紗。固知隨國滅，應悔悞夫差。

閱吟紅集

墨淚愁中損，紅啼怨已深。孰知嵇叔夜，偏解斷腸音。

仲冬喜得臘梅折送浮翠主人

孤嶼徵君侶，題春報一枝。膽瓶清玩足，可以佐幽思。

映然子吟紅集卷十二

山陰王端淑玉映著

詩　類六言絶

中秋雨霽

池上烟撑漁艇，草廬客至添幽。迷漠濕雲初振，依然還我中秋。

其　二

静夜宿垂斗柄，賦得囊無半錢。雖乏美餚娱客，雲空一様清圓。

幽　居

雨霽草封人跡，恍如農舍山家。露薄羅衣忘寢，度香吹冷鄰花。

即　事[一]

涓涓三峽流水，青青十二巫山。紅葉輕輕[二]飄落，白雲冷冷仍閒[三]。

校勘記

[一]《越郡詩選》卷七收録此詩，詩評：『開平曰：閒静自得，與右丞六字争勝。』

[二]『輕輕』，《越郡詩選》作『湑湑』。

[三]『冷冷仍閒』，《越郡詩選》作『冉冉征遠』。

睿子病中

淹蹇内親嫌笑，病多故友輕疎。透幕風吹藥罋，穿窗月炤衡廬。

自壽三十呈真姊

王母家徒四壁，壽星荒張避出。衆仙空到瑶池，負荆淮在初十。

貧　韻

新釀稚兒沽酌，黄粱粗婢能舂。厨下險無薪爨，籬邊掃得凋松。

夜　坐

雁去瀟湘信杳，空庭皎月偏彎。風落葉聲颯颯，雲流水韻潺潺。

雪壓桃花偶嘲

雪掃春光艷冶，烟迷燕子寒宿。報道亭亭花影，粧點晶晶白木。

嘲俗眼

宋玉巫山虚夢，曹植洛水空傳。名士似真是假，美人像鬼疑仙。

嘲惡口

蓮花舌底無據，春風面上有情。白日欺人一刻，清夜昧己三更。

映然子吟紅集卷十三

山陰王端淑玉映著

詩　類七言絶

秋　思

疎林來雁托行踪，雲氣含山別起峯。最是人孤憔悴處，一泓秋水冷芙蓉。

初參三宜和尚

一封香信數行書，也向蓮臺問起居。莫謂詩人偏淡薄，從來佛法本清虛。

蜀阜寒月

半分林壑斂山烟，歷亂清規笑客顛。惟有卧龍橋上月，寒雲點撿放歸舡。

三大師講經

法華演畢彩雲開，天雨飛花入講臺。蓼冷西江鴻雁落，望師此際踏蘆來。

雲　庵

山氣每依飛鳥去，情幽應傍月明來。恐分艶色輝禪衲，春到荒扉久不開。

其　二

靄靆影憐流水去，嬌容又已逐風來。禪關寂掩春零落，出岫無心知未開。

其　三

五彩欲隨龍尾去，輕飈知爲小庵來。隔簾花拂茅垣影，香僻禪扉任啟開。

竹　雨

翛篁輕拂碧雲憐，隱逸高風笑杜鵑。静夜瀟瀟春雨滴，曉來無葉不含烟。

桐風蕉露

秋老孤桐豈自繇，美人蕉露幾飄流。幽情暗逐蒼苔恨，襲襲陰風冷處搜。

茶烟山韵

忘情燕子湘簾擾，深僻曲欄風暗繞。一縷茶香助咏思，閒雲吹散青山悄。

書　香

澹心惟傍古今書，篆靄芸窗致有餘。欲踏春陽舒藴色，殘梅猶恐落裙裾。

雙　池

簾捲烟雲開萬頃，鏡分日月夾雙池。若醺淅淅令人醉，便看洋洋亦樂飢。

問　禪

不揣愚頑學叩禪，願將魚子誦檀旃。問師夜色娟娟影，知墮迴峰第幾巔。

紫丁香花

恍似飛仙駕碧車，天風吹落紫雲霞。朝迎微露枝頭現，月轉芸窗媚影斜。

暮　秋

敗荷墜雨葉翻風，落莫深凉枕簟中。虚掩緑窗憐夕炤，秋江含影瘦驚鴻。

其　二

飄飄羅綺欲生凉，秉燭寒侵覺夜長。聒耳雨催蛙韵切，却疑風引樹聲狂。

清凉静室

香冷禪居翠欲封，花匀顔色月匀溶。梵鐘初透無生夢，身在清凉第一峯。

菊花影

傲霜愛月下東籬，隱逸形潛影却移。栗里最看隨處卧，呼童掃徑甃清池。

商盟姊梅帳詎

幽居春冷帳空垂，墨寫寒枝韵阿誰？　起弄鳴琹供素意，禪衣亦有暗香隨。

叩　師

弱弱垂髫學誦書，讀書未諳竟仍虛。　真心幾欲傳師鉢，不識詩師肯許余。

題　畫

烟飛一幅寫嵳(我)〔峩〕，危壁巖空繫薜羅。　高士凴虛矜逸韵，浩然清嘯暮雲過。

和閨友高朴素誚姊韵

輕拂衣衫描黛緑，惟家之索牝雞讀。　男兒好學成令名，綺窗日綉花枝熟。

又和高朴素不識字韵

果爾穎君重若山，誰留此業害人間？　蔡倫囚困蒙恬斬，一炬咸陽皆得閒。

朝　飛

魂眄曒光早已飛，風乎雲也似皆非。落花瓣逐紅塵亂，蝶翼翩空眩色歸。

代睿子憶玉尺六弟

破窗風透暗殘燈，幾度懷伊夢亦儚。兵刼家亡身果在，何無一字至金陵？

落　炤

日以曠遲紅旭待，雲隨眸住赤霞留。胭輪碾過天飛轂，火鏡燒殘海落毬。

其　二

寒風反炤紅雲起，掩映雲迷日在裏。半接疎林塔影光，青山遥落池東水。

朝　雪

薄霏輕粉飾天容，媚眼千巖夜失峯。枯樹飢烏悲冷緒，風呼疑是木蘭鐘。

人日

東風寒甚怯輕裳，鳥囀簾櫳語日長。愁至玉梅殘落處，斷腸不忍踏春陽。

感懷

容顔似艸怯經秋，弱柳癡心戀陌頭。每笑唐人詩意淺，反云少婦不知愁。

秋夜聞砧

敗梧敲井砧聲忙，秋老寒空一夜霜。嘹嚦哀鴻傷孑影，徘徊不敢渡瀟湘。

三大師欲老西湖咏答

粧花鋪柳世規模，解得流通有若無。肯覆慈雲皆勝地，禪心何必種西湖？

夏前一日同隱禪姊訪張夫人即事

幽情特續落花游，數卷明詩繫客舟。聞道春光止今日，流鶯音媚解風流。

張夫人索咏又命奕解嘲

强支歪病送春離，不美歪風弱骨吹。堪笑一歪歪到底，歪詩題罷又歪碁。

浮翠軒吴夫人索和賦答

未老詩心半已灰，莫煩使者再持來。立名不及黄崇嘏，辜負青藤賞鑒才。

其　二用正韵

慕詩初學陸家翁，除却歌吟萬事慵。咄咄愁多詩味淡，開緘毋怪達書空。

獨　愁

自疑身似木蘭舟，不載佳人止載愁。愁債若能聊可盡，五湖長嘯聽鳴鳩。

雨夜思和吴夫人

玉梅雨冒正瀟瀟，幾度蒙君雅澹招。剔燭幽窗知不遠，披襟相對賦春宵。

夜歸

棹敲魚夢水烟輕，雨暗橋西識未明。拾翠人歸天漢静，夜闌猶有讀書聲。

惜梅殘

久處孤山傲志真，半拋香影斷寒春。風吹碎玉隨烟冷，拾得清痕寄遠神。

嘲謳同睿子聯句

千日琵琶百日箏，十年簫管未分明。映。開喉哼出咿呀調，不辨歌成啾唧聲。睿。

讀今古輿圖次韵

浩氣冲流水自波，悵然空對舊山河。金甌碎盡知難復，一幅圖留恨轉多。

其二

數載興亡事不齊，月痕清炤古山嵇。此骸但得歸丘壑，應共哀猿永夜啼。

其　三

人事更移淚亦紅，江山尚在舊圖中。悠悠六合身何處，剩得神踪望巨公。

其　四

覇志難成困下垓，漢歌未竟楚先哀。亞夫灰意扶王業，忘索輿圖貯殿臺。

其　五

自來王業不偏安，鼎峙三分戰取難。五月渡瀘收遠寇，祁山星落半宵寒。

其　六

衆象輝輝帝象孤，人心久失事難圖。風流不展回天手，空識銅駝在棘蕪。

其　七

左袒應劉一諾期，壯心耿耿費幽思。横刀十萬綺羅士，不向西陵數月支。

其　八

鑄鼎曾知鎮九州，黄河一片瀉閒愁。丈夫馬革捐邊域，耻作生還定遠侯。

晤園同睿子聯句

名園花柳兩依依，鸚武傳音倚竹扉。映。乍見雲空疑影墮，烟飛吹冷碧輕衣。睿。

破船詩同吴夫人咏

佇立畫橋春艸幽，落梅寒影泛清流。小舟斜出如殘葉，半載東風半載愁。

次宮妃宋蕙湘四韵二十八首

奔馬悲嘶軍令催，舞衣零落緑鬟開。空庭月炤驚殘夢，疑是君王秉燭來。

其　二

題咏君王含笑催，烏絲乍捲代奴開。裁雲不解長門怨，今識胡歌塞上來。

其　三

荒雞啼徹亂鴉催，結斷同心綉袂開。漸遠君王烟樹隔，青山恨擁白雲來。

其　四

夜月無情漏幾催，野花逞艷馬前開。妾心甘傍君前死，兩魄依隨舊路來。

其　五

夢醒燈花體倦催，雁横天際暗雲開。緘書難寄煩傳示，道妾初從漢苑來。

其　六

福薄紅顔命已催，落花何日再重開？承恩衣畔香猶在，怎得君王帶笑來。

其　七

斷瑟分花勢已催，宫衫掩淚眼難開。香盟莫逐胡烟斷，未了今生俟再來。

其八

留題古驛淚珠催，壁擁愁烟裊不開。多應落筆魂先斷，莫認飄紅御水來。

其九

影逐寒帆急浪催，雙魚歷亂恨風開。同行五百淮河水，夢杳瀟湘帝子來。

其十

淚濕輕羅冷露催，萬行珠翠片時開。凄凄起聽悲蟲語，一陣胡笳逼面來。

十一

玉漏敲殘曉箭催，雙眉愁結蹙難開。珊珊環珮歸秋月，月落淮河炤妾來。

十二

薄眉翠倦髩横鴉，片錦叢中度歲華。孰謂長江天塹遠，禁城一刻盡鳴笳。

十三

回首宫墻噪暮鴉，君如垂柳妾如華。柳條難繫君王住，華泊荒臺對晚笳。

十四

烟迷草徑霧迷鴉，半逐征塵暗彩華。賦得迴文君不見，中原何處再流笳？

十五

嗟予身不及歸鴉，墮井飄零并麗華。冷透欄干眠未穩，月明顧影泣悲笳。

十六

踈寺殘鐘古驛鴉，風烟一片散韶華。凄凉倒瀉秦淮水，君聽荒雞妾聽笳。

十七

自憐冒冷失群鴉，搔首如蓬理素華。細雨淋鈴誰是伴，馬嵬玉碎恨胡笳。

十八

彼黍離離幾樹鴉，笙歌何處斷繁華？壁間剩有銀鉤字，慘淡香痕付遠笳。

十九

冷入幽窗荒驛烟，月痕未轉抱愁眠。夢中忘却身遭繫，笑擲金釵玩碧天。

二十

殘徑迷霜衰艸烟，栖荒教妾若爲眠。秋波淚盡仍啼血，銀漢星希欲曙天。

二十一

慘緑愁紅剪暮烟，落花瘦影伴殘眠。温香帝子今何在，鳳繫鸞囚各一天。

二十二

火燼爐寒尚裊烟，聞笳咽哽不成眠。憐才應少揮金俠，薄命何由再覩天？

二十三

新詩婉轉帶愁烟，傍得餘香不忍眠。予亦秋思憔悴客，共將離恨問蒼天。

二十四

鐵騎紛紛破國初，片時塵已蔽宫廬。健兒馬上凌紅粉，笑謂同群得美姝。

二十五

顧影空庭過雁初，問伊可識妾荆廬。離雲聲度瀟湘外，古驛誰憐飄泊姝？

二十六

濃霜旭日照臨初，腸斷江聲憶故廬。風捲蘆花寒玉骨，傷心千古惜名姝。

二十七

澹掃蛾眉寵愛初，香椒彩壁貯金廬。今宵雨暗燈花滅，夢醒君王憶舊姝。

二十八

百結愁腸落筆初，才人後或過匡廬。痴情若也賡殘韵，强似千金贖去姝。

次浮翠軒主人韵

新竹含烟織舊愁，冰肌減盡恨無由。蒲生塘上隨春水，紈扇閒吟漢苑羞。

其　二

老矣東風花也愁，玉欄别凭甚來由。憐君不爲歸春怨，帶淚惟含欲語羞。

其　三

多才多病亦多愁，蹙損雙眉着甚由。解得盤中歌意味，相如應抱茂陵羞。

其　四

一段文心易惹愁，香纖題句識因由。詩書或可消春晝，莫對花羞與月羞。

無　題

驟然風雨抱花憂，不望垂楊怨陌頭。落莫冰心書事冷，虚齋小立拭雙眸。

三月望風雨吴夫人阻歸

鸚武嬌頑愛有年，笑啼强立素屏前。主人情重鵰籠貯，不許齋頭聽杜鵑。

中秋雨同睿子聯句

秦嶺蒼松耐九秋，一輪素魄寄枝頭。映。姮娥今夕無聊况，暫隱雲深不語羞。睿。

閲吟紅集

滴滴紅脂怨自深，一宵心事付知音。寒光雨暗燈花寂，墨淚和愁伴苦吟。

姪女丁君淑雨中過訪

片玉流香抱雨來，綠綺憔悴老琴臺。桃源空使仙槎遠，漠漠秋烟悵子回。

映然子吟紅集卷十四

山陰王端淑玉映著

詩　類迴文七言絶

秋　夜

松枝托影月娟娟，映水秋光碧艸烟。鐘漏夜深寒寂寂，峰前唳雁過霞天。

其　二

奇語蟬聲悲古月，色雲留炤小窗西。垂簾伴影桐梧落，敗草寒蛩沾露棲。

洞簫度曲

聲秋唳鶴隨雲薄，裊裊枝偏殘柳弱。清靄半簾香韵疎，輕吹玉管催花落。

讀良月皆春詠稻花詩

玉珠成粒拈新詩，香霰如花夜雨時。束束秋雲綠埜鶴，辱君爲此倣微思。

春　曉

瘦香含玉起粧初，臺砌春風梅影疎。岫遠嬌分青歷歷，綉窗閒度幾抛書。

兀　坐

旋雲聽度幾山空，遠雁驚聲一落楓。椽素伴書殘榻半，憐秋問影映飄紅。

映然子吟紅集卷十五

山陰王端淑玉映著

詩餘

蝶戀花 中秋

搌盡雲氛冰色皎。天氣寒生，風透羅衣悄。乳爐香燼烟餘繞。露濃偏洒芙容艸。何處笛聲天外遶。嫦娥此夕，聊把愁眉掃。長空雁唳疎鐘早。小樓漸漸微將曉。

臨江仙 邂倪盟姊

罨畫山前人偶遇，麗容且也謙柔。坐談蘭臭味相投。舉棹催分袂，躊躇未放舟。春轉翠舒恒自憶，綺窗月墮如鈎。落紅依舊遶溪流。三度梅花信，無繇至隴頭。

前　題 趙文姝焚筆墨

鸚武輕傳花裏恨，彩箋錯譜鴛央。奇才艷質甚芬芳。庭前誇白雪，天壤怨王郎。解透萬情俱屬幻，同癡到老何妨。還留筆墨好商量。休教玉石碎，完璧繼書香。

前　題 嘲賭呈子璵叔

濁世難舒鬱鬱志，陶情暫爾豪奢。千金一擲不爲家。贏來亦有限，輸去果無涯。苦費心思何益處，局完萬種嗟呀。從今休把骨頭拿。香焚花月下，書史碧窗紗。

卜算子 憶鄉

身似敗舟輕，魂至錢塘浙。鶯奏鴉啼好夢驚，依舊關山別。　月影轉花枝，風弄燈明滅。半載胡塵阻道中，目斷來鴻絶。

如夢令 避瘧

門外露深曚日。遲怕他人問詰。又恐侵風寒，特此暫停書筆。瘧疾。瘧疾。不可再臨弱質。

長相思 春夜睿子游杭

着春衣。換春衣。簾外東風花亂飛。閒堦草自菲。　捲羅幃。放羅幃。漏永茶醒酒力微。茂陵人未歸。

前　題感時

口自吟。手自評。片楮題懷誰和賡。長歌半未成。國也清。家也清。天道循環晦復明。寧無利與名。

前　題雪癡兄斷絃

歎裵裳。賦裵裳。風入梧林鳳失凰。雲茫別恨長。返魂香。續魂香。惟有花梢皎月光。依然炤粉墻。

菩薩蠻病起

一夜驚魂離再續。朝來怯怯難粧束。忽熱忽生寒。秋深何日安。人從菱鑑老。詞付同秋艸。愁倦不凭欄。傷心梧葉殘。

前　題傷秋

寒霜薄洒菱花蓝。嘹嚦雁聲雲外起。雲影入層樓。哀音綠樹秋。敗梧驚旅夢。碧水隨烟動。殘葉擁荒扉。軀寒增舊衣。

浪淘沙 秋閨

秋老碧雲中。晏起梳慵。瀟瀟暮雨落吴楓。輕别柔枝吹已散，不戀芳叢。　雁跡寄孤峰。景色誰同。水花泛就玉瓏瓏。惆悵聚離俱是幻，霜損芙容。

點絳唇 春愁，用老遲韻

幾卷殘書，孤琴之外蕭然矣。春愁勿問，但看眉峰裹。　零落梅花也，博詩盈几。凄清味。日迷燕影，病質粧初擬。

菩薩蠻 代睿子步姜綺季郊行韻

恐逐啼鶯春漸去。尋幽踏遍山雲路。藤杖落梅邊。香留拾翠船。　何處行吟絶。舊夢新愁撇。水到越溪頭。寒烟逗淺流。

前　調 代睿子慰王文水

雙目不明佳文蠹。黄金塞斷招賢路。秀與日同光。迷雲掩太陽。　鶴爲烟霞束。待價還如玉。何必吐長虹。難逃越論公。

昭君怨代睿子次朱仲軼韵

最是寒儒居暖。偏又花枝遮滿。欲遣耐貧年。煮清泉。　酒在村籬之半。那得鷫裘相换。春壓賦詩船。若耶邊。

漁家傲春曉，代睿子次楊士季韵

綺窗幾陣鶯花雨。偏惹憐春情一縷。抛書悄立凭欄數。鶯調乳。殘紅也惜朱顔古。　來燕遶飛幽室柱。營巢泥落香膏補。紛紛目色誰懸組。心休努。扁舟許泛烟霞滸。

桃源憶故人有小序〇春晴，代睿子次朱仲軼韵

余自春來，寒熱失序。病中睿子携《桃源憶故人》詞一章屬和，草率次韻，殊閨中本色，大方見之，未免脂粉氣也。

困人鶯絮柔腸轉。花印蒼苔痕淺。無計可存微喘。肯把殘書典。　强將筆墨愁懷遣。病怯香纖先輭。鏡裏緑雲盡捲。祇剩青山遠。

點絳唇代睿子次楊士季《同章予先步南郊憩梨園處》韵

爲惜芳枝，海棠初試狂鶯咮。韶光微透。不放同儕袖。　春棹輕舸，小語如篁奏。釵鈿溜。青眸遠逗。憶整雲鬟又。

鳳凰臺上憶吹簫落梅，代睿子次士季韵

淡粉疎紅，枝頭漸緑，青莎曲徑偏饒。看玲瓏石畔，片片瓊瑶。遠障寒烟密布，月影如弨。恨蠢杏夭桃混襍，一擲丰標。　輕飄。狂蜂怪蝶深妬，昔落魄、也費推敲。見暗風襲襲，孤嶼郈郊。思向裙裾邊處，香茵雅士曾描。脂痕玉，擬揚翠宇，又被春撩。

映然子吟紅集卷十六

山陰王端淑玉映著

詩餘迴文

菩薩蠻春怨

倣朱晦翁體。

水憐花影新粧擬。擬粧新影花憐水。詞咏爲君思。思君爲咏詞。歸燕傍愁依。依愁傍燕歸。門掩柳黄昏。昏黄柳掩門。

前題夏怨

曲歌連徑花蕉緑。緑蕉花徑連歌曲。蓮夢怨驚蟬。蟬驚怨夢蓮。斷雲烟吹亂。亂吹烟雲斷。琴弄夜更深。深更夜弄琴。

前　題秋怨

蝶寒追笑含情怯。怯情含笑追寒蝶。秋映月光浮。浮光月映秋。　憀雁唳長宵。宵長唳雁憀。癡病識難醫。醫難識病癡。

前　題冬怨

撲面寒淒風數數。數數風淒寒面撲。舒凍手翻書。書翻手凍舒。　惜枝梅瘦石。石瘦梅枝惜。迷雪墮雲低。低雲墮雪迷。

映然子吟紅集卷十七

山陰王端淑玉映著

記

中秋盟集記代

慨自己、庚以來，人心澆薄，傾險過半，即平昔可以寄心腹，可以託孤息，皆易其本來面目。予甚畏之，乃閉户不敢外交。一日，小童持刺來，有吴下顧子者謁予。予辭以疾，彼往返再四，不得已，扶杖會焉。一見傾蓋，如蕭相國之遇韓淮陰也。

顧子善談天下事，通五經、子、史，娓娓千言，終日靡倦。予屈節事之，樂與之交。顧子曰：『未也。一言而成知己，誠爲美談，不免輕舉妄動之誚。容徐議之。』至辛巳中秋日，忽携友十幾人，語予曰：『子昨年願爲布衣之交，余未許焉。今余自堯、舜、禹故都，覽中條之勝，諏龍門，登華岳，下潼關，望邗落，憩于嵩陽、少室之間，涉溱之輿，觴洛之羽，梏少昊之蓍，娑塗山之石，就甘棠之陰，玩白松之月，由淮揚，上會稽，渡仙霞，登太行，共得此十幾人。皆濟濟英雋，非凡流者所可及。予爲爾指示之：一曰丁胤甲，字庚先，閩人。朴實淳厚，敬慎不苟。登第後聲益振，他日定爲遠大之器。曰朱議汸，字中郎，江右人。篤謹端嚴，一介硜硜，凜然如不敢犯者。曰張茂和，字頤生，晋人。信義性成，嚴重寡言，有古長者風。曰閻瑞鳳，字聖禎，關中人。生而奇穎，言笑有節，蓋端人也。曰顧咸正，字端目，吴人。才華高朴，磊落不羈，在今日猶所難得。曰郭士豪，字蝶公，池州人。智謀超異，熟識兵事，安慶之績，至今不泯。曰蒲日華，字元素，蜀人。清操自持，令楚時惟清風兩袖，邑人奉之如神。曰張道澄，字清之，山右人。承忠烈公遺澤，雋朗若仙，豪爽如神，通集之人，難出其右。曰陳鴻逵，字漸于，江右人。風流倜儻，博雅超群，是晋、魏一流人物。曰顧起鳳，字章予，白下人。恂恂君子，惜其早逝，使在今日，必有可觀。曰吴存誠，字夢勳，武林人。任俠自持，名聞宇内，推爲天下之善交者。曰何敦季，字季芳，楚人。叱咤英特，一言九鼎，斬上將之頭如探囊取物。曰朱兆宣，字弦菴，越人。身長八尺，英風邁古，仰而視之，知非凡品。曰劉慤，字子端，中州人。豪俠爲性，放誕無妄，翩翩然望而知爲佳公子也。曰顧廷瑋，字彬子，吴人。博洽群書，知今識古，瞻之如碧月當空，和風映袖，若可若不可之間。曰丁聖肇，字睿子，燕越人。輕財傲貴，侃侃不阿，癖如柴桑愛菊，矯若仲子甘貧，似文人非文人，予亦不得而解之。以上諸子，俱可以同患難、共死生、寄心膂、託六尺，立朝可爲輔弼循良，在野亦不失爲山林隱特。』

睿子屬予代記，以爲一時盛集。嗚呼！予曷敢以記諸君子也？不過聊記其萬一云爾。

夢楊忠烈公小記

古之人動稱不朽矣，而所貴于不朽者，生而功在萬古，死而仰慕千秋，如漢之諸葛亮、唐之郭子儀、宋之岳飛及我明之于謙、楊漣五人，皆間世而一出者也。亮慕管、樂爲人，而學問則過之，君臣道合，一言遂定三分。及後主闇弱，委任無改于初。子儀廓清兩京，再造唐室，遭逢肅、代，厄于宦豎，幾危而安。飛平群盜，破劉豫，累敗女真，中原旦夕收復，而賊檜内間，片紙死獄。謙於也先之變，虜騎薄都，人心不測，議遷議守，議和議戰，紛論不一。公援立景帝，而虜氣已索，竟回英宗，其功當在萬古，而不免西市之慘。漣受顧命，請移宫，斥客氏，劾魏賊，兩朝危疑，指日戡定，而逆璫恨入骨髓，遂至五木囊首，瓦盆覆面，以及于難。五人齊烈，功在吕望、姬旦之間，而飛、而謙、而漣獨不幸，傷哉！

公號大洪，湖廣應山人也。中萬曆丁未進士，歷官左副都御史。生而穎異，才華高古。自諫垣歷副院，上章凡十百餘，皆切時弊，奸璫忌之。而公賦性忠鯁，嫉惡如仇，爲士林所景仰。及《二十四大罪疏》上，而公禍遂不免矣，知與不知，無不憑而吊慕之。昔楚屈原行吟澤畔，漁父諷以隨流揚波，原悲而作《懷沙》之歌，竟投汨羅。秦胡亥欲殺扶蘇，或以爲詐，扶蘇不從，竟自刎死。宋文天祥國亡絶食，孛羅抑之不屈，尋以留夢炎一言，遂至柴市慘戮。三賢非不知委蛇可以免難，而守死不移者，以爲人子、爲人臣道當如是也。漣死之日，誣贓數十萬，逆黨頤指，監比其裔，而家室棲止城樓，不能完萬分之一。好義者爲之置櫃募金，以完懸贓。幸烈皇帝御宇，首誅逆璫及其虎彪等，特贈爲太子太保、兵部尚書，謚忠烈，建坊，春秋致祭，祠名『旌忠』，廕其子之易入監讀書。忠魂慰矣！

予偶于今辛卯之正月，夢至一廟宇，巍崧如殿陛，見之森然起敬。其奔走之人，不啻數千，或朝服者，或衣巾者，或罪服蓬首者，或枷杻垢面者，種種不一。予低詢之，或曰：『此東嶽大帝行宫也。』少頃，勒予入見，予又問來役曰：『大帝何姓名？』役曰：『汝還不知麽？乃明左副都御史楊漣也。』予喜出望外，以先翁文忠公與公同難，可保無虞，或可剖訴累年貧窘不遇景况。入陛，不敢仰視，惟見史册如山。偷視聖容，赭袍玉帶，神氣逼人。帝問曰：『汝丁天行子媳王氏乎？』予應曰：『然。』帝又曰：『汝耐心待時。』予大哭大呼而應曰：『某先翁與帝同事同難，今其子聖肇飢饉不堪，朝不保夕。』又大呼先翁之名，恐帝隔遥遠，聽之不真故也。帝頷之曰：『汝夫聞有姑蘇之行，其事可備問同行徐斗芳。』不旁及一言，即令人送予歸。行至半途，但聞群雞四鳴，而送役已無覓矣。其帝所囑之言，亦不解何故，謹記之，以昭異夢云。語曰『聰明正直爲神』，信不誣也。

映然子吟紅集卷十八

山陰王端淑玉映著

序

送雪癡兄北上序

庚寅春，三兄雪癡束裝北上，端淑吁然傷於義理者久之。始兄自燕而越也，予方三四齡，兄當壯年。迄今已二十年許，歷艱苦困窮，國破家遷，非一日也。丙戌，兄率姪德安，自白下，歷姑蘇，復至于越。時南北阻絶始通，予適隨睿子薄宦三衢，喪亂踉蹌，三閲月方得抵里，僑寓會稽之東村，曰漫池。米薪多累，亦付之無可奈何而已。一日，兄携榼來訪，惟見鬢髮蒼白，予駭視久之，悲喜交集。兄乃盡述都中翁姑墳墓所在，予號泣不已，兄多方勸慰，徐語予曰：『叔父李杜再來，天下仰慕者誠不乏人。但諸弟俱酣沈酒釀，風雅盲然，叔父之業已墮。今所幸者，吾妹獨得其傳，不可自棄。所著佳什，可付兄覽。』予于是悉出生平手筆，兄爲予細心點次，存者存，削者削，無不嚴整有理。

兄爲人放達不苟，豪俠性成，其聲名遍長安，困于棘闈者凡十餘次，以時蹇未遇。雖然，是烏足以困吾兄也？　其所著述，如詩如文，如記如傳，如賦如論者，若古若今，若仙若鬼，予雖讀其集，然猶不得深解其義。不得深解其義，似猶不識其兄集也。嗟乎！　予雖不得深解其義，然亦勉爲評其一二焉。閱其詩，則靈異如李青蓮；讀其文，則冷暢如柳柳州；觀其記，則飄忽如蘇長公；披其傳，則變幻如龍門史；覽其賦，則流麗不讓《三都》；對其論，則《孤嶼》何減《過秦》？　嗚呼！　予又何足以評兄集也？　然亦評其可解不可解之理而已。

兄尋以暮年景况，未得一官爲憾，乃治裝北上。此是予不可留者，乃援筆贈之以序。夫相依之日少，則必忘其初之來，而忘其來之必有去。夫業已忘其去來者，而一旦以去出諸口，此其痛决，豈特如士君子《别賦》所紀而已哉！

玄華子同秋詩選序

天地清淑之才，不專于丈夫，而半屬于女工。尼父删述，使《葛覃》、《卷耳》與六經並美，始開之矣。讀玄華子諸咏，意冷而孤，骨勁而秀，飄如隨珠貫玉，矯若月岫雲凝，似漢魏非漢魏，似三唐非三唐，率皆肖其神致。嗚呼！　玄華子真可擅古作者之壇矣。

今諸詠具在，世有法眼，毋容予贅。第予誦之吟之，反覆不忍去手，謹序其大略，使知吾越女士，猶逾巾幗遠矣。雖然，予何足以序玄華子也！　噫！　予亦藉玄華子以不朽矣。

述忠紀畧序代

曰：嗟乎！不孝聖肇，烏敢以序《述忠紀略》也？或曰：不然，序之正所以克承先志也。曰：然。故聖肇又烏敢以不序《述忠紀略》也？

慨自逆璫亂政，先嚴文忠公目擊其奸，慷慨論列，明是非于千古，掃濁亂于當時，以程策當補衮，覬萬一之感悟，可清君側之惡。不意遂致首罹兇鋒，大肆慘殺，僞傳詔旨，立時勒死。傷哉！言念及此，心膽俱裂，血淚皆枯，恨不食逆閹之肉，剜奸黨之心，少解終天之纖毫焉。

歲癸未，予自燕携妻室返越，道繇姑蘇，遇先嚴門下士程九屏。九屏時爲分巡使者，見之歡躍倍常，扳留再四，予遂假寓焉。九屏蓋俠人也，喜談忠義事。一日，偕予游虎丘，泛洞庭，終夜忘返，因言及先文忠殉難事，即唏嘘撤饌。尋予又出所謂《述忠紀畧》者，一一分列指示之，首《行實》，述生平節槩；次《傳畧》，述鯁直緣起；次《程策》，述賈禍所繇；次《訟冤》，述慘死情形；次《覆疏》，述逆黨爰書；次《卹廕》，述褒忠隆典；次《祭文》，述洞奸本末；次《誥命》，述煌煌天語；次《謚典》，述易名榮錫。靡不條貫有旨。

九屏讀之稱快，乃從臾梓之，以授國門，使亂臣賊子知有此一段生氣。若此書不行梓授，覺獲罪于先人，亦自外于生成，何以對親？何以對友？并何以對天下後世不平之人哉？故曰承先志也，非敢以序《述忠紀畧》也。

草堂漫咏序

《草堂漫咏》者，蓋酒癖散人之咏什也。散人者，不羈人也；咏者，不羈咏也。或曰：何以知其人與咏皆不羈也？散人落落形骸，不事家業，是不羈也；惟酒所嗜，不飾衣履，是不羈也；好客逾昔，日夜忘返，是不羈也；輕財傲貴，淡蕩坦然，是不羈也。散人有此，烏得而爲羈也？或曰：然。其人不羈，已聞命矣；其詩不羈，可得聞乎？散人諸咏，有淡遠如陶五柳者，有娟秀如王少伯者，有整肅如孟東野者，有敏捷如王摩詰者，有靈爽如李青蓮者，有峭潔如韋蘇州者，有雋爽如杜少陵者，有險仄如李昌谷者。又有可解者，有不可解者，是皆其不羈也。散人有此，又烏得而爲羈也？

聽者唯唯，而散人亦不之憾予也。雖然，不羈易乎？在今日故所以不易也。故予序曰：散人之人之咏，皆不羈也。信矣乎！

同社窗序齒録序代

竊觀開闢言學，轍首繼之朋來，其意寧不源遠哉！良醫有負笈而至，故見吾學之廣，即不然，懷型而來，亦得切磋之益。

憶予自髫年以逮白首，社窗諸友不下百十餘人。皆各承先世遺澤，殫精文雅，胸羅武庫，學富三冬，毋容贅述。第邂逅萍水，不無别離之感；握手經年，孰能永久之聚？年愈遠而人愈湮，予甚懼焉。乃以序齒記其名，以履歷著其里，無不備矣。使覽之者一目了然，寔敦篤友誼之至舉也。彼孫、龎之交也，情絶而嫉生，遂爲千古之唾罵；范、張之交也，義篤而誼深，遂爲後世之美談。何懸絶不陟也如此？如必有一定之規者，當以予交爲始云。

夫絪緼相感，而霧誦雲蒸；葱鬱舒爽，而月岫浮碧。是皆可以言心曲，談忠義。或臨流賦咏，或燈下脩文，或披襟對月，或凭欄共語，以了厥事，何不愈與沐猴而冠、勞碌奔波者之萬一焉！至若朝秦暮楚，酒肉爲林，酣歌性成，佞言入耳，即頭斷腰折亦不之懼，纖毫不合，頓爲仇讎不解之怨，良可寒心，予皆一筆抹殺。凡我同志，其毋忽諸！

映然子吟紅集卷十九

山陰王端淑玉映著

奏　疏

奏爲陳乞當嚴事代

吏部候選恩貢保舉推官臣丁聖肇謹奏，爲陳乞當嚴，淹沈宜籲，懇乞聖明勑部選除，以彰公道，以遵明旨事。

臣父丁乾學，叨中萬曆己未科進士，任翰林院簡討，甲子江西主考。見逆璫魏忠賢同奸樞崔呈秀，表裏柄國，先臣于第三程策内，敷陳豫道，直指王振、汪直、劉瑾諸璫之語，以代彈文。聞之者咋舌。而先臣憂國孤忠，先機遠慮，不幸言之而中，當日逆璫竟將先臣矯詔勒死。及璫授首，公道大明〔一〕，兩朝累贈禮部右侍郎，予廕賜祭，及葬，還與謚法，卹典甚渥。此臣父之事也。

臣則崇禎順天己卯科恩貢，復以京官保舉，堪任推知，咨部候選。壬午十月，逆寇入犯，舊薊遼督臣趙光抃取臣軍前監紀，隨題爲有功文武將吏等事，將臣題定推官。奉聖旨：『丁聖肇等遇缺選除。』欽此。至癸未二月，以臣母之憂，扶（襯）〔櫬〕回越。昨年七月間，舊樞臣徐人龍，同今詞臣王思任，捐資起義，臣爲監軍。思任即臣妻之父。幸今主上中興再造，百度維新，凡有一得之愚，罔不叨聖鑒者。至十月間，又蒙左都御史、今閣部臣李之椿，特揭咨部，薦臣堪任前職。此臣之事也。

今候選四月有餘，除授杳然。伏乞主上將臣前後事跡敕部，或京官，或外職，即與銓除，庶淹沈得疏，陳乞愈嚴矣。臣曷勝激切待命之至！謹具奏聞。

元年二月初二日具奏，本月初四日奉旨：『吏部即察實缺銓除。』欽此。

校勘記

〔一〕『明』，增刻本作『彰』。

奏爲易名屢奉等事代

浙江衢州府推官臣丁聖肇謹奏，爲易名屢奉明綸，風勵宜先節義，懇乞聖明補給，以光大典，以慰孤忠事。

先臣丁乾學，繇萬曆己未進士，預選庶（嘗）〔常〕，旋授簡討，纂脩實録，經筵日講，備極勞瘁。甲子奉命典試西江，憤閹權寖横，程策内用敷陳爲章奏，以筆舌代伐誅，故試録内王振、汪直、劉瑾數語，尤璫所最切齒者。初擬降調，至丙寅二月，復矯旨，同今首輔方逢年削籍爲民，追奪誥命。而先臣又以隸籍京師，誼難遠跡，致瑺屢遣私人授意。先臣一死自誓，百折不回，瑺遂于丁卯正月間，頤指奸彪高守謙等詐傳駕帖，立時勒死。幸公道彰明，逆瑺誅籍。臣長兄原任户部江西清吏司郎中丁聖期及臣等，將奸黨串謀殺命，詞臣被劫殞身等事具奏。奉聖旨：『具奏奸惡，詐傳駕帖，刼殺守正詞臣，情事甚慘，着法司從公勘實具奏。』欽此。法司具讞，置守謙于辟，復戍其爲從之何懋。吏部尚書王永光題爲擬被慘斃諸臣分别贈廕事，將先臣擬贈奉直大夫、翰林院侍讀學士。奉聖旨：『覽奏，高攀龍等守正捐生，貞魂久鬱，既經分别贈廕，准如議行，用昭朕顯忠勵世之意。』欽此。隨蒙賜祭、造葬、予廕、特祠、建坊，補給臣祖父母新銜誥命，均膺全典。

壬午五月，臣兄聖期又奏爲易名已奉聖明等事，奉聖旨：『禮部覈議具覆。』欽此。隨該科臣沈胤培題爲請謚忠烈名臣事，内開逆瑺慘死一案，如周宗建、丁乾學、顧大章等，所當亟與補給者。隨又該禮部尚書林欲楫題爲闡揚有共協之興情等事，内除楊漣、趙南星、高攀龍、魏大中、周順昌、繆昌期、周起元給謚外，覆左光斗、周宗建、袁化中、黄尊素、李應昇、萬燝、顧大章、丁乾學具請。奉聖旨：『易名大典，宜核宜公。本内所列慘死各官，未經有謚的，即着該部科會同詹翰諸臣，察明觸奸本末，章奏據實，及生平品行是否允愜，逐一覈議詳確具奏。』欽此。彼時奸輔婁司，索賄不遂，竟置停閣。

甲申十月間，弘光正位留都。臣兄又將先臣殉節最慘等事具奏，奉旨議覆。隨該禮部署部事管紹寧覆前事，奉聖旨：『丁乾學直節錚錚，文章卓越，亟表忠貞，以爲臣鵠。准贈禮部侍郎，還與謚法。該部知道。』欽此。煌煌天語，一云守正詞臣，一云慘死觸奸，再云直節錚錚，先臣大節已洞然聖明離炤中矣！然先臣當日畢命慘情，真有不忍不盡言，言之亦未能悉者，伏乞主上勅部，將先臣即賜補給，庶幾一字榮褒，千秋華衮矣！臣無任曷勝激切待命之至。謹具奏聞。

元年五月二十一日具奏，本月二十四日奉旨：『禮部速與補給。』欽此。

禮部尚書兼翰林院學士管兵部尚書事余煌、陳函煇、王思任等題覆前事，奉旨：『丁先生乾學殉節先朝，忠貫日月，亟宜闡揚，以協輿論。既經先生等奏，准如議行，謚予文忠，還着加贈禮部尚書，廕一子入監讀書，給與新銜誥命，用昭予褒忠繼述之意。該部知道。』

映然子吟紅集卷二十

山陰王端淑玉映著

傳

管文忠公紹寧傳

管紹寧，字誠齋，别號泰階。南直武進籍，丹徒人。崇禎戊辰廷試第三人，授編脩，尋陞南少司成，歷左諭德，掌南翰林院事，陞少詹，未及赴。甲申北變，弘光登極，擢禮部右侍郎。同尚書顧錫疇首襄諸大禮，復建文、景泰二帝廟號，及遜國諸臣贈謚，一時稱爲中興美政。

清兵過淮，紹寧歸里。彼時薙髮之令甚嚴，有揚州進士某者，首先降順，改名某，用爲常州守。詐傳舉義，檄令合郡紳衿公議，至期不到者，即以降虜論。紹寧以爲實然，是日兩廊皆伏兵數百，内褫薙髮者數十人，縛諸紳衿，頃刻薙盡，惟紹寧大罵不屈，斬于府門之外。事聞于監國，特贈爲禮部尚書，謚文忠，予廕及葬祭。

公居鄉端謹，不以富貴凌人，故遇難之日，少長男婦，無不垂泣。其常州守某者，未釋褐時與睿子同舉賢良方正科，最稱氣節，所以蓋棺未定，不可輕自許人也。惜哉！

黄忠節公端伯傳

黄端伯，字元公，别號海岸，江西新城人。登崇禎戊辰進士，授寧波府推官。庚午分較南京，所拔楊廷樞、文德翼等，皆濟濟名流。尋以病請告。甲戌補杭州司李，愛民如子，簡刑息訟，民人稱之曰黄佛。未幾，又以艱去。

甲申之變，弘光正位留都，復銓爲禮部儀制司主事。乙酉五月，金陵失守，文武僚屬倡議投誠。端伯以死自誓，十餘日不送職名，當事逼勒者再四，端伯僵卧不起。當事發馬騎擒之，端伯角巾大袖進見，南向植立。左右曰：『你是何官？不行朝見。』端伯曰：『崇禎皇上已晏駕，弘光皇上又出狩，我朝誰？』左右曰：『是大清豫王爺。』端伯曰：『是你家的豫王，與我明朝臣子何涉？』當事着通事致意曰：『黄先生向來鯁介孤直，予所素鑒。予當奏請，任先生要何官，都在予身上。』端伯惟摇頭不應。通事往返十餘次，端伯仍前不語。當事又致語曰：『你既不降，就不便留你。新朝法紀甚嚴，你不怕麽？』端伯引頸點頭。當事大怒，着引出梟示，又密諭行刑官曰：『且緩行刑，若黄先生肯回心，我還要重用。看黄先生到臨刑説什麽。』又遣新降官并與端伯相識者往勸再三。端伯大步而出，自脱衣服，朝日叩首，口呼太祖高皇帝及毅宗烈皇帝，更不他語，引頸就戮。諸降官見其志不可奪，報覆當事。當事曰：『彼既不肯，可全他的名罷。』遂遇害，時年六十有一。

浙東義起，監國特贈爲太常寺卿，謚忠節，廕一子，賜祭及葬，以慰其忠。端伯性淳樸不苟，酷好宗門，三十外即不茹葷飲酒，不近女色，蓋誠實君子也。端伯爲先翁文忠公甲子門下士，知之最確，斷不敢有溢美云。

凌侍御公駉傳

凌駉，字龍翰，南直歙縣人。崇禎癸未進士，除兵部職方司主事，督輔監軍。未及赴任，遂有三月十九之變。駉捐資募兵，與賊死戰。駉負重傷，兵餉不繼，奪圍南歸。弘光繼統，改授監察御史，巡按南直。

清兵南下，當事致書幣，勒駉納土歸順。駉痛哭不食，答書略曰：『駉世受國恩，至此天崩地裂之時，只欠一死。然所以不死者，實有望于貴國也。今江北一帶盡歸貴國，不必言矣。倘江南半壁得執事主持，力言于貴主，如晋、魏、六朝故事，永爲唇齒，以脩兩家和好，則駉之願也。或不然，恐今日揚子江之凌御史，未必非昔日錢塘江之伍相國也。承惠謹對。』使璧謝。當事不聽，復遣人敦促投誠。駉大怒，斬其使，欲嬰城死守。百姓不從，乃正衣冠望南再拜，投繯而死，時年三十有四。公真不愧伍公矣！

袁部院公繼咸傳

袁繼咸，字臨侯，別號湛斯，江西宜春人。登天啟乙丑進士，授行人，考選廣東道御史，巡視中城。辛未，以科場詿誤，謫南京行人司副，陞禮部主事。尋以按察副使督學山西，被誣革職。旋復官，補湖廣參議，陞浙江參政，理淮揚道事。忤璫降調，補湖廣鹽運副，尋轉副使。未幾，即以僉都御史撫治鄖陽。時流寇猖獗，繼咸多方勦殺，忌者以失機逮詔獄，謫戍烟瘴。壬午，起右僉都，河北屯田。癸未，陞兵部右侍郎，總督江楚等處軍務。及聞北變，即整飾軍旅，與寧南侯左良玉共濟危疆。而楚、豫一帶，賴爲振定。

弘光登極，叛賊馬士英、逆黨阮大鋮等表裏國柄，繼咸遂與良玉等露檄討賊，以清君側。馬士英發四鎮兵堵禦，清兵遂乘虛過淮，弘光蒙塵，良玉憤懥而死。繼咸大哭曰：『某本欲廓清君側，今反大壞至此。雖死，何顔以見太祖列宗于地下乎？』欲自刎，爲諸將抱持，願協力死守。乃親冒矢石，與清兵對壘者數月。尋爲内應所賣，被獲，解送留都。繼咸不屈，檻送燕京。當事聞繼咸至，親出國門，手解其縛曰：『爲天下蒼生，屈先生至此。願與共治天下。』繼咸危坐不應。當事賜晏、賜帽服，令薙髮。繼咸瞋目大吼曰：『繼咸爲明重臣，有死無二。此頭可斷，此髮不可薙也。』當事又遣中國降官多方勸慰，繼咸詈無改志。當事遣使防護甚嚴且密，繼咸求死不得，羈縻者三閱月，乃作僞書離間，以求速死。當事信之，大怒，格死于順城門外之三忠祠前。

公亦爲先翁門下士，落魄不羈，事親以孝聞。其爲直指時，直言敢諫，而士林推仰。但不喜見烏程一流人物，故其坎坷一世，皆烏程一流人所致耳。可不畏哉！可不畏哉！

唐忠愍公自彩傳

唐自彩，四川達州人。以孝廉除浙江臨安令，清兵至武林，自彩懷印棄官去。聞浙東起義，遣人賫疏，奏聞監國，願爲内應。監國納之，特加爲監軍兵備副使，仍理縣務。自彩乃發硃票，取臨安庫銀三千，以爲募兵之需。時清尹已蒞任，爲所發覺，清當事某公者，發兵襲之，縛自彩及其子侄。自彩冠帶而進，南向背立，左右偪脅之跪，自彩署不爲動。某公曰：『汝是逃官，擅出僞票取我庫銀。』内稱本道，本道是何人所授？』自彩厲聲大言曰：『本道係大明監國所授。我生爲明朝人，中明朝科第，做明朝官宰，用明朝錢糧，幹明朝事業，爲明朝鬼已耳。决不效汝輩，反身事仇，犬豕之不若。今反來問我，可不愧死？』某公語塞，尋大怒，命推出斬之。子方二齡，侄方十齡，俱同日遇害。

事聞，監國特贈太僕寺卿，謚忠愍，廕一子入監讀書，仍予祭葬。臨安葉毓華目擊其事。

金陵乞丐傳

乞丐，不知其姓名，每于留都乞化。甲申四月中，鬨傳北都變信，乞丐詢問，未得的耗。一日，偶乞于桃葉渡間，遇一士人，牽衣問信曰：『相公識北都事乎？』士人曰：『果有哀詔已到，崇禎皇帝自縊矣。』乞丐聞之，咨嗟不已，即向市中沽燒酒一盂。其一盂酒約值價二分，乞丐罄囊止有七釐，曰：『若肯與滿，亦好事。如不然，即炤價與我可也。』市人慨然與之。乞丐一飲而盡，遶河而走。市人以爲乞丐醉也，不之異。乞丐放聲大哭曰：『崇禎皇帝真死耶？』連拍心胸數十，望北叩頭數十，赴河而死。市人鳴之于當道，當道爲之致祭殯葬焉。或曰即愧二先生，未知孰是。

王端淑曰：自管文忠至金陵乞丐六傳，皆予戊、己間之率筆也。時以喪亂之後，家計蕭然，暫寓梅山，無心女紅，聊借筆墨，以舒鬱鬱。愧未成文，恐不免班門弄斧之誚。但此六傳，寔係聞見最的，從無一字抑揚，不過粗粗書其節槩大略，至於生平賢否，自有誌狀家乘，毋煩予贅。而睿子社友張陶庵有《石匱書》之舉，正缺此六傳，來徵者再四，予恐鄙俚，不敢出手。予辭之甚峻，而彼求之愈切，乃繕寫付之。今備録《石匱書》中，竟不改削一字。何陶庵之虚心也至此哉！　謹記之，以誌率筆云。

酒癖散人傳

酒癖散人者，自甲申變亂之後，僑居余鄉會稽之東隅。不言姓氏，余雖朝夕與之締詩酒交，最稱知契，然亦不知其何許人也。

其人傲癖而甘貧，放誕而無羈，以酒癖散人爲號，恒自曰：『予世受國恩，曾叨民牧，頭可折，義不可改。今即不死者，以先忠遺骸尚未卜葬故耳。』乃携妻子遷居池東。片椽地僻，頽垣荒徑，亂塚枯樹之傍，每遭疾風暴雨，瓦礫皆飛。怪鳥哀號，飢蛇盤繞，寒氣透骨，四壁煢煢。或冷月窺窗，或敗絮共擁。里人爲之酸鼻，行人覩之欲淚，親者耻之，知者憐之，而散人自若也。嘗思富貴浮雲，不因炎凉態度存念。日止典衣沽酒，夜即抱槧酣咏。或衣窮乏質，即以茗代酒，唱和不輟。

近與衲子梵林爲禪友，石匱生爲論史友，鵞池子爲酒友，誰何子、清淮子及予爲詩友。凡晤會之時，終夜忘返。越城内外，稍有一技之能，靡有不與之游者。或曰：『古人言君子當擇交，今散人交濫矣，何也？』散人曰：『昔白樂天爲醉吟先生作傳，或有譏先生者，先生應曰：「凡人之性鮮得中，必有所偏好。吾非中者也。若營利賈禍，一擲破家，燒煉無成，皆有損無益。今吾幸不好彼，而適于杯觴諷咏之間。放則放矣，庸何傷乎？」』

然散人直樸不苟，一介硜硜，非理不取，非言不齒。好客愈于夙昔，漸至妻孥凍餒，而其興猶然自若。况其故戚滿朝，世誼當路，若肯屈志往從，想已顯名于世。且散人田園宅舍，俱在燕地，屋之壯麗華美，與公侯相等。今悉棄之不取，獨携至戚數口及殘卷數帙，而來此敗屋頹垣之中，豈無意而然哉！

映然子吟紅集卷二十一

山陰王端淑玉映著

紀事上

劉忠端公念臺

公諱宗周，字啟東，山陰人。萬曆辛丑進士，歷官左都御史。乙酉六月，絶食十六日而死。

忠端不食而死，在乙酉之六月，時弘光元年也。倪文正縊死之日，在甲申之三月，而崇禎十七年也。余文節汨羅之慘，在丙戌之六月，實監國元年也。國亡臣死，忠端之前而有文正，忠端之後而又有文節。然今必推爲四海忠義之首者，以其從容赴難，九死靡悔焉。我明多士，人盡夷、齊，不能再造神京，維持一紀，豈忠義智謀獨種於漢、唐、宋哉？故予有云：海内殉節，誠不乏人，如不食而死，惟公一人。在前可追夷、齊，在後可並疊山。嗚呼！四公前後一轍，凜凜中朝，不可爲無人矣。越之首忠，公實不愧云。

錢忠毅公蘭臺

公諱鳳覽，字子瑞，會稽人。承祖大學士文貞公象坤廕，歷官刑部主事。以争太子被害。

公以任子微臣，即能一死自誓，保全皇儲，至再至三，竟以身從。真千古英傑，而今世之程嬰也。嬰以幸而生孤兒，其死緩；公以不幸而殉太子，其死速。何天道之不平也如此？彼占巍科、食厚禄者，觀之定當愧死。文貞公可謂有孫矣！予亟羡之敬之，故差劉公者，非公而誰？

倪文正公鴻寶

公諱元璐，字玉汝，上虞人。天啟壬戌進士，歷官國子祭酒，改擢兵部侍郎，陞户部尚書。甲申三月十九日自縊。

越州古稱名節之鄉，諸君子俱以忠孝自命。甲申之變，亦僅云四人，公及施忠介、俞節愍、周文忠耳。然于四人之中，公獨稱最。予閲《大事紀略》，云公紅袍危坐，面色如生。賊亦指之曰：『此明忠臣，兵丁不可犯。』則公之名凛凛，賊亦不敢犯矣。然公之死，較劉、錢二公大有不同者。劉廢放，錢官微；劉死正，錢死慘且烈。故序于二公之下，實亦《春秋》之遺意焉，其毋忽諸。

張忠烈公羽宸附弟鵬飛、繼榮

公諱鵬翼，諸暨人。世襲，歷官太子少師、左軍都督府右都督，封永豐伯，鎮守衢州。丙戌陣亡。

雲間彭燕又曰：余文節，私謚也，白水無屬，私亦公爾。張忠烈、高節愍、王文毅、陳忠襄、吳襄愍、葉忠愍、鄭榮愍，均私謚也，其義與彭旨同。

公世以軍功，弘光朝歷官掛淮海將軍印，鎮守鶯游、射陽等處總兵官，中府右都督。弘光北狩，公罷兵逸歸。越城義師起，公即斬將自守。及監國駐越，乃率師入援。上慰勞特甚，乃授以今官。公感知遇，頗以中興爲己任，身先士卒，斬獲無筭。以功膺封爲永豐伯，使鎮衢州。衢州寔浙、閩要地，以公老成夙將，故授之重任焉。西陵兵敗，公守尚堅，苦乏救援，被獲不屈，大罵，與弟鵬飛、字耀宇，武舉，歷官永豐藩前鋒，左軍都督府右都督。繼榮字君實，世襲，歷官永豐藩，掛鎮威將軍印，右府右都督。同日嬲死。卓哉！張氏之門，何多忠義也！

祁忠敏公世培

公諱彪佳，字幼文，山陰人。天啟壬戌進士，官巡撫蘇（嵩）〔松〕等處、都察院右僉都御史。乙酉六月，自沈于寓園荷池。

忠敏之死，有十不可焉。翩翩公子，一也；少年科甲，二也；給假完親，三也；建節吴地，四也；風流倜儻，五也；琴瑟和合，六也；吟咏不輟，七也；子幼未婚，八也；家亦微裕，九也；于情于理，十也。今人有一，尚欲貪生，而況十乎？忠而又敏，不亦宜然！

施忠介公四明

公諱邦曜，字爾韜，餘姚人。萬曆己未進士，歷官都察院協理院事、左副都御史。甲申三月十九日自縊。

公歷官三十餘年，聲名素聞。大約樸實淳厚爲本，即要如副院，而家計蕭然，不異儒生。惟以循循持操，爲時所推。北變信至，有以公名入殉難内，持向先嚴觀者，先嚴哂曰：『四明原何肯死？此説大約荒唐。』予反覆辯論，以爲實然。及公柩至，得其節略甚悉，先嚴推予爲知人焉。

高節愍公白浦

公諱岱，山陰人。崇禎庚午舉人，授兵部職方司主事。丙戌六月絶食，命家人以吉服蔽身而死。

節愍用武生，雋庚午北闈。忌者藉此爲譁，竟落公名，人皆稱屈。至弘光正位金陵，用廷臣議，始復故物，中外咸嘖嘖言公道云。江東義師起，徵授爲兵部職方司主事。公嚴飭兵伍，禁打糧、送劄等弊，紹民賴之以甦。六月，胥江不守，監國奔台。公方以差他出，及歸，而國事已大壞矣，乃逸至海邊，居茅屋半椽，絶食凡十三日不死。其子諱朗促之，又三日不死。子朗先赴水死，公一笑而絶。嗚呼！從容就義，視死如歸，是父是子，豈前代所多見者哉！

余文節公武貞

公諱煌，字公遜，山陰人。天啟乙丑廷試第一人，以右春坊右庶子擢禮部尚書，管兵部尚書事。丙戌六月四日，自沈于渡東橋。

公於數千人中，得天子首拔，爲海内所羨慕，即要典煩言，亦置之不論。尋以講幄微勞，欽賜馳驛。當日得君之遇，何其隆且厚也！甲申之變，殉節雖多，而公不與焉，何也？公以南都援立，事猶可爲。不意馬、阮諸奸播弄，竟至淪没。其殉節者亦復不少，而公又不與焉，何也？聞趙氏一塊肉在，尚未可知，況今天潢雲集，擇其賢者立爲六軍之主，亦未知鹿死誰手。乃慫慂鄭生，以建不朽。尋擇吉具箋，至台迎立魯王。公以翊戴功最，數月間累遷爲禮、兵二部尚書，授之重兵。公制禮作樂，招募賢士，訓練戎伍，納降誅叛，江東景象，焕然一新。五月廿九，胥江失守，公大張硃示，盡啟九門，任兵民出走，活生靈以萬萬計。事畢，乃巍冠赴水，效汨羅以報累朝知遇云。

俞節愍公華隣

公諱志虞，新昌人。崇禎甲戌進士，歷官巡關監察御史。甲申三月十九日死。

公新昌人，繇進士歷官御史，直聲遍長安。賊未入關時，曾有太子撫江南之請，繼堂官李文忠公邦華者。以群宵沮止。三月十九，天崩煤山，公以身殉。《北變紀事》、《國變録》、《大事紀》、《中興實録》、《甲申紀略》、《中興頌治》諸書，無有不載公名。即褒忠卹典内，亦贈公爲太僕寺少卿，謚節愍，建祠、建坊、致祭、賜塟、予廕，均膺全典。而吊忠吟咏，獨公闕焉，不解何故。今補其缺略，以存公道云。

先嚴文毅公遂東府君

先考諱思任，字季重，山陰人。萬曆乙未進士，以江西九江兵備、按察司僉事，改擢禮部右侍郎。丙戌，憤憊死。

先文毅以察處廢紳，蒙監國解衣推食，言聽計從，改拔史局。五月間，官至少宗伯，幾致大用，尋爲人沮所止，而當日隆重，人莫能比。即跋扈如方國安，驕悍如田仰，亦側目而視之，何也？或以爲愛其才名使然，非歟！先文毅得上之知遇，實因劾馬士英之疏、答隆武帝之書、挽王玄趾之文三事耳，此外並無別説。至于兵敗入紹之日，惜先文毅不即以身殉，何其不决也如此？但採薇祖塋，庵曰孤竹，樓名識影，頭可斷而髮不薙，足可刖而城不入，勞苦備至，當事危言恐嚇，百折不回，心堅愈烈，竟以憤懥，不食不藥而死。其心其意，良可哀也。先文毅享年七十有三，予實恨其少；但此數十日，予又嫌其多。不識知者以爲何如？

陳忠襄公玄倩

公諱潛夫，原名朱明，山陰人。崇禎丙子舉人，歷官河南巡按、監察御史。丙戌死。

公寄籍武林，領鄉薦時即侃侃不阿，人雅推重。屢上春官不第，乃自開封府司李，歷陞御史，條列時弊，靡不曲體民情，先帝亦加賚之。北變日，公方差出。及南都不守，公乃逸至杭省，尋又隱于浙東。乙酉六月，破家舉義，以功仍補原官，加太僕寺少卿，使監各藩鎮兵馬。公嚴覈將領，脩飾部位，軍容賴之以振。丙戌，西陵不支，公與妻妾皆自溺而死。偉哉！忠義育生，何獨鍾于一門也！

吴襄愍公金堂

公諱從魯，山陰人。萬曆丙辰進士，以川湖分守右參議，擢通政使司左通議。丙戌，不薙髮死。

丙戌之變，吾越捐生殉義，其最著者得四人焉，曰張公鵬翼、高公岱、余公煌、陳公潛夫是也；其差等者得二人焉，曰先君思任及吳公從魯是也；又差等者亦得二人焉，葉公汝楦、鄭公之尹是也。以上俱身膺綸綍，或被獲大罵不屈死，或從容不食死，或率同妻女自縊死，或正衣冠赴水死，或憤懑不藥死。各死不同，然而總之是忠是義。但公之死，不特四海不知，即吾越人亦不知也。予故特爲表而出之，以爲後世獎忠之勸。

公自川湖守憲致政返里，宦資蕭然，清風兩袖，爲時人所仰。及江東義旗起，公捐軀舉義，爲人所抑，不得上遇。至丙戌二月，用先臣請，始補左通議。凡一槩章疏，有（俾）〔裨〕于新政者，覆之奏之；有病于民事者，駁之糾之。言路爲之股栗。六月朔日，浙東不守，公野服避至州山，僑居小樓，足不履地，不顧家事。誓不薙髮，堂置一棺，有逼公剃髮者，公即求其活釘棺内。時新令甚嚴，凡不遵依者，十家連坐。予鄉之人，素號刁頑，兼喜多事。公之得以不薙髮、不受摧折者，皆平日居鄉清正淳厚、敦睦鄰里所致也。及死之日，仍服大明衣冠，望東南跪拜者四，曰：『吳從魯今日方得死所矣。』聞之者無不垂泣。故曰諸公之死雖云不同，然而總之是忠是義，非虛語也。予猶憶昨年歲底，越之紳衿闔建忠義祠于渡東橋，而遺公名，不知取何義也。吁！遺與不遺，烏足爲公輕重也哉！

周文忠公巢軒

公諱鳳翔，山陰人。崇禎戊辰進士，歷官左春坊掌坊事左庶子。甲申三月二十三日自經。

文忠節署，予前已爲之序矣，今得大金吾吳公國輔字期生，原名邦佐，山陰人。天啟丁卯解元，歷官錦衣衛堂上僉書、都指揮同知，擢都督同知。所述甚備。云甲申之變，妄傳先帝出狩，一時都城鼎沸，有聞變即殉難者，如吾鄉倪、施諸君子是也。文忠與吳公同至稽山會館，相約奔追行在，以圖恢復。而中翰沈公煃光字叔子，山陰人。登崇禎甲戌進士，授中書科中書舍人。在任凡十一年，已陞部曹，旨尚未下。亦至，偵者有云先帝已逸去，又云被獲，相傳議論不一。二十三日，公等三人同被搜獲，吳公爲賊拘繫監管，公則途遇大司禮王德化〔一〕，手批其頰，大罵悞國，隨返寓，正衣冠自縊而死。是公之死，可謂錚錚不朽矣。而諸記載有投欵署名之事，且内臣王德化，見偷生在北，其大喝云云，又何説也？想皆訛以傳訛所致耳。總之世衰禮廢，殉忠守正，而見侮于當今；奢謚卑汙，身被僞命，反顯榮其後澤。周公元聖，不免流言之毁；曾子大賢，猶有殺人之謗。彼聖賢尚爾，况其下者乎？賈誼曰：『貪夫狥財，烈士狥名。』舉世混濁，賢肖不分，良可痛心。故史遷曰：『顏子之賢雖賢，得夫子而名亦彰。』今公之忠雖忠，得吳公而名亦遂不朽。所以砥行立名者，不可不附于青雲之士也。公之謂歟！

校勘記

〔一〕『大司禮王德化』，原作『大司馬張縉彦』，據增刻本改。

葉忠愍公恒生

公諱汝藼，字匡之，會稽人。崇禎庚午舉人，授行人司行人。隆武加兵部職方司主事。丙戌六月，自沈于桐塢。

公朴厚端嚴，性至孝，凡五上春官不第。又以北都之變，吴越兵争，恒曰：『欲報國，何必進士？』乃上時弊疏于監國，優旨答之，欽授行人，監軍江上事務。尋隆武重公名，復銓公爲兵部主事。五月廿九日，各藩鎮兵同日潰散，義興侯鄭遵謙，公兒女姻也，亦移師入海。公知不免，同妻自溺。或言公恐鄭事相累，不得已而死，非殉節也。然予以爲死則同耳，補之存公。

鄭榮愍公咸一

公諱之尹，山陰人。天啟乙丑進士，歷官山西僉事。以子遵謙貴，封義興侯。丙戌六月自沉死。

公以廢官，未經召降，不識何故，扁舟投欵，首先薙髮，時乙酉五月，貝勒駐省，遣騎脩書，徵召越宦五人，大冢宰商公周祚、大宗伯姜公逢元、大總憲劉忠端公宗周、大中丞祁忠敏公彪佳、少廷尉章公正宸；流寓一人，大學士高文忠公弘圖。高、劉、祁俱死之，章逸去，今竟不知所終焉。當日何其愚魯之甚！及其子舉義，公猶在夢中，尚大言順逆，置辨不已。尋見兵勢洶湧，乃閉户不出。義興膺爵，公亦叨封，惟知飲酒食肉，外事毫不與焉。及小亹兵潰，義興携資入海，公知不免，竟赴水而死。公死日，正六月初旬，時新令森嚴，擡埋未奉憲示，不敢移動，横尸于赤日之下，凡十幾日。及遷葬時，顔色如生，毫不潰爛，越人爲之雷嘆。今以舉義之首，凡事畧焉，想千載後，定存直筆云。

映然子吟紅集卷二十二

山陰王端淑玉映著

紀事中

王正義公玄趾

公諱毓蓍，會稽人。劉忠端公宗周弟子也，府諸生。力學苦攻，名振兩越，忠端公時稱予之。乙酉，貝勒駐杭，紳衿士庶争醵牛酒以犒。公甚鄙怒，乃著《憤時致命篇》以誌悲痛。至閏六月間，潛出牖外，其妻子兄弟皆不知也。復命閽者沽醪，危坐痛飲，賜以餘瀝，戒其不必隨從，遺書忠端公，蓋效王炎午之促文信國也。執火出門，以所著《致命篇》粘宋忠烈唐將軍琦之祠壁，竟沈于南街柳橋之淵。公以一介草莽，即知忠義，彼争醵牛酒，視此定當赧顔。但公豈不知偷生可以苟活，然而平日涵静功夫，豈肯一朝掃墮？故公一死而士風振勵多矣。至監國駐越，用廷臣議，贈爲翰林院簡討，廕其後裔。鄉人私謚曰正義先生，以褒公忠。公死未幾，而又有潘茂才集焉。

潘義成公子翔

公諱集，山陰人。博學雋朗，爲時所推。兩京淪没，府諸生王毓蓍首先殉義，公作祭文，哭于死地，自署爲『江東義士』，哀慟特甚。夜懷二石及平昔所著詩文，踰女墻而溺于渡東橋下，時年纔十九。及魯王監國，贈公爲禮部主事，廕其子入監讀書，然公已無後矣。郡人私謚曰義成先生。公配某氏，見今苦守節操，茹素誦經，不出户牖，但惜其窘迫而靡所依也。義夫節婦，篤生一門，可不羡哉！

周祠部公定夫

公諱卜年，山陰人。邑庠生。爲文英特超古，不尚浮華。乙酉閏六月，紹興通判某者新擢郡守，勒士民薙髮。公憤然摘所佩玉雷圈捶碎，紙裹，外書大字曰：『寧爲玉碎，毋爲瓦全。』置于案頭，遂沈死之。家人求得其户，見公顔色如生，英氣凜凜，或以公爲神焉。及義興侯鄭公遵謙兵起，魯王監國，贈公爲禮部主事，廕一子入監讀書，遣官致祭焉。

高文學公子亮

公諱朗，乃節愍公岱次子也。丙戌五月，莊督學恒始録公入泮，而名遂籍甚。未幾，北兵西渡，勒薙令亟。節愍公尚奄奄一息，公肅衣巾，泣拜于前曰：『兒不能侍奉矣，當先死以俟大人。』節愍公乃瞠目送之，曰：『爾能先我，真我子也。』遂呼工人，駕舟之海口，翻身躍入濤中。工人力援而不能解，公嚙其臂，工人負痛，乃弛。岸幘浮去，約丈餘，復躍起，以兩手整幘而没。嗚呼！彼將相公侯觀此，不識措何説以爲辭。吁！恐此輩亦無從而得見公也。

倪太醫公舜平

我明三百年來，以星相占卜而直諫死難者有之，如欽天監博士楊忠懷公源是也；以醫士而哭諫南巡死于戍所者亦有之，如太醫院吏目徐公鏊是也。若以草澤醫士，而能從容殉國，視死如歸，前此則未之有也，有之自公始。

公諱文徵，山陰人。世居酒務橋，因亂栖劵家坂村，恒以訓蒙貨藥爲業。歲丙戌，西陵不守，日夜悲號。一日，罄出資囊，呼村中諸少年沽酒割牲，共飲食之；以其餘貲鬻二大磁缸，置于祖塋之右，求諸少年覆之。諸少年大嚼而揶揄之，公從容躍入，請以缸覆。須臾，呼少年啟缸，諸少年笑曰：『先生不耐悶耶？』公曰：『否否。適造次入内，頓忘坐向耳。』諸少年曰：『諾。』公乃正襟端坐，然後命掩覆。諸少年踰時往聽，但聞誦佛聲，傍夜則闃寂矣。諸少年爲掩土立墓焉。然公之死，較楊、徐二公，則又超而特異者矣。

傅文學公中煌

昭代建文時，靖難兵起，周公是脩約同官解縉、胡廣曰：『若國一破，我等當同死國難，毋渝盟。』及城破，惠廟出狩，是脩遣使至解、胡處偵之，胡方令人飼猪，解回：『與公等作《忠臣傳》可也。』偵者回命。是脩曰：『一猪微事，尚然不捨，肯捐生乎？』乃自縊而死。後果解、胡出降，皆爲成祖廟宰輔。及毅宗皇帝時，逆賊李自成入犯，侍御王公章與給諫光時亨共守禁門，約同死難。尋城陷，賊三問章，皆不應，乃死之；問時亨，即跪下，而授僞職。不知此三人將何顔見二公于地下？

今吾越雖稱彈丸之地，有傅公其人者，與此二事頗類，謹記之以正大方。公名炯，中煌其字也。家世暨陽，邑庠生。丙戌六月間，北兵渡江，薙髮令頒，公期約同志五六人，共死大明國難。届期無一至者，公因賦詩而自沈于浣江。鄉里咸悼公，而不直其同志者。

朱茂才公鴻儒

公諱瑋，係山陰人，讀書靡外務。丙戌六月間，從父祖避兵于梅里尖墓次，輒對壁坐泣。間語舅曰：『舅畏兵，甥不畏也。』舅曰：『惟汝則那？』曰：『得所往耳。』因隄而防之。一日，故稱從鬄于招提，忻然而往，疑稍解弛，家人就事。公遶室而走，遽馳返入舍，冠巾服，拾堊書案：『寧爲戴髮鬼，莫作剃頭人。』留箑逸去。家人索之，林舍俱無，視堊書，知公殆矣。埜扣灌夫，曰：『頃見少年望墓膜拜，之河之上。』跡之烏有，知騎鯨矣。祖父號于塘曰：『明將徙家項里，寧守魄以罹難，抑棄骨以遠難？』三終，踴而出水，角巾僵立，引之並岸而殮之，時年二十有四。

楊文學公雪門

公字雪門，不知何名。蕭山人，邑庠生。丙戌，西陵不支，公同妻某氏死之。聞其至姻某者，登名進士，爲魯監國重臣，今尚靦顔在籍，時服金錢，逍遥于賓署之中，不知其心尚欲何爲？吁！一人只做一人事，莫要管他。

映然子吟紅集卷二十三

山陰王端淑玉映著

紀事下

正烈金夫人附夫章欽臣

金夫人者，會稽人，明遺將章欽臣之配也。生長巨族，端肅貞静，丰態悠然。歸欽臣，事舅姑以賢孝著名。戊子間，越之鄉村遍列營頭，夫人乃脱簪珥，慫恿欽臣舉兵，屯劄于傅山一帶地方，與清兵拒敵者五六月，殺傷過半。尋以糧餉不繼，沿村科歛，越民苦之。夫人哭泣苦諫曰：『未有百姓不從而能成大事者，吾立見君之敗也。』欽臣不聽，打糧愈急，果爲内應所賣。欽臣及夫人皆被擒獲，解送府城。欽臣尚娓娓置辯，哀辭求活。夫人目欽臣曰：『君爲將帥，不能成功，即死猶晚。今尚欲向胡虜求生，可不愧死？』當事大怒，以刀觸其口，夫人罵聲愈熾。欽臣竟坐凌遲死，夫人應賞兵伍。夫人大吼曰：『夫既死矣，予豈肯生？亦願速死。』當事曰：『汝既要死，命推出斬之。』夫人曰：『夫既坐凌遲，予豈應斬？亦應坐凌遲。』當事允之。行刑者刀一舉，夫人大罵一聲。剮至下體，夫人兩足緊挾而絶。有馬姓兵伍者，舉刀刺其下體而戲曰：『臭淫婦，粧憨兒，教你嫁漢子不肯，怎麽也有今日哩！』至次日，馬姓見夫人金冠蟒服，隨侍者數十人，指馬姓而大罵曰：『剮我是正理，你原何污穢我？』命隨侍擊之。馬姓頃刻口鼻噴血，遍體青腫而斃。當事聞之，曰：『越城官宰百姓雖多，總不及此一婦人也。』故予詩有云：『人言慘極彼愈喜，肉飛片片香花蕋。』我即以此詩評夫人，信非虚譽也。

節義鮑孺人

鮑孺人者，會稽人，遊擊將軍鮑大謀之女，而參軍摇士忠之配也。脩美俊逸，儀容華麗，飄飄然如閬苑仙姬、洛浦神女，見之者無不驚羨。甲申三月間，同夫及男女自縊而死。其事備載其孝女摇氏中。

貞烈孝女摇氏

孝女姓摇氏，小名全哥，蕭山人。其父摇士忠，薄宦于燕。孝女始生焉，美姿容，端謹寡言，行止不苟，父母絶（種）〔鍾〕愛之。而孝女性勤，刺綉紡績，亦未因父母之（種）〔鍾〕愛而少爲懈惰。然尤知大體，士忠雖列冠裳，時有舛謬，孝女宛爲曲諫，靡不井井有旨。中外咸嘖嘖稱譽。

年及笄，尚未字人。甲申三月十九日，逆賊入犯，有僞權將軍某者，見孝女美麗，强欲納之。孝女瞠目大吼曰：『此頭可斷，此身不可辱也。』賊不聽，乃刑辱其父母弟妹，必欲得孝女方已。其父曰：『如吾女受辱，我等雖生猶死，不若一家同死爲正。』衆曰：『諾。』孝女大哭曰：『女生不能孝侍父母，友愛弟妹，今因女一人而斬摇氏之祀，女罪愈深。』乃欲觸柱而死，爲衆抱持。孝女慟哭絶粒，賊見其志不可奪，乃愈凌其父母，而士忠輩奄奄一息，惟求速死。賊一日因公事他出，防護少疎，孝女及其父，并母鮑氏暨弟妹等，俱自縊而死。賊晚刻方歸，已無救矣。賊見孝女顔色不變，恨其不從己也，欲污其尸。其尸忽能轉動，賊大驚異，以爲擊己，俱奔避之。而孝女實以繩繫喉上，得不死。賊喜出望外，乃卑言求合。孝女佯許之，曰：『爾能殯瘞我父母弟妹，方從爾。不然，我即刎死。』賊信以爲實，乃厚瘞其父母弟妹。事畢，孝女持刀哭罵，欲自刎。賊大怒，奪刀亂擊，頃刻而斃。傷哉！以身殉親，以義殉名，如孝女者，真不愧古之遺烈焉。

義烈孟夫人

孟夫人者，陳冏卿玄倩配也。恪勤恭儉，孝義性成。歸冏卿，以賢婦稱。冏卿自開封司李，歷臺中，巡按中州，收拾危疆，風裁籍籍，皆夫人内助之力也。

乙酉，監國駐越，冏卿仍以御史監軍江上。及丙戌，西陵兵潰，夫人乃拉冏卿歸寓于小赭村。六月間，治具，同冏卿暨妾妹氏賞月于郵之孟家橋上，聯臂而溺于河。嗚呼！夫人之死，何其從容且韵也！ 總之皆平日家訓所致耳。甲申間，冏卿爲大行陸鯤庭培檄文討之，夫人日夜慰勸，徐言其不即殉先帝爲憾。故丙戌冏卿之死，亦皆夫人慫慂之力也。如不然，今亦未可知耳。

陳玄倩妾孟氏

孟氏，冏卿陳玄倩之妾也。丙戌六月，同冏卿并大夫人、姊氏沈死。其事見大夫人紀事中。

貞烈章孺人

章孺人者，會稽人，諸生陶士章之配也。孺人幽嫻敬順，年二十一始歸士章。士章家貧力學，孺人解簪珮，佐士章以讀書。事姑惟謹，中外無不稱羡。

戊、己間，越之無賴借舉義爲名，沿村打糧刼掠，百姓遍受荼苦。士民議請官兵勦撫，孺人恐官兵至，不分賢肖，乃預置夾墻，潛身于内。一日官兵至，撲殺賊人殆盡，各村搜勦，士章輩聞兵至，俱各逃竄。孺人潛身不及，乃匿于床下，果爲兵伍所獲，見其美姿，以利言動孺人，欲挾之上馬。孺人大哭，以頭觸其刀，兵伍輩大怒，解所佩刀，亂擊而死。悲夫！ 若孺人者，既甘貧窘，則富貴不足動其心；又能輕死，則刀鋸亦不足奪其志。又何義夫節婦之不可爲也！

楊雪門妻某氏

某氏者，蕭山文學楊雪門妻也。丙戌同雪門殉難，其事見雪門篇内。

節義王孺人

孺人係樞部郎葉忠愍公恒生之妻，而衢州司訓王賡西之女也。貞静幽嚴，器度練達，絶無閨閣氣，而賡西公亦不以女流目之。歸忠愍公，以勤孝稱。至忠愍公薦賢書，屢上南宫不第，孺人多方慰勸曰：『此亦命運當然，非戰之罪也。』

及兩京顛覆，六龍飛天，魯王駐越，孺人告忠愍曰：『凡爲臣子者，果能以忠義存心，毋論科第，即匹夫亦不可奪志。何況君曾叨領鄉薦，不因此時作爲一番，恐後日悔之無及矣。』忠愍公曰：『諾。』遂草《時弊疏》于監國，大約俱救時讜論。上加納之，授行人司行人。尋隆武重公名，復銓爲兵部主事。孺人曰：『今又與昨日换一面目矣。昨日身輕，今日係朝廷臣子，須要盡心與朝廷做一番事業。且君之職守，非他官比。』忠愍公乃嚴禁兵伍抄掠等弊，百姓賴之以安。至丙戌六月，忠愍公自沈死，孺人哭之慟，亦溺于忠愍公之死所，爲家人撈救。孺人痛哭絶食，未三四日亦死。悲夫！爲臣死忠，爲婦死節，亘古雙美，豈人所能羨慕者哉！

智烈傅孺人

傅孺人者，山陰人，不知其適何氏。戊子三、四月間，越之鄉村，窮民無依，倡言舉義，而趙墅李玉臺獨熾。玉臺自署爲某義將軍，從之者凡五六千人，玉臺派列爲五營，俱授之總兵等官。戰艘器械，無不畢具。乃于四月間，親率五營，進薄越城。守將劉公進者，單騎禦之，斬其將數十人。玉臺兵大驚，各自奔潰。劉公乘勝，砍殺溺死者不計其數，復擒其前營總兵丁豹，射殺于教場。玉臺單騎遁去。是日之戰，玉臺兵凡三四千，劉公止七騎耳。如劉公者，真不愧古之名將焉。

五月，省下大兵至，沿鄉搜勦，玉石不分。孺人爲某所擒，某悦孺人姿色，挾之上馬。孺人詈無難色，甜言誘某，某喜甚，以爲從己，防之少疎。行至趙墅橋上，孺人乃躍入江中，某悔之無及。孺人殉節之後，尸骸無覓，其夫慟哭求尸，孺人忽浮起，顏色如生。好事者爲之做法皇事薦度云。

映然子吟紅集卷二十四

山陰王端淑玉映著

行狀

皇明勑贈孺人先妣李氏行狀代

先妣勑贈孺人李氏者，家世古燕，其先業農。外王父諱貴，與外王母劉孺人爲鹿門友。先舉孺人，次舉舅父，諱忠。甫五歲而外王父母相繼去世，煢煢姊弟，形影相依。伯父諱扣者，録爲己子女。孺人與舅父亦即以事父母者事伯父母，而伯父母時以闈儀鞠之教之矣。

孺人敬婉柔順，恪爲佩服。先考文忠公自庵府君登賢書，夢讀《易》，得『歸妹』，語之繼母胡太淑人：『此何祥也？』太淑人笑曰：『子前夫人止剩一雄，今吾又弄之瓦，盍貳之？然夢之有無，則在子矣。』傳聞孺人淑慧，因倩媒請之外伯父，以禮得孺人，委之禽焉。而孺人則勉先文忠以讀書，佐胡太淑人以治内，宗族咸嘖嘖稱賢婦。

甲寅，生兄聖瑞。己未，先文忠雋南宫。辛酉，讀中秘書。胡太淑人悉以中饋委孺人，孺人副其委，靡不井井有條。先文忠有贈孺人『蘭室瑟琴猶整束，玉堂書翰未安閒』之句，今刻

《擁膝集》中。是年即舉不孝聖肇。甲子，先文忠奉命典試豫章。時崔、魏爲政，而先文忠于序策中露齗嚼齒，丁卯三月望日竟罹禍變。孺人哀毁如禮。四月，復生聖衡遺孤云。

木天固清署，先文忠承家世清白，即壬戌分較禮闈，及甲子門下士以贄謁者，皆峻却之。紡入仕方六載，蕭然不異儒生。棄世後，家益落，孺人機聲與烏鳴相襍，延師課子，脩儀獨豐。紡杼所積，以（瞻）〔贍〕宗戚之窘乏者。而舅父雖家計凉薄，然餽遺有節，未嘗有無禮之賜。衆族戚咸稱知大體。孺人雖以撫不孝輩，不克殉先文忠九原，淚痕時時濕衣襟。己巳，瑞兄既采芹，復夭折，孺人哭之痛，鬱鬱生痰，漸成痼證。至庚辰秋，疾益劇，不孝惶惶醫禱，竟不起。目欲瞑，無他囑，惟諄諄不孝輩以讀父書、孝胡太淑人、友兄弟爲事。嗚呼痛哉！嘖孺人生平，懿德真可匹周氏母，但不孝輩有愧伯仁兄弟耳。

孺人生于萬曆甲午十二月十二日戌時，卒于崇禎庚辰九月十六日亥時，享年四十有七。生男三：長聖瑞，庠生，從長兄户部江西司郎中聖期及仲兄廩生聖嘉後，行三，聘萬曆癸丑進士、大理寺左寺丞張公汝懋女；次即不孝聖肇，浙江衢州府推官，孺人以不孝覃恩勑贈孺人，從嫡兄瑞州推官聖功後，行五，娶萬曆乙未進士、禮部右侍郎王公思任女；少聖衡，行六，未聘。孫男一：卜年，聘紹興府庠生劉公執道女。孫女三：長君喜，蚤夭；次君望，次君卿，均未字。俱聖肇出。不孝輩以胡太淑人在堂，抑而就禮，然追慕音容，未頃刻置。勉思所以釋終天恨于萬一者，謹收淚而述其狀，以俟仁人君子錫之琬琰，俾令善克彰，不孝輩死且不朽。

映然子吟紅集卷二十五

山陰王端淑玉映著

墓誌銘

明文學先兄輯夫先生墓誌銘代

吁嗟乎！兄竟棄予而長往耶！予時尚未釋服，血淚皆枯，而復罹此異變，何天之速禍也如此？先文忠遇難于丁卯，兄遭變于己巳，始哭父，繼哭兄，予母因哭父、兄而即患痼症，隨亦告殂，余并哭吾母矣。淚欲下而已無淚，腸欲斷而已無腸矣。嗚呼痛哉！聞見者想亦憐而哀之。

謹按誌曰：兄名聖瑞，字輯夫。予兄弟六人，此三哥是也。丁氏之先，濟陽甲姓，出自炎帝之裔。姜尚爲周文、武師，定天下，封于齊，傳其子丁公伋，以謚爲姓，代有聞人。至文簡公百川府君度，從宋高宋南渡，爲名宰相，家于四明，遂爲四明人。一傳而爲朝議大夫獻可。再傳而爲侍御炎，立朝侃侃，剔奸除弊，中外憚之。三傳而爲御史大夫翔，大有父風。四傳而爲刺史持，愛民如子，至今猶稱丁刺史云。五傳而爲太守機。六傳而爲處士□。七傳而爲處士允奇，即憲副允立之弟也。八傳而爲處士立之。九傳而爲處士天祥。十傳而爲處士謙。十一傳而爲處士禄、大府君祚，是爲山陰大善橋居越之祖。十二傳而爲處士文憫。十三傳而爲處士元貴，即予高祖考也。十四傳而爲贈大金吾後山府君完，丁氏之蕃于燕、仕于燕、子孫盛于燕，皆出于此。府君用曾孫應秋一品覃恩，特贈爲光禄大夫、錦衣衛掌衛事、左都督；妣郭，贈一品夫人。十五傳而爲贈禮部侍郎仰山府君文禮，朴古而嚴，恒戒子孫以忠孝持守，尉章丘，令孟津，俱有政聲，至今祀之不墮；妣王，累贈太淑人。十六傳而爲先考文忠公自菴府君乾學，用明進士爲忠烈詞臣，備載實録；妣褚、胡，俱累贈夫人。

先，生妣勅贈太孺人李，于甲寅年舉兄，生而奇穎，先文忠絶（種）〔鍾〕愛之。七八歲，經書成誦，行文矣，大異凡兒。十三能著作五經，三試北庠皆首雋。兼之孝友性成，先文忠丁卯罹禍，撫棺悶絶，哀毁如禮。及璫彪授首，乃從州刺耐菴叔父、計曹半千長兄輩，擊登聞鼓鳴冤。天子憐之，盡給誣賍，并贈廕隆典，俱邀異數。

胡夫人、李孺人撫不孝輩以慈以愛，兄則侍夫人、孺人以孝以敬，待予昆季則以友以義，遇親戚則以禮以和。識者咸嘖嘖稱大吾宗者，必此兒也。至舅父諱忠，家計凉薄，太孺人持大體，不私有所遺，兄多方周給之。一日，舅父缺資，告貸于太孺人，太孺人曰：『予一寡居老嫗，三甥俱幼，日無進路，坐用三空，自顧不暇。汝堂堂七尺，不能自活，時來瑣屑，實爲不堪。』舅父雖唯唯，而大有愠色，兄于中爲之跽請，竟得如願。其遇親友種種類此。

兄既采芹，復刻苦章句，雞鳴而起，漏盡而寢，遂成勞弱。至己巳，竟不起。兄生于萬曆甲寅年四月十四日亥時，卒于崇禎己巳年十二月二十六日巳時，享年十六歲。先文忠爲兄聘大理寺丞張公汝懋女，未婚而逝。于次年某月某日，卜葬于古燕平子門外土城關之原，是宜銘。

銘曰：輯夫逝日，腸裂如斷。惜兄逝年，髫髮入泮。孝侍親，識諸史。文氣頹，兄死矣。弟有子，接兄祀。痛於心，銘于紙。

映然子吟紅集卷二十七

山陰王端淑玉映著

贊

龔春壺贊

龔春名，神工頂。聚明沙，銀星烱。高士携，載小艇。三峽泉，蒙山茗。吐輕烟，含香迥。宜珍之，壺中鼎。

映然子小像贊

庚寅季末，辛卯歲始。花甲之半，病起初擬。淡墨含烟，寒綃横水。昧于女紅，徒解書史。不履不衫，超出簪珥。采蘭采蕨，素紈秋月。

讀桃花篇贊

桃花爲壽，祝題奇新。若研有鬼，疑筆有神。輕盈入紙，一幅花茵。勝飡玉屑，恍至漁津。

避秦高士，享此百春。

茹仔蒼小像贊[一]

仔蒼，予姪女子也，高才善咏。

雋爽文心，俠士奇東。緩控青驄，拖雲載玉。跡遠章臺，杏花江曲。千里駒隨，彫龍技續。楚弓無遺，祖鞭先勗。上苑驕游，金蓮炬燭。

校勘記

〔一〕此篇至卷末諸篇，底本無，據增刻本補。

化愚大師壽贊

慈悲大師，寡言嚴重。天地一廬，甜明穮共。石解點頭，松捐秦俸。飛瀑沾雲，俚言恭頌。山水墨靈，永以悠久。化弟子愚，進我師壽。幸在師門，附名題後。花甲再輪，長空古阜。面壁高風，應同不朽。

李席玉小像贊代

以影覓形，以形影述。有青蓮才，兼阮籍癖。勁樹爲侶，巖石爲匹。好古博奇，有文而質。獨甜空明，趙衰冬日。

題李枚臣明府像贊代

繪於碑，繪於堂，神骨蒼蒼。斯貌耶，豈可索之于筆墨之鄉？幅巾朱履，鬚眉有光。洞庭雁影，湘沅蘭香。澤雉之輝，愛之不忘。心思和惠，笑語青陽。過其下者得句，謂司馬相公之黄裳。

季雍七弟行樂圖贊代

穆穆季雍，困水之龍。緑蕉晤對，有美偕從。案頭者何，書琴聊備。娱心者何，秋雲鶴唳。豪说朱顏，永固年歲。

映然子吟紅集卷二十八

山陰王端淑玉映著

銘

放生銘

飛羽甲鱗，如魚與雀。愛憎情關，電光一爍。遠舉深沈，恒幽恒樂。殺機在人，羅張矰掠。萬物罪愆，業投前着。養生放生，暫時寬綽。胡爲泥中，依然束縛。

龔春壺銘

鼎隆周室，彝重殷商。名門舊物，古製大方。撫之有韵，視之有光。美哉佳器，宜韞宜藏。乃固不朽，悠久永常。

盟　銘〔一〕

壬辰春杪，小雨初霽。端生不辰，人微才敝。昆季各母，仇書姤姊。滿徑夭桃，何及棠棣？徐子南來，少奇明慧。登堂拜母，國變分袂。知遇燕京，中心感惠。異姓如親，雍和孝悌。後恐忌嫌，存之盟契。

校勘記

〔一〕此篇及《題吳夢勳別駕五十壽銘》，底本無，據增刻本補。

題吳夢勳別駕五十壽銘

夢勳使君，任俠國士。憶彼都門，益善夫子。小屈晉陽，志非百里。可倚長城，即墨難毀。利國便民，清風秋水。剔弊褒忠，整肅新紀。甲兵聚胸，淵博群史。方之楚尹，無愠無喜。方之雲漢，若遠若邇。

謹按銘曰：倒履迎兮延才，進直言兮蘭臺。襄大事兮孝伸，藉長生兮蓬萊。

映然子吟紅集卷二十九

山陰王端淑玉映著

祭文

祭亡故表姊嚴氏孺人文

維順治歲次庚寅七月甲申朔，越十有二日癸亥，表妹王氏端淑，謹以剛鬣柔毛、清酌庶羞之儀，致祭于表姊十二姆之靈曰：

嗚呼痛哉！聞姊訃音，涕泣如雨。艱于舟楫，恨無雙羽。思姊淑德，儀雅柔循。偕隱商山，梁案如賓。孝親視下，閨閣仁人。予無家兮，僑棲一枝。訴幽懷兮，三載相携。每憶高誼，中心佩藏。入姊之室，登姊之床。音容杳杳，人琴俱亡。鳳飛臺空兮，猶疑是夢。彩雲散兮，撫棺長慟。最傷心兮，刺繡之餘。冰心寂處兮，萬物皆虚。天不平兮，花生于鏡。世之蠢婦，横而無病。嗟乎痛哉，魂或可招。香骨未寒，癡月如弨。遠夫子兮，訣語何難？遺老親兮，去之何安？死生異路兮，空渺難尋。玉山頹兮，膏心若焚。率爾舉筆，愧不成文。芳靈不遠，來格來歆。嗚呼哀哉，尚饗！

映然子吟紅集卷三十

山陰王端淑玉映著

詞

黄鶯兒春閨

日煖漾晴絲。莽春風，妬玉肌。隔簾抛墮桃花蕋。蛾眉倦施，香憔自知。簫聲輕遶垂楊裏。助愁思。琴書半冷，寂處聽黄鸝。

前　腔夏閨

蕉底聽鳴蟬。誦新吟，淑女篇。銀鈎月掛凄清院。鸚哥舌尖，花枝倦眠。些時冷落閒釵釧。蝶翩翩。清淵炤影，弱瘦怯風前。

前　腔秋閨

促織傍籬鳴。敗梧敲，幽夢醒。沙汀月冷蘆花病。砧聲乍驚，寒威漸生。飄零葉擁愁人徑。瘦香蘅。長宵轉側，宋玉賦秋清。

前　腔冬閨

弱質倦清揚。懶梅花，怯曉粧。微微風影吹寒幌。梨雲路茫，鐘殘漏長。雪光慘見孤鴻往。解明璫。鴛央凝夢，偏不到瀟湘。

新水令守困

遠峰青，半被曉烟遮。受凄凉，幾時寧貼。破廬風透户，荒徑瘦梨花，冉冉年華。冉冉年華，望蘇融，寒威卸。

金衣公子中州女聱謳

細柳綬調鶯。搵鮫綃，柔指輕。明妃摩詰誰堪並。中州韵清，纏頭乏綾。青衫淚濕傷人聽。羨先生，恨無私墨，親筆點雙睛。

前　腔答某

佳秀在於斯。現文星，越水湄。輕揮每就雕龍句。蓬蒿叔夷，離披孔襧。君平豈得恒如是。即天池，詞華清麗，閨閣願師之。

前　腔 羅墳看芙蓉

秋水困芙蓉。弄西風，香蕋鬆。拒霜留待詞人供。尋幽小船，移雲翠峰。嬌姿恨染愁烟重。鳥喁喁，錦城一笑，隨處覓仙踪。

前　腔 雨中

陰雨墮梅天。遠山光，忽起烟。飛飛花點巢梁燕。迷雲乍展，鸜哥倦眠。疎林翠落初凉院。小池邊，碧荷擎處，泛出麗珠圓。

跋

南陽國師云：『還知大唐國裏無禪師麽？』一云『不是無禪，祇是無師』，一云『不是無師，祇是無禪』，通斯意可以知詩矣。讀趙子可孫、諸子良月《吟紅集序》，余亟欲觀之。丁睿子攜一編來示，真可擅作者之席，而獨令閨閣中横分一幟，奇矣！今《吟紅集》具在，二子以傳業許之，誠爲不謬。雖然，謂不可傳，眼生腦後；謂即可傳，鏡上生塵；謂傳其不可傳者，猶是色裏膠着。識此三語，纔可爲映然子吐氣雪屈。到此，吉先居士直得瘞筆藏鋒。何以故？難瞞他一真衜人。啞然一笑。

山陰邢錫禎吉先氏漫跋。

附：嘯餘

嘯餘自叙

『野物不爲犧牲，雜學不爲通儒』，讀《尉子・治本》之言，蓋得之矣。余得欲乎野物，余得欲于雜學乎？抑讀故人書，而于物之遇我，若冥冥，若窅窅，不幾木歟石歟，且使人嗤我憐我也耶？夫本者本之，而末者則不妨末，其本勿使相擾且混，又何病乎犧牲？又何病乎通儒之所爲？末不勝其本，是得古云之三餘，以洩我骯髒可耳。噫嘻！其説即勿于此，而誠其木木矣，石石矣，不有風撓之而鳴其木，水激之而鳴其石乎！

余於穉年失恃，長而蹭蹬寡合，且一而銅駝生泣，再而桑滄易局，其間撓風而水激者，曷勝僕數也哉！廼不禁擊壺捉筆，發之爲長歌，爲短句，爲尺縑細響，而果其三餘以洩骯髒爾爾。將尉子起而質我治本之説，余能强對之曰：『是帙也，嘯餘云耳。』

丁亥夏日，山陰子英王士瀚記言于閩之柳塘深處。

嘯餘

山陰王士瀚子英甫著
兄自超茂遠甫鑒定
林銘瑞祖符
同社曾燦垣惟闇共訂
李明嶅山顔

漁隱 梅花引

採蓮舫，繫蓮洲。晚浦迢迢寐野鷗。憶水流。盻水流。閣中帝子，空伴暮雲收。蘆枝幾帶村莊雨，楓葉曾經海岸穐。月一鈎。月一鈎。惹得魚兒，名利兩塲頭。

懷友 阮郎歸

盈櫓曉色弄殘蕉。不見（鷹）〔雁〕鴻飄。僊侶懷深浙水遥。梅花香欲遶。豐城劍，語寂寥。蕩竹孤齋勝短簫。霜凝碧野到吴橋。騷腸怎自描。

曉行韶溪道左

四野蛙鳴鬭曉青，籃輿軟軟踏沙行。隔林風繞千層荔，目送飛舠半葉輕。

旅宿妮庵

怎得幽深住水灣，紅顔識破入禪關。菩提座上三千法，空色曾參到岸山。

旅莆遇外翰姚雨老把白賀之

雲到梁山十二峰，春深桃李遍谿封。伊人久悵詩狂侶，尊酒壺天客路逢。

柳塘醉月有褱

數柳垂塘弄影婆，牽人鄉夢採菱歌。空悲故國嵇山渺，殘葉江風水面梭。

其　二

半榻琹聲媚海棠，分題欲賦點詩囊。主人出酒君能醉，誰慣秋深雨後霜？

訪宿友人張柔生齋

飛山頻入夢，買屐訂龝中。亂石危沙徑，長谿隱壁松。小輿乘雁影，落葉鼓林風。此夜談心久，挑燈和草蟲。

擬隱

小築蘆邊曠，垂綸客到稀。鸞迎書字巧，鴈渡縠紋微。倦入犁堪枕，狂來羽亦衣。村西沽酒徑，夜有月同歸。

其二

危橋疎訪屐，一徑落雲陰。石座泉迴古，花臺鳥睡深。晤琹靈俗胃，禮塔集玄心。鐘入前峰晚，爐香逸素衾。

莆中相與不乏及亂離周旋惟陳廷弼耳有懷以贈

交誼不可問，更於亂離時。落鴈棲明月，孤舟蕩短絲。援松清共志，指水碧相思。樽酒南天闊，慇傳別後詩。

題宗忠端公静遠居立石浸以盆水

屹立千秋正，稜稜倚碧天。擎雲不作岫，鑿洞豈留僊？嫩緑穿山頂，微泓伴枕邊。元章如可在，呼丈定非顛。

擬夫子俞眉三歸舟遇雨

繫艇南州晚，漁燈滿徑迢。披琹迎澗響，展卷渡巒標。蝶夢研蕭索，猿聲語寂寥。陰塘流雨意，瘦柳欲鳴潮。

莆友方士安來訪

幽齋逢話舊，夜僻强巵將。雀性窺妍麓，岩輝到草堂。疎航歸羽急，曲澗憶情長。誰伴芝山久，胡牀月半張。

郭容甫穮返萬安

夢想秋來月，臨窗月渡谿。撫琹多别韻，閣筆少詩題。孤樹煙還繞，高雲鳥去齊。素交今日遠，蕭瑟數聲鸝。

次柯礽士年臺贈韻

訪静柯山麓，驚烏隔岸聞。殘葭秋類我，倚玉早思君。劍落榆寒影，詞凌岫碧雲。孤踪何日定，浮白護晴曛。

彭燦斯招遊岸圃

抹殺紅塵面，煙馳古石林。登臺展曠志，入徑裛玄心。雲馬奔青曉，霜蟾餐緑深。山陰堪競秀，絃管半東崟。

夜集姜静甫姚雨老話息波堂

虚閣曾煙鎖，狂呼酌小盤。臺深歸倦鳥，磬晚出春巒。几畢敲詩解，多花剪燭看。漫論千古事，秃髮愧儒冠。

姚雨公烏沙來得聞董紫冒入粤

憶話楓林晚，相將漢玉卮。我憐塵内影，爾惜月中枝。雲去番州遠，鴻來閩岸遲。寒燈孤自伴，隱隱故人思。

春暮讀書柳塘深處

昔也春載酒，歸春且讀書。山空怡鳥性，花落動香裾。硯破朝煙補，燈殘夜月虛。小童茶事事，不問別剩除。

胡郡伯招飲天鏡樓

春覓高丘隱，疎狂愧子猷。鏡開壺樹合，窗入渭雲收。石磴鸞迎語，籐橋鶴着裘。奇譚紛漢外，把白共登樓。

昌持伯賜教遣興一章次韻

近事悲春暮，牀頭劍自鳴。子真懷古道，司馬鬬文情。茶煮貪旗碧，弧懸響壁清。來狂宜夜訪，蘭水重韓荊。

陳弓客林祖符索余嘯餘集占以自嘲

行吟經十載，楓落爲誰傳？鳥隱還鳴谷，鷗浮獨問川。得朋憂字敵，對酒恕詩顛。勒竹慚春老，辭嘲賴草玄。

旅莆喜李山顏至

停雲頻入思，何意遇莆陽？我是彈魚客，君非失馬郎。尋山同問鳥，訪月載飛觴。到處開三徑，蘭風御李香。

雲門即事

托交尋許邁，採藥擬韓休。滄海樽中泛，名山誌内求。白鶴人來放，清徽客去悠。皂帽窗前掛，漁綸磯上投。倚枕松亭石，伴月剡溪舟。堂鮮揚雲客，厨乏孟公酹。堆書見二酉，作賦想登樓。暮樵懶事事，長嘯藐王侯。

僊谿返棹夜泊莆城南岸

舟平瀨水渡魂清，短槳層波費斗酲。幻裏曾憐迎佛骨，愁關初破落花聲。高人岸隱低雲接，小鳥林呼散雨行。陣陣魚謳逢夜出，歸帆滿載泊山城。

赴劍浦廷試

一胸潦倒不成詩，小艇層高破雪時。曲曲世途溪弄水，疎疎拙性樹藏枝。收帆似可登巖隱，擊楫無從結釣絲。願化津潭霜白劍，波平雲渡酒三巵。

家大人陞計曹偕俞眉翁夫子賦別莆陽李幕得陽字

一三知己話閒堂，誰謂閒堂此日忙？秋到壺峰應送葉，月凴旅舘自鳴螿。素床別現新梅色，石硯仍飄古墨香。滿目凉飇揺夜雨，籬花憶斷故園長。

佟開府脩檝鼓山得句家夫子命爲步韻

僻徑蘿蔭淺翠封，回看寺半遶江濃。離離石案供禪語，楚楚雲堂檝畫踪。一點塵緣追去鳥，千林月色醒來鐘。凄聞此地清吹曲，緱氏山頭笛弄峰。

鼓山之巔亭曰天風海濤朱晦翁匾焉

買屐城東到小峰，春煙冉冉倩花封。松濤塔夢阿羅解，柳嶼波迴燕子銜。錯落亭臺留古字，幽清燈火伴僊宗。此時稽散污頭面，洞折榴花鳥欲從。

息波堂寫懷次彭燦斯韻

耐得蕭森不耐華，鼓吹兼是院中蛙。名心欲斷先焚硯，農事將親且種瓜。隣竹暮來情送月，山鐘曉起亂鳴霞。莫言燕子傷心態，爲去牆東又一家。

晚集五餘齋同謝南丈林大千昌持伯分字

晴簾睡掩碧梧柯，未耐村西訂女蛾。結社談騷排畫榻，拚錢費酒集春坡。蘭香綏趁藤風落，木露悠垂澗雨波。借病遷帆壺岸闊，濤箋細染和儔多。

春日客莆偕張子英彭燦斯賦句

瀟灑文心且浪遊，三都賦引逐名儔。懶看濁世時鳴劍，癖買奇書暑掛裘。岸石呼傾盃作伴，沙洲照晚月爲鷗。長鐘送入虛齋枕，敲斷騷辭客句幽。

浙江文化研究工程成果文庫

浙江文獻集成

浙江文叢

王端淑集

〔第二册〕

〔明〕王端淑 著　楊　葉　周昕暉 點校

浙江古籍出版社

詩媛八名家集·王玉映詩選

小引

明詩至王、李而弊，弊在整，整則易板，于是有出而以裁雲鏤雪、剪水描山救之者，山陰王季重先生也。閨閣詩至今日而弊，弊在豔，豔則易俗，于是有出而以雋石疎花、危峰激湍救之者，季重先生之女玉映也。是父是女，蓋爲功于四始之學者多焉。雖然，中郎有女能傳業，古今以爲佳話，顧父則身殉逆臣，女則漂零異域，以視先生振衣千仞，氣作山河，與玉映冰霜爲骨，珠玉爲心，偕吾友睿子宦邸唱酧，文園並美者何如？

玉映諸詩，不必一格。或奇蔚如杜少陵，或俊朗如韋蘇州，或娟秀如王少伯，或靈警如李青蓮，或静遠如陶五柳，或澹雅如王摩詰，或整肅如孟東野，或險仄如李昌穀，使人諷咏，肅然起敬。而又工書法，精畫理，至其評斷古今，表章節烈，覺有勁氣英風，拂拂從紙背透出，吾輩鬚眉皆當媿死。夫蘇若蘭迴文之製，字錦寶乎珠箱；李清照《漱玉》之篇，綺句姸乎彤管。又況敦詩説禮、述史傳經如玉映者，若徒目以詩媛，稱爲才女，是烏足以盡之？當亦越中暨溯三千年，横鋪一萬里所未有也。

抑予聞玉映性豪爽不群，能飲酒，善譚笑，博極羣籍，凡古文、碑銘、騷賦、奏議、歌詞諸體，罔不究心，登峯造極。所居在山陰勝處，池舘蕭疎，花石幽潔，静坐一樓，惟與爐香書卷爲伴。

翠羽朝霞，同于圖畫；，輕雲迴雪，有似神人。聞幽情逸韻，有絶人者。

玉映舅氏即丁自庵先生，身殉瑲難，精忠大節，炳耀千秋。芝草醴泉，淵源有自。予之嘆服于其父子、夫婦、翁媳間，豈僅以風騷之業也哉！

梁溪鄒斯漪流綺題。

王玉映詩

山陰王端淑玉映著

採菱曲〔一〕

採蓮不覺秋風起【起得幽異】，又見菱花炤秋水。蘭橈桂楫傍清溪，翠碧參差望無已。羅袖垂垂薄晚風，沿流疑墮胭脂紅【秀艷之極】。採菱歌罷不知處，慢逐歌聲亂流去。

校勘記

〔一〕《越郡詩選》卷四收録此詩，詩評：『開平曰：以齊梁風度入盛唐格調，可謂秀艷之極矣。玉映刻集傳甚廣，特季重先生家學頗宗中、晚，故舊刻多過悊者。今則原本漢魏，佐以初、盛，其所就未可量也。嗟乎盛矣！』

有所思

有所思，怨無夢。莾春寒，花枝凍，冰肌瘦怯嫌衣重。緑雲曉鏡墮光時，欲粧不粧心已癡【柔情無奈】。纖手簪香犀，柔腸繞若絲。風起瑶天月，疑君初畫眉。惜别何悵悵，今來偏遲遲。怨無夢，有所思。

姊妹詞

姊愛承露荷，妹愛隨風柳。愛柳絮輕挑【妙語】，愛荷得佳藕。

來日大難

來日大難，厥田舉犂。滄桑欲變，暮收屬誰？一解。乘桴東海，佇望蓬壺。神仙逸去，遺我丹爐。二解。武陵蹊徑，仙源無門。麻姑舊跡，笑指花痕。三解。自惜影幻，幻影惜身。夢見親故，謂曰新春。四解。鍊氣指術，振響羽衣。今辰往矣，明日已非。五解。鶴來草室，授之丹書。飄然冲舉，珮玉瓊琚。六解。

悲憤行

凌殘漢室滅衣冠，社稷丘墟民力殫。勒兵入寇稱可汗，九州壯士死征鞍。嬌紅逐馬聞者酸，干戈擾攘行路難。予居陋地不求安，葉聲颯颯水漫漫。月催寒影到闌干，長吟漢史静夜看。思之興廢冷淚彈，杜鵑啼徹三更殘。何事男兒無肺肝【唤醒一世】，利名切切在魚竿。椎擊始皇身弱單【壯心俠氣】，謀雖不成心報韓。天風借吹羶血乾，徵賢深谷出幽蘭。

織婦

雞鳴日未昇，織婦當窗牖。潔白機上繒，清光透杼扣。幽幽含素心，絲絲出靄口。節儉開皇年，易書存不朽。驕奢大業間，一縑一株柳【古意】。念此縷時難，金剪豈忍剖？莫爲蕩子衣，休作娼家繡。不惜繭中人，但傷織婦手。

蕉露

美人心未舒，静夜庭垣立【幽峭出新，軼駕唐、宋】。鳳尾贈知音，春闌轉羞澁。照月影徘徊，露浥羅襦濕。吹碧綺窗幽，鹿夢同雲入。苔冷卧蕉魂，香渺孤鴻悒。東風催曉粧，俛首惟含泣。

惜梅殘

不羡梅開時，偏惜梅花落【幽情傲骨，啓口便見】。一半寄清流，一半投簾箔。無計理殘粧，惟怨東風惡。有人在高樓，樓高春寂寞【心事語梅花】。

失扇詩

山水主人甚淵博，文心常被東風縛【縛字妙】。才高傲骨薄利名，願逐芳蘭在幽壑。偶占好句書扇頭，梅花一瓣隨春落【長吉囊中無此奇句】。君不見僧繇畫龍雷雨昇，子美詩成神鬼愕。延津劍去變作蛟，令威仙乎來化鶴。始知神物豈可留，離情非是經秋却。

種　魚

一泓淡淡鑑湖粧，捲盡横波烟雨茫。細鱗檀口香鰓嫩，窈窕魚苗僅三寸。戲草追隨貫隊行，緑漾光飛不識名。浮沈弄影呑月痕，芙蕖夜吐鴛鴦魂。斗帳寒眠秋氣入，萍動有聲聞魚泣。愧予幸無尺素書，恣行肆飡得自如。肝膽青魚志盈腹，供世刀砧療人目。蘭橈輕摇魚夢醒，猶傍菱花含露宿。姬光竊位專諸死，笑他名利烟波裏【曠懷如是】。主人恩重豈忍違，耻添頭角風雲起。

挽貞烈湯夫人

日月晦明草木腐，長安塵動楊花舞。涓涓御水亂紅飄，禁苑籠開出鸚武。湯母冰霜節不移，愧殺朝埜苟免士。浩然正氣表清名，貞潔含香載鑑史。

厭月明

月光醉卧秦峯頂【盛唐格調，漢魏風度】，一派閒雲秋水等。煖風輕度新月香，清氣入花花事醒。石橋踏月景色幽，半泓春炤歸舟去。閨人有淚月無聲，九十韶光奈如許。書燈將滅竹影横，桌間覓得題殘紙。迴身避月月不知，月痕又向窗前徙【幽香滿紙】。

尊美敵酪漿

月容慘淡黄塵起，馬駝盡繫枯楊裏。琵琶彈弄胡姬手，酣歌夜吸葡萄酒。恍惚初聞血乳香，盃中映出流霞光。有尊寒潔産湘湖，采之食之逾酪酥。

奉贈吴太翁太母雙壽〔一〕

春雲靄霽剡溪緑，一帶棠陰撫絃曲。清璈奏動玉壺秋，輕烟縹緲燒銀燭。天空垂象耀滄溟，堦庭僕佽生芝苓。岸然師表産亦馨，文光炤出鴛鴦屏。胡麻不泛桃源渡【格意逼真三唐】，香塵滿境花明路。十二峰前鶴竝來，翱翔進捧雙星杯。

校勘記

〔一〕《越郡詩選》卷四收録此詩，詩評：『大可曰：格意甚合，玉映續詩多聖野所寄，其未刻實多進格。』

挽俞賡之姬王碧蘭

墨吹雲影琴臺側，敢把梅花比顔色。盈盈青黛入秋空，成吟細裊冰絲織。齊紈障面半嬌羞，金刀恨剪鴛鴦翼。孤絃絶響玉已沈，冥烟杳斷天台識。欲尋衣履覓餘香，也應仙去如鈎弋【纏綿惋惻，鴛鴦之製非多】。

春日舟過鑑湖見麗人

遠山蹙蹙淡横秋，柳拂寒烟寄上流。風弄瀟湘臨水瑟，月沈南陌點沙鷗。鬟香緑〔裊〕〔裊〕芙蓉冷，膚潤紅凝軟玉投。光壓梨花吹醉蝶【花是美人小影】，夢迴燕子怯登樓。春衫應悔含梅瘦，鮫淚深愁凍墨收。思到碧欄垂手立【滿眼痴鶯黠燕】，閒評尺素掃眉儔。竹釵新影巫雲靄，苔石妍痕楚岫幽。杜若芳芬天漢隔，清眸猶憶眄行舟。

葛巾漉酒

逸士卧秋秋意獨【奇句驚人】，霜光數數觸寒目。野人惠酒雅好同，丹楓吹落黄花叢。蟋蟀哀鳴老糟牀，耳邊鼻邊茱萸香。村醪恐作清名濁，不惜葛巾重一漉。

賦得滅燭聽歸鴻

布幃卧秋質，不復留殘炤。萬籟銀漢清，一爐烟尚緲。蕉鹿夢將成，哀聲過林杪。静聽徒徘徊，星飛天未曉。移枕着幽清，漸漸鴻音杳。人有休文情，腰圍應共小。

閨友董素柔過訪乏炊

荒墟塵寂冷茅室，秋風乍起微寒慄。竹窗初曉猶朦朧，露封徑艸良人出。自君之出厨乏粒，客來兒女愁唧唧。輕囑我兒弗浪啼【瑣瑣説來，情致斐亹】，米薪娘解羅衣質。膏粱子弟不識書，狐裘良馬大厦居。簫皷追隨食甘味，豐粮盈積多饒餘。人畧聰明天亦嫉【可爲三嘆】，誓必焚書并瘞筆。富貴羞聞歌扊扅，咏此無炊記今日。

藺相如

連城易和璧，弱趙墮其謀。畏秦似狼虎，孰敢犯鋒矛？舍人藺相如，慨願共遨游。函谷欣然出，(涀)〔澠〕池洗筑羞。七寸小臣刃，五步大王頭【十字峥嶸】。威武胡能屈，積憤志輕酬。謙引廉頗愧，猷謨白起愁。英標光史册，千古壯春秋。

先翁文忠公殉璫紀述

熹宗御極時，逆璫神器竊。肆横任恣行，朝野盡結舌。先翁幼負奇，木天稱嚼鐵。壬戌較禮闈，一網珊瑚擷。甲子試西江，所拔皆名傑。借策代彈章，回天除妖孽。俄然矯旨傳，膚肉毁寸裂。報君止頭顱，豈博刑餘悦【敘次典雅】。日月炤丹心，命逐殘星滅。卵存奈覆巢，誣賍苦污蠛。棄兒方六齡，孤煢隨母孑。親族視如冰，飢寒欲自絶。訟寃于聖朝，得蒙解羈紲。煌煌守正言，中外知節烈。易名曰文忠，幽魂幸昭雪。大鳥集翁墳，千秋應碧血。每至三春時，觸懷惟哽咽。風木動餘哀，淚落河流决。何物最傷心，傷心在啼鴂。

九日有感

登高酣飲無憂子，逍遥巾服輕綃履。朝玩芙蓉扁舟中，暮宿秦樓在花市。素屏斜倚翠袖傾，揮毫笑記妖姬名。雲光擁月玉漏催，鳴筝檀板歌初起。不知萬木凋空山，人事更常臺榭徙。今歲尋花續舊游，環珮聲沈青娥死。舉杯碌碌知音希，惟有殘烟裊秋水【讀不得】。

己丑除夕嘆

孰云除夕忙，淡冷喜無事。半宵即庚寅，笑爲己丑慮【脱盡除夕套話】。達哉夫子言，非道貧不去。拙哉昌黎公，送窮文空著。抱膝對寒燈，爆竹聲何處？

竹　雨

摇拂龍蛇影，茅垣覆緑陰。猗猗知勁節，志逸集空林。愁多書未寐，凄霖薄更深。點逐瀟湘滴，摩疑葉上音。雲堆天作色，風静識鳩心。不爲高士笛，不琢美人簪。清標甘冷寂，妬雨忽相侵。

山雲篇爲玉巖子皡長兄壽

孤雲蒼秀空山起，光入古松老不死【奇古】。恍如秋水載芙蕖，風欺脩竹吹烟裹。玉巖獨得山雲情，長吟泠泠如琴鳴。安期仙乘王喬鶴，飛向梅花隱廬落。晚鴉雲亂點斜曛，東山眠緑枕埜雲。玄守論成山氣清，雲流過山山有聲【山有聲妙】。

雨打荷花

水静烟迷天不曙，滿徑紅漂香欲語。雨珠暗滴鴛鴦影，萍花夜玩無花梗。玉環墮馬惜春風，麗華獨抱胭脂井【香艷】。采蓮蓮曲寄箜篌，扣舷聲遠青山冷。

俠　士

一目識肝膽，頭顱值幾何【壯哉】。異書臨水讀，利鋏傍崖磨。真氣瀰天漢，長歌塞海波。古今談俠美，慎勿學荆軻。

新　居

門開千畝碧，何必定吾田？院静添秋色，窗虚駐玉煙。殘篇饒課子，啜茗學參禪。况際初弦月，宵宵坐至圓。

壽睿子

淹蹇將三十，清空半世囊。人隨花底老，顔逐鏡中蒼。瑞色浮文燭，流霞點壽觴。於陵傲志足，書史共糟糠。

立冬日蜀阜即事和韻

景索知秋去，惟餘葉擁門。雲痕藉水散，月影賴松存【曠懷幽韵，耐人深思】。古研新烟冷，博山宿火温。若歸人我法，休作歲寒論。

閨友鄭二明湛始寧回過訪

葉飛秋已半，有客過衡門。佩曳閒花逗，釵鳴静鳥喧。羡君還故址，憐我守孤村。共述襟懷事，舟行日漸昏。

暮　捲

終朝癡對罷，暝色更蕭然。鳥語囂還寂，山光倦欲眠。是雲皆入岫，未月已籠烟。愁只孤闈静，燈微影自憐。

風　片

風厲刮人面【嶒峻】，風和吹妾心。颺從水上起，薄甚樹梢侵。習習飄花蕋，層層透袂衿。一垣天遂隔，不肯入閨深。

雨中桃花

山暗連雲没，紅妍傍柳絲。粧殘花咒雨，樽啓客因詩。香渺枝空淡【逸調珊珊】，烟分蝶自知。春風何太厲，偏向小桃吹。

咏美人再贈浮翠軒主人

美人比秀鶴，蹁舞在高林。但寫烟霞韻，難描慧警心【描寫、比鶴，二字妙境】。咏他嬌豔質，費我短長吟。水遠蘭舟去，香空杳莫尋。

九　日

含秋霜已墮，雁帶玉關愁。雲響依寒竹，書空傍小樓。烟殘荷葉盡，思冷遠痕收。除却西山地，登高何處遊？

讀黄皆令詩

竹花吹墨影，片錦貯雄文。抹月含山谷，披雲寫右軍【品題精當，皆令知己】。擊音秋水寂，空響遠烟聞。脂骨應人外，幽香紙上分。

紅　咏

入漢宫人淚，吟清玉映詩。空音芍藥想，飄渺御溝思。汗血嘶風馬，長鋒斷赤眉。疎林留落炤，擊碎石崇枝【逸氣摩空】。

山居夜咏

欲知更漏永，遠寺斷鐘聲。月接清溪影，風颼敗竹鳴。鶴音聞老柏，雁叟怨香蘅。磊落愁多客，能移山水情。

送素中伯四兄遊燕

蟬聲鳴永夏，憶爽更思秋。深竹愁偏織，横波月易浮。攤書窗碧擁，落照樹紅留【律中佳句】。積雪峨嵋頂，馮虚駕鶴游。

其　二

野岸江邊草，青青送遠舟。蓮香來市燕，萍緑點沙鷗。珮拭吴鈎冷，囊餘古峽幽。元城高阜處，歷歷聽笠篌。

代睿子送葉聖野歸吴門

載去稽山月【起得有情】，難忘大雅情。鏡湖烟樹淡，古岸水雲輕。出匣青萍現，行舟珠玉傾。離亭梅始發，折取贈長卿。

代睿子次施郡侯遊曹山韻

山空幽響在，古壁禮明湖。獅子朝談法，天龍暮吐珠【深厚而又清迴】。僧烟隨磬斷，溪水傍雲無。泠泠渾忘暑，菱歌短笛呼。

答稚女詩示君望

憐女非關阿母慈【竟是《嬌女詩》】，慧心他自解追隨。食來到口猶推遜，客至偏知隔户窺。演拜似能嫻禮數，翻書宛若集容儀。嗤嗤偶作嬌柔態，也費先生一首詩。

隱　癖

雲封曲徑草萋萋，人愛偏幽路欲迷。飛落寒螢投敗壁，吹凋殘葉委塗泥。燈分餘焰隨心照，詩覓新題向曉稽【是隱癖光景，非深于此不知】。幸得蓬門無俗駕，癖如鷗鳥願同棲。

其　二

烟墟寂歷一椽低，曲徑雲封寒士棲。潔僻泉流堪作鏡，吹歸落葉可書題【大雅扶輪】。素情甘向於陵老，傲骨羞同北海迷。最愛更闌啼鳥静，月明黄卷獨相携。

效閨秀詩

慵翻綉被拂重茵，寂寞深閨似小春。慘淡姿容無麗粉，輕颸衣袂避香塵【春風吹夢留香草】。烟飛燕子雲生閣，風落花痕月笑人。閒繞曲欄追蛺蝶，翩翩又已過西鄰。

其　二

鏡光塵蔽拭重揩，粉褪容消冷竹釵。鸚鵡不傳香閣恨，花枝偏向綺窗排。烟爐宿火熏鴛褥，墮燕新泥污繡鞋。步出素屏聊遣悶【閨秀光景，宛然在目】，凄凉又聽鳥喈喈。

鄰　婦

鳥聲初囀墮花春，静女幽粧采落蘋。臉映芙蕖嬌且艷，眉修清月淡無塵。一泓秋水留西子，半幅輕綃寫洛神【艷殺】。秀色供飡飢可樂，不才忝已在東鄰。

予年十二夢隨羽士陟廣寒園曰青蕪因作青蕪園記記此

颸如冲舉逅黄冠，引入青蕪曰廣寒。丹草芃芃新月映，雙鬟隊隊碧雲攢。幽游一晌歸春杳，謫落三旬解俗難。敗葉聲敲清夢遠，荒鷄啼徹曉鐘殘【幽秀】。

新柳

新青細剪綰人條，拂水凭欄緑雪麃。一曲依依疑入夢，三眠栩栩倦舒腰。含烟雨暗鶯聲寂，繫月雲空燕語驕。輕捲小簾春欲暮，絮花又逐曉風飄。

賦得春閨人病時

一從含恨寫烏絲，香冷眉痕體怯支。暗月催光窺柳色，笑人啼鳥弄春思【風流蘊藉，字有餘香】。凭欄無語飛花候，攬鏡還驚膏沐時。南國風流應已散，啓粧盡典燕釵枝。

雨中桃花

寒風微透入凄清，過雨夭桃色易傾。鶯濕羽衣憐豔冶，苔傷花影譜心旌【艷冶撩人】。飛烟乍掩爐峰失，新草萎殘曲徑縈。拾得落雲天已暮，遠林遥聽墮春聲。

吳巖子徵和

榻占西湖第一樓，垂簾落影咽雲流。含香燕入歌聲裏，避月花飛玉案頭【景中人，人中景】。鶯嶺青來描錦字，簾葭碧處繫春舟。阮公清嘯江生筆，贏得輕烟紙上幽。

其　二

坐占西湖第一舟，嵐風吹韻襲人幽。林疎燈影分烟月，柳漏琴聲出畫樓。芳艸有情沿岸緑，水雲特意傍春浮。汎流拚得同花醉，舉棹迷香燕語稠。

天易曉

香煖芙蓉捲翠衾，薄寒初染夢魂深。月移山影松回跡，風入溪流水有音。簾動乍驚鸚鵡舌，蜂喧慵整畫眉心。曉光偏射矇矓目【綉閣五更香睡好】，欲假更餘片刻陰。

虞美人花

弱弱春光怯怯枝，閒堦小立傍烟吹。埋踪悔跡中秋月，解語羞供雅客詩。長笛一聲追遠恨，短歌千載怨凄其。連宵醉雨流香淚，淡洗紅顔聽子規。

和吴梅村太史禊飲韻〔一〕

平林修竹半烽烟，夢盡青山冷畫船。采蕨已忘公信日，誦詩如歷永和年【春容爾雅】。飛飛燕語隨春社，汎汎漁歌近水仙。猶記〔二〕左思招隱句，蘭亭風景倍凄然。

校勘記

〔一〕《越郡詩選》卷六收録此詩，題作『禊飲和韵』，詩評：『大可曰：情深而致長。』

〔二〕『記』，《越郡詩選》作『寄』。

其二

曠懷益見爲春謀，小艇清吟續晋游。猶有停絃思舊事，誰來擊楫歎中流？羽觴曲水迷江上，淡柳垂絲漾陌頭【古光如月，秀氣成虹】。滿座落花麾玉麈，渺然何處是丹丘？

舟月

淡雲初展現紅么，泣岸孤舟帆影寥。鴻雁寄情偏嚦嚦，荻蘆不雨亦蕭蕭。長江有色澄巒壑，碧漢翻空捲信潮。光炤飛篷添旅恨，凄清風度廣陵簫。

讀香山琵琶行

斷瑟飛鈿曲未終，琵琶秋語蓼花紅。孤舟江水飄流異，遷客潯陽淪落同。魚夢已闌殘柳月【青衫欲濕】，雲聲半帶破烟鴻。清光景墮魂消處，照徹離筵冷緒中。

奈何天

臨風搔首對春嗟，一水盈盈泛落花。幽寂不經芳草怨，嬌痴無那髻雲斜【怨緑愁紅，深情無那】。曉鶯勞攘喧垣蝶，暮冷餘暉集樹鴉。好句懶揮香睡怯，愁心應老碧窗紗。

挽武林卓夫人

鳳跡簫音恨不留，寒蘆江水冷悠悠。月痕清落蛾眉秀，樹影紅飄牛女秋。坏土無情悲玉瘞【清淚掛松堆】，斷鴻何處覓仙游？裁雲試作蓮花筏，欲返魂香到十洲。

梅花次韻

一阜孤山流水東，高枝綴玉瓣玲瓏。半敲幽韻銅壺滴，三弄揚州羌笛通。淡墨乍飛林子宅，含毫春點梵王宮。扁舟意欲尋芳徑，人貌花顔兩不同。

其　二

歲寒催放玉壺春，瘦骨清癯獨守真。心到羅浮癡裏恨，情分花魄潔無塵。半移震澤朝烟韻，全帶巫峰暮雨神。蟾影初懸天漢静，枝横疑有墮釵人【秀艷多姿，有因風飄去、帶月浮來之況】。

次吴夫人明妃夢回漢宫韻

斷玉分香出未央，空餘幽韻在昭陽。琵琶曲盡彈殘淚，環珮聲歸帶曉霜【凄壯淋漓】。衰柳乍懸青塚月，寒梅春透縷金床。舊時憔悴三秋怨，不及穹窿一夜長【婉孌有味】。

其　二

曲曲關山隔未央，不堪凝目望斜陽。一行玉勒隨寒雁，半幅征衫逐晚霜【詩中畫】。有意烟光連古樹，無情月影到空床【是夢回光景】。小鬟切勿調鸚鵡，唤醒梨雲恨轉長。

登鍾山有感

九術圖謀事已沈，慢將荒影對烟林。斷雲古塚悲王業，細柳空臺吊遠砧。隱隱歌迴吹玉屑，飄飄香度落花音。觸懷易感羈人淚，帶雨啼鵑一樣吟【感慨係之】。

王夫人惠倪集及詩扇

墨烟淡擁萬峰齊，志壯長空鋏自提。香篋未舒清氣遠，忠文初展白雲低。一窗桐影留蟬語，半榻秋痕帶月題。倒屣已開青眼待，英才又屬越城西。

關　月〔一〕

望關且莫羨南鴻，但覓焉支勒石功。烟灶尋枝〔二〕炊埜緑，寒戈伴色枕殘〔三〕紅【練句練格，俱極整麗】。歸鴉未盡天山雪，入夢初沾〔四〕塞北風。惟有秋懷悲不盡〔五〕，捲蘆吹向月明中。

校勘記

〔一〕《越郡詩選》卷六收録此詩，題作《焉支》，詩評：『開平曰：練語鮮麗，格意俱俊。』

〔二〕『烟灶尋枝』，《越郡詩選》作『夜灶委蘇』。

〔三〕『伴色枕殘』，《越郡詩選》作『抱枕宿流』。

〔四〕『入夢初沾』，《越郡詩選》作『失路誰憐』。

〔五〕『惟有秋懷悲不盡』，《越郡詩選》作『猶有朱顔悲喪色』。

季秋見杏花

不隨春豔喜秋殘，甘對西風隱士看。細裊寒烟吹菊老，輕盈嬌語負梅單。妍紅覓韻歌書獨，瘦蝶環枝泣夜闌。懶傍高樓思上苑，故憐月影到欄杆。

游西施山房

玉色空沈水自流，舞臺留恨寄千秋。苔花微度松光寂，墨淚輕憐珮影幽【珊珊來遲，如見西子】。石上三生聽鼓瑟，雲中一曲悼荒丘。馮虛小閣聞鷗語，猶覓餘香片葉舟。

次婁東周二爲韻

三吳俠士舊名賢，笑擲妍紅錦字篇。松韻繞茶炊鑑木，花枝帶月誦臨川【俊氣摩空】。殘鶯一晌啼春遠，破褐頻年泣社前。荀座傳香知異墨，清光如映萬山巔。

送子山弟游廬陽

兀坐含毫再咏詩，新鶯啼徹舊春枝。夭桃艷落仙槎賺，病骨香殘枕簟欺【朝霞振綺】。案上圖書松月擬，匣中寶劍美人思。黯然痛讀江淹賦，也向廬陽送别離。

葉聖野閲予新草徵和

十年感慨寄高秋，潦倒中原委亂楸。正氣歌存王室恨，北哀賦載故陵愁【擊碎唾壺】。平臺士馬衣冠異，御水胡沙寶藉浮。䏝上淋漓知飲血，忠篇珍重小齋頭。

其　二

撫心鼎革覆天秋，濟濟公卿老壑楸。志士烏猿三峽恨，王孫風雨五陵愁【悲壯淋漓】。投鞭攘士勳偏易，砥柱功名事已浮。讀竟北哀哀復讀，封侯誰飲月氏頭？

代睿子次新安曹文季進士龍山偶社原韻

海空碧影暮雲殘，遠樹迷離醉目看。漢史已成王氣弱，郢歌長咏俗情寬。葛袍素負山川韻，石研光分牛斗寒。寂莫新亭應有淚，楚囚無髮愧南冠【想見閨閣中英雄本色】。

秋夜憶映然子代步孟姑

羡君高隱鹿門留，一片閒雲接素秋。疎樹紅飄香水静，遠山翠落淡煙收。雁來拾得蘆花味，詩就同尋敗葉修【清韵不俗】。此際芳懷應不寐，綺窗倚玩小銀鈎。

次邗江李若金孝廉韻

疎櫺雲度影玲瓏，吹到幽窗幾陣風。香恨輕飜鸚鵡舌，書殘鐘夕梵王宫。釀成醪酒歌長鋏，賦就滄浪聽暮鴻。佇望寒空樓外月，梅花笛韻遶墻東。

其　二

閒評史斷論英雄，翰墨輕傳國士逢。青棘銅駝知國變，白虹易水恨途窮。寒山瘗鶴餘悲在，古澗埋鈎剩穴空【撫今吊古，音有餘哀】。鏡裏半僧羞短髮，寂寥竟日抱焦桐。

梅嶺松化石

久知龍化人，今見松爲石。林外鎖花魂，嶺頭留月魄【靈警】。

咏　梅

深解梅花意，成吟梅裏詩。清新滿片紙，彷彿梅開時【快句】。

幽　懷

地僻泉偏潔，山遥石轉青。深憐秋雁落，瘦老蓼花汀。

溪　屋

碧流清且淺，熠出茅垣痕。月落鷩魚夢，漁燈半繞村。

步　流

行有麻姑跡，花迷夾岸藜。一泓春水映，疑至武陵西。

西施

倩水炤顔色，飄流逐片紗。固知隨國滅，應悔悞夫差。

閱吟紅集

墨淚愁中損，紅啼怨已深。孰知嵇叔夜，偏解斷腸音【傷如之何】。

典鏡

予笑同君笑，予悲君亦悲。清光非忍別，只恐炤愁眉【形容處入情入艶】。

惜花

多育根中土，輕揮葉上塵。休驚栩栩蝶，同是惜花人。

春夜與睿子坐月題許飛瓊團扇即用原韻

莫作啣箋燕，乘風到曲江。海棠憔悴甚，不復見蕭郎。

髮無油

裊裊緑烟光，輕持手自香。紅顏知命薄，欲令髩先霜【傷情】。

偶感

欲移雲影剪春衣，手燃松花送燕歸。草岸行舟無限意，勞勞亭畔雨霏霏【悠然】。

秋思

疎林來雁托行踪，雲氣含山别起峯。最是人孤憔悴處，一泓秋水冷芙蓉【真齊、梁人聲口】。

竹雨

脩篁輕拂碧雲憐，隱逸高風笑杜鵑。静夜瀟瀟春雨滴，曉來無葉不含烟。

桐風蕉露

秋老孤桐豈自繇，美人蕉露幾飄流。幽情暗逐蒼苔恨，颼颼陰風冷處搜。

問　禪

不揣愚頑學叩禪，願將魚子誦檀旃。問師夜色娟娟影，知墮迴峰第幾巔【靈妙】。

暮　秋

敗荷墜雨葉翻風，落莫深凉枕簟中。虛掩緑窗憐夕照，秋江含影瘦驚鴻。

和閨友高朴素嘲不識字韻

果爾穎君重若山，誰留此業害人間？蔡倫囚困蒙恬斬【奇句】，一炬咸陽皆得閒。

感　懷

容顔似艸怯經秋，弱柳癡心戀陌頭。每笑唐人詩意淺，反云少婦不知愁【意深】。

夜　歸

棹敲魚夢水烟輕，雨暗橋西識未明。拾翠人歸天漢静，夜闌猶有讀書聲。

讀今古輿圖次韻

霸志難成困下垓，漢歌未竟楚先哀。亞夫灰意扶王業，忘索輿圖貯殿臺。

其　二

自來王業不偏安，鼎峙三分戰取難。五月渡瀘收遠寇，祁山星落半宵寒。

其　三

鑄鼎曾知鎮九州，黄河一片瀉閒愁。丈夫馬革捐邊域，耻作生還定遠侯【雄心壯語】。

次金陵宫妃宋蕙湘韻

古驛留題珠淚催，愁烟壁擁梟難開。多應落筆魂先斷，莫認飄紅御水來【爲之腸斷】。

其　二

自憐冒冷失羣鴉，搔首如蓬理素華。細雨淋鈴誰是伴【可憐】，馬嵬玉碎恨胡笳。

其　三

冷入幽窗荒驛烟，月痕未轉抱愁眠。夢中忘却身遭繫，笑擲金釵玩碧天。

次吴夫人韻

新竹含烟織舊愁，冰肌減盡恨無由。蒲生塘上隨春水，紈扇閒吟漢苑羞。

洞簫度曲迴文

聲秋唳鶴隨雲薄，裊裊枝偏殘柳弱。清靄半簾香韻疎，輕吹玉管催花落。

春　曉迴文

瘦香含玉小粧初，臺砌春風梅影疎。岫遠嬌分青歷歷，綉窗閒度幾拋書。

詩餘

長相思　春夜睿子游杭

着春衣。換春衣。簾外東風花亂飛。閒堦草自菲。　捲羅幃。放羅幃。漏永茶醒酒力微。茂陵人未歸。

桃源憶故人　春晴

困人鶯絮柔腸轉。花印蒼苔痕淺。無計可存微喘。肯把殘書典。　强將筆墨愁懷遣。病怯香纖先輭。鏡裏緑雲盡捲。衹剩青山遠【妙景】。

浪淘沙　秋閨

秋老碧雲中。晏起梳慵。瀟瀟暮雨落吴楓。輕別柔枝吹已散，不戀芳叢。　雁跡寄孤峯。景色誰同。水花泛就玉瓏瓏。惆悵聚離俱是幻，霜損芙蓉。

名媛詩緯初編

名媛詩緯叙

列朝閨秀篇章，每多撰集。繁芿採擷，昔由章句豎儒；孟浪品題，近出屠沽俗子。回文錦字，塗抹兔園；紫鳳天吴，顛倒裋褐。侍中口病，指點河漢之機杼；渾敦形殘，評泊《霓裳》之歌舞。徒使香奩掩鼻，美矉捧心而已。

山陰王大家玉映，名刻苕華，肉齊環璧。松風入硯，金壺之汁不乾；雲母養牋，蠶書之體自作。游兹策府，蕩我文心。緑筩丹筩，則卷盈方底；金箱玉版，則名溢縑緗。於是命絳人，勑毛穎，拂毫素，戒赫蹏。硯匣琉璃，映徹觀書之秋月；筆床翡翠，横飛點筆之風霜。出入豈但於千金，褒貶有同於一字。命名《詩緯》，嗣音《玉臺》。亦史亦經，又香又豔。斯則聊同棄日，孝穆所以無譏；昭我管彤，蔚宗爲之三歎者也。

昔者上官昭容席人主竝后之權，評昆明應制之什。丹鉛甲乙，紙落如飛。遂使沈、宋諸人，俛首一時，流豔千古。玉映以名家之女，擅絶代之姿。虀鹽自將，丹黄不御。聊以編削，銷此餘閒。走群娥於筆端，籠孌諸於几上。元音高唱，若嵩嶽之會衆真；墨兵蕭閒，如吴宫之教女戰。吕和叔《昭容書樓歌》曰：『自言文藝是天真，不服丈夫服婦人。』悠悠古今，同斯永歎矣！道人心如木石，叙以夢言。匪云作戲逢場，抑亦助成水觀。

順治辛丑六月，虞山八十叟錢謙益書於杭城寓軒。

敘

玉映王大家，蓋遂東先生季女云。先生生明時，主文衡者四十年，詩文奇突奥衍，居然南面。自王陵、臨川諸君而今之，安論竟陵餘子哉！有女玉映，讀父書，筆花墨霧，標新吐奇。余曾讀《吟紅集》，無論詩文，即其代夫子所請卹難諸疏，及傳忠孝節義之風，潘射海内外久矣！

今獲交睿子，又讀其《留篋集》，才情丰韻，靈而則，奇而莊，波瀾愈老，宫様轉新。是坡公海外文，大瘦生夔州以後作。余取其《禹陵》、《青藤》詩，録之箋頭，時時奉揚仁風也。既又出其所選《名媛詩緯》，繇洪、永，迄啓、禎，其間可敬可畏、可悲可喜之章，種種畢具。且借他家情事，舒胸中磈礧。所評所論，皆四始之鼓吹、六義之鉗錘也。嗟乎！一女子耳，枕藉脂粉中，目不識陳元卿、楮先生爲何物，而玉映子乃能奇創博覽，成一家之言，集諸子之成，自闢元黄，豈非巾幗中千古一人哉！吾愧吾鬚眉矣。

夫詩必首唐，而明始繼之，唐分初、盛、中、晚，明亦有之。龍門、青田、高、張、楊、徐，其初也；北地、信陽至歷下、瑯琊輩，其盛也；繇唐六如、桑民悦以及竟陵、公安、石倉諸君子，風會所趨，不得不中、晚之矣！然唐之初、盛，遠過於明；明之中、晚，駕唐人不止尋丈矣。欲集一編，以成一代之書，然採取不廣，編次無畧，即諸名家有其意，未竟其業，遠遜玉映萬萬矣。昔謝戲象山云：自機、雲、抗、遜之死，天地靈異之氣，不鍾於男子而鍾于婦人。蓋不獨爲陸氏一家言也。吾於玉映，亦由繹乎斯語。

順治辛丑夏，北平許兆祥頓首拜譔。

南州王猷定書。

叙

列朝名媛，自后妃命婦以至韋布單寒，以詩名能散見載籍者，視古爲盛。山陰王玉映裒集而論著之，用松圓老人法，人繫一小傳，使讀之者考其世代門閥以觀覽焉。

嗟呼！天下之最可憐者，才也。而尤令人傷心憑弔者，遭時之有幸有不幸。自古文人才士，無玄晏賞識，文采湮滅而名不傳於後世者，不可勝道。矧閨中孱質，有才者未必有福。或紅粉樓中，夢如昨日；而燕支山下，事已經年。或空房獨守，覩芳草而興悲；或寒砧遠聞，見明月而隕涕。甚至長門寂莫，題詩墻壁之間；綱户蕭條，緘書笥篋之内。東風無語，恨燕子之多情；桃花依舊，嗟人面之易改。攬其往事，猶不禁欷歔哽咽，則當時忍淚含毫，以自抒寫其幽怨者，亦庶幾有人焉。簡棲遥集，以慰吾魂魄，即死無恨焉者。甚矣，玉映之能爲閨秀生色也！

玉映生長名門，幼習風雅，近以避囂山居，蕭然研北。朝取一編焉，忘其食；暮取一編焉，忘其寢。丹鉛所被，毫素爲香。《詩緯》，其所最留心者。新城王西樵吏部喜爲致語，集古今閨秀詩文尺許，猶以爲未盡，扁舟造其廬，借抄數十種，則玉映之足以總冠名媛，蓋可知矣！予羈旅武林，獲與睿子定交，花晨月夕，觴咏相共，遂得盡讀夫人著述。每嘆其有才如此，不能置身天禄、石渠間，以文章黼黻皇猷，而徒徙倚香奩，與春華共開落，良可傷也。後有讀《詩緯》而知列朝名媛之盛如此，可以知玉映之所存矣！

康熙丁未上巳日，鄢陵韓則愈譔。

漳海劉仔書。

敘

《名媛詩緯》何爲而選也？余内子玉映，不忍一代之閨秀佳詠湮没烟艸，起而爲之霞搜霧緝。其耳目之所及者，藏之不忘；其耳目之所未及者，更縣以有待。蓋苦心積翫於字珠句玉者，已二十有餘年於兹矣！憐才之心，過於自憐。

時逢兵燹，播遷倏忽，山谷水鄉，舟壑輿飛，煢煢以兒女子遁跡雲窩鳥道之中。爾時也，余内子窮愁無思，神魂洞駭，方且一筒殘卷，數首破箋，晝則以之掩携針帖，夜則以之援作枕頭，斷韻碎詞，鼠囓雨漏。諸大姑新篇舊製，寸厚尺裝，一腐爛本頭，豈知開讀皆錦心繡口也？余曰：内子不作唐朝應制舉業，何自苦乃爾？漁獵《史》、《漢》，點竄燕、許，風朝月夕，殆無虚晷。於《吟紅》、《留篋》之暇，寢食一《詩緯》焉。吾聞經星安、緯星變，治亂安危，皆觀乎五緯。天下之書，亦莫大乎五緯，五而九，九而十三，十三而十七、二十一，皆於緯乎窮其變、極其奇。内子思深哉！

蒼茫陵樹，縹緲燕雲。一代之雄才奇士，名公鉅卿，奚囊剩屑，驢背清謳，其銷沉奄滅，散軼於無可追尋者，電火雷音，蓋甚多矣！館閣實録，一代有一代之史官；鼓吹旗纛，一代有一代之作手。傳之者有人，失之者無罪。至於閨中諸秀，内言不出，傳之者誰耶？失之者誰耶？其傳其失，誰之罪耶？余内子則竦焉以此罪自任，曰：『與其失之刻，毋寧失之恕；與其失之隘，毋寧失之廣；與其失之峻，毋寧失之坦。』故自后妃貴嬪，夫人華淑，節烈幽愁，以及小星名樓，緇素黄柔，彝鬟叛髻，莫不騈收。嗟乎！余内子之苦心虚衷，固可以感鬼神、矢金石、鏤山川也。吾鄉及吴會之都，其間姻淑大賢，相與筆墨倡和，已絶無香奩習氣。而博採遐櫛，所得詩編，一代之名媛，一代之風詩，雖不能無挂漏，而大官一臠，寒食亦可蚤歸也。人間綫箱，天上五色，種種塵埋，自當增入。蓋一代之情，一代之淚，一代之血，當爲一代之女流惜之。

思先外父王宗伯公文章孝友，詩名震天下，内子亦沉酣詩文，以無負先宗伯公家學。余也三衢一割詩酒散人，藉子滿席詩編，酒後耳熱，舉杯快讀，憤懣一删，悠哉游哉，聊以卒歲，以無負我先文忠公家學。偕隱之謀，惟兹是賴。内子曰：『唯。然《詩緯》之役，此固余職分内事也。余嫃人也，他庸何敢知？獨曰憐才之心，過於自憐。余於君言，能毋三歎？』衢道人於是起而爲之記：其集一曰《宫》；一曰《前》；一曰《正》，正集凡十六；一曰《正附》者三；一曰《新》；一曰《閏》，閏者二；一曰《豔》，豔者二；一曰《緇》；一曰《黄》；一曰《外》；一曰《幻》，幻者二；一曰《備》；一曰《遺》；一曰《逆》；一曰《餘》，餘者二；一曰《雅》；一曰《雜》；一曰《繪》；一曰《後》，後者二。詩餘者，詩之餘；曲者，詩餘之餘。故并及之。爲卷凡四十二。廼善畫者之名姝諸秀及平康而無詩之譜籍，録而載之，存其姓氏。

時康熙甲辰秋八月，北平衢散人丁聖肇睿子氏題於吴山第一峯。

自序

客問於予曰：《詩三百》，經也，子何取於緯也？《易》、《書》、《禮》、《樂》、《春秋》，皆有緯也，子何獨取於《詩緯》也？

則應之曰：日月江河，經天緯地，則天地之詩也。静者爲經，動者爲緯；南北爲經，東西爲緯，則星野之詩也。不緯則不經，昔人擬經而經亡，則寧退處於緯之足以存經也。詩開源於窈窕，而采風於游女，其間貞淫異態，聖善興思，則詩媛之關於世教人心，如此其重也。

予不及上追千古，而尤恨千古以上之詩媛詩不多見，見不多人。因取其近而有徵者，無如名媛，搜羅畢備，品藻期工，人予一評，詩予一隲，輯成四十餘卷。以后王君公出自宫闈者，爲《宫集》；在元、明之交者，爲《前集》；夫人世婦以及庶民良士之妻者，爲《正集》；其或繇風塵反正者，附於《正集》之末；國變以前及皇朝之後者，爲《新集》；其或如綏狐桑濮者，爲《閏集》；其或以青樓終不自振者，爲《豔集》；其或巾幗，亦有淄、黄、外裔，能諳風雅，則爲《淄集》、《黄集》、《外集》；其或仙鬼志怪，小説齊諧，逆謀韞玉，爲《幻集》、《備集》、《逆集》；填詞固詩之餘，雜著有詩之意，則爲《餘集》、《雅集》、《雜集》；其或能詩而湮没，擅畫事而不能詩者，皆爲存其姓氏，則爲《遺集》、《繪集》。

辟之女紅絡緯，參互錯綜，而後能佐經以成文。百室機房，杼軸報章。故其爲詩也，或取材於冰繭，或乞巧於天孫，或濯色於錦江，或去垢於火浣，或質任於布帛，或委佗於素絲，或黼元黃之篚，或競縹緗之美，可羽翼《三百》以成經，可組織《六經》而爲緯。請以質之四天之下。

時順治辛丑溽暑，山陰吟紅主人映然子王端淑玉映氏漫書於鴛鴦新墅。

徵刻名媛詩緯初編小引

端淑選《名媛詩緯》竣，質諸名公宗匠，僉云備美，亟宜授梓，以公海内。或曰：映然子明足以察秋毫，而力不足以舉一羽，其何梓之能爲？時當事諸君子及縉紳先生、名士游於兹者，或欲出全獅以搏兔，或欲采衆腋以成裘，議論既多，成功未一。端淑折衷兩家之言，刻資多寡，難于畫一，或一卷、二卷，或十卷，或二十卷，要以玉於成而止，何嘗衆腋不即全獅？惟祈功臻實效，事克有終，則風雅實先窈窕之章，而詩聖畢歸於工部矣！端淑竊有厚幸云。

端淑漫識。

王端淑傳

南州王猷定軫石撰

王端淑，字玉映，山陰人。禮部右侍郎思任公季女也。公元配楊淑人，無子，娶姚孺人，生二子，皆夭折。越三年，生女静淑，不懌，禱于東嶽之神。辛酉秋七月八日，感神夢，誕端淑。生而容姿婉麗，性聰慧。週餘，見乳母患乳瘍，不食，日啖以粥，體弱，仗母左右。四歲，觀劇演善財，効之，以母爲觀音，叩拜不已。六歲，聽父講古今忠孝賢媛諸故事，輒記憶不忘。喜爲丈夫粧。常剪紙爲旗，以母爲帥，列婢爲兵將，自行隊伍中拔幟爲戲，父見而笑曰：『汝曷不爲女狀元乎？』是時諸母皆生子，遂從諸兄弟就外傅。授《四書》、《毛詩》，過目即成誦。自書先師孔子位，每食必先祭。

七歲，許聘丁文忠公乾學第五子聖肇。時文忠爲魏忠賢所搆，被害京師，家人不知，端淑哭向母曰：『爺死矣。』母以爲妄，掩其口。已而訃聞，截瓜爲璫頭，持陌刀砍之，罵不休。佈痘幾殆，母搏顙發愿，進香普陀，尋愈。母詰之曰：『偕女往南海，懼乎？』曰：『心誠何懼？願隨往。』明年二月，薙髮僧服，從母之寧波。登舟出蛟門，蓮華洋颶風大作，濤浪接天，舟人咸震恐。母使人擁坐篷檻，覽舟山招寶諸勝，了無怖色。晚隨衆念《金剛經》諸咒頌，一一熟記。至落伽山，謁大士，老僧萬緣挈遊茶山、小西天、紫竹林。適周皇后遣中貴齎香南海，飯僧坐中，見小沙彌端好趺坐，詢知某某，咸嘖嘖稱異。十一歲，隨父之蕪關。差竣，舟泊碥磯廟，謁神歸，病。母夢神曰：『我漢室孫夫人也，求爾女爲司香女。』母懼，許塑二童女以代，神諾。覺語公，公如其言，乃愈。至今女巫誑傳某死爲碥磯神云。

癸酉中秋夕，忽昏仆，母驚呼，不應。氣微温，母抱之痛哭，曙乃醒，汗下如雨，曰：『我爲一黄冠導至碧空，見青衣數百人，負蒻繹絡，自言上宮取以飼玉兔者。仰視星漢，光流眉睫，旁一園上有綽楔，署曰「青蕪園」。黄冠曰：「此去廣寒不遠矣。」雞鳴，予思父母，欲歸，黄冠忽推墮地。』因別號青蕪子。從此改粧，習女紅焉。性孝，姚孺人常心痛，患頭瘋，時時哭，以手撫母。使人遍覓良方，卒得之，其病遂瘳。

甲戌，隨父之九江署。值寇警，公嬰城自守，遣子鼎起偕姚孺人、端淑歸越。端淑泣曰：『吾母子寧從父死賊，豈偷生求活耶？』既賊平，公嘆曰：『卓哉女也！』亡何，公解綬歸。姚孺人病且革，籲天愿以身代。先是，公以千金授孺人，爲女備粧資，孺人彌留，囑二女：『我死，毋妄費。』端淑泣告姊曰：『母死，我寧獨生？何未忍悋所藏，不以救母乎？』盡取篋金付姊，以供祈禱，不効。姚孺人卒，公詰婢金，多所疑貳，端淑曰：『兒不忍坐視母亡，散金救母。無責婢，重兒痛也。』居喪，跬步不離母棺，哀號，勺漿不入口。公泣勸，乃强食。

十六歲，聖肇自燕入贅越。居二年，端淑請于父曰：『兒當侍膝下，顧業爲丁氏婦，兩老姑倚閭念切，使夫子久廢定省，非孝也。』遂北行。至都門，而聖肇生母李孺人果病。端淑入拜牀下，解繡帔，覆姑體。姑熟視，掩淚而嘆，俄蹶然起，曰：『吾勿藥矣！』自是晨夕恪勤，奉兩姑甘旨。如是者五年，會李孺人歿，歲大祲，盡傾奩中物以佐喪事。推布操作，哀毀不苟言笑。其至性如此。己卯，聖肇以恩貢保舉，題授推官□□，薊遼總督趙光抃取用軍前監紀。既奉簡命，端淑曰：『寇亂方劇，朝廷破格用人。受事諸臣，以欺罔應君。歲路未强，度膽識，實能辦賊否？不若奉母櫬南還，與君偕隱，毋悞封疆大事也。』

癸未，還會稽。聖肇尋以總憲李□□特薦，擢衢州府推官。甲申國變，□□□□□□□□□□，端淑隨聖肇□□□□□□□□。倉卒乏騎，以所乘騎□□□，烈日行崎嶇山谷中三十里。□□□□夜解幃帳□□□德之，賞賜有差。時狂風蔽野，星隕如雨。抵定海關，人心震盪，□□□□□□□□□□。端淑哭告聖肇：『諸臣忘□至此，吾儕未知死所。妾父老，願圖歸計。』聖肇□□□□□□□□□□□。歸行兵燹中，備極險阻，□□□□□□。九月，聞父不食死，哭之哀。蹴居天池山人青藤書屋，絅衣蔬食，泊如也。讀書自經史及《陰符》、老莊、內典、稗官之書，無不流覽淹貫。工詩賦，間爲古文。書學鍾、王小楷。著述亂後半逸去，今所輯有《歷代帝王后妃考》、《名〔媛〕詩緯》、《文緯》二編，并《吟紅集》、《留篋集》、《無才集》行世。

軫石子曰：余適越，弔宋故宮，想見當時君后播遷之慘，輒愴然流涕，矧親見之今日乎？

士君子生當喪亂，不能先幾避禍，而得之女子，抑又難矣。聞端淑述夢宋劉安妃行宫事甚奇，若灼見夙世，腐儒必且怪之。夫靖康之變，徽宗生女三十四，北遷者十九人，獨安妃宣和三年早薨，而靈素以爲九華玉真，肖其像于神霄帝君之右。嗚呼！豈偶然也哉！

丁夫人傳

會稽孟稱舜子塞著

夫人名端淑，字玉映，别號映然子，越山陰人。王季重先生季女，而丁文忠公子婦也。季重先生元配楊夫人無子，其如夫人者數人，皆禱而生子。夫人母姚氏禱于神，夢神錫以彩管一，寤而詹之，曰：『此錫蘭毓麐之祥也，異日且以文章名天下。』及産而得夫人，母心不懌，曰：『世間安得真有女狀元乎？』夫人賦質敏慧絶倫，狀貌頎晳，亭亭有玉樹當風之致。甫四齡，偕諸昆弟就外傳，過目輒成誦，屬對不凡。先生深器異之，曰：『惜也！其身不爲男子！使身爲男子，必以文章第一蜚聲翰苑間。然中郎墳典不託之子而託之女，吾其爲蔡中郎乎！』

丁公自豫章典試返越，爲其第五子睿子聖肇委禽焉。丁公報命入都中，爲魏璫所搆，身斃。時夫人尚幼，聞之泣下，曰：『我翁以殉忠卒斃，翁則歿猶榮矣！而邦國不造，奈何？』既而懷宗皇帝御極，殛璫，贈公禮部尚書，謚文忠。季重先生亦起官按察司僉事，駐九江，夫人從之官。流氛荐至，家人驚怖，思返越。夫人曰：『父處危難中，吾輩獨謀安，可乎？』後先生得解綬歸里。丁子自北來結縭，兩人皆弱齡，而夫人講賓敬禮甚至。丁子有兩母，俱在北都，欲偕夫人北去，諸母、兄嫂憐其年少遠行，繾綣不忍離。夫人慨然曰：『婦之事姑，猶子之從父。千里奔命，固其分與願也。』往事兩姑，曲盡孝謹，咸曰：『新媍真善事我。』已而兩姑相繼歿，哭盡哀，作詩誄之，見者俱爲下泣。

時中原板蕩，而北地猶瀕危殆，夫人曰：『此雖帝都，然猶燕巢之在幙也。古曰狐死正首丘，其盍歸乎！』乃與丁子謀南轅，依季重先生居，并爲丁子置側室，娣畜之，終無忮言。既而南北分頖，丁子膺簡命司理三衢。未幾，王師渡江，丁子解官歸，隱彭山之陽，半壆不蔽風雨。而季重先生以節死，棲遲無依，丁子常引觴自遣，而夫人則爲吟咏以佐之。集成，名曰《吟紅》，志悲也。語曰：『春女怨，秋士悲。』不懷春而悲秋，夫人其猶秋士之心也。夫鏡水光寒，霜葉花紅，騷人逸士對之則增其樂，遷客煢人見之則生其愁，此《吟紅集》所以作也。後丁子偕夫人徙居青藤書屋。青藤書屋，昔徐文長寓居處也。屋外有青藤，佶倔蜿蜒，偃若蒼龍，似是數百年物，故文長舉以自號。其後章侯陳子居之。夫人繼居此室，著有《留篋集》。集内有《青藤爲風雨所摧折歌》，蓋深悲文長、章侯兩人失志于時，抑鬱以終，於己而將三之也。以遇言，則才人不偶，正略相似；而以詩言，則夫人與文長殆相伯仲，晝視章侯別爲一家，而嫵媚過之。

夫人年少時，夢隨羽客陟廣寒，園曰青蕪，因作《青蕪園記》，而係以詩曰：『颸如冲舉逅黄冠，引入青蕪曰廣寒。丹草芃芃新月映，雙鬟隊隊碧雲攢。幽游一晌歸春杳，謫落三旬解俗難。敗葉聲敲清夢遠，荒雞啼徹曉鐘殘。』又夢身坐畫舫，額曰宋安妃劉行宫。妃，武林人，未亂早薨，追册爲明節皇后。蔡京詩有『玉真閣裏看安妃』句，踵爲二絶，其一曰：『玉真閣裏看安妃，數百年華事亦非。每惜宣和君政弱，兵端原不起宫闈。』其二曰：『玉真閣上覆春輝，明節仙姿隔世違。不解籌邊能悮國，畫圖止識羨安妃。』夫人豈安妃後身邪！自古異人間植，必有自來，夫人非神仙中人，安得吐辭發響與謫仙人相似若此？夫人近選名〔媛〕詩文，曰《文緯》、《詩緯》。又常作《黄庭》、《洛神》諸楷，俱爲神肖。

夫人以七月八日生。歲在戊戌，當甲子之半，婣鄙内外皆進詩爲壽，卧雲子客游金陵，不及以詩壽。歸而丁子以詩示之，并令爲傳。卧雲子曰：『凡人上壽百歲，中壽八十歲，下壽六十歲。今夫人年方及下壽之半，日升川至，正未有艾也，是何遽足爲壽？』丁子笑無以答。卧雲子復解之曰：『以暫言之，則千歲猶一瞬也；以久言之，則片晌即千古也。暫者其齡，而久者其名也。古今才女，動稱謝道韞，道韞才華不多見，止「柳絮因風起」一語，便足千古。今夫人行年三十，著書滿家，令問美譽，馳于四方。過此以往，春秋益富，著述當益繁，然其名則於今不能益增也。以是爲壽，誰曰不可？』丁子曰：『子言辨矣。』因令書之，著爲傳。

卧雲子曰：古有才父，亦有才女，班孟昭、蔡文姬是也。然孟昭才譽與兄固同著，文姬才譽則獨著。季重先生有言：『吾其爲蔡中郎乎！』蓋明以其墳典託之玉映氏矣。玉映之才，微特諸子所不逮，將無搏扶摇而上之，其風斯在下耶！自抗、遜、機、雲之没，靈秀之氣不(種)〔鍾〕于男子，而(種)〔鍾〕之婦人，吾於玉映氏亦云。

陳素霞傳

山陰女弟高幽真撰

陳媛者，名素霞，字輕烟。行六，金陵人，酒癖散人之妾也。少失怙恃，年甫十齡，歸山陰宦族女之。賦性幽嫺，秉姿端謹。宦族蓋一代鉅公，海内景仰，故媛得博覽史籍，妙解聲韻，兼擅諸技，能作《黄庭》小楷，其女紅刺繡，無不精曉。時年十四，修美淡逸，咸以爲蘇蕙、左芬不之過也。繇是豪門貴族争欲得媛，宦族皆堅拒不納，必欲有才色者方許之。是以因循至癸未年，媛以此居嘗花晨月夕，短嘆長吟，不勝悽惋。歲冬，有散人者攜其大夫人自燕抵吴，盤桓山水，幾及半載。性復不羈，喜結友朋，沈于酒釀，不顧功名。其大夫人工于吟詠，癖好書史，相與倡和，往往盈篋。每遇遊玩，夫人則披纖羅之錦、霧縠之裳，羽翠葳蕤，明珠的皪，飄飄然若月殿中人也。但怯弱多病，不禁摧折，乃爲散人作納媵計。適媛酎愿吴門，邂逅虎丘，遂張筵成禮焉，時甲申正月也。

未幾即有滄桑之變，散人踉蹌返越，僑居會稽池東，益縱酒猖狂。家事日落，惟吟詠慢罵，知者憐之，不知者不憐也。戊子二月望日，媛得一雌，大夫人珍惜如己出，嘗詠《稚女詩》以誌聰慧云。散人傲世不阿，三人名遂噪越中。一日雋彦畢集，四方聞風艷慕，執贄來訪者，牛酒具前，金帛擁後。散人不衫不履，日在醉鄉，山水作友，花鳥爲隣，哭笑失時。媛惟敬順莊謹，恪盡小星之職，事散人八年如一日也。因子息不禄，欷歔成疾，遂不起。于笥中得詩數章，皆風姿秀爽，濃淡得宜，幾于胭脂十斛紅矣。

媛生于甲子年十月十六日，卒于辛卯年十二月二十九日，時年僅廿八云。予亦孱弱女子耳，何敢言傳？然逢此賢媛，筆底有丹，若肯苟活，何處不可？總以無後，有累知己，竟抑鬱以死，其大夫人爲亟當求名筆以光不朽。予與同筆硯，稱最契，且與媛有一日之雅，是不可辭者。乃撮其大概，然亦不敢言傳云爾。

名媛詩緯初編凡例[一]

一、選事各有當爲，如海内前後諸君子，進退閨閣，固多紀盛。余素有操選之志，然恐以婦人評隲諸君子篇章，於誼未雅。以閨閣可否閨閣，舉其正也。如桐城方仲賢選《宫閨詩史》，邗上季静娱選《閨秀初集》，松陵沈宛君《伊人思》，而後不多槩見，予故謬操丹黄，以昭甚盛。

一、閨秀詩上自漢魏三唐，及於元宋，必廣收博採，庶盡上下古今之勝。因久有諸選，定本俱在，確有定論，故不必更爲品隲。

一、近代宫閨之刻，未有全本。前自有明，近自興朝，風氣日上，琬琰未集，風雅闕然，用是廣蒐，應同續史。

一、兹選始於己卯年冬十月，迄於甲辰年秋九月，凡廿六年。以一人之精採，質衆本之選尤，有脊有倫，不假不濫，允稱大觀。

一、評閲凡一人予一評，或評其人，或評其詩，務求其當。凡一人必詳其生平家世，未詳者闕之，以備稽考云。

一、詩以人存。如一人而有耑集，則選其詩之臧否；如一人止有一首半首存者，雖有瑕疵，亦必録之，蓋存其人也。

一、詩之高絶、老絶者存之，幽絶、豔絶者存之，嬌麗而鄙俚者、淫佚而譃誕者亦存之，得無濫乎？曰：不然。孔子删《詩》而不廢鄭、衛之音，且限於止一詩也，可以著眼。

一、兹選俱出自諸名公選本以及各大家文集專稿，其餘一槩小説、齊諧皆不録入，餘俱嗣刻《備集》。

一、凡選本批閲，俱各抒所見。余批既無遺略，然亦間採諸選數批，以其批之有關於兹集云。

一、選詩内『元』字以及稍改二三字者，俱遵功令。夜明之寶，雜以魚珠，作者自應深惜，然亦定爲鑒原。

一、兹選自《宫集》至《雜集》内詩三十四卷，詩餘二卷、散曲二卷、雜著一卷、畫媛姓氏一卷，凡四十卷。所謂水窮山盡，古人賞心，多在不盡之處，其在詩文亦然。正不足而雅續之，故有詩復有詩餘也，有詩餘復有散曲也，復有里巷歌謡而爲雜著也，并及之，以備全覽。

一、序次必有先後。兹集越歷有年，艱於採輯，先得者即付剞劂，後得者續命梓人，故序次錯綜，不敢故爲紊淆也。

一、海内閨閣擅風謡之美者甚多，予一人之蒐羅有限，不無遺珠之嘆，倘有鴻篇，乞郵致杭州臨雲閣書坊，以便續爲增入。

一、余舊刻數種，余夫子删集成帙，附於卷末，名曰《後集》。深懷窺豹，殊愧續貂。

吟紅主人玉映氏漫識

校勘記

〔一〕北大乙本凡例次序在《丁夫人傳》前。

名媛詩緯初編卷一

山陰王端淑玉映選輯

宮　集

孝陵宮人

宮人者，衆辭也，無姓氏。洪武十五年壬戌冬日，高皇后崩，宮人思念其德，作此歌以美之。

端淑曰：按《孝陵實録》云，太祖高皇后姓馬氏，南直鳳陽府宿州新豐里人，贈徐王馬公女。王早薨，后出繼于滁陽王郭子興，子興愛如己出。元至正十二年壬辰三月，子興起兵濠州，據之。閏三月，太祖入濠見子興，留置麾下，日益愛信。久之，以后歸帝。二十四年甲辰正月，太祖即吴王位，立爲王后。混一天下，洪武元年戊申正月，即皇帝位，立爲皇后。后恭儉聖善，稱頌不盡，獨以『君臣相保』爲難，『不嗜殺人』爲勸。自三代而下，創業興王之后，未有如高后之聖善者。十五年壬戌崩，年五十一。帝慟悼終身，不復立后。《歌》似古謡，可與《關雎》、《葛覃》並傳。

歌

我后聖慈化家邦，撫我育我思難忘。不忘懷思千萬年，泌彼下泉怨蒼天。

孝陵宫嬪媚蘭仙子

南寧伯毛舜臣留守南京，灑掃舊宫，見別院墻壁多舊宫人題咏，年久剥落，不可辨識。其一署曰『媚蘭仙子書』，末二句云。

端淑曰：女子處深宫之中，雖極富麗奢華，然自有一段無聊景况，非不達者如是，即最聰明人亦往往蹈此，如隋之侯夫人、唐之韓氏是也，况留都媚蘭仙子乎？其詩清幻森寒，七字可繪。

題　壁

寒氣逼人眠不得，鐘聲催月下斜廊。

長陵恭獻皇貴妃權氏

高麗人。永樂中，有高麗賢妃權氏、順妃任氏、昭儀李氏、婕妤吕氏、美人崔氏，俱國王李芳遠所進。而權妃穠粹，善吹玉簫，最爲寵幸。永樂八年，侍長陵北征，還至臨城，薨，謚恭獻。芳遠驛送妃父永均至，拜光禄大夫，食禄不視事。尋遣歸國。宣德中卒，賜白金米布。

端淑曰：貴妃曲謹小心，上承寵幸，得與至尊朝夕左右，能犯顔敢諫。侍長陵北征，以致薨逝。有左芬、徐惠之風，其趙氏姊妹以及洗兒阿環，能不愧死地下也？易名恭獻，爲一代宫闈增色。嗚呼！賢矣！其《宫詞》一詩，畫出六宫秋氣，靈光炤人。《列朝詩集》曰：王司彩詩及寧獻王《宫詞》有云『忽聞天外玉簫聲，花下聽來獨自行。三十六宫秋一色，不知何處月偏明』，又有『三十六宫秋月白，美人月下教吹簫』之句，皆紀其實也。近《宫閨詩史》及《明媛詩歸》諸本，遂載『天外玉簫』一首爲權妃之作，不解所以。其詩云云。

宫詞

忽聞天外玉簫聲，花底徐聽獨自行。三十六宫秋一色，不知何處月偏明。

景陵國嬪郭爱

字善理，鳳陽人。性穎敏巧慧，宣廟聞其賢，徵至京師。尋卒，追册爲國嬪。

端淑曰：景陵英明神聖，爲一代令主，且詩文歌賦，以及草隸篆楷，無不精絶，至今奉爲異寶。而國嬪穎敏巧慧，賢淑著聞，惜其芳年不永，以至感動天子，追錫宫號，亦可謂生死而榮寵矣。其所咏短歌，貴乎詞簡味長，聲情摇曳，音繞紙墨之外。此詩尚未及此，而雅淡可存。

京邸病革自哀

修短有數兮，不自較也。生而如夢兮，死則覺也。先吾親而歸兮，獨慚予之不孝也。心悽悽而不能已兮，是則可悼也。

景陵司綵王氏

宣德中女官也。傳《宫詞》一首，詠長陵朝高麗權貴妃之事。

端淑曰：《宫詞》自花蕋百首，已極情景，此作平易少情思，然句自凄冷。

宫　詞

瓊花移入大明宫，旖旎濃香韻晚風。贏得君王留步輦，玉簫嘹亮月明中。

茂陵孝惠皇太后邵氏

浙江杭州府昌化縣人。睿宗獻皇帝生母，昌化榮和伯邵公善女。成化十二年册爲宸妃，二十三年進册爲貴妃。睿宗封爲興王，尊爲興國王太妃。嘉靖元年，永陵即位，尊爲太皇太后。是年崩，葬金山。後追上謚曰『孝惠康肅温仁懿順協天祐聖皇太后』，遷葬茂陵。

端淑曰：孝惠邵皇太后詩文懿訓，備載國史，予婦人也，不敢贅述。第此詩見維揚季大家嫺所選《閨秀初集》內，然詩與康陵王莊妃《自嘆詩》相彷彿，而此詩題云《宮怨》，又與張宮人事大同小異，不知孰是。總之宮闈事秘，莫能考云，兩存以正識者。

錢大宗伯謙益《列朝詩集》作『王莊妃』，《堯山堂外紀》作『宮人張氏』，而錢又云《堯山堂》因王莊妃事誤記之也。

季嫺《閨秀初集》曰：莊麗不佻。

宮　怨

宮漏沉沉滴絳河，繡鞵無奈怯春羅。曾將舊恨題紅葉，惹得新愁上翠蛾。雨過玉堦秋氣冷，風摇金鎖夜聲多。幾年不見君王面，咫尺蓬萊奈若何。

泰陵女學士沈瓊蓮

字瑩中，烏程人。世傳富民沈萬三之後有廷禮父子，皆仕于朝。沈以父兄之素，得通籍于掖廷。泰陵嘗試《守宮論》，其發端云：『甚矣秦之無道也！宮豈必守哉！』泰陵悦，擢居第一，給事禁中，爲女學士。弟溥，官通判，即就試寄詩者也。今吴中呼爲『女閣老』，傳其宮體諸詩，以爲婕妤、花蕋不足多讓也。

端淑曰：蛾眉得與禁中，后妃嬪御如左芬、徐惠，俱不足道。所難者，仕籍女子耳。瓊蓮以簪珥受蘇軾金蓮之寵，冠古未有也。海内相傳，亦紅粉中一段奇事。詩有天廟瑚璉之色，直以『女學士』呼之亦可。茅店村粧，未免寒乞氣矣！

送弟就試春官

自小離家入禁闈，人間天上兩依稀。朝迎鳳輦趨青瑣，夕捧鸞書入紫薇。銀燭燒殘空有淚，玉釵敲斷竟無歸。年年望爾登金籍，同補華蟲上衮衣。

宫　詞

尚儀引見近龍牀，御筆親題墨色香。幸得唱名居第一，沐恩舞蹈謝君王。

其　二

翠絲蟠袖紫羅襦，偷把黄金小帶舒。中使傳宣光禄宴，内家學士作新除。

其　三

香霧濛濛罩碧窗，青燈的的燦銀缸。内人何處教吹管，驚起庭前鶴一雙。

其　四

倦把青絨繡紫紗，閣針時復卜燈花。明朝太后長生誕，可有恩波遍及麽。

其　五

荳蔻花封小字緘，寄聲千里落雲颿。一春從不尋芳去，高疊香羅舊賜衫。

其　六

曉臨鸞鏡整梳粧，高髻新興一尺長。花影鎖窗人下直，開籠自放雪衣娘。

其　七

天子龍樓瞥見粧，芙蓉團殿試羅裳。水風涼好朝西坐，專把書經教小王。

其　八

明窗棐几净爐薰，開閲仙書小篆文。晝永簾垂春寂寂，碧桃花映石榴裙。

其　九

海東香放渡遼烟，天上羣鶼得自專。勑諭賣坊高索價，聖王念載絶游畋。

其　十

籞柳青青燕子愁，萬條春水弄春柔。東風不與閒人贈，誰去江南水上洲。

康陵皇妃王氏

順天人。能詩工書，以才色得幸。嘗侍康陵行幸薊州温泉宫，題詩刻石，即其所自書。今石刻尚存。

端淑曰：昔康陵當四海承平之時，欲慕古天子巡幸之樂，以天下爲兒戲。若非二祖列宗之遺烈在人，則岌岌乎不可知矣。王妃以寵幸偕游，且才色冠絶古今，又能詩善書，與古之有才而遭廢棄者天壤矣！詩不甚佳，唯存一『質』字。

陪侍武宗皇帝幸薊州題温泉宫

滄海隆冬也異嘗，一云『塞外風霜凍異嘗』。冰池何事曠如湯。溶溶一脉流今古，不爲人間洗冷腸。

永陵莊皇貴妃王氏

鎮江人。祖甲，以沽輸官，挈居金陵。嘉靖初，選民間女入宮，未得幸，題詩自嘆。永陵覽而憐之，召當御，遂有寵。册爲貴妃，主仁壽宫事。椒寢虚位，幾册立者屢矣，陶仲文求賂不得，風上以特尊，毋庸敵體，事遂寢。然寵幸實敵中宫，年未三十而薨。性恭儉，戒子姪毋效戚畹。謚曰莊妃。妃有四弟：繼、繡、繒、繪。以妃恩，得一人籍錦衣，其家以繒名上，永陵攬筆加人字，曰：『何不繪也？』繪遂得補宿衛，而繒尋死。

附：永陵宫人張氏

《堯山堂記》云：張氏恃貌，不肯阿順，閉匿無寵。早卒，殯于宫。後宫制：凡殯者必索其身畔。得羅巾有詩，以聞永陵。永陵聞之，以宫監不早聞，杖殺數人。詩即『悶倚雕欄』云云也。郭子章《豫章詩話》云：嘉靖庚戌，宫人張氏卒，身畔羅巾有詩。永陵傷之，杖殺宫監數人。《列朝詩集》以爲蓋流聞王莊妃之事而誤記也。

端淑曰：嘗讀史至甄后、梅妃，以殊色絶才而遭棄置，輒嘆魏文、唐元之俗。明眸皓齒中搆一段芝蘭聲氣，世豈易得？而卒使緑綺音斷，靈蛇粧冷，天若有情天亦老，悲哉！二人其何以堪！莊妃以一侍御，蒙寵册幸，無頭白之嘆，而能早自仙去，留餘思於官家，此李夫人之所以動漢武也。詩則聲調流響，不作枯木寒鴉，尤爲得體。

自嘆

悶倚雕欄强笑歌，嬌姿無力怯宫羅。欲將舊恨題紅葉，只恐新愁上翠蛾。雨過玉堦天色凈，風吹金鎖夜凉多。從來不識君王面，棄置無情奈若何。

慶陵宫女曹静照

字月士，順天宛平人。

端淑曰：月士不特才情雙絶，而筆力雄健，可敵萬人。此等格調，惟李、杜能之。花蕋以下，早爲其奴視久矣。端皇帝十七年憂勤，反被此女道破，傷哉！

《紅蕉集》曰：静照，光宗宫女，以泰昌元年選良家女入宫。李賊自成犯闕，隨劉中貴至金陵，爲比丘尼，法名静照。凡在掖庭二十五年。作《宫詞》百首，多記三朝事實。薙染後，遂謝筆墨。

宫詞

掬面東風只自知，燕花牌子手中持。椒房領得新龍紙，勑寫先皇御製詩。

其二

一樹寒花冒雪開，幽香寂寂映樓臺。女官争簇傳呼近，知是鸞宫選侍來。光宗李選侍也，後册莊妃。

其三

寶粧雲髻軃金衣，嬌小丰姿傍玉扉。新入未諳宫禁事，低頭先拜段純妃。熹宗皇貴妃。

其四

口勑傳宣幸玉熙，樂工先候九龍池。粧成傀儡新番戲，盡日開簾看水嬉。

其五

閲遍司農水旱書，君王減膳復齋居。御廚阿監新承旨，明日羹湯不進魚。

其六

儉德慈恩上古稀，他方織錦盡停機。赭黄御服重經滌，内直才人着布衣。

金陵宫人宋蕙湘

南京人，金陵宫女。年十四爲兵所獲，至鄴城，題店壁，詩凡四首。

端淑曰：魏武深情，不是一味貪狠，其殺北海，子瞻所謂『操不殺融，融殺操』也。至于德祖、正平，恃才輕躁，殊未善藏其用矣。千金贖琰，使中郎夜臺感慟，不愧英心厚道。蕙湘欲希文姬事，以孟德勵之，自是動人勝着。首作君國云亡，讀之氣竭；其三只一『齊』字，激動世人。蕙湘善于游説。

鄴城題壁

風動江空戰鼓催，降旗飄颭鳳城開。將軍戰死君王繫，薄命紅顔馬上來。

其　二

春風如醉草如烟，良夜知心畫閣眠。暗想百年渾似夢，算來可怨是蒼天。

其　三

盈盈十五破瓜初，已作明妃别故廬。誰散千金齊孟德，慇懃遣使贖文姝。

其　四

廣陌黄塵暗髩鴉，北風吹雨落鉛華。可憐夜月箜篌引，幾度荒廬伴暮笳。

周憲王宫人夏雲英

山東莒州人。姿色絶倫，能詩，明内典。國有大政，多與裁決。年二十二，以疾求爲尼。永樂十六年六月，作偈示衆，吉祥而逝，年二十有四。著《端清閣詩》一卷，凡六十九首。

端淑曰：截雲滅粉，棄紅顔如塵土，躍身火阱外，蛾眉之勇，直過軻、政，非餐霞人無此見地。而鬚眉男子，寢處聲華，一雙眸子，視慾河如漲霧，頭白不破，多與火蛾同盡燈燼間，殊堪悲悼！偶定名媛篇什，其悟道出世之儔，不可勝紀。内如雲英者，起止尤異，五城十二樓早設一座以待之矣。

立　秋

秋風吹雨過南樓，一夜新涼是立秋。寶鴨香消沉火〔二〕冷，侍兒閒自理箜篌。

雨　晴

海棠初種竹新移，流水潺湲入小池。春雨乍晴風日好，一聲啼鳥過花枝。

秋夜即事

西風颯颯動羅幃，初夜焚香下玉墀。禮罷真如庭院静，銀缸高熠看圍棋。

校勘記

〔一〕『火』，南圖本墨筆改爲『水』。

寧庶人妃婁氏

江西人，庶人宸濠妃。濠舉逆，妃數諫止之，濠不用。及兵敗，妃赴水死，濠後嘆曰：『紂用婦言亡天下，我不用婦言而亡國。』

端淑曰：妃知大體，能犯顔敢諫。向使逆濠能聽妃言，何至滅亡之禍？及誅之日，方悟妃言，然已無及矣！讀其《送别》一絶，靈妙映紙，别有筆舌。

送　别

金雞未報五更曉，寶馬先嘶十里風。欲借三杯壯行色，酒家猶在夢魂中。

郊外攬轡口占

乘春並馬出東郊，帶得詩來馬上敲。着意尋春春不見，東風吹上海棠梢。

安福郡主

寧靖王奠培之長女，下嫁宣聖五十八世孫景文。天順元年，封安福郡主。工草書，能詩。有《桂華詩集》一卷。

端淑曰：古者天子嫁女與諸侯，必使諸侯同姓者主之，故曰公主。諸侯之女差一等，故曰郡主。其他帝姬、鄉君、郡君稱位不一，蓋歷代沿革不同也。其詩工肖眼字，特措語少嘗。

柳　眼

一段風流態，青青獨可親。沿堤堪去客，隔水問歸人。滴露如蟲泣，含烟似頞顰。半開還半合，窺盡滿江春。

淮王郡主隆姬

淮府宗女也，世次與下降俱未詳。其詩見孟貞女《栢樓吟》。

端淑曰：唐後無絶句，以李謫仙、王江寧而下難嗣音也。隆姬具才能，于絶句見本色，固是勝人妙着。近體氣雄力健，可謂偉裁。

題栢樓吟

兩間正氣一身種，學業貞操兩可宗。勁節秖今推蔣孟，芳名獨擅有誰同。

題孟貞女詩

卜鄰育聖仰高謨，嗣美雲礽有孟姑。琴操離鸞心不改，詩成化石節無渝。天王特賜新旌勅，茂宰重營舊廟廬。千載歲寒成俎豆，汗青終古耀丹書。

其　二

方髫失怙奉重慈，未適賡歌黄鵠詩。忍死簞瓢惟養志，浮生聲悦不營思。微躬遑恤要時譽，獨醒寧甘與世移。讀罷遺編懷淑女，爲評彤史正民彝。

遼王宫人

荆州人。遼簡王植，孝陵之第十五子，母韓妃。洪武十一年，封爲衛王。改封遼王，廣寧五衛盡屯田，給王禄米。建文元年，徙封荆州。傳肅王、静王、惠王、恭王、莊王，王憲㸅有辜削爵。宫人未知何王嬪御，詩見《盛明詩選》。

端淑曰：《水南蒿》云：《宫詞》之作雖起于王建，然當時宦官王姓者已欲奏罪，向非建誣與同事，禍未可知也。唐人作此者，皆擬爲漢詞，亦以防此患耳。國初高太史季廸嘗題一宮女圖，後聞于朝，孝陵怒，高竟得罪。大抵喜道人帷箔事，原非厚德，宮禁之中，豈臣子婢妾所當言也？作者宜戒。此詩寫出寂寥景況。

《明詩選》曰：自得宮禁情形。

宮　詞

明月滿空堦，梧桐落如雨。涼颸襲人衣，不知愁幾許。

附紀：遼王故宮沙橋門外有宮人斜，宮（殯）〔嬪〕埋香處也。陰寒晦黑，過者聞紅愁緑慘之聲。近有少年，乘醉踏月入内，經素香亭，覩一美人，霓裳練裙，倚欄而歌此詩。歌竟，杳然不見。

荆王宮人陳素

字素君，不知何許人，荆王宮女也。按：荆憲王瞻堈，仁宗第六子，母張順妃。永樂二十二年，仁宗即位，册封爲荆王，國建昌。英宗正統五年，徙國蘄州。傳靖王祁鎬，王見潚以不法廢爲庶人，以潚弟都梁悼惠王見溥子和王祐櫚紹封，傳端王厚烇、莊王載墭、恭王翊鉅、□[一]王常洁、□[二]王由□[三]，國除。宮人未知何王（殯）〔嬪〕御，著《秋顔草》行世。

端淑曰：予嘗覽銅駝荒草，故國荆榛，未嘗不撫卷長嘆。所可惜者，至今東西兩院老妓，半是流落宮人。所謂朝金谷而暮塵土，世態炎涼，可不增人腸斷也？宮人仙去獨早，可稱完人，赧顔苟免者，能不愧死？一詩牢騷，不平何耶？

病　起

今朝病微可，扶起看游鱗。自恨形如竹，蕭蕭付此春。羣鴉屯晚樹，一鶴瘦湘濱。步屧知何日，空堦草繡茵。

校勘記

〔一〕〔二〕〔三〕底本墨釘。

建昌宗婦丘慧貞

字法融，江西建昌人，歸宗室某。詩俱不全。

端淑曰：二詩俱不全，可見造物之妬，即閨閣亦不能恕也。

月下溪聲

溪添一夕雨，瀉出萬端聲。

新涼晚眺

窗陰雲忽到，山霽雨初收。

南昌宗女鄧夫人

江西南昌宗女，御史鄧遠遊夫人。亦見沈宛君《伊人思》。

端淑曰：二句巧思雋舌，惜乎不全，此真吉光片羽。

寄遠遊

春早梅花風故剪，秋深蕉葉雨偏讐。

名媛詩緯初編卷二

山陰王端淑玉映選輯

前　集

《列朝詩集》序席帽山人王逢（吉）後曰：嗚呼！皋羽之于宋也，（逢）〔原〕吉之于元也，其爲遺民一也。然老于有明之世二十餘年矣，不可謂非明世之逸民也，故列諸《甲集》之《前編》。而戴良、丁鶴年、楊維禎之流，以類附焉。今士女曹妙清輩，與維禎唱和著名，亦女逸民也，故列《正集》之前，增以藺氏節媛，以備參攷云。

曹妙清

字比玉，自號雪齋，錢唐人。事母孝謹。善鼓琴，工詩。行書點畫，皆有法度。三十不嫁，風尚可嘉。嘗寫詩寄鐵崖，鐵崖答之以詩。

端淑曰：山川靈秀之氣，結爲異人，不特（巾幗）〔鬚眉〕中多偉傑英華之士，即蛾眉中亦不乏人。或美者奪花月之光，慧者參經史之乘。此已奇矣，又有女俠劍仙、於陵婦、伯鸞妻，中多隱君子焉。又有老不適人，焚修爲佛弟子，種種奇絶，誦詩懷古，真有天半蛾眉之興。孤遐清迴，勝入五洩、雁宕間矣！　鐵老異人，乃得妙清輩共爲唱和，豈非雙異？　一絶横絶今古，不減太白，覺多篇反蛇足矣。

寄楊鐵崖

美人絶似董嬌嬈，家住南山第一橋。不肯隨人過湖去，月明夜夜自吹簫。

張妙净

字惠連，錢唐人。善詩章，曉音律。居吴門之春夢樓。又號自然道人，亦與楊廉夫唱和。

端淑曰：凡人處流離顛沛之時，即當百事灰心，視財帛爲糞土，目家園爲仇讐，方是達者。若戀戀死守，必至喪身亡軀。如妙净當元末明初之際，能避跡三吴，逍遥虎阜，與鐵老吟咏唱和，爲後世美談，至今稱爲有明女逸民。嗚呼尚哉！

竹枝詞贈楊廉夫

憶把明珠買妾時，妾起梳頭郎畫眉。郎今何處妾獨在，怕見花間雙蝶飛。

薛蘭英

蘇州人。有妹蕙英，皆聰明秀麗，能賦詩。建一樓以處，曰蘭蕙聯芳。二女日夜咏賦不輟，有詩數百首，名曰《聯芳集》。其適人事，見蕙英下。

端淑曰：古人評女之美者，曰解語花，曰秀色可餐，然視墨跡如蝸牛，操毛穎如杵臼，雖絶色猶俗女也，一覽味盡。若夫麗華塡胭脂井中，玉環盡馬嵬佛殿，不啻殘紅漲糞，枯粉埋泥，蜂蝶俱眠視矣。蘭蕙伯仲，築樓吟咏，復得鐵老爲之奬成，較色美者霄壤矣！諸作天趣横溢，胸中無復唐人，乃其所以神肖唐人也。禹錫、香山輩，輸此女郎。

蘇臺竹枝詞

姑蘇臺上月團團，姑蘇臺下水潺潺。月落西邊有時出，水流東去幾時還。

其　二

館娃宮中麋鹿遊，西施去泛五湖舟。香魂玉骨歸何處，不及貞娘葬虎丘。

其　三

虎丘山上塔層層，静夜分明見佛燈。約伴燒香寺中去，自將釵釧施山僧。

其　四

門泊東湖萬里船，烏啼月落水如烟。寒山寺裏鐘聲早，漁火江風惱客眠。

其　五

洞庭金柑三寸黄，笠澤銀魚一尺長。東南佳味人知少，玉食無由進上方。

其　六

荻芽抽笋楝花開，不見河豚石首來。早起腥風滿城市，郎從海口販鮮回。

其　七

楊柳青青楊柳黄，青黄變色過年光。妾似柳絲易憔悴，郎如柳絮大顛狂。

其　八

一緺鳳髻緑如雲，八字牙梳白似銀。斜依朱門翹首望，往來多少斷腸人。

其　九

百尺高樓倚碧天，欄杆曲曲畫屏連。儂家自有蘇臺曲，不去西湖唱采蓮。

贈鄭生

玉砌雕闌花兩枝，相逢恰是未開時。嬌姿未慣風和雨，分付東君好護持。

薛蕙英

崑山有鄭生者，亦甲族。其父與薛父素厚，生以通家子弟，往來無間也。二女俱與生通。未幾，生之父以書督生還，女之父見其不去，亦疑之。于笥中得生所爲詩，大駭，乃以書抵生父，二女遂歸生焉。

端淑曰：含情宛麗，有竹衣縹渺之音。此等格韻，後人不能效其萬一。

竹枝詞

翡翠雙飛不待呼，鴛鴦並宿幾曾孤。生憎寶帶橋頭水，半入吴江半太湖。

王嬌鳳

臨安人，參將王士龍女。與吴廷璋有婚姻約，鳳叔士彪貪富室，欲令鳳改適。鳳矢節不從，與吴效文君之奔。後登第，爲翰林承旨，遂歸而成禮入贅。唱和最多，恐涉僞筆，姑存一首。子天錫，洪武時爲樞密使。

端淑曰：文君有才無行，即三尺孩提，無不知之。自李秃邪議一布，使不肖者藉爲口吻，真得罪名教者。嬌鳳雖負艷質絶才，而亦蹈此轍，然幸以婚姻舊約寬之，不然滿紙珠玉不足取也。

閨怨十六首之一

寂寂香閨晝掩門，飛花啼鳥兩消魂。眉峰愁重應難畫，事到傷心誰與論。

劉翠翠

淮安民家女也。生而穎悟，通詩書，與同學金定私約爲夫婦。後有議親者，（輙）〔輒〕悲泣欲死，父母不能奪，遂入贅焉。值張士誠亂，爲李將軍所掠，生詐云兄妹，往見之。尋俱死，二人合葬左右焉。

端淑曰：翠翠以咏絮之才而遭分鏡之厄，樂昌幸而鏡合，翠翠不幸而雙殞。楊越公、李將軍，不待言而知其高下矣。然亦有説焉：金子、翠翠私約爲夫婦，不能正其始；被擄敗節，不能正其終。但其詐稱兄妹，冀圖一見，不避斧鉞而能視死如歸，至今生氣凛凛，使覽之者悚然起敬，覺嬌紅、申生不能專美于前，而玉娘、沈子不得獨稱于後矣。詩則真致，無宋元習氣。

和金定

平生每恨祝英臺，懷抱何爲不早開。我願東君勤有意，早移花樹向陽栽。

衣領寄詩

一自鄉關動戰鋒，舊愁新恨幾重重。腸雖已斷情難斷，生不相從死亦從。長使德言存破鏡，終教子建賦遊龍。緑珠碧玉心中事，今日誰知也到儂。

李金兒

濟南人，實宋舊宫人金德淑女孫，冒姓金後。章丘有李生者，納德淑女爲妾，後亦生一女，即金兒也。明敏妙麗，世罕其儔。古今經史及仙佛百家之書，靡不精熟。又通醫卜，遂極元妙，言人禍福皆響應。後與生明言家世，實從女弟也。未幾，張士誠稱僞周，爲所掠。時年尚未及笄，分配太妃曹氏帳中爲侍兒。以曹氏之薦，諸凡爲之籌度，無不准的。最後士誠欲納爲妃，不從而死，實尸解去也。士誠追封爲護國洞元仙妃。所著最多，以僞周明初人，姑存一詩云。

端淑曰：張士誠以鹽徒掘起，能撫衆恤民，江南半壁在其掌握，亦陳勝、建德之流亞與？其所附之人，亦有英雄過人者，但惜其用之不當耳。傳聞孝陵聞其自縊，亦爲惋惋。雖然，此亦天數使之也。如李金兒者，以蛾眉而行子房、孔明之業，籌算無遺，言人休咎，無不響應。後知事無成，以尸解去，此非女中之傑與？彼未央之韓信，何敢望其才識？詩具仙骨，不似烟火人口中語。

渡淮題（盱眙）〔盱眙〕客舍

馬足燕山雪，船頭泗水雲。客身和雁影，飄泊過孤村。

鎦氏

洞庭葉正甫之妻也。正甫久留都下，其妻寄衣以詩。

端淑曰：夫婦間只宜真率，如鎦氏《寄衣》一律，何等家常大雅，毫無女郎習氣。若動以『春花秋月』『烟雲飛鳥』字面措辭，盡落時蹊，爲可惜也。

寄衣

不隨織女渡銀河，每到秋來幾度歌。歲歲爲君身上服，絲絲是妾手中梭。剪刀未動心先碎，針線纔縫淚已多。長短只依元式樣，不知肥瘦近如何。

柳巫雲

臨安人，參戎王士龍妾也。吴廷璋有詞一首，密致王嬀鸞，侍兒春英遺落，爲巫雲侍兒小鬟所拾以送雲。雲詐以鸞詞約吴會，會之夜，以實告生。後鸞知之，以計遣之詣父任，竟憶生而死。

端淑曰：情之一字，悮盡天下聰明人。若巫雲，以宦室寵姬，且艷麗非常，悦吴生而私焉。

尋爲同儕所疾，以計遣隨之任所，遂以憶生而死，故曰：『情之一字，悮盡天下聰明人。』詩非正調，而天然流宕，亦足動人艷思。

和吴生

浪説佳期自古難，如何一見即成歡。情濃始信魚遊水，意密方知鳳得鸞。自訝更深孤影怯，不期春重兩眉攢。願君常是心如一，莫使幽閨翠髩寒。

藺氏

江西吉安曠家婦。有殊色，爲紅巾盜所掠歸，欲妻之。婦乃手刃其子，題詩于壁，擲筆自刎。一云陳友諒部將鄧平章獲之而自刎，友諒立廟祀之。

端淑曰：藺氏不過一民家殊色女子耳，何其烈烈轟轟，臨難不苟，從容至此也！録其詩，以媿世之丈夫而懷二心者。

壁上題詩見志

涇渭難分濁與清，此身不幸厄紅巾。孤兒豈忍更他姓，烈婦何曾事二人。白刃自揮心似鐵，黄泉欲到骨如銀。荒村日落猿啼處，過客聞之亦慘神。

嫣氏婦

姓李氏，紹興人，適嫣氏。有姊翠英，亦能詩。洪武年歿。

端淑曰：李氏姊妹以及石家三玉，俱與蔡生交。詩皆不倫，且多俚鄙，姑存一首。

題扇遺蔡生

虢國夫人寵至尊，也曾騎馬入君門。霜紈試寫相思意，願沐三郎雨露恩。

名媛詩緯初編卷三

山陰王端淑玉映選輯

正集一

端淑曰：詩有心，心之所在，運則如煙，入則如髮。以浮詞掩映、浮景撮合者，均非心也。有宋君子，離却幽渺，矜才任氣，詩之心已不復見。歷下聲起，變爲弘壯整練，詩之聲律愈振，詩之心曲愈杳矣。竟陵始尋思理，一抛宿習，而不無矯枉過正，其派一流淺學，以空拳取勝。景陵獨得處膚淺，人共引爲捷徑，使抱奇懷才之士笑爲儉腹、爲劣才，俱末學之失。今日起衰救弊之道，在別闢孤異，無蹈歷下、景陵餘波可也。海内巨眼，當自有去取耳。

李　氏

女秀李氏，洪武間人。有詩一卷。此詩載鄭氏《肅雝集》中。

端淑曰：讀李氏詩，如登高山、臨深淵，不覺其悠然自遠矣。雖無三唐格調，其氣度尚能高曠，不似近時居促也。

桃　華

細雨春寒江上時，小桃欹樹出疎籬。從教一簇開無主，終不留題崔護詩。

謝氏婦

靖難後誅僇臣僚，妻子發教坊，或配象奴。有一烈婦，題詩衣帶間，赴武定橋河水而死，失其姓名。或云松江謝氏婦，藉没給配象奴，今稱武定橋節婦云。

端淑曰：長陵靖難正位，株連慘僇，殆無寧日。其間忠臣義士，孝子烈婦，不屈纍纍，雖三族十族亦不顧也。前代之致身效死，從未有盛于此者。何也？皆孝陵之深仁厚澤暨建文皇帝崇奬儒學、敦勵名節之報也。閲其詩，即知此女凛凛冰霜，一死靡悔。而朴勁中英鋒出紙，覺生氣猶在。

赴　水

不忍將身配象奴，手持陌飯祭亡夫。今朝武定橋頭死，要使清風滿帝都。

鐵長女

鄧州人，大司馬忠襄公鉉長女。公爲山東布政時，力禦靖難師，成祖即位，不屈而死。女發教坊，義不受辱。後原問官至坊，二女作詩以獻。詩聞，上俱赦之，以適士人。

端淑曰：長女詩淒婉激切，是足動人，調格俱雅。雖無警異之思，特流離造次之中，而能出語容與，風雅尚在。收此忠臣之女，不爲詩家立門户乎？

《列朝詩集》曰：長女詩乃吴人范昌期題老妓卷作也。昌期字鳴鳳，詩見張士瀹《國朝文纂》。同時杜瓊亦有和韻詩，曰《無題》，則非鐵氏明矣。

上父同官（時）〔詩〕

教坊脂粉洗鉛華，一片閒心對落花。舊曲聽來猶有恨，故園歸去已無家。雲鬟半挽臨粧鏡，雨淚空流濕絳紗。今日相逢白司馬，尊前重與（訢）〔訴〕琵琶。

鐵次女

忠襄公鉉次女，事見前。

端淑曰：前首不説出，高此一部身分，（株）〔銖〕錙厚薄，女兄弟不能無異。然夷雅安妥，幸無醜態。

《列朝詩集》曰：次女詩，末二句尤爲不倫。宗正睦㮮論革除間事，謂建文流落西南諸詩，皆好事者僞作，則次女之詩可知。革除間事，野史所載，大半僞謬，此亦一端也。

上父同官詩

骨肉傷殘産業荒，一身何忍去歸娼。淚垂玉筯辭官舍，步蹙金蓮入教坊。攬鏡自憐傾國色，向人羞學倚門粧。春來雨露寬如海，嫁得劉郎勝阮郎。

劉　方

一云姓方。軍人劉某還鄉，飾其女方以男子從行，病卒于途。方遂不改容，依房主劉家，劉養爲子。後劉又得養子奇，奇教方以書史，頗通文墨。後主卒，奇疑方女子也，作《燕巢》詩探之。方和以詩，遂成禮完聚。後成巨族，世稱三義劉家。

端淑曰：古質似漢魏人氣格。若『天設』二字，荒唐得妙；『胡不知』『願已足』使假詩謎，男子慚服。

和燕巢

營巢燕，雙雙飛，天設雌雄事久期。雌已得雄願已足，雄兮將雌胡不知。

其　二

營巢燕，聲呷呷，莫使青春空歲月。可憐和氏忠且純，何事楚君終不納。

宋氏

金華人，學士文憲公濂族也。嫁衢州進士，守閬州，以他累死獄中，母、妻編戍金齒。宋途中作歌，題于驛壁。

端淑曰：詩敘事多類香山，然冗濫處亦不少。以其節可傳也，故存之。特點綴尚未生動，故讀者不能涕淚交集。

《列朝詩集》曰：雲南永昌城西有節孝碑，都御史黄中題其碑陰曰：洪武初，節婦金華宋氏坐戍金齒，奉姑偕行。過武陵，題詩郵亭壁上，訴其流離困踣之情。謹勒碑，樹之祠下，周告來者。祠則御史陰汝兆所建也。

題郵亭壁歌

郵亭咫尺堪投宿，手握親姑憩茅屋。抱薪就地施鋪攤，支頤相向吞聲哭。傍人問我是何方，俛首哀哀訴衷曲。妾家祖居金華府，海道曾爲上千户。舉艘運粟大都回，金碑勅賜雙飛虎。兄弟晦迹隱山林，甘學崇文不崇武。今朝玉堂宋學士，亦與妾家同一譜。笄年向嫁衢州城，夫壻好學明詩經。離騷子史徧搜攬，志欲出仕甦蒼生。前村郡邑忽交辟，辭親千里趨神京。丹墀對策中殿舉，馳書歸報泥金名。承恩拜除閬州守，飄然畫舫西南行。到官未幾訪遺老，要把奸頑盡除掃。日則升堂治公務，夜則挑燈理文藁。守廉不使纖塵汙，執法致遭僚佐怒。府推獲罪苦相攀，察院來提有誰訴。臨行囊橐無錙銖，唯有舊日將去書。城中父老泣相送，道傍過者咸嗟吁。一時徵贓動盈萬，妾夫自料無從辯。經旬苦打不成招，暗囑家中莫送飯。嗟乎餓死囹圄中，旗軍原籍來抄封。當時指望耀門户，豈期一旦番成空。親隣憐妾貧如洗，斂鈔殷勤餽行李。伶仃三口到京師，奉旨編軍戍金齒。阿弟遠送龍江邊，臨岐抱頭哭向天。姊南弟北兩相痛，别後再會知何年。開船未遠子病倒，求毉問卜皆難保。武昌城外埜坡前，白骨誰憐埜青草。初然有子相依傍，身安且不憂家蕩。如今子死姑年高，縱到雲南有誰望。八月官船渡（嘗）〔常〕德，促裝登途整行色。空林日暮鷓鴣啼，聲聲叫道行不得。上山險如登天梯，百户發放來取齊。雨晴泥滑把姑手，一步一仆身沾泥。晚來走向營中宿，神思昏昏倦無力。五更睡重起身遲，飯鍋未熟旗頭逼。翻思昔日深閨内，遠行不出中門外。融融日影上闌干，花落庭前鳥聲碎。瑶髻斜簪金鳳翹，翠雲蟬鬢蛾眉嬌。繡牀新繡雙蝴蝶，坐久尚却東風饒。豈知一旦夫亡後，萬里遐荒要親走。半途日暮姑云餓，欲丐奉姑羞舉口。同來一婦天台人，情懷薄似秋空雲。喪夫未經二十日，畫眉重嫁鹽商君。血色紅裙繡羅襖，終日騎驢涉長道。穩坐不知行路難，揚鞭笑指青山小。取歡但感新人心，那憶舊夫恩愛深。吁嗟風俗日頹敗，廢盡大義貪黄金。妾心汪汪淡如水，寧受饑寒不受耻。幾回欲葬江魚腹，姑存未敢先求死。前途姑身少康健，辛苦奉姑終不怨。姑亡妾亦隨姑亡，地下何慚見夫面。説罷傷心淚如雨，咽咽垂頭不成語。路傍過者爲酸心，隔林孤猿叫何許。

孟淑卿

蘇州人，司訓澄女。有才辨，工新詞。别號荆山居士。嘗論作詩貴脱胎化質，僧詩貴無香火氣，鉛粉亦然。朱淑貞固有俗病，李易安可與語耳。爲士林所稱賞。

端淑曰：官家有冠冕氣，仙家有瓢笠氣，僧家有蔬笥氣，女士家有脂粉氣，俱未脱凡性耳。凡性既脱，始破今古。淑卿直不欲大地江海，照見蛾眉色相，爲詩迥絶，一領秋冬之氣。

贈山居

送君還南山，贈以世間曆。山中非無葛與裘，但有寒暑無春秋。

宵中聞蟋蟀

蟋蟀何處來，颼然秋已入。落木當庭下，淒音共蕭瑟。露零既復稠，哀鳴不可極。愁人攬衾聽，中夜自吁悒。

長信宫

滿堦紅葉燕聲頻，永巷秋深最愴神。君意一如秋節序，不教芳草得長春。

錢氏

揚州人。見高播《明詩粹選》，蓋正統間人也。

端淑曰：凡爲女子，『幽嫻貞静』四字畢矣，若綺語怨辭所最忌。錢氏『援琴』『龜灼』二聯，何自怨之深也？或别有寄托，不在此例。

述懷

静守深宫歲屢遷，蕙心蘭質月娟娟。援琴不奏桑門曲，揮翰寧題葉上聯。龜灼已知無吉兆，鵲橋那得有良緣。芙蓉只合含霜死，肯向西風怨暮年。

屈氏

華陰人，都御史某公女，朝邑參政韓公邦靖妻。生十餘歲，其父課諸兒，氏刺繡其旁，竊聽背誦，通曉意義。邦靖髫年以神童名，弱冠舉進士，與氏稱雙璧，詩文唱和如良友焉。邦靖早逝，氏後十四年而没。有女異，集母(以詩)〔詩以〕傳。凡有女如異，五泉子未爲無子也。五泉，邦靖字也。

端淑曰：天之生人，分靈鈍二種，亦如山川花木，有芙蓉千蔟之秀，即有醜石不毛之媸；有香色明艷之枝，即有荆棘蒙茸之幹。人之賦性，或成童就學，白首茫然；或一目數行，聞聲貫徹。夫人慧根深遠，凡姝望而色阻，詩古秀可傳。

登江樓

登高樓兮，見西風吹水之潺湲。水東去以不回兮，客思歸其何年。

送夫入覲

君往燕山去，棄妾雒水旁。雒水向東流，妾魂隨飛揚。丈夫輕離別，壯志在四方。努力事明主，肯爲兒女傷。君有雙親老，垂白坐高堂。晨昏妾定省，喜懼君自量。珍重復珍重，叮嚀復記將。既爲遠別去，飲予手中觴。莫辭手中觴，爲君整行裝。陽關歌欲斷，柳條絲更長。

述懷

淅淅北風起，蕭蕭木葉稀。寒花愁更發，鴻雁獨南飛。秋老商山裏，天長渭水西。思歸歸未得，悵望淚沾衣。

林氏

福建人。

端淑曰：《晚春》一詩，僅成聲律，殊無妙思，亦煩選者心目也。然出自閨閣口中，又當恕一着看。

晚春自遣

抛却銀針到小亭，遣情無奈獨傷情。高低別院鞦韆影，遠近人家笑語聲。黄鳥曉寒藏翠柳，緑苔春盡點紅英。一年好景仍孤負，堪嘆嫦娥老此生。

陳德懿

仁和人，都御史李昂妻，道州守士魁母。父敏政，南康守。封夫人。簪纓奕世，文墨傳家。陳通達往典，諳練時務。晚年工詩，著述甚富，子孫不習文藝，珠璣散逸。蔣某獲遺稿于敗簏中，輯爲四卷。

端淑曰：詩以氣韻爲上，才情次之，學問又次之。靖節、摩詰、襄陽、龍標，只此氣韻，便已超絶今古。才如太白，學如工部，未能凌而下之。今人未有才情，妄言學問，不能讀書，抄寫典故，少觀載籍，不知氣韻，故隨人步趨，鳥言蟲響，遍于天下，時去一空。古今以來，負虚名者，代不乏人，何况簪珥！夫人詩才庸思淺，于學問才情四字，尚未能具，故選不能富。噫！况氣韻乎！【玉映其胡説也。三首爲選中翹楚，頗老成整鍊，反揄揶之，其不堪者何多耶！】

至淮陰

淮河西畔泊行舟，野蓼汀花對客愁。帆影遠隨波影滅，櫓聲低逐浪聲流。雲横遠岫千林晚，雨過長堤兩岸秋。最是烟波好風景，白蘋深處浴輕鷗。

秋興

江上浮雲障碧空，亂山愁鎖夕陽紅。【晚唐佳句。】邊城畫角吹殘日，梵寺疎鐘度晚風。梧樹着風〔一〕飄敗葉，菊花經雨發寒叢。愁多倦寫蠅頭字，漫倚胡牀看塞鴻。

行閩山

行盡山溪路渺茫，幾家茅屋對斜陽。引泉竹溜穿廚入，壓粉松花遶舍香。【幽秀。】樵徑無人閒卧犢，石田有雨漸分秧。【新秀。】平生頗有山林僻，欲向溪邊結草堂。【結亦安雅。】

校勘記

〔一〕『風』，南圖本朱筆校改作『霜』。

陳恭人

温州南溪人，相傳陳少卿妻。少卿宦京師，娶妾而寵之，棄妻于家。

端淑曰：前朝閨閣詩，出好事者假託俱多。如陳恭人《寄夫》詩，乃釋宗衍道原樂府也，而諸選本俱以爲陳（少卿）〔恭人〕《寄夫》詩，未知孰是。

又曰：恭人以文藻著名，爲夫棄置，使終身有頭白之嘆。傷哉！其詩至言直序，而音節

頓挫，情思自佳。【頗有古意而不免俚。】

寄　夫

野鷄羽毛好，不如家鷄能報曉。新人美如花，不如舊人能績蔴。績蔴作衫郎得著，郎見花開又花落。

潘碧天

台州人，山東副使應昌女，明經裘致中妻。自著其稿曰『女郎碧天道人』。嘉靖甲申，台人刻其存稿，稱其詩温柔敦厚，守禮不放，可以倣宋之謝希孟云。

端淑曰：碧天下筆輕雋，運墨靈動，不似癡板手腕。今之海内名流，動言盛唐，一趨門面，填塞古人名字，千篇一律，滔滔可笑。寧取此清薄一路，尚可救今日之失耳。

題　畫

屋傍青山下，人歸蒼莽中。未開雲外户，先聽水邊松。

江　上

江上水正平，日炤西江口。遠樹一尺長，岸闊風吹柳。

蓮　塘

溪水流東去，垂楊對我門。凄涼新橋路，殘水焰黄昏。【嫩弱不堪。】

隨任夜泊晋陵【玉映所選此種最多，不知此非詩也，乃詩之影耳。】

寒雲薄霧五湖秋，風動蘆花蕩客愁。遥望家山何處是，青天孤月思悠悠。【糟粕。】

孟　藴

字子温，諸暨人。明經涎女，母章氏。許侍御蔣文旭，蔣死諫，孟以貞女矢志。居柏樓，吟咏不輟，年至九十有三。宣德朝旌表曰『貞女孟氏之門』，立祠亞聖廟側。每歲旦大寒日致祭，表其歲寒不變之節云。山陰張文恭公元抃爲之作傳。著《柏樓吟》。

端淑曰：文恭公云：『臣殉君，妻殉夫，道一也。』大哉言乎！向使侍御丹鳳不鳴，貞女安能享不朽之名哉？今之食稻衣錦，比比皆是，甘與草木同腐，蓋可惜也。

撫　琴

昨夜瑶琴今夜彈，依然别鶴與離鸞。要知妾意無他向，只在琴聲不改間。【不成語。】

畫　松

森森老榦倚晴空，萬木參差誰與同。自惜棟梁人已去，謾垂綵筆寫遺容。

閨　詞

誰謂妾無夫，未卜婚期夫已殂。誰謂妾不嫁，夫歿于官妾身寡。誰謂妾身不見郎，妾睹遺容若未亡。誰謂妾不到君堂，妾扶君櫬執君喪。誰謂夫無配，妾自笄年先已字。誰謂妾心二，妾誓終身守夫志。妾身永作蔣家人，夫君原是吾門壻。豈知牛女隔銀河，驀地參商無面會。今生空結斷頭緣，欲滿姻期在來世。

田娟娟

武清人，爲謍繕郎木涇侍姬也。父忠義，其先以夢異，與木涇成禮，時人多傳誦焉。虞山楊化傳其事。

端淑曰：二詩有古意，以其無盛唐衣冠及贈答套語，故存之。《寄別》詩説得風流掃地，令人悲感。

寄木元經

聞郎夜上木蘭舟，不數歸期祇數愁。半幅御羅題錦字，隔墻（裹）〔裏〕贈玉搔頭。

寄　别

楚天風雨繞陽臺，百種名花次第開。誰遣一番寒食信，合歡廊下長莓苔。

朱令文

海寧人。字仲嫺。璽卿祚女，教諭周濟妻。穎悟工詩，亦以所配非偶，每形諸咏。年八十餘卒。所著有《静庵集》十卷。

端淑曰：昔人謂梁簡文無帝王氣，而有鉛粉氣。以帝王作鉛粉，烏乎可？然詩自不可廢耳。静菴以鉛粉寫鉛粉，安得不爲之當行，謂之本色乎？特中少敏思慧業，其所謂本色者，特鉛粉之迹，非真豔情也。然是聲律未盛，牛耳一方，自堪雄長簪珥，蓋時爲之也。

白苧詞

西風蕭蕭天雨霜，舘娃宫深更漏長。銀臺絳蠟何煌煌，笙歌勸酒催華觴。美人起舞雪滿堂，清歌婉轉飛雕梁。君王沈醉樂未央，臺前月落天蒼蒼。

春睡詞

茸茸芳草含新緑，露井夭桃錦雲簇。畫欄干外早鶯啼，又唤春光到華屋。綺窗花影摇玲瓏，玉人夢破春溶溶。雲鬟半嚲鳳釵滑，枕痕一縷消輕紅。香汗輕輕透衾濕，含情欲起嬌無力。海棠庭院鳥聲知，睡足東風一竿日。

吴山懷古

萬里中原戰已平，宋家南渡若爲情。忠臣有志箕山節，庸主終成息壤盟。北地春風啼蜀魄，西湖夜月炤瑶箏。【雄渾非閨閣人。】百年興廢空陳跡，回首吴山落炤横。

答李都憲

獨坐空堂玉漏遲，故人何處不相知。蟲聲依井夜將半，花影横窗月上時。促席每聆高世論，挑燈重看寄來詩。恨無羽翼飛騰去，幾度臨風動客思。

竹枝詞

西子湖頭賣酒家，春風摇蕩酒旗斜。行人沽酒唱歌去，踏碎滿堦山杏花。【似八叉。】

秋日見蝶

江空水落雁聲悲，霜染丹楓百草萎。蝴蝶不知身是夢，又隨秋色上寒枝。

染甲

金盆和露搗晴霞，紅透纖纖玉筍芽。翠袖籠香理瑶瑟，緑陰新綻海榴花。

虞姬

力盡重瞳霸氣消，楚歌聲裏恨迢迢。貞魂化作原頭草，不逐東風入漢郊。

茅氏

太倉人，進士陸宸母。早寡，居一静室，讀書賦詩不輟。

端淑曰：夫人柏舟自矢，課子成名，孰不羨其高潔？然其嗣君未顯時，亦有鬻産米鹽之累。讀其詩，以直朴具性情，又云『怕見門前柳』，即寄慨無限矣。

賣廢宅

壁有蒼苔甑有塵，家園一旦屬西隣。傷心怕見門前柳，明日猶如陌路人。

朱氏

福建人，禮部員外林鴻妻，贈宜人。伉儷甚篤，年十九而卒，林終身不娶。夫婦皆能詩，行于世。

端淑曰：全是學究腐氣滿紙，何不少讀《國風》以佐情思乎？録及于此，亦憐才之苦心也。雖然，猶愈于作綺語穢辭多矣。

勉　夫

玉食叨陪近尚方，五雲深處列鵷行。經綸輔國從人仰，竹帛流芳與世長。待漏衣沾仙掌露，朝天身惹御爐香。功名成就歸寧日，一榻清風緑野堂。

鄒賽貞

當塗人，國子丞濮未軒妻，御史魯姊。生子韶，官編修。封宜人。女秀蘭，適大學士鉛山費文憲公宏。鄒少聰慧，雅好吟咏，每有奇句，見者以爲無愧能言之士，因號曰士齋。有《士齋詩》三卷。

端淑曰：讀古人詩，見一二佳句輒思其人，未嘗不廢卷而嘆，憾其詩傳之少。然亦有以多而致厭，誦不欲終篇者，累紙俱是。此詩之所以貴少也。宜人聲名藉甚，而所選止此，吾愛宜人多矣！

鷺鷥小景

聯拳屬玉兔，飛向溪頭立。秋寒雪不消，點破江天碧。

官邸寄妹

封緘憑雁寄，多病尚纏綿。寒粟侵肌玉，秋蓬亂髩蟬。鄉書猶未達，骨肉自相牽。何日歸寧處，燃燈話少年。

傷　春

誰憐情思苦，鎮日掩柴扉。紫燕依梁語，殘花帶雨飛。懶眠翡翠幙，愁織鴛鴦機。春色重相見，遠人猶未歸。

虞　氏

海寧人，董湄妻。知書，善吟咏。年十六于歸，兩月而湄卒，痛絶欲死。父母惜其年少，勸更適，女不從，吟菊詩以見志。以木刻夫像，晨昏奉事，全節而卒。

端淑曰：天下真正有才情人，方能具真節烈之操，若徒有才無行，似猶金玉而糞土也。如海寧虞氏，名載國史，天下稱誦。其咏菊見志，木刻夫像，井上述懷，何等明明白白，始終如一！鬚眉男子，亦當讓其一席矣。

詠菊

移得春苗(爰)〔愛〕護周，柴桑無主爲誰秋。寒芳甘抱枯枝萎，羞覩西風逐水流。

井上行

一片貞心古井泉，清寒徹骨自堪憐。相看歲暮青青色，歷盡冰霜戴一天。

王素娥

號檗齋，山陰人。真翁女。生有淑德，長能詩文，尤妙女紅。年十七歸胡節，節以吏曹死北畿，王以死自誓無他志。年四十一而卒。

端淑曰：素娥生長八越，日領山水清音之秀，且吟咏不輟，具有淑德。及歸胡節，未幾而罹空幃之嘆，使未亡人飲冰茹檗者二十餘年，全節而終。嗚呼！可謂巾幗而烈丈夫矣。詩則朴直，不落粉澤粧點。

悶懷

妾淚非易彈，鄉關渺千里。心事與愁腸，相對何人語。

渡錢塘江

風微月落早潮平，江國新晴喜不勝。試看小舟輕似葉，載將山色過西陵。

黄　昏

堦下蛩吟又暮秋，倚欄獨立恨悠悠。幾多心事三年淚，忍向珊瑚枕上流。

陳茂貞

高郵人，見《花鏡雋聲》。

端淑曰：二詩俱以用字靈妙，化腐爲新。如此女士，方可稱才情二字。癡重人拾古人陳跡，奚啻霄壤！【抄寫古人，能稍移换字句，便爲才情，玉映之才情可想也。】

送　夫

含杯扶病把離觴，對月憐君客異鄉。江路野梅休戀却，故園松菊奈秋霜。

病　起

小庭花落後，孤枕雁來初。惟有貧兼病，能令親戚疎。

徐愛玉

吉水人，黄州知府大受公女，大學士解公縉妻。解遭貶謫，夫人寄詩製衣云云。

端淑曰：語淺怨深，説出兒女真情。不怨之怨，乃深於怨。今昔之感，淒然欲斷。

《藝苑巵言》：解大紳年十八舉鄉試第一，以進士爲庶吉士。孝陵試詩稱旨，賜鞍馬筆札。而縉率易無所讓，嘗入兵部，索皂人不得，即立尚書所慢罵。尚書以聞，孝陵弗責也，曰：『縉逸當爾耶？苦以御史。』即除御史。久之，事成祖皇帝，入内閣，詞筆敏捷，爲一時冠。而意氣闊疎，又性剛多忤，長陵聞之，亦弗善也。出參議廣西，日與王簡討偁探奇山水自適。上書請鑿章江水，便來往，長陵大怒，徵下獄。三載，命獄吏沃以燒酒，埋雪中死。

《傳信録》：解學士縉應制題《虎顧衆彪圖》曰：『虎爲百獸尊，誰敢觸其怒。惟有父子情，一步一回顧。』先文皇素不喜悦仁宗，感此詩，甚思之。

《懷麓堂詩話》：解學士才名絶世，詩無全稿，黄學士諫收拾遺逸，漫爲集刻。今所傳本，如《采石弔李白》、《中秋不見月》，不過數篇。其餘真僞相半，頓令觀者有『楓落吴江冷』之嘆。

寄　衣【玉映所選，此種最劣，以元、白之體而兼女子之腕力者也。弱而易解，嫩而甚俚，既淺且浮，目曰才情云耳。】

未知何日是歸期，咫尺無由一見之。捻淚織成機上錦，連愁不斷手中絲。剪聲斷處絲難斷，線路稀時路不稀。閨閣知君寒已到，燈前把筆寄征衣。

陳若瑛

福建莆田人，世居義門。許同里舒生，未嫁而舒生歿。陳不食死，其日題詩云云。

端淑曰：貞烈之性，形于筆端，讀之令人髮豎。其詩悲憤中又帶古勁。

古　詩【此詩甚質甚勁，可讀。】

有女名若瑛，義門陳氏子。女紅中饋餘，頗亦嫻書史。十九聘舒郎，雙璧燦盈貯。百年偕老期，而爲天所阻。妾身雖未明，妾心良已許。豈無展轉匹，志奪妾所耻。名既爲君婦，能不爲君死。我生尚氣節，賦終毛髮豎。

程菊英

開化人，婺源大商某女。母吴氏，兄程式。許同里文學張國珍。時有青陽大户徐姓子，登第圖謀。致訟，父氣嘔死，兄致累監禁。欲以官法劫之完姻，菊英自縊于輿中，遂合葬于張氏墓次。屠公隆爲之作傳。

端淑曰：烈女難矣，其父兄猶難。至其母及嫂氏，亦當於古人中求之。義烈一門，人見之，不識能爲感發否耶？

見志遺詩

有夫猶未字，同穴竊心盟。爲有嚴親志，競競矢必成。

名媛詩緯初編卷四

山陰王端淑玉映選輯

正集二

馬閒卿

字蕋居，南京人，侍講陳沂繼配。陳喪耦，知馬賢而能文，遂納之。年八旬不廢吟咏，書法得苏長公筆意，頗與魯南相類。善山水，不以示人。有詩十四篇行世。

端淑曰：宜人諸詩俱凑插，難以入選。必不得已，聊存一絶，備數而已，《詩》云乎哉！

暮春

紗窗睡起靄朝暉，滿院鶯聲花正飛。閒裏不知因甚事，春來容易送春歸。

甄氏

年二十，適張，三載，其夫卒。生一子，及五歲又夭。舅姑勸改適，甄作歌以矢志，議遂寢焉。後蒙旌表，稱甄節婦云。

端淑曰：桐城方大家仲賢曰：『有才者固難，才而節烈者更難。』大哉至言也！甄氏一女弱，而能堅白其志，松筠其操，非其才有大過人者，曷能至此？其《節婦歌》，激切悲壯，英氣滿幅，使讀之者擊節。

節婦歌

流泉不歸山，雨落不上天。妾心死不回，金石無全堅。白日經中街，飄忽沈西瀣。妾心日不如，長夜曈曈光不改。明月懸清輝，三五二八圓又虧。妾心月不如，一圓耿耿無虧時。妾心一寸鐵，不與紅爐滅。妾心萬鈞石，不能洪波裂。妾髮可剪，妾頭可截，妾心之白不可涅。憶妾二十春，結髮事良人。焉知三載皇天傾，羅幃綉幙生素塵。懷中五歲兒，水上浮漚淪。白髮蕭蕭垂老親，綵衣零落空悲辛。吾聞陳孝婦，夫死養姑心愈固。朱幢入奏丹書來，黄金北斗高門户。又聞杞梁妻，一哭梁山傾。精神變天地，黄土非無情。君不見章臺女，傾城華。去年嫁東隣，今年歸西家，顔色皎皎如桃花。桃花貪結子，紅顔不惜汙泥沙。回首天漢上，雙鳳縹縹凌紫霞，蓬萊仰面空咨嗟。

黄氏

遂寧人，狀元文憲公楊慎妻，工部尚書珂女。慎爲大學士文忠公廷和子。諫南巡，戍金齒，故黄所作詩多寄遠感懷，名曰《楊狀元妻詩》。

端淑曰：升庵先生以淹博獨步前代，即晋之茂先、宋之半山，無多少讓，而夫人乃爲之耦，非左、鮑誠未易匹也。然升庵詩稍冗，夫人過之遠矣。近體開創，直欲與子美伯仲之間見伊、吕，爲一代五丁手。

文　君

臨邛重客買相如，被服容冶人間都。上宫烟娥笑迎客，繡屏六曲紅氍毹。霰珠穿簾洞房晚，歌倚瑶琴半羞懶。天寒日暮可奈何，斜挂冠纓玉釵綰。

鶯　鶯

春風户外花蕭蕭，緑窗繡屏阿母嬌。白玉郎君恃恩力，尊前心醉雙翠翹。西窗月冷濛花霧，落霞零亂摇墻樹。此夜靈犀已暗通，玉環寄恨人何處。

寄　夫

雁飛曾不到衡湘，錦字何繇寄永昌。三春花柳妾薄命，六詔風烟君斷腸。曰歸曰歸愁歲暮，其雨其雨怨朝陽。相聞空有刀環約，何日金鷄下夜郎。

張紅橋

閩縣人。恃才擇配，禮部員外林鴻投之以詩，賞其才，遂爲鴻外室。後鴻有金陵之游，感念成疾，卒。

端淑曰：紅橋自恃才貌，擇配得子羽而委質焉。隨以感念而卒，傷哉！紅顔薄命，果有之耶？讀其詩，悽甚怨甚，使負心男子不敢聞此。

和林鴻

橋畔千花熠碧空，美人遥映水雲東。一聲寶馬嘶明月，驚起殘汀幾點鴻。

遺林鴻

一南一北似飄蓬，妾意君心恨不同。他日歸來也無益，夜臺應少繫書鴻。

儲氏

泰州人，尚書文懿公瓘之女，適興化孝廉成學。工詩好咏，惜傳不廣。

端淑曰：文懿公名重天下，而其女復情深婉致，秀麗映幅。其末二句，清空靈妙，非餐霞人不能道。惜其所咏止此，未得快睹爲悵也。

戲贈小姑一作『雨後咏桃』

夭桃灼灼向窗前，十二闌干次第看。昨夜雨聲三四點，惜花人聽不曾眠。

陸氏

興化人。

端淑曰：鬆秀艷麗，靈謦溢于言外，真可稱惜花人也。當與儲光羲『爲惜鴛鴦鳥，輕輕動畫槕』，愛鳥惜花，同一深情。

代柬求菊

淡雲微雨暮秋天，爲愛黄花帶晚烟。聞説名園千百種，願分秋色到籬邊。

楊氏

無錫人，俞九思妻。讀書通文義。二十八歲而寡，自教其子俞憲成名，朝廷嘉其節，稱俞節婦云。

端淑曰：嗣君俞先生，詞壇宗匠，一代名手，其所選《明詩正聲》行於天下。而太夫人勵節有年，復以詩名顯於世，則嗣君所選之詩，抑太夫人勉勗以成之耶？讀《早起口號》一詩，情思俱正，風雅當存。

早起口號

喔喔喔，鄰鷄三唱足。舅姑在高堂，穉子牽衣哭。誰道天未明，簷前見紅旭。

顔　氏

順天人，錦衣千户李雄妻。工書史，以賢孝稱。生三女一子。玉英，其長女也。早卒。雄鎮陝西，作詩《憶夫》。

端淑曰：恭人四德三從，女則婦道，文墨女紅，靡不兼通，有古賢媛之風。惜其早逝，所遺子女遭逢妬悍繼母，備諸荼苦，而夫祀遂爲所斬。幸有賢女，具疏上控，感動至尊，得以昭雪，幸矣！其詩莊重不苟，絶無輕媚蒼然老氣。

憶　夫【亦不免腐氣。】

會少離多莫怨天，貞心已貫石金堅。願君早奏平南策，公義私情兩獲全。

金　氏

台州人。金之夫爲温州樂清章文寶，先已聘金，未成婚，納妾包氏，有娠，而文寶得疾。將死，金請往視，父母不許，金堅欲往，文寶一見而逝。金爲棺斂，撫妾守喪。妾生子綸，親教讀書，竟第正統元年進士，官禮部主事。先欲疏請復儲，恐貽母憂，未上。金聞，謂云云，見《文緯》中。綸遂上疏，廷杖幾死，禁錮詔獄，金怡然。綸天順二年復官，仕至少宗伯，終養。金常自爲詩見志。

端淑曰：淑人以室女守節，畜夫妾包淑人之子綸爲子，親教讀書，竟登甲第，官至少宗伯。而淑人身爲節女，包淑人事上御下，慈敬小心，又稱義婦。宗伯公疏請復儲，廷杖幾斃，爲明忠臣；孝養兩淑人如一日，又稱孝子。嗚呼！忠孝節義，篤生一門，何其盛也！其詩古甚朴甚，簡甚妙甚，具此心手，豈讓班姬、謝女乎？

見志詩

《列朝詩集》曰：此詩高太史啓挽靈壽張明府嫡母蚤寡守志作也。

誰言妾有夫，中路棄妾先自殂。誰言妾無子，側室生兒與夫似。兒讀書，妾緝纑，空房夜夜聞啼烏。兒能成名妾不嫁，良人瞑目黄泉下。

費氏

鉛山人，大學士文憲公宏女，適吴興尚書某公之子賢。夫好外，伉儷不偕，憂憤夭死。

端淑曰：父官元輔，翁爲尚書，人間榮貴，莫此爲甚。而乃琴瑟不調，以致憂憤而歿，傷哉情也！觀其《臨終寄父》一絶，怨慟九天，恨不手刃負心漢，以爲懦弱女子洩憤耳。

臨終寄父

嚙指題詩一云『染淚裁詩』。寄老親，洞房辜負十年春。西江不是無門第，錯認荆溪薄倖人。

王氏

世里無玫。

端淑曰：詩有哀怨感慨之態，而又具郊行情景，『不禁鳴』三字特尠。此種氣韵，俗人少知。惜其世里名字無攷，爲缺事也。

郊居

悶倚蒼藤趁晚晴，殘蟬衰柳不禁鳴。花間燒笋茶烟湮，竹底篝燈露氣清。月〔二〕向水中流月色，風從蘆裏撼秋聲。憑誰借得飛雲履，不憚崎嶇上玉京。

校勘記

〔一〕『月』，南圖本朱筆改作『天』。

李妙惠

揚州進士盧瀚妻，有貞操。瀚弘治初會試不第，留京中，以死誤傳。會歲饑，父母强以聘江西巨商謝啟。李自經者再，不得已歸於謝，謝母亦揚州人，李褪乞爲婢以全節，啟不能奪。後題詩於金山寺壁，署其後曰『揚州盧瀚妻李氏』，既而盧舉進士，知李貞節益厲，迎歸，夫婦如初云。

端淑曰：天不負人，人自負之也。如李妙惠，遭頑父嚚母之逼而能以死自矢，百折不回，卒能完聚，天何常負人也？詩渾融可存。

題金山寺壁

《宮闈詩史》曰：係元妓蘇小卿之作也，或又作宋盧川妻蔣淑真詩。未知孰是。

一自當年拆鳳凰，至今消息兩茫茫。蓋棺不作横金婦，入地還尋折桂郎。彭澤曉烟歸宿夢，瀟湘夜雨斷愁腸。新詩寫向金山寺，高掛雲帆過豫章。

陳　玉

世里無考。

端淑曰：《湖山圖》詩『冷眼雋舌多』，此女郎齒口，能使蟋蟀宰相避席。

蔣仲舒《堯山堂外紀》曰：弘治間，海寧塔下陳玉善畫山水。其年五十，忽欲讀書，坐閉一室，晝夜不息者五年，遂成詩人。嘗題賈似道《湖山圖》云云。

《花鏡雋聲》曰：陳玉，唐女郎也。有《聽管》詩云：『夜色沈沈月滿庭，是誰吹徹繞雲聲。嗚嗚只管翻新調，那顧愁人淚滿襟。』

《名媛詩歸》、《列朝詩集》有《閨詞》四首，《宫閨詩史》載《湖山圖》一首，列之正卷，而俱云世里無考。

題賈似道湖山圖

山上樓臺湖上船，平章醉後懶朝天。羽書莫報樊城急，新得娥眉正少年。

李　氏

世里無考，見《明詩歸》。

端淑曰：李氏詩如嬌桃嫩緑，又如花藕秋梨，食之有味，覽之無窮。而加以明麗之色，幽艷之姿，復命意靈動，閨媛中僅見。

登　樓

紅欄六曲壓銀河，瑞霧霏霏拾翠羅。明月不知滄海暮，九疑山下白雲多。

楊文儷

仁和人，工部員外應獬女，副都御史贈禮部尚書忠烈公孫燧子禮部尚書文恪公陞之繼配。幼聰慧，習古文，能詩。及嫁，母儀婦道俱備焉。其子鑨，吏部尚書、清簡公；鋌，禮部尚書；錝，太僕卿；鑛，兵部尚書;鈞,知府。孫如法,光禄卿;如游,大學士、文恭公;如洵,副使。曾孫有聞,知府;嘉績,兵部職方郎中。玄孫延齡,中書舍人。前朝婦人之貴,無出其右。爲詩清古嚴正,無卑庸之氣,附文恪公集行世。

端淑曰:凝厚者無穎質,豐隆者乏異才,即古今文人不外是。夫人聲名奕奕,數代簪纓,諸子及孫、曾、玄、渺俱顯,天自不得私之以倚馬七步之慧矣。詩特蒼朴,無《玉臺》媚態。

關山月

漢宫今夜月,萬里炤關山。秋葉仍看落,征人尚不還。寒光凝厚甲,孤影對愁顔。懽晏高樓者,笙歌正未闌。

冬日鈞兒應試北上

少年未慣入他州,從此扁舟千里浮。羈旅時須撫童僕,嚴寒嘗用厚衣裘。倚門他日應頻望,解纜今朝不暫留。可是明光能獻賦,太平天子正垂旒。

聞 雁

帶月穿雲晚亦過,數聲嘹嚦近銀河。川源萬里來何遠,關塞千重度更多。曾寄尺書歸上苑,還拖秋影落寒波。天涯旅客愁聞汝,唤起鄉心奈若何。

憶京華鏕鋌鈞三子次韵

旅居抱病自躊躕，荏苒流光逼歲除。天畔雙魚無處覓，日邊三鳳竟何如。文園司馬應裁賦，漢闕孫弘待上書。南上只今多寇盜，倚門焉得鬱懷舒。

金文貞

鄞縣人，副都王應鵬母。封太淑人。享年八十二，閨範母儀，東浙稱焉。有詩曰《蘭莊集》行世。

端淑曰：淑人閨範母儀，爲世法則。《蘭莊》佳集，天下誦讀。予生長深閨，聞見寡陋，不及窺其全豹爲悵怏耳。《立夏》詩通首雅調，反嫌『蛛網』『梅荳』少情。

立夏日送大卿赴任武岡

麥秋春去客程初，遠逐湖南萬里餘。人静夜鵑啼有韵，道邊秋鴈淚無書。簷蛛網就絲難盡，梅荳丸成苦未除。伯樂自來何處覓，錯將良驥駕鹽車。

朱應禎

字秀貞，寶應人。詩見《花鏡雋聲》。

端淑曰：女子不能脱脂粉氣，自是沿習未除耳。此作以秀雅存之。

送夫應試

絲絲濕雨送行舟，三楚風光屬壯游。此去不須頻寄語，朱顏人倚夕陽樓。

芭蕉士女

見高播《明詩選》内，是成化以前人。

端淑曰：二十八字中，何等冠冕闊大！可謂高視一世，直有掃空富貴、天子不臣氣象。

無　題

獨立徘徊意若何，羊車聲已過鑾坡。黄金屋裏春風面，不及芭蕉雨露多。

素　貞

茂苑平章女。貞與中表玉郎有婚姻之約，爲友羊生反間，母倪夫人爽信，欲貞改適。玉郎死之，貞殉節焉，遂合葬虎丘。著《泣鸞遺恨》。

端淑曰：素貞端潔，好讀書，工詞賦，與中表玉郎訂生死交。尋有羊姓者疾之，其母遂爾敗盟。生以憶貞而死，貞亦一慟而絶。嗚呼！素貞者，可不謂之節烈而有情種者乎！諸詩俱英特超拔，靈渺處又帶古朴，知非凡品。

月

坐冷碧苔濕，霜華印碧梧。寂寥原是伴，應炤妾身孤。

燈

香寒睡鴨半黄昏，羅袖重重添淚痕。我伴殘燈燈伴我，寂寥應是慧心人。

對鏡

修眉凝恨鎖春山，香霧淒迷着髩鬟。何事青銅舊相識，也來一樣效愁顔。

落花

碧桃疎影半横斜，狼籍香鈿點絳紗。杜宇也憐春去早，夜深猶自伴殘花。

秋夜

碧梧金井伴黄昏，何處疎砧度短垣。夜静露凝金綉襪，空餘明月炤啼痕。

春雨

風風雨雨暗孤邨，翠竹翻陰半掩門。杜宇滿山紅欲潑，約來總是舊啼痕。

秋夜

挑燈怕解石榴裙，獨擁寒衾夜未分。睡去不知窗外月，移將幽夢入梨雲。

午睡

午夢初回日射堦，簟痕如水印香腮。怕看簾外宜男草，得意東風爭自開。

題情

盡日無聊只掩門，一庭秋色共温存。牡丹亭畔留殘夢，燕子樓中倩舊魂。看盡柳烟迷宿霧，聽殘蕉雨泣黄昏。傷心無奈難消受，會聽多情鸚鵡言。

董氏

會稽人，侍郎文簡公玘女，嫁鄞縣陳束。初，玘有愛女，不與凡兒，甬川張尚書爲言束，玘召見之。垂髫敝衣，膚神玉映，叩之無不響應。試之詩文，揮筆如烟雲，玘大喜，尅日爲婚姻之約。後果中嘉靖己丑進士，改庶吉，調禮部主事，改編修，出爲河南提學副使，卒於官。

端淑曰：文簡公海内鉅公，孰不執贄門下？而其女陳恭人咏絮謝庭，爲世羨慕，不幸早喪其天。恭人吟咏課子，以終天年。其詩典麗渾老，下筆嚴整，非淺浮者可比。

泊淮代外答唐太史

《列朝詩集》曰：此詩見約之集中，《甬東詩括》載爲恭人代作。

十年生事半同君，萬里傷心逐楚雲。遠浦維舟船欲上，平林對酒月初分。逢人牛馬時堪應，到處鳧鷗暫作羣。共是機情忘已盡，欲將通塞任斯文。

毛鈺龍

侍御鳳韶女，劉莊襄公廕孫守蒙妻。嫁十一年而寡，忍死事姑，居一小樓，誓不踰閾。侍御病劇，呼之，終不肯歸寧。生女三，皆早夭。零丁孤苦，自誓六十餘年，鄉人以『文貞』稱之。少讀書過目(輟)〔輒〕誦，老爲詩益工。年七十九，目不見字，猶日夜使諸甥讀書，自卧聽之。其好學如此。

端淑曰：操行潔白者多難淹博，至於食貧好學，老而不倦，男子猶稀。夫人苦節永貞，風霜繞户，誦讀之聲與刀尺相應，其情事豈讓古人乎！讀其『凍影梅花伴夜燈』，骨韵孤寒，秀氣出紙，七字已足傳其人矣。

鏡

樣出秦宫製，團團寶月迴。虚空開物像，心迹遠塵埃。影覆香羅帕，光生碧玉臺。繡囊鴛鳥並，珍重嫁時裁。

冬　夜

玉井無聲户已扃，一庭霜月冷如凝。誰憐寂寞書窗下，凍影梅花伴夜燈。

紙

家住稽山剡水頭，陳元毛穎憶同游。榮封楮國金符在，尺素修成五鳳樓。

田玉燕

字雙飛，湖州人。博士田公藝蘅女，適徐文學元舉。生三子：胤翃、胤翀、胤翹。著有《玉樹樓遺草》行世，雲間陸應陽爲之作序。

端淑曰：予閱喬君求先生所稱『田雙飛氏者，有父如班叔皮，有夫如梁伯鸞，有三子如周伯仁兄弟』，已盡天倫樂事，故其發言真摯，興會恬雅，有布帛菽粟之風。雙飛氏爲海内膾炙，兹特購其遺集，琬琰英華，蓋在是矣！

張親母邀汎西湖

明聖湖光好，連輿登畫船。薰風清席上，欵曲話尊前。笑指蓮歆水，還看柳織煙。斜陽歸棹裏，簫鼓兩堤邊。

三子讀書西湖因示

湖邊幃可下，遊子拂輕裾。樹裏鶯啼候，簾前花落初。須觀高士傳，頻讀古人書。勿逐蘇堤客，都將歲月虛。

奉寄家大人

新安羈宦阻鄉關，迢遞親闈夢寐間。詩借黃山雲片片，酒傾白嶽水灣灣。炊烟莫歎朝昏冷，氊席還隨琴鶴閒。每向風前看柳絮，何時庭畔更開顏。

寄武林嬌飛妹

閒庭悄寂惹春愁，歷亂楊花飛滿樓。擬汎西湖青雀舫，夜來常自夢杭州。

與三子玉樹樓賞玉蘭

名花覆檻傍簷開，風送清香拂席來。月映嫣然千片玉，美人纖影度瑤臺。

其　二

花萼樓高疊碧紗，田家荆樹發奇葩。尊前喜見三枝秀，堪對春風泛紫霞。

同元舉夫子對月

桂影參差香霧幽，嬋娟流炤最宜秋。欄凭碧漢同今夕，惟願年年玉樹樓。

携如瑜如瑾二女遊半山

啼鳥唤朝暾，鼓棹淩晨露。病骨强登山，名山昔所慕。村村乏桑麻，夾路櫻桃樹。遊女何紛紛，崎嶇少安步。香烟起殿中，半空結雲霧。

校勘記

〔一〕『顔』，南圖本作『筵』。

陳氏

南京人，孫建侯標母也。工詩文。家貧，父負販，僅通書，識姓名，氏輒就其父問字。稍長，讀騷賦古詩數十萬言。早寡，撫子成立，人稱其賢。年五十，帷裳蔽衣，可嘉也。楚樊維藩爲之作傳云。

端淑曰：余向侍先君白門時，每言孫母之賢，以爲能教子也，不知其能詩也。及訂次之餘，得其刻本一帙，皆可直追中、盛，惜見之晚，不能多收耳。

咏榆錢

青青滿地錢，不如稻一粒。錢不堪人用，稻足資人食。

督子

督責幾番休蕩浪，這回載酒又登臨。雖然難比三遷教，愛子原同一片心。

戒女

好去慇懃事舅姑，語言甚勿逆兒夫。晨昏甘旨須經意，爾亦他年堂上姑。

有感

傷哉親骨肉，思起摧肝腸。閨中失慈母，姊亦隨夭亡。十五嫁爲婦，高堂喪姑嫜。十年舅氏死，夫婿隨殞傷。父死不爲少，但無人與量。獨立掌家道，四顧成蒼茫。兒女啼旦暮，田園遭累荒。家貧計無出，績紡爲衣糧。衣糧尚不足，何以供烝嘗。傷哉生與死，思起摧肝腸。

鴈

一聲嘹嚦出中洲，驚起長安萬户秋。欲問行藏何處定，荻蘆叢裏伴沙鷗。

吴氏

富陽人，文學起元繼妻。三子：光胤，壬辰進士；嘉胤，乙未進士；忠胤，文學。早寡，柏舟自矢，事姑以孝聞，撫三子成立。蓋近日繼母之最賢者，中外稱與。著有《冰玉堂詩草》。

端淑曰：予慕邵母吴夫人之詩文非一日矣，至甲辰午月，卜兒富春還，始携之來。讀之，皆《關雎》、正始之音也，爲之擊節者終日，始知閨閣代不乏人，果非虚語云。

庚午捷音

十年燈雪舊家聲，再世文場始一鳴。姓氏遥傳龍虎近，衣冠新列鷺鵷迎。祖因教子看孫貴，父未成名得子榮。積善繇來兼積福，好將德器副簪纓。

除夕憶光兒

此夕何人不管絃，天涯孤客獨淒然。扁舟自宿烟波外，征轡初停落照前。故國雲山看欲盡，帝城風雪若爲憐。臨軒咫尺天顔近，早賦宏詞奏鉅篇。

忠兒寄讀

髫年學業未能成，立志先袪惰與輕。自惜寸陰驚日影，爲憐五夜憶鐘聲。嬰孩顧復悲無父，門户支持幸有兒。少壯幾時如過隙，且須留意在功名。

光兒北上

從來遠別最堪憐，無語相看倍黯然。千里淒涼悲客路，一身珍重屬堂前。囊留佩劒征鞍遠，驛寄函書家信旋。願祝來年春色早，泥金封出杏花天。

拜岳墳

志節由來日月光，到今何處問行藏。可憐白骨埋荒塚，淚洒青山幾萬行。

詠梅

一綫春回處，東君令未施。百花俱夢夢，梅蕚獨先知。

沈清

吳中女郎，見《花鏡雋聲》。

端淑曰：蒼健朴老，末二句直似古樂府、《竹枝詞》矣。如此運筆，方許言詩。今之名士，動稱漢魏盛唐，視之定當愧服。

雜詠

《稗海·侍兒録》曰：沈清，唐女郎也，詩曰《無題》。

晚天移棹泊垂虹，閒倚（蓬）〔篷〕窗問釣翁。爲甚鱸魚低價賣，年來朝市怕秋風。

鴛湖女郎

見《草堂詩餘》。

端淑曰：詞生情，情生詞。有詞無情，不可爲詞；有情無詞，不可爲情。情詞兼到，開口媚利，鴛湖女郎，使人叫絶。

鴛湖竹枝詞

鴛鴦湖上浪生花，烟雨樓頭月吐華。此夜與君溪上别，夢隨水月到君家。

楊玉英

福建泰寧人。獵涉書史，善吟咏。年十八，父母許適儒流官時中。既聘，時中家有事，父母悔前盟，改受黄盧山聘。玉英聞之，囑其婢曰：『吾篋有荷包、布韈諸物，異日以遺官官人。』婢勿悟，諾之。于是竊入寢室，自經死，目不瞑。時中聞訃，具禮往祭，以手掩之，遂瞑。婢出所欲遺時中物付父母，啓之，有詩云云。見《閩書》。

端淑曰：讀其詩，即知其有凛凛不可犯志。父母之愛其女，每每反害之，豈不悲哉！

遺官生

崑山一片玉，既售與卞和。和足苦被刖，玉堅不可磨。若再付他人，其如平生何。

黄青芬

應天人，巨室女也。年及笄，美艷驚人，姿秀絶世。有洛陽余生，流寓江南，與青芬比隣，曾咏一絶，爲風飄至青芬室。青芬和之以詩，後竟得爲夫婦云。

端淑曰：古云風媒，信不誣也。詩平淡可餐。

和余生

手執幽花試晚粧，清芬今喜正舒黄。花情若解人心事，借得秋風暗送香。

陳元淑

浙江山陰人。太常卿九徵女，蕭山相國來公宗道甥女，中翰加禮部儀制司員外胡公裔妻也。封宜人。生有容德，聰慧絶人，琴書圖畫，無不精好。相國常稱之。及烈皇、烈后升遐，元淑聞而哭之，慟曰：『吾父吾夫皆受國恩，今日之禍，將必不免，誼當死。』自經者再，皆爲救免。至七月朔日，攬鏡自寫其像，宛若平生，竟絶粒，于朔九日歿矣。

端淑曰：吾鄉孟子塞先生贊元淑，有云：『君殉社稷，后殉國君，義也。永康、宣和降而受辱，貽笑千古。獨明禎皇以身殉國，千載稱烈焉。后以身殉主，爲古今所鮮儷。而淑也身殉國，毋較諸人臣以身殉君者，抑更異矣！賊闖國亂，名公鉅卿，泥首賊廷者纍纍，昔人謂舉朝皆婦人。乃若淑以弱好女子，身處幽閨而能殉母后于數千里之外。嗚呼！如此婦人者，舉朝其有幾人耶！』元淑得此贊，真不死矣！

螢

不能如日月，聊以藉光輝。天地偏容照，文章恐洩機。雞窗星火暗，秋水蚌珠肥。飄緲清風度，猶依草木飛。

陳麟端

詩見《内家吟》。

端淑曰：清渺幽窅，如入我於竹石摩戛中，文人奇癖如畫。

閨詞

菱花鏡掩曉粧成，薄薄紅衫兩袖輕。倚遍闌干無箇事，碧紗牕裏弄銀箏。

張大娘子

居西湖之濵，有才有貌，無匹無儔。合巹三載而愁病劇，因作是詩。尋卒。

端淑曰：女之恃才貌者，當看張娘子，其詩是排律聲調，説得淒冷。

己卯花朝

山水鍾靈秀，西湖繼若耶。俊麗西子侶，薄命小青家。有德重堪挹，無媒轉足嗟。鴟梟啄嫩蕋，牛馬囓萌芽。腸逐啼猿斷，魂隨望帝賒。十年愁緒結，一旦綵雲斜。白骨淪荒草，紅顔覆淺沙。風流今已盡，湖景又何誇。

陳小蘊

福建人，宗九女。見《古文冰雪携初集》。太史鄭公之元爲作詩序。

端淑曰：小蘊詩温婉而静，無傷怨之句。雖不必方之于古，要自成閨閣本色。其落筆幽致停動，寂寥有情，故無浮襯語。

採　蓮

輕舟忽逢三四女，手撥琵琶隔舟語。片片花英隨波流，隔水争抛青蓮子。

擣　衣

須臾月落青天曉，空庭惟集雙啼鳥。織將錦字寄秦川，曾奈深居行人少。

玩　月

月容何事帶雲紅，却被風來雲已東。爲愛入簾分碎壁，忽看掬水若浮空。將過三五俱堪玩，半失圓明自不同。信死信生誰會得，好將底事問天工。

紀映淮

上元人。文學映鍾妹，莒州杜生妻。映鍾，字伯紫。

端淑曰：映淮詩清英流麗，繞澗疎竹凌烟，差似其質。鴈序中有此，伯紫之樂，眉山大、小蘇可想見云。

摘　花

摘花插小瓶，花氣夜深馥。外邊風雨多，聊以媚幽獨。

春日幽居

細竹深幽覆碧紗，石牀書秩盡抛斜。半簾細潤侵寒月，一衲孤馨染落花。流水穿林尋野鶴，夕陽歸樹護棲鴉。春山淡漠無人共，遥倩詩囊貯亂霞。

陸么鳳

錢唐人。年十四而善吟，嫁夫，遊學于外，故所咏多愁。見《詩辯坻》内。

端淑曰：唐人『閨中少婦不知愁』一絶，神妙絶倫，真善于言愁也。余《感懷》詩反之曰：『容顔似草怯經秋，弱柳癡心戀陌頭。每笑唐人詩意淺，反云少婦不知愁。』今么鳳言愁，更深余一層矣。

愁　思

晚來疎雨過人頭，風静羅衣颺不休。漫拾亂紅題小字，暗驚新句又悲秋。

秋　閨

湖烟漠漠晚啼鴉，自掃楓香自煮茶。一帶芙蓉寒映水，那知秋思屬兒家。

晚　思

翠黛宜顰不耐貧，病逢秋氣轉傷神。空堂莫挂珠簾起，黄菊丹花惱殺人。

名媛詩緯初編卷五

山陰王端淑玉映選輯

正集三

董少玉

麻城人，尚寶周弘禴繼妻。周夢前配汪氏謂當婚董，遂娶之。聰慧絶倫，讀《史》、《漢》、諸子書，爲詩詞皆有韵致，世稱董夫人。年二十九卒。

端淑曰：詩情物，以繁筵豔閣求之，則非其地；詩靈物，以死景死筆咏之，則非其人；詩冷物，以錦茵繡幕處之，則非其質；詩静物，以喧囂穢雜居之，則非其時。故神必欲閒，景必欲冷，思必欲遠，想必欲慧，意必欲别，筆必欲健。具此五者，可以操戈陶、謝，興師浣花，不令古人稱王百代矣。夫人諸詩，稍得其意，時有閒冷之思浮動筆外。

送　别

飛盡楊花别，相看不自繇。征人望絶塞，少婦倚空樓。易换春前色，難聽閣裏愁。無情江上水，日日送行舟。

其　二

紉蘭輕解珮，萬里别南征。岐路雲山合，深閨歲月驚。朱顔愁裏變，白髮夢中生。日暮天涯望，行人隔幾程。

採蓮曲

看山望湖南，乘風往〔一〕湖北。綽約蕩輕舟，荷花減顔色。

其　二

楊柳遮大堤，游女往何處。雲破棹歌寒，鴛鴦時飛去。

寄夫在峕嵐

流落客邊舟，刀環在馬頭。莫憐楊柳色，管取只封侯。

校勘記

〔一〕『往』，南圖本作『望』。

劉氏

（穀）〔轂〕城人。同知于玭妻，大學士文定公慎行母。玭十歲能詩賦，以神童稱。劉亦善文藻，不作冶麗語，曰非婦人事也，藁多不存。

端淑曰：于司馬玭以神童應召，而夫人爲之室；文定公慎行以名宰輔顯時，而夫人爲之母。天倫至樂，萃于一門，可謂人間大快事也。詩則荒寂流動，不趨浮響。癡板人崇尚闊大面目，烏帽錦衣，徒作優孟、叔敖耳，安知才人情豔。

咸陽懷古

古木昏鴉夕炤中，前朝宫闕總成空。當時車馬今何在，惟有殘雲送晚風。

故城過父友李公舊居

暮雲深鎖故城春，緑樹蒼烟舊白蘋。昔日高樓雙燕子，定巢無處往來頻。

唐夫人

歙縣人，狀元唐公皋之妻也。見《明詩選》。

端淑曰：夫人詩以其直似三唐，故人亟稱之，非爲八寸三分帽耳，可稱孤情別調哉！井蛙滿人世，何可與語海也。

憶外

重重簾幕對燈紅，何處人敲五夜鐘。荳蔻香寒懸夜雨，杜鵑花老怨春風。無針可引相思意，有筆難描別後容。萬里天南與天北，見君多在夢魂中。

李玉英

順天人，錦衣千户雄女也。雄卒，爲繼母焦氏誣陷玉英奸淫不孝，下錦衣獄，置極刑。英婉麗有才，獄中具書，令妹桃〔一〕英陳其事。天子憐而釋之，置焦氏于法。

端淑曰：女子不可作綺語豔辭，予已言之再四矣。玉英詩雖感諸心聲，形于筆墨，然未免着魔，故逢兇毒繼母，遂藉爲入罪之繇。若非聖明洞炤，則百玉英亦不可問矣。

送春

柴扉寂寞鎖殘春，滿地榆錢不療貧。雲髩衣裳半泥土，野花何事獨撩人。

別燕

新巢泥落舊巢欹，廛半疎簾欲掩遲。愁對呢喃終一別，畫堂依舊主人非。

校勘記

〔一〕『桃』，南圖本作『姚』。

徐淑英

莆田人。休寧縣丞麗女，適俞門。後生子鍾曜，世其家。

端淑曰：氣格風味，尚歸清正，至哉斯言也！今人不知清正，徒言氣格，似猶不及皮毛，而惜氣格也，可不寒心？故曰：詩之一道難言也。

題王昭君和番圖

飄飄馬上出長門，入塞從今别漢君。野磧空逢内院月，氊城那見故鄉雲。嗚琴雪擁寒中聽，畫角風吹怨裏聞。心事一腔何日訴，琵琶曲盡總銷魂。

徐德英

淑英妹。字澄渚俞氏，紈綺兒也，與夫不睦，尋卒。其夫盡焚俞〔二〕著作，鄭邦衡梓之。

端淑曰：質淡而蒼朴，絶不描畫纖濃，渾然大雅之作也。姊詩清正，妹詩遒勁，皆可並驅中原，識者以爲然否？

懷　姊

日夕登郡樓，望遠意悠悠。四顧何蕭條，淒涼景物秋。嗈嗈雲中鳥，翩翩呼其儔。鬱鬱堂前柳，蒼蒼枝上樛。因之懷同氣，撫景雙涕流。臨風無限恨，憑軒獨夷猶。

其　二

相望隔雲天，執手在何年。言將元雁寄，心與白日懸。生平懷壯志，慷慨景前賢。窮理期入奥〔二〕，舉筆思無邊。棣華不復覯，此意與誰傳。願爲雙鶺鴒，寥廓並聯翩。

秋日懷姊

夷猶將何見，惻惻使心傷。歷歷衆星光，杳杳夜何長。感時起百意，淒然懷故鄉。况復高秋節，兩地遥相望。

校勘記

〔一〕『俞』，疑爲『徐』之誤。

〔二〕『奥』，南圖本作『粤』。

李　秀

會稽人。幼攻書史，年及笄，適于燕客。偶過新嘉驛，題詩于壁，一時喧傳，和者甚衆，皆稱爲『會稽女子』，故不以姓名傳。《蘭咳集》曰李秀。

端淑曰：秀以閉月之姿，而遭悍潑之累，識者憐之。寫詩寄怨，亦其無聊之極思也。所可恨者，世無崑崙、押衙輩，爲佳人排難解紛耳。詩特自憐自惜，情思愴然。

題新嘉驛壁

銀紅衫子半蒙塵，一盞孤燈伴此身。却似梨花經雨後，可憐零落舊時春。

其　二

終日如同虎豹遊，含情默坐恨悠悠。老天生妾非無意，留與風流作話頭。

其　三

萬種憂愁訴與誰，對人强笑背人悲。此詩莫把尋嘗看，一句詩成千淚垂。

顧氏

崑山人。茂儉妹，雍里方伯女，皇甫百泉之甥也，嫁孫僉憲家爲婦。甚有才情，嘗賦《春日》詩，何元朗曰：『可置《玉臺新咏》中。』

端淑曰：何元朗稱其詩『可置《玉臺新咏》中』，但較『春林花多媚』句，何啻天壤，是爲惡習。

春日

春雨過春城，春庭春草生。春閨動春思，春樹叫春鶯。

鄧鈴

閩縣人，儒士鄭坦妻。字德和。坦卒，刲雙耳自誓，嘉靖初旌表其門。年八十二。萬曆中以嗣子雲鎬貴，贈宜人。著有《風教録》，稱高行節婦焉。

端淑曰：宜人節烈自守，刲耳見志，組織與書聲相映，天子嘉其行，旌表其門。迨嗣君拜職考最，晉錫榮寵，年至八十有二，稱高行節婦，人皆榮之。所著《風教録》，勉勗後人，其功當不在曹大家、鄭氏女下。而爲詩復節烈皎然，吾稱其爲女鬚眉亦可。

讀岳武穆王傳

英雄誓復舊山河，曾奈奸邪誤國何。鐵馬長驅河雒水，金牌亟返郾城戈。中原父老空遮訴，南渡君臣不耻和。五國城頭烟月慘，千年墳樹盡南柯。

秋夜聞笛

淒風颯颯滿江城，鴈叫霜天月正明。永夜蕭條多少恨，不堪更聽斷腸聲。

蕭鳳質

奉新人。嘉靖間，其夫遊學在外，有小疾，鳳質爲詩寄之云。

端淑曰：有格調而又具性情，方是作手。若只取格調，徒郛説耳。此作舉止雄大，特少性情二字，然亦非庸淺一流，觀者其毋忽諸。

慰　夫

欲把相思遠寄君，空教牽動讀書心。閒花野草休關念，養取葵心向紫宸。【此種選之何意?】

沈栗

河南人，范聲妻。能飛白草書。

端淑曰：女士能書者，惟衛夫人、楊昭容、蔡文姬若而人，嗣後遂寥寥。沈栗飛白草書，雖未神妙，然亦可稱慧心文人。詩則殘缺，存其人與事可也。

無題

闕二字。理檝令舟人，停艫息旅泊河津。念君劬勞有風塵，路闕。揮袂淚沾巾。闕。飈流勁潤逝飛，山高帆急絶音微。留子匆匆獨言歸，中心煢煢將依誰。風絲葉落永離索，人往形返情錯漠。循帶事緩愁摧却，問闕三字。頗綃緑。

桑貞白

號月姝，嘉興人。周履靖繼室。年甫及笄，貞静聰慧，纂組之外，即留心典籍。先後唱和凡數百餘首，删繁拮精，得十之一二，題曰《香奩吟草》，茅鹿門爲之序。

端淑曰：昔人謂襄陽詩清矣，而未免于薄。青溪白石，踈柳幽蕉，一丘之勝，未堪解衣盤折也。嗟乎！襄陽之厚，人未盡知也。讀月姝詩，當自得之。

育蠶

四月桑郊緑，村村桑事忙。一筐芳草露，兩袖落花香。不卧黄昏月，孤眠白玉郎。絲成天地力，依舊入紅粧。【有致。】

和夏日過水亭

避暑尋幽境，臨池小閣開。遊人玩流水，垂柳颺晴臺。水鳥來還去，漁舟釣未回。天風俄頃至，一雨長蒿萊。

咏秋

雨浥芙蓉綻，西風籬菊舒。蘋花波面白，楓葉樹頭疎。霄漢鳴孤鴈，江流冷素魚。祇應勤夜織，燈火伴人居。

山居

幽居寂寂倍塵稀，石徑雲封晝掩扉。摘蕨拂烟携鍤去，採枝帶月杖藜歸。山花傍檻紅侵榻，流水臨門緑遶磯。風景幽閒堪入畫，半林晴旭翠嵐微。

梅花紙帳

燈前紙帳光摇雪，月印梅花枝勁鐵。吹殘玉笛原不飛，開滿溪藤覺難折。夢回孤枕幽思長，愁聽五更寒漏徹。過窗蜂蝶不聞香，知是羅浮春未洩。

姚青峨

秀水人，自號青峨居士。年十七，歸檇李范君和。扶牀誦書，博通羣籍，才德兩全，二十六而卒。有《鴛閣集》行世，屠公隆爲之序。

端淑曰：詩不厭渾朴，止厭平直。平則學富《三墳》，總歸鋪叙；直則立埽千言，殊少波折。訂青峩詩，骨寒思窅，氣清意冷，下筆獨别。

秋　思

木葉改烟光，芙蓉半秋浦。楓色炤蘭幃，螢飛遶幽户。鈿蟬慵薄粧，緑綺難爲撫。砌蛩動夕哀，鴈勁雲邊羽。梧葉自關情，秋落庭前樹。强起理[一]衣衾，不禁霜月苦。俛首空憶君，淚點隔窗雨。憔悴感悲深，秋來更縷縷。

村　居

數椽竹屋占晴沙，展破烟容雲徑賒。漫着水泥拈野月，蛩聲凄老白蘋花。

春　夜

斗帳春宵永，寒餘愁自生。野迷春思杳，帳冷夜吟醒。錦瑟聲中淚，梅花别後情。烟雲不可極，殘月欲三更。

幽居即事

藕花脱盡秀芙蓉，處處村聲急夜舂。明月一簾清雨斷，忽聞烟外落殘鐘。

校勘記

〔一〕『理』，南圖本作『裏』。

王虞鳳

字儀卿，侯官人。許嫁林氏。萬曆中，年十七卒。有《罷繡吟》一卷。

端淑曰：凡人落筆疎秀，靈動不凡，皆自先天所得。若一味粗率癡板，不過如書酒肉簿、泥神籤而已，可爲噴飯。訂儀卿詩，如芙蓉映水，菡萏含芬，令人有五泄、鴈蕩之想。

春閨詞

融和天氣喜初晴，爲愛簪花却放針。玉枕夢回人寂寂，瑶琴揮罷院沉沉。緑鴛戲水穿荷影，紫燕啣泥織柳陰。晝静金爐香欲盡，推窗滿地落紅深。

春日閒居

濃陰草色罩窗紗，風送爐香一縷斜。庭草黄昏隨意緑，子規啼上木蘭花。

文氏

長洲人。翰林待詔徵明公女，王子美妻。好學，號爲博洽，亦能詩。嘗作《明妃曲》云云。即收之《彤管》，豈讓前人？

端淑曰：待詔名播天下，其女當自不凡。《明妃曲》十四字，翻盡舊案，幾與蔡琰争長，異哉！

明妃曲

當時只擬殺畫工，誰誅婁敬黄泉道。

尹紉榮

字少君，宜賓人。參政尹公伸女，丙子解元劉泌妻。爲詩精神起落，常在人外。十九而卒，泌簡其所藏，全與缺者並存之，名曰《斷香集》。

端淑曰：見古人殘編斷簡中得一二勝句，必珍之如徑寸炤乘。古人多有佳篇遭時不偶，淪没殆盡者。少君原序云：爲詩精神起落，當出人外。疑必有名句佚于集外，故選止此爲憾耳。

病　愁

瘦日無光炤窗白，枯樹杈枒霜似雪。長天雲凍野爲愁，寒鳥亦自求其穴。我今病苦在何鄉，終日狂風辣塵揚。病裏思家無一夢，獨坐書齋近佛香。寂寞長安萬里目，風烟緲緲斷人腸。

雨後江望

雨後水更明，秋風漸漸聲。寒天白露滿，江上曉烟横。

野望

野望無山色，長天一抹清。陌樹齊如畫，其下有人行。

王婭

字美君，福清人。父雪窗，爲番禺典史，生婭于任。愛而教之以《孝經》，六歲即能通曉。年及笄，父携入覲于長安。適林初文。初文讀書鼓山，每有寄將，必佐以詩。初文舉于鄉，携上公車，遂居南京。初文十年不歸，先後下吏。值萬曆間歲凶，婭以女紅爲活，教其二子君遷、古度，備嘗荼苦，無怨尤焉。詩作後即焚其稿，所存者百一也。

端淑曰：美君以冰心處閨閣，歲寒益堅。舉案操作之中，繼以寤言歌咏，韵哉女紅，較伯鸞婦有餘致矣，而不欲輕以一字入時人之目。祖龍聲價，壽于梨棗良多，可謂自待極嚴。三詩質甚勁甚，不欲以蛾眉自處矣。忠臣烈婦，相聚一堂，可畏可慕。

白門感述

白門連歲值饑荒，十載良人旅朔方。顧影自嗟還自笑，妾身贏得是糟糠。

鳳仙花

鳳鳥久不至，花枝空復名。何時學葵藿，開即向陽傾。

聞闗白信良人上書請討之志喜

海寇無端欲弄兵，滿廷文武策誰成。兒夫自有終軍志，未必中朝許請纓。

林玉衡

字似荆，福清人。孝廉初文女，母王婭，布政之孫廷相妻也。幼聰敏，喜讀書，初文愛而課之。七歲時建小樓，成日值雪後月，命之吟，應口即成一絶。長老傳誦，皆爲驚嘆。

端淑曰：古人有以童年善咏，昌谷之《高軒過》，則天時之幼女《别兄》詩，俱七齡時佳搆也。似荆從而三之，異哉！其不愧三奇矣。展翫《雪月》一詩，天然老成，真足壓倒元白。

小樓咏雪月詩

梅花雪月本三清，雪白梅香月更明。夜半忽登樓上望，不知何處是瑶京。

黄幼藻

字漢宫，莆田人。蘇州通判議女，禮部林啟昌子恭卿妻也。姿韵高秀，少受業于宿儒方泰。年十三四，工聲律，通經史。所著有《柳絮編》行世。

端淑曰：詩有靈趣，在遺烟運墨之間，淺人以字句爲詩，詩之趣盡矣。《三百篇》皆趣也。趣之外有骨有韵，有聲有光，皆不離于趣也。今之言詩者，變爲假氣象、假格調，而趣亡矣。諸詩輕雋，猶不失『趣』之一字。

夏日偶成

深院塵消散午炎，篆烟如夢晝淹淹。輕風似與荷花約，爲送香來自捲簾。

雨中看紫芍藥

粧樓初下自傾城，冉冉香生綉户清。厭説廣陵春色暮，胭脂和淚雨中傾。

武陵秋景

湖上芙蓉近小舟，曉來清淚對花流。吴州客自傷長夜，不爲西風怨早秋。

登樓望澥

遥山層疊海雲開，浴鷺飛鷗自去回。春水茫茫天不盡，片帆浮動碧雲來。

周玉蕭

福建人，武臣方輿妾。輿建議撫紅夷，忤大帥指，繫獄七年。遣周，周誓死不去。方事解，感憤時事，上書。遇國變，又數年不得歸，周感慕病歿。有詩一百三十篇，授女蕙，蕙刻而傳之。周自言在孩提日好啼哭，父母以書帙遥示之即止。方讀書任俠，妻妾皆諳曉書史。周一孱弱女子，好談古今節義事，常采古列女懿行可法，各爲詩一篇。

端淑曰：有麗質者未必有俠骨，有文采者未必有英姿，故夷光、玉環名冠六宫，而竟輸金谷之妾。玉簫〔一〕冰雪自淪，死誓栢舟，生色方子多矣。天之生人，必以其耦，造化成人，類如此也。詩咏古勁，堅足破鐵，而胸中經史，雅雅魚魚，轡珥中不期見良、平、軻、政，豈非咄咄怪事！

庭中竹梅

梅竹蕭森露井傍，斷猿空叫月如霜。竹從孕節生來苦，梅到飄魂死亦香。

山杜鵑花

千山繚繞杜鵑開，掛紙罍尊滿插來。應是空齋兄妹血，年年春雨不能灰。

清明時節，千葉單葉，雜色二十餘品，開遍岩谷，俗呼『滿山紅』。良人常云：『林空齋名仝，于吾鄉溪坂開堂集義兵，應文丞相。兵始集而丞相爲兵掠矣，陸丞相輔少帝入閩廣，空齋將前兵與追騎戰于永泰、福清之界土坑，衆寡不敵，題詩于堂，自刎死。逾年，其妹爲賊所得，駡曰：「吾林太保妹也，豈受污者乎？」嚙血題壁，撞死。邑乘失其官爵，《福清誌》亦互載失詳，惟鄉村至今呼其堂曰「太保」，戰處曰「太保坪」而已。又，本鄉下坑宋進士吴元美不附秦檜，作《夏二子傳》，榜家商隱堂，爲同鄉鄭某所訐，再貶坎坷而没。二先生，志不能載，鄉不能祀。吴後裔不振，林家爲元所覆。鄉社舊祀太尉相公，沿作鬼臉者，張睢陽願爲厲鬼之云。吾身賤無徵，不能爲鄉先賢表暴，乞蒸嘗勵世，亦終身之一恨也。』言若宿昔，因并記之。

日星晷

八節晨昏子半時，極星出地較高卑。君心不以天經緯，日日歸垣定不移。

虞　姬

良人有詩云：『彭城不以烏江敗，尚有虞兮不屬人。』刺吕雉也。萇弘之血化碧，貞婦之軀化石。姬之節烈，豈肯化草？詩人每以虞美人草咏姬，余爲正之。

先刎謝重瞳，差强隆凖公。應爲松與石，豈化草芃芃。

楊太后

宋寧宗后，有《宮詞》五十首。國亡，從北狩，年已七十矣。時有能言鳥秦吉了，遇北客買之，鳥云：『我南鳥，不願北去。』遂以頭觸籠，墮池溺死。老媼之舌亦巧，心亦慧，視之有愧多矣。

詞采三朝母，齡遐七十周。何如秦吉了，生死在南州。

校勘記

〔一〕『玉簫』，目次作『玉蕭』，簫、蕭字形相近，未詳孰是。

江西婦女

姓名無考，見《列朝詩集》。

端淑曰：詩有逸致，不加粧點，是閨幃本色。而又合得天巧，不得不謂之佳。

一葉芭蕉

何處移來一葉青，似同羅扇鬭輕盈。今宵風雨重門静，減却瀟湘幾點聲。

斗　娘

姓未詳，松江人。文學姚生妻，賦詩送其夫云云。聞者愛其語意清雅，但言永别之辭爲未宜。姚未幾果卒于外。

端淑曰：別而言不慎，烏有是哉？　詩特平平布置，而情意自真。

詩送夫子

疋馬離違日，黄花正晚秋。　君心宜自適，莫爲妾多憂。

其　二

遠逐風塵路，遺書滿目愁。　思君不成寐，月上看牽牛。

其　三

寂静聞天籟，愁眠覺夜遲。　遥憐江海别，殘月夢君時。

殷氏妾

殷無美妾。工詩，有才情。有句云云，無美每爲人誦之。

端淑曰：似古謡，十四字中多少感慨藏露，覺近體真板物，何必求其全乃佳？

摘　句

妾有一夫君二婦，一年夫婿半年親。

周潔

字玉如，南京人。年十四，適應天通判張鳴鳳。張罷官，携歸臨桂。數年後，貽書省父，寄詩一册，名曰《雲巢詩》，金陵人競傳誦之。

端淑曰：女士詩未易深老，柔則無骨，輕則無意，淺則無學，欲臻渾博難矣。蔡琰不離漢氣，文君尚多古音，後之薛濤、清炤，未易侔也。玉如詩深渾，而氣骨復老，無閨閣氣習。掩其全稿而僅表數作，居然名手矣！

立秋

白帝嚴金駕，乘風下紫薇。德微宣湛露，令即屏炎暉。乍警青梧落，將催赤鴈飛。何須賦團扇，恩顧似君稀。

晚晴

久雨愁無極，斜陽喜乍開。樹披殘靄出，山挾斷雲來。的歷穿花徑，逶迤過渚臺。更須林月上，清賞一追陪。

江邊思家

北望一含愁，歸心俯碧流。灘雖注南海，湘亦接巴流。天闕當牛斗，臺城枕石頭。儂家生長地，終歲信悠悠。

秦　淮

秣陵無處望，灘水正前流。何不教東下，將心到石頭。

憶　父

憶昔當殘臘，還家雪正飛。三年無一字，不忍見鴻歸。

夢還京

自去長干側，終年桂嶺西。新秋望鄉處，無奈白雲迷。

傷長姊

花落空縈恨，鶯啼更助哀。芳魂似流水，一去不重迴。

戲諸姊作假花

鏤花雕葉百般新，巧手分明遂奪真。自是深閨無定鑒，金錢輸與弄虛人。

梅生

麻城人，文學周世遴妻。世遴方應省試，得詩不入鎖院而歸。

端淑曰：余聞伯譽才名久矣，不知梅生也。家于一兄曰：梅生奇才，惜爲才所累。曾有詞云：『若是淚珠兒穿得起，我也剪下一股青絲，穿一串送與你。』可謂異想，但不得全帙爲闕事耳。

寄外

落葉滿庭堦，秋風吹復起。遥憶別離人，寂寞何堪此。

康氏

武功人。狀元康公海女，適蘭州孝廉張之桀，河南西華知縣光孝母。孝廉廬母墓而死，旌表時光孝方數歲。氏通文墨，精卜術。夫死後絶翰墨，即光孝亦未見隻字。有表姊某夫人，求爲墓誌，不報。氏卒，光孝檢粧奩，得片紙，有二句云云。光孝大哭曰：『此殆爲余文也。』

端淑曰：夫人事，爲關中仁和令石漢青禎所述。失而得，得而失，竟獲亂紙中，乃知天不欲泯節義也。

遺句

去鳥冥冥雲路渺，青天漠漠起陰空。

宋婉

字玉馨，自號蘭齋女史。臨安人，潮州知府長吉女。有姿色，工詩畫。嫁表兄謝騏，後謝官太常卿。

端淑曰：玉馨諸事俱草草，以釵繫燕足卜姻，爲謝所得，遂嫁之。想固奇矣。雖然，倘爲俗子拾去，婉亦嫁之乎？

繫燕足

良工愛奇玉，鏤作雙燕子。婉媚似有情，朝暮並棲止。所嗟粧臺畔，寂寞不如爾。爲寄相思心，暫拆雙飛翅。願遇多情者，令彼銷魂死。爾若再相逢，良緣亦在此。

題梅花畫

雪谷冰崖質自幽，不關漁笛亦生愁。春風何事先吹綻，消息何曾到隴頭。

梅　花

小窗春信不曾差，昨夜東風透碧紗。筆底欲傳鄉國恨，南枝爲寫兩三花。

燕山婢

見《古今笑林》及李漁《笑裏笑》。

端淑曰：形容『黑』字，與予《咏紅》詩可以並行。

咏　黑【此種選之何意？】

老婢從來黑，生長烏衣國。漆廊立着但聞聲，炭室藏來不見色。臉被松烟熏，手是烏木刻。文房四寶我有名，一笏翰林風月真金墨。

名媛詩緯初編卷六

山陰王端淑玉映選輯

正集四

范　氏

四川人。嘉靖庚子解元希正公女，孝廉春亭公之配，學士黄公輝母。熟《内則》、《孝經》，後數稱引解説，女中師之。及病劇，夢神人相慰勞，大類其父，竟而嘆曰：『先君子四十七而卒，吾今逮矣，其將往乎！』遂卒。累封夫人。

端淑曰：夫人《憶母》詩，詞嚴而正，意深而厚，是《三百篇》餘音。慎軒先生名重海内，亦賴夫人内教成之。余生海隅，恨搜求未備，不得多收爲怏怏耳。

憶　母

思親悶坐銀燈下，誤聽風聲是雨聲。

文氏

三水人。少白先生女，光禄天瑞公姊，適葛氏。有《君子亭詩賦》三百餘首，手鈔書六十卷。少寡，作《九騷》九篇以見志。辭義典雅，稱其風烈。封夫人，表節婦。

端淑曰：夫人節烈自守，作《離騷》九篇以見志，賦《君子亭詩》以述懷，而辭義典雅，言風烈者必以夫人爲首稱。其詩則簡質。

讀書辭

讀既倦兮草草，步蒼苔兮縹緲。問落花兮多少，怨殘紅兮風掃。鳥喧喧兮人稀，柳依依兮絮飛。思悠悠兮春歸，惟把卷兮送餘暉。

悼懷篇

青青山上松，年華不可考。灼灼園中花，顔色不嘗好。五月鳴蜩至，八月蝴蝶老。感物有盛衰，豈忍歸腐草。

邢静慈

臨邑人，太僕卿侗公妹。善畫白描大士，書法以其兄。母萬氏愛女甚，必欲字貴人，年十八始適武定人、大同知府馬公極有。

端淑曰：學佛人多超思，然以佛語入詩，又是魔氣。輞川深究佛理，弗爲也。東坡尚在遊戲間耳。邢詩雅潔，惜未睹全帙，應是静中慧耳。書畫俱佳，知是女士中異人。

静　坐

荆釵裙布念重違，掃却焚香自掩扉。莫向吹簫羨嬴女，多年已辦五銖衣。

讀三國志

抱膝長吟道自尊，一時魚水感深恩。當年若穩隆中卧，不到秋風五丈原。

屠瑶瑟

字湘靈。鄞縣進士隆公女，士人黄振古妻。年二十七而卒。

端淑曰：長卿先生爲一代文人，第文學六朝，詩學温、李，識者猶憾其骨之不勁。瑶瑟詩喜無詞重之病，反過其父。讀『若耶煙似雨，步步入荷花』二語，居然畫出越中山水，足敵龜齡一賦。

南荒歌

南荒古炎徼，十月無霜飛。停梭悲遠道，不用寄寒衣。

浣紗女

日暖銀塘緑，溪邊出浣紗。若耶煙似雨，步步入荷花。

愛妾換馬

卿愛落鴈姿，儂愛飛龍騎。日暮别揮鞭，男兒何意氣。

清溪小姑曲

小姑何代女，明粧清溪曲。風吹香粉銷，水映眉痕緑。野廟寂無人，日暮飛屬玉。

子夜歌

子夜夜轉長，簾前月華吐。只解歌調工，誰識歌心苦。清商激涼風，良人在淮楚。

春日白苧詞

條風吹花花拂箏，上林宮柳聞啼鶯。日暖高臺棲落英，翩翩粉蝶雙翅輕。梨花細雨不勝情，夜月寶瑟杳無聲。遊人連袂出京城，杏衫榴裙挾玉笙。賤妾不言淚暗傾，別恨縈牽羞獨行。

秋夜贈沈七襄

綺閣知音總不羣，挑燈刺繡薛靈芸。夜涼明月低繩户，猶簡蘭閨倒薤文。

送　文

蕭蕭梧葉作秋聲，况復征人欲遠行。此去西泠煙草碧，月高霜落水痕清。

贈王芳蕙于歸花燭詩

粧鏡朱顔借玉荷，初匀眉黛拂雙蛾。雲英舊有藍橋約，一夜香風到大羅。

禮觀音大士

千江一片月輪孤，直是禪心映玉壺。處處普門憑示現，憑君便作女人呼。

採蓮曲

六橋垂柳兩邊分，日暮吴歌隔岸聞。祇解蓮花如粉面，不知荷葉是羅裙。

遊仙曲

禮罷高真控鶴歸，八琅仙樂月痕微。青天忽墜琉璃色，炤見仙人薜荔衣。

其　二

銀臺珠樹是仙家，綺閣晴嬌四炤花。不用安妃裁蜀錦，銖衣多剪赤城霞。

沈天孫

字七襄，宣城人。鼎元文節公懋學女，屠公隆子金樞妻也。年二十一卒。與屠湘靈合刻其詩，曰《留香草》。

端淑曰：詩者思也，爲心之聲。聲以達情，以門面典故了之，焉以詩爲？而淺之者止拾煙雲陳跡，花鳥字面，又爲不讀書人藉口。句中有意，字中有情，句字之外有趣，斯爲得之。七襄詩靈慧，尤喜其無女士累。

子夜歌

輕橈盪北渚，中流拗藕絲。藕絲不可斷，纏綿會有時。

春日送七寶姊歸寧

一曲驪歌淚暗垂，香車陌上過春荑。關情最是蘼蕪草，何必楊枝綰別離。

自君之出矣

自君之出矣，孤月鑒虛牖。思君如飛花，隨風不回首。

睡　蝶

一夜和風遍海棠，家園蝴蝶拂柔桑。飛隨芳樹霞衣好，倦宿琪花粉夢香。似與名蕤分豔色，不堪清露濕秋裳。因風又度雕闌去，却伴游絲過石梁。

頳　桐

朱萼疑看九月楓，繁枝又借嶧陽桐。丹鬚吐舌迎風豔，絳蠟籠紗炤月空。西域應分安石紫，寢宫可作麥英紅。緑珠晏罷歸金谷，七尺珊瑚映水中。

贈湘靈

芙蓉兩頰映羅衣，笑拂釵頭雙鳳飛。彷彿疑施青布障，知君能解小郎圍。

其　二

柳眼低垂護墨池，菱花掩映遠山眉。輸卿刀尺工挑錦，夜夜燈前借履綦。

禮觀音大士和湘靈

天冠瓔珞現重重，風送潮聲入梵鐘。但願人心如水月，何愁不得覩金容。

秋　夜

蟲飛紈扇早知秋，明月穿窗炤畫樓。灑淚兩行何處落，臨風寄向故園流。

游仙曲

清溪白石出胡麻，香煖瑶池九影花。見説元都無甲子，春光嘗住阿環家。

花燭詞贈王蕙芳

比翼雙飛宿上林，流蘇掩映合歡衾。香奩賦就憐蘇蕙，織出迴文寄錦心。

明　妃

塞北黄沙入馬蹄，玉關千里雪沾衣。君恩不逐金刀斷，漠漠香魂月下歸。

採桑曲

青溪女兒愛羅裙，提筐陌上踏春雲。蠶饑日暮思歸去，不敢回頭看使君。

李大純

字貞君，鄞縣人。文學袁雍簡之妻。

端淑曰：時尚聲調，漸入虛響。取此真致之筆，不猶愈于收海内名家耶！况手眼冷雋，出自女郎口中，不得不亟收。

夏日多病

幾欲爲文却病魔，其如愁極病增多。煖風却怪掀簾箔，涼月何心到芰荷。祗以一燈甘寂寞，故令雙髫亂婆娑。夢魂若報行人至，驚醒東隣子夜歌。

郎君遊閩擬是日登陸風雨大作心甚憂之

憐君今日渡仙霞，雨驟風狂徧落花。此地應無故人在，行囊知道阿誰家。

宮　詞

蛾眉二八絶堪憐，閉却深宮不見天。春去春來都莫問，只憑寒暑定流年。

全少光

字如玉，福建人。布衣莊學思妻。

端淑曰：如玉靈心妙齒，筆墨俱鬆，意真語切，自是名手。且措句有品，若再以才情出之，則未可量也。

暮春即事

經時渾暖候，映日有青枝。花落蜂猶戀，春歸草不知。竹包仍个个，柳線亦絲絲。獨憶深閨裏，柔風入暮時。

朱德璉

鄞縣人，文學吴岳生妻。

端淑曰：寄托深遠，寓意高曠，加之壯而不浮，闊而不板，《偶題》詩更深一步。

寄弟君典

搔首飛（篷）〔蓬〕四載餘，兩音聽玉幾回虚。天邊鴈陣都成字，壁上蝸涎宛作書。露草侵堦苔蘚滑，煙蘿遶徑緑筠疎。何堪骨肉同寥落，南北無由慰索居。

偶　題

偶聞渌水曲，欲托黄金徽。絃手不相應，心隨白鶴飛。

袁九淑

字君嫕，通州人。錢良胤之妻，四川布政隨公女。少讀經史，尤深内典。詩文精麗，書法遒媚。良胤故世家，好文。家有絳雪樓，九淑之所棲。供具精良，几榻妍寂，中懸所繡大士像，玉毫紺日，華鬘儼然。左右圖史，誦讀移日。清晨夜坐，焚修習静，每自謂易遷宫中人也。歸良胤一年而卒。所著有《伽音集》，屠隆爲之作序。

端淑曰：嘗讀史見絶色絶才，恒多早逝，未嘗不廢卷而嘆。甚矣，天之妬人妬其尤者！然此種實仙家所謫，安得久居塵世？眉公先生云：紅顔化爲白髮，虎頭健兒化爲雞皮老翁。美人名將，殊爲可憐。故神龍使人見首不見尾。君嫕焚修習静，神閒體潔，肯偕凡夫寢興乎？讀其詩『操杵力不任，當壚心自鄙』，胸中早抹却相如、伯鸞矣！况下此者乎？

步虚詞

天上春難老，人間日易曛。指揮青鳥使，親近碧霞君。冠偃蛾眉月，衣裁華嶽雲。往來靈仗擁，仙樂夜深聞。

春日齋居雜書

粧成出幽閣，芳徑寂無譁。林潤涵朝雨，窗明帶曙霞。鶴棲醒酒石，鳥啄睡香花。長笑耶溪女，春風自浣紗。

其　二

雨過小池緑，苔生白板扉。元言深玉麈，幽思托金徽。遠笛兼鶯語，飛花趁燕歸。相看貧亦好，安用泣牛衣？

閒居雜書示外五孫

操杵力不任，當壚心自鄙。花時掩關坐，焚香讀秋水。

其二

長笑里俗兒，閨中相爾女。因思安豐婦，由來卿壻古。

燈詞

家家行樂管絃催，火樹千枝向夜開。見説南隣祀太乙，笑聲一片踏歌來。

鄧氏

閩縣人。萬曆中，嫁瓊河鄒氏。夫不類，女鬱鬱不自得，作詩語多淒怨。居二年，竟以怨死。臨終，以其遺草付之甥，人争傳録。

端淑曰：天之不平久矣，『實命不猶』一語，使千古女子怨恨俱消。惜哉，女之寡識也！存詩一首憐之。

東園踏青

芍藥叢邊露氣沉，步隨芳草共幽尋。桃花薰日紅濃淡，柳葉迷煙翠淺深。何處香泥忙社燕，誰家晴檻噪時禽。悄寒羅襪渾無力，斜倚東風碧樹陰。

劉苑華

香山人。户部郎何公藻妻，封宜人。有詩一卷，題曰『落霞山下劉苑華吟』。

端淑曰：《毛詩》之妙，在意言之外。繪景寫情，宛然生動，故以學問才情爲詩，猶詩之次也。今古才人，一墮作家氣，去風雅自遠。今之作者，未免太肖近體之創，所謂蹶裂風雅也。獨士女之詩，名心不存，才思不眩，風雅一綫猶留紅粉中。東坡妙解詩文，亦謂字壞于顔柳，詩壞于李杜；今古詩字之妙，惟淵明、逸少而已。宜人詩不甚警練，喜無唐人積套。

辭姊妹

同作花根葉，復作葉前花。花中七姊妹，並蒂復連丫。盈盈二八月，引蔓如蓬麻。春風時見面，秋月明朱華。一旦離長蔓，裊裊天之涯。北柯戀南條，風飄素雲遮。柔莖與緑葉，望望長風沙。

舟發羅水問侍女

門前瞬息是天涯，剛是辭家便憶家。試問羅江幾丫水，送人雲裏拾春花。

聽畫船梢婦打歌用吴歌體

畫船女兒打吴歌，縹緲風煙莎接麽。却與槳聲相應節，到來只是唤哥哥。

理粧

舟中長是不梳頭，今日臨粧上小樓。借得烏雲撩緑髩，好將時樣學蘇州。

王氏

解州人，俞保妻。萬曆間補戍騰越，王將粒米作信香，日夕懇禱關聖祠。積歲罄米若干。保在伍，夢關聖呼曰：『爾婦爲汝虔禱，故來視爾。爾欲歸乎？』保伏地願歸。已不覺隨其馬蹄馳行，獵獵猛風，吹送有聲。已落平沙，即解州城外，因抵家。扣王氏，始疑，保道所以，方啓户，相抱痛哭。隨詣廟謝，復詣州言，移文騰越察之。云保離伍僅一日，而點軍簿復有『關聖免勾』四字，保軍遂免。

端淑曰：世上無有奇怪，種種鬼神之事，一誠爲之耳。聖賢仙佛，皆從此出，未有真風雅而不至誠者也。此詩亦關風教，不必較其工拙耳。

祝關帝

信香一粒米，客路萬重山。一香一點淚，流恨入蕭關。

劉雲瓊

臨晋人，孝廉趙禑妻。有《水雲居詩》，自署曰『離石檻花居士』。

端淑曰：《古別離》詩，絶不説出離別之意，古直樸淡，意在言外。

古別離

牽衣惜郎別，郎上雕鞍去。試問將何之，東流汾水處。

春　閨

百舌五更啼，啼聲驚繡闈。王孫歸未得，芳草自萋萋。

謝　彩

字五雲，秀水人。謝彬吾女，相傳爲璇妃三女臨凡。年十四，柔肌纖質，不勝綺羅，豔冶之態，目爲神人。適雲間丁七郎，未幾尸解而去，丁後亦不知所終云。

端淑曰：予讀《五雲傳》至羣仙夜集，侑觴高歌，使人有凌雲之想。且説得天花亂墜，欲飛欲舞，十二美人之稱，唯五雲幻甚。

游仙詩

十二峰頭嵐氣青，霓裳摇曳珮丁丁。葫蘆收括乾坤物，雲雨風雷日月星。

其　二

麻姑七日下經家，張爪翻思背可爬。一念纔萌姑已悉，銀鞭忽自暗中撾。

其　三

香風吹下蕋珠宫，路遇巴園對弈翁。笑問先生何處去，楸枰移在玉蓮峰。

贈丁生

三生一笑舊姻盟，石畔桃花月下笙。惆悵滄桑經幾變，於今纔了昔年情。

其　二

銀漢昭回月在天，香風吹散碧紗煙。玉京何必崎嶇覓，咫尺銀屏證夙緣。

煙雨樓

春風遲我一登樓，紅染夭桃緑未稠。百里練光煙細襯，四圍曉色雨初收。漁歌每自蘆中起，畫舫還從霧後游。我欲騎鯨從此去，須知直北是瀛洲。

瑶簪擊玉缶歌

金烏既墜漏箭頻，城頭月挂銀粼粼。流光炤我四座賓，贈我以酒歌陽春。憶昔瑶臺會羣真，雲璈玉磬俱列陳。既諷丹籙復清論，天花四散縈我身。於此一别淪海濵，宿緣未斷旋謫塵。厄滿二九始締姻，桃花繞洞空白雲。白鶴怨我未返輪，靈臺鬱結思未伸。庯知鸞馭俄相親，際此良夜逢故人。留連莫惜傾玉樽，須臾展我眉上顰。從此碧落與清津，時修尺一通鴈鱗。何當解縛重作隣，淡掃蛾眉朝紫宸。

丘　劉

麻城人。兵部尚書劉公天和孫女，丘坦長孺妻也。集唐最工。

端淑曰：集唐如用兵命將，兵將俱非己出，用之有術，兵將俱爲我用。數詩可謂節制之師。

悼長孺

江流曲似九迴腸，秋思非春亦自傷。明月不知人世變，夜來依舊下西廂。

其　二

鶯聲不散柳含煙，寒食家家送紙錢。心折此時無一寸，杏花零落寺門前。

其　三

磬聲初盡漏聲長，添得離人兩髩霜。堦下青苔與紅葉，九原何處不心傷。

其　四

窗殘夜月人何在，一見清明一改容。墜葉飄花難再復，生離死別恨無窮。

追懷亡兄金吾延伯歌妓散盡有感集句

殘花惆悵近人開，南國佳人去不回。回首可憐歌舞地，年年春色爲誰來。

其　二

濕雲如夢雨如塵，自有春愁正斷魂。人面不知何處在，空留鶯語到黄昏。

其　三

千山萬水玉人遥，人事音書漫寂寥。惆悵一年春又去，更無消息到今朝。

其　四

誰家玉笛暗飛聲，總是鄉關離别情。妾夢不離江上水，夜來還到雒陽城。

魏將蘭

杭州人。年十八，未字而夭。有遺草一卷行世。

端淑曰：見古人一二佳句，即擊節嘆賞，奉爲拱璧。將蘭之詩，夫子于毛馳黄案頭録來，亟收之，以增斯編之光。

春堤得騮字

花滿春林酒滿舟，花間蹀躞走驊騮。舟中春色已如許，可惜西施逐水流。

馬氏

蘇州人，虎關將家婦。氏所咏《夢戍》詩一百首，莆田宋珏比玉得之越中荒村老屋中，見『芳草無言路不明』句，爲之驚嘆。録而傳之，題曰《香魂集》，譚公元春爲作序。

端淑曰：馬氏《秋閨夢戍》詩見重譚友夏先生，余細閲之，百首中只『芳草無言』一句堪與『楓落吴江』並傳，何必百首哉！友夏謂古人作詩之少，正是念頭狠處，余每嘆服斯言。

秋閨夢戍

夫重封侯妾愛輕，漫歌琥珀戀寒更。遊魂自苦人何在，芳草無言路不明。彷彿玉關傷舊別，徘徊油幕訂新盟。夢回簷馬迎風處，猶是沙場劍戟聲。

嘉定婦

姓氏無考。

端淑曰：殷無美云：嘉定一民家婦，平日未嘗作詩，臨終書一絶與其夫，悽惋可誦。『衣蘆花』句質樸無文，收此以留風雅。

臨終與夫

當時二八到君家，尺素無成愧枲麻。今日到君無別語，免教兒女衣蘆花。

朱桂英

仁和人，陝西副使陳公洪範之副室也。清心契法，鋭意修真，金籙標名，有養誠道人之號。著有《閨閣窮元集》。

端淑曰：一氣高厚，典雅博大，與近日之言格調者迥別，特詩意未甚曲折爲玷也。

題虎丘壁

梵閣頻臨入紫霞，憑欄極目渺無涯。天連瀚海三千里，煙鎖吳城十萬家。南北舟航摇落日，高低丘隴接平沙。老僧不管興亡事，安坐蒲團課法華。

陸娟

松江人。德藴女，馬龍妻。德藴有高行，爲沈啓南之師。有女能詩，以女貞著。

端淑曰：詩亦酣暢。張文潛詩有『不管煙波與風雨，載將離恨過江南』句，意別而語同。

代父送人還新安

津亭楊柳碧毿毿，人醉東風酒半酣。萬點落花舟一葉，載將春色過江南。

陳　氏

福建人，潘進士仲徽公妻也。所著有《閨中集》。

端淑曰：《寄遠》詩悽甚怨甚，譜出大地離愁，潘公何以爲答？說來有氣骨，却又不酸。

懷潘郎

良人挾策上長安，欲訴衷腸隔萬山。乳燕自憐人寂寞，雙雙飛近玉闌干。

寄　遠

暮雨沉沉不肯休，知君今夜宿誰樓。可憐楚水吴山外，旅況閨情一樣愁。

吴宗文

號咏雪居士，武進人。學士復菴公女，適宜興曹塵客。資性穎悟，能詩。雅好元瀹，不事繁華。

端淑曰：初視以爲麤直，久而喜其透達。以此知詩之未佳者，不當竟棄之。

和弟詹所大歇龕

不記前身與後身，算來面目總非真。漳河斷碣多疑塚，汲塚開棺不見人。未能免俗猶違俗，無着天親强與親。認取本來真色相，是誰屈曲是誰伸。

錢　氏

湖州人。巡撫繼修公女，廣東巡道王公行道妻。隨夫之任，殞于途。搜篋中，得藏稿一帙行世，稱王夫人。

端淑曰：夫人《歸寧》詩，繪景寫情，宛如覿面，毫不粧飾，詩家妙境。

歸寧喜賦

野樹閒雲映水斜，倚山茅屋隱啼鴉。待郎笑指前村店，店外桑畦是母家。

吴　氏

吴縣人。孟仁女，適洞庭蔡氏。早寡，有子名羽，爲翰林孔目。有詩才，與文徵明待詔齊名。

端淑曰：孔目公與文待詔，文章詩賦，山水墨妙，價重一時。即三尺孩提，無有不知文、蔡二先生者。第孺人詩近于膚，故少警思。

寄　母

久違膝下缺承歡，尺素無由遠問安。蓬島月華雙闕曙，洞庭秋老兩峰寒。紫泥詔下終承寵，白髮年來且自寬。安得南來重戲彩，菊花插取滿頭觀。

方　氏

錢唐人。將軍心瀛女，曹舜玉妻也。恭婉好文翰，從舅任之桐江而殞。所遺詩文名曰《如玉集》。

端淑曰：《落花》詩雖多，從未有當予心者，大略不離前人窠臼耳。此詩仍拾殘粉，以詩少存之。

落　花

緑窗人静落殘紅，飛盡郊園錦幾重。黄鳥解人憐惜意，却將婉語駡東風。

徐　氏

長山人。御史耿公鳴世妻，督撫浙江都御史廷柏公母。封太夫人。

端淑曰：質樸無文，何等家當！今之稱爲作手者，非尖小即濃重，如此運筆，自是不同。收之可爲母則。

寄男廷栢

兩字平安報爾知，田園豐足有餘資。絲毫不用南中物，好做清官答聖時。

杜漪蘭

揚州人，吏部左侍郎熊公文舉之妾也。夙有才慧，因遭變亂，周旋熊公患難，備極困頓。與李司馬公元鼎朱遠山夫人朝夕唱和。江西戊己之變，詩篇零落。後聞夫人生五女，讀書而有雋才，皆適名閥。夫人以無子憂傷，不復事筆墨，然其一二舊篇可考也。

端淑曰：外沐少宰知遇，以兩家夙好，萍聚武林，奇矣！故公有云：門生故不敢當，存作藝苑一段佳話，即函丈中狀元壬辰鄒公忠倚、總憲龔公鼎孳猶增氣色也。夫人詩係公手授者，俱秀雅渾厚，惜不能與之把臂爲憾云。

題麻姑介酒圖壽朱遠山夫人

瑞雲芳草絶纖埃，萬緑輕紅點翠苔。爲報麻姑將進酒，啣書青鳥昨飛來。

其　二

釀得瓊漿太液春，上元同壽李夫人。蓬萊清淺何須問，應記前身侍玉宸。

其　三

繽紛玉樹舊天潢，秀出瑶林絶衆芳。近説名流遴國雅，分將珠采耀珪璋。

其　四

河山欹岸世情疎，風雨難銷萬卷書。怪得中朝企司馬，畫眉相對有名儒。

其　五

畫荻如丸姆教存，翩翩公子紹龍門。金爐正好披宫錦，暫著斑衣慶石園。

覽秣陵春劇和少宰夫子韵

簫聲疑徹小紅樓，唤起春光若夢遊。爲泛瓊巵憐影俊，漫開寶鑑照心愁。仙音似覺歌桃葉，幻舫公然出石頭。出世不忘情景異，今人寧解此風流。

名媛詩緯初編卷七

山陰王端淑玉映選輯

正集五

陸卿子

吴縣人。尚寶卿師道公女，歸太倉趙公宧光。性元澹，不喜繁飾。與趙結廬山中，繡佛長齋，吟咏無間，超然有遺俗之志。有《雲卧閣》、《考槃》、《元芝》諸集，《列朝詩選》甚誚之。

端淑曰：作詩如披沙見金，沙盡金露；又如春粟，播之揚之，糠粃在前，玉粒在後。所謂選而後作，毋使作而後選也。卿子敺使晋魏，揮斥青蓮，經史在其胸中，才華應于腕下，自視非大家作手乎？然所得多屬糟粕，無乃形似古人也。《春秋》責備，獨恕簪珥乎！

山居即事

披榛越宿莽，背郭隱花蹊。月静妖狐泣，松深怪鳥啼。秋山雲炤户，春澗水穿隄。飛作千尋瀑，家家引灌畦。

閒居即事

閉門聊自適，陋巷薜蘿深。柳色啼春鳥，波光澹夕陰。落花閒覆地，空靄静依林。若問幽棲意，牀頭有素琴。

出　婢

撥盡琵琶奏楚聲，多情元是未知情。非關公子偏憐馬，自恨佳人不絶纓。蠟炬夜深空有淚，桃花日暖却飄英。于今玉貌誰堪賞，繡閣雲空月自明。

送范夫人從宦游滇南

日暮送行人，離愁滿江滸。江雲慘不飛，相對兩無語。

其　二

相見情已深，相别愁人心。借問此何爲，爲君多好音。

塞下曲

羌笛聲悲怨未還，月明一夜鬢毛斑。閨中莫漫空思憶，匹馬朝來又度關。

其　二

沙白雲黄雪作華，戍樓無笛夕陽斜。征人莫上隴頭望，淚盡長江不到家。

酬范夫人

萬壑松風萬壑秋，一聲啼鳥一聲愁。愁心欲寄憑誰寄，寄與溪流帶淚流。

山　居

青冥色不斷，迴合勢難分。石室藏丹粟，蘿房起白雲。鳥飛天影外，泉響隔林聞。澹蕩波光裏，烟霞夕斂曛。

山　中

客去鳥還啼，山空泉復響。風送落花來，片片層波上。

贈節婦嬴氏

月白孤鴻天際鳴，空庭落葉散秋聲。機中空有迴文字，不向泉臺寄别情。

朱德樹

杭州人，文學吴簡妻。簡字次狂。相夫治家，井井有條。早逝。著有《弄珠集》。

端淑曰：德樹詩舉體清雋，如襄陽梅、君復鶴，不染人間烟火。而剪月裁雲，大是慧手，唐、宋間名女史不足多也。至其英英靈爽，欲附文姬、令暉而上之，豈尋嘗閨閣可及！

無　題

故人賢亦愚，今人拙亦巧。待得新人故，方知故人好。

雨後蟬聲

雨歇雲痕净，林空翠色浮。聲聲高樹裏，吟破一天秋。

題吴門王夫人扇頭畫

烟冷雲横山徑斜，雙雙鴛鳥睡春沙。淺溪小閣翠深處，流出孤舟載落花。

村　晚

荒村晚景成幽獨，片片炊烟出茅屋。柴門半掩人未歸，一燈孤影摇深竹。

看山

簾捲樓窗空翠接，野雲抱樹堆山缺。分明昨夜夢魂狂，飛向峯頭弄明月。

苦雨

驟雨連朝發，無愁亦愴然。疏泥通檻溜，破壁放炊烟。蕩漾亭疑艇，迷離屋接天。飛雲渾不定，片片落山巔。

冬日即事

冷落門重閉，幽居亦自宜。疎籬依古樹，亂竹暗荒池。壁破鳥藏食，村深飯失時。垂簾閒處好，吟就看梅詩。

冬晚

遠山吞落日，烟影鎖雙扉。凍鳥尋枝宿，村童荷蓧歸。卸粧成晚爨，剪燭補寒衣。窗外瀟瀟雨，鐘聲隔樹飛。

思酒不得

素性不喜飲，但有愛茶癖。燈下偶深坐，淒風弄寒夕。忽憶玉觴中，流霞真可惜。一樽醉此時，寒威應避席。酒家滿蹊南，囊空苦無策。聞天有酒星，酒星安可摘。聞地有酒泉，酒泉安可覓。堪羨鬱金香，飛光成琥珀。斗酒長安市，笑彼量猶窄。安得滄海波，一時成玉液。

别故衣

貧家無所飾，裳衣唯用布。及兹歲屢更，絲絲破如絮。曾聞衣取新，又言人欲故。人故尚不憐，衣故復何慕。昔曾作嫁衣，伴我爲新婦。數載同影形，非是忍相負。但昔護我寒，而今體俱露。不忍置汝泥，亦不棄汝路。願汝乘輕風，片片化雲去。

病　中

偶與愁魔犯，身如雨後梧。懶粧羅覆額，怯冷袖圍爐。風雨渾迷晝，朝昏屢問奴。獨憐詩思好，贏得滿囊珠。

徐　媛

字小淑，長洲人。泰時女，副使范公允臨妻。髫年多慧，性好學詩，博極羣籍，凡古文碑銘，騷賦歌詞，罔不究心。論詩獨不喜子美，而慕長吉，謂子美雖大家，然多鄙俚語，長吉怪怪奇奇，俱出自創，不到以鬼才開宋人門户。故所咏悉雄麗奇兀，高視一時。有《絡緯吟》集。《列朝詩集》言其視陸卿子尤爲猥雜。

端淑曰：學子美而不得其老，則近于板而俚；學長吉而不得其奇，則近于澀而鑿。太白醜處，狂語浮蔓；香山醜處，學究打油。襄陽單儉，東野酸寒。非古人一無是處，俱學而不得其佳也。古人不輕易學，況紛紛歷下、竟陵乎？一尺之冠，惹地之袖，倏而低就，髪窄帖膚，何長短之效顰乎？且用古典處，非凑即尖，其老句多糟粕耳。越人喙長三尺，卒拾吴兒餘唾，可感也。范夫人詩名籍籍，特無神境，以其擬古處，未能彈丸脱手。然絶句獨妙，不愧吴中名媛。

秣陵弔故宫

秋壁枯蝶灰，荒丘墳古人。陰松閉幽宫，走犬相狺狺。白景寒風蕭，野霜上苦榛。桐柱消土脉，罘罳結杞莖。翠殿徒烟飄，畫鼓沉晝昏。遺香碎象口，守宫冷血痕。花房平烏足，桂寢濕螢生。瓦礫抉鼠母，空桑捕蛇孫。乾石卧魑魅，笑聲起碧燐。古水黑如漆，老蛟齒列銀。跳太截饞涎，暴背竪錦鱗。南原曠號號，静夜無行人。健犢耘泥膏，壯夫排隴耕。今朝穜稑地，昔日瑶臺春。不須春白玉，安用餌黄金。渠似淮南客，相牽翔白雲。

山中孺子妾歌

泣魚固要寵，悲扇斷恩私。霍霍陽春豔，蟠蟠桃李滋。劃焉素秋至，中道恒相遺。紅葩有消歇，月盈還蔽虧。莫作中山孺子妾，半寸纖蛾千縷結。别鶴離鸞怨碧空，長門夜久高明月。

寄懷趙四夫人

濕雨隴烟暗，淒其故國心。鳥歸千嶂寂，花散一簾陰。門静時聞柝，亭閑不厭砧。美人秋色裏，望斷五湖深。

其　二

羽書流古驛，日日動邊聲。細柳雲旌黑，龍沙鐵馬横。鴈回衡巘頂，音斷石頭城。忽報明珠墮，馳來萬里情。

宿　草

蟋蟀鳴枯蒂，芳枝委落風。蹇塗傷倦客，斷岸泣孤踪。蕭索秋霜下，淒迷槁葉叢。更憐飛雨後，憔悴任西東。

重酬前韵

長風拂甸岱雲黄，絶塞征鴻夜夜霜。瀚海浮槎人共影，邊城躍馬筏爲梁。驚飛柳絮樓頭色，落盡梅花笛裏聲。聞道燕然猶未勒，倩誰揮箭射天狼。

贈金雲卿

錢唐松栢鬱層層，油壁輕車蘇小乘。笑結同心拾香草，更憐明月在西陵。

虎丘懷古

石梁飛澗水滄茫，伏虎巖前草色黄。苔印尚留殘鳥跡，空餘疎柳泣斜陽。

塞下曲

薊北霜飛捲鐵衣，將軍獵火度金微。轅門殺氣連郊黑，馬上生擒虎豹歸。

其　二

精兵萬道肅行儀，號令新傳李二師。匹馬踏平沙草窟，烏孫城角有降旗。

宫　怨

脉脉深宫桂殿涼，阿嬌金屋夜飛霜。千金莫買相如賦，白首文君怨已長。

其　二

金屋香吹粉黛香，夜寒高碧見河梁。雙星不向人間炤，冷盡梨花白玉牀。

重弔孫夫人

杜宇啼聲斷客腸，永安回首路茫茫。錦城絲管渾如夢，惟見春風掃緑楊。

其　二

將軍無策定雄圖，巾幗周郎豈丈夫。降城不假天山箭，粉黛翻爲金僕姑。

採蓮曲

斷風吹入水雲鄉，似近鮫人織素房。日暮烏啼深樹杳，相隨漁火出横塘。

其　二

十二峯頭欲露涼，門前沙白水蒼蒼。浣紗溪上新萍色，不似蓮花並妾粧。

竹枝詞

紅袖垂風紫陌東，門前斜插碧芙蓉。妾從江上投魚信，郎在瀟湘暮雨中。

送邵妹北上

翠幰金羈拂落花，揚鞭西指夕陽斜。行雲遶望歸鴻盡，遥見青山起暮霞。

桃源詠古

洞草流香苔色班，仙人歸去珮珊珊。武陵溪上桃花路，歲歲春風燕子還。

湘神曲

蒼梧古竹斑斑紫，湘神淚語湘江水。怨鵠離鸞跨碧穹，九山凝翠愁雲容。半夜蛟龍起呼跳，嬌仙冷珮江珠耀。江花静緑濕秋風，高天掛月光朧朧。

送長倩北上

沙草碧雲天，秋風使節懸。星軺朱畫轂，駿馬玉連錢。凍色露林白，濕雲霧葉燃。帝城恩澤渥，回首莫停鞭。

酬趙夫人前韻

嶺猿啼日暮，客思大江秋。夢破鄉關月，魂消客路愁。元霜飛翠髮，花塢記春遊。長干風雨夜，淚共楚雲流。

九月望家報不至聞警

風雨重陽滿目愁，鴈書終日恨沉浮。夜郎絶塞烽烟隔，長樂深宫羽檄流。故國黄花遥對酒，邊城素月倦登樓。將軍自短勤王策，悮把離腸怨督郵。

效古塞曲

攙搶西北叠昏霞，横笛榆關月隱牙。瘴氣曉開迷苜蓿，妖氛夜結暗毫沙。年年草色明妃墓，歲歲寒光蘇武家。不見葡萄來紫塞，空悲碎葉陷征車。

秋　夜

掃石坐芳叢，臨池夜色溶。月高山影亂，天迥暮烟空。

曉　步

一片滄浪白，晨光上紫闌。曉鳥啼不散，着意在輕寒。

春　游

緑澹紅稠日正妍，桃花渡口没魚船。一羣嬌鳥啣春色，萬户氤氲起夕烟。

烟寺曉鐘

香臺結翠倚山椒，萬樹青松入紫霄。野寺寂寥僧飯罷，鐘聲一點落寒潮。

劉氏妾

瑞州劉舉人文光、廖舉人暹，嘉靖乙丑會試入京師，廖浼老媪買妾，僞指劉曰：『娶汝，劉君也。』女郎拜劉，劉辭謝。明日，老媪詣劉講婚，劉曰：『娶妾者廖也，非我也。』媪歸語女，女誓曰：『吾既拜劉，業已許之，豈肯易志？不然，有死而已。』劉不得已，曰：『後三年，方得來娶。』女矢志以待，劉遂納聘，辭赴南雍，酌酒爲别，贈詩云云。

端淑曰：此詩雖近于俳，然體格自正，如『天涯到處生芳草』句，流麗宕漾，可掬可餐。且節義昭然，不必以詩詞小技定高下也。

贈　外

玉手纖纖捧玉杯，仙郎南去幾時回。天涯到處生芳草，須記凌寒雪裏梅。

郭　午

長洲人。光禄少卿仁公孫女，適松江朱洪彦。詩體娟静。著稿甚多，惜不廣傳。

端淑曰：詩不貴多，而貴出語驚人。如二十字可傳，其人即因二十字而傳矣。若冗濫鄙俚，雖百千萬言，何足貴也？此詩點綴幽致，予即以二十字傳郭午，何如？

春　眺

春煖晴何麗，江空白日低。雙雙飛燕子，隔水蹴芹泥。

薄少君

太倉人，文學沈承妻。能詩工楷。琴瑟唱和，籍籍一時。沈以雋才而卒，少君哀之，作《悼亡》詩百首。

踰年，值承忌辰，酹酒一慟而絶。

端淑曰：讀少君《悼亡》詩，須存其一段高視闊步氣岸，其粗豪處當耐之。【玉映非知詩者。】吾尤喜其胸中浩然無宿物。【情至之極，激爲奇憤，所謂搥腸搗腹，並非粗豪也。觀此必須慟絶，怨極憤極。且以此首作提挈，一百首俱是鐵板聲也。】

悼亡

海内風流一瞬傾，彼蒼難問古今争。哭君莫作秋閨怨，薤露須歌鐵板聲。

其　二

上帝徵賢相紫宸，賦樓何足屈君身。仙才天上原來少，故取凡間學道人。

其　三

藿食蕉衣道氣癯，天翁毒手亦何須。雖然奪得文人算，能奪文章半句無。

其　四【妙在毫無兒女情。】

英雄七尺豈烟消，骨作山陵氣作潮。不朽君心一寸鐵，何年出世話漁樵。【痛淚已絶。】

其　五

簡君司篋理殘書，欲認籤題淚轉霏。忽聽履聲窗外至，回頭欲語却還非。

其　六

苦吟時弄數莖鬚，吟就欣然手自書。想爲臨書逢客至，至今未了半行餘。

其　七【非閨中人不能爲知己。】

筆成精祟墨成神，一半憐才一半嗔。文字慢傳當世口，果然知己屬何人。【確極真極，道盡世人。】

其　八

環堵蕭然風雪紛，一盂久矣絶諸葷。生平消福緣何事，惟有雄文遏采雲。

其　九【佳。】

塲中無命莫論文，有鬼能遮秉鑑人。却怪君文遮不住，故將奇疾殺君身。

其　十

三十無兒君惝然，隣嬰偶過見猶憐。今雖有子留君後，不結生前一面緣。

其十一【真極。】

兒幼應知未識予，予從汝父莫躊躕。【必死。】今生汝父無繇見，好向他年讀父書。

其十二

男兒結局淺浮名，回首空嗟一未成。遺得八旬垂白父，淚枯老眼欲無聲。【哭。】

其十三

鐵骨支貧意獨深，有晴不屑顧黃金。時人慢賞雕蟲技，没却英雄一片心。

其十四

鶴程冠佩漸高寒，想見丰儀欲畫難。心似蓮花腸似雪，神如秋水氣如蘭。

其十五

碧落黄泉兩未知，他生夢有晤言期。情深欲化山頭石，刦盡還愁石爛時。

其十六

孤舘秋聲疎雨過，月明穿夢眼如魔。無端寒鴈一聲唳，不是思君恨已多。

其十七

元語涼心不可思，令人欲擬拙言詞。風吹天半峨嵋雪，下灑人間六月時。

其十八

水次鱗居接葦蕭，魚喧米鬨晚來潮。河梁日暮行人少，猶望君歸過板橋。

其十九【亦真。】

他人哭我我無知，我哭他人我則悲。今日我悲君不哭，先離煩惱是便宜。

其二十

沉沉夜壑燃幽炬，塚入松根逼寢處。風淒月苦知者誰，夜與山前石人語。

其二十一【夫婦鍾情，斯女已極。】

莫向塵埃問一時，千年萬里弔相知。有人繫馬墳前樹，半揖鞭梢哭古碑。

虞净芳

杭州人。吏部淳熙公女，光禄丞丁公汝馮妻。事姑以孝謹。年二十而卒，謚曰孝懿。有《鏡園遺咏》。黄公汝亨爲之誌。

端淑曰：貞父黄公言其『生而夙慧，受父書，稱閨閣之秀』，其詩『清而不豔，婉而不佚，當出謝蘊、徐媛之上』。然乎否也？其咏《古鏡》詩，通體未盡所長，或别有妙句佚于集外，而余見止此，爲之三嘆！

古　鏡

匣中古鏡宫樣成，海燕羣飛簇金粟。猶帶莓苔蝕土花，一似曾經埋古獄。片片桃花狸血紅，沉沉翠羽鴨頭緑。清泉旋汲拭輕綃，曉帳佳人新出浴。錯金縷玉安鏡臺，明月流輝炤華屋。憶昔良工初鑄成，江心五月逢丙丁。水淘月鍊瑩冰雪，對之凜凜髦毛崢。嗟乎古鏡傳來久，日魄月魂含精英。魍魎魑魅皆辟易，深山無處潛妖精。豈徒鑑貌形不匿，澄沃心垢塵慮清。持此還爲君子贈，願將此鑑韋弦并。無忘拂拭置案前，庶幾夙夜傳令名。

梅　花

小曲梅花曙，亭亭雪霽時。臨風如憶別，照水似相思。孤影夢猶見，寒香醒自知。傾城不解笑，幽獨更多姿。

七　夕

穿針樓上思悠悠，極目秋原黯不收。天上相逢惟七夕，人間一别抵三秋。彩幡夜落星河影，玉珮晨歸風露柔。瓜菓漫陳兒女事，明朝端的起新愁。

張姒音

杭州人，字勝無。奉常公□□〔一〕孫女，光禄丞丁公汝馮繼配。詩文皆秀麗無匹。

端淑曰：點染俱是化工，下筆又媚，是詩人無聊景况。

村月即事

風吹明月上孤村，一縷寒鐘隔浦痕。籬落寂寥聞犬吠，隣家沽酒過柴門。

校勘記

〔一〕□□，原書墨釘。

項蘭貞

字孟畹，秀水人。文學黄卯錫之妻，柔卿之姪婦，解元濤之母。學詩十餘年，多與柔卿唱和。臨歿，與卯錫永訣曰：『吾于塵世絶無所戀，惟小詩得附名閨秀後足矣。』所著有《裁雲》、《月露》二集。

端淑曰：鍾伯敬先生謂仙佛俱有名心，人無名心，與草本同腐。古人落眉入甕，語不驚人死不休，名使之也。夫人玉碎珠沈，猶乃心怏怏，惜詩之不傳，豈蛾眉凡質乎？風淒月淡，鳥怨花愁，中無三寸枯毫，徒爲七尺土木矣！選其諸詩，音節清潔，居然名手。

雉城聞鴈

明月炤蒼苔，横空一鴈來。影翻飛葉墮，聲帶晚風迴。塞北征人思，閨中少婦哀。江南別業在，叢桂幾枝開。

慰寄寒山趙夫人

落月驚秋早，斷鴻天際聞。遥思鹿門侣，愁看嶺頭雲。

秋夜憶家

一夕秋風至，天空鴈忽來。露溥堦下草，月落掌中杯。故國書難到，他鄉客未回。坐憐砧杵急，寒柝亦相催。

顔繡琴

以字行，蘇州人。

端淑曰：顔詩是有力量文字，讀其『千載孤忠』句，多少感慨雄壯，豈二八女郎口中語！【常語何足誇，玉映可謂盲婦人。】覽之者不可以七言八句而忽之也。

哭天寥母舅

烽烟飛遍各天涯，回首雲山暗自嗟。三載羈臣生有國，廿年貧宦没無家。故鄉夢裏應歸早，旅櫬他時恨正遐。泣斷黄昏思舅氏，悲風颯颯日方斜。

其　二

詩愈悲涼。

誰信西疇是北邙，朦朧烟霧鎖空廊。一身多病生前累，千載孤忠死後芳。向日花開逢色笑，幾回淚盡讀文章。故園三徑荒蕪久，薇蕨從今更不香。

章有淑

字瑞麟，松江人。

端淑曰：《悲燕》詩整練麗勁，有諷有刺。近體至此，直入初、盛矣！且聲華中忽及寂寞，感深思遠。

悲燕城和慈韻

龍去橋陵不可攀，天都愁絶五雲間。吹簫秦女乘鸞去，鼓瑟湘妃化鶴還。月冷新宫遺玉珮，雲愁舊院委金環。可憐此日鬢眉客〔一〕，萬里中原視〔二〕等閒。

校勘記

〔一〕『客』，南圖本作『女』。

〔二〕『視』，南圖本作『字』。

朱素瓊

鄧州人。生天啓壬戌。靈淑多姿，工箋札詞賦，然自負高邈，韞玉獨貴。于是問津者乏，選勝好奇之士下此勿論矣。嗣流氛寇中州，挈家而逃，泛巴陵，家長沙焉。其所批閱文、古詩詞，靡不流矚。獨于越中孟子塞新編《鴛鴦》詞作，緣其詞序大旨，爲情種最深，至《晚繡》一齣，涕泗交集，已骨立矣。後藍山盜起，或言溺湘，或言爲賊掠，俱不可問。其親周元亮先生頗能話其生平。

端淑曰：女子薄命，自古皆然。天下聰明豔麗之質，與草木同腐者，不知幾幾。素瓊幼守閨訓，習禮習詩，人稱其慧。忽烽烟雲集，悲笳聲起，而遂罹慘變。或云已死，或云被擄，均不可考矣。詩自哀怨，似不能永者。

閱鴛鴦塚詞記

葉底花藏十數春，並無人見自含顰。他年花落春風杳，誰人還作賞花人。

其　二

一本新詞字字真，窗前一讀一傷神。此情囑付梁間燕，寄向天涯何處人。

（盱眙）〔盱眙〕女郎

姓名無考。

端淑曰：女郎詩淒冷疎秀，韻致悠然，且詩最忌實，如此虚用，始能有筆有墨。

（盱眙）〔盱眙〕女郎題壁

短袖籠春去，低鬟明月中。逢人唯有淚，不敢説遼東。

方琰

西泠女士，夏山人治徵雯之孀也。

端淑曰：詩流宕幽渺，輕輕點出，令人叫絶。

高山流水

蒼山亂石怪峯斜，茅屋參差處士家。一曲清溪流月影，緑楊蕩漾繞堤沙。

桃花破浪

春光一瞬望中過，檢點餘芳剩不多。夭艷恰憐隨蝶舞，輕颺微漾隱魚梭。香飛碧沼翻紅影，聞逐殘英綴緑波。莫謂桃源迷去棹，羡他漁父一烟簑。

端陽觀舟遇雨

游人挈伴盡携壺，争羡龍舟競碧湖。意興未闌天不趣，紛紛似點米家圖。

名媛詩緯初編卷八

山陰王端淑玉映選輯

正集六

沈紉蘭

字閒靚，嘉興人。參政黄公承昊妻，學士洪憲公媳也。封恭人。著《效顰集》。

端淑曰：夫人賦性精敏，才藝冠世，女紅中饋間，〔加〕〔如〕振蒙發落，而誦詩讀禮之士，酬應木木，遇事澁手，才之不同如是也。對夫人敢不避席乎？惜未見其集，故所選止此，使人未免有湘蘭楚橘之思。

早春憶外

映日初花隔檻明，春風嫋嫋透寒輕。傷心怕聽枝頭鳥，莫向王孫歸路鳴。

河北阻風

霜威栗烈旅心蘭，燕路幾如蜀道難。旨酒忽驚今夜薄，重裘却爲朔心單。沙天漠漠征鴻遠，野草淒淒孤月寒。不是同心千里伴，能無此際恨漫漫。

悼姑柔卿遺扇

物在人亡空自悲，淚痕時共落花垂。泉臺若有回峰鴈，寄我衷腸知不知。

沈宜修

字宛君，吴江人。山東副使沈公珫女，工部郎中葉公紹袁妻。生而奇慧，從女史問字，聆一得十。年十六來歸，事姑以孝著。佐饋之餘，唯事楮墨。詩清麗疎古，卓然名家。文詞甚廣，備《午夢堂十集》，詩名《鸝吹》。法名智頂，字醢眼。

端淑曰：春日名秀，春風香濃，春花豔冶，春鳥鬆雋，此天地之麗文也。煙光如雨，風日掩映，樹裏笙簧，鼓吹于繁紅開落中。而深閨士女，止知粧成刺繡，舟泛呼樽，無筆牀書几，一二新詞點綴人世間，幾爲不韻之天地矣！安人家學風雅，羣女知詩，豈非勝事？

題扇頭山水

微茫遠秀色，橫碧鎖秋光。懸蘿亘古木，疊嶂摩青蒼。林鳥啼不聞，複徑自逶迤。氤氳草如霧，翠影浮參差。澗水何寂寂，松露凝香滴。長風澄天高，清暉映層壁。落葉墮盈壑，白雲閒悠悠。日晚無猿嘯，空山千古幽。似有桃源人，煙深久避秦。山花待春發，誰復問漁津。

重午悼女

菰黍當年事，傷心萬古留。悽悽吴樹月，寂寂楚江流。腸斷絲難續，閨空日盡愁。惟餘舊花草，榮落自春秋。

初夏教女學繡有感

憶昔十三餘，倚牀初學繡。不解春惱人，惟譜花含蔻。十五弄瓊簫，柳絮吹粘袖。挈伴試鞦韆，芳草花陰逗。十六畫蛾眉，蛾眉春欲瘦。春風二十年，脉脉空長晝。流光幾度新，曉夢還如舊。落盡薔薇花，正是愁時候。

感懷

明月炤古道，西風吹露草。悠悠千里心，夢落寒鷄早。

其二

露濃不作雨，細草自留春。昨夜庭花落，猶憐夢裏身。

感秋

三峽哀猿啼夕暉，千門一片擣寒衣。霜天不盡鳴笳奏，無數征人望鴈飛。

悲花落

濕雲不飛花欲落，數枝憔悴臙脂薄。怨白愁紅香霧空，晝長無奈飄羅幕。處處啼殘杜宇聲，青梅葉底送春行。瀟湘幾陣桃花雨，緑樹青山人望平。裊裊垂楊拖翠線，碧岫霞流飛彩霰。餘霞散綺晚風前，芳草天涯蝶夢邊。公子金鞍嘶落日，佳人紅袖泣啼鵑。啼鵑落日春茫然，紫檀斜柱十三絃。乍見雲開秦樹色，又看雪舞漢宫煙。漢宫枝上更多情，千丈游絲遶樹迎。薔薇架上遲新月，芍藥闌前度曉鶯。曉鶯啼不歇，夢破關山月。風月暗消殘，鏡裏愁華髪。粧鏡慵窺雙鬋蓬，花開争似夕陽紅。夕陽千里還同照，花落空隨逝水東。東流逝水[一]日悠悠，流盡閨人一片愁。錦字不傳紅葉恨，燕啣春色入銀鈎。春爲多愁不忍看，可堪春去衆芳殘。風前歷亂吹腸斷，落盡蒼苔淚點丹。寄語春光莫來去，免教長恨倚欄杆。

秋日望仲韶京報不至

西風初冷碧香裾，白首高堂暮倚閭。豈是上林無一鴈，故教尺素杳雙魚。此時王粲高樓思，何日秦嘉寄隴書。吹盡白蘋波自緑，松濤桐露暮簾虚。

清　明

禁火家家寒食天，梨花吹雪柳吹煙。支離已是春相負，蕭瑟無勞病更纏。新月有情還炤夜，落英誰解惜流年。幽蘭怨絶芳叢裏，回首東風竟渺然。

秋　晚

晚翠涼生小徑，殘陽紅繞疎枝。煙月半庭清靄，井梧一葉飄時。

題美人圖

薄薄羅衫宫樣新，梨花裙映碧苔茵。顰眉盡日思何事，宛轉秋波不溜人。

贈文然姪新婚

扇隱亭亭三步摇，兩行銀燭醉紅銷。合歡枝上花開後，一夜東風到柳條。

思張倩倩表妹

紅葉翻堦第幾枝，落花難與語相思。美人望處青山遠，明月空憐入夢時。

風雨夜不寐早起適爲仲韶製衣漫成

窮愁今古消窮骨，落盡梅花亦自香。秋氣堪悲應我分，不勞春色斷人腸。

茉莉花

如許閒宵似廣寒，翠叢到影浸冰團。梅花宜冷君宜熱，一樣香魂兩樣看。

梅花

徧拂瓊瑶舞絮狂，曲闌斜徑散幽香。壽陽已去東風瘦，猶學當年淺淡粧。

校勘記

〔一〕『水』原脱，據《午夢堂集·鸝吹集》補。

王鳳嫺

字瑞卿，號文如子，松江人。王解元獻吉姊，進士張公本嘉妻。垂髫時，大父試以駢句，云『秀眉新月小』，即應聲曰『髩髮片雲濃』。雲間范濂評其詩曰：『高華絶響錢劉，清新迥出温許。』女文姝、媚姝，皆能詩。子汝開孝廉，懷慶同知。夫人年七十餘卒。著有《焚餘草》、《雙燕遺音》、《貫珠》等集。

端淑曰：唐子畏一代才士，而詩則頽放輕滑。昔人多有名過其實者，然亦有異質別情，不爲一時所賞，寂寞殘煤間，比比俱是。才之遇不遇，時爲之也。夫人諸咏自是蒼健，『錢劉』『温李』之贊，無乃過乎！

關山月

良宵三五露華溥，絶頂虬松映玉盤。影炤長門千巷寂，光分五嶽萬峰寒。深閨思婦添離恨，邊塞征人想見難。兩地愁懷無處寫，歸鵶聲裏夜將闌。

走馬燈

狼烽起處陣圖旋，對壘無聲互占先。技巧不分誰勝負，却憐勳業上凌煙。

丁酉仲秋隨任宜春過常山道中作

極目天光接水光，四圍山色鬱蒼蒼。風牽蘿薜留行轡，霜醉楓林駐客裝。朝露凝途侵袖冷，野花夾道襲衣香。參差古刹荒何代，半隱松林半夕陽。

婕妤怨

轆轤聲斷井梧飄，隔院笙歌奈寂寥。自向玉階辭鳳輦，誰憐血淚漬鮫綃。月閒永巷衾餘冷，雲掩長門魂暗消。委砌蟲吟如助恨，那堪驚夢響芭蕉。

春

遊絲輕颺拂簾幃，閒步花陰見燕歸。春色殢人忘日午，笑看飛絮滿羅衣。

九日無菊

黄花竹葉兩無緣，思入瀟湘理舊絃。一曲淒淒風雨急，滿城重九盡蕭然。

贈性德比丘尼祝髮

悟得天龍一枯禪，不將衣鉢走風煙。洗心自昔超凡劫，削髮于今了世緣。鼎爇旃檀浮寶篆，函開法藏理楞篇。我來欲證三生果，月白天空味湛然。

效古秋夜長

鴛瓦降飛霜，風清丹桂香。冰絃未整腸先斷，錦字裁成漏正長。穿窗明月清如水，客户吟蟲助愁起。隣家女伴亦收機，含淚移燈自掩扉。驚聞一夜飄梧墮，泣向瑶堦夜擣衣。

塞上曲

雕弓插血劍光鋩，驍騎千羣盡鷫鸘。月炤鐵衣秋正半，風催金柝夜初長。哀鴻遠度荒沙磧，倦馬悲嘶古戰場。鄉國征衣猶未到，驚看營外已飛霜。

美人换馬

仗劍重知己，片言尊酒中。霜蹄嘶夜月，紅粉淚秋風。蹁躍添金勒，含嚬捧玉鐘。良媒真可羡，一擲等飄篷。

陳珍

字爾玉，臨海人。文學馮元鼎配，而進士甦之祖母也。早寡，以節聞。撫諸孤皆成立。甦號再來，宏詞博學，爲世推重，然主持風雅，端有賴也。輯其太夫人詩，曰《繡佛閣稿》行于世。

端淑曰：：夫人長自高門，嬪於望族，擅麗淑之宏才，繼《關雎》之雅化，蓋庶幾有古大家之風焉。余訂《名媛詩》幾十週矣，如夫人者槩不多見。然得夫人詩最晚，故選不甚備。雖然，『柳絮因風』一語已足千古，何必多寡爲孰勝也！

和伯兄星槎游滕王閣韻

勝地南昌景自餘，木樨風裏駕輕車。淋漓彩筆王孫賦，冷落紅香帝子居。高閣不知經幾變，長江聞道只如初。登臨有作多君興，一夜應須起美譽。

曙窗

雙峰掩映小樓前，樹影窺檽一枕偏。唤醒愁人無箇事，數聲啼鳥落花天。

閨情

蝶去花無語，鶯愁春不知。他鄉明月夜，閨閣斷腸時。

宫　詞

風雨送黄昏，深宫日閉門。春光將已矣，何處更承恩。

幼女詞

幼女嬌且閒，粧成亦自愛。扳花出畫欄，笑整香羅佩。

從軍行

黄花塞上野雲飛，白草城頭片月低。百戰將軍身不死，十年壯士老歸期。

其　二

蕩子從軍不記年，只知臨陣自當先。月明忽作江南夢，驚起沙場一夜眠。

美人春怨

嬌歌一曲陌上花，閨中少婦怨春華。嫁得長安遊俠子，看花見月嘗成嗟。嗟儂顔貌空如上，郎又愛求金作屋。香銷燭落淚偏長，明月窺人羞獨宿。獨宿迢迢夜似年，隣家秉燭夜調絃。絃聲嘹亮還淒楚，一回一聽一潸然。潸然淚灑只長愁，世路崎嶇多忮求。君不見籬下陶潛歸去蚤，邊庭李廣不封侯。

沈智瑶

字少君，吴江人。山東副使沈公玧女，葉宜人宜修妹。

端淑曰：少君詩如哀猿嘯峽，鶴唳秋空，聞之者悲酸，目之者慘切。昭齊、瓊章，得此名筆，可爲不死矣！

秋　思

香消枕簟小涼生，夢破紗窗葉幾聲。素月伴簾人寂寞，商風一榻景淒清。殘蕉促織啼寒雨，高柳衰蟬噪晚晴。貧病經愁顏易老，流光如矢更無情。

憶瓊章昭齊兩甥女

獨立閒庭憶玉人，露桃花下月如銀。人間總有傷心事，不及泉臺半夜春。

張倩倩

吴江人。中書舍人沈自徵妻，宜修姑之女也。明眸皓齒，説禮敦詩，乃上流女子也。美而惠，幽居食貧。抑鬱不堪，年三十四病卒。

端淑曰：「文通賦恨，退之送窮，太史公憤天之憒憒，失于處分夷跖，凡人之有麗色絕才者，天必貧之厄之，折挫之，饑寒之，甚至殀之殺之。甚矣，天之妬才也！然而貧厄折挫、饑寒殀殺之後，才益進，詩文益佳，其人乃不死矣。孺人以殊色處荒涼，能不飲恨而歿乎？詩餘事，其人自可傳耳。

咏風

蕭蕭竹徑鳴，捲幔如有情。木落寒山裏，千林共一聲。

憶宛君

故人別後杳沈沈，獨上高樓水國陰。鴻鴈不傳書底恨，天涯流落到如今。

独行春橋

行春橋上月如鈎，行春橋下月欲流。月光到處還相似，應炤銀屏夢裏愁。

李玉照

字珊珊，會稽人。吴江中書沈自徵繼妻。

端淑曰：孺人得大姑沈宛君薰陶，遂稱才媛。未幾宛君仙去，孺人能無知己之痛乎？更可異者，何物沈郎，配此二豔，爲世所妬，更爲天所妬，故倩倩早夭，珊珊亦未幾而亡，故曰天妬而殺之也。悼詩酸楚，不忍重展。近體合調。

哭宛君葉安人

三年空望剡溪船，惆悵兒家宕字緣。却似蓬山風引去，不教凡質近神仙。

其　二

想像丰姿欲見難，春風容易妬花殘。焚香手把遺編讀，百遍長吁闘鴨欄。

閨怨限韻戲擬

寂寂流光鏡裏尋，乍飛乳燕競芳林。閒看舞絮驚春晚，悶對飛花怨夜深。數載徘徊應憶舊，幾回憔悴到而今。香閨静鎖簾櫳月，無奈愁懷病屢侵。

張孫儆

紹興人，訓導孟公稱舜妻。詩見《柏樓吟》。

端淑曰：夫人文采閨範，中外稱與。爲詩復雋冷疎秀，覺英英襲人。

題石和貞女孟子温韻

當時曾未獲成雙，生死途睽隔渺茫。一片貞魂化作石，不堪凝睇望夫鄉。

畫松再和子温

鬱鬱虬枝映碧空，青青翠柏與誰同。雖遇歲寒無改色，畫中畫出彷真容。

武氏

陝西人，太僕少卿文公翔鳳元配。文所著《事略》稱其『武之能詩也，錢宗伯謙益以《秦風》之女子爲比』。文報書錢云：予恭人讀之而喜可知也。崇禎初，恭人殁。

端淑曰：四言妙于淵明，壞于二陸。三曹氣空一世，雄骨柔情，秦、楚、二南之風備矣。李、杜此體罕見，唯元次山短謡，不失風人遺意，王右丞一詩，洗盡機、雲舊套，下此者寥寥不多見。大抵詩人通病，多失之才高學廣，而真樸淪喪。余撫卷未嘗不爲太息。恭人四詩，恬和婉約，樂而不淫，寬而不迫，幽而不激，居然作手。然但四言耳，餘存其體。

四月維夏居也二章章四句

四月維夏，睿室閒居。户庭緑重，可目詩書。
四月維夏，百卉俱開。清風直入，語鳥不猜。

夏之日游也二章章四句

夏之日，孅人倦起。小院閒窗，風摇簾子。
夏之日，重槐輕柳。燕子笑人，園林宜酒。

初入南國

南洲初入便神清，步步新秋送水聲。金縷兩行濃夾柳，灘雲如染熠山明。

秋

秋意入梧新，獨居悵遠人。芳尊吾負汝，清晝坐傷神。

春睡圖

輕煙紅玉重，驚鳥别湖橋。徐起説清夢，如風轉絳桃。

贈外

林端緑雪，水際紅霞。詩香思酒，筆藻夢花。

晉臺獨夜

晉臺玉鏡炤春流，緑草朱鱗步步幽。百子帳頭香自暖，銀牀歸坐夜懸鈎。

黄淑德

字柔卿，秀水人。黄學士洪憲姪女，士人屠耀孫妻。髫年通文史，解音律。夫亡自誓，長齋禮佛，坐卧一小樓。年三十四遘疾，念佛而亡。

端淑曰：柔卿《春曉》詩，娟秀倩麗；《客中聞子規》詩内『愁殺未歸人』句，説來便遠；《七夕》詩，淡淡形容，却勝穿針乞巧等字。

春曉

春風日日閉深閨，柳老花愁鳥自啼。寂寞小窗天又暮，一鈎新月挂樓西。

客中聞子規

陌上柳條新，逢春倍惜春。忽聞啼杜宇，愁殺未歸人。

七夕

鵲駕成橋事有無，年年今夕會星娥。時人莫訝經年隔，猶勝人間長别多。

沈倩君

吴江人。詞隱先生季女，宜修妹。

端淑曰：倩君手筆殊佳，只存悼亡詩，何也？覽此不見所長。

悼甥女葉昭齊

雲静煙飛降蕋淵，幽蘭比格錦爲篇。傷心賺夢梨花月，閒鎖春風聽杜鵑。

其二

無賴含哀訴上天，願兒世世絶情緣。香魂莫作催花使，恐見牽愁並蔕蓮。

悼甥女葉瓊章

不見粧臺貯玉姿，春風何必到花枝。繡籠鸚鵡喧喧語，猶是兒家舊教詩。

其　二

駕返翔鸞日駕寒，難尋墨子未央丸。疎香無主蕉窗冷，欲讀遺編不忍看。

鄧太妙

以字行，陝西人。故寧河武順王之裔，太僕少卿文公翔鳳繼配。

端淑曰：秋冬森肅，春氣妍麗，朱明則昌大，四時之質，各標其美而不妬，乃成造化。水清山瘦，木殞霜降，人愛其潔，孰知從繁華富貴中來？剥落推遷，所謂絢爛歸平澹也。淺人不察其故，睥睨六朝，則奴視徐、庾；塗抹四唐，則心輕温、李。絶代才子，供時訕詆，塚中人笑爾耳食久矣。夫人詩祖述《玉臺》，八叉、義山餘音，尤存閨閣。

七　夕

誰遣鵲梁貫絳河，靈妃應是早停梭。雲鬟侍駕輕飛輦，月鏡催粧淺步羅。緱氏鳳聲方未已，漢庭鸞使更相過。佳期只恐箕星妬，風雨休教浪作波。

捲簾與夫聯句

捲簾且放春風舞，太青。好共花飛入睡鄉。太妙。鴛盞可留佳色醉，太青。早霞如與借紅粧。太妙。

和夫子三出西郊之作

幽人問水更携琴，好傍清池發妙音。曲徑横穿花意密，重臺斜拂竹情深。荒籠媚菊含金笑，疎木寒禽弄玉吟。欲攀豔日留歌席，縱迫歸心戀暮岑。

金陵九思

我欲思兮在烈山，欲往從之往漢關。層雲高鎖二陵寒，側身南望涕汎瀾。美人贈我落霞琴，何以報之黄縷金。路遠莫致倚嘿吟，朱湖松浪海潮音，安得開襟嘯蔣岑。

二　思

我欲思兮在澄江，欲往從之往横襄。兼天彭澤接潯陽，側身南望涕淋浪。美人贈我虎魄鷫，何以報之月鵲扇。路遠莫致倚淒斷，天際綺霞連復散，安得揚帆揮净練。

三　思

我欲思兮在飛葉，欲往從之無桂檝。黄河天下難爲涉，側身南望涕厭浥。美人贈我一握蘭，何以報之雙彄環。路遠莫致倚辛酸，邀笛（奏）〔秦〕淮蕩畫船，安得清流采並蓮。

四　思

我欲思兮在雨花，欲往從之失貫查。秦雲雪暗亂蓬麻，側身南望涕交加。美人贈我同心梅，何以報之夜明苔。路遠莫致倚徘徊，先王華表玉爲臺，安得乘鸞晝錦回。

五　思

我欲思兮在石城，欲往從之闋渭涇。八川强半寇縱横，側身南望涕飄零。美人贈我問遐草，何以報之嗽金鳥。路遠莫致倚窈糾，莫愁香徑菱歌繞，安得飛棹移鳧藻。

六　思

我欲思兮在元湖，欲往從之限孟諸。柳斷隋堤失汴渠，側身南望涕連珠。美人贈我麗居香，何以報之明月璫。路遠莫致倚徬徨，芙蓉玉鏡豔紅粧，安得臨風翠蓋傍。

七　思

我欲思兮在鳳臺，欲往從之烟雨霾。劍天秋氣晚風哀，側身南望涕盈懷。美人贈我鴛鴦襦，何以報之上清珠。路遠莫致倚躊躕，盉岡茵草帶香鋪，安得高眺白雲衢。

八　思

我欲思兮在燕磯，欲往從之畏鼓鼙。愁看越鳥向風棲，側身南望涕揮衣。美人贈我緑桂膏，何以報之赤霜袍。路遠莫致倚忉勞，俯江春霽浪花高，安得片帆挂遠濤。

九　思

我欲思兮在鷺洲，欲往從之乏紫騮。鹿車雙挽尚淹留，側身南望涕凝眸。美人贈我紫英裙，何以報之緑熊茵。路遠莫致倚呻顰，天外長波二水分，安得三山弄月輪。

龍　輔

武康人，常州知府元度公女。著《女紅志餘》。

端淑曰：予訂《文緯》，已選輔文矣，第不見詩爲憾。夫子晤石城劉青藜比部，始得閲静娛夫人《閨秀集》，見其此詩，如獲隋珠，然止一五言絶句耳。輕儁似女子聲口。

山中寄外

湖色開明鏡，巒光列翠屏。雙眉不忍畫，羞對遠山青。

吴　素

字墨引，丹徒人。進士吴公江帆妹，適興化文學石萬程。

端淑曰：墨引詩，情景瀟洒典麗，宛然中晚以下手腕。《閨秀初集》曰：筆端秀美，情韻俱佳。

早起偶成

卧起憑欄强自行，柳條摇曳聽黄鶯。倦來花事偏難謝，病後鄉心最易生。小砌簾陰垂永日，方牀月影落三更。慈幃遠隔江南北，未敢修書恐復驚。

徐爾勉

字幼芬，揚州人。工部徐公石鍾女，適興化李子元豹。

端淑曰：音調諧適，辭華俱裝綴有色，其不故極貌刻寫處尤佳。且生秀英挺，不墮輕綺，所謂以今情擬古格者。

二姑邀往園看花

拂拂春風香入衣，園林此際盡芳菲。盤桓竟日難言别，折得梅花伴我歸。

病起戴僧帽觀雪

懨懨病質坐危樓，幸有瓊瑶可破愁。對鏡自憐同野衲，輕寒不到玉簪頭。

孫宜人

仁和人，州守錢公兆元妻。著有《琴瑟居集》行〔世〕。

端淑曰：宜人才思敏捷，神情散朗，居然林下風氣。讀之令人心神開爽，則其英分固殊。

九日舟次聞歌

太虚分寶鏡，一半在湖心。住楫波紋緩，推（蓬）〔篷〕月影深。黄花如故國，萸酒憶登臨。離索當佳節，聞歌更不禁。

有感

若個能同金石堅，浮生逝水暫潺湲。世緣看取經春雪，隨積隨消也可憐。

送季女隨鍾婿金陵赴試

愛女每難別，此行殊不愁。蛟龍懷遠道，蘭蕙繞芳洲。古渡看乘浪，清溪好放舟。雞鳴詩可誦，聊以勗同游。

擬修偶成

玉館瓊臺變體成，登臨傍日帶斜曛。鳳皇常滯深蘆畔，小鳥高飛漸入雲。

其二

寄生如夢惜如花，夢畢花飛並可嗟。澄心皎似秋空月，擬上蓬萊五色車。

黃字鴻

字鴻耀，仁和人。戊戌進士、廣東大參克謙公女，母胡淑人。爲上林署丞顧公友白子文學若羣妻。兄樞，辛酉舉人；弟機，丁亥進士，見任少宰。生男三：之驥，丙戌副榜；鼎銓，甲午舉人；是，廩生。

女：之瓊，適庚辰壬辰進士、太史錢開宗；次之瑗，適辛丑進士林世綸。夫人生於萬曆丙申，卒於崇禎辛未。謚曰孝昭夫人。著《閨晚吟》。

端淑曰：謝道〔蘊〕（韞）以柳絮單詞照耀千古，則夫人之傳且何如？詩以格傳。《感懷》諸詩，不樸不茂，不清不深，自饒妍致，則傳夫人之傳者更當何如？是選既成，惜未備載，令人有含珠半豹之恨。

感　懷有小序

予以多病，小憩湖莊。青衣相扶，朱顏自媚。戀春光之不再，愴秋氣之可悲。聊賦選體一章，敢擬《秋興》之篇，用代《郊居》之作。

寒雨灑空舘，疎花媚幽砌。羅帳濕芙蓉，秋風深薜荔。繁桃二月天，香氣吹蘭蕙。灼灼西湖濱，誰不羨佳麗。含笑或雙萼，合歡常並蒂。葉葉皆婀娜，枝枝自搖曳。翡翠明月珠，羅列相間綴。五步揚清壚，十步牽華袂。一自鶗鴂悲，始知桃李脆。顏色幾時好，小山託叢桂。物序良足難，因之惜年歲。

春閨曲

曈曈旭日射銀鋪，蟠螭八角垂流蘇。美人啍嚶聲糢糊，含嬌倚態泥郎扶。輕紗楨紅籠雪膚，遠山未畫調鶯雛。簾外風吹花欲殷，美人須自惜朱顏，秋來涕淚徒潸潸。

張夫人草書歌

十色西川錦繡箋，晴窗白晝流雲烟。光彩炫焯看不定，疑入米家書畫船。揮毫四座皆逡巡，草聖三杯別有神。自古只聞張長史，于今更見衛夫人。天馬籋電排空行，刀劍橫出風雷驚。柔纖一洗閨閣氣，龍蹲虎卧誰能名。慚予早過墨池家，如椎十指笑塗鴉。縱然學得羊欣樣，隣女捧心當益嗟。

飲春園作

今年花事早，芳讌對花開。鶯逐絳脣度，風隨綵袖回。中香如𥜥酒，醉色欲停杯。浮空影零亂，更喜月華來。

過黄少參貞父年伯寓林有感

一代文章盡，千秋澗壑悲。虛堂雲自出，雲岫堂。荒徑鳥還疑。無徑。過客澆新草，游人讀舊詩。蓬萊須直上，衣袂晚風吹。寓林俗呼小蓬萊。

看女郎行花間

妝成入芳徑，嬌艷自名家。鬢緑隋隄柳，肌頳吴苑花。迴眸帶秋水，啟靨散朝霞。歛黛穿深葉，舒蓮印淺芽。蝶翻金釧響，蜂掠玉鬟斜。出峽疑行雨，凌波欲泛槎。秦蛾辭鳳閣，漢女降龍沙。通國盡回首，傾城未可誇。

與洪妹三潭看月

月浸西湖潭水深，龍宫倒插雙寒岑。攜樽遍坐畫闌曲，索句獨旋芳樹陰。半夜幾人吹鐵笛，百年何地續瑶琴。予姊妹每歲招攜，此後遂絶，似有詩讖，讀之憮然。妹荆記。相看不道須行樂，只恐霜華鬢脚侵。

自題畫像

病骨秋來瘦，晨興正倚梧。生香慵傅粉，真色厭調朱。只可置丘壑，寧堪入畫圖。憐余不得意，庭樹自扶蘇。

月夜懷超士金陵

明月大江流，江聲入夜愁。還將一滴淚，散作五陵秋。

錢莊嘉

仁和人。州守兆元公女，母孫宜人。適鍾小天，諱天均。著有《鶴牖集》。

端淑曰：詩幽適流宕，不減母氏諸咏。

溪行看桃

村落春光好，桃花映水紅。輕舟隨晚照，歌笑聽漁翁。

其　二

暮色三山藹，蒼烟亂水流。桃花千樹醉，疑是武陵游。

丁如玉

字連璧，仁和人。奉新令梅汀公周孫女，光禄丞季淵公汝馮女，母虞净芳。爲大參黄公汝亨長孫文學燦妻。從姑顧和知學詩，有《寄夫》云。時爲天下畫奇計，而獨追恨于屯事之〔懷〕〔壞〕也。且曰：『邊屯則患戎馬，官屯則患空言，鮮實事。妾與子戮力經營，倘得金錢二十萬，便當北闕上書，請淮南北間田墾萬畝，好議者引而伸之，則粟賤而餉足，兵宿飽矣。然後仍舉鹽策，召商田塞下。如此，則盜寇可故滅，而中原可故靖。使後世稱曰：以民屯佐天子，明虞孝懿女實始爲之。死且不朽！』以病瘵而卒，年止三十一耳。生子二：啓圻、啓均；女二：舀、埁。其姑爲之作壙云。

端淑曰：予讀顧夫人之壙志，喜其不加粉飾。原評稱其『玉（拆）〔折〕蘭萎，文足不死』，旨哉斯言也。至于議屯事，則又英鋒特出，非女子口中語。

寄　外

愁腸不怨君。

范純玉

天台人，九江同知璉女。與九江知府嘉興周震指腹爲姻，周生子英儒，范生女即純玉。後二公俱死，生往見范夫人，思欲完姻。夫人乃以兄妹之禮相見，館生于別室，二人遂有私，各有書及詩云云。

端淑曰：夫人敗盟，蹈崔、張故轍爲可恨耳。閱此詩，元稹之肉，奚足食乎！

寄　生

怨淚千點萬點，幽恨三番四番。鎮日長嗟長嘆，夢魂不到巫山。

錢　玉

仁和人。副使養庶公孫女，侍郎沈公光祚子舉人希畢妻也。著《繡閣吟》。

端淑曰：牛嶠詞云：『春欲暮，思無窮。』皆有深怨。《惜花》諸詩，似非有餘情者耶！

惜　花

片片飛花紅似錦，春來春去餘衾枕。爲憐風送過來香，長向簾前月下飲。

花朝聞鳥啼

獨坐金閨嘆寂寥，入春無懶是花朝。間關幾許傷情處，偏怪鶯聲度翠條。

和姚夫人

繡閣春如海，含情付錦箋。柔荑敷洛宛，嬌鳥媚昊天。在女腸逾艷，班姬色更妍。房櫳多麗日，泚筆頌餘編。

莊静香

西林小隱莊學孔所願姊也。嗜書能詩，適陸墓某。悒鬱多感，二十而卒。嘗作《宫詞》云云。見長洲錢尚濠振芝《買愁集·哀書》。

端淑曰：佳人才子，賦命多薄，況才色兼擅，而零落泥犁中，能無人琴之痛乎！

宫　辭

玉澀苔錢繡翠茵，花愁月怨過芳春。欲題幽恨傳紅葉，忽憶君王舊日恩。

其　二

一搦腰肢減帶圍，病容常倩鏡鸞窺。自知命薄難承寵，不敢窗前蹙恨眉。

蔡珩英

江州人，張生瞻之妻也。完姻未數月，父即命瞻商于外，珩英寄書并詩云云。

端淑曰：詩自家常，不以浮語混性情。

寄　外

去歲聞郎楚水游，今年又説下揚州。無緣得似白鷗鳥，隨着郎舟到處投。

陸氏

未詳。見横山江元祚《續玉臺文苑》，有寄江夫人楊氏書并詩云。

端淑曰：詩俱渾厚，惜其名里未詳。

寄江夫人

閒睇秋空一雁飛，應知離索逐風西。從來孤況原如是，只恨當年福不齊。

名媛詩緯初編卷九

山陰王端淑玉映選輯

正集七

葉紈紈

字昭齊，吴江人。工部紹袁女，母沈宜修。歸趙田袁氏。工詩善楷，日寫唐人詩數册爲娱。其詩俊逸蕭永，如新桐初引，青山炤人。結褵後，以眉案空嗟，竟以情深多感而卒。年二十有三。法名智轉，字珠輪。詩名曰《愁言》。

端淑曰：女之妍者，如風際好花，一值蜂媒，顔色頓盡，飄墮瓊宫玉宇，雖謝猶韻。不幸投溷中，埋塵際，花之斷魂，雖三春雨作，淚點難罄矣。昭齊情深多感，眉案空嗟，宜其臨風開落也。《序》稱其詩『如新桐初引，青山炤人』，今點次之餘，果有輕盈嬌弱不勝衣之態，令人撫卷淚墜。

春日看花

春去幾人愁，春來供娱悦。來去總無關，予懷空鬱結。愁心難問花，階前自凄咽。爛熳在東君，東君情太熱。獨有看花人，冷念共冰雪。

感　夢

芳風飄逐趁游絲，醉後殘緣屢若期。春盡花前低首處，日斜簾下蹙眉時。幽香散去魂空貯，飛月驚來夢不知。惆悵玉樓今夜冷，坐銷殘燭幾回思。

立　春

臘向愁中盡，春從夢裏來。忽驚雙燕子，獨上美人釵。

秋　日

一番摇落一番嗟，咫尺天涯夢裏家。莫道秋來不憔悴，滿庭都是斷腸花。

沈　媛

吴江人，歸周氏。宜修妹也。

端淑曰：挽詩、悼詩，只要真切如《離騷》體格，使人讀之涕淚交集。若只平鋪直序，又近於俚。此四詩，淒婉中又帶香雋，是挽、悼詩作手。

挽昭齊甥女

柳絮因風澹遠空，海棠照月霧香濛。莫愁强字盧家婦，閉影梨花芳雪中。

其　二

鳧藻瓊頻語砌蛩，不教詩卷罥蛛封。夜臺屬和瓊章句，花落庭幽鎖徑重。

挽瓊章甥女

彷彿瓊枝炤碧牀，寒閨空閣燕歸梁。晨憐琴絶流波引，句裏梅花度暗香。

其　二

十七年來聚沬餘，芙蓉城冷待爰居。臂文朱縷他年織，祇恐天都署掌書。

梁　琬

字玉姬，太倉人。適同郡李生。瀟洒工詩，有林下風致。閒居一市，日以嘯歌自娱。所存詩僅數章，世傳其美。

端淑曰：《玉姬詩序》稱其『瀟洒工詩，有林下風致』，信乎其《搗衣行》末二句能令人千古魂銷，讀之如嶺猿溪鶴，聽之墮淚。

擣衣行

長安秋聲風瑟瑟，千家萬家擣衣急。年年寄去不寄回，君不見北邙白骨何纍纍。

訪　春

花信幾回遲，鶯聲已占枝。金欹公子勒，酒壓美人巵。簾外桃花髩，墻頭竹葉詩。愁心催更久，春夢不多時。

秋　夜

春色滿江城，蕭蕭到竹聲。花分羅帳冷，螢入玉釵横。清漏隨鐘斷，疎星與漢横。何堪吹塞笛，摇落故人情。

送　夏

聲斷鳴蟬送，翻驚日月驅。香烟浮鵲尾，竹葉護鰕鬚。暫解湖中（掉）〔棹〕，先須江上鱸。小牕今夜月，詩思到庭梧。

閨　思

有簾無燕恰幽居，些事恒從病裏支。盟蝶能思春盡意，訴燈猶記夜深時。空香聚散花仍戀，碎夢悲歡枕自知。小立欄干聽鸜鵒，癡魂錯認緑牕詩。

顧倩肅

字茂儀，崑山人。笥藏有三十首，名曰《綺牕閒筆》。

端淑曰：茂儀嫺雅，下筆驚人，（輙）〔輒〕有奇句。如《少年行》，淺淺有致；如《有懷》詩，不故作憔悴，語反深。

漫　成

風冷瀑高林，蛩鳴動幽思。落月已炤梁，佳人殊未至。

少年行

十三嬌不揚，十四長容光。欹髮掩明鏡，側步拖珠璫。解道春風裏，盈盈出洞房。

夏　日

嬝嬝竹烟迷，雲頭黛影低。檻花臨水屋，溪鳥立莎堤。夢醒枕初落，閒來書自携。晚風吹更急，斜日到欄西。

秋　懷

寂歷霜楓秋自傷，晚山烟樹半蒼茫。句驚淮漢詩腸冷，夢破池塘水韻香。芳草近聯吴苑月，綵雲遥想楚姬裳。西風慣與添蕭瑟，目斷東籬短短墻。

有　懷

别來不記日，憔悴任東風。止憶疎牕下，春來兩度紅。

李今蓮

字又青，嘉定人。艷逸自好。少從父學書，甚工。長誦《毛詩》、唐晋諸詩，遂善吟咏。年十七，新安某生客於吴，知其美，厚資聘歸。幼著詩名《綃雲集》。

端淑曰：又青風期綽約，色藝絶倫。《擬讀曲》諸咏，似讀曲剩旨，猶喜其無脂粉氣。

擬讀曲

歡言歡情深，情歡向江岸。試看江上蓬，隨風日更變。

其　二

欲語使歡懼，不語使歡疑。黄栢納口中，辛苦衹自知。

其　三

與歡言，皎如日，歡當不來日西出。

春　暮

蝴夢驚心睡起時，桐陰竹影畫簾歧。暖寒吹逐花容老，晴雨延留燕約遲。愁史漫憑春事譜，紅香須囑曉風羈。鳥聲自細欄干外，閒絶低牕學畫詩。

孔　嫺

蘇州人，適武山張氏。

端淑曰：世稱其詩體格高麗，遠出三唐，無閨中織媚諸習。讀其《古意》詩，情深而正；

《羅襦歌》繚繞低徊，如風中花片，忽起忽落；《送外》詩直淡可思；《秋聲》詩清拗，更愛結語高遠。

古　意

七寶綴成釵，爲郎手自擷。不惜棄道傍，莫綰他人髮。

羅襦歌

結羅襦，解羅襦，朝朝暮暮羅襦知。羅襦雖知不能語，朝朝暮暮心躊躕。

獨　寐

瘦影臨牕寐，空帷月笑時。蕉風驚睡美，梅雨敬相思。夢膽孤衾怯，詩心獨坐遲。從來耽冷寂，莫問夜何期。

秋日病卧

久謝塵緣病亦工，涼生湘簟襯簾櫳。竹牕先辦憐秋思，梧井遲邀落葉風。一沼芙蓉清鏡小，半汀蘆荻尺書空。緑紗暮雨年前事，冷淡離懷此際同。

送　外

君行萬里舟，妾送登南樓。相望不相見，江水空悠悠。

秋　夜

静處秋光老，愁中月更明。何如初野泊，雨宿蒹葭聲。

華芳蕙

字小英，長洲人。適嘉定某生。潔清自淑，案頭惟餘古今翰墨及藏書數册。永日耽玩，雖嘗病不釋也。詩爾雅雋拔，絶類劉長卿。

端淑曰：小英潔清自淑，躭玩翰墨，雖嘗多病，亦不釋手。其《秋夜吟》，深情妙趣，一副筆舌，可以争席古人。《秋閨》『西風』句怨甚，説風有情，人可無情乎？

秋夜吟

短簾輕素流明月，吹落新涼聽一葉。説盡秋情草底蛩，叨叨不管人愁絶。

秋　閨

秋鴈新來落淺沙，夕陽樓上望將斜。西風亦念江南好，偏自狂夫不憶家。

幽　居

幽趣偏宜子，無人亦掩關。一汀蘿月碎，半樹白雲閑。客至茶初熱，夢餘鶴始還。塵情非獨遠，詩思不時刪。

新　夏

一從春去謝花氈，鎮日閑愁冷賦箋。近砌花香殘雨後，低牕竹影細風前。琴書寂歷心仍古，鳥樹幽清韻自妍。簾外聲聲無客到，薜蘿青遶一叢烟。

黄雙蕙

字柔嘉，秀水人。參政公承昊仲女，母沈紉蘭。髫年禪悅，絶意家室。爲詩秀爽慧哲，聰明絶世。年十六而没，全集俟搜。

端淑曰：柔嘉詩質淡，無求工意，而下筆獨潔。淫蛙黿曲中得此，如古琴高調，天高木落時三弄也。

和會稽女子

誰道臨風半是塵，飄零猶惜異鄉身。梅花不入愁人眼，能得山陰一刻春。

其　二

少婦何堪學遠遊，涉河又問水悠悠。癡心只寫燈前恨，自古芳容幾白頭。

其　三

憔悴天涯問阿誰，若爲多露獨含悲。空憐子夜孤亭淚，盡作霜楓帶月垂。

周蘭秀

字弱英，沈媛女。

端淑曰：弱英源淵家學，出口妍冷，自非凡品。其所咏挽詩，俱是性情追憶，所以哭之愈慟愈深。

挽葉昭齊表妹

閒牕瑣月炤幽姿，芳雪飄零有所思。莫謂愁春春不覺，語愁今可共瑶期。

其　二

遺詩猶貯舊書幃，林壑緣深夢後非。簷鳥倦啼花不掃，古丘殘月炤魂歸。

其　三

三生石上指空彈，讀罷楞嚴静裏觀。塵土何堪埋玉樹，梨花小閣又春寒。

挽瓊章葉表妹

性帶烟霞秀可餐，蕉臆煮夢静無喧。瑶期有《蕉臆夢記》，自稱煮夢子。只今韻魄翛然去，何必雙飛文采鸞。

其　二

十詠探梅護徑苔，柔情端不爲春來。琴亡誰補江南弄，空使疎香度夜臺。

其　三

名閨洵有女如雲，君獨珠焚與玉沉。豈是忌才秋夢短，白頭應不怨文君。

沈華鬘

字端容，一字蘭餘，吴江人。君晦次女，時年十四。

端淑曰：端容年止十四，即能搦管稱雄，與惠思輩伯仲齊驅。何沈氏一門之多才也！嗚呼盛哉！

無　題【悼宛君姑。】

悠悠泉路月爲家，寂寂春風夢碧紗。自是空思腸斷處，歸來烟雨送殘花。

春夜憶昭齊姊

春寒香静月朧朧，閒捲湘簾罷繡工。蘭燼含花人不寐，獨吟殘句送歸鴻。

春日憶瓊章姊

粉蝶戲蘭叢，桃花似面紅。東風吹不定，飛向玉階空。

茅　觀

字存慧，太倉人。早夭，其家從壁隙中覓得殘編，聚而題之曰《餘薪草》。

端淑曰：存慧善文辭，年十九未字而殞。其《憶別》詩，媚絶癡絶，只於常意中掉弄，自覺筆舌俱妙；《春草》詩，口齒清歷，然近于填詞；《新秋》詩淡遠。

春　草

春何處，馬蹄踏遍青青路。青青路，不管斷腸人，遮得愁無數。

憶　別

素影向人愁，同君月一鈎。羅衫前日淚，新舊對君流。

新　秋

重雲碧嶺頭，蕭瑟水波愁。流向天涯去，樓前秋未秋。

初　夏

燕語深堂静，簾櫳晚不開。紅榴簪翠樹，碧草壓蒼苔。春向誰家去，蝶爲何事來。烟蘿茶熟處，剛見白雲歸。

秋　思

一回鴈字幾回看，題遍相思小扇紈。數樹海棠縈宿夢，一簾纖雨怯初寒。吟蛩負水餘聲碎，墮葉驚風薄翅殘。何處忽來砧韻遠，似傳幽恨到欄干。

陸　隨

字宜聲，崑山人。適鄉隱楊氏，夫婦能詩，有手録《避閒草》一卷，未行於世。

端淑曰：宜聲夫婦僉有詩才，吟咏唱和，風流甚都，琴瑟之樂，無以復加矣。第所見止《秋思》一絶，亦孤緒幽心。

秋　思

木葉改烟光，芙蓉半秋浦。秋涼感自深，葉葉遶幽户。

吴來玉

字清映，常熟人。未詳所適。得其集于虞山樵隱筆記中。

端淑曰：清映姿才穎敏，雅善音律，詩類晋人。能作《黄庭》小楷，而佐以新藻，女子之巧慧無有逾于此者。其詩淒響，深情豔色，抹却色字，總是一腔悲憤。

古　意

上山採桑葉，下山採春花。葉食蠶，髩拭花。花紅朵朵色可愛，桑兮落落無容華。吁嗟乎！世人皆好色，綠葉相對空咨嗟。

題畫梅

一尺溪橋凍不分，朔風何處雪紛紛。江南春色枝頭見，不向邊城笛裏聞。

感　懷

錦瑟奚囊置杖頭，夕陽衰柳鎖重樓。花飛不減春前恨，杯上仍還醒後愁。病怯瘦肌親篳縷，魂銷寬帶杜簾鈎。幽懷未許塵情曉，留得林間鳥唱酬。

袁　潔

嘉定人。年二十四而寡，寄居舅氏張，張善詩，因學焉。其詩幽峭情麗，絶不猶人。一友與張氏善，得攜歸壽梓。

端淑曰：袁潔詩細心静眼，忽露大地山河世界。蓋緣其孤幃自矢，百事空空，是以一味坦率，隨地皆其佳境，不可與嘗人説破。

看　山

千山坐不去，長幼相携杳。雲烟生其中，窈矯不可奪。孤鸞亦窺人，孤雲竟飛越。山烟對眼皆神驚，何必峩嵋下山峽。

中秋病卧

聞説中秋夜，良宵應自嗟。離愁偏此際，豪酒問誰家。牕影遥知月，簾香空羨花。廣寒今有路，無分逐仙槎。

清　明

簾捲微寒獨坐時，東風滋味病中知。梨雲未冷三春夢，杏雨争催二月時。愁怯花魂輕欲墮，恨消蝶骨瘦難支。不知今日江城柳，留得青青第幾枝。

葉小紈

字蕙綢。工部紹袁二女，母沈宜修，紈紈妹。其姊死，蕙綢以挽歌七章哭之。詩亦幽峭出新，駕軼唐宋。著有《鴛鴦夢》雜劇。

端淑曰：昔女人以連枝矜絶色者，三國之大、小喬，漢成之飛燕、合德，（寶）及唐之玉環、虢國，織素、惠芳，蜀王衍之三徐，最爲奕奕。然多脂粉争長，未有文采風流，炤映一時者耳。何昭齊、瓊章之輩出也，蕙綢又從而三之？誠難兄與弟矣。而乃荆花殞落，鴈序孤飛，能無人文之慟？詩篇寥寥，所異者情事耳。

宫怨限韻戲擬

隱隱笙歌隔院聞，深宫憔悴鏡中分。泣殘夜月驚寒漏，恨逐斜陽度晚雲。九十韶華祇暗惜，三千脂粉自難羣。誰言輦路生芳草，以帳頻宵夢見君。

秋宫怨

珠簾淡月炤良宵，繡帶臨風怯細腰。錦帳夢餘愁不起，金爐香盡捲還挑。雙蛾自棄如秋扇，隻影猶憐度玉簫。歌管昭陽天際遠，露零蟬寂倍無聊。

贈惠思表妹

一自瓊樓鴈羽單，簫聲無復駐雙鸞。心同天際孤雲淡，思逐空庭素月寒。明鏡已隨秋水碧，掌珠恨向曉風殘。嫦娥夜永爲君伴，莫怨深閨獨倚闌。

哭瓊章妹

粧臺静鎖向清晨，滿架琴書日覆塵。一自疎香人去後，可憐花鳥不知春。

其　二

生别那知死别難，長眠長似夜漫漫。春來燕子穿簾入，可認雕闌鎖晝寒。

吴貞閨

字首良，吴江人。歸曹村金氏。善書鼓琴，柬牘有晋人風致。詩聲情爾雅，舉體芳雋，不減李夫人珊珊來遲時也。藏草甚富，未及悉梓。

端淑曰：貞閨詩，朴渾幽健，不媚不輕，女士中之有骨力者。《序》稱其『爾雅』則得之，『芳雋』『珊珊』語殊未屑似也。八月洞庭，瀟湘秋樹，吾擬其格，庶幾於錢、劉中求之，然所不足者靈慧耳。

讀葉昭齊詩

願假青燈力，尋君愁恨篇。身何隨命薄，名豈受人憐。秋冷長門鴈，春啼湘水鵑。如予遲暮在，心折畫屏前。

秋　水【老成。】

港上日多雨，夜來新水生。西連洞庭曲，南過越王城。野艇三四去，愁人日夕行。晚風漁浪起，落日桔槔聲。

新　晴

秋水碧四字，步屧石臺賒。井郭人皆見，烟炊日不斜。壺匏下隴客，杞菊過墻花。漸得窮幽覽，城南是故家。

秋　夜

小溪環石路，月色到柴門。莫向宵中坐，秋聲非一村。

吴静閨

字珮典，貞閨妹。歸汝南周氏。母氏常訓學《黄庭》楷書，字亦秀潔無俗筆。詩嫣姿逸致，推陳出新，有因風飄去、帶月浮來之況。

端淑曰：珮典詩特潔，《水閣》一詩，洗盡凡心，落落自異。《序》謂其嫣韻，殊失所贊。兄弟以『貞、静』命名，水清石出，木落山空，詩直似其名矣。然止一二見，難盡其勝。

水閣

水閣静如練，新涼逐曉生。南山坐前溪，杳靄鳴芳禽。禽聲高下來，惻然感遠心。心静地亦佳，獨坐思空明。

紅葉

簾映丹楓鎖暮樓，新霜點綴在枝頭。三分春色千花鬬，九十秋光一葉收。漢苑昔傳清恨去，吴江今逐冷風流。莫教吹向深閨聽，添得閒宵幾段愁。

南牕夜雨

雲暗松牕夜，殘燈雨碎聲。那堪孤夢醒，滴滴到三更。

風梅

梅花紛繞户，玉色冷蒼苔。斜影含情墜，低枝帶笑開。落疑殘雪隱，舞促暗香來。不盡相思意，窺人日幾回。

黄媛介

字皆令，秀水人。適蘇州楊元勳。著《湖上草》、《梅市唱和》諸詩。

端淑曰：皆令倚馬自命，落紙如烟，三吴八越，嘖嘖稱賞宜矣。抑青蓮『敏（絶）〔捷〕詩千首』，何似少陵『語不驚人死不休』也。摘其佳篇，多蒼然秀勁，越兒所賞者，乃鱗爪也。虎頭三絶，皆令自許久矣。或曰畫勝於字，字勝於詩，未知孰勝，敢以質之識者。

望無亭

扁舟如逐水鷗翔，盡説西泠藻荇荒。欲覓湖亭看遠翠，墟烟空復映斜陽。

九松道中

水能印月隨方現，山不離烟到處青。九里松聲輕過耳，晚涼颯颯上蘆汀。

咏虞美人花

深漸長劒事無成，恨托東風寄此生。昔日美人今日草，銷魂猶唤舊時名。

丙申予客山陰雨中承丁夫人王玉映過訪居停祁夫人許弱雲即演鮮雲童劇偶賦誌感

九曲春生旅恨長，東風隱隱動垂楊。看山携酒人非戴，帶雨迴舟客是王。坐裏飛元忘爾汝，簾前刻燭奏宮商。爲聽幾曲伶歌後，歸後憐君復褰裳。

密園唱和同祁夫人商媚生祁修嫣湘君張楚纕朱趙璧咏

曲徑移芳破曉烟，迷濛風景倍林泉。欄疎逾見孤亭敞，樹密難知落日圓。近水流霞通户牖，拂雲高閣住神仙。霜時尚有花開落，灑灑紅英色倍鮮。

答林夫人

風烟飄忽五經秋，楊柳無情溝水泝。舊事傳來君始恨，新聲譜出我應愁。同驚頭白干戈盡，共愛身輕天地留。親歷亂離疑是夢，相看重省昔時憂。

其　二

咫尺烟光未肯尋，入雲紅葉亂高深。幽居漸覺愁盈抱，獨立空驚風滿林。早望明湖通曉露，夜當好月隔遥岑。與君不是新相識，君具新心我故心。

即事

憂危只有客心微，贏得湖雲護竹扉。囊有新詩聊寄賞，家存舊璧但懷歸。青山斷處饒紅葉，黄菊開時無白衣。近水陰晴容易變，忽聽風雨打牕飛。

苦雨

客裏誰堪雨復風，鄉心苦與斷雲通。獨登破閣疑天上，自笑愁顔畏鏡中。枝冷花寒鶯欲徙，囊空潁秃賦難工。最嫌春去人猶住，屋角蜚鳴怪鳥窮。

乙未上元吴夫人紫霞招同王玉隱玉映趙東瑋陶固生諸社姊集浮翠軒遲祁修嫣張婉仙不至拈得元字

握麈同仙侣，開筵值上元。才華推閫學，風雅集梁園。竹翠遥分徑，花香近遶軒。盤如行玉饌，坐擬似桃源。畫燭重添炬，瓊漿屢泛樽。月圓開寶鏡，燈燦轉珠輪。佳句誰先得，元思共欲論。相看言未已，分手意猶存。歸棹各南北，偏多驚旅魂。

暮春過張森岳先生園僑夫人姬以新詩見示同賦

閒穿花竹度危城，穩籍雲門白鹿行。驚座看君臨玉樹，乍來愧我似浮萍。絃逢鍾子音逾逸，馬遇孫陽骨更清。把酒聯吟留韻事，秖今回憶不勝情。

閬園詩十首爲李太虚先生賦和吴梅村先生韻

棠築修陂外，嘗乘書畫船。春生花炤地，秋至水連天。香發開芳杜，鴻飛識渚田。山居知氣候，無事只高眠。

同祁夫人商媚生祁修嫣湘君張楚纕朱趙璧游寓山分韻

名園多異植，花遶曲檻邊。山抱蒼潭水，林藏碧樹烟。棲鳥啼月下，迴棹泊霜前。酒罷同歸閣，開奩納翠鈿。

其　二

佳園饒逸趣，遠客一登臺。薜老蒼烟静，風高落木哀。【句老勁。】看山空翠濕，覓路亂雲開。欲和金閨句，慚非兔苑才。

山　中

入山不見石，石爲我四壁。入林不見樹，樹爲我簷隙。寄語山中人，何必構房室。

望湖口占

昔日愛多偏樹萱，清愁今可付潺湲。月明處處同鄉土，只有青山異故園。

周　庚

字明媖，莆田人。見《扶輪初集》。

端淑曰：明媖二絶，是好花人聲口。花得此知音，知花之芳妍愈艷矣。若遇蠢婦癡兒，拗折摧殘，爲花之大厄，良可悲嘆。

家軫石兄言其作詩甚富，全體皆學景陵，余未之見也。

對　花

日日坐香色，神明撫衆芳。悲歡相憫處，即此是恩光。

惜花

澆護非關癖，芟夷亦至情。情深莫寄處，先是慮風聲。

名媛詩緯初編卷十

山陰王端淑玉映選輯

正集八

端淑卿

當塗人。教諭廷弼女，適芮儒。性幽閒穎悟，從父宦讀《毛詩》、《女範》諸篇。及笄遂通群書，爲詩類三唐。所著《緑窗詩》，章元禮稱其旨醇節和，渢渢有致，足稱鄒士齋流亞。

端淑曰：選詩如游山川，未必盡佳，而身不經歷，恐失其勝。峰嵐飛繞，在相望有奇。淑卿《本序》稱其規畫近唐，而《緑窗集》正似魏武望中梅，恐無以止人渴思也。所選止此，餘爲未歷之山川，徒屬想望而已。

採　蓮

風日正晴明，荷花蔽洲渚。不見採蓮人，只聞花下語。

閨情

晚粧初罷玉釵横，五夜燈花暗短檠。夢入皇州腸欲斷，不禁風雨入砧聲。

方孟式

字德耀，桐城人。山東右布政張公秉文妻，父大理卿大鎮，弟兵部侍郎孔炤。夫人天資明敏，志篤詩書。年方二十許，嗟自無子，選置妾媵，連舉三子，人皆稱之。有《紉蘭閣集》八卷。同夫守濟南，墮池死節。

端淑曰：方夫人賢淑不妬，壼道幽嫻，而卒能沈珠汨羅，光鑑水國，雖魚龍畏徙矣。方伯公安心立節，不煩内顧，亦英雄快事。其詩規畫古人處，不無拘擬，然渾潔方正，非復香奩中物。

五雜組

五雜組，短笛横。往復還，秋風清。不獲已，促織鳴。

百恩行

君恩如日，就之竊餘輝，海底紅輪出。當心萬象争曜靈，追渴敢恤生死一。君恩如雨，微雨百丈絲，颶空濕林圃。潤物無聲天地心，莫教零落胭脂苦。君恩如露，溥溥濺圓琛，雙莖雲外鋪。玉女掌上傳消息，不愁畏濕金蓮步。君恩如山，白雲天可接，佳樹若爲攀。石田不種穀與粟，勿聽空倉饑雀還。君恩如海，海深尚有涯，君恩豈中絕。北舟汎汎涕中流，人間多少傷心血。君恩如扇，滿面春風生，經秋不可見。花落花開尚有時，冶容能奪詩書賤。君恩如鏡，光若蟾蜍圓，炤人肝膽清。三年不磨人面異，從前空自説傾城。君恩如衣，肯遣黄裳怨，冷落六珈緋。東風葉葉噓楊柳，故人羞着嫁時衣。君恩如樹，拂拔清且陰，殘暑變涼素。垂天百尺廣庇人，一枝曾借啼烏聚。君恩如瑟，鼓瑟如鼓琴，相思難成匹。玉樓曲引鳳凰鳴，三峽猿聲流水泌。恩淺恩深可奈何，長恐恩多怨亦多。憐香惜玉有時盡，消得春風幾日過。

擣衣篇 稍删

雨滴空堦梧葉淚，檻壓香風楊柳醉。調砧宛轉柔腸細，千騎如雲擁夫婿。烟散樓頭殘月斜，寒雁相呼蛩語砌。一聲一怨擣衣悠，愁心暗逐月華流。回向銀燈覓刀尺，剪破沉江一色秋。秋風昨夜漢關來，直入深閨玉鏡臺。寂寂春閨人不見，年年蕙草爲誰開。織就千文迴錦字，數行撩亂機中意。

待月

遲月淡籠烟，期人較可憐。荷風疎雨後，螢火亂星前。烏鵲殘生影，梧桐隱半絃。因之默坐久，花上月娟娟。

病中思歸

嵐氣爐烟合，疎燈影素移。愁生零雨夜，病值落花時。夢裏鄉音近，天邊雁字遲。床頭閒月色，心事薄光知。

鷄聲

殘焰寒更盡，疎鐘客夢新。發聲驚曉日，戛羽起行人。故國桑麻遠，他鄉風雨親。年華愁日暮，推換幾千旬。

寄錢夫人

一別三春渺，徘徊起客愁。皖江明月夢，襄水白雲秋。蘭葉香侵室，瓊花錦作舟。孤鴻何不至，烏鵲亂枝頭。

寄潛夫弟因歸林下失偶復失寵感懷

十年聲籍籍，幾日走麒麟。去國經千里，還家惜一身。琴消獨夜月，詩吊九泉人。芳草王孫路，言歸已漬巾。

懷孀妹

憶昔春深日，鳴機更論文。庭前誇咏絮，閨裏自凌雲。卮酒寒花老，離絃落葉紛。誰憐孤影在，殘雨不堪聞。

寄盛夫人

繁霜百歲冷春幃，嘗共寒燈泣落暉。紅淚已辭機上錦，白頭尚着嫁時衣。烟籠竹葉涼生案，雨濕梨花静掩扉。杯酒樓頭明月夜，迢迢夢遶楚天微。

野　眺

水静平明炤樹林，松烟幾處起秋砧。阮邨峰暗輕帆影，投子山輝落日陰。鸜鵒遥憐清石爛，鳳凰堪憶碧雲深。西風欲借吹愁去，静對流泉瀉素琴。

和夫黄鶴作

晴川遠樹白雲浮，聞道遨遊黄鶴樓。鸚鵡洲前分二水，漢陽城外泊孤舟。萋萋草色春閨怨，活活江聲夜客愁。倦幔躊躕看不見，空憐新月曲如鈎。

美人思春

玉釵敲冷兩鴛鴦，似醉懨懨困海棠。夢裏白頭將化石，愁來青鬢易生霜。笛中風細鶯楊柳，絃上雲低泣鳳凰。咫尺天涯虚錦字，門前春與月華長。

夜泊宜城遇雨

東風送客若爲情，襄水盈盈隔漢城。茅屋幾家烟霧隱，布帆一片柳條横。河邊埜釣隨波咽，岸上荒鷄帶雨鳴。此夕寒燈獨是伴，更憐碌碌逐浮名。

寄赤城嬸母

別離兩度月華寒，遥憶空山薜荔殘。秋調轉悲絃上急，霜花漸向鏡中看。種瓜埜蔓荒羊徑，羅雀高軒静豸冠。此日梧桐憐夜雨，相思寥落碧闌干。

寄閩中孫夫人

十年風雨憶京華，極暮空庭隔斷霞。贈我雙珠宛在案，懷人一水竟無涯。黄華聊自看嘉樹，烏石何緣數落花。别後相聞多老病，難將尺素載愁車。

長安别何姑夫人還里之二

歲暮急南征，征衣幸勿薄。骨肉各殊方，風霜難遠度。

秋　感

秋風何時來，又見秋風去。歲歲爲秋怨，秋怨不知處。

漢江謡

江水自西來，滔滔往東去。借問幾時回，郎心不知處。

閲　畫

我有半幅綾，美人依桃柳。春風何處來，秋日尚獨守。

春　怨

隻影淡烟籠，杜鵑枝上紅。梨花風雨後，人在月明中。

吴令儀

字棣倩。桐城諭德應賓女，少司馬方孔炤妻，令則妹也。資性穎慧，仁德幽閒。孝翁姑，敬夫子，和睦媌娴。喜讀書史女傳，作長短句。隨宦閩、蜀，輔佐清政。撫育子女，以孝弟之道訓焉。不幸早世，親黨聞之，莫不流涕，於是搜遺篋笥以傳。

端淑曰：方夫人詩，高老如雞羣之鶴，木羣之松，并絶去川雲嶺月，可謂高自標持。所稱超超元著，殆不愧矣！《序》稱其性資聰敏，治家有節，方仲賢一流人物，而彼孀此殀，天之報施善人，竟何如也？

嚴陵釣臺

扁舟過陵瀨，富貴入雲外。懸崖十九泉，蒼松發幽會。釣竿有餘樂，雲臺何足繪。天子本知心，故將軒冕賚。

次幔亭道中有懷何氏女兄

新雨出多峰，舟來鏡中沐。美人自遠方，三春隔幽谷。與姊寤寐時，老新有舐犢。而今各差池，忝命付華轂。杏花奈何殤，蘭枝有深哭。陰陽於賢人，亦已太百六。今秋聞有秋，料不怨饘粥。福襗自因時，鱗次聽寒燠。我之所傷心，落霞與孤鶩。誰復惜鳳凰，朝朝任筴箙。大椿多病年，見姊爲啜菽。何時賦歸來，山車挽雙鹿。千里涕復洟，輕霜薄黄菊。

寄潛夫夫子時謁選主爵

君去覓封侯，金閨第一流。文成知虎豹，價重得驊騮。詩思春歸錦，鄉心月在樓。素琴隨彩鷁，忘却搗衣秋。

遣　懷

幾樹孤郵外，空舲倚暮雲。風來衰草色，日蕩去潮紋。群雁江邊語，淒猿雨後聞。無端鈎月小，人影各單分。

長溪燈壽詩删序

拜舞深深出錦闈，瑶池王母賜光煇。試來麥穗垂三異，供此燈花成九微。春暖鳳毛斟栢酒，月明鮫羽進萱衣。連宵東瀨扶桑影，士女歡娱得所歸。

三峽寄伯姑張夫人

三峽孤帆憶楚蘭，丹崖翠壁墜雲端。欲將鏡裏琴中意，巧畫拖裙寄妹看。

舟發江陵潛夫卿將自襄陽入計贈别五首之二

寒風峭急雨聲長，珠淚千垂不盡行。莫恨石尤江泊夜，只愁容易到襄陽。

江上久泊

三暮三朝下峽愁，解維還擊楚江頭。鄉關有路應須到，只恐明年又遠遊。

夜

新月不來燈自炤，江天獨夜夢頻驚。長年自是無歸事，未必風波不可行。

從家大人祇謁鯤池神道之二

一望鯤池幾斷腸，輿中不語淚千行。自憐身是裙釵輩，無復年年拜墓傍。

方　氏

桐城人。户部大鉉公女，通政吴公自峒孫紹忠妻。結褵二載，夫殞，育男復殤，方矢節幾死者數矣。無何，姑舅又繼歿，方苦不自勝，其伯太守紹志以次子承宗奉其祀焉。

端淑曰：方氏結褵二載，夫殞矢節，天又不肯以一子相助，果命爲之，何造化之無權也！然方竟以流離百折中，出紡績資，治合葬事，處分井然，倫儀確至，寔造化鬼神所憚。《朔風》詩清迴，非凡調所到，詩傳人，人傳詩，兩者均有之矣。

丙午夫子游山得玉蘭一株植之庭中對此有感

江上初春寒，玉蘭花似雪。晨風動微香，凝香復皎潔。幽貞比君子，何爲久別離。振衣出房户，古樹風聲咽。浮雲蔽白日，誰知忠與節。遠峰輕烟斷，依依楊柳折。

題　竹

小苑何空寂，相依獨有君。月中常人操，風處不堪聞。白石移花影，青苔擁籀文。樓頭明月上，空翠落紛紛。

庚年生日感懷

十四適君子，三歲亡所天。一人事孀姑，於今四十年。始意填溝壑，有孤存目前。不幸襁褓中，又復歸黄泉。此時腸欲斷，苟生安可全。抱志宇宙間，銘心金石堅。賴爾神相佑，他人豈見憐。東溪桃李鬱芊芊，西山孤墓含蒼烟。古來聖賢俱已矣，惟有清風萬里傳。

宿姚姊清芬閣

連榻曾無寐，長天不肯明。入簾疎月影，高枕遠風清。香氣静生室，禪堂空拂雲。相依能白首，古學自然成。

朔　風

朔風何太急，澗户偃秋蘭。涼氣生隅坐，愁人多苦寒。砧聲邨外亂，鳥語露中殘。【入岑、王之室。】倒影入林木，孤雲虚室看。

寄弟爾止客白門

夜月光輝蒲柳花，風鳴落葉冷江沙。征帆一片隨流水，故國千山隔晚霞。司馬定知探禹穴，仲通何處却田巴。秋聲寂寂雙魚杳，屈指歸來天漢斜。

吴令則

桐城人。諭德應賓公女，茂才應瓊妻。穎敏貞静，雅好詩書。遵閫範，尚禮義，孝父母。于歸二十餘年，朝夕問安，亦有之子也。敬順夫子，以裕家計。自見無子，遂置妾媵，欲廣其嗣。每臨清風明月，索句咏懷，(輙)〔輒〕焚其稿，惟有姻婣所藏數首以傳之。故桐城向有『太史女丈夫』之稱焉。

端淑曰：覽吴、方諸《序畧》，恒禀質孤遐，不啻雪擁孤松，瀑飛峭石，令人莫敢道一情字。昔人金鑄賈島，低頭敬拜，老島殊不足拜，拜此女仲連可矣。詩不足重，重此人也。然七言一律，不特風雅，亦徵温淑，如此立念設想，可追《國風》一脉。

頭上掌珠吟

七毖頻占寤寐思，鵲巢端可博螽斯。宵征月映芝蘭秀，夜告心將管蒯知。夢裏石麟應有種，懷中玉燕自多奇。桂花宫殿歸來日，還爲寧馨問扊扅。

顧若璞

字和知，錢塘人。上林署丞友白公女，督學黄公汝亨子文學茂梧妻。早寡，以節孝稱。所著有《卧月軒集》。

端淑曰：和知，閨中耆碩也。不獨詩才濬發，波屬雲委，而古文詞亦絶去鉛華，非縱笄所敢望。今摘選數首，已如濯錦江中，使謝庭削色。諸女孫皆能文善詩，人龍盡集一門，亦咄咄怪事。

同夫子坐浮梅檻

榜人遥泛緑，木葉亂飛黄。縛竹爲新檻，逢漁認埜航。樹摇山合影，波動月分光。聞説西施面，梅花不倩粧。

湖上繅絲曲

桃花花繁楊柳垂，纖腰嫩臉香風吹。鶯兒調聲聲正滑，堂上絲車鳴軋軋。少年騎馬挾金彈，青冪朱絃紛夾岸。繅絲終日不忍看，寒蛩早晚啼秋幔。

昭君

李衛邊功竟若何，翻勞紅粉渡交河。盧龍塞外春將滿，丹鳳樓前恨已多。刁斗咽霜驚落雁，琵琶弄雪蹙雙螺。昭陽女伴無多少，寄與將軍夜枕戈。

和集字詩七遇

歌聲蕩遠溪，落日澹歸路。別飲餘清尊，風生禁城樹。

爲燦兒修讀書船

聞道和熊阿母賢，翻來選勝斷橋邊。亭亭古樹留疎月，漾漾輕舠泛碧烟。且自獨居楊子宅，任他遥指米家船。高風還憶浮瀣檻，短燭長吟理舊氈。

悲仲婦鮑辭

烟沈翠閣烏啼月，淒迷老我增嗚咽。紅蓼披離鬼火吹，白楊蕭條冷露泣。嗟我不天三十年，良人早没諸孤寒。啣泥巢屋苦拮据，爲兒娶婦雙琅玕。我將籍手報夫子，閒家肅肅疇離祉。離鴻腸斷聲忽裂，日暮風悲淚如水。前年大婦隨秋草，我志我銘傷懷抱。回頭尚有典型存，詎意深閨跡如掃。嗚呼！我家不造兮，我罪伊何？方舟欲渡兮急水增波，江湛湛兮渺難泊。男呻女吟兮，何以終我役？陰雨颯沓兮雲西馳，恍兮忽兮靈之旗。閴其無人兮憯空幃，恨血千年兮碧草腓。

雪夕聽燦煒兩兒讀吴吏部梅里和圻孫詩韻次孫啓均啓埏啓壏皆奮筆拈韻各奏一篇已而塨埈垣三女孫袖中皆歁歁有聲索視之亦一詩也雖工拙不掩而幼女童孫皆好學知文可籍手報地下矣喜而賦此

遥天欲没雪翻翻，小坐圍爐静討論。吏部詩名依北斗，家人雅集勝西園。桐孫玉琢枝枝秀，柳絮風吹字字温。爲報九原相待客，静書一線可能存。

仲氏

揚州人。提學范公允臨室徐卒，仲作詩呈范。范曰：『詩雖佳，無太粧我老乎？』一粲。

端淑曰：此詩乃予鄉人嘲老翁娶少女爲繼室而作也。夫人更易數字，竟成全璧，如此敗興語説得一天丰韵，覺學憲不老。

《堯山堂外紀》載：浙人有嘲年六十三娶十六歲女爲繼室者，云：『二八佳人七九郎，姻緣何故不相當。紅綃帳裏求歡處，一朵莉花壓海棠。』

戲　呈

二八佳人七九郎，蕭蕭白髮伴紅粧。杖藜扶入銷金帳，一樹梨花壓海棠。

張德茂

字子玉，桐城人。布政秉文公女，母方夫人孟式。適倪太僕孫文庠天弼。雅愛詩書，年未三十而夭。

端淑曰：子玉詩不多見，數首苦情苦景，如哀泉出峽，孤鶴唳空，而情思深妙，自不易得。但孤殀不禄，殊堪悲悼，是亦女士中郊島也。

病中哭女之二

病骨侵寒雨，蕭蕭起暮愁。百年空有恨，一女不能留。蟋蟀聲偏急，芙蕖香漸收。孤燈頻惻汝，擬向夢中求。

冬至病中爲夫子納妾之二

曉寒風急冷羅幃，鷄骨長年静掩扉。黄葉盈階悲歲暮，白雲違舍望親歸。見憐少女嬌青髩，忍死閨人謝縞衣。爲問藁砧别後意，可能懷舊泣殘機。

教　女

深深學拜向人先，彩袖褊襬桃杏天。姊妹相尋花底月，二南指示有遺篇。

馮小青

字小青，揚州人。適杭州馮生，以同姓故諱之。小青年十六歸生。生，豪公子也，性嘈唼，憨跳不韵。婦更奇妬，小青曲意下之，終不解。徙之孤山别業，欝欝成疾而卒，時年僅十八耳。

端淑曰：小青筆舌靈妙，情才兩足，第恨其不多見耳。才人淪落，古今皆然，況女子乎！《列朝詩集》及《十五國詩源》云：小青者，離『情』(中)〔字〕，正書『心』傍似『小』(中)〔字〕也。或言姓鍾，合之成鍾情字也。實無其人，邑子譚生造傳及詩，與朋儕爲戲。然其傳及諸作俱不佳，流傳日廣，演爲傳奇，至有以訪小青墓爲詩題者。俗語不實，流爲丹青，良可爲噴飰也。

擬　古

雪意閣雲雲不流，舊雲正壓新雲頭。米巔巔筆落窗外，松嵐秀處當我樓。垂簾只愁好景少，捲簾又怕風繚繞。簾捲簾垂底事難，不情不緒誰能曉。爐烟漸瘦剪聲小，又是孤鴻唳悄悄。

無　題

稽首慈雲大士前，莫生西土莫生天。願爲一滴楊枝水，灑作人間並蒂蓮。

其　二

春衫血淚點輕紗，吹入林逋處士家。嶺上梅花三百樹，一時應變杜鵑花。

其　三

新粧竟與畫圖爭，知在昭陽第幾名。瘦影自臨春水炤，卿須憐我我憐卿。

其　四

西陵芳草騎驎驎，内信傳來喚踏(青)[一]〔春〕。杯酒自澆蘇小墓，可知妾是意中人。

其　五

冷雨幽窗不可聽，挑燈閒看牡丹亭。人間亦有癡於我，豈獨傷心是小青。

其　六

何處雙禽集畫闌，朱朱翠翠似青鸞。如今幾個憐文彩，也向秋風鬬羽翰。

其　七

脉脉溶溶灧灧波，芙蓉睡醒欲如何。妾映鏡中花映水，不知秋思落誰多。

其　八

盈盈金谷女班頭，一曲驪珠衆技收。直得樓前身一死，季倫原是解風流。

其　九

鄉心不畏兩峰高，昨夜慈親入夢遥。説是浙江潮有信，浙潮争似廣陵潮。

其　十

西陵橋下水泠泠，記得同君一夜聽。千里君今千里我，春山春草爲誰青。

寄某夫人

百結迴腸寫淚痕，重來惟有舊朱門。夕陽一片桃花影，知是亭亭倩女魂。

校勘記

〔一〕『青』，南圖本朱筆批曰『失韵』，校改作『春』。

周玉昭

字夢蘭，沈丘人。

端淑曰：夙根巧慧，天然流漾，亦是先天帶來。如夢蘭《有寄》一律，未嘗不莊重高老，可稱合格，但嫌『惱』字入詩，未免爲白玉之瑕耳。

有寄

碧玉仙姿入夢來，黯然愁緒逐時開。烏號子夜閒情逼，花近金閨客思回。却扇緩行佯避影，挑燈獨立暗生猜。無端悵恨添眉曲，多恐人將惱事催。

吴栢

字柏舟，仁和人。吴太末女，文學陳大生妻。著《栢舟集》。

端淑曰：《栢舟》仁人，衛大夫也。當頃公之時，小人在側，仁人不遇，乃賦《栢舟》詩以見志。孔子曰：『吾於《栢舟》，見匹夫之執志不可易也。』又衛共姜守義，父母欲奪而嫁之，誓而勿許，乃賦《栢舟》以絶之。君子謂衛之淫風行，而有共姜特立之節，真可謂遏人欲之横流矣。《詩》云『風雨淒淒，雞鳴喈喈』，此之謂也。今吴媛以『栢舟』命名，則其幽嫻貞静處，有大過人者，不可草草忽過。顧名思義，信乎！

秋原寓興【此等詩及文有詩家幽樂之氣象。】

野景從來好，逢秋更有情。滿籬皆菊影，到處是蛩聲。愛月吹燈飲，尋詩遶砌行。夜清常不寐，呼婢問茶烹。

冬　景

陡起鱗雲暮氣凉，夜來應護一天霜。魚依石髮寒思蟄，鳥戀垣衣暝欲藏。女有書癡還自笑，病留詩癖却無妨。昨宵覓得驚人句，未寫今朝忽又忘。

沈　珵

字未男，嘉善人。進士工部員外丁彦元配，早没。

端淑曰：刻畫入情處，直令物無遁形。雖少陵復起，不能過也。

附：吴中燕

嘉興人。孝廉某公女，工部員外丁彦繼配。

端淑曰：家伯氏彦惠予扇，有云：『余年十九，内子沈瑆未男以詩學來賡和；又三年，納妾鄒蓮午，亦復能詩。鄉薦後，未男、蓮午相繼云亡。今内子吴中燕，雖略解文義，而性頗高寒，余故逭逭放跡於山水。庚子九月，會稽弟睿子及其内子遊西泠，竝負奇才。感梁孟之相將，歎趙蘇之不作，爰搜遺稿，以質睿弟，兼正王夫人。聊誌余孑身獨出，未嘗忘未男、蓮午也。』

即　事

山蕚紛紛出槿紅，月窗有句向文同。鴛鴦錦下支機石，可是相如軫上逢。

其　二

睡起春慵拂曉颸，攬人幽夢是黄鸝。一竿犢鼻隨南阮，何事綿綿傕畫眉。

名媛詩緯初編卷十一

山陰王端淑玉映選輯

正集九

商景蘭

字媚生，會稽人。吏部尚書周祚公女，太保忠敏祁公彪佳妻，封一品夫人。

端淑曰：夫人父冢卿而夫忠敏，人倫榮貴，可謂至矣。而後乃多鳳毛，紫蕙白蘭，香生帶草，又何奇也！梅市固子真高隱地，山水園林之盛，超越輞川，能無筆底江山之助乎？春秋甚富，抉唐人之奥易易耳。近詩則深厚典雅，當爲江南、兩浙閨秀之冠。

送黄皆令往郡城

風急孤帆遠，空簾使我愁。花飛殘曲徑，葉落滿荒丘。江月寒漁舫，山雲護客舟。别離當此際，長憶夜同遊。

喜次兒讀書紫芝軒

蓮花曾笑日，梧葉漸驚秋。水白光分樹，花紅影動樓。鳳毛池上迥，鶴髮鏡中愁。賴有遺書在，空堦月未收。

夜　雨

雨過玉堦芳草緑，美人夢渡交河北。交河萬里何處尋，夜半歸鴻沙草宿。

喜嘉禾黄皆令過訪却贈

雙燭喜留賓，樽浮夜色新。談深香遶坐，簾捲月隨人。掩扇愁無奈，凌波思絶塵。明珠囊底價，炤發自精神。

同皆令遊寓山

笙歌空憶舊樓臺，竹路遥遥長碧苔。一色湖天寒氣老，萬重山壑暮雲開。梅花遶徑魂無主，明月當軒夢不來。世事只今零落盡，豈堪佳客更徘徊。

坐剩園書室

平湖淼淼白雲輕，霜炤黄花石底明。畫檻疎簾真寂寞，鳥聲長伴讀書聲。

登藏書樓刻韻

淡日黄雲覆朔煙，十年遺恨在甘泉。玉堂不惜隨風破，金掌何時滴露圓。舊有賜書堪供客，新悲紈扇擬求仙。登高已讓君能賦，枯木慚無雨後鮮。

遊密園

漠漠平林帶碧煙，泠泠寒澗出流泉。湖光淡接樓臺迴，霜色黄看橘柚圓。雞犬洞口尋避世，雲霞筆底賦遊仙。穿芳不倦登臨興，更愛梨花一種鮮。

寄懷皆令

黄雲障盡山頭翠，歸鳥翻飛老樹顛。藥圃幽香花底散，遠峰暮色磬聲傳。蕭蕭風雨啼山鬼，寂寂柴門草太元。百里懷人倚高閣，孤城隱隱白雲邊。

喜皆令至

門鎖蓬蒿十載居，何期千里覯雲裾。才華直接班姬後，風雅平欺左殊餘。八體臨池争幼婦，千言作賦擬相如。今朝把臂憐同調，始信當年女較書。

産外孫喜予次女

扶牀坐膝正相宜，况復陽元舊有期。嘗恐紅顔多薄命，今看白髮見佳兒。聲傳雛下追惟汝，德重荆南代是誰。猶喜郗家諸弟在，司空大小覺難欺。

咏虞姬

旌旗影拂五雲車，錦帳傳杯玉漏斜。此夜美人歌舞地，遥看白水漫江沙。

哭　父

南雲烽火暗，喬木世家殘。國耻忠心在，親恩子報難。衣冠留想像，几杖啓萑蘭。倚徙空庭立，愁看星落繁。

又送皆令

別去雲山杳，懷人道路間。一帆江上出，雙髩月中還。

吴　山

字巖子，太平人。縣丞卞琳妻。詩文甚富，善草楷。戊、己間曾寓西湖，諸名宿俱與唱和，新安汪公汝謙尤稱最云。

端淑曰：巖子詩，如山陰道上，空翠撲人，而千峰花簇，明湖映帶，諧鳥妍花，應接不暇。西子湖光分一半以與此人，煙墨間莫非山川秀色，緣其才性敏慧，無傖父面皮故也。吴學士早鑑其妙，與飛卿、元機唱和迴別。

清明前二日社集不繫園用雨絲風片烟波畫船爲韻各即事八首奉和汪然明先生韻

兩峰不出雲，十里春陰譜。水上快凫鷗，簾前怨鸚鵡。花寒不放香，月瘦未見補。莫謂近山晴，遠烟還是雨。

其　二

雨次青峰落，雲飛帶野吹。萬山公瀑布，千樹鬬春枝。鳥代花爲雨，詩因酒勾思。載桃俱是浪，何處挂遊絲。

其　四

注我十年思，莫謂尋嘗見。遊客兩朝人，明湖古今面。月伴孤山親，雲續斷橋倩。珍重泛花情，都是春光片。

其　五

塔挂雲枝斷，橋分月兩天。雨多春值賤，花盡客生憐。愁以一尊壓，懷將五字宣。莫虞身外事，未了是烽烟。

其　六

柳倦絲無緒，鶯嫌雨不梭。雙堤寒蝶夢，孤棹冷漁蓑。貧爲耽遊甚，吟因感句多。慢云腸似雪，猶自浣春波。

婁東吴駿公太史向余東園地主今客西湖承贈佳章感次原韻

坐静爐煙一縷斜，偶聆鸜鵒報賓嘉。人來東海龍爲友，余止西泠水是家。秋到那堪田作硯，春歸難謝筆生花。半山欲雨添新翠，不管門停長者車。

其　二

清芬宛轉送蘋蕖，一碧涵空齋自虚。弱翮未能遥遂隱，名巖欲借小藏書。秣陵江上閒雲侶，明聖湖頭野鶴如。何處高軒金馬過，十年前作故鄉居。

其　三

玉音遥惠自神鸞，慚愧移情鍾子彈。三復令人詩思瘦，獨吟當夜月光寒。鷦枝曾荷枌榆雅，客路寧將萍水看。壁立馬卿無已似，雲煙蕭瑟滿闌干。

沈憲英

字惠思，一字蘭友。吴江人。葉安人沈宜修弟君晦長女。其詩見《列朝詩集》及《鼓吹新編》。

端淑曰：惠思諸詩，另是一種氣格，輕清幽細，况味黯然，直令昭齊、瓊章文成冰雪，人似秋霜。

秋閨怨

桂含清影素光浮，繡帶籠香倚玉樓。淡月半窺情莫訴，寒砧一派夢難收。露凝江上芙蓉粉，霜冷簾前玳瑁鈎。回思不堪愁絶處，欲教滄水咽東流。

哭昭齊葉表姊

雲散遥天鎖碧岑，人間無語月沉沉。可憐寒食梨花夜，依舊春風小院深。

無　題

樓上春深乳燕來，半簾花影自徘徊。子規聲裏黄昏月，叫斷東風夢不回。

劉元芝

字秀生，南京人。爲京山太史李公維禎子謍室妾。謍室字宗定，亦名士。唱和不輟。其詩見《女中七才子蘭咳初集》附録，凡一百首。

端淑曰：秀生詩，舉體娟媚，有乳燕迴風、梨花映月之致。然所見止七言絶句，已足繪太真之影矣。

宫詞百首之三

誰是宫中第一行，秋衣欲着預添香。舞時能使風吹透，飄出仙仙繡帶長。

其　六

白玉梨花白雪香，官家賜酒洗新粧。謝恩未了傳呼急，上殿吹笙學鳳凰。

其三十四

桃李無枝不着花，粧成鋪靨鬬妍華。腰肢好學風前柳，數米何如楚國娃。

其三十六

鬬草閒時共弈棋，春朝且遣悶懷思。遊嬉未覺回來晚，月上雕欄花影移。

其三十七

萬般多暇入宫遲，御女行方按四時。寵幸真成天上貴，輕敲檀板製新詞。

陸聖姬

字文鸞，秀水人。知府某公孫女。幼敏慧，工詩。歸周槩，鬱鬱不得志，故恒居多愁思云。

端淑曰：文鸞詩，景色疎快，氣味清芬，名列十六名姬內，其名已非一日矣。運棹欠老。

和人山居

石徑苔封客到稀，山深白日掩柴扉。攀蘿飲澗猿朝出，認嶼盤雲鶴暮歸。竹裏泉聲春藥碓，簾前嵐氣濕荷衣。杖藜徐步尋詩去，一逕春風入翠微。

西樓梧月

緑野堂西百尺樓，梧桐摇月一天秋。夜深獨坐清如許，空翠滿身涼影流。

朱中湄

字遠山，南昌人。弋陽府中尉異林公女，吉水兵部左侍郎李公元鼎之配。生子振裕，年十八，庚子舉人。所著有《石園隨草》。

端淑曰：夫人以天潢之派，作嬪司馬，相從金戈鐵馬中，頻罹風波，而幽人貞吉，唱和自如，斯可謂純嘏天錫者矣。讀《石園詩》，温雅秀麗，時多警拔，未易材也。聞夫人美姿容，一子甫弱冠，遂舉于鄉。嗟乎！鳳毛麟角安知世有悲窮鳥者耶？爲之感歎。

舟行晚眺小孤山

飛棹乘空下暮灣，微霞輕送晚雲閒。沙平岸斷紛殘雪，風便舟行退亂山。媚月半彎斜照水，粧亭一柱屹當關。青烟夜薄（蓬）〔篷〕窗暗，江静絃調客緒删。

冬日河泊阻風次梅君韻

數里淹河泊，狂飈客阻程。江魚隨浪躍，棲鳥護巢驚。落日看帆影，殘更怯櫓聲。遥知歸不遠，把酒問君情。

晚秋懷里

落葉驚殘夢，秋歸人未歸。水明天一色，鴉帶曉霜飛。

初秋夜翫

漸覺秋光肅，悠然景色更。菊含隨露綻，螢度傍花明。淡月摇蛩砌，涼雲掠鴈聲。偶來庭院步，忽聽遠砧鳴。

初夏感懷

旅邸驚三序，思鄉别路賒。寄言西去燕，鎮日滯天涯。

季秋霜月

月滿虚亭霜滿枝，輕烟澹澹鳥歸遲。風高野外砧聲碎，水落桐陰斗柄移。霧隱小樓雙鴈過，香消深院一簾垂。長安處處飄羌管，爲餞秋光欲去時。

次湘江女子韻小序

辛巳之夏，予隨任北上。道過新城，夜宿旅舘，覩壁間塵土漫滅中小楷數行，拭而讀之，乃湘江女子感憤而作也。爲詩三首，冠以小序。其詞哀而不怨，益可見其人矣。夫小青之遇，流恨千古；會稽女子郵亭一詩，過客爲之憑弔唏嘘，争屬和焉。而此女此詩，以野店荒落，遂無有物色及之者，尤足悲也。因次其韻三首，以代表彰云爾。

旅店無心理舊妝，春回秋去幾茫茫。清風一度驚殘夢，羞把愁容對海棠。

其　二

悠然筆墨有餘香，細讀殘吟夜未央。惆悵不堪勞夢寐，依稀如見舊紅裳。

宮　詞

牕外無人竹影移，隔簾惟見鳥翻枝。芙蓉空憶秋江老，寶鴨香銷獨坐時。

辛巳年秋八月觀聖駕臨雍恭紀

爲道環橋盛，觚稜瑞日生。鑾軨紛露燦，龍炬拂霞明。漏盡爐烟沸，風迴彩仗清。御香飄紫袖，懷燕預沾榮。時裕兒在懷。

秋　夜

亂菊添三徑，寒蛩送九秋。歸思憑鴈寄，斜月挂枝頭。

夏日雨餘

避暑嘗移榻，風生枕簟清。濕雲歸遠岫，返照下層城。雨濯鶯聲潤，霞飛柳外晴。應知荷芰發，碧水正盈盈。

晚泊甲馬營

時土人誤言宋太祖生此，然實在洛陽夾馬營也。

落日維舟甲馬營，遠村如畫暮烟平。行人誤説千秋事，宋代餘香野水清。

莫春次龔年嫂韻

凭欄無事數飛花，簾捲晴光翠影遮。却憶江南春欲莫，雙雙燕子夕陽斜。

莫　春

閒花落盡淡煙垂，庭院深深小倦時。無數蜂衙喧午夢，幾行蛛網挂遊絲。教兒漸習家鄉語，喚婢重箋旅邸詩。漫聽梁間新燕子，榆錢聊借買春資。

春　望

春深河畔草萋萋，滿徑殘花上燕泥。苑柳乍成鸚鵡緑，山雞疑作鷓鴣啼。閒看落子驚黄鳥，細數歸帆渡碧溪。風送遠香侵小院，一彎新月挂樓西。

春歸雨後有感

何事春歸歸太速，聲聲細雨頻相促。深陰淺碧没苔痕，忽聽啼鳩猶在屋。昨宵春去夏欲還，堪嘆韶光如轉軸。無數饑烏噪遠林，翩翩野鶩浮新緑。乍寒乍暖燕將雛，久宦燕都家在吴。是處烽煙隔南北，鄉書數載半行無。朝朝夜夜空懷母，吾母焉知不憶吾。待得蓴鱸秋風起，片帆歸問章江水。

春　睡

人爲夢相羈，明窗影欲移。鄰雞頻唱午，旅客强吟時。柳逐鶯初囀，花含蝶未知。河開春信早，天迥鳥還遲。風庋餘香裊，煙銷細雨隨。閒雲分擘絮，野水散流澌。極目鄉關遠，歸鴻動我思。

舟泊南陽

雨餘天欲暮，倏爾至南陽。日落山容斂，風輕野趣長。黄頭欣鼓角，白叟載壺漿。亂水衝橋急，孤村刈麥忙。遠霞疑若岸，繁鷺恍如霜。初月纖纖影，新荷澹澹香。扣舷裁短句，續夢趁微涼。細浣斜紋簟，慵成翡翠妝。暝煙籠别堡，對景一飛觴。

辛卯長至日得漪蘭熊年嫂白門見懷詩依韻答之雪堂少宰夫人

長安濤甚廣陵濤，誰謂山人索價高。時雪翁俱奉召入京。漫抱雲和酬白雪，空懷霜穎動林璈。

其　二

天涯猶憶共艱辛，雪後寒梅欲放春。寄語燕臺堪對酒，山公還是畫眉人。

留别龔太常夫人時夫人將有得麟之喜

花柳垂垂乳燕忙，啣杯共對紫藤香。蘭芬九畹堪裁賦，桂落三秋好弄璋。旅舍論文知己遠，天涯分袂客途長。爲憐别後煩宵夢，顔色還疑炤屋梁。

葉小鸞

字瓊章，又字瑶期，吴江人。昭齊妹。慧性夙成，姿態絶世，琴弈書畫，無不精曉。許張氏，未姻而卒，年僅十七。其舅君晦爲之作序，詩名曰《返生香》。乩仙曰：小鸞，月府侍書女也。本名曰寒簧，法名智斷，字絶際。

端淑曰：瓊章詩冷豔，讀之使人傷心，嘗覺紅淚彈空，唾壺俱赤。然掩卷餘香，口齒清歷，想見其人之豔。原序稱其性不喜拘簡，能飲酒，善言笑。古今自無癡板才人，故宜爾爾也。尤妙未歸而逝。芙蕖半吐，情緒綿綿，如使緑葉成陰，風愁雨恨，杜牧揚州之夢寂然興盡矣。序復述其仙遊窅渺一段，情事甚奇，未免文人粧點。七才子之稱，瓊章實不愧云。

秋夜久坐

屋傍清江曲，蘋花兩岸分。候涼頻聽樹，待月每嫌雲。浪遠漁堪隱，沙平鴈幾羣。階前啼絡緯，砧杵隔林聞。

憶父

風雪吹殘歲，山川隔上都。鄉書空北往，戰馬日南驅。江上蓴鱸老，城頭鼓角鳴〔一〕。何堪一回首，千里白雲孤。

折梅花至

遲遲簾影映清宵，日炤池塘凍若消。公主梅花先傅額，美人楊柳未垂腰。紗窗繡冷留餘線，綺閣香濃遶畫綃。試問侍兒芳草色，階前曾長翠雲條。

秋暮獨坐憶兩姊

蕭條暝色起寒烟，獨聽哀鴻倍愴然。木葉盡從風裏落，雲山都向雨中(蓮)〔連〕。自憐華髮盈先髩，無奈浮生促百年。何日與君尋大道，草堂相對共談禪。

別蕙綢姊

歲月驚從愁裏過，夢魂不向別中分。當時最是無情物，疎柳斜陽若送君。

其二

枝頭餘葉墜聲乾，天外淒淒鴈字寒。感別却憐雙髩影，竹窗風雨一燈寒。

邊　怨

沙磧連天白草枯，東征將士聽鷓鴣。笳聲落日戍衣冷，歸鴈書中有淚無。

校勘記

〔一〕『鳴』，失韻，南圖本朱筆校改作『餘』。

倪仁吉

字心惠，浙江浦江人。戊戌進士葵明公女，文學吴之藝妻也，兄給諫仁禎。夫人德媲女宗，幽貞足重，而異藻之軼倫，奚減高山仰止者乎！著《凝香閣詩》、《宮意圖》諸咏，張會元星瑞爲之序。

端淑曰：五言詩格取晋，惟彭澤尚焉，以其元淡也。五言古與五言絶同旨而異歸，故五言古不可有絶句氣，五言絶不可無古詩意，此五絶格法也。夫人詩極元淡，而性情寓焉。觀其簪蒿杖藜，董纖問圃，率皆無儀，故其詩取實不取華，尚元不必不淡，則又由絢爛而反也。想其會心，蓋在『悠然見南山』云。詩人得古人之心如此。

山居四時雜詠

遊絲繞芳樹，欲罥飛花住。花意解隨空，飄揚入烟雨。

其　二

丁丁誰伐木，聲乃透荆關。出見肩雲叟，山花插擔還。

其　三

去歲花發遲，今年春色早。紅歸弱女桃，碧入王孫草。

其　四

相攜爲象戲，松下堪箕踞。石磴欲鋪枰，苔花拂不去。

其　五

細草飛花地，輕烟返照樓。登臨何限意，春水恰東流。

其　六

春雲漠漠陰，春鳥聲聲度。酌酒對春花，惜花是春暮。

其　七

紅葉恰翻堦，露氣曉如沐。山雨忽欲來，新香時斷續。

其　八

蓮花發遠香，蓮心苦未吐。蓮梗又添絲，蓮情滿清浦。

其　九

雙鬟三五人，齊唱拜新月。願月得長圓，願風吹不歇。

其　十

避暑棲幽境，閑遊過墅東。斷霞收未盡，涼起竹聲中。

其十一

農人事正樂，萬寶在初穫。相語一飡餘，輸官免橫索。

其十二

初月尚朦朧，曉颸生薤簟。扇影動飛螢，星星驚亂颭。

其十三

蘋花雖漸老，楊柳尚低迷。野舘人清晏，歌聲和鳥啼。

其十四

冰瓷插藕花，冰盤供新藕。藕味清透心，藕絲縈在口。

其十五

臨高萬境開，寫景莫遲徊。潑墨淋漓處，瀟湘烟雨來。

其十六

空野寒聲寂，雲凝水不流。偏宜殘醉後，嘯倚暮山樓。

其十七

隆冬簡朱橘，重玩石軍章。封題三百顆，爲得洞庭霜。

其十八

漏永香篝冷，燈昏雪檻明。蕭蕭還簌簌，聽盡竹邊聲。

四時宫意圖詩小敘見《文緯》

徘徊明月領幽香，素豔檀痕照上陽。惆悵無情有連理，雙雙更自妬鴛鴦。

其　二

沼上瑶篇展日斜，水光雲影漾輕紗。空憐回雪生香句，不敵昭陽解語花。

其　三

秋到長生巧太多，正逢牛女會天河。蛛絲瓜菓無心祝，百子池頭月蕩梭。

其　四

世才那解相如賦，掩袂樓東筆自華。莫對春風哦舊句，恐將草色變梅花。

其　五

錦隊旌旗蔽朔雲，含悲立馬對斜曛。不須更羨深宫侣，攜得宫衣可憶君。

其　六

一帶斜陽晚色籠，鞦韆弄影蕩春風。朱扉欲掩還疑坐，隱隱車音過别宫。

其　七

屏山六曲水雲鄉，夜雨頻添甲帳涼。枕畔香殘眠未穩，下簾驚醒睡鴛鴦。

其　八

玉肢嬌倦翠雲頹，昨夜宜春按舞回。繡帳乍開知欲起，金籠鸚鵡唤茶來。

孫蘭媛

字介畹，嘉興人。文庠陸渭妻。

端淑曰：介畹詩，如行雲流水，又在有意無意之間，凡人目之，殊不擊節。故予有云：從無情中説得有情，又從有情中説得無情，此即介畹之詩意也。

雨枕聞梅香

濕盡寒窗燭冷時，梅花香破一枝枝。逋翁未解黄昏雨，清淺閒臨炤影池。

偶題

畫簾初捲月猶扃，牖有疎香伴石屏。堤柳依然春在否，年年芳草百重青。

王蓮雯

（嘗）〔常〕熟人。

端淑曰：蓮雯《午日》詩，只寫自己寂寞，然有欄杆可倚，菖蒲可灌，亦不十分岑寂，却又説得韵致。

午日

紅顔薄命一身孤，節届端陽事事無。倦倚欄杆吟不就，閒將盂水灌菖蒲。

黄修娟

字媚清，仁和人。江西提學參政汝亨公之女，少司空沈公光祚子希珍妻也。所著有《芙容軒藁》一卷、《琴譜》一卷。

端淑曰：五古貴蒼古雋逸，每于琢句練字處，愈淡愈深，愈拗愈雋，故唯魏晋諸公擅絶，唐人便難比次也。媚清詩可謂極有體格，若五律其細處闊處，惟杜老近之。王充謂彈琴者欲折伯牙之指，惡其專美也。余謂凡作詩者，亦欲折其指。

本集曰：黄爲貞父先生少女，幼絶穎悟，先生撫之曰：『使此女而男，吾家其興矣！』後適羽文，頗躭文墨，常倡率子弟輩爲詩，採其佳者爲《芙蓉集》。

晚　江

遠山凝野翠，夕照映餘暉。鳥從雲際隱，帆向樹頭歸。

雪

彤雲迷曙色，玉樹裁文綺。莫道絮分飛，銀河瀉萬里。

古意贈羽文夫子 時避兵武康

明月皎何悲，涼夕生愁思。清商爲誰發，但感秋風吹。願得常相見，含意共徘徊。何時一握手，與子同車歸。

中秋咏桂

榮榮北窗桂，馥馥發華滋。芬馨盈左右，但感良會時。今夜明月滿，絃急動悲思。歡娱難屢得，嬿婉莫棄之。歲暮朱顏薄，榮名當自持。

古別離

涼颸吹落葉，霖雨浩縱横。沈吟望飛鳥，施翮任翱翔。人生若煙霧，奄忽復何常。紆思誰與道，躞蹀下高堂。君亮篤終始，恩愛不可忘。

苦　雨

朝夕陰雲起，淒淒霖雨聲。歛襟望遠道，離思復難陳。臨窗惜蘭蕙，無乃兒女情。時時撫絲竹，絲竹失清音。徘徊聊悵望，終夕坐屢更。何當〔一〕攀日御，杲杲破羣陰。

述懷示羽文

十五事良人，黽勉恒苦辛。恩愛如循環，欸曲莫復陳。本圖嗣息昌，永矢情意親。常恐盛年去，中道不克臻。飄飖類轉蓬，浮游若飈塵。追言念疇昔，淚下沾衣巾。女蘿附松栢，結根自相因。水流勿轉石，鄭衛勿亂真。願君重意氣，黄髮展殷勤。

秋　夜

綺閣籠新景，中宵淒復清。疎桐寒月色，夜杵雜秋聲。霜落千山白，雲開萬壑明。不知天外雁，何事更悲鳴。

春曉

愁懷不可遣，春色滿園亭。新柳垂風碧，叢篁着雨青。捲簾晴燕入，張瑟暮雲停。惆悵情何極，裁詩倚畫屏。

閨情

習習熏風起，悠悠春晝長。雜花明翠幌，新燕琢雕梁。玉笛飛楊柳，金徽引鳳皇。不知妝閣裏，何以暫相羊。

擬李嶠長寧公主東莊侍晏

主第多佳氣，東郊萬乘來。彩雲連綺席，落日墮金杯。鳳管歌聲合，龍顏霽色開。微臣蒙德眷，不醉更無回。

登吴山絶頂

一上胥山路，疑登霄漢邊。江雲連越塞，斗宿盡吴天。潮帶千峰雨，城含萬井烟。居高堪縱目，覽古思悠然。

納　涼

華館依高柳，柴門傍曲籬。鳴琴來剥啄，飛燕故差池。落日啣山盡，晴雷帶雨遲。炎蒸何自徹，祇有納涼時。

卧　病

卧病深閨不勝愁，欲攜樽酒暫遨遊。花依落日明幽徑，柳拂青衫映翠樓。隔院流鶯聲細細，經春伏枕思悠悠。避秦何處堪淒逸，滿眼風塵恨未收。

夏日寄烟蓴仲嫂

小枕横眠憶舊遊，羅幃夢怯爲誰愁。殷勤欲寄琴中語，惟恐聲聲怨去留。

校勘記

〔一〕『當』，南圖本作『敢』。

黄　埈

法名智生，錢唐人。顧若璞孫女，文學煒長女也；母鮑氏，御史赤城公女。受文學陸仲子鈁聘，未結褵而卒，年十九齡。

端淑曰：黄生而端凝頎碩，肌膚玉雪可念。《宫詞》數語，道盡聲華，可想其用筆之妙。《春日風雨》詩，無限情思，纏綿婉折。

昭君怨

自從别主玉顔殊，長夜淒淒淚濕衣。恨叠關山千萬里，羨他雙燕傍簾飛。

宫　詞

長信宫中侍晏來，玉顔偏映夜光杯。銀筝彈罷霓裳曲，又報西宫侍女催。

牡　丹

閃閃花光麗衆芳，臨軒解語倚斜陽。當年傾國嬌相妬，今日嬋娟共晚粧。

母弟疆和吏部吴梅里雪詩率爾步韻

霏霏玉屑點窗紗，碎碎銀河落翠華。只可庭前吟柳絮，不知何處認梅花。

春日風雨

何事催春去，殘紅逐雨飛。飄風無處所，來歲可能歸。

吴如如

吴中女士。金陵陳子宗來所授。

端淑曰：天下無人，使女子抱負，爲可嘆也。

絶　句

老天讐我意何似，不付鬚眉付粧次。幾回拔劍欲狂呼，要削佳人兩箇字。

附：端和詩云：『乾坤浩浩有何似，作此驚人語造次。才子原來世上無，阿誰稱得佳人字。』

浙江文獻集成

浙江文叢

王端淑集

〔第三册〕

〔明〕王端淑 著　楊葉　周昕暉 點校

浙江古籍出版社

名媛詩緯初編卷十二

山陰王端淑玉映選輯

正集十

梁孟昭

字夷素，錢唐人。茅狀元瓚公孫文學九仍妻。有才，著《山水吟》等集。

端淑曰：夷素一代作手，爲女士中之表表者。其長短詩歌，皆清新幽異，大小墨妙，遠過前人。所著《相思硯》詞劇，情深而正，意切而韵，雖梁伯龍、沈青門輩復出，亦當讓一頭地。

舟中即景

舟子遥呼漁父來，鮮鱗旋買不論財。村中酒味如人性，淡薄香濃任主裁。

其　二

荻蘆夾岸少人行，惟有舟夫欸乃聲。積雨濕雲迷四野，來程去日不分明。

有　懷

爲貪風景作閑游，烟水茫茫夜泊舟。新月但知雲外好，不思盈缺動人愁。

晚泊閶門

静聽吴音字字奇，囉哩哪㳿花個呢。女呼阿囡男呼囝，開口無哉語便吖。

其　二

詩云越貌賴吴粧，必竟吴姬讓越娘。一自西施傾國後，尚留哉字不曾忘。

其　三

吴越開談便是哉，不知必竟是誰來。想來還是吴尊越，西子何心帶此回。

舟中即景

野橋曾影鬧鵶聲，村店無烟酒旆輕。兩岸荻蘆荒世態，一溪雲水淡人情。長濵小艇挣魚出，古岸孤篷帶月征。漠漠烟林凝望望，乘風未敢問前程。

曉發長江

浩淼長江萬里明，晴光初透曉烟輕。平波浪浪連雲滾，低柳株株夾水生。山影遠參同岸沒，風聲乍聽共潮驚。胸襟似覺開千頃，佳思唯將托筆傾。

其　五

漸近南都水勢收，碧雲日暮景偏幽。何知花草乾坤秀，焉識風波江海愁。遠浪壓來催近浪，遡流吹轉作洄流。個中佳處人知少，較我西湖勝幾籌。

秦淮晚玩

疑有鮫人出，迎波作弄珠。金光横絡水，皓魄細簾湖。憶展丹丘畫，疑開出水圖。神仙若到此，解珮買醍醐。

題四景畫冬

登樓忽見山頭白，冰筋如鏤掛瑶碧。曉窗風急喚垂簾，鶴唳一聲天地窄。雪花騁豔鬭梅花，遜色輸香各自奢。終日費人評品事，腸枯頻喚煮濃茶。

五月望後

小庭獨立月當頭，寂寂無聲遮莫愁。欲托嫦娥煩寄信，好傳幽意到杭州。

和鹽臺稅苧蘿山下得牡丹二枝韵

此種宜將另眼看，豈同凡草與閒蘭。風人着意憐芳卉，豔女香魂托牡丹。今日名花蒙寵玩，當年國色作奇觀。苧羅重見提携事，但惜泠泠烟水灘。

范大司馬處紅白蓮開竝蒂爰止生叔屬畫并賦

一種芳心人未知，豈同兒女作情癡。自游湘水含幽怨，不學昭陽逞豔姿。鸞殿傳湯微拭粉，蛾眉淡掃薄留脂。鴛鴦盻老成清妬，鷗鷺猜餘怯遠思。最是堪憐嬌影動，月明風露暗香時。

七月望夜五首之四

良宵明月到中天，何處清光不可憐。只恐嫦娥情緒亂，不能偏炤一人邊。

明妃曲

邊聲四起影離離，坐盡孤晨更可悲。薄倖從來説天子，民間應是不如斯。

胡紫霞

號浮翠主人。山陰人，錦衣都督吴公國輔繼配。姿容端好，治家嚴肅。子理禎，文學。女祥禎，受業予門，長適翰林沈振嗣。夫人善詩，博雅愛才，篇什甚多，不以示人。其著《浮翠軒集》，惜未傳世。

端淑曰：金吾公任俠重才，所至多四方奇士，而夫人佐以韵事雅會，琴樽詩畫，備極名勝。江南逸地，晋人嘗齒山陰，公及夫人居州山，其地大不盈拳，而名播三吴。有寺鷲峰，高寒幽峭，鳴泉泱泱，萬竹陰陰，真清絶地也，詩人常游而賞之。故夫人之詩，别情别致，一闢時蹊。惜其年之不永，奪予知己，可歎也！

壽一真師四十

四十年來女士規，名章彤管著風詩。朱顔紺髮同仙侣，白袷黄冠作導師。優鉢持將青石供，桃花正是小春期。長齋繡佛知眉壽，無藉青精已療饑。

上元雅集同黄皆令王玉隱玉映陶固生咏

桤楫迎仙珮，清光滿上元。高才同道藴，逸致等東園。續史頒彤管，評文降玉軒。十年窮賦學，三百燦詞源。皓魄開星户，明珠入夜樽。凝寒惟促字，多病未抽輪。鳳楮來佳韻，鷄窗共討論。唱酬吾未敢，風雅爾猶存。何當又把袂，一醉醒詩魂。

破船詩同王玉映咏

竝立畫船景物幽，梅痕草跡逐波流。小舟一似璘瓏葉，漏泄春風滿載愁。

方維儀

字仲賢，桐城人。大理卿大鎮公女，張夫人孟式妹，歸文學姚孫棨。再朞夫夭，乃請歸守志。與弟婦吴令儀輩以文史代織紝，教其侄密之先生，儼如人師。密之先生名以智，後官翰林院。朝廷旌其門，稱姚節婦。所選《古今宫閨詩史》、《文史》行世，著有《清芬閣集》七卷。夫人今尚無恙。

端淑曰：庭不留春，風霜滿户，山川草木，悉成悲響。天地間何可無此人？以此采風藝苑，雖無曠眼，而風烈足尚，安敢以語言文字責仲賢也？予品定諸名媛詩文，必先揚節烈，然後愛惜才華，當於海内共賞此等閨閣。玩其《清芬閣詩》，愁音苦緒，讀不能竟矣。

月夜懷節婦吴妹茂松

空林隕葉暮烏[一]啼，雲藻迢迢隔皖溪。夜發蒼梧寒夢遠，楚天明月炤樓西。

死別離

昔聞生別離，不言死別離。無論生與死，我獨身當之。北風吹枯桑，日夜爲我悲。上視滄浪天，下無黄口兒。人生不如死，父母泣相持。黄鳥各東西，秋草亦參差。余生何所爲，余死何所爲。白日有如此，我心自當知。

讀　史

天空風暮吹，孤鴈相與隨。一聲陰雲下，莽莽千秋悲。李陵悵已矣，蘇武堪稱奇。顔色忽已衰，陵谷亦已夷。止爲典屬國，節旄誰能持。丈夫能如此，女子安所之。

烏棲曲

城南烏夜啼，風寒霜草凄。少婦閨中月皎皎，征人萬里音書杳。沙場已戰十餘年，劍戟依然斗帳前。

晨晦〔二〕

終朝無所見，茫茫烟霧侵。白日不相炤，何况他人心。枯梅依古壁，寒鳥度高岑。静坐孤窗下，幽響成哀吟。春水一已平，楊柳一已深。故物無遺跡，蕭條風入林。

秋聲

秋風起城邊，鴻鴈來翩翩。驅車策游馬，往還如雲煙。壯年意氣盛，衰顔不屢遷。丹霞燒碧空，牧牛耕坂田。蕭瑟來無方，落葉叫寒蟬。東流迴橋波，冷净長涓涓。

吊古

帝業江山入戰圖，英雄濟濟避名都。梁鴻隱霸唯三畝，范蠡扁舟去五湖。鳳閣春先歸洞浦，龍池月色靄桑榆。而今故國平荒草，惟有漁樵聽鷓鴣。

病中作

清池緑竹送微凉，七月淹留卧鹿床。庭户久違生草色，山川不覺異秋光。落花粉蝶傷春夢，衖巷元蟬噪夕陽。休歎殘身多躅促，且看經卷悟空王。

讀蘇武傳

從軍〔三〕老大還，白髮生已久。但有漢忠臣，誰憐蘇氏婦。

三月歌

桑婦辛勤二月天，星河未曙視蠶眠。堂前姑老貧無養，織就新絲值幾錢。

憶　弟

村郭蕩烟色，棲烏止復驚。西林殘月炤，北岸遠沙明。一水山亭寂，三星天漢横。清燈寒夜永，廠閣朔風生。旅鴈來吴國，征人入帝京。杪秋悲塞外，御苑聽砧聲。爲念雙親健，驅車出順城。

黄鶴樓

雲漢澤，梨花白；光風吹，碧草陌。遥望城南黄鶴樓，驪歌常弔洞庭秋。渡頭楊柳深春緑，猶似當年太白遊。長江遠岫烟霞織，月炤蒼蒼萬古色。今臨皓月嗟渺茫，須臾骸骨空斷腸。

出　塞

辭家萬里戍，關路隔風烟。賦重無餘餉，邊荒不種田。軍心知有死，吏意尚求錢。恃[四]有王靈在，何時唱凱旋。

陰　夕

漢末雲光淡，凄涼晚更生。秋風吹一葉，夜雨作千聲。倦鳥棲孤樹，殘燈落短檠。半窗寒意溢，怪石有餘清。

舟中寄姚姊倪夫人

懷君秋夜月，歌棹楚江天。遠樹連雲斷，孤村籠暮煙。

古　意

曉來望天氣，山頭飛鳥還。空餘一片石，相對白雲閒。

其　二

陌上折楊柳，春風吹斷腸。音聲不可見，江水渺茫茫。

酬子瑛姪女

夜静行舟息，蘆花起浪聲。(蓬)〔篷〕牕明月炤，多少别離情。

春　雨

春江新雨到牕西，雲暗山光遠樹迷。零落梨花飛不盡，故園應有鷓鴣啼。

獨　坐

獨坐空階清露涼，夜深有影落衣裳。砧聲何處頻催月，炤見愁人欲斷腸。

校勘記

〔一〕『烏』，南圖本作『嗚』。
〔二〕『晦』，南圖本作『梅』。
〔三〕『軍』，南圖本作『君』。
〔四〕『恃』，南圖本作『持』。

端淑曰：舉止雄大，不作細響。且《田園》二作，非以浮語浮景湊合成篇者，否則安得如此快人！

陳蘭脩

（甞）〔常〕熟人。

春日田園雜興

踏青常傍晚風閒，煙靄朦朧失遠山。箬笠影欹芳草岸，芒鞋歌斷白雲灣。一城殘月牛羊下，幾樹枯藤鳥雀還。更喜月明人語静，滿庭梨雪掩柴門。

秋日田園雜興

慘澹孤村翠影稀，一聲絡緯送斜暉。蘋花露重鷗同泛，蓼穗波寒鴈欲歸。過岫錦雲樵徑曲，隔江紅火釣船微。更憐刀尺愁窗下，破屋西風夜補衣。

杜雲沚

字湘若，吴縣人。少失（怙）〔恃〕，獨與父居，父爲南陽丞。適武陵王生，贅居吴下。後以兵火，同歸武陵，不知所終云。

端淑曰：湘若光豔依人，鬟影雲低，冉冉欲失。結褵王生，春花秋水，唱和彌多。竟以兵火之亂，失其所在，悲哉！佳人難再，信乎？其詩淒颯，如入風岸聽草聲，清瑟難堪，非復人世，想見其人幽慘。

迎春

入歲東風露宇澄，官堤小步草凌凌。釀晴細過千門雨，争暖先開午夜冰。側路花枝招晚醉，隔簾人影散春燈。笙歌竟去更籌下，明日雙欄何處凭。

泛舟

夾岸草蕭蕭，孤蓬一夜飄。鷓鴣啼不住，回首白雲遥。

新月

吹盡濕雲澄夜碧，看殘新月挂秋空。半巖暝色依山静，坐聽孤鴻落水中。

陸氏

北京人，幼育于伯兄。氏慧而多才，年十五隨進士周公歸吴。越三載，公没，氏修齋矢節三十年。壽凡四十五，以病終。

端淑曰：陸氏閉户修持，栢舟永誓，大士像一幅而外，一室蕭然。平生雅志幽淡，不妄言笑，每有議論，殊深人意解。但搦管吟詩，輙不令人見，人亦不之知也。其詩殊不修飾，而骨力錚然。

病　枕

繡佛長齋數十年，天涯南北亦徒然。而今腸斷匆匆去，流與人間幾字傳。

其　二

人生何必歷多年，一片冰心自泠然。不朽莫言男子事，他時或向素封傳。

翁孺安

字静和，常熟人。太常祥憲公女，歸諸生顧某。性喜吟咏，不事鉛華，室中唯圖籍琴書而已。所著有《浣花居遺稿》。

端淑曰：無靈奇之質、傀偉之氣、幽窅之思、泣鬼驚人之胆者，俱不許學長吉。静和諸詩，有怪石排空、奇禽嘯樹之致，優於徐、陸遠矣。

吊湘

江雨黄鼉吼，驚殘帝女眠。楚山青草夜，湘水白雲天。鬼哭沿溪樹，猿啼隔岸煙。惡風霜骨墜，老月石根穿。竹冷花蟲血，琴留別鶴絃。至今千載淚，猶自泣嬋娟。

招魂

白雲無聲山魈啼，桃花落地老鷹饑。蘇臺古塚夜淒淒，霜根石眠哭莎鷄。死字猶傳夢裏人，彭祖巫咸依舊春。海波不涸天不遠，杜鵑枝上魂當返。

李璧

字德玉，崑山人。名賢恭簡公女，適周氏。有《介庵集》行世，陸卿子常亟稱焉。

端淑曰：德玉授父母閨訓，嫻禮儀，好文辭，善吟咏，陸卿子嘗亟稱之。《挽葉瓊章》詩，直令瓊章聲價重於南金，何幸哉！

輓葉瓊章

五日求凰曲，仙韶猶可聞。之人天際去，望斷嶺頭雲。

九日訪菊

日暖茱萸汎野觴，櫓摇短艇入蘋塘。丹楓遥指空山落，叢菊尋看遠度香。緩挈老親過窄徑，爲言小女整嚴粧。東籬未盡陶家賞，碧落歸鴻已夕陽。

郭繡鴻

長洲人，見《名媛新詩》。

端淑曰：漢有三曹，六朝有三謝，宋有三蘇，皆以詩賦文章功業名世。三曹爲漢魏樂府古詩開創祖，即二陸、淵明、沈、鮑，以及四唐諸公，靡不向往。三謝雖去三曹不遠，然皆蕪靡，徒負虚名耳。三蘇功業文章，標炳於世，詩則未入室也。大槩宋詩冗塌，開後人浮淺門路，爲詩家所忌。今於女士中反得三郭云，雖無漢魏古質，然皆朴厚可咏，亦無宋人習氣。四之上，二之下也。

春　眺

融雲孤蒲長，晴洲翡習飛。春風渡水去，飄動麗人衣。

郭璵

字璪汝，長洲人。適埭川顧氏。畫學趙文淑，花鳥推逸品。書法大小，皆有古致。作詩舉筆立就，夐出三唐。常題扇頭，有『葉落空山萬木齊』之句，清古秀潔，非閨閣所能。

端淑曰：璪汝詩文書畫，靡不精絶，三吴推爲第一。第諸選詩俱寥寥無幾，故予收遂復不多，爲之三歎。

立春前一日

風物開新序，鶯花憶舊年。臘除殘雨後，春霽五雲邊。野色來楊柳，愁心到杜鵑。江南芳信近，羅袂自翩翩。

小桃源

有路當山盡，無門向水開。相看漁父棹，那得傍津來。

張引元

字文(妹)〔姝〕，又字蕙如，華亭人。進士本嘉長女，母王鳳嫺，楊安世妻也。年二十七卒。范濂序其詩曰：爾雅俊拔，類劉長卿風骨。非但無宋人煙火氣，即長慶、西崑諸體，皆不逮也。

端淑曰：文姝以文如爲之母，媚姝爲之妹，文藻萃於一門，其三蘇之流亞歟！諸咏卓犖，不作細響，似勝母氏。

閨　思

懷人在遠道，臨鏡朱顔老。目斷大堤頭，羞踏堤上草。

梅妃怨

莫倚長門歎月明，古來薄命自傾城。多才總有婁東賦，不入離宫絃管聲。

其　二

麗藻休論一斛珠，連珠美價也難如。早知世上文章賤，悔却抛梭學著書。

龍池春鬭草

紫禁鶯花占早春，上陽紅粉慶芳辰。探奇綵袖沾春露，覓巧金蓮破錦茵。笑拂雲鬟釵落燕，行窺碧藻水潛鱗。最憐薄暮歸來後，獨掩長門伴玉輪。

燕子樓

人自傷心春自回，倚闌愁覩燕歸來。玉簫吹斷秦樓曲，贏得紅顔鏡裏灰。

張引慶

字媚姝，文姝胞妹。

端淑曰：觀媚姝之詩，似亦多愁多病，豈女士識字能詩、通文墨者，果難爲配耶？其《塞上曲》詩，反嫌其寶劍、狐裘，龍旗、虎旅，紫霧、黄雲等字面眩人耳。然今人目之爲盛唐，爲李杜，須選之以塞耳食。

塞上曲

西風蕭瑟劍門秋，城上吹笳起暮愁。月射軍營摇寶劍，霜飛簿幙冷狐裘。龍旗夜捲黄雲暗，虎旅朝驅紫霧收。誓取封侯歸未得，寄言少婦莫登樓。

燕子樓

洛陽三月雨如烟，添得離人思黯然。惆悵秦樓分鳳似，清燈寒月自年年。

其　二

春到那堪燕又回，相思猶望鶴歸來。煙迷華表游魂遠，泣向東風心已灰。

己巳春日寫懷

柳絲搖曳已含煙，烏鳥聲中思悄然。自是愁深無意緒，滿庭春草爲誰妍。

關山月

落日映千山，征鴻渡遠關。天空懸玉鏡，海闊蕩金環。仗劍凌（宵）〔霄〕漢，揮戈貫斗間。故鄉音問斷，飛夢幾回還。

徐爾芳

杭州人。進士伯徵女，進士忻州知州丁元椟妻。封宜人。

端淑曰：姆氏徐宜人具有仙才，下筆一掃千言，詩詞歌賦，杭人稱誦不置。予不自揣，謬司選政，恨不睹姆氏全集爲缺事。歲丙申，予客游西泠，蒙惠扇一握，得此二詩，真夜珠炤乘，光滿簡編矣。其字遒勁，不讓衛夫人，固知名重者自不凡也。

五臺山金蓮花

殿宇嵯峩山徑幽，群花開放滿山頭。峯巒幻作黄金屋，嶂嶺粧成琥珀樓。清露浥來光燦爛，微香過處異鄉浮。自甘冷落清涼境，不入繁華世上游。

忻署白石榴

卸却緋衣雅淡粧，玉容嬌豔占春光。朝來錯認梨花白，月下還疑茉莉香。素蕊乍開噴玉屑，瓊英飄墜占秋霜。金樽滿泛菖蒲酒，驚見榴花似雪狂。

巢麟徵

字淑只，武進人。進士震林女，文學黄扶義妻。年十五即能詩。其父號五一，亦名士也。黄字初子，又以詩文名世。故淑只寔以詩學世其家云。

端淑曰：淑只鬆腕秀格，銷盡男子鈍根，而《祝蠶》一詩，更復古質深厚，非六朝以下人所及。誰曰女士中無奇人也？

春日祝先蠶

隰桑沃若，爲爾餵粮。秦學其術，併食六方。爾有經綸，以佐七襄。恤念寒者，授之衣裳。

捨身湯鑊，豈期佛王。摩頂放踵，墨教以彰。報在子孫，千億永昌。

題蘇若蘭織錦圖

一讀璿璣賦，才名説蕙娘。非關雲作杼，應是錦爲腸。縷斷愁堪續，牽絲意更長。却嫌武曌序，汙此古篇香。

春閨曉起迴文

明月獨愁花影細，静來香院半留春。清缸小裊燈苞剩，墜露初抽蕙畝新。城樹遠聞鶯喚早，石苔多爲鹿眠馴。晴煙曉起纔殘夢，好黛雙描拭墨勻。

試葛憶母

絺衣輕浣水流香，着體何須霧縠涼。曾侍敬姜聽閫教，葛覃篇内誦三章。

歸舟即景

兩堤煙柳碧於紗，中夾茅扉三二家。數點睡鳧飛不去，月明溪漲白蘆花。

余湘

太倉人，詩見《西湖佳話》。

端淑曰：余湘『佳話傳來亦慰貧』，讀之起憐才之想。而世終痴守黄金，視才士如糞壤，豈不愧哉！

西湖佳話和韻

同作天涯羈旅人，却輸山水獨相親。西湖風雅君三載，東海飄零我十春。爲著綺樓詩句好，故邀花縣捧錢仁。於今誰是憐才者，佳話傳來亦慰貧。

何貞姑

山陰人。父國柱，作幕澧州。許常州通判周銘鼎。周游燕，未諧伉儷，父母逼姑改適，矢節不從，抑鬱而卒，年二十七。周終身不娶。所著《絶筆》古風行世。

端淑曰：自古以人傳詩者多矣。貞姑以處子建志，身遭百折，而曰『對天地』『泣鬼神』，即人亦不必其傳也，况詩乎！《絶筆》累百言，皆冗累不足刻，今摘二段存之。

絶筆摘句二段

自想女當貞潔，豈肯隨波逐塵。寧作投淵貞女，不效喪節文君。矢志不磨不磷，自持玉潔冰清。

又

嗚呼痛哉，腸斷淚傾。我心耿耿，我守硜硜。不剖之璞，不耀之金。明對天地，幽泣鬼神。雖不登堂合巹，十年便足赤繩。生名周家子息，死當瘞魄周墳。

蔡娟娟

字嫣然，蘇州人。二月十九日酬愿天竺，見名妓沈隱傳，遂書近體一章，秀豔靈動。某生偵之，方知爲吴門女史也。

端淑曰：以女郎詩贈女郎，方是當行本色。其詩骨韻清麗，別有才情，不以板人腐句。

贈俠妓沈素瓊

昨夜西風欲捲簾，樓頭花沸怨聲顛。子規春暮啼吴雨，黄鵠秋高泣楚煙。卿自有情思了了，我應無恨語綿綿。關門獨咏粧臺句，寒月誰支秉燭眠。

畹　蘭

湖廣人，姓氏未詳。先是，會稽女子留題新嘉驛，和者甚夥，畹蘭過此，留題二章悼之。

端淑曰：李秀三詩不爲出色，以其情事可傳，故和者雖多，而擊節者亦甚少。此二詩，不和韻反高。

悼會稽女子

驛舍題詩今尚存，斷煙荒草鎖重門。多情況有千秋月，夜夜墻頭炤墨痕。

其　二

碎璧沈珠最可憐，墻頭題恨墨猶鮮。妖魂欲問歸何處，不化鴛鴦化杜鵑。

張德貞

見《内家吟》。

端淑曰：景内有情，情内有景。字字生動，頰上三毛。

怨　題

紅幕遮闌幾許年，避人不省出門前。雙鸞一夜銀塘路，蘭茝生秋絶可憐。

柴貞儀

字如光，仁和人。孝廉徵辟世堯公女，辛酉舉人黄公之樞子茂才介眉妻。早寡。

端淑曰：如光點染花卉，以及草虫翎毛，無不超神入妙。至詩，亦蘇蕙之流也。

題　畫

剥啄渾無韻，翱翔若有姿。依依碧叢裏，却傍繡窗窺。

其　二

翡翠巢南海，雄雌珠樹林。何知美人意，珍重比黄金。

游雲護菴

欹側茅菴霧藹侵，未尼門徑費幽尋。千帆繞座因江曲，衆鳥歸巢愛竹深。嶺月夜窺華鬘相，松風朝作海潮音。禪關不似仙源隔，莫遣桃花護洞陰。

羅巾

拭去盈盈淚，携來馥馥香。慇懃纏素手，縷縷似愁腸。

題卧遊障子

一幅江山翠萬盤，怪來雲氣撲闌杆。夢回不識身何處，明月當峯枕簟寒。

題煙江疊嶂圖

誰將素練染霜毫，幻作空濛萬里濤。一片征帆何處落，千峯雨色暗江皋。

九日偕諸女伴游湖上

九日悲涼候，今朝暖獨偏。慇懃共酒盞，彷彿對春筵。霜意纔催柳，晴光尚媚蓮。黄花遲不發，應解惜韶年。

劉氏

定海人，諸生林鼎新妻。丙戌，越不守，兵譁，鼎新兄穎新妻李氏自縊死，劉繼之，得不死，乘間復自訣。劉性敏慧，通古今，工書法。鼎新簡遺奩，得所臨《黄庭》本，尾後署一行云云。范兆芝爲之傳。

端淑曰：不盟自辱，蓄之胸中久矣。乃知忠孝節烈，皆有誠見也。

題黄庭經尾後

生有命，死有命。生兮妾身危，死兮妾身定。

名媛詩緯初編卷十三

山陰王端淑玉映選輯

正集十一

吴綃

字片霞，號冰僊，長洲人。宫詹許公士柔子進士瑶妻。有《嘯雪菴詩》三卷。今刻《女中七才子蘭咳集》第一。

端淑曰：宫詹爲余翁壬戌門下士，其子婦吴夫人有才色，自詩文書畫，以及百家技藝，無不通曉。即緇黄内典，亦皆究心。蓋千古聰明絶代佳人也，爲吴中女才子第一。

緋桃

火烏撥刺海波紅，神霞一片鋪天東。風輕露重飛不得，花溪亂落猩猩濃。曲房雲暖燒香燭，鸞鬟半櫳收纖玉。明粧試盡遠山愁，髩邊一朶胭脂熟。

人面桃

風中能笑露中啼，萬點腥紅見即迷。千歲枉教波浪隔，人間一夕便成溪。

春墀咏

羣芳隨意種，紅玉巧成葩。朝雨染奇色，晚風吹落霞。窺簾香暗度，炤影月初斜。梓澤春來樹，何如潘令家。

梅花白團扇

素魄含清影，摇風發暗香。婕妤憐玉手，公主鬬新粧。折寄行雲使，懷爲墮月郎。不愁笛裏落，祇怨篋中藏。

癸巳閩中咏相思鳥也

宋玉小史是多情，未及相思綉羽盟。明月交眠憐一影，春風相唤聽奴聲。荔枝香冷魂俱斷，蘭茝瓊抽夢合驚。馴繞紅閨牽别恨，閒將彩拂記佳名。

梅花幃

珠離玉綴幾枝迴，正是天明半欲開。一道月光寒不動，透簾應有蝶飛來。

以菱實寄文玉有贈賦答[一]

蓮菂拳心耐苦持，藕腸中斷萬千絲。天涯淚點難相係，記取蓮莖有舊時。

牡丹朝雨

曉煙初動碧雲開，荏苒天香薦夢來。膩雨洗粧憐嫩玉，軟風吹影蕩流杯。朝陽豔指纔一捻，工部詩腸知幾迴。傾國不煩還解語，幾窺羅幙笑相陪。

掬水月在手

削葱閑濯小池邊，愛弄娟娟片壁圓。藕葉傾來珠影動，方諸盛德露痕鮮。難同玉珮投(文)〔交〕甫，未許輕雲蔽語川。祇以素娥粧始罷，掌中擎出鏡中仙。

維揚答外

造化從來忌上才，肯教雙璧種蘭臺。邗溝夜月銷魂別，巫峽朝雲薦夢來。袍色長條隨緑草，屐痕金齒記春苔。臨風一葉乘潮去，斷續柔腸刻九回。

校勘記

〔一〕『菱』，南圖本朱筆校改作『蓮』。

陳結璘

字寶月，常熟人。副都稼軒先生瞿公式耜子孝廉伯申妻。蘭心蕙質，工繪山水。所爲詩大都少君之風味，與尋常争奇鬭豔者不同。所著有《藕華莊集》行世。

端淑曰：稼軒公文章功業，以及節烈事，詳國史，余不多贅。其子婦寶月有才如此，豈羨謝家閨秀乎！　詩本西崑，進而求之開元、大曆不難。

捲簾

柳色侵簾幕，風光黯畫樓。月分千片雪，雨隔一重秋。點豆教鸚語，通巢破燕愁。鬟釵依約處，恐被玉鈎鈎。

抄書

春深樓閣黯，竹裏静披檐。垂露銀鈎潤，簪花玉版纖。香縑鴛印小，冰麝鳳膏粘。細楷宣和譜，縹囊玳瑁籤。

春日村居

栽花日日問花期，陡覺褰簾報晚曦。曲巷皷喧催社早，幽窗香滿怯詩遲。【是女子口角。】評茶客響春泥屐，索酒隣開臘雪巵。珍重月明梨夢醒，海棠消息又宜時。

雨過

雨過深庭草壓扉，霜苞初拆翠梢肥。鶯喉咽曉圓猶滑，蝶翅翻晴墮又飛。應怯露凉添素縠，最宜花氣潤金徽。朝來麥隴看新浪，小婦溪頭叫浣衣。

秋懷

西風颯颯雨初收，絡緯寒蛩四壁幽。夢裏不知身是鶴，望中何處桂爲舟。涼侵扇影埋秋篋，潤逼衣香熨夕篝。惆悵露華今夜月，嬋娟兩地炤離愁。

冰花

化工着意點衰叢，開落寒山萬木中。謝豹斷魂啼夜月，春駒無夢採深紅。璘瓏巧結愁朝旭，皓白輕粧簇曉風。未比墮宮勞剪刻，依稀幾朶玉池東。

徐　燦

字明深，杭州人。督撫陳公祖苞子大學士之遴妻也。之遴中丁丑榜眼，官編修，本朝擢大學士。夫人能詩，未刻。

端淑曰：督撫公及其兄太史公元暉，俱先翁文忠公鄉薦同籍，而太史公則同門也；至于相國，則又外人賢良方正同譜。是夫人與寒家累世年誼也。詩愴然難讀。

送方坦菴太夫人西還

舊遊京國久相親，三載同淹紫塞塵。玉珮忽携春色至，蘭燈重映歲華新。多經坎坷增交誼，遂異雲泥想夙因。千里魚軒回首處，龍沙猶有未歸人。

陳敬娘

字美中。金陵良家女也，爲濟南徐文學元善妾。向學吟詠，徐爲更定數首，久藏笥中，不復記憶。今存答徐一首。

端淑曰：徐子東癡，山左高士也；陳娘美中，金陵才女也。偕隱鹿門，唱和不輟。宗兄與階嘗爲予道之。此詩稍可存，特爲刻入，亦香奩中一美談也。

答越中客

自是他鄉好，何爲怨滯留。書來看北道，人去淚南舟。明月閨中夜，淒蛩枕上秋。亦知無可望，猶日夢登樓。

李似姒

字莘子，興化人。適雷章。莘子韶慧夙成，其詩雋逸蕭疎，如新桐初引，青山炤人。

端淑曰：莘子與其夫唱和詩，多箴勉之意，貞静中又帶冷豔，宜流綺以葉昭齊之『新桐初引，青山炤人』稱莘子也。

題大士像

特携甘露下蓮臺，十大慈悲慧眼開。成就癡人完一夢，楊枝指引去投胎。

落　梅

一夜封姨簡點春，冷香狼藉亦精神。含章檐下無人卧，可惜宫粧付碧茵。

白頭吟

得意相如客帝都，何緣重聘茂陵姝。多情既解長門怨，不念臨邛舊酒罏。

予歸寧雷章擁兩姬在家郵書來促予歸因戲答之

日夜懽娛十二時，飾言殘夢有誰知。慇懃好慰良人道，若要儂歸也似癡。

偶　感

十五年前掌上珍，嬌憨只曉遶娘身。豈知嫵婉翻成恨，腸斷難同朱淑真。

七　夕

一尺銀河鵲髮填，巧雲居後月居前。人間體道佳期好，幾刻歡娛又一年。

寄雷章

梳粧鏡裏獨盤桓，落盡梅花雨不酸。昨夜孤（檗）〔一〕〔檠〕無箇夢，思君那是爲春寒。

即景

淡淡秋雲帶晚霞，書空鴈字一行斜。疎桐已透朦朧月，雙蝶猶隨竝蔕花。

校勘記

〔一〕『檗』，南圖本朱筆校改作『檠』。

吴朏

號冰蟾子，華亭人。適嘉善曹允明。詩多古意，矯矯如千丈松。

端淑曰：雲間格調，渾厚高雅，大樽先生實爲巨擘。後之效顰者，未免濫觴矣，冰蟾子其矯矯者也。

感晚

秋虹隱復見，華彩無多時。落日炤大荒，繁風鳴條枝。流雲宿高岫，歸鳥銜瑶芝。皎皎冰蟾生，溥溥白露滋。觸景多悲慨，登臨涕淋洏。擾擾塵寰中，營營竟何之。朱顏易爲改，况乃世事差。幽懷閉虚室，一餐三歎思。我志苦未成，歲月忽已馳。

古別離

摇風細柳輕含煙，暮霞點染山涓涓。屏軒揄袂思綿綿，金爐香盡愁不添。紫簫吹徹湘雲冥，斗帳沉沉夢魂冷。長亭花落草斕斑，整點韶光別時景。冰絃寄恨人何處，銀蟾已掛相思樹。

豔閨曲

金屋暖長春，蘭堦人似月。但願如月圓，不願如月缺。

其　二

贈妾紫金鐶，遺郎白玉玦。郎恩鐶不解，妾心玉比潔。

採蓮曲

弱柳繫游驄，叢花映嬌面。郎珮紫紋囊，儂從扇底見。

眺　野

秋光瀟洒散平湖，白水明沙混玉凫。近渚風生殘芰落，遠山流翠碧雲孤。籠將物色供憑眺，好拾蒼茫入畫圖。夕炤漸低村樹隱，銀蟾一點漏疎梧。

章有湘

字玉筐，華亭人。適皖桐孫振公。有《澄心堂詩》行世，荆隱道人静雲爲之序。荆隱，侯武功母，文忠公夏彝仲先生女也。

端淑曰：詩自啓、禎以來，饑寒狼狽之態遍於天下，再變而纖靡之音，習以成俗。求起一代之衰者而不可得，大樽先生起而振之，爲詩家柱石。言聲氣，言格調，使雅頌各得其所；去纖媚，去輕浮，使鄭聲不敢亂真。其功豈不大哉！玉筐諸咏，得大樽先生遺意。

浙水還舟江中瞻眺

巨浪浙江東，歸帆萬里風。天長遥草碧，日出海山紅。鰲足投鞭斷，鼉梁濟險通。錢王遺跡在，轉憶射潮雄。

曉　思

窗外鷄初唱，花間露未乾。欲臨明鏡炤，猶怯翠眉寒。宿鳥翻林樹，歸鴻振羽翰。不知鄉國信，何日報平安。

有感

紫蓋虚王室，蒼鵝逼帝畿。心長盧斅髮，服短李陵衣。劍戟秋霜滿，關山漢月微。思親更有恨，天末白雲飛。【以女子感時事，奇絶，爲鬚眉者可以愧矣。】

懷四叔父

幾時荆漢擁旌旗，人識征南白接䍦。兩地月明吴楚共，三年書寄鴈魚遲。新亭應灑荒凉淚，故國長吟間闊詩。可道江東風景在，蓴羹鱸鱠又秋時。

湘君

離宫一去竟無還，血淚蕭蕭染竹斑。二女蒼梧魂斷後，愁雲湘水景常閒。

馬嵬坡

蜀道歸時麋鹿稀，馬嵬怕見杜鵑飛。三更雨泣腸猶斷，一枕鈴聲憶貴妃。

秋日寄家姊俞夫人

八月秋風振海谷，黄花初放銀塘菊。一枝手折欲贈君，遠道莊莊愁極目。閒將玉紙寫新詩，新詩賦就動遠思。蕭蕭鴻鴈隨雲度，寂寂虬燈擁漏遲。憶昔同在翠微閣，飛文聯句詩奇作。那知江海各天涯，青鳥無情雙寂寞。蘇合房中愁索居，尺素遥傳錦鯉魚。爲問江淹五色筆，疑成團扇近何如。

端午後一日旅次樓中遇劉夫人談故鄉事感贈

客途風雨思悠悠，修佩相逢問蹇修。北極野煙迷海島，南方明月炤江樓。青蘂時展書中秘，白日難消眉上愁。爲待時清淹此地，終須期爾秣陵游。

思　歸

憶昔辭家到萬山，離情終日思鄉關。懶移羅襪行花下，常抱瑶琴坐竹間。春草秀時風細細，曉鶯啼處水潺潺。雨吹柳色含煙碧，腸斷於今未得還。

九　日

淮南叢桂正飄香，塞鴈初飛過野塘。九日茱萸非故國，三秋菊酒在他鄉。

游仙詞

夢乘鸞馭出閶闔，萬樹桃花數點山。玉女仙娥吹鐵笛，天宫回首隔塵寰。

别母

只今辭故國，就此别慈親。無計留兒住，空教淚滿襟。

舟行

坐對鴛鴦草，行看蛺蝶花。那知春復夏，游子未還家。

章有渭

字玉璜，華亭人。適嘉定文學侯研德。與姊玉筐竝有才名。所爲詩，超超直上，語各矜奇，簇簇能新，調推獨絶，洵一時雙璧也。

端淑曰：玉璜才大力贍，是一作手。其詩高曠神遠，真可直追初、盛矣。讀之不得不爲俛首，覺中、晚反不及。

舟行即事

曉霧迷離彩鷁輕，棹歌徐動見秋晴。臨湍鷺子亭亭立，夾岸蒲花漫漫生。遥指小山遮塔影，忽經[一]深樹出鐘聲。晚涼不覺羅衣薄，自愛澄河片月明。

感　昔

黄河流水響潺潺，當日風烟戰血殷。大地盡抛金鎖甲，長星亂落玉門關。居延蔓草縈枯骨，太液芙蓉失舊顔。成敗百年流電疾，蒼梧遺恨不堪攀。

懷荆師

蕭然鶴氅試征翰，短棹西風泛木蘭。遠岸鳴蟬閨夢斷，離亭飛葉客衣單。秋高極塞元雲合，楓滿吴江白露寒。雨過初停班女扇，金錢旋卜燭花殘。

秋思時仲父在楚

桂華香霧鎖迴廊，水閣沉沉秋夜長。月轉梧桐翻瘦影，風摇菱荇蔽清光。子卿自得歸鄉國，定遠何當老朔方。望斷衡陽飛騎杳，側身懷古一沾裳。

七夕

月滿堦除風滿襟，焚香開幔待星臨。鵲梁欲就金梭定，鳳輦無踪月漏沉。去日蛛絲曾試巧，此時彩線罷穿針。不堪夜色清如練，又聽千家動遠砧。

賦得從軍

鴨綠江頭起怒濤，悲笳千里夢魂勞。風雲自護雌雄劍，肝胆常懷虎豹韜。柳塞不歸思黯黯，錦書頻絶恨滔滔。當時悮信封侯易，數載空箱叠戰袍。

玩月次再師韻

金井冰池夜月團，遥天如隔倚欄看。憑君炤盡興亡事，蘆荻洲前玉露寒。

校勘記

〔一〕『經』，南圖本朱筆校改作『驚』。

容湖女子

家本容湖，歸於宦室。詩才敏妙，篇什甚多，大都皆啼紅咏絮之音、哀怨離愁之曲。特以外君戒其作詩，故不欲以姓氏傳。兹編所載，荀鼎一臠，狐裘片腋，異旨純温，已可槩見。夫女子亦問其持身何若耳，苟大節不渝，而徒以吮毫弄墨爲罪，則昔之青絲布障，爲小郎解圍者，寧置之女囚山下也。

端淑曰：有真正才學，方具真正節烈，『無才便是德』一語，亦爲不識字人開多少方便。如《關雎》、《葛（蕈）〔覃〕》諸篇是大聖人、大賢人，《團扇》、咏絮諸咏是大文人、大才人，若呂雉、武曌是大惡人、大狠人，飛燕、玉環是大罪人、大蠢人，雖有才學，不足取也。須知此論蓋爲此輩而説，不可一槩藉爲口吻。

春夜讀史

城頭更欲起，烏息樹嘗幽。遠月生虛夢，澄天洗舊愁。樓高春露重，花瘦暮煙稠。慷慨前朝事，明燈炤水流。

寒食鄉行

郊原極目影蒼蒼，二月薰風拂柳塘。蝦菜船歸争市鬧，鷄豚社起賽神忙。墻低柳葉偷雙眼，港曲桃花露半粧。荒塚纍纍無姓氏，斷魂芳草夕陽黄。

鳳仙花

紅紫相鮮點緑茵，砌苔無地不鋪金。三分春色歸何處，好向摻摻指甲尋。

别曲

長短亭前水自流，絲絲弱柳送行舟。君舟好載青山去，免使蛾眉相對愁。

蔡音度

河南人。禮部尚書毅中公孫女，户部尚書劉公廣生孫媳，杭州知府夢謙公子錦衣衛知事𢡟妻也，封孺人。工詩。

端淑曰：中山先生文章理學，爲海内所欽，故其女孫亦有祖父風。贈予詩温厚謙和，爲予長聲價多矣。

上元後二日過訪丁司李夫人王玉映偕隱處

禹穴探奇跡，鹿門身自閒。幸登高士徑，喜會玉真顔。憐我羞同蔡，知君本是班。甘心貧到骨，天道自循環。

駱氏

諸暨人，見《越郡詩選》。

端淑曰：《即事》六絶一詩，寔予舊作，久刻《吟紅集》内，伯調、大可改易數字，刻爲駱氏作。原詩附後：『涓涓三峽流水，青青十二巫山。紅葉飄飄欲墜，白雲冷冷仍間。』

即事

涓涓山峽流水，青青十二巫山。紅葉湑湑吹墮，白雲冉冉征還。

童淑坤

字素柔，會稽人。文學董〔一〕馬士妻，從夫姓。

端淑曰：素柔詩名夙著，而濫觴冗雜，百無一佳。當世無天下士，魚目明珠，渾渾不辨，白鏹沽譽，黄金買名，相如未遇漢武時，奇文尚支空壁也，爲之泣下。男子猶然，宜女人之陋劣見稱矣。

宫月

漏永閒堦静，疎星炤未央。操徽圖有幸，題素不思涼。掬水形衣畔，推花影出墻。天心應浩蕩，普濟及輝光。

校勘記

〔一〕『董』，據下文『從夫姓』一語，此『董』字似爲『童』之誤。

郭氏

廣西人。被掠至羊城，脅姦不從，泣〔訢〕〔訴〕按君楊公。郭賦詩十一首，楊憐之，給銀三十兩，差人送回。惜詩不傳。會會稽魯孔敎入廣，始得其全章，知氏守節可嘉也。

端淑曰：郭氏十一首詩，俱鄙俚煩冗，難以入選。但其節烈可嘉，故急切中不暇選聲律，而語意可憐，存此貞節女郎，可不爲詩家增聲價乎！

被難詩

妾夫原是屬斯文，自妾于歸始拾芹。十載鷄鳴同唱和，一朝大難逼離群。籌經百計身難贖，哭盡千聲幾斷魂。妾憶夫兮夫憶妾，苦情端的兩平分。

曾遠山

居葺城。聶生先求爲作伐，以聘謝天徽，故有和韻詩。

端淑曰：遠山淑敏柔順，善于吟咏，落筆輒佳，秀餐翠滴，人以爲班謝後身。及居葺城，琴瑟燕私，交相切靡，可稱之爲閨媛中白眉也。

寄謝小妹并録聶生遥和詩

聞道謝姑咏雪時，胸中錦字手中絲。吹簫引得鳳凰下，共聽梧桐葉上詩。

謝天徽

字小妹，餘姚人。從兄香史氏暫居葺城，陳明府鑑以唱和詩屬和，知妹尚未字。聶生先或未娶，將求曾遠山爲蹇脩也。

端淑曰：小妹待年未字，才色稱絶，聶生聞而慕之，托曾遠山蹇修，聞至今尚未於歸也。事雖不就，猶不失韻之一字。詩則香豔。

雪中聞簫次韻酬陳老父母

梅放窗前聞及時，雪飄户外正絲絲。簫聲誤入才人耳，登嘯樓頭自有詩。

張　孅

字婉仙，紹興人。文學龔榮春妻。聰慧不凡，手指盈尺，越之粧束衣飾，皆其手創。

端淑曰：詩自婉練，是近日正雅，且出口自然，不似專以虚字爲工者。巨眼宗匠滿世，定不以予言爲謬。

有感

已看河似練，却見月如鈎。團扇初辭暑，嬌鶯不耐秋。

其二

海水隨潮落，江流逐浪平。悠悠更東去，秋思獨屏營。

越郡女子

紹興人，見《越郡詩選》。

端淑曰：二絶似古樂府，有情有致，説來何等高厚深老！不似近日作嫵媚語以欺世并自欺也。

無題

故國梨花白，他鄉梨子黄。梨花共梨子，讖兆自分張。

其二

良人不得還，征戰幾時息。一樹棗花紅，分明變成棘。

朱韻子

會稽人，見五雲魏方旂《問霞閣集》。

端淑曰：前作似子夜讀曲，後作似《竹枝詞》。二詩清悄有情，或果有其人耶？抑魏生幻之耶？

閣上吟

今日倚西樓，明日倚西樓。青山不可盡，慘淡五雲秋。

翻調江南曲

若耶溪畔久無花，惟有清流帶落霞。不解盪舟雙(漿)〔槳〕去，坐看樓閣日初斜。

陶婉儀

字令則，上海進士陸公鳴珂妻。幼畜名門，長嫻詩史。十八于歸，克盡婦道，孝養舅姑，和睦妯娌。內外遠邇，人無間言。隨任廣陵，忽焉早亡，悲哉！

端淑曰：陸公以風雅名流，一廛廣陵，聲華要地，轉盼事耳。而令則不能待，芝焚蕙歎，豈獨奉倩之悲乎！　詩不多見，僅傳絶句一首。

九日登高憶無兒

有意登高去，遥看江水環。長江連合浦，何日舊珠還。

倪氏

江都人，詩見《詩防初集》。

端淑曰：按《本序》，氏從兵戈患難中，纔賦《桃夭》，遂歌《薤露》。傷哉女也！家于一兒述：乳山林茂之先生甥女，才而薄命。其卷帙甚富，而所傳止此，意乳山别有藏本乎！

偶成

芳心無緒爲誰牽，黛減容消似枉然。已作蘼蕪離恨草，莫看菡萏並頭蓮。重逢故舊應歸夢，遥憶關山正隔天。時序推移將七夕，銀河相望路綿綿。

十姊妹花

三妹娉婷四妹嬌，緑窗同度可憐宵。八姨秦國休相妬，腸斷江東大小喬。

魂作答夫

得邀仙路與君逢，只恨相逢路不通。無限離愁難盡訴，空餘惆悵月明中。

卞夢珏

字元文。縣丞琳女，母吴山。其先待年未嫁，錢牧齋、吴梅村兩太史俱有《催粧》詩。今適丙戌孝廉劉師峻。劉字峻度，有雋才。

端淑曰：元文秀骨遠情，去其母不遠。時有嫩句，鎔錬少，未渾化，年爲之也。使其聲律漸老，與時俱進，無復三吴男子矣。地靈人傑，吴越間何多人乎！

清明前二日社集不繫園和韻

春光不在天，遊雲卧蒼甸。花迷非一香，鳥静能千囀。佳題向雨分，好句希晴撰。枝上午風天，吹放紅成片。

其　二

欲霽雲烟活，遥鐘醒薜蘿。水明魚犯藻，風止鳥閒柯。放眼詩情邈，披絃竹韻和。晴光有起色，雙燕掠春波。

湖上和吴梅村太史

小閣平崖石徑斜，曉嵐宵月足清嘉。薜蘿蔭處胡霞窟，菡萏香中翡翠家。雪咏幾番慚柳絮，春題多自贈梅花。從來賢媛皆稽古，愧不胸中富五車。

其　二

桐花庭院蓄鶯雛，紫蘚蒼苔繡石膚。金屈戍邊聽絡緯，玉雕欄畔較摴蒱。題蘭墨瀋瀟湘氣，看竹身移烟雨圖。撲檻頻香清可掬，欲將宜酒薦仙姑。

其　三

佩有蠙珠釵有鸞，陶琴雖設不需彈。高樓此日春光煖，小榻依山夏借寒。奇字久從堂上問，名詩乍得月中看。西湖生色人爲主，何獨桃花映水干。

鄒蓮午

嘉善人，進士工部郎中丁彦妾。其繼夫人吴中燕不能容，乃入空門焚修。爲丁舉二子，今蓮午尚在。

端淑曰：娥眉之嫉，自古而然，無足深怪。獨怪中燕無才而忌，徒爲有才者助波生瀾耳，豈不愚哉？ 噫！

君子于役章

妾如束素，素不如采。 啓我蕙帷，亦孔之痗。 君子于役，其容不改。 芳絃代故，白露瀼瀼。 淚落九天，恨滿四海。

即　事

初裁白袷立梧庭，意惡人間重小青。 酒後紅酥斜帶月，三三五五見疎星。

其　二

梨花帶雨惱人腸，未織苔根有拒霜。 瘦骨自憐鸞影炤，年年心事寄威光。

高幽貞

字樸素，山陰人。 歸王氏。 其姊適諸文懿公大綬孫朗。 朗字良月，曾選《同秋集》，見此二詩，即嘲諸嫂之作也。

端淑曰： 樸素寄想落落，三寸枯管，刺盡人間俗士。 其齒牙手腕，幾與文君、伯玉妻同一筆意。 或曰文人寄托，有此文人寄托，胡不自爲之？ 乃欲借此傳也，非莫須有，是僅有耳。

誚　姊

可憐姊氏雙瞳緑，夫子有詩不解讀。讀得夫子數行詩，差强繡取鴛鴦熟。

嘲不識字

小小毛君重若山，兩頭倒執按中間。及觀識字人多累，不識字人反得閒。

蔣辛生

湖州人。

端淑曰：情至之語，自然真到。余尤喜其無雕琢之巧。

慰妹氏

欲傳消息意，數里緑溪長。母病隨春老，兒嬌趁蝶忙。歸寧先澣服，蠶務摘柔桑。天壤王郎少，同心莫惋傷。

周清叔

江西泰和人。應鼇公女，吉水羅申叔邦憲元配也。

端淑曰：惟杜少陵多用（坳）〔拗〕句，七絶不多見，七律第七句，如『此地江山萬餘里』等句，三唐人不乏此。詩遒矯處，亦有自然。

清明望樓

六宫侍晏打毬回，手捧金尊報花開。别苑鸚哥呼萬歲，碧紗窗外内臣來。

西昌歸螺川夜泊

淼淼大江水北流，歸飛宿鳥過高樓。河邊青草年年發，今夜月明古渡頭。

宫中春夜曲

龍樓風送露華香，重捲珠簾笑語涼。武帝宫中明月夜，春來歌舞試新妝。

其　二

燭影燒殘酒未醒，萋萋春草一時生。流星半落移仙仗，空逐鶯聲繞鳳城。

山中即事

山門常閉玉繩低，碧落無雲空鳥啼。泉水横流三千丈，林間一帶武陵溪。

晚秋思元

流水送聲無盡處，成羣白鶴下仙壇。娟娟新月雲中度，個個輕鷗水上寒。北斗星移千丈壁，東陵夜静萬重巒。眼前遮莫時光景，一任蕭條玉露殘。

陳千金

見會稽酈琥《會仙女志》：陳氏千金，字辛。

端淑曰：一《歌》是閨中語，其莊麗處更可愛，却又不蕪。

歌

明月既没兮露欲晞，時不再兮吾將安依，佳期可待兮心弗違。

趙東瑋

法名智琦，字梵慧，山陰人。學博趙公之藺女，刑部主事朱公應曾孫庠生某之妻。未一載夫亡，誓不他適。居悠然堂，遂號悠然子。與妯陶履坦爲生死友，交相倡和。後以族人之譏，遂謝筆墨，薙染稱比丘尼，爲三目法子云。

端淑曰：有心出世，于吉光片羽見之，如『應憐别意齊』句、『豈惜我形孤』句，情語之悠然者，是其情景不戀處。

立秋同嵇散子玩月

秋到神清爽，流螢伴葉低。燈殘明又暗，月上照還西。未識談元妙，應憐別意齊。坐忘寧有悟，相與對淒淒。

季夏嵇散子見寄次和

未解高林暑，望中猶翠榆。自從子去後，豈惜我形孤。淡月疎星下，寒爐烟篆除。不辭頻過此，携手共悠居。

附：陶履坦嵇散子原唱：『暮色籠香影，天邊盡白榆。鳥還巢木遠，人近夜窗孤。拂調神清曠，談元俗累除。素心臨皓月，長願集悠居。』

陸楚佩

以字行，錢塘人。吉水知縣陸公運昌女，明經圻、行人培之妹，乙卯舉人周公大紀子文學驊妻也。

端淑曰：詞調清越，不以艷工，而以意工，此能以識越人者。昔班生作史，而大姑續之，讀此不特班家兄妹擅絶。

慰夫下第

下第雖無色，何須傍夜歸。摶風留健翮，蚤晚自沖飛。

除日送愁

除夜送窮去，明朝淑景開。不知妝閣内，何處惹愁來。

牡　丹

滿園春色映嬌姿，疑是當年興慶池。宫内曾呼木芍藥，巧將玉笛和新詩。

塞　外

蹀林百步擁貔貅，漢節曾持十九秋。最是玉門關外月，征人流淚數更籌。

悼亡兒

峽裏猿腸裂，風前淚未乾。夜臺無繡褓，猶憶汝衣〔一〕單。

校勘記

〔一〕『衣』，南圖本作『名』。

朱玉耶

金陵人。

端淑曰：説得傷心，庸淺人何曾曉得？吾爲之擊節者，豈得已也？

空庭閒思

桐樹花香氣似雲，最堪憐處映斜曛。憑誰報取同君賞，可惜桐花滿地分。

姜氏婦

洪武初，吴人姜子奇以兵亂失婦，乃爲京師一衛弁所得。後子奇訪之金陵，妻見之，寄以詩云云。弁見之，即時遣還。

端淑曰：亂離復能完聚，幸也。至于瑕玼，則未能再問。

寄夫

君留吴會妾江東，三載恩情一旦空。葵葉有心終向日，楊花無力暫隨風。兩行珠淚孤燈下，千里家山一夢中。每恨當年分别後，相逢難把姓名通。

祁德茝

字悟因，山陰人。銓部豸佳公女，予十三弟岳起妻也。女紅之餘，兼好宗門。二子：祁錫、□錫。能世其家。

附：祁益姑

德(完)〔茝〕姪女，憲副鴻孫女也。姿容絶世，工文墨。早殀，遂不傳。

端淑曰：悟因性慧不凡，早茹素，爲弟置妾。孤幃自處，一《偈》即其解脱處。

偈

一葉非元書，晨昏非自覺。本來無一物，清風何處握。

項　佩

字吹聆，秀水人，見《吴越詩選》。

端淑曰：鴛水爲天下人文之藪，名卿鉅公，代不乏人。山青水緑，鳥語花愁，無非文人韻士飛烟吮毫時也。吹聆具賢淑之姿、聰敏之質，爲詩高老弘亮，不減三唐。

雪後贈鍾姊姚夫人

太傅華媚[一]謝女姿，高寒不讓玉樓奇。自裁古調陽春曲，不數他家柳絮詩。寶髻雲光青鳳羽，羅衫花樣碧桃枝。野漁未漉山南酒，白雪聊觴女導師。

曹太母八十

閒玩迎鸞墨寶時，大家風尚許誰知。兒孫意氣雞壇主，祖父文章鳳閣師。錦帶已垂新荔子，碧簪還插舊松枝。閨房古德尋嘗少，百歲重徵幼婦辭。

校勘記

〔一〕『媚』，南圖本朱筆校改作『楣』。

陳德卿

字祖藩，山陰人。州守至宣公女，適予長兄都察院炤磨槐起。早寡，撫諸孤以節稱。今通内典諸大乘，一切聲華皆謝絶焉。

端淑曰：嫂氏豔麗驚人，即夷光、太真，亦不多讓。通制藝，詩則偶爲之，不求工也。

同玉隱玉映悟音遂箴諸姒看玉蘭花

百媚嬌春雪壓枝，沖霄敢賦月中詩。明珠燦爛光纔現，不寐靈雲花放時。

琉璃頌

夜珠輝耀光皎潔，冰肌清映碧水澈。孤燈閃爍徧乾坤，幻出空中一輪月。

王煒

字功史，一字辰若，太倉人。四川副使叔元公孫女，海鹽陳緯度妻。有林下風，兼閨房秀。以世亂，偕緯度隱于婁。博學敦古，詩多名句。顧伊人稱爲笄幃中道學宿儒，不當以香奩目之。所著《燕譽樓集》行世。

端淑曰：顧伊人稱其爲笄幃中道學宿儒，不當以香奩目之。嗚呼，奇矣！女子以剪尺織紝爲事，即拈花弄月，世亦不多，而功史又超而上之，豈非僅事？然詩又毫無道學氣。詩而道學，功史不爲也。

鄉居

炎光蒸四野，清風私一席。樹密藏歌禽，聲聲出金石。更有水車聲，嗚嗚無晝夕。碧草擁半簾，莓苔懸四壁。平生素蕭屑，遇此聊自釋。惜此片時閒，終非棲隱跡。願得一枝枝，願得一輛屐。登彼高高山，憩倚青青柏。耕于白雲中，閒來註周易。

夜 歌

愛此初夕月，華梁落素暉。躊躇四宇下，玉露生羅衣。溶溶河漢淺，淡淡參商稀。城闕餘光在，遥天旅鴈歸。

和吴巖子師湖上詠

柳色六橋迷，晴雲萬山吐。燕帶落花飛，鶯隨歌管度。倚樹聽提壺，疏泉成瀑布。小閣遇春陰，松聲嘗似雨。

其 二

湖水漲緑蘋，春樹多黄鸝。畫舫排烟出，珠簾向月垂。虚嵐凝翠黛，遲日上花枝。更羨幽棲者，心閒理釣絲。

其　三

爲客依山水，烟霞與夢通。月隨歌舫後，雲散舞衣中。嶺樹千重緑，湖花兩岸紅。行吟隨處好，芳草正東風。

其　四

春寒巖壑陰，風雨花如霰。移榻依高柯，開簾納新燕。倦游何日歸，相思無猶見。坐對兩峯高，白雲飛片片。

其　五

偕隱今何處，西泠足管絃。山光疑帶雨，江影欲侵天。密柳藏漁艇，飛花拂酒筵。移家今更遠，聯袂入雲烟。

其　六

念自滄桑後，明湖不易過。月光臨水凈，雲氣近山多。柳緑淺深畫，鶯嬌斷續歌。松蘿兩堤外，飄緲似烟波。

感懷

遠離阿母四年餘，百疊愁眉更不舒。眷戀庭幃惟有夢，播遷南北未成居。家園風景三更月，夫壻生涯數卷書。無限傷心歸不得，鷫鸘沽酒對相如。

病起

病餘愁見遠山橫，閉閣清吟繞榻行。對酒喜聞花有信，眠雲思伴鶴長生。月隨樹影侵書案，泉帶蘭香瀉藥鐺。莫惜貧居倍岑寂，林鶯亦自有春聲。

鄉思

不禁鄉思倚危樓，山色空濛海氣浮。風雨別來花半老，音書隔絕雁驚秋。林間野鶴呼幽夢，天際浮雲帶遠愁。好寄相思與婁水，門前日日有潮頭。

寄卞元文

懷君一水尚盈盈，得寄雙魚意倍傾。夙昔辨絃知早慧，只今咏絮有詞名。珠簾半捲山光入，石黛遥分樹色清。借問當年蘇小小，西泠何處暮雲平。

次巖子師西泠閨咏

澄江迴抱古城斜，一片烟雲接永嘉。爲愛好山聊住足，偶依高樹便成家。湖光瀲灧侵行笈，竹影參差帶落花。聞道故人將卜隱，短衣雙挽鹿門車。

其　二

爐烟縹緲鬬芙蕖，樹色湖光涵太虚。燕子呢喃同作客，雲山圍合好藏書。琴聲入竹風相助，花影横窗畫不如。莫怪藤蘿經歲月，古來泉石可安居。

病中聞王夫人病寄懷

我病憐君病，新詩寫舊愁。正當秋月白，搗藥兔悠悠。

宫　詞

月明春殿捲珠簾，傳詔宫人進管絃。四部霓裳猶未入，流鶯先奏玉屏前。

挽清瑶江夫人

蕙幃疑見步珊珊，閬苑乘風去不還。若使芳魂憶偕隱，夜臺長作望夫山。

憶　家

戎馬紛紛日未平，角聲處處動離情。婁江七十里潮信，箇箇潮頭逐浪生。

秋　眺

遠天薄暮蔚藍光，慵倚高樓望大荒。目斷飛鴻愁思遠，不知明月上衣裳。

新涼寄衣

西風昨夜透輕羅，猛雨翻池戰芰荷。遥憶挑燈孤舘坐，秋寒偏是客中多。

春　晚

鞦韆庭院落花紅，午夜香消逐曉風。殘月半簾人未起，聲聲燕語夢魂中。

秋　暮

病裏閒行數落紅，鴈聲啼入雨聲中。愁心一似寒林葉，百匝千迴逐曉風。

金貞琬

字臨宛，吴縣人。

端淑曰：臨宛詩是正調，絶去痴板，自領清幽，不失風人筆意。

看竹戲咏

窈窕聲姿迥絶嘗〔一〕，扶疎儀影帶瀟湘。笋嬌正喜驚雷雨，節老何愁向雪霜。取作叢霄和寶瑟，合成毛穎托銀牀。慇懃粉黛終無損，日夕平安未可忘。

校勘記

〔一〕『嘗』，南圖本朱筆校改作『常』。

祁德淵

字弢英，山陰人。太保忠敏公彪佳女，大司農姜公一洪子文學廷梧妻。廷梧字桐音，夫婦皆有詩才。

端淑曰：弢英以絶色絶才，爲詩從無黯態，一歸大雅、盛唐氣格，直接蛾眉。忠敏之家教使之然也。然歷下殊非至境，景陵盡入時蹊。今人鬚眉如戟，而止拾糟粕，非北面歷下，則臣事景陵，甘心奴視，見此自應愧死地下。

訪黄皆令不遇

漫傳佳客至，急放木蘭舟。闊岸千山遠，寒波夾浦流。懷人追訪〔一〕戴，作賦慕登樓。更惜緣倉卒，空簾静玉鈎。

夜坐有懷皆令

繡閣懷人處，寒燈未滅時。夢中不識路，未可訴相思。

絶　句

昨日憶佳人，空留明月在。今夕佳人來，明月如相待。

贈别皆令

西風江上鴈初鳴，水落寒塘一棹輕。遶徑黄花歸故里，滿堤紅葉送秋聲。片帆南浦離愁結，古道河梁别思生。此去長途霜露肅，何時雙鯉到柴荆。

校勘記

〔一〕『訪』，南圖本作『倣』。

張　于

字長生，蘇州人。

端淑曰：奇理至情，意深古勁，與陳正字、張曲江争勝。女士中有此高才，破紙欲飛矣。

別　思

蓬山人到正無期，路闊難尋續命絲。一去樓頭餘別恨，獨來雲外繫愁思。心堅不肯隨花落，情重何曾與月窺。鶯燕已稀踪跡杳，五更清夢淚先知。

彭　琬

字玉映，海鹽人。丙辰進士期生公妹，浙江總兵馬公孟驊媳。

端淑曰：琬詩巧慧俊冷，是不作淺浮小語者。第所見止一律耳，未窺其全豹也。

懷辰若陳夫人次妹韵

陌上烟生碧樹枝，柴扉晝掩落花時。何當得覩雙成貌，空羨擎來道藴詩。曲徑茶香留夜月，朱欄鳥下看圍碁。三春風雨愁深淺，病骨支離無限思。

彭琰

字幼玉。琬妹，文學朱化鵬妻。詩不多見，而麗詞名句，絡繹奔給，長吉天才絶也。端淑曰：幼玉才情兩足，似勝姊氏。姊幽豔，妹英特而又博大，故姊氏不及幼玉也。

仲春寄辰若陳夫人

携手春風裏，堤邊柳正妍。自憐纔一晤，分別即經年。夜雨疎燈下，梨花寒食天。多情是蝴蝶，嘗與夢魂牽。

病中感懷

半簾垂柳夕陽斜，香冷閒窗日更賒。三月春光人卧病，一聲杜宇正思家。啼鶯語燕如相問，剩水殘山自較差。莫道朝來不憔悴，躊躇憐殺牡丹花。

懷辰若陳夫人

碧草萋迷暗柳枝，匆匆良晤夕陽時。纖眉畫就春山色，素紙裁成白雪詩。風送花香沾去袂，鳥啼竹徑冷殘棋。歸來静掩閒庭月，欲向清光寄所思。

九日

佳節徒增寥落心，秋空無雨晝陰陰。年華不似愁依舊，寂寂幽庭聽遠砧。

其二

鳴蟬無語戀寒枝，正是登高病起時。忙裏不知秋色老，青山紅樹夕陽垂。

韓佩

字照玉，金華人。

端淑曰：悠揚疎爽，是爲《七夕》寫炤，且丰致自有，何必纖媚始能動人也。

七夕

天上從教别思多，東西相望意如何。自應悔作牽牛婦，贏得年年一渡河。

韓宛

字湘烟，照玉之妹。八歲讀《離騷》，十二能詩。

端淑曰：湘烟《七夕》詩，委宛有致，雖有『鵲橋』『雙星』『牽牛』『穿針』等字，然鍊句自韵，化腐爲新，不足爲累也。《送燕》詩，娟秀可餐。

七夕和姊

斜月娟娟掛玉鈎，鵲橋仙子會牽牛。雙星若使嘗相合，何用穿針上小樓。

送燕

紅襟翠袖自蹁躚，最愛雙飛畫閣前。今日送君途路遠，春風相見又明年。

漢寧王氏

東陽人，適盧氏。早寡，以志節著。

端淑曰：運用深厚，語句又老，自是有志節女子。聲口如此，詩未嘗不高人一着。

秋夜

琪樹辭丹葉，寒砧起暮愁。明蟾分桂影，夕鴈度針樓。摇落梧將老，蕭條鬢已秋。寥寥深院静，螢火帶星流。

龔淑英

字淑貞，太倉人。幼讀書能詩，年十歲咏雪，有『梅花繡歲寒』句。歸吕雲奇，沙頭罹兵，雲奇殉父死。淑貞年二十二，義不獨生，父母强止之，復引刀斷其左手小指，焚爐中爲誓。所居室三楹，中奉奇主，晨夕致敬。斯亦可謂事死如生已。

端淑曰：淑貞引刀斷指，何烈也！孝子節婦，彪爍千古，即無詩亦傳，况婉而多風耶！

自嘆

殘菊含霜點翠苔，孑然零落帶愁開。冰心慵向蒼天問，知是陽和不復回。

其二

自古名園費賞吟，春風摇宕百花林。可憐唯有霜天月，炤徹寒梅夜夜心。

黄荃

字逸佩，太倉人。太學奉倩女，參政明宇公女孫也。工書善琴。歸文學王天路。詩多高素，不爲閨房體。有《蕉隱居詩》。

端淑曰：高老渾古，直入漢魏之室。且情思黯淡，而語婉不露，最爲藴藉。

秋懷

月光滿窗牖，微霜下南畝。秋風吹我衣，韶麗曾得久。黄花爲誰妍，蕭瑟近重九。獨坐疎林中，遥望掛牛斗。一絃彈一曲，忍使良夜負。古調自蒼凉，青鸞集吾右。相對且徘徊，誰識此中趣。

送辰若陳夫人歸海鹽

絲絲弱柳傍溪栽，欲贈相知手折來。昨夜西堂留好句，此時東閣賸殘梅。三餐莫爲鄉心減，千里休因别思哀。蠶子欲眠桑樹緑，春風回首是蘇臺。

春夜文琳蕙琬兩甥女見過

碧空如洗露華清，獨理殘粧熖短檠。茅舍忽驚喧笑入，春風恰稱珮環輕。愧無鮭菜延佳客，剩有琴書洽舊情。相對不知銀箭急，柳梢月落各傷神。

次韵吴巖子西泠閨咏

湖光瀲灧映紅蕖，秀攬雲山一派虚。好鳥静呼三徑竹，幽人閒讀五車書。家傳衣鉢真同調，手按冰絃得自如。借問麻姑何處所，洞門深鎖白雲居。

除　夕

歲盡愁難盡，夕除貧未除。聊將一樽酒，暫使兩眉舒。

竝頭蓮

隱隱香風媚早秋，露華微濕晚粧幽。昭陽姊妹同時立，十二紅樓盡帶羞。

秋　夜

暗蛩唧唧月光涼，睡醒芙蓉初洗粧。征鴈一行雲外落，誰家夜夜擣清霜。

法玉其

廣信人，編修大方伯法公若真之妾也。法公同吴子雲從在趙文學琳石寅舟中，有《即席贈雲從》詩云『遲遲露皓齒，不肯放琵琶』之句，玉其和詩云云。

端淑曰：詩止十字，含蓄甚有機鋒，知其爲人不怒而嚴也。

和夫子即席摘句韻

挑燈讀史記，不耐聽琵琶。

張静紈

字文琳，太倉人。本王姓，文學惠常女，太史張公溥内姪女也。張撫爲己女，從張姓。適儀部張公采子汝上。

端淑曰：文琳三詩，俱情思悲愴，怨而不怒，且朗朗明映，絶去堆織，居然風雅遺音。

春　晚

無聊晝起不勝嗟，又見紗窗日影斜。緑暗小枝春欲盡，杜鵑啼落滿山花。

秋　閨

長夜蕭蕭金井寒，深閨寂寞漏聲殘。紗窗月轉燈猶在，羅帳人愁淚未乾。

秋宫詞

風吹聲寒十二樓，芙蓉斜映翠眉秋。長門深鎖天顔杳，楓葉飄殘繞御溝。

張在貞

字蕙琬，太史溥公女。通經史，工琴書。幼隨母夫人事佛，持名不輟。與姊文琳唱和，著有《月窗合稿》。

端淑曰：天如先生文章聲氣，遍于八州，人皆望爲救時臯夔，否則亦李綱、趙鼎之儔也。孰知芳年不永，有大志而未伸，良可悼云。蕙琬天姿儁拔，語句驚人，可謂不愧家學矣。

咏水仙

高潔烟霞裏，盈盈玉面新。梁園舊時雪，留取一枝春。

美人圖

綠徑朱欄薜荔墻，松風常伴美人粧。清秋月轉梧桐影，一曲新聲引鳳凰。

憶文琳姊

銀河迢遞暗螢過，數點疎星別思多。遥憶綉帷人未寐，漏聲應促月明歌。

雨

空堦滴滴夜悠悠，危葉經風一半留。敲破鐘聲雲暗度，送人愁思爲兼秋。

和宫詞次姊韵

珠簾不捲倚西樓，羅袖寒生怯素秋。縱有玉堤紅葉遍，只將殘淚付金溝。

王琛

字洛珍，烏程人。文學沈宋圻副室。

端淑曰：洛珍詩不見其奥，然平平説去，自覺妥貼。猶喜其無捉襟露肘之態，特少靈心慧業耳。

聽雨

春晴無竟日，夜雨又連綿。吹却殘紅去，枝留應更鮮。

落花

小園春色已將闌，細雨微風吹更寒。花濕欲飛情似怯，綴來蛛網暫偷安。

王静言

字淑蘭，文琳之胞妹也。

端淑曰：閨房二物，得淑蘭雋筆標題，覺鏡愈古而枕愈静矣。且媚中有骨，骨中有韵，是咏物高手。

鏡

開篋梳頭拂玉臺，月明水碧兩徘徊。粧成欲向菱花照，只恐菱花亦忌猜。

枕

繡就鴛鴦卧玉人，銀牀錦帳不勝春。啼鳥叫斷三更夢，斜炤紗窗月影新。

時　嫺

字宜幽，（嘗）〔常〕熟人。給事公敏女，顧揆伯妻。

端淑曰：夫子與（嘗）〔常〕熟何夢齡予九爲徵辟同譜，嘗從予九處談及修來先生文章爲英傑領袖，後以滄桑之變，音問不通者七八年。歲己丑，予九來越，值夫子始寧之行，不獲會面。

壬辰，大姪書年從金陵來，云擾予九郇廚，并述其意興如昨。今又將十年矣，余點次名媛詩，見宜幽爲修來先生愛玉，四咏俱有大家風味，先生可謂有女矣。夫子命余記予九事，故并及之。

次張蕙琬韵四時閨咏

九十春光一夢中，半晴天氣晚來融。淡粧不用胭脂染，夾岸桃花映面紅。

其　二

清涼無暑扇輕紗，小汎扁舟岸影斜。蓮浦風生香夢淺，月明熖醒一池花。

其　三

小砌梧桐落葉殘，早傳涼信覺衣單。蛩聲逼枕難成寐，剔盡銀燈夜正寒。

其　四

故園摇落鴈鴻悲，又值天寒歲暮時。閨閣不知風雪冷，却嫌梅柳報春知。

戴淑貞

吴縣人，文學殷季修妻。詩章工麗，不減夜來之針。

端淑曰：調爽姿秀，絶去庸腐。今人規摹初、盛，盡入闊板，如漢武金人，生氣盡矣。

曉窗贈燕

雙燕何來早，深閨正悄然。烏衣沾露冷，白羽帶霞妍。語破幽庭夢，聲和曉樹蟬。壘巢良不易，感爾戴星還。

其　二

海燕雖微眇，乘時亦最靈。春來多險阻，曉至每叮嚀。送月歸虚牖，迎暉傍翠屏。依依如有意，長向夢中聽。

詠　菊

淡淡凝霜静，疎疎帶露妍。種因處士貴，名借大夫傳。香豔嬌空谷，繁黄斷遠烟。更將秋晚節，掩映謝庭前。

無名氏

蘇州人。年少儁才，適某氏子。伉儷非偶，抑鬱不得志，屏居一室。字法二王，凡琴棋簫管，無不精妙。女紅之暇，間事吟咏，惜不得多見。

端淑曰：森挺無蕪蔓語，而托物書懷，香豔如餐好花，想見其人秀潔。

垂絲海棠

弱質離離倚玉條，柔香拂拂瘦春腰。胭脂乍濕舒霞錦，何事東風逐去遥。

王德嘉

字家令，武進人，見《詩媛名家紅蕉集》。

端淑曰：鄒流綺云：數詩皆黄初子手授，閨中有此異才。但所選止近體與絶句耳，未免有買菜求益之想，行將求其全帙，以佐余不逮。

秋思

冷夢催霜曉，寒笳動遠秋。抱琴因寄恨，對月轉成愁。淚雨梧桐濕，悽懷鴈羽修。江天無限意，秋色滿溪頭。

春恨

寂寂無聊簾半鈎，緑肥紅豔映層樓。鶯藏翠色迷春恨，蝶趁花疎惹暗愁。幾度停毫思去夢，一番花褪意如秋。輕紅片片隨風去，總把閒情付水流。

山　意

翠壑映山濃，高峯古寺鐘。不聞人語響，惟有落花風。

秋溪坐月

翠壑沉沉映碧空，一池秋水浸芙蓉。清溪坐月遲歸步，睡意應知怯晚風。

小餘花間

獨行無伴過橋東，覓得花叢映小紅。對酒漫歌還自遣，一輪明月又當空。

晚雨對弈

夜雨蕭蕭竹粉勻，幽窗一局寄閒情。爐烟潤逼雲凝濕，詩意深柔語未傾。

茅玉媛

字小素，錢唐人。母梁孟昭。字廣文許翼世。

端淑曰：小素口齒，香韻溢幅，讀之令人飄飄然欲仙，不減風人蘊藉。此種雅致，惟慧心人知之。

題扇

信筆閒將山水塗，流雲走墨任糢糊。自然有個如他處，不必披圖問有無。

何氏

山陰人。有《溪屋》、《步流》、《村粧》、《霧帳》四絶，余曾和之，今録其一，以備斯編。

端淑曰：何氏得此中受用，人自難及，雖孤村自遠，不煩人念矣。

溪屋

四野如軍閧，清流墮碧痕。溪響驚來客，誰至此孤村。

王琰

字炳文，蘇州人。王長卿之女，丙子副榜蘇敏之妻。容色豔麗，性格温柔，與夫子納妾，不妬而賢。蘇早卒，撫妾子小眉成立。拒蘇友黄洵之狎邪，至今稱其賢淑。

端淑曰：不妬而賢，世所難得。美而不妬，不更難乎！世風日下，賢能才節，往往不鍾于男子而鍾于婦人。噫！

白　鳥

禽譜無情不爲傳，一雙忽向畫欄翩。嬌音只合臨窗唤，素影偏宜伴月眠。嶺外鸞花應怨別，吴中綉羽莫争妍。性馴最解紅閨意，鼓翼迎人似乞憐。

送夫子秋試

秋風江上正槐黄，爲唱驪歌一送郎。雲路已通鵬舉翮，月輪有意桂輸香。才高自合朱衣點，名重應從紫禁揚。今夜蘭橈何處泊，莫將離別怨凄涼。

題片石孤松

凌寒松不改，終古石難摇。若識臨毫意，清風撲面飄。

沈碧桃

南京人，蘇敏之妾。黠而能文，笄年娶歸。蘇早殁，沈生子小眉，同王夫人守節云。

端淑曰：蘇生得隴望蜀，宜乎年之不永也。竹竿魚尾之咏，千載猶薄相如，况不逮相如者乎！

挽穎生

菊老桐枯值暮秋，人間夜室兩悠悠。最憐野鳥知人意，也向西風叫不休。

陳 契

字無垢，南通州人。文學陳汝楨之女。

端淑曰：余聞静海閨閣多奇，崔氏嬪于陳室，才色名冠當代，無繇得其隻字，每以爲恨。無垢，《序》不詳其夫氏，或所傳之誤耶！

《詩防初集》曰：按詩集《本序》云：無垢離居，處處不異孤嫠，遭際奇也云云。然竟不傳其夫壻名氏。

玩 月

秋氣晚餘寒，清光萬里寬。天風如可借[一]，吾意欲乘鸞。

出 塞

龍馬秋高苜蓿肥，沖霄寶劍夜光輝。前驅已定天山窟，不畏東風更合圍。

避亂村居

行盡溪山石徑幽，嚶鳴鳥喚樹梢頭。空濛雨歇波平渚，縹緲雲飛月出鈎。貧徹那堪經喪亂，病餘猶怯是清秋。謾言破悶沽村釀，萬斛難消塊壘憂。

校勘記

〔一〕『借』，南圖本作『惜』。

名媛詩緯初編卷十四

山陰王端淑玉映選輯

正集十二[一]

王徽

南直蘇州人，方伯二溟公女。

端淑曰：酸楚悲涼，説來幽寂，然自洪亮。

挽葉瓊章

生長金閨十七春，帶來丰骨不凡人。志翀雲表書千卷，筆洒秋空月一輪。

其二

正好春樓玩月華，忽焉吹折鏡中花。傷神閑殺張郎筆，不得新眉效柳斜。

校勘記

〔一〕『二』，原作『四』，據卷首總目改。

董氏婦

浙江湖州人，家南潯。出閣逾年，抑鬱而卒。

端淑曰：明敏幽芬，然哀憤繞吊。此等手腕，非有心人不能道隻字。

秋　夜

秋夜立空庭，寒波漾明月。天際摇輕雲，萬山沈碧闕。孤鴻海上來，聲聲怨離别。閨淚染胭脂，一淚一點血。吾生辰不逢，幽恨何時歇。

私　語

欲語語還歇，道儂儂不知。寸心千萬結，天邊月一絲。

初嫁三日

却憶含羞嫁阮郎，弱枝不勝綺羅裳。可憐命似春雲蕩，懶與梅花鬬曉粧。

無　衣

早起臨粧粉黛消，攬衣欲看又還拋。梅花點雪春衫薄，豈爲多情鬬楚腰。

自　嘆

紅藥倚闌迷曉霧，花色籠烟春半度。妾憐妾貌勝如花，寶鏡空將西子悮。

周慧貞

字挹芬，吴江人。適嘉興黄姓。(旱)〔早〕殀，沈宛君爲之作傳。

端淑曰：挹芬與孟畹、柔嘉鼎足三分，爲一時之勝。聞其善畫工詩，顏色聰穎倩麗，風度洒然，惜年不永，悲夫！

病久經年朝起對鏡不覺自嘆

拂鏡拭新粧，無言暗自傷。但看花上露，愁斷九迴腸。

其　二

無限傷心事，朝來一照中。自憐顏色減，不似舊時紅。

七夕

雙星暗度巧雲飛，玉漏聲殘月正西。秋思不堪凝獨立，數竿風竹小窗低。

王氏

浙江嘉興人。

端淑曰：鬆儁不凡，可與言詩。

春日

晝長門静掩，愁病自應憐。倦繡頻餘錦，焚香數爇錢。護花嫌蝶舞，聞柳愛鶯眠。偶到樓頭望，春光半已還。

鄧氏

宜山人。

端淑曰：《題畫菊》詩，與《菊花》詩不同，此作差强人意。

題畫菊

良工妙手任安排，筆底移來紙上栽。葉緑花黄長自媚，等閒不許蝶蜂來。

袁彤芳

字履貞，蘇州人。憲使德門公女。二十九卒。自稱廣寒仙客，才色俱絶世。

端淑曰：詩之必傳，貴乎真耳，真則可以自信。數詩惟真，所以比興俱備矣。

病中逢立秋

臨病驚花落，桐枝忽報秋。懶容羞對鏡，黄菊一枝疎。病減登高興，愁無射雁書。遥知二三子，相向正愁予。

傷　春

東風拘束苦相禁，花落鶯啼葉作陰。無徑可通青足信，有情空作白頭吟。淒淒病骨侵肌瘦，脉脉閒愁入夢深。不信只看羅袖上，斑斑點血遍芳襟。

遊　仙時年十二

楓林葉墜紅，荷沿波翻緑。回首歸路遥，雲山萬重曲。

落　花

粉褪紅消暗自思，臨風不敢怨春枝。一辭並蒂分飛後，誰惜殷勤未放時。

三月三日

多情常是因花瘦，獨坐閒吟晝掩扉。好句似從天外得，春心時在夢中歸。

沈蕙端

字幽芳，吴江人，詳見三十七卷内。

端淑曰：淒楚極矣，所謂知己之言，讀之者無不黯然欲泣。

悵悵詞挽葉昭齊瓊章

悵悵歌短不歌長，筆底仙風拂錦囊。堪笑東君桃院浪，夢依王母藥欄傍。唱和閨中聯月袂，步隨天籧共霞裳。階前宿草傷青落，水面浮漚送挽章。姊妹採芝攜手去，雲懸遥集與相商。

吴山

字文如，南京人。

端淑曰：吴岩子詩已選入矣，第此云『字文如，金陵人』，籍貫非一人，故兩存之。

病起

風雅原無命，多情山水留。見詩如故友，步室似重游。乍起愁宜遠，躊躇貧且休。眼前無所事，閉目悟根由。

許氏

未詳。

端淑曰：澹宕處正是詩中之畫。

曉霜

春望憑江閣，寒花綴曉霜。皓凝停夜月，晞似畏朝陽。凍合鴛鴦瓦，光分翡翠涼。遥知衰草路，人跡往來忙。

七夕

深閨無夢到星河，花月參差恨轉多。底事摻摻雙素手，長年孤影伴寒梭。

雲間閨閣

未詳。

端淑曰：語真情切，不必粧點，而用意自深。

送夫南都應試

孤燈照妾千行淚，明月隨君萬里行。昨夜啟窗望南北，不知何處是金陵。

黄嗣貞

字玉娘，江西金谿人。

端淑曰：細心鬆腕，可稱浣花魁首，讀其詩想其人，不愧名媛。

漁村晚唱

網影垂簷江樹空，晴川隱映落霞紅。欲知千古滄波恨，盡在斜陽(欵)〔欸〕乃中。

鏡中燈

寶炬菱花共照臨，風吹不斷影沈沈。五更滄海涵晴旭，半夜金星犯太陰。翠袖拂塵紅餤冷，朱唇呵霧碧花深。任教撩亂飛蛾撲，難滅虛明一點心。

章有閑

字媛貞，華亭人。大司馬曠公女，適楊子楚葵芹。著有《綺窗小咏》。

端淑曰：格老韵高，有水到渠成之勢，可稱女士正家。

附：章有澄

字迴瀾，華亭人。孝廉羅川先生諱簡女，有湯、有湘、有渭胞妹。

贈姪孫婦萬夫人徐州范年少之女。通文史，善書畫。爲家給諫冢婦耳。

君家高節有嚴親，余父仳離社稷臣。兩地共餘閨弱質，百年同字尚元人。伯鸞我已甘偕隱，司隸君歸欲守貧。唱和豈煩青鳥使，珠聯璧合自相親。

贈閨秀王文娟

江皋春色聚蘭橈，邂逅名姝金步摇。借硯淹通窺隙豹，折絃聰慧叶鳴鏠。清心潤與瓊琚映，艷質香隨蒞蕙飄。聞道燕雲多美麗，逢君不數别妖嬈。

吴　氏

浙江歸安人，兵部吴公擇女。

端淑曰：骨肉之語，自然真摯。

金陵官舍送季父

官舍知秋早，那禁骨肉離。長江望不到，風雨細帆遲。

黄媛貞

浙江嘉興人，媛介之姊。

端淑曰：予交皆令有年矣，從未知其有姊，而皆令亦從未曾言及。其故何耶？讀沈夫人《伊人思》選本内，其一派清警富麗，可稱燕、許老手。

挽葉昭齊

七載人間語不輕，誰知未得遂生平。高情獨有親相惜，恨字難教月對明。空裏蓮花青宛轉，門前忍草緑縱横。一從石屋題詩去，只有庭前鳥數行。

挽葉瓊章

自嘆能分五日緣，翠旄湘卷自依然。香泥玉骨他年煖，神住靈峯滿路仙。新調填成無夢寄，舊雲吹去有愁牽。腕間丹字頻頻看，待欲言歸阿母前。

張蘂僊

崑山人。

端淑曰：音韵嫋嫋，似聞鶴唳猿哀，使人低徊，不忍去手。

讀返生香誌悼

縹緲青霞霄漢間，穠香薰徹六銖閒。只愁蘂闕虚彤管，不惜璇閨冷珮環。賦雪雅詩聯玉樹，畫眉未許傍芝顔。名山珍重藏佳句，聚窟難求争淚潸。

董觀觀

楚人。云有殊色，工詩善畫。畫，沈宛君曾見之。

端淑曰：有餘不盡，令人懷想。

沈宛君《伊人思》曰：聞其小時作也。語未所宜，存其人也。

無　題

未遂風流願，先愁浪蕩身。

吴若貞

號雲隱居士，江南桐城人。

端淑曰：秀而不浮，是《才調集》中驚人之句。

讀周寶鐙詩寄贈

屈宋風微抱錦箋，應知彤管賦新編。澧蘭湘芷芳菲動，都在瑚闌綺閣前。

其　二

太白樓中有雉壇，一枝欲續九光難。蟬衫麟帶衣珠在，還向侯鯖覓易安。

方瑛

字眉士，錢塘人。方珪之妹，文學鍾天均副室。著有《白桃集》。

端淑曰：眉士與其姊朗山諸咏最富，因拙選已竣，始獲捧讀，存一首，乃見閨閣之盛。

寄眉令夫人

去歲歸寧阿母家，竹林初見採新茶。君來溪上春將半，記得風前嘆落花。

春　怨

一夜梨花落滿池，春風空自惜殘枝。消魂怕向樓頭立，况是斜陽欲暮時。

瞿雯

字雲子，無錫人。

端淑曰：李子雲田内人周寶鐙寄予江左諸閨秀詩，内有此絶句，秀媚靈警。

畫梅寄寶鐙

格比瑶臺貴，姿如萼緑華。年年並張碩，夜夜泛仙槎。

王湘貞

嘉興探花、兵部侍郎張公天植之妾。張被逮，王同衆妾史蘭若、章蘇淑裂帛作小楷寄張，以死相約。三人臨殞，衣裳領履，寸寸密縫，臂間各携念珠，復于衣帶間各書臨訣數語。惟王有詩云云。見張蘧林公《前因偶記》。

附：史蘭若

見前。

附：章蘇淑

見前。

端淑曰：三女之烈，照耀千古。蘧林先生一偈，三女可含笑于地下矣。

臨終詩

自入君門乍幾年，今朝賫志下黄泉。倘然女侣相呼問，同是前生未了緣。

其　二

休將薄命笑紅粧，博得幽貞死後芳。此去招魂仍自醒，隨君不覺似他鄉。

楊若仙

未詳。

端淑曰：光風朗月，海闊雲空，説得平易，而又近理。

舟薄西陵話蘇小有感

愁絶西陵渡，沿洄未可親。簾鈎虚夜月，油壁委花塵。松解心頭結，嵐填鏡裏顰。年年春草碧，芳氣尚撩人。

芙　蓉

灼灼芙蓉花，臨流似解語。欲采以爲裳，飛檣隔江浦。

昭君怨

漠漠胡天雁字哀，琵琶暗撥恨難裁。飄飛不及南歸侶，一度秋風一度來。

張鴻述

字琴友，慈谿人。明經鴻遵胞妹。

端淑曰：琴友詩乃睿子同譜馮牧仲先生扇頭所録者。牧仲云：琴友工詩好古，博學多才，兼擅宗門。惜乎未窺全豹爲缺陷也。先登梨棗，有光斯編。

詠榴花

紫燕金鶯鬬物華，滿庭開徧石榴花。朱容已欲欺紅日，艷色還能奪晚霞。皮子霜催一夜碧，元郎電轉五雲車。錦機不在三春織，特有芳魂在我家。

采人

一字琴人，自署曰『不避世桃源中人』。又云維揚人，嫁宜興張子。著曰《怨言》。

端淑曰：采人之詩，諸體俱備，然皆哀怨憤恨之辭也。入格者頗多，以工竣，不獲多收。俟《二集》出時，當借爲一部之冠。

小立

滿地花陰露氣勻，徘徊香逕一傷神。微波橫送冰輪去，願借清光慰遠人。

得鴻字

天涯雲樹遠朦朧，萬里傷心望眺中。平野草生嘶騎疾，曲江春過錦帆空。飛花小院迴簾燕，細雨□宵落雁紅。爲問秦川機上女，征衣幾度入寒風。

蘭心妾自愛

繪月須繪色，繪水須繪聲。徒然重才貌，未可締深盟。膏（粱）〔粱〕美如玉，蕩子亦聲名。千金如彼托，豈不失之輕。有貌必審才，有才必審情。情多貌常可，情至才自生。然後以身許，應爲掌上擎。蘭心妾自愛，未識向誰傾。浩浩彼蒼高，想能知妾誠。

憶與文佚弟步月橫塘值介臣韞玉兩弟招飲聯詩乘醉訪友人雲和

西風吹徹雁行稀，思入鄉關欲奮飛。桑土弟兄都籍籍，草堂雞黍正依依。羣烏遶樹蒼山穩，獨鶴橫江白露微。遥想寒塘今夜月，清光應滿子雲扉。

題詩女子

無姓氏。南昌吏部侍郎熊公文舉少時曾見一女子，題公詩帙尾云云。公爲作《香奩逸韵跋》，見公《侣鷗閣近集》。

端淑曰：先生海内正人，文章領袖，予執贄有年矣。以文江越水間隔，不能時聆教誨，中心怏怏。讀先生詩文，如予山陰道上，真令人應接不暇。此詩穩秀妥貼。

原評曰：千古才人，所遇多相仿佛。若不寄之詠言，何以寫其幽思乎？綺靡處即其痛哭流涕處，今而後知以《閒情》一賦爲元亮微瑕者，真兒童之見也。

題熊雪堂先生詩尾

携取紅燈照海棠，忽驚情句韵悠揚。臨風暗想傷春客，花雨分飛粉淚香。

倪宜之

浙江浦江人。給諫仁禎公女，吴夫人仁吉姪女。資穎異，琴弈、簫管、女工，靡不通曉。因所夫留燕，往從之，卒于邸。生平著作甚富，悉皆散失。附吴夫人《凝香閣稿》以行。

端淑曰：悲哉，女子之不幸也！蓋有説焉。余有《祭姆嚴氏文》云：世之蠢婦，横而無病，信不誣云。宜之詩哀憤似蔡琰。

夢感

碧窗疎雨滴長宵，伏枕朦朧到北朝。夢裏知添新愛寵，醒來悲贈舊絞綃。郎心莫變初三月，妾意誠如十八潮。月任盈虧潮自信，盟香寧逐斷烟飄。

歸寧祖居得家姑心惠詩步韻

征鴻過處得瑶牋，不見鸞軿意倍煎。澗畔尋花思舊日，林邊聽鳥俟他年。烟雲變幻山仍在，人事淒凉世已遷。擬訴暌違千萬恨，幾回捉筆淚潸然。

除夜

殘冬欲别尚徘徊，守歲蕭然獨舉杯。一度年光隨漏盡，三分春色破朝來。懷人相望雲連樹，伴我同棲雪共梅。愁似桃符新換舊，那將冰雪潑愁梅。

郭氏

福建晋江人。庠生維城妻，方伯洙母也。父尚賓卿立彦。事舅孝謹，事庶姑如其姑，事夫三兄弟無所不和敬。少受文史，無所不通，最好《太上感應篇》、古今格言，以至本草、通書，亦經覽閲。訓子作詩云云，雖彤管箴家，未之讓也。幼從父京邸，當日朝政，一一能記。若嚴分宜、張司馬、王中丞、陸錦衣始終成敗，述之歷歷如見云。

端淑曰：此等女子，不特賢淑可稱，其敏慧處令人亦讓一頭地。詩之不全，天耶！

示子洙

願子爲官廉以德，殊勝斑衣舞老萊。

牡　丹

人生名利等秋葉，惟取丹心天地栽。

名媛詩緯初編卷十五

山陰王端淑玉映選輯

正集十三

馬淑祉

號生生子，法名静因，會稽人。右參議維陛公女，應天府丞金公蘭子文學機妻，子進士煜。年未四十而卒。著有《遂閒居遺草》、《功過格》行世。

端淑曰：夫人生長閥閲，幼多慧根，載籍無不流覽。其弟胤璜，人稱其淵博，與之尚論古今，輒能了了。又好修德，梓《感應篇》。相其夫子以禮，教子煜成名，咸以爲修德之報云。《同秋集》贊其詩質明净，如秋空雲散，澄潭波皎。然意不在詩，故無才人怒鵬奮翮、滄瀣倒流之氣。雄長騷壇，奴視一世，非其性也。豈不泠然神遠乎！趨名者終讓一格。

王昭君詠

昭君絶世姿，朱顏不自惜。失寵生怨懟，甘心事仇敵。齷齪居穹廬，何以樂朝夕。念彼六宫人，薄命諒非一。寂寞守長門，至死心不易。鄙哉闕氏名，污此連城璧。千古稱佳人，重色不重德。

賦得春閨人病時

凭欄春色悄如絲，欲試秦簫氣未支。差對菱花驚瘦影，閒抛蓮子慰情思。紗窗夢斷春風後，繡榻香消夜雨時。蛺蝶飛殘花盡老，凄涼誰問上林枝。

懷仲星應試武林

立罷梧桐月，幽懷松竹知。不如雙白鶴，朝暮得相倚。

感　時

軍馬臨東浙，悲風不可聞。予懷塵外志，松菊以爲羣。

山居雜咏

清清玉堦草，含露春風早。把酒勸桃花，花莫嫌人老。

聽煜兒夜讀

愧乏三遷教，猶深兒女情。病中無可慰，最愛是書聲。

閒　步

樹暗留纖雨，山空不礙風。野花隨意折，戲蝶過橋東。

咏牡丹

牡丹含露香風曉，烏雲倦插桃花小。聲聲嬌鳥怨春歸，殘紅落盡無人掃。

春　夜

一派銀塘蕩碧波，悠悠花氣逼春羅。數聲玉笛隨風遠，小院無人月自過。

春　閨

碧草凄凄茂小亭，桃花滿院未聞鶯。不捲繡簾香自入，紗窗風雨欲清明。

月　夜

月破雲來花影碎，晚欲生涼微帶醉。修竹風摇翠影翻，幽禽呼友驚人睡。

寄仲星

幽人庭院正秋涼，夜雨芭蕉應斷腸。紅葉聲悲秋欲暮，寒砧和鴈到紗窗。

秋　感

風捲殘梧葉葉飄，月明何處聽吹簫。秋來唯有多情菊，長在籬邊伴寂寥。

鳳隱山秋懷

金風乍轉鴈初歸，窗外寒蛩漸作威。冷雨不成孤客夢，何人吹笛玉樓西。

山中蚤起

殘星歷歷炤修篁，只許青山見曉粧。禮罷玉真無一事，古銅爐内自添香。

與元華德輝玉嫺避園觀花

一庭芳草鎖清幽，女伴相催踏翠游。滿地落紅春不管，宜男花獨解忘憂。

戊子中秋哭愛子亢郎

香魂一點逐雲飛，回首空房只見衣。慈母恩深何日補，兩行血淚萬重思。

胡應佳

字季貞，山陰人。太僕少卿琳公孫女，侍御張公汝懋孫中書陛妻。

端淑曰：季貞好善樂施，愛賢禮士，鄉黨目爲賢婦。及死之日，道路悲號，爲之罷市。即囹圄諸犯，亦哭泣旬日。其得人心如此。爲人莊重，不苟言笑。恒戒子女以忠孝立身，『爾父爾母不足法也』。詩不經意，故所著不多。嗟乎！詩一技耳，何足爲季貞輕重哉！

贈别黄皆令

閨閣聲名世已欽，偶來吴越少知音。詩高不羨文君賦，行立常懷道藴心。君在客鄉頻作句，我因卧病苦成吟。忽聞歸去心何急，夢到鴛湖草色森。

其　二

慕得芳名意暗欽，玉峯仙子下鸞音。緑窗筆墨浮沉事，翠幙琴絲爾我心。縱在龍山非久客，每懷禾水動幽(吟)〔吟〕。病中最怕添言别，須記梧軒一樹森。

王静淑

字玉隱，號隱禪子。孝廉運同陳公汝元子文學樹勷妻，予胞長姊也。生而聰敏，長嗜詩。早寡，入空門，法名曰净琳，號一真道人。著有《青凉山集》。

端淑曰：姊氏慧根超悟，栖倚空王。喜居名山水間，於一切聲華澹如也。通内典大乘。間作小詩，不求工肖，物情落落，寄興而已。若以詩求，淺之乎待吾姊氏矣。

《紅蕉集》曰：玉隱詩幽閒挺秀，有孤雲出岫、野鶴横空之意。

《同秋集》曰：古有以禪爲詩者，摩詰、香山、東坡是也。蔡、班、左、鮑，僅以詩名。女而詩，世或難之；女而禪且詩，不更難乎？真師爲季重先生長女，先生以詩文名天下，詩其家聲，禪因世變乎！

結茅先宗伯採薇處

貪玩嵩山月，猶憐誰索詩。筆遺悲舊史，楓落冷賢碑。樹寂啼紅盡，溪喧瘦子規。草深香履跡，秋隱歎淒其。

雲菴次韻

淡墨朦山吹易去，光飛藉水拂天來。花憐老衲香茅屋，幽竹輕推扉自開。

柳

乳燕黄鶯三月時，春風拂地柳垂垂。長條不繫行人住，猶向江南送别離。

山居落葉

林疎半已出秋微，歷亂飄零繞竹扉。嵐氣逼人寒薄骨，聊將落葉製禪衣。

中秋

空齋寂寂語，高卧一床秋。苔色渾無跡，溪光淡欲流。塵隨紅葉落，心與白雲休。蕭瑟聞寒鴈，鳴空萬籟幽。

初夏同玉映玉曠兩妹徐子貞祁悟因姜遂箴三弟婦游山分得心字

欲覓清幽處，相携步翠深。閒雲飛别岫，野鳥定花陰。笋老堪爲杖，茶新代渴吟。溪流無限意，觸起易愁心。

送夫子游麗水次韻

滿溪柳影日痕斜，寂寞高樓減翠華。莫道春來容易恨，半分晴雨亂飛花。

九日約玉映妹不至

細雨淒風阻鴈行，竹籬茅舍薄羅裳。登樓懶看黄花瘦，山老林紅一夜霜。

夢先慈姚太君

耳熱頻移枕，依稀入夢來。相看不及語，又被鴈聲催。

上元無燈

無燈也過節，有子不爲孤。共玩家嘗月，清光炤五湖。

其　二

燈花熱處結，風向冷家吹。唯有平心月，輝光曾不欺。

贈隣姬

梅影疎窗瘦，衾裯薄又寒。侍兒不解意，指月上欄干。

浦映淥

字湘青，無錫人。進士黄公永妻。工詩史，能小楷。附《繡香閣集》行世。

端淑曰：夫人以繡虎之才，擅咏絮之技，即古今名姝令媛，亦不敢望其才識。且詩如評《牡丹詞記》，名流序贊，萬言縷縷，不如夫人末二句之簡妙。今所選皆七言絶句，想各體必佳，恨不多見。

讀牡丹亭信筆

情生情死亦尋常，最是無端杜麗娘。虧殺臨川點綴好，阿翁古怪壻荒塘。

呼　婢

銀屏斜插海棠花，春色朦朧護絳紗。煙裊獸爐香欲燼，隔簾鸚鵡唤琵琶。

譴鵲

片片花飛點繡帷，强拈裙帶試腰圍。欺人最是簷前鵲，説道當歸又不歸。

採蓮竹枝詞

荷葉田田水滿磯，蕩舟驚濕女兒衣。阿儂今夜渾忘却，唤取西風送月歸。

其二

白綾半臂杏紅衫，半里歸來汗一擔。輸却鴛鴦無别事，醒同游戲夢同甘。

同雲孫遊惠園

佳勝因山不在山，崎嶇園徑鳥綿蠻。人工斧鑿通天巧，樹有神通石不頑。

同雲孫月夜游虎丘

五十三參次第升，微雲無恙月初晴。山僧忘打三更鼓，却在迴廊聽語聲。

其二

可中亭畔漫徘徊，拂拭生公舊講臺。初學避人憐婢小，千人石上不曾來。

其三

劍石憨泉盡一游，眼前佳勝即千秋。山門寂寂僧歸盡，一盞禪燈炤六幽。

虎丘覓真娘墓不得

千古風流枉斷腸，虎丘無地覓真娘。有無墳墓真閒事，羞殺三泉錮始皇。

吳門舟中偶讀會真記

有始無終奈若何，當年悔殺不投梭。只嬴傳誦千人在，無日閶門不聽歌。

寄雲孫虎丘客寓

何事吳門逐浪游，緘書猶自紉鷸裘。只今鄧尉梅應遍，人學花開盡白頭。

雨中思

幾度家書寄遠鴻，妾身原不住江東。知郎馬首今何處，儂亦酸風細雨中。

祁德玉

字卞容，山陰人。忠敏公彪佳女，母商夫人景蘭。太師忠定公朱燮元子兵部郎中兆宣媳，文學堯日妻。

端淑曰：卞容夜光自珍，不欲使棗梨氣渾蘭菊，故聞其篇什甚富，而掃跡滅形，高自標持。才之一字，竟不屑道，與學邯鄲、效愁西子大異。減米瘦腰，未免求好太過。

閨　怨

誰謂秦晉歡，愁多掩明月。雖然織素工，一寸腸一裂。兔絲附高松，自不成琴瑟。彈箏理怨思，調悲絃欲絶。夜夜對孤燈，孤燈自明滅。

中　秋

無邊月色動人愁，碧落千山一夜秋。獨倚簾櫳何所怨，乾坤到處總悠悠。

徐安行

字攸卿，上虞人。工部尚書人龍公女，副都御史陳公維新子中書之騂妻。安行爲詩幽豔輕清，才色妍麗。因怯弱而卒，年止二十九。

端淑曰：妍花不終朝而墮，好月不數夕而虧。夷光、明妃，使之蕭然白髮，造化未免癡板。絶代名花，萎粉紅爛中，正其出路也。臨風不化，憔悴枝頭，人方憎之矣，暇憐惜乎！攸卿早凋，二詩淒斷，讀之使人起憐惜之思。

遺　詩

一靈早已入幽途，幾別夫兒幾別姑。舉眼情酸難割捨，癡魂强戀舊家廬。

其　二

與君拆別痛呼號，九載深情一刻抛。朝兒難捨頻爲囑，莫使孱孤没下梢。

張小蓮

南京人，父居顯僚。容色倩麗，詩詞雋逸，喜以雙鏡細炤。愛朱生，正色議姻焉。後得爲夫婦，卒年僅三十九耳，同生萎於牡丹花下。

端淑曰：小蓮豔質麗才，其情癡一段景況，得秋濤子妙筆删潤，真足爲千古美談矣。

聽　鶯

欲把鶯聲覓，鶯聲何處啼。乍來楊柳上，轉到杏花西。覓友含情重，抛梭向晚低。翻縈春思切，幾度爲君迷。

珠　簾

纖影差差掛夕陽，美人欲捲恨偏長。瑶堦莫道春風隔，時透寒梅一縷香。

紗　帳

新裁綃縠覆牙床，幾度停針未敢忙。若愛鴛鴦儂自綉，要描梅蕊只憑郎。

菱　花

清光圓滿似蟾蜍，日炤雲鬟仔細梳。妾面何如郎面白，更煩分辨莫糢糊。

張德蕙

字楚纕，山陰人。鼎元文恭公元抃孫雄武將軍尃女，祁忠敏公彪佳長子官生理孫妻。爲詩淳朴，有盛唐遺意。

端淑曰：楚纕謝庭白雪，今之大家作手，咸以道蘊稱之。何道蘊之盈門耶？盛哉！人文之藪。老師宿儒難之，不意得之閨閣。爲詩莊重，不趨時蹊，真三唐之餘音也。或以爲貧兒暴富，通都競譽，予亦願爲齊人而已。

又曰：《寄懷皆令》『饑鳥送寒』句，清迴閴寂，想見高人庭户之肅。《芙容》詩淒寂。《紅蕉集》曰：其詩高渾中帶纖麗，有大家風氣。

游寓山

先朝留故苑，彼美此登臺。步點青苔滑，歌翻黄竹哀。衣香萬樹鎖，山勢兩眉開。同爲作賦客，輸爾謫仙才。

中　秋

秋氣中天净，愁人夜獨看。停橈江正闊，却扇月初寒。霜入桐聲老，風飛桂影殘。扣舷情未盡，露濕綺羅單。

贈祁湘君

蘭房獨起遲，無語對羅幃。此意無人解，深閨未嫁時。

芙　蓉

澄澄江水接天涯，日落秋紅帶影斜。寂寞沙汀香暗遠，無多晚景渡寒鴉。

坐剩國書室

隔檻楓林不禁霜，曲房香氣接風長。半簾水色摇波影，幾隊飛鴉亂夕陽。

題菓園禪室

一徑倚青蓮，雙鐶鎖碧天。烏啼深樹裏，花發草堂前。簟冷宜趺坐，窗幽愜静緣。夜深清磬出，參破幾多禪。

懷湘君

晴煙裊裊正清明，不耐春光滿院生。風送謝樓雙燕舞，月令梁苑百花輕。閨中少婦機杼懶，陌上王孫芳草平。空有黄鶯歌伐木，無人解是斷腸聲。

鬬　牌

難遣離懷白晝昏，紅牙牌裏强争論。不因嬌懶情無緒，輸却金釵未敢言。

閨怨爲卞容作

掌上原無價，愁雲鎖蕙香。白頭吟自好，紅袖恨偏長。已寫班姬扇，誰憐西子粧。不知真薄命，驗取嫁時箱。

黄德貞

字月輝，嘉興人。文學孫讓生妻，早寡。黄皆令爲之作詩序。

端淑曰：月輝詩名久著，黄皆令嘗亟稱之。今止見《鼓吹》所選一律，悲壯雄健，寫得生動。

悼亡

陰雲慘淡月無光，鐵骨寒飛六月霜。秋水倒流驚化石，溪煙不動怨鳴螿。緱山鶴馭空迴首，巫峽猿聲總斷腸。薤露疾摧庭畔草，悲風吹夢到池塘。

鄭莊範

字予敬，上虞人。副使鄭公祖法女，蕭山文學李文達妻。文達字兼汝，夫婦皆能詩，稱高隱。兩嗣：日燿、日焜。髫年游泮水，且勤學，予敬可謂有子矣。

端淑曰：予敬幽嫺婉麗，敬老慈下，可稱才婦。予自西湖歸，得交予敬，見其丰儀婉麗，深生敬仰。後從黄皆令得所贈《西歸》詩，讀之爲避三舍。

乙未仲冬贈黄皆令西歸

欲窮名勝極扶桑，爲棹蘭舟過越鄉。花鳥幽閒藁上綉，山川麗綺鏡中光。湘湖雲暗聽驪曲，北幹風高進桂觴。明發吴門霜露溥，應知離思共微茫。

張嗣音

會稽人。夫子胞兄瑞州推官聖功妻，編修星公女。工詩詞琴弈。逆賊入犯，姆氏死之，全稿遺失。

端淑曰：余嘗共姆氏吟咏，愛其勝句天授，自恨賦性不如。未幾寇亂，姆氏竟死，傷哉！偶從敗紙中得絶句一首，録而存之，不勝悽惻。

早春曉粧憶夫子滯江州伯氏榷署

手持鸞鏡畫雙蛾，燕子飛飛遶舊窠。昨夜燈花含蘂結，不知游子近如何。

顔畹思

字宛在，桐鄉人。

端淑曰：宛在詩蒼老靈異，識度弘遠，洗去近日蹊徑。今有不知詩者，當以此等藥藥之。

次題墻上薔薇韻

小院陰陰晝漸長，一枝掩映似窺墻。窗籠白日分紅豔，葉鎖輕煙漾碧光。半面偶憐香自遠，全身何處影能藏。誰家錦帳遮春住，莫放東風逐路傍。

周禮

字寄文，吴縣人。

端淑曰：朴老可誦，洗去膚浮，直歸沈寔，一掃近人滯累。

春閨

玉管聲從何處吹，東風無力燕來遲。爲憐新月成佳句，自愛停雲起夢思。開遍桃花人不見，啼歸杜宇意嘗悲。情長欲作春閨賦，只恐雙飛蛺蝶知。

吴謙

字殊亭，徽州人。汪君實庾之妻，文學熿之母。

端淑曰：殊亭婦儀母則，鄉黨稱予，復以飛絮之才，有吞吐湖山、剪刈江濤之勢。

惠來歌映老社長許過我游，久之不至，詩以促之并正。

惠我齊紈并佳作，春風恰恰吹我屋。誦至酒樓無酒愁，知君胸臆無拘束。文推鍾氏書衛家，遥想音儀如金玉。仙人遠在碧峯裏，肯向人間留信宿。

速玉映王夫人

久慕深閨彦，時聞綉閣名。欲聆清教誨，何日和清聲。

來　氏

丹陽人，失其夫姓名。爲兵所掠，勵節不從，經龍潭驛，題詩于壁云云。題畢，兵伍不知所言，因紿曰：『吾登舟而從汝。』方中流，拽此兵與共溺死，兵亦死。

端淑曰：傷心之語，讀之令人哽咽。

題　壁

兵馬長驅破簡州，妾夫被僇予爲囚。殷勤再拜江頭水，護我微軀莫北流。

李寶月

江西人，文學某女。美容性慧，讀書過目成誦。所覽詞曲，一見不忘。以所配不倫，鬱鬱成病，遂焚筆墨。

端淑曰：聞寶月曾讀一鉅公《香奩集》而悦之，願執巾櫛，而其父堅執不許，遂不事吟咏。然其一二殘篇，猶耿耿也。

讀香奩集有賦

晝長宜睡懶梳頭，睯展菱花眉黛愁。聞道春江染新緑，傷心時一上西樓。

其　二

從教穉劣百無知，意態微茫情復癡。昨夜空堦添月色，背燈長嘆和新詩。

其　三

湘簾吹動語如簧，一笑能生百和香。惆悵廣寒曾夢到，人間欣復近霓裳。

竹枝詞

舞罷纖腰向阿誰，青青長是拂征旗。紅橋不管人離別，孤負劉郎唱竹枝。

楊　徹

見《古文冰雪携初集》。

端淑曰：詞清意到，説得滿目皆秋。宋玉見之，其悲愈深矣。

祝織女詞

南薰盡兮作涼，秋空高兮鴈翔。瞻河漢兮西流，萬籟寂兮含霜。月皎皎兮風淒，雲杳杳兮露晞。衆星爛兮錯落，獨牛女兮唏嘘。天河净兮無塵，秋波澄兮不興。覩鵲橋兮初駕，偷欲渡兮心驚。衣文彩兮雙鴛，飾金鳳兮玉環。錦繽紛兮長秋，涉天上兮飛仙。解瓊佩兮盤桓，恒離別兮經年。〔訢〕〔訴〕愁懷兮難罄，恒惆悵兮無言。甫相逢兮忽別，嘆一夕兮爲娱。水盈盈兮横碧，望牽牛兮何期。素杼兮錦機，青縑兮緑絲。聲軋軋兮鳴不絶，錦衾寒兮將爲誰。

陸　氏

別號易遷宫中仙史，上元人。給事中陸公朗女，南京留守中衛指揮使徐修予大年之妻。生有容德，治家端肅，事翁姑稱孝。幼聰慧，喜琴書圖畫。嘗賦詩，名《緑窗偶吟》。

端淑曰：夫人以名閥仙姝，作嬪于華胄，夫婦唱和，爲閨中韻事。且有容德，事舅姑以賢孝著名。修予先生有此良友，可謂内助得人矣。讀夫人詩，如評書家稱晋人深渾朗秀，藏雄奇於蕭疎，仙風逸氣，鮮能窺其奥秘，殆夫人之謂也。

秋海棠

秋葩無力笑西風，繞砌高低共一叢。半捻嬌姿微暈碧，十分清瘦不勝紅。【佳。】背人偏覺香光膩，破曉猶含雨露豐。睡起窗前如可問，亭亭獨立戀墻東。

題沈石田畫

野閣停雲秀，溪山盡日幽。于兹謀静業，隱矣不須求。

賀丁姑夫人誕子

春風吹地百花香，鬱鬱佳氣兆金堂。聞説閨中添弄璋，桑弧已見懸洞房。正當日月會大梁，香水盆中玉貌昂。不數河東三鳳凰，好教燕山五桂芳。筵開湯餅有星張，犀錢玉果盈筐箱。名駒原是黑頭郎，試看他年笏滿牀。

題漂母圖

古今多少明眼客，不及青衫老婦心。一飯豈殊黄石履，淮陰祇解報千金。

陸眷西

字初月，杭州人。亂後歸余澹心懷爲側室。性幽静，喜讀書。女工之暇，則拈弄斑管，朝夕吟咏，詩成又焚棄之。既病且死，簡其篋中，不過數章而已。廣霞居士曰：此吾之朝雲也。

端淑曰：初月詩，穆如清風。昔朝雲從子瞻有年，海外歸乃死，今初月亂後歸廣霞居士，不踰旬而歿。何促也，悲夫！

憶西湖

記得西湖六月天，藕花如錦段橋邊。至今夢裏猶來往，聽得錢塘唤渡船。

梨花下鼓琴

一片梨雲遶院墻，聲傳緑綺袂生香。琴心不許沾蜂蝶，斜倚空亭怨夕陽。

周炤

字寶鐙，江夏人。名家女，晚適明經李以篤。粗解筆墨，間有秀句。常鬱鬱不樂，以其屈在小星也。著《葯房集》，未刻。

端淑曰：李子雲田俠骨文心，予于海内讀其詩文蓋有年矣。今冬，夫子始得與之把臂，并讀其姬人寶鐙之詩。秀遠明靚，淡而不濃，真香奩佳品也。

咏茉莉山蘭

曾許卿卿句，三年纔有詩。朝烟含弱蘂，夜月立清姿。臺砌金鈴護，房櫳銀蒜支。幽香春續夏，此際最相思。

水仙

茉莉山蘭外，花評及水仙。凌波真有步，解語若爲憐。粉亦兼秋色，香能戀雪天。平生痴絶淚，對爾倍潸然。

呈外人耨香子

生小雕闌繡幕姿，護花鈴外日遲遲。縱饒青帝長爲主，愁老封家十八姨。

寄外人時久客江右

一春常操鳳求凰，盼得書來淚幾行。妾忍負郎郎負妾，却愁相見又呼郎。

山西節婦

自記云：妾非不留姓氏也，不忍留也，不敢留也，亦不必留也。本晉平陽名門之女，茂才之妻，父母俱存，翁姑先逝，與良人同窗誦讀，實叶琴瑟之好。不幸姜壤之亂，禍及山西，夫攖劍鋒，妾爲俘繫。執我者數欲犯我，毀容得全。每思自裁，監守甚密，家鄉故國，生還則難。前路茫茫，是處非吾生處。乃今駐兵于古滱中山清風店上，是唐堯故墟也，思父母不重逢，夫妻不再合，愁腸百結，血淚千行。今夕何夕？四月十五日也。覩明月之在天，望滄浪之見影，皇天后土，知我此心。嗟乎，嗟乎！婦德何慚，罹此慘劫？紅顔薄命，又奚足云？彼狂且兮已在醉鄉深處，此非未亡人正命之時耶？我固欲以一死報父母之生成，完夫妻之分義耳，而貞心孤節，有不與滱水同清，中山並峙，皓月争明者乎！故倩白壁，留四絶以寄慷慨。庚寅之四月十五夕，古晉平陽難婦題。

端淑曰：處離亂之世，惟節操最難。《詩》云：深厲淺揭。此詩極有品地，余讀其詩，如見其人，當與守符斷臂同觀。

清風店題壁

西望平陽不見家，阿嬌今夜死天涯。可憐金屋誰爲主，魂與王嬙泣暮笳。

其　二

良人既已修文去，妾亦當乘鯨尾隨。分付風清天上路，時看貞魄夜騎箕。

其　三

淒淒紅淚染青衫，遥拜星天别故園。不惜幻軀歸水國，肯留姓字在人間。

許傳嫣

未詳。

端淑曰：秀色可餐，一絶足傳其人。

題後園牡丹

日映姿容露未消，風吹嬝舞暗香飄。羣芳難並名花種，亭館年年長艷嬌。

張智殊

仁和人。張秀初諱岐然女，適蕭邑諸生鄭淵。

端淑曰：諸詠不蕪不靡，讀之如悠然見南山云。

中秋步月

半夜閒行月彩明，平山一似廣寒城。誰家帝子雲中度，桂裏風來玉笛聲。

秋　夜

月色皎無塵，閒庭碧草生。山風吹落葉，先此作秋聲。

秋暮有感

南山秋色又將賒，回首西風起怨嗟。每日憶親歸未卜，相思徒遣梦尋家。

顧　瓊〔一〕

仁和人。文學若羣女，母黄字鴻。適翰林錢公開宗，生子戊戌〔二〕進士元修。

端淑曰：予讀夫人較其母氏之《閨晚吟》也，真所謂孝性天成，字字腸斷，能令後進者法爲規則。夫人之功，豈可與尋常閨媛同日而語哉？一詩已足不朽。噫！

春　閨

夜深人不眠，獨恨留殘月。梅影隔窗横，閑庭落香雪。

校勘記

〔一〕『顧瓊』，南圖本作『顧之瓊』。

〔二〕『戊戌』，南圖本作『乙未』。

黄　堪

字肅清，仁和人。文學燦女，母丁如玉，祖母顧和知。適同邑士人沈叔培。有賢德。

端淑曰：《擣衣》似少陵，《春閨别怨》似曲江，《詠嫦娥》似閬仙。不泥古人而不敢畔古人，可謂善學古人者。

擣　衣

夫婿連年戍朔方，閨中思婦擣衣裳。砧聲時逐秋聲〔二〕落，玉杵頻催刻漏長。風入千家明月動，書傳萬里塞榆黄。關門昨夜聞秋至，不是征人亦斷腸。

春閨怨别

離别纔三月，紅顔老鏡中。晴光摇晚翠，乳燕落輕風。芳草自然緑，庭花隨意紅。誰憐明月夜，不與故人同。

咏姮娥

蟾兔有時缺，清光三五浮。彩雲裁錦帳，纖月作銀鈎。珠露調新粉，丹霞結綺樓。盈盈不得渡，只隔絳河秋。

校勘記

〔一〕『秋聲』，南圖本朱筆校改作『秋風』。

姚　氏

桐城人。東陽知縣姚公孫棐女，庶吉士掌科文然之妹。

端淑曰：東陽使君爲先伯舅鷗石宫詹癸酉門下士，故夫子得以訂交，不知其女能詩也。然皖水爲天下人文之藪，而姚、方著姓，又其特出者也。人傑地靈，信有之乎！

歲暮侍嚴慈兩大人集賞寒梅

琴堂將臘盡，斑舞獻霞觴。含笑千花發，堦前玉樹香。

臨池看秋月

涼夕臨清沼，能涵月色秋。滿輪窺玉鏡，半影上銀鉤。水浄雲英散，風恬錦浪收。静看相掩映，容與漾中流。

返　照

薄暮千峰晚，忽然四望開。羣陰添翠色，疎絳映高臺。

過釣臺

七里扁舟急，嚴陵春水過。微雲散晚景，落日漾輕波。饑鶩沿灘宿，嬌鶯傍樹歌。升沉千古事，垂釣意如何。

曹　氏

當塗人，號易遷宫中姑孰外史。光禄少卿履吉女，適張生。

端淑曰：題不雅，非閨閣中宜贈，此詩亦未合格。

和高文卿較書贈徐修予繡鞋詩

芙蓉秋冷半含悽，正自關心鳥更啼。誰道紅顏流水去，已塹飛絮路沾泥。

其　二

劉阮當年漫識他，也因溪水放桃花。如今欲逐朝雲伴，那是風流學士家。

名媛詩緯初編卷十六

山陰王端淑玉映選輯

正集十四

徐安吉

字子生，一字子貞，上虞人。工部尚書人龍公三女，予弟文學鼎起妻也。鼎起字玉咝，苦攻力學。以詩著，有《媚樵亭集》。

端淑曰：子貞慧性夙成，姿態瀟灑，與余弟玉咝偕隱唱和，酒甕茶竈、琴弈山水之暇，無非韻事。予嘗與子貞晤對終日，見其搦管不假思索，何才之敏捷如是！今又慫恿咝弟變産爲先人梓集，可敬也。諸咏皆幽異獨創，奇奇怪怪，使腐筆見而愧死。

《明詩存》曰：閨秀詩難其有高士風流，中間天然妙韻，似不從齒牙筆墨得之，三復不釋，唯有怪歎而已。

《紅蕉集》曰：詩夭矯離奇，無閨中纖媚之習，人皆異之。

山中咏

選幽過竹橋，轉向溪口坐。溪聲競下山，一點雲來大。【此數首幽奇古峭，不似閨閣中物。】

其　二

老楓俯大溪，數枝浮水面。清風與之俱，吹落秋紅片。

其　三

老月下空山，寒氣吹來積。松間有白光，非水或是石。

其　四

落日危孤峯，柴門雀喧轉。短草動夕陽，寒塘石清淺。

其　五

暮寒水欲飛，落日貫其内。我愛水行影，上下樹枝態。

其　六

出門無女伴，自至青松林。青松殊不俗，爲我奏古音。

其　七

床頭翻曆日，早已換秋天。莫言人歲改，樹色且堪憐。

雜　詩

浮生寧有涯，性靈不可夭。適自理晨粧，遥見東方曉。初風半吹竹，寂寂聞啼鳥。地僻我亦閒，日對南山小。

其　二

棋局乃世情，天今布黑子。曖昧刦鴛鴦，陰者半屬死。死又生之徒，先着辨於此。感彼猶龍人，守黑以爲旨。

其　三

春色從東來，勸爾一杯酒。勸之云如何，愼勿去花柳。東君殊未然，四月作逋藪。所以砍飛光，前人欲下手。

游禹廟

出自稽山門，萬峯如負弩。山川自多奇，密勿爲神禹。拜廡若儼然，松號日正午。梅梁何處飛，真氣仍在宇。因而尋窆石，就手數爲拊。隨意採山花，杜鵑紅落土。竟日耳目新，聰明從此數。

勉外

先笑後號咷，失禽緣即鹿。腐草媚路傍，幽蘭契深谷。大魚不妄飛，好雀不妄逐。【名論。】

秋詞

寒山欲暮最消魂，無數征人望鴈奔。蕭索半林楓葉落，夜來風雨作啼痕。

寄外

萬木陰陰遶竹塢，月來伴妾妾思夫。人人誇月明猶鏡，試炤相思得見無。

寓識幸樓

寺前溪水白雲澄，竹露秋花映幾層。坐久萬山低落相，板橋楓赤下饑鷹。

古　意

柳色欲輕黃，朱樓人自傷。愁來無洛浦，夢去有高唐。寶鏡空懸架，榴裙驗取箱。誰書桐葉字，墳草變鴛鴦。

游雲門

秋苦鐘聲静，山松點亂烟。佛貧燈自少，石韻語猶傳。望野莎溪渡，通厨竹徑泉。白雲多予密，飛去復飛旋。

其　二

萬竹界鐘樓，天寒下影秋。橋邊碑蘚合，樹杪瀑花浮。雲止知何意，溪呼别作愁。欲辭青嶂去，不易得林丘。

雨霽入平水溪

衰草不堪遠，又經風雨秋。山多煙未去，村小火先謀。鳥雀纔飛野，詩書滿坐舟。緣溪人影濕，寒鏡入容愁。

山莊偶吟呈玉㞋

君志早高潔，妻孥俱有顔。豈須旌白水，幸此買青山。異鳥嘗窺竹，高人自掩關。溪呼雲亦響，静裏聽潺湲。

有爲玉㞋寫炤不工因作是詩

日月筆之祖，萬物俱寫炤。繪事非世心，自然所以妙。俗手不暇懶，曾未覩其竅。何如映清溪，鬚眉一相肖。【軒豁。】

憶橋兒兒於午日生

淒心莫問去年時，玉骨難抛是此兒。人説斬邪須有劍，誰知續命却無絲。

山居

莫指空山問渺茫，莿藤截路色蒼蒼。只看野畔谿流外，剩有螺蜂挂夕陽。

橘

楚客牢騷日，憐君亦傲霜。固堪投玉皿，自爾貯銀筐。化枳全分土，侵橙一半香。朱苞先破甲，争賦上林芳。

坡上松臨池

坡松纔幾樹，時奏古絃琴。傍水能開相，撐天不用心。大夫名自辱，君子感何深。奇字未遑著，龍鱗已鬱沉。

代玉喦咏賞虞美人花時花殆盡

一街酥雨似秋凉，冷落餘花黯自傷。莫謂珮環人去杳，不禁脂粉土中香。魂迷楚國應無返，情至王孫肯寄將。今夕問春歸不得，樽前空憶美人粧。

和叔疋弟宿瑞峯菴韻

秋風亂蹴葉兒輕，拾得供題好寄名。況值菴居人外寂，恰來山吐月初明。池添竹氣涼難定，户入桐陰影自更〔一〕。何處紛流争活活，一宵莫辨水雲聲。

題韓幹畫馬圖

怪底冀北空群馬，俱向韓生手中寫。昂首作足欲嚙人，半渡忽嘶水四灑。萬里空闊一瞬間，豈肯駢死槽櫪者。古人一骨市千金，骨者其似神其真。余聞之曰此龍友，夭矯光怪終難馴。

擣衣篇

東城月出何洋洋，千里萬里鳴絮蛩。此時秋風起天末，蕭蕭葉落歸寒塘。寒塘一鴈逐影飛，征人塞上音復稀。閨中少婦多愁思，空階夜静初擣衣。繁聲轉急不可數，玉手生寒心更苦。腰圍長短近何如，以心尺量難裁補。

校勘記

〔一〕『更』，南圖本朱筆校改作『清』。

祁德瓊

字修嫣，山陰人。德淵胞妹，母祁夫人商景蘭。適侍御王公以寧孫舉人穀韋〔一〕。

端淑曰：修嫣詩凝重，不以姿態爲工，故平調能雅，時出腴語，聲光透遠。若挽大娘之劍，顛仙飛動；發后羿之絃，白日驚沉。尚留異日干頭，况神物百年見出，不當輕許，亦無容妄詆。海内有眼，宇中有人，予評非定論也。若其嚴整深厚，直追風雅處，則不可與近日閨媛一槩言也。

咏紫芝軒荷花

秋風未作落花驚，菡萏依人尚有情。碧草滿堦隨意長，空憐鳥愛讀書聲。

雨雪篇

寂寞蘭房内，窗開一院明。山山落葉影，樹樹鳥寒聲。忽見疑無跡，還看似有情。朔風今夜起，鴻鴈正南行。

九曲步月聞歌

月色高樓迴，閒聽玉笛聲。青迷千嶂合，白泛一溪平。影動花光亂，香傳竹氣清。相過無片語，空憶舊經行。

寄楚纕

別後意如何，夜長愁思多。輕風拂林杪，寒月隱藤蘿。舊侶夢中見，新詞枕上歌。鸞箋何處達，秋鴈過前坡。

暮　春

獨步閒庭畔，愁聽去鳥聲。名花看去好，飄柳望中輕。堤闊香車集，湖高畫舫平。隔村遥暮色，煙火傍人明。

咏虞姬

愁聽江上雜鼓鼙，紅顔歌罷淚如絲。還將一死酬雄主，漢將今成入塞悲。

獨步尋花

處處立春花自發，風來飄得數枝香。山前暮色催人去，停樹還看宿鳥行。

代閨懷遠

霜天寂寞對殘燈，何事飛鴻向北行。若到羅幃誰是伴，可憐宿鳥静無聲。

贈湘君

紗窗紅日曙，兩岸繞鶯愁。粉面粧臺妬，蛾眉鸞鏡羞。嬌花臨綉户，高柳傍朱樓。共汝新朝暮，論詩撫玉鈎。

閨中四時歌夏

涼風動碧漪，芙蓉香在户。識得藕絲長，不解蓮心苦。

秋

秋深閒倚碧雲樓，白玉堦前事事幽。鴻雁已隨秋色至，霜林明月使人愁。

冬

忽見寒花發，花開不見春。山前堆白雪，江上少人行。

游密園

朔氣晴開萬户烟，寒雲落日點紅泉。十年亂事悲星散，千里交情喜月圓。梁苑猶能邀令客，桃源佳信有群仙。搴芳踏盡池塘路，泥印蓮花步步鮮。

閨怨

玉樹初生月，青娥獨倚樓。一天鴻鴈影，腸斷玉關秋。

校勘記

〔一〕『縠章』，南圖本作『韡振』。

趙弱文

字文姝，山陰人。文學美新女，適余氏。

端淑曰：文姝詩屬其父可孫携來，想其自焚筆墨，厭名爲累久矣。父母之愛其子，過於子之自愛也如是夫！

入化山

避亂入深山，所見非吾族。村婦携子來，環我者如簇。以我顔色新，不惜同行宿。老者學規模，少者學粧束。吁嗟遭亂不成粧，憶昔閨中時，粧成出簾幙。

龐蕙纕〔一〕

字紉芳，吴江人。

端淑曰：態度驚人，秀如青黛，而其深厚處復具黄鐘大吕之音，真女中高士。

述懷同聞瑋外君賦

荆布平生有素緣，十年偕隱豈徒然。嘗同倣帖凌晨起，每伴敲詩午夜眠。莫惜予分湛母髮，還期君着祖生鞭。從來窮達應難定，惟有文章自古傳。

紫藤花下分賦

年來愁病强支離，也向花前醉酒巵。繡閣開尊同北海，金釵雅集勝南皮。錦雲夜月千層浪，紫玉春風萬縷絲。何事金朝稱絶勝，筵前道藴總能詩。

校勘記

〔一〕『纕』，原作『讓』，據卷首總目改。

俞桂

字瓊英，有明怨女也。仁和人。詩十五首，尺牘一首。才思頗清綺，而遇合復蹇塞，惜有未竟以死。死又奪其名，使完集不傳。未幾竟卒，年止二十。桂是其名，今云欲謝，亦其讖也。詩餘亦有佳句。端淑曰：二作竟似古謡漢魏遺音矣，女子有此慧心才情，予不得不爲之擊節三嘆。

江南古憶

江南三月花柳香，青春欲徂白日長。杏樑陰陰新燕乳，頡頏差池弄輕羽。美人午起自結束，曳髩垂鬟手如玉。春草滿園蝴蝶飛，東家少年何日歸。

擬李義山無題

纔唱驪歌日漸曛，牽裳官道淚紛紛。紅英陌上花無主，錦翼雲中鴈斷羣。玉鏡幾時還炤影，金爐從此罷燒薫。聞知天上無離別，願得相携住白雲。

中　秋

玉鏡澄清漢，金波蕩碧流。桂枝今欲謝，空倚最高樓。

朱德蓉

字趙璧，山陰人。太師忠定公燮元孫女，金吾公壽宜女，忠敏祁公彪佳次子官生班孫妻。班孫字奕喜，夫婦工詩。

端淑曰：三唐各不相襲，始竝行不悖千百年，豈有長盛唐哉！抹殺中、晚一槩才子，群趨初、盛門面，識陋心愚，胆癡才劣，有識者豈蹈此病？讀諸詩，脱盡板氣，已著錢、劉勝地矣，何必杜工部始爲今日之第一人也？

黄皆令過訪

萬峯皆落日，輕霧遠村迷。客渡江風急，帆收暮色低。佳人歸閬苑，妙句出深閨。明發山陰道，登臨續舊題。

採蓮曲

緑葉羅裙下樣裁，芙蓉映水兩邊開。莫將新曲頻頻唱，恐有鴛鴦飛入來。

咏虞姬

歌罷傷心淚幾行，江山旋逐楚聲亡。貞心甘向秋霜劍，不欲含情學漢粧。

擬班婕妤咏扇

紈素不受風，裁之春寒時。理物各有會，幸得安所施。團圞亦佳好，動摇懷芳思。但恐秋節晏，執傷炎路衰。良時慎歡忻，出入嘗固懷。

贈何静宜

欄杆長獨倚，羅袂散幽香。西子溪前貌，楊妃浴後粧。看花羞落瓣，伴月愛清光。惆悵無人識，秋風暗裏傷。

寄長瓊

别思滿秋風，懷人月影中。籬花含露濕，岸葉帶霜紅。孤鴈書應至，雙鳧路未通。候蟲清夜細，惆悵與誰同。

游寓山

寂寞家園地，樓臺薜荔間。野橋分竹路，高樹出寒山。曲徑留琴語，杯寬破客顔。夕陽鐘磬外，猶有暮雲閒。

登藏書樓

登樓寒氣老，捲幔白雲輕。書案浮花影，琴床倚月明。拂窗山色重，繞樹水紋清。更惜霜臺古，空餘鳥鵲聲。

游蜜園

步向長林拂暮烟，更携芳影炤青泉。風馨高入松聲遠，日影低從花影圓。苔護石橋多歲月，鶴歸山舍有神仙。幽懷獨喜籬邊竹，幾度霜飛色更鮮。

送皆令往郡城

相依情未盡，欲別怨江波。霜月悲紈扇，闌干薄綺羅。雲飄鴻影斷，花度客船多。漫道銀河遠，盈盈望玉梭。

坐剩國書室

草閣書窗映碧流，横塘落木鳥聲幽。憑君筆底陽春調，賦剪寒雲一段秋。

上巳

桃花秋水湔春衣，舊日蘭亭到亦稀。斷岸羽觴晴日暖，遠山横笛暮雲飛。沙棠舟落紅鷗起，玳瑁梁空澥燕歸。尚有采蘩思未足，不堪月色上羅幃。

祁德茝

字湘君。德瓊胞妹，母商夫人，中翰沈公燵晃子某之妻。

端淑曰：湘君艾年慧性，而詩獨清雋，虚字俱老，無七才子習氣。由此而進，木落霜降，漸入高老矣。今之才名奕奕者，近體皮毛浣花，叔敖初盛，腐拾舊典，癡藏板句，咏梅花則必牽驛使，贈才女則必引謝庭，賦看月則必借仲宣，可歎也。

賦得紉針脆故絲

齊素紈以純，蜀錦爛而白。慇懃付象床，紛紛亂容色。阿閣發針管，平軒理刀尺。躊躕量短長，比較分縷繶。綵或宜于巾，組或宜于帕。絳視摇杏紅，青留墮桃碧。抽緒屈指拈，添紋應機柝。斷續還往來，迴環復勾棘。但恐清夜遥，不愁暮春及。十指五采分，四顧百巧集。線盡刺去違，針微紉來澁。相尋唯舊絲，新紉恒自失。携針動機關，延紉入罅隙。持之但羈縻，牽來恐相坼。古人惡纏綿，得路逐聖跡。願言勿懷新，故絲杳難得。

寄修嫣姊

別去花陰晚，新粧鏡裏羞。江城今夜月，綉閣此時秋。聲落高梧細，光摇翠竹幽。相思憑夢寄，蕭瑟感離愁。

又寄修嫣

莫捲珠簾對碧山，山邊孤鳥自飛還。如何百里相思路，唯有隨人月影閒。

游寓山

一水通雙槳，無心對舊山。石苔荒曲徑，木葉滿柴關。寒盡愁難盡，鳥閒人未閒。梁園何寂寞，不禁淚潸潸。

游蜜園

日落荒園澹晚烟，石邊渺渺聽飛泉。丹楓盡向江邊落，明月還從花上圓。一曲草堂營筆硯，半丘山壑學神仙。更憐亂竹聲初静，又愛寒桃色欲鮮。

憶益姐

姐，副使鴻孫女也。美姿容，工文墨，多病早逝。

拈來閣上黄金線，倚遍亭前白玉欄。徒憶空園懸畫板，春風一夜杏花殘。

寄懷黄媛介

深閨遥憶事無窮，處處清光望不同。夜坐小樓賦白雪，朝看高樹畫青嵩。寒江潮落雙魚杳，花逕香飛滿院紅。十二曲欄皆倚盡，萬千愁思付飛鴻。

中　秋

玉漏沈沈夜氣清，停杯愁對月光明。人間亦有孀娥怨，難寫班姬泣扇情。

陳金徽

字子生，會稽人。知州陳公汝元子文學樹勷女，母王静淑，適孝廉張奚子。

端淑曰：子生，予甥女也。詩原不工，偶占《秋閨》一絶，不可名詩，以爲𣪘音可耳。

秋　閨

羅衫輕颺薄秋涼，巧拭菱花對晚粧。摘得海棠還自擲，只愁容易斷人腸。

吴　氏

山陰人，吴將軍女也。

端淑曰：吴氏三詩，立意既正，命筆疎秀，字字覺會稽女子多事。一團高興，説得冰冷，回話不來。

和會稽女子【此種亦謂之詩耶？】

婷婷弱質恨風塵，既許他人非我身。百年苦樂宜相守，何必嘵嘵自怨春。

其　二

嫁鷄且自逐雞游，便嫁虎狼也罷休。妾嫁不知順夫子，喃喃何事寄墻頭。

其　三

試問題詩是阿誰，何因題壁令人悲。詩中盡是嫌夫句，遄死他鄉空淚垂。

劉夫人

淮安人。

端淑曰：夫人三詩，皆分解語，不怒而嚴。女子至相回護，自如此耳。

和會稽女子

駿馬村騎逐路塵，從來薄命不繇人。羅敷有配調如瑟，怎肯臨岐怨豔春。

其　二

魚水千年幾共游，忠臣板蕩肯悠悠。是獅是豹無難事，一瓮清泠息皦頭。

其　三

雉頸癡妮是阿誰，雞飛守正亦堪悲。人生須向難中做，巾幗無籌笑淚垂。

沈氏

會稽人，文學楊仲素妻。工吟咏，嘗稱其女涓曰：『吾兒亭亭玉立，姿態幽嫺，却並無姿粉氣。他日必作一端貞婦也。』遂賦詩云云。

端淑曰：有此母方有此女，信不誣也。又云知子莫如父，知女莫如母，今始驗之矣。《贊女》二語，碧秋寔不愧云。

贊女

如臨洛水爲神女，若到蟾宮即素娥。

楊涓

字碧秋，會稽人。文學仲素女，母沈氏。許同邑謝茂才，年二十三方完姻。謝不肖，家私蕩盡而死，然（謝）〔楊〕幸有孕矣。有蔣雲甫索舊逋，寔垂涎楊也。仲素以窘迫，俟楊生男後，即以楊嫁蔣。楊不屈，自刎救活，蔣大怒，轉嫁閩縣丞康爾吉。楊復跳入江，又救免，康母憐之，結爲母女，同回金壇栖住。後生子名蓼莪中進士，官吉安推官，尋母至金壇，而母子重逢，獲榮封云。

端淑曰：貞烈如碧秋，自當炳炤青史，而郡誌不載，何也？予越人也，表章自不容後。

秋景題

樽前美酒足婆娑，面似夭桃髻未皤。明月正圓花正發，秋光獨在畫樓多。

冬景題畫

横斜梅影拂窗紗，雲去峯頭露月華。不是群真遥獻瑞，碧天豈肯散瓊花。

自　遣【此女貞順可敬。】

不能承順事良人，薄命還須恨自身。苦樂均宜操井臼，歸寧何日見慈親。泣殘杜宇休辭怨，落盡烟花豈惜春。若得郎心憐妾意，此時方掃翠蛾顰。

屠　氏

湖廣人，陳元洲之妻。善詩，嘗作《三女吟》云云。

端淑曰：屠氏夫婦能詩，三女俱擅絶世才色，亦天倫至樂也。旋以獻逆之亂，遂不知其所在。

三女吟

余家有三女，均抱瑰麗姿。長女尤秀異，搦管解賦詩。二女及三女，雖小無嬌癡。纔能識流黄，刺繡已自知。畫屏開孔雀，錦幕施紅絲。誰言生男好，生女亦門楣。猶勝東家翁，暮年孤自悲。

顧　諟

字天孫，崑山人。禮部尚書錫疇公女，適武進侍御董公文驥。董字玉虬，爲名諫臣。夫人早歿，玉虬刻其詩，名曰《群玉山頭集》。

端淑曰：宗伯公與先文忠同譜同官，最稱莫逆。及熹廟甲子，宗伯公典試入閩，先文忠較士江右，俱以策論忤璫，同遭削奪。而先文忠以隸籍京師，尤璫所深忌者，故宗伯放歸，先文忠死焉。而女天孫，金玉其質，幽静其姿，雍雍雅雅，不媿班、謝諸才媛，易安以下非其倫矣。

大雨歎

雲起如山頹，倒拖雨勢垂。堦下忽爲瀦，雷聲殷其危。四隣院落圮，我居茅簷墮。呼僮疏流惡，荷插負畚箕。猶喜無宿儲，所患惟圖書。薄宦旅京華，托身少敝廬。丈夫自意氣，女子覺欷歔。朝來薪米絶，門外乏高車。良人詠新篇，琅琅似瓊琚。才堪賦羽獵，誰能薦子虛。天地能覆載，立錐無定居。墨黑雨不止，相對仰踟躕。

讀史咏荆軻

鷙鳥搏物各有命，壯士殺人數有定。不見荆軻刺秦王，圖窮匕首凝寒霜。摳衣振步如雷逐，環柱三匝羣蒼黄。甲士帶兵殿下立，侍醫無且提藥囊。左股已斷猶攘臂，托匕不中銅柱鎧。倚柱箕踞笑且罵，尚欲生刼報田光。此非荆卿劒術不能殛虎狼，自是天帝偶西醉，金策王氣鍾咸陽。

漁父詞

五湖水浴日月流，漁子中流不繫舟。青山簇簇載來去，鼉鼉窟宅蛟龍游。老翁舉網開頭去，老媪捩舵坐梢頭。鯉魚風好無定處，得魚沽酒荻花洲。

月下感題

依人一輪月，萬里自同明。影欲招詩鬼，光能降酒兵。微風節蛩語，輕露濕鐘聲。吴會浮雲盡，應多故國情。

長門怨何大史賦此題，索玉虬和，余亦得八章。

椒房初失寵，未肯讓蛾眉。歌舞平陽日，翻嫌身貴時。遥憐舊宫樹，看着發新枝。不德明君棄，母儀今阿誰。

其　二

金屋藏何遠，長門貯不還。粧成向青鏡，依舊自紅顔。月到樹高隱，花從殿後閒。君王猶入夢，夢覺轉闌珊。

其　三

翟褕塵匣貯，璽紱夢中懸。自有争人寵，非關棄妾堅。匪儀堪配地，何力可回天。莫道君恩遠，君恩在日邊。

其　四

含菱當雨露，先已嫉羣芳。祇爲承恩早，翻來摇落傷。自憐孤月影，甘避衆星光。不寐聽銀箭，長門漏更長。

其　五

誰云無子去，試咏白華篇。得意休矜寵，恩多易棄捐。西宫連夜火，别殿有傳宣。買就黄金賦，知君憐不憐。

春　愁

春日遲遲愁共長，心情氣力負風光。烟中芍藥朦朧睡，雨裹梨花晻淡粧。舊僕婢來詢老母，嫁衣裳盡典空箱。天和解散人間恨，偏結深閨一寸腸。

久别老母雨窗感賦

幽齋獨坐黯傷神，窗外霖鈴送晚春。遥望白雲迷遠道，坐看青嶂阻歸人。雨侵黤質花含淚，烟鎖柔條柳帶顰。搦管書空尋恨句，句成何處托文鱗。

壬辰除夕

椒觴漫薦五盤辛，爲歎蕭條客裹身。炮竹聲聲還送老，燈花歲歲只知貧。兒童盡索長安米，夫壻空沾京雒塵。二十一年除舊事，酒闌未肯放眉顰。

又餞三妯南還

先歸羨爾樂天倫，絡秀偏宜種伯仁。無酒可沽虚作餞，有詩持贈未全貧。孤舟好逐南流水，雙鬢猶侵北地塵。我昔曾過君去路，心隨岸柳送行人。

京師九日

佳節無山若當游，平沙漠漠怯登樓。幾叢黄菊三升酒，一種茱萸兩地愁。憶弟正聞鴻鴈去，思親那見白雲浮。自從夫婿沾微禄，已住京華又度秋。

歲甲午五日京邸同玉虬分論字

細切蒲根酒重陳，天涯令節且頻頻。湘裙不惹榴花妬，客髩翻嫌艾葉新。士女水嬉吴苑盛，愁人風雨薊門貧。五絲續命長相繫，五日詩成共討論。

白　燕

銀剪臨風上下忙，漢宫未許竝朝陽。水精簾外穿輕影，白玉堂前動冷光。舞混梨花還隱隱，飛來明月覺茫茫。奇毛自愛無瑕質，莫浪將泥向畫梁。

宫　詞

春風太掖柳絲黄，學畫蛾眉與恨長。妾貌不如鶯燕好，偏能帶日過昭陽。

感　舊

國破家亡舊業灰，金鋪閣裏長莓苔。重來紫燕尋巢處，他日粧樓開不開。

秋　夕

淡淡秋河月色微，驚聞鴻鴈向南飛。思親只靠中宵夢，又被鐘聲挾我歸。

憶　梅

我姐有梅谷，臨山近水涯。偏從霜雪裏，折得最高枝。

柳枝詞

章臺何處不飛花，偏入愁多思婦家。捉住問他緣底事，無言却又逐風斜。

陳安人

浙江上虞人。副都陳公維新女，禮部侍郎丁公進子户部主事樞謨妻。封安人。予姆氏也。治家嚴肅，侍姑陳太淑人以孝聞。戊、己間，太淑人爲寇獲入山中，安人破産贖回，家計遂爾稍落。子鴻磬、鴻逵，髫年游泮水。女鴻儀，亦知詩。

端淑曰：姆氏淑慎恭莊，端勤恪儉，知書達大禮，凡伯氏所不逮者爲釐正之。相夫教子，皆有法則，中外稱賢婦。舅殁，水漿不食口者旬日。喪葬大事，以身任之。及分析，與兩幼叔毫不較也。太淑人抱沉疴，不能起牀，自湯藥以至纖芥之物，必親手侍奉。十餘年來，從無間言，緣其純孝出天性云。婦德如斯，誠足不朽，又何論詩文之末哉！

惜　梅

(阿)〔呵〕凍裁詩憶去年，清華今又發春先。青山集翠斂雲氣，明月金輝起玉烟。共鶴每同林士傲，巡檐偏使壽陽憐。筆牀翡翠孤琴在，常伴佳人世外妍。

新　柳

兵燹年來草木萎，凭欄乍覩柳絲絲。章臺切勿頻頻折，留與才人佐酒巵。

名媛詩緯初編卷十七

山陰王端淑玉映選輯

正集十五

顔佩芳

字芳在，桐鄉人。

端淑曰：一氣雄壯，出人意外，而靈警之句，滿幅俱是。且從無浮泛字面，是正調。

孝嘉侄過予併詒以詩同和

年來踪跡各西東，乍見翻疑似夢中。愧我能裁謝氏絮，喜君不墮庾家風。千秋事業還憑立，數載離情得暫同。正沸爐聲歸棹促，一番聚散苦匆匆。

立春大雪次韻

梨花疑逼豔陽開，漫捲珠簾失翠苔。影落椒觴呈瑞色，聲飛竹葉送春來。幽林宿鳥驚寒墮，繡閣新播可涑裁。柳絮自慚獨未解，調高千古莫相催。

鄭慧瑩

字明湛，餘姚人。山西僉事之尹公女，太保文正公倪元璐子兵部主政之覃妻。賦性聰慧，姿容端整。好吟咏，善歌，猶喜擊劍，有乃兄履公之風云。

端淑曰：文正公一代才人，文有奇情，詩有奇氣。孤忠高逝，燕山骨立，澥門尚想其風采。其子子封，乃得才耦，蘭心玉質。其詩雖未入室，而情致嫣然，居然令媛。

答子封外君

青鸞有信孰傳愁，目斷天涯倚斷樓。東河渡口帆千片，知道君歸那一舟。

傷　秋

露含無語催月白，風慘猶聲喚妾愁。池上海棠初發蕊，羞看花影暗傷秋。

偈呈一真師

直是當年識認癡，悲忻到境便成迷。中宵一笑眠初覺，何樂何愁何是非。

徐安成

字集生，上虞人。安行、安吉胞妹，爲左布政陶公崇道子文學環妻。

端淑曰：集生淡寂自賞，不與才媛争長。其堅心忍性，辣如薑桂，而《納涼》、《落梅》二詩，殊爲清老，無海内習氣。惜未讀其全本，所謂披沙揀金，時見一班耳。嗣其集行，當與世人共賞。

月夜納涼同拜玉咏

拂石坐南林，颸颸梧葉陰。雲歸天氣静，蟲宿草根吟。賴此今宵月，相談舊歲心。更深語不盡，微露濕衣襟。

賦得裙裾掃落(莓)〔梅〕

鴉啼梅影弄幽情，欲出珠簾粧未成。玉珮雙垂無力勝，綉裳微露半芽生。猶憐美豔輕輕炤，爲惜殘香緩緩行。何事風吹只解落，使儂芳氣動花驚。

王貞淑

字玉曠，山陰人。予胞妹也，爲知縣陳公巽言子文學儀春妻。少知書，善女紅刺繡。今方學詩，雖不工，亦有警句。

端淑曰：女士中饋女紅，所以佐其四德，相彼夫子，是即才也。而書史詩文，争男子之長，是爲雋物。然于女紅中饋，未免有升降之分。妹氏摹寫花字，難于渾雅，以先大夫手植寄想，宛然仁人孝子之思，異日詩名當價重一時。今猶入道之初，已自楚楚，未敢竟以幽燕老將許之，尚俟其進耳。

凌霄花

層樓遠翠熠爐峯，燕蹴飛花數點紅。曲曲幽藤霄漢外，手栽猶記大夫松。

馬淑禧

號元華子，會稽人。淑祉胞妹，適進士陶公允宜孫文學湑。湑字復之，爲越中名士。淑禧貞静幽閑，與其夫子偕隱，唱和不絶，人不能望其才品云。

端淑曰：元華子有生生爲之姊，玉起爲之弟，復之爲之夫子，同秋贊以天倫樂事，琴瑟聲氣，語不誣也。然諸子所搆本少，星霜變换，一槩宿詩盡欲付之積薪，而新篇秘密，未易踵求。所選猶向日阿蒙耳，俟《二刻》再睹芝蘭之質。

感懷

朝來無力倦臨粧，睡起遲遲日影長。忽報春光今已盡，含愁强步小迴廊。

憶生生姊

曲徑添幽緑，清溪點白鷗。淒然成獨想，孤影入高樓。

苦雨初晴

離離苦雨暗方收，晚帳涼生冷欲愁。幾待自眠還自止，破雲初現月如鈎。

閨怨

鎖窗幽恨在眉尖，兩兩游蜂亂舞簾。幾處畫樓人倦倚，紅桃點點應愁天。

賦得春閨人病時和生生姊玉起弟韻

疎窗半掩掛蛛絲，欲賦新粧力不支。一枕輕風生别怨，無情幽鳥喚愁思。金爐寂寂香消後，畫閣淵淵人静時。夢醒落花飛瘦影，傷心零亂杜鵑枝。

秋景

秋來月淡漸星疎，花影頻移幾欲扶。爲愛月涼嘗不寐，桂香熏透小衫餘。

其二

桂花吹落一枝秋，蛺蝶紛紛覓舊游。多少胭脂香褪盡，無聊倚遍小窗幽。

其三

半鈎新月照殘荷，池上游魚點碧波。孤人一夜同秋老，黄葉飄飄散野籮。

丁啓光

字步孟，山陰人。别駕承芳公女，金吾參軍朱公履客子元德妻。幼仰家訓，好文墨，善楷書。相夫宜家，内外無間。年未三十而寡，矢節撫孤，中外稱其操焉。

端淑曰：步孟詩頗有老氣，《飲器歌》直似銅將軍鐵(棹)〔綽〕板，非復二八女郎唱『曉風殘月』也。然居不妄吟，吟即付火。自愛至此，造古人之域，當不難也。《紅蕉集》曰：長於古體，而律詩又妍麗多風，可稱女中學士。

賦得紅樹美人攀

纖手折妍紅，鶯啼憔悴中。香腮春映日，白紵漾輕風。芳草留游勒，晴絲繫碧叢。詰花渾不語，搔首問天公。

月氏王頭作飲器歌

漢家威武日，北風吹寒溧。冒頓義斬降王首，琥珀粧成飲斗醴。裂眼張髯血未乾，三十六國膽俱寒。其妻手撥琵琶恨帝子，冷帳孤清何日止。獨有健兒勢難回，弓拈猿臂不能開。暑氣杯痕流自活，雨餘偏顯琉璃鉢。君不見蘇武當年持漢節，衛律狡猾言瑣屑。月氏王，今何有；塵世中，作器友。

姜廷梅

號遂箴子，餘姚人。宫保尚書姜公逢元女，予胞弟霞起妻。聰敏能詩。

端淑曰：遂箴美豔俊朗，輕盈豪爽，而加以名士風流，真可謂之令媛矣。喜唐詩，然作詩殊不求工，隨口成章。曰『詩詞非女子事也』，成即投諸水火。此詩予憶而録之，未可遂爲定評。

同玉隱玉映祖藩子貞悟音諸姒看玉蘭花

玉磬飄然挂滿枝，清香何處散幽思。綺窗倚遍觀難盡，猶勝庭前咏絮時。

凌霄花唱和詩

凌霄燦爛點清秋，摇颺牽絲繫遠愁。幾陣啼鳥分夕炤，爲花猶自倚南樓。

陶履坦

字固生，號稽散子，會稽人。知州榮齡公女，大學士文懿公朱賡子衡州知府朱公敬衡子騮元妻。法名智明，早卒。

端淑曰：出雷門，過箬簣山，繇賀家池而之陶堰。堰水深深，四面汪洋〔一〕中，故多文人。文簡公望齡，海内宗匠，稽散子其猶女也。家授青箱，豈煩執經外問乎？詩深秀清婉，酷肖其人。

賦得滅燭聽歸鴻

言念伯行役，日日留殘炤。賤妾何所思，獨在雲縹緲。俛首聞孤鴈，哀哀過林杪。展轉不能寐，月炤紗窗曉。徘徊復何益，愁聽歸鴻杳。無語淚長流，空房膽愈小。

自歎

蕭瑟秋風入敝居，飛蓬不逐鏡臺虚。生來錯認鴛鴦字，懶覓雙魚寄遠書。

春日感懷

春來何事只愁眠，無限傷心欲問天。日下簾櫳人影寂，依依殘炤落花邊。

其　二

玉樹流霞徹曉風，春光吹透小房櫳。香魂遥繫天邊鴈，不管桃花滿院紅。

其　三

粧成攬鏡欲傷神，取次摧殘病裹身。惆悵東風無賴極，暗香吹送斷腸人。

其　四

欲挽春光春不留，閒情無奈水東流。淒涼一片黄昏月，渺渺予懷獨自愁。

悲秋雨 稍删

秋天黯黯雨淒淒，梧桐葉墮静不飛。漠漠繁雲倒地黑，愁傾大海迷山溪。山溪渺渺含烟合，郊村衆甃泉聲咽。行人憔悴幾消魂，徒爲傷秋腸自結。蕭蕭風竹作悲鳴，寂寞深閨掩淚聽。聽盡幽庭楓葉落，傷心止怨年光惡。無端愁病暗相侵，寒生羅綺情消索。

校勘記

〔一〕『四面汪洋』，南圖本朱筆校改作『山光翠靄，澮灩閭里』。

陳素霞

字輕煙，南京人。甲申春歸夫子，予脱簪珥爲聘。姬敬順端謹，八年如一日也。性好詠詩，生息不禄，憂成疾卒，時年纔廿八耳。一女名君望，予撫之。偶簡笥中，得遺詩數章，爲作《悼姬》詩，以誌哀慼。

玉映曰：陳姬詩如輕煙裊林，素月出峽，娟秀幽動，亦吾家雋才。忍令香銷空匣，愁紅無淚乎？録其句之佳者，使海内才人知吾夫子有此韻人。如予碌碌，不足齒也。

《吴越詩選》曰：幽憤淹抑，絶似侯夫人宫怨，急促之中，却又委宛。

春詞呈王夫人兼寄外君

嗚鳩乳燕度春風，亂蕊飛花薄綺叢。小院無人新月静，巫山何處彩雲通。

其　二

寂寂紅稀綠已濃，暗風輕度晚來鐘。一燈慘淡吹清影，月炤羅幃第幾重。

其　三

飛花曾不到春江，又見闌干燕子雙。不控湘簾色自遠，欹携松影入幽窗。

其　四

吹徹桃花瘦柳絲，斷魂最是怯春枝。朝來玉指彈殘淚，一曲琴聲有所思。

其　五

剩得殘編四壁虛，幽齋碧草亂庭除。才疎恨乏題橋志，聊學琴臺一腐儒。

其　六

明粧寶髻豔昭陽，細暈羅衫綺繡裳。畫扇風中陪笑語，珠簪立盡夜來霜。

其　七

彩日曈曈熠畫梁，晶簾高捲百花香。春閨寂寞閒清晝，自焚名香禮梵王。

端望樓坐月聞絃

薄雲籠半月，秋屋夜涼深。山氣連煙白，樓光坐雪侵。清吟酬韻主，静夢慰知音。影墮三山碧，聞絃似楚砧。

蓼目水足

吴越結怨始檇李，吴不滅亡越不已。句踐忍辱成霸名，夫差驕奢終敗死。有一子胥不能用，軍國托之與賊嚭。懸令毋忘報父仇，卧薪嘗胆謀消耻。磨礪以須恨未休，繼之蓼目而足水。十年教訓今已成，萬古稱之曰智士。

孟思光

字仲齊，會稽人。訓導稱舜女。

端淑曰：子塞先生，吾越耆宿也。所著述不下萬言，有女仲齊氏爲之品隲，付梓以傳。今讀女詩，又何婉靚而多風也！是父是女，亦罕矣哉！

讀栢樓吟一章有序

《栢樓吟》者，家貞姑守志不字所作也。貞姑坐卧樓上垂數十年而殁，相傳吟咏甚多，今所存止二十章，無一語不爲想念其夫君而作。吾家君將録而傳之，命余較正，聊賦一章，以志景慕焉。

石方其堅，栢方其節。栢則有枯，石則有裂。其詩其人，至今不滅。

較蘭雪集三章章四句

馨香文耶，潔者節耶。亦馨亦潔，蘭耶雪耶。

其　二

采荼采荼，誰識予苦。識予苦者，維此鸜鵒。

其　三

異室同穴，不泣而歌。和予歌者，維彼二娥。

王天載

字春曉，黃岡人。編修王公某之女，貢生曹本寧妻。所著集曰《一聲猿》。

端淑曰：春曉詩是景陵氣格，然未可與不讀書而學景陵者比。至其秀麗輕鬆處，則夏月之冰、冬日之火矣。

讀故姨去愁遺稿善翎毛

弟兄今已隔秋霜，有夢相尋又渺茫。燈下讀君詩一卷，分明如對舊清光。

絳桃次表妹婉容韻

乍匀香露襯雲裳，曾到瑶池伴阮郎。妾面如花花似妾，妬人脂粉不須粧。

梅花次表姊兼容韻

露浥香魂淡掃顔，雪花遠綴作波瀾。頻來未許重門掩，折去誰將冷眼看。

步仲妹無害偶題韻

春風陌上一鶯啼，花氣香傳小苑西。幾樹寒雲誰氏畫，撩人幽夢起深閨。

三橋曲澗

青青柳色拂晴波，花片香浮洞口多。橋畔彩雲隨鶴去，一溪寒玉倒天河。

海　棠

啼鶯喚醒海棠枝，曉日新粧帶露時。謾説楊妃初着酒，寒家姊妹也相宜。

夏惠姞

字昭南，華亭人。

端淑曰：清肅有骨，典則高老，而靈異之氣，直逼三唐，閨媛中之翹楚也。

中秋見月憶姊妹還家之約

千門夜色映晴河，萬里潮聲起白波。玉露新凋梧影薄，清風遥送桂香多。故園空有三秋約，野徑難逢一鴈過。兩地相思同此恨，好憑明月寄離歌。

蘇堤走馬

暖風遲日冶游天，碧柳毿毿引馬前。掩映珠衣花外出，參差錦轡樹中還。湘桃夾岸生紅浪，芳草連雲起紫煙。回首坡公堤上望，水聲山色竟誰憐。

秋後咏紅茉莉

飛瓊何事謫瑶池，紅粉飄零不自知。瘦影半憐梅竝態，芳情誰許桂同時。清風漫引梨花夢，秋思空傳梧葉詞。倦倚小欄無限恨，爲誰含淚獨凝思。

丁君望

字望生，宛平籍，山陰人。乃予女也。年十二，有和孟貞女一絶。雖工拙未洽，而語亦真率，存之以引後進。

君望童年即解人意，予有《稚女詩》答諸良月云：『憐女非關阿母慈，慧心他自解追隨。食來到口猶推遜，客至偏知隔户窺。演拜似能嫻禮數，翻書宛若集容儀。嗤嗤偶作嬌柔態，也費先生一首詩。』蓋記其實也。

題石和蔣夫人韻

高風千古羡無雙，生死追隨事渺茫。唯有貞心堅似石，至今英氣遶家鄉。

王碧蘭

字宛叔，會稽人。文學俞嘉謨妾。早没，俞作傳，屬予挽之。

端淑曰：宛叔香牙慧口，不必多見其詩而自韻，但空中幻月，影裏尋花，俞生當非妄語也。銅雀春風，鎖魂無地，俞生其奈之何哉！雋物難留，良時空往，天下太抵如是，何必撫心長慟？

《同秋一集》曰：輕幻如煙，明麗如錦，得映然子詩，女郎自當仙去。但不知洛神、陳思爲莫須有也？抑果有之耶？

夢中咏海棠

海棠枝上愛深扃，不耐秋晨清露零。歌曲小窗誰氏子，故將墨液潑紅莖。

折　花

輕堆鴉髻燕釵横，新折花枝笑眼生。繡罷鴛鴦未繡翼，恐教飛去不同行。

中秋飲月

璚露皎秋枝，微風淡脆葉。雲薄冰輦驟，砌鳴桂陰壓。

林淑蕙

福建人，見《内家吟》。

端淑曰：疎疎落落，綴景言情，都能引勝，兼鮑、庾之長。

白燕來漳水 甲申

趙妃新换藕絲衣，立雪身輕冷未歸。錯認梨花香滿屋，雕梁春晚月同飛。

周姍姍

無錫進士黄公永所聘侍兒，未昏而卒。所刻遺詩十二首，附見《蘭咳集二刻》。

端淑曰：長州周君建云：『雲孫多情才子，亦多福文人也。既如少游之唱和才妻，復如康成之消受詩婢。此刻一出，恐世間有才有情者，不但羨殺，且妬殺矣。』此論千古定評，不可一字更易。然蘇妹小聰明則有之，未聞其能詩文也。

獨　立

忽有悲秋意，空階獨立難。愛看雲所歷，遥憶露將漙。人意三更怯，花情五夜安。寒鴉栖不定，纖月過林端。

有所思

一見原無意，何知有别離。傳聞雖草草，想像亦提提。夜月悲鴻跡，西風憶馬嘶。菱花嘗不理，相對恐相啼。

題紅

何處相思字，吴江一葉楓。東流知不悮，莫使逐西風。

丁鴻儀

上虞人。禮部侍郎進公子户部主事樞謨女，給事中商公周初孫媳，户〔部〕郎中章祖子文學衮之妻也。母陳安人。姿容端好，能詩。

玉映曰：始寧居山水之最，挹大海之襟，才女韵士，肩望相背，而鴻儀女姪實爲冠云。女姪以豔麗之姿容，攬山川之靈秀，肆力縹緗，日事吟咏。古今才女，代不乏人，而容與才並，則惟女姪獨哉！

雨懷

片雲山氣暗，疎雨漲江潮。絺葛寒先到，玉門鴻雁遥。

題　畫

色冠江東重，陰符玉帳嬌。空餘漳水賦，香韵濯冰綃。

錢敬淑

字師令，南京人。適鎮江談允謙，字長益。夫婦僉能詩。

端淑曰：師令諸詩俱渾厚可選，以刻工告竣，存三首，未免有遺珠之嘆。

泊浦子口

殘年歸棹泊，問酒郭西亭。雪圃芹芽白，江醪竹葉青。夕陽新別路，衰草古離情。隔岸寒山色，含悽望舊京。

送客賦得津頭柳

長(邃)〔籧〕清樽送客行，雨中江樹遠含情。等閒用盡春風力，纔得津頭楊柳生。

此　夜

寒風淅瀝滿山堂，此夜秋燈炤客牀。落葉有聲非是雨，蟲吟自冷不關霜。

周宗姜

字思媚，號梅緣史，浙江上虞人。副都公夢尹女，適車氏。譬質姿奇，幽閒瀟洒。著有《夢餘軒新編》。

端淑曰：奠維先生爲先翁文忠公鄉試同譜，淳樸嚴重，里人稱爲長者。思媚姿容妍媚，秀艷驚人。燕居暇日，立掃千言。《序》稱其高如雲外之鴻，傲若凌霜之幹。誠可與稽阮聯鑣，寧從向緑窗鬭麗耶！今點閲之餘，果有孤雲入岫、野月横空之態。

東山石壁精舍懷謝康樂

萬壑晴嵐淑氣稠，謝公名姓此山留。日開曉嶂千林赤，松冷寒霞一榻幽。聲跡肯隨雲寂寂，浮名嫌逐世悠悠。薔薇葉落池波緑，忽憶當年此地秋。

山　居

避俗因潛跡，怡情幾樹松。雲收千嶂碧，日出一江紅。客至鳥呼夢，詩成月和儂。何須問時事，花發已春濃。

咏　竹

百種清陰盡繼秋，羡君長護一窗幽。闌干横影沉沉月，笑殺梅花忽白頭。

山居即事

素竹閒雲擁小居，茶香風煖緑窗虚。淒淒可愛黄昏候，孤影殘燈一卷書。

對月自遣

自恨情多自苦悲，衷腸萬摺語誰知。此心秖問窗前月，曾見焚香夜祝時。

蕉窗静坐

芭蕉静掩緑窗陰，懶對春風拂素琴。滿案蜀箋無一字，書來盡是斷腸吟。

鏡中拈花自比

新妝一派奪春風，戲撚花枝自較容。相對不勝嬌欲淚，他時零落總相同。

送　別

送行莫送遠，千里終須别。不若早分離，相看腸益裂。

閨怨

只知貌堪憐，那識心中事。舉袖掩啼痕，啼痕不肯語。

翁桓

字少君，杭州人。爲胡旅堂妻。著《秋水堂集》。

端淑曰：少君詩通體深厚，得唐人意。如《舊京寄夫子》诗，至情所之，深情自見；《泊舟三橋分得西字》詩，爽然獨覺；《寄姚夫人》詩，感生于中，自成逸致；《春歸曲》，悲咽滿幅，不忍竟讀；《哭錢太君》詩，則又千古同慨矣。

夫子客舊京却寄

楊花飛遶曲廊西，薊北征人隔鼓（鼙）〔鼙〕。一樹海棠憔悴盡，風風雨雨鳥空歸。

己丑冬同朗山眉士兩夫人泊舟三橋即席分韵得西字

十年重到六橋西，衰草風高塞馬嘶。畫閣欲隨歌舞散，荒祠已共雨雲迷。舟中香細琴聲緩，水上人歸日影低。返棹西陵黄葉下，燒燈簡取舊時題。

寄姪女姚夫人隨宦海南

憶昔垂髫相倚時，盈盈十五惜心期。春來花發常同夢，月去庭空共賦詩。子[一]已乘軒臨海國，我猶擁絮向寒漪。寸心竹馬還如昨，回首年光忽自悲。

寄龔夫人

畫蘭綺窗下，三歲芳未徹。小詩佩帶間，三歲字不滅。緘情寫舊詩，寸心有如月。會合以何時，相望意瑟瑟。聞有幽棲約，延佇在空谷。

春歸曲爲卓夫人悼亡

昨夜春歸芳草渡，楊花柳花吹滿路。子亦乘春去不歸，錦衾角枕愁日暮。青帝歸時春正青，子歌落葉春木榮。屏幃彷彿不能好，青梅如荳黄鶯老。十二樓前愛弄簫，那知憔悴王孫草。

哭嬸母錢太君

舊家王謝總飄零，賴母相倚共影形。寸草春暉消不得，年年清淚落西泠。

校勘記

〔一〕『子』，南圖本作『君』。

姜　氏

江西新建人，方伯公女孫。

端淑曰：出語徘徊，但稍染宋元習氣，『曠日』句則幽細可誦。

山　居

何必入山深，居然似漢陰。雨殘雲在竹，野曠日平林。負郭多幽事，爲農長道心。芸窗開卷罷，多是聽鳴琴。

范淑英

號蓉裳，蘇州人。

端淑曰：二詩恬雅流宕，每于逸處見才情，是以去風雅不遠。雖畧帶俗冗，亦無碍也。

秋　夜

露氣滋青桂，蕭瑟悲蘭房。草木知黄落，鴻鴈俱南翔。時運無停軌，深夜激中腸。投絃起四顧，含涕徒徬徨。

春閨曉月

小院沈沈夜，梨花滿藥欄。朱簾光欲曙，角枕漏初殘。夢到關山遠，情深隴水寒。清閨久寂寞，孤影伴芳蘭。

王璐卿

字繡君，通州人，見《閨秀初集》。

端淑曰：筆致疎秀，涓涓欲滴，一詩可繪其風度。

秋　宵

晨鐘天外起，星斗入窗疎。月宿庭中樹，雲棲架上書。石衣秋露脱，苔髮曉風鋤。寥廓飛鳴鴈，悽然愁助余。

張雲英

松江人，姚生新配。

端淑曰：題甚不韵，此詩説得閒冷。何物太嘗，作此殺風景事也？

季大家《閨秀初集》曰：正所謂飛鳥依人也，妙在不作怨語。

代張太嘗棄妾

獨抱愁懷上翠樓，秋江天色共悠悠。妾身願作雲中鴈，飛向堤邊看去舟。

名媛詩緯初編卷十八

山陰王端淑玉映選輯

正集十六

季嫺

字静妜，泰興人。吏部主事寓庸公女，給諫開生、侍御振宜姊，李尚書思誠子文學長昂妻〔一〕，子太史刑部爲霖。著《閨秀詩選》、《雨龕合集》諸編，行於世。

端淑曰：夫人名重淮南，所訂《閨秀詩選》，傳播海内非一日矣。諸名姝得夫人品定，可藉以不朽。流綺《十名家》之選，濫列余名，夫人其有以勗余也夫！

静夜聽泉

獨坐謝萬端，有聲來高嶺。環山束斷雲，怪石鬭松影。松影皆無言，聲將何處嶺。爲登最高層，懸崖獻天井。泉鳴井四周，鼓吹幽士省。如風入松深，鶴淚因霜警。吾寧無所酬，援琴素紘整。彈罷晤古情，星落空江冷。

題漁翁圖

朝出五湖秋，暮宿垂堤柳。相對不知名，共酌蘆花酒。

步東園

欲邀天外月，應陟白雲梯。橋曲觀魚集，枝高任鳥棲。叢陰籠小閣，疎影落幽谿。日暮東園裏，飛花滿石堤。

憶天中弟仝渌兒北上

路遠征鴻渺，天寒古木稀。長安雪片片，還似故園飛。

送外子維章之燕

淚滿征衣逐逝波，君今别我意如何。意中無限叮嚀語，重疊關山比更多。

倦　粧

繁英亂墜小樓前，蛺蝶憐香逐草邊。多病只因人北去，至今猶未識春天。

校勘記

〔一〕『給諫開生、侍御振宜姊，李尚書思誠子文學長昂妻』，南圖本作『給諫開生公姊，禮部尚書李公思誠子文學長昂妻』。

張　蘭

字畹香，揚州人。富户玉樓女。天性穎異，七歲即工詩詞。尤喜粧飾，嘗畫修眉，宛然新月。喜穿紅衫。適文學婁子拱星，吟咏唱和，有《此君軒詩集》。夫妻之不遭盜、遭兵火，皆畹香之智力也。

端淑曰：畹香不特詩文擅時，即智謀才識，亦在聶隱娘、紅綃妓之上。觀其手刃二賊，何其從容至此也！賢淑二字，何足以盡之？謂之女俠亦可。

咏　蘭

託質宜幽谷，含馨並緑蓀。悔因原佩後，移賞入朱門。

以夫子諱星戲答四絶

一方明月到幽亭，花影朧朧露細零。良夜莫教貪睡早，從君索酒看文星。

其　二

聯罷新詩學弄笙，雙雙時倚百王屏。必須七夕方相會，長笑牽牛織女星。

其　三

東風吹綻柳梢青，門繞梨花夜未扃。對月不妨重覓句，欲將詩思動春星。

其　四

步檐徙倚珮丁丁，柳帶棲霞暮靄青。何處玉簫聲似咽，半輪新月傍三星。

贈鄭玉姬

玉潤盈盈二八餘，中庭雪後倣梅初。檀郎慎莫私尋約，好把新詩唱和余。

其　二

窗前初辨曉粧成，新試春衫媚自生。爲見豔姿因感昔，感予年少更憐卿。

鄭玉姬

揚州人，婁星妾。性極敏淑，年十七歸婁生。

端淑曰：：畹香不妬而賢，玉姬敏淑謹飭，婁生琴瑟之樂可謂至矣。唱和萃于閨幃，亦千載盛事也。

美人對鏡

拂塵開玉匣，炤影即生憐。恍惚疑爲我，依稀認作仙。新粧同豔冶，巧笑各嫣然。莫訝時疎隔，綢繆不計年。

郝湘娥

保定人。修眉秀髮，容色麗娟。年十一，鬻于本地巨族竇眉生家。年十六，能詩能弈，又善繪花草人物。年及笄，遂爲其子鴻所寵。尋有山陰崔仲平者，與京中大僚厚，而保定太守爲崔戚屬，來晤，（崔）〔竇〕以太守故晏之，出郝相見。及崔入京，大僚欲納妾，崔以郝告，竇不允，扳入盜情，下獄自縊。郝在家，亦于是日自縊死。崔後爲竇生披頰而死。

端淑曰：：受用不可太露。彼竇生者，所謂鳴蜩之處乎清陰，不知螳郎之襲其後也。至若石崇自居，又其取禍之尤，正所謂當局者多迷也。至于湘娥以死報竇生，果然不愧緑珠。

虞美人

莫笑重瞳霸業湮，漢家遺跡已無存。寧知不及原頭草，直到于今喚美人。

江南采蓮曲

緑髩紅裙映水鮮，荷香十里蕩輕船。背姑撑入花深處，暗自拋蓮約少年。

其　二

采蓮乳婦小花香，羅袖新裁半臂長。爲羡灘頭交頸睡，戲將荷葉罩鴛鴦。

其　三

十五吴娃慣弄潮，隔花回首向郎招。來時不用撑船訪，門對垂楊靠小橋。

其　四

荷花如臉葉如裳，日向南湖棹小航。梳得雲窩光似鏡，更將緑水炤新粧。

和夫子

欲舒遠目向南樓，豈爲西風起暮愁。萬里白雲橫絶塞，一聲紫鴈唳清秋。書傳圯上休違約，劍嘯牀頭好自留。直斬樓蘭酬壯志，期君談笑獲封侯。

絶命詞

石家金谷重當時，無限恩情絶自知。猶記玉釵私贈約，還憐月夜共啣枝。

其　二

一看羅裙并繡襦，可知恩寵與人殊。季倫自是多情種，直得樓前墮緑珠。

其　三

花晨月夕共徘徊，時刻相親倒玉杯。暫作青松千歲古，寧知紅粉一朝灰。

其　四

一婦何曾事二天，今朝遄死赴黄泉。願爲厲鬼將寃報，豈向人間化杜鵑。

陳霞如

湖廣人。元洲女，母屠氏。適中表兄崔襄。玄洲三女，霞如最美，以獻逆亂，不知其所在。

端淑曰：姊妹三人，惟霞如得以正其終始。且能晦跡高隱，不及于亂，高于兩妹遠矣。

初寄崔生

海棠合把仙妃喚，不遇知音豈解憐。爲是深閨諸姊妹，朝朝梳洗向花間。

諷妹玉娟二妹

鶯鶯燕燕自爲羣，豈許陽臺浪竊雲。慙愧夜深明月下，隔窗私語被人聞。

呈　外

洛陽有女名莫愁，嫁與盧生貴封侯。珊瑚挂鏡釵十二，雙坐雙眠向玉樓。盧家富貴孰可敵，豈乏傾城與傾國。夫妻戀慕在有情，肯因失愛爲顏色。君不見茂陵薄倖司馬卿，文君感咏白頭吟。又不見洛陽輕薄子，嗚珂娼院抛琴瑟。從來一瓜只一蒂，豈許移恩別有嬖。請君三復宋弘言，下堂莫把糟糠棄。

闞　玉

錢唐人。甲申歲，玉年十三，容貌端麗，父母絶珍憐之。與兄嫂貧居。會弘光改元，徵選采女，其母惶急，有老菜傭子狡猾，誘匿其家，而玉兄沇亦不肖，私受傭子豚酒，竟爲傭子婦。玉不屈，誓不受辱，未一歲而病，月餘遂殞。沇妻及其二子，俱玉見形縛去。

端淑曰：兒女情多，英雄氣短，此千古傷心事也。李清照、朱淑真、馮小青、李秀輩所猶來也，何況下此者乎？其詞悒惋悲憤，讀之令人髮指。

《詩辯坻》曰：嗚呼！一女子之厲而殺三人，靈爽蓋昭然也。怨毒之于人甚矣，信哉！玉死後，歌詞競爲好事所傳。有周西生者善琴，譜其聲而彈之，曰《闞玉操》。音哀響悷，聞者無有不泣。

闞玉操

父生我兮中道以逝，母煢煢兮門衰瘁。兄嫂難與居兮，抉我如目中之塵沙。伊又遘此佻巧兮，胡迋我之實多。彼六禮之或已愆兮，曾貞女之既從。矧要予以桑中兮，豈其爲予之匹雙。我獨有母兮，癙思泣血。我父而有知兮，怒衝髪。我兄摩挲傭之金兮，骨肉相蔑。嫂旁睨之兮，笑言咥咥。我忽憤氣兮如雲，指漆室女以爲正兮。又告夫司命與湘君曰：余不愛一死兮，弗忍速阿母之下世。願死而有依憑兮，爲凶之厲。嗚呼哀哉！我終死兮，魂獨歸去。明告我母兮，幽訴我父。匪我夙夜兮，胡然遭此行露也。縱謂行多露兮，寧能我之汙也。重曰：嘉名爲玉，父之命兮。幽辱糞壤，終保貞兮。憂思悄悄，淚淫淫兮。蒙詬忍詬，日當心兮。

避秦人

江南無錫人。或云丁姓，某大僚女也。梁谿鄒文庠斯漪輯女中八名家，列其詩於内。

端淑曰：世人多以名不傳爲憾，而避秦人獨以姓名諱，何也？或迫于親命而然。鄒子以爲不屑，則吾以爲然與否耶？三代以上，唯恐有名；三代以下，唯恐不好名焉。有如此才情而姓名能湮没者乎？或曰：於陵婦、伯玉妻，何嘗有姓名？是以知避秦人不必以姓名傳也。

秋日雜感

西風吹斷故園遊，剩水殘山處處愁。青塚空遺塞地跡，白雲深鎖漢宫秋。聞歌有恨花應嘆，作賦無人葉自流。回首却疑殘酒醒，烏啼月落夢難留。

其　二

六朝花草已如煙，莫向樽前奏管絃。樂府春來翻舊曲，霸亭秋老笑殘篇。芙蓉獨倚清江寂，明月空教古驛懸。寥落情懷當此日，空門自擬學逃禪。

感事

殿上霖鈴日未曛，陰山征騎正紛紛。閨人夢遶瀟湘遠，烈士懷牽禾黍慇。紫塞戰殘生鐵甲，昭陽閒却縷金裙。于今莫向樓頭望，一派蛩音不可聞。

其二

江皋楓冷暮雲天，醉裏笙歌夢裏煙。桃葉渡頭香思杳，木蘭舟上客情牽。騷人漫咏興亡恨，少婦空吟離別篇。極目帝畿争獻賦，高懸孤月炤秦川。

再歸涇里與諸弟話兒時事惻惻在懷漫賦

落魄無家自可憐，舊游如畫轉情牽。犁雲香熯三春夢，杏雨詩催二月天。南國山河存古跡，西隣佳麗説遺鈿。【悲壯。】年來幾許傷心事，盡贈斜陽慘淡烟。

寒詞

小屏人静玉笙寒，一點殘燈伴漏闌。爲愛焚香消夜永，滿庭明月不曾看。

春惜

東風吹骨試輕羅，人對梨花喚奈何。獨坐攤書聽漏永，滿庭風雨落紅多。

今夕

鸞箋偷製合歡題，暗語香塵路不迷。愛聽屏前同伴語，浣紗人出苧蘿西。嫂係西山楊氏。

雨夜柬秦夫人仲英

寶篆烟消萬緒縈，踈簾風動睡魂驚。憶卿病起空閨裏，愁殺梧桐夜雨聲。

謝瑛

無錫人。進士葵峰公孫女，父二元，適進士龍泉知縣徐公聲服。著《學依小草》。

端淑曰：無錫鄒子稱夫人詩忠厚和平，無繁音，無靡響，不減《卷耳》、《葛覃》諸什。信哉斯論也！至其相夫，有孟光之風，抑又難矣。

洞房

燕幕初垂燦錦茵，羞娥半面未全勻。湘簾引動瀛洲子，彩線携來月裏人。燭影漫摇衫袖軟，笙歌乍轉帽簷新。緇衣自有風流筆，淺黛臨粧畫益親。

鴛鴦

水宮猶似訂佳姻，纔得關關性自真。興到齊鳴疎密草，倦來雙睡淺深濱。追飛細浪波頻綯，並立斜陽影更親。錦賽春紅嬌自在，相期珍重弗沾塵。

追思往事

日月無私炤我容，薜蘿絲影舊依嵩。挑燈夜繡寒威逼，對月長吟思意濃。鵑鳥不呼人有夢，鴉鳴驚起竈無烽。淒涼幾度兒牽女，變易輕忘布兩重。

咏秋葉硯

龍尾溪橋得，携來入畫叢。心清翻墨浪，氣吐潑箋融。細琢連枝秀，輕摩耀匣中。呵之簪筆潤，掃葉萬山通。

七夕

且住金梭待好逑，忍教嘗倚盼清秋。迴文莫織相思字，織就相思淚滿兜。

送外子北上公車

握手臨行話別時，叮嚀腸斷淚如絲。從今只靠三更夢，飛遶君前不暫離。

水碓

驟雨潑清流，孤亭響咽極。爲憐農事勞，嘗出灘邊力。

水鴉

低頭愁作隊，帶水怯雄飛。曲意凋魚簇，携來不慰饑。

潘燕卿

晉江人。太傅尚書蘇公茂相子壬午舉人文昌妻，見吴斯椒、郭闇生《古今女詩》。與其大姑蘇姒卿、闇生妹郭解卿齊名。

端淑曰：蘇子號龍華，蓋今之高士也。不衫不履，寄情磊落，不知者以爲近于癡。讀其序余文，秀麗流宕，雖箋箋小語，是六朝文字作手。燕卿蔭映天然，冰心蘭質，比方鮑、左，恂不多讓。

紅　梅

英英調鼎雪中心，日炤胭脂色轉深。珍重東皇催首占，一枝春曉出疎林。

王芳與

字芬從，杭州人。文庠祺女，甲午舉人紹貞姊，翰林都諫嚴公沆妻，子太史曾榘。

端淑曰：夫人詩秀遠高厚，清幻不羣，且一味灑然，能令誦讀者俱静。

《紅蕉集》曰：詩才高妙，夫與婦頡頏。六橋三竺之秀，應獨種于身矣。

春暮月望

落落疎星綴彩雯，苔痕花覆正紛紜。瓦留霜氣光微薄，人在瑶天影未分。不恨家園成異地，堪愁弟妹久離羣。傷心夜永欄前倚，更有啼鵑不可聞。

憶子餐山齋

高雲欲落山情寂，竹影滿庭書響密。杯底吟成夜午過，幾驚螢舞摇殘月。筆華散作南湖瀾，瀹茗煮香匪所急。君有雄心寄墨池，妾將絲繡伯勞辭。燈花合共春愁結，瘦影疎窗兩不知。

憶子餐留鴛湖

柳瘦輕烟際，迎風引緒長。有愁難寄酒，無淚不關裳。芳草遲歸棹，遥山待好粧。問君湖畔宿，幾見好鴛鴦。

題子餐畫

藥草依巖碧，秋山出岫高。衆芳摇落盡，流水自朝朝。

其　二

江静水鈎冷，烟深鳥夢柔。空林無月到，野艇爲誰留。

春　晝

游絲似欲織愁腸，兩兩黄鸝叫夕陽。好問新苔爲誰緑，東風空自惜花香。

思　歸

秋寒若爲今宵切，夢裏鐘聲疑是家。落葉題成風未借，故園百里是天涯。

張瓊如

字赤玉，杭州人。歸陳氏。善詩賦及古文、行草諸墨妙。

端淑曰：盛唐雅調。其宛折疎宕，幾乎少陵，豈東川以下可及？

龍　井

縹緲幢旛緑樹低，山門斜路夕陽西。古壇危磴千層嶂，細水遥通九曲蹊。松際谷聲清磬合，竹間雲氣小樓迷。禪心已與塵緣斷，不礙孤猿午夜啼。

得錢夫人書

苕水度魚書，東田矚望餘。清霜幽徑滿，涼月小牕虚。繡圃秋無恙，元心晚自如。菊花堪薦酒，惆悵隔郊居。

即　事

別業烟霞裏，流泉曲檻通。雨餘珠散影，月滿鏡浮空。映竹參差碧，飛花澹蕩紅。沾濡本無定，草木自爲功。

題櫬婦

廣州北邙女子。夫被掠，作詩十首見志。今存二首，餘不多及，總之以死自誓云。

端淑曰：節烈詩自然有一段不可及處，雖極家嘗，正其從容不及處也。

題櫬板

曉對東風只是嗟，肯將眉黛誤鉛華。山間紅豔知何許，管甚桃花與李花。

其　二

盤蘭山鶴路悠悠，荏苒旌旗動地愁。漢將計程應到未，良人別後尚存否。

張佳儒

山陰人。孫黴妹，許字王生耀基。王未婚而卒，以貞女稱。其詩見《柏樓吟》。

端淑曰：愀愴之音，讀之覺百念岑寂，似以子温之詞發明遠之調。

撫琴和子温

謾把哀絃續續彈，琴心三疊泣孤鸞。要知我意同君意，盡付高山流水間。

詠梅再和子温

幽阿獨立幾多年，傲雪淩霜我占先。不似枝頭紅杏蕋，謾隨春色鬧人間。

管　氏

宣城人，適劉氏。

端淑曰：淒氣苦雨，打窗入幕，雖英雄亦束手淚下矣，况女士乎！

即　事

憶昔于歸挽鹿車，吾家桂蕋慶方舒。既頎王謝堦芝秀，又喜朱陳松蔦疎。飛觥籌傳燈眼溜，遏雲歌奏月鈎梳。新醅愧乏椒辛侑，應笑相如儋石儲。

何室女

臨海人。見馮進士甦《語石園集》，云某大僚女也。

端淑曰：以室女而作詩如此，故逸其名也。詩意不正，憐其苦衷。

春　怨【詩既俚俗，志復流宕，存之何耶？】

冰泮無期暗自哀，支離憔悴倚粧臺。倦來欲作高唐夢，何處巫山得入來。

周淑英

紹興人，適張氏，見其姪文學之瀚胥臣扇頭。

端淑曰：有文士之豪，足見大家風度。

卞夫人招飲拉賦

傭奴今得見宫奴，始信情描蛺蜨圖。大厦鮮明欣錡釜，半園錦燦羡花姑。何祈約指盟爲附，更望隣連德不孤。好看清風招皓月，話將三鼓盡冰壺。

丁二陳

蕭山人。進士克揚姪女，適文學來生。

端淑曰：二陳幼能詩畫，蕭然人嘗言之。此二語乃片羽也。今則謝絶筆墨，耑心内典，一切詩章勿爲也。行將詢之大可、兼汝，求其全璧，以佐予之不逮。

摘句

□□□□□□□，□□□□□□□[一]。

校勘記

〔一〕底本墨釘。

章瓊

句容人，某紳女也，僑寓南京。有《次廣陵》淚筆五首，西泠文學潘德延俊傳其事。

端淑曰：讀瓊五詩，一片憐才苦衷，不特廣陵女子感泣，即天下有才女郎，俱可吐氣。今古安頓才色二字，須有聖賢深心妙用，方能急寫霓裳。廣陵不絕，伸紙書恨，若出一手。

次廣陵女子

哀音豈解奏求凰，漢室明妃耻下堂。十二琵琶彈欲絶，聲聲只爲怨家鄉。

其二

雙鳳纖輕不耐靴，學隨鞭鐙自堪嗟。紅顔不獨愁中盡，雨淚風狂撲面沙。

其　三

摧殘誰爲惜風流，血染羅巾淚未收。妾命不辭同玉碎，芳魂猶是戀神州。

其　四

無人赤手可扶天，女伴悲呼亦解憐。寄語江南丈夫子，漢宫禾黍更年年。

其　五

冤塚青青怨不埋，音書何日自鄉來。章臺柳色猶初嫩，無復王孫手自裁。

沈順媛

字貞子，仁和人，文學馮武元妻。

端淑曰：世之悒鬱者，筆硯教焚，亦各有所指。《焚詩》則隱寓于詩，然亦未可怨尤于『丈夫不肯學干謁，何用年年空讀書』二語，可見其即工于瑟而不工於好者同日語哉！

焚　詩

文錦朝霞光，并刀剪錦製成囊。囊中亦何有，雜碎鶯花三百首。君無贈婦篇，我慣縫裳手。千金棄敝帚，和璞何須剖。從今化作祖龍灰，莫使閨中有楚材。

慰夫下第【有此妻，媿殺季子妻矣。】

烟滿芙蓉花，霜落靡蕪草。門前朔馬嘶北風，帝京游子歸遠道。侍兒掃車輪，兒女笑舞不敢嗔。豹韜遠在橐，寶劍生秋塵。脱此毛褐懸氈巾，褰裾相問多苦辛。王門笑鼓瑟，金臺賤龍馬。長安諸貴客，誰似仲卿者。獻策春卿未肯收，何如歸卧西陵下。我有酒百斛，不向盤中歌四角。典却真珠裙，伴爾青蘿屋。游秦莫羨卿相尊，霜宵細展陰符讀。

吴玉英

錢唐人，適王氏。幼慧工書。

端淑曰：詩中有禪，故《踏青》詩亦不着相。至其懷予詩，又自譽而譽之也。其筆致在王、岑之間。

題莫雲卿家藏織成金剛經卷後梁貞明二年製

臨鏡悠然悟影虛，隔簾花雨自蕭疎。悔將綉法催韶景，欣對金光耀梵書。四相既除秋水碧，三心無住晚雲俱。臺山詰語何人繼，合掌從教露電驅。

懷王夫人玉映

閨閣有鄒枚，新詩唱玉臺。錦箋銀管在，那得大家來。

踏　青

蘇公堤畔畫橈停，踏去香風百草青。自對春山看花鳥，六橋絲管幾曾聽。

顧長任

字重楣，別號霞笈仙姝，仁和人。籲雲公女，辛丑進士推官林公綸之子生員以畏妻。幼時穎慧，喜觀書，厭頻讀，一過便了了。常以女紅之暇，或涉于音律、染翰、弈碁。蓋顧氏自滄江公以來，祖孫父子，皆以詩學名世，故長任得以咏歌之什，繼武前人，殆其家學也。年甫十齡，便能成韵。惜其詩散失無幾。自壬寅仲秋歸林，每平旦即盥漱，侍堂下甚謹，因無暇筆墨。間有所作，著編曰《謝庭香咏》、《梁案珠吟》。

端淑曰：重楣家學淵源，才思甚富，點次諸體，無不入格。第賜教最後，故限于選。遺珠之責，予不能辭也，爲之三嘆。

題美人次王姑黄太夫人韻戲用鳥名

翡翠床陳紅錦褥，捲幃嬌墮鸞釵玉。斜背春風怯畫眉，弱影紅紅摇鳳燭。時添沉水裊金鳧，夜殘怕聽烏棲曲。夢殘鴛夢枕屏空，夢醒鶯花爲誰緑。

詠　史

紙窗小坐夜評章，李衛如何功不揚。却令明妃悲出塞，誰憐青塚伴秋霜。

題　畫

青渺滄浪水，堪誇入畫圖。浮雲遮遠樹，落日映平湖。淡淡山容冷，淒淒草色枯。烟波横釣艇，飛鳥失歸途。

冬夜大風此年十二時應聲作也

小閣月初斜，西風透碧紗。枝頭應有信，春意在梅花。

題寅三畫野老看雲圖

遠潭浮落日，猿咽不堪聞。高道忘機久，閒心寄白雲。

月下讀雲儀詩

曲欄凭盡意悠悠，月繞高臺人倚樓。乍得新詩花下看，披吟佳句慰離愁。

方　珪

湖州人。有妹名瑛，亦能詩。姊妹齊名，俱爲鍾氏之妾。

端淑曰：予素聞其姊妹能詩，徧搜止得此絶，行將再詢識者。

秋殘曉月

淡月帶行舟，烟波倒掛秋。菱歌有餘響，驚起一雙鷗。

吴宗愛

字絳雪，金華人。邑庠生徐明英妻。

端淑曰：以明靚之姿寫秀豔之筆，舒情逸放，自是文人妙境。讀其題宗來一詩，真所謂清新幽雋，字字入神矣。

秋海棠

深秋共寥寂，仙子倍含姿。翠色迎霜媚，新妝映水奇。啣情香沁雨，繞態碧凝脂。何事沉香畔，偏憐春睡時。

爲陳宗來題秋蘭

秋風何處問芳菲，幽谷叢開香正肥。翠色迎霜寒愈嫩，新妝帶月静猶馡。情閑欲共黄花淡，臆媚能緘紅葉飛。一曲彈來瓊珮馥，春妍未許鬭春暉。

春

不畫雙眉向碧紗，隨從香渚補妍華。層嵐無限雲容媚，争似春山鬢有鴉。

讀牡丹亭

畫得嬌成影更孤，可憐空館浪相呼。香魂已化華峰鶴，不信人間有路無。

緑香齋即事

緑嫩紅肥春正饒，輕寒倦起護雲銷。穿簾舞燕翻花媚，過檻啼鶯學語嬌。香錦繡殘情怯怯，新妝描就度夭夭。臨窗無那韶華麗，争似深閨助寂寥。

李　因

字是庵，號龕山女史。紹興人，歸海寧光禄卿葛公徵奇。著《笑竹軒集》。

端淑曰：撮合花鳥，凑泊烟雲，易易耳。而奇志卓犖，矯矯不磨，豈非天壤間傀偉女子乎？光禄豪邁，晚困于時，得斯人而表章之，因洵光禄功臣哉！

《笑竹軒集序》畧曰：是庵異才奇節，掩映今古。隨外宦遊二十餘年，風雨晦明罔間。因臨池染翰，全乎古人之致。且能詩，清新香逸，讀之無不叫絶。舊有《笑竹軒》一集，大率與外適意時唱和之作，畧見一班耳。因從外歸山，後遇兵變，顛沛流離，誓死不去。迨外以憂憤長逝，故園冷落，僅餘四壁。因矢志栢舟，守而勿變，至不能舉火。爲之躬親紡績，稍暇則讀書嘯歌自若。此猶人情之所難者。因從患難中來，一切衣資囊篋，棄之如屣，獨手持外詩稿，瀕死不舍。今日外之得表章，皆因力也。有《續稿》一帙，字字欲涕。

吊虞姬

舞袖宫腰逐戰塵，君恩如舊淚痕新。貞魂願化鴛鴦塚，芳草猶傳虞美人。

王玉烟較書訂盟于介龕矣後復敗盟簡笥中得其小似代爲解嘲

雪滿寒林酒滿觴，辭君非爲看花忙。殷勤草向燈前約，敢負劉郎戀阮郎。

贈王畹生較書

十載長門草自青，趙家姊妹占雙星。最憐次第新承寵，須讀倉鶊療妬經。

懶園贈別章韵先較書

竹徑藤庵古樹幽，柳條拂地繫歸舟。離情謾説芳菲節，腸斷簫聲鸚鵡洲。

春　歸

雨歇苔痕滑，看山獨上樓。池流花影亂，夢入鳥聲幽。

林文貞

宣城人。適延安知府王公子知縣期齡。甲辰秋，林寄詩紈一握，并秋蘭數筆及余，嫣然可愛。

端淑曰：林大家詩句高老，字體遒勁，洵是江南名媛。寄予一詩，足寫子卿之神、十九首之骨矣。

寄山陰王玉映夫人

川陸鬱以紆，山陰有名媛。門閲舊金張，流風存筆硯。鐵網下珊瑚，蘭心落釵鈿。詩畫咄驚人，衣香惹紈扇。時見扇頭詩畫。揮毫金石鏗，染素烟嵐絢。彼哉冠蓋雄，三舍避時彦。閨閣能幾人，四海不相見。蹇儂生下里，雙鯉乘風便。遥夢戛琅玕，澄江一净練。

楊　氏

錢塘人。文學楊春華之女，長史殉難、贈光禄少卿、謚忠愍俞公起蛟子貢士文輝妻。子珣，集其母詩文，曰《母範初録》。

端淑曰：大凡作詩文，必須當日之景與當日之情相合，不然徒爲造化寫生，于我何與乎？此三詩各得其情景。

送　遠

少婿東行控馬塵，腰懸一劒衛君親。敢尋西子湖邊柳，嬌倚春風送遠人。

寄夫子在松陽

夫子南征去，風霜旅鬢侵。可憐山館月，不照故園心。漸覺銀河皎，因知秋色深。但當勤擣素，羞説在停鍼。

塞上曲

千里長屯百萬軍，邊關笳鼓陣中聞。征夫淚落黄河水，戍婦愁生紫塞雲。

張諟如

黄岡人。推官樊維師妻，年十九而逝。著有《静琴閣遺稿》。

端淑曰：名花易凋，佳人不再，可勝哀悼。

（讁）〔摘〕句

若把功名换離别，停機不忍憾蘇秦。

名媛詩緯初編卷十九

山陰王端淑玉映選輯

正集附上

呼　祖

字文如，江夏人。知詩詞，善琹，能書、畫蘭。與其姊舉齊名。或謁爲胡姓。歸民部郎丘齊雲。編次成編，名曰《遥集編》。

端淑曰：文如深情逸韻，非凡媛所及。觀其别後《聞丘生罷官》一詩，幾幾《子夜曲》矣。

黄林野送丘生北上

雲中送君君莫辭，長風吹妾妾自知。一從刻臂盟公子，肯惜寒雲上髩絲。

送生後還李樓

莫問天台落日愁，桃花片片水悠悠。寒窗一閉秦簫月，惹動人呼燕子樓。

刺血寄生詩

長門當日歎浮沉，一賦翻令帝寵深。豈是黄金能買客，相如曾見白頭吟。

題亭中安石榴呈生

安石根孤託謝庭，合歡枝上日青青。懸知雨露深如許，結子明朝是小星。

聞丘生罷官有寄

有官亦何喜，罷官亦何悲。一官生罷去，是妾嫁君時。

林秋香

小名奴兒，南京人。所咏《題畫扇答訊》一絶，《明詩歸》及《宫閨詩史》俱選存。《明詩正聲》云：後從良。

端淑曰：奴兒金陵豔質，名傾三吴非一日矣。其詩各選本止見一絶，亦不見佳，不過教坊中餘唾耳。然去清輕二字不遠，故《詩歸》亟爲稱與。末二句采謝天香《聯句》詩也。

題畫扇答訊

昔日粧臺舞細腰，任君攀折嫩枝條。如今寫入丹青裏，不許東風再動摇。

王賽玉

字儒卿，又字文卿，南京人。嗜書史。初與吴少南善，後歸蔣太學芝生。所咏《寄吴》一絶，亦清雅遠俗。

端淑曰：儒卿爲蓮臺仙會中首推，詩未脱青樓故套，不必責其工也。

寄吴郎

舊事巫山一夢中，佳期回首竟成空。郎心亦是浮萍草，莫怪楊花易逐風。

張　卯

字曉曉，湖廣人。後從萬户偕老。

端淑曰：卯官詩文翔翥五色，如威鳳之刷羽，著名騷壇已有年矣。楚岫烟雲，皆爲增色。此十字未見所長，特露其一班耳。

摘句

心在君傍繫，來時可帶還。

陳雅卿

字桂枝，一字薌荇。年十二，爲閩士所誘，遂以姿慧傾都城。詞史經書，無不淹通。後歸江文仲偕老云。

端淑曰：桂枝年少遂落風塵，豈不惜哉！觀其《自咏》詩，寄感慨于言外。

自咏

長安無日不風塵，眼底紛紛車馬人。若問妾家何處是，白雲縹緲斷漁津。

孫瑶華

字靈光，南京人。歸於新安汪宗孝，宗孝以畏友目之。卜居白門城樓築六朝古松下，讀書賦詩，屏却丹華，王百穀亟稱之。有《遠山樓稿》，不存。

端淑曰：嬉笑怒罵，皆成文字，如孫靈光《代蘇姬寄吳郎之作》是也。音調高遠，指撥警異，有無限風致，逼似初、晚丰格。

次韻汪仲加戲代蘇姬(奇)〔寄〕吴郎之作

由來嬌愛競新知，空結同心不忍持。山上蘼蕪寧再遇，陵西松栢詎相期。羅繻明月君休繫，紈扇秋風妾不辭。極目自憐春欲盡，流鶯飛處草離離。

薛素素

字素卿，蘇州人，寓南京。能作《黄庭》小楷，工蘭竹，善音律。又喜馳馬挾彈。所著名《南游草》。爲李征蠻所嬖，名重蠻貊。數嫁皆不終，晚歸吴下富家翁，以老死。

端淑曰：素卿文心豔質，馳馬挾彈，使一時名人爲之魂靡色奪。厥後作幕帥府，運籌筭握，皆其指揮。爲李征蠻所寵，亦奇矣哉！

春日過茅山

參差臺殿閟靈宫，句曲茅君次第逢。洞中鶴窺曾過客，日中人上最高峯。華陽澗水桃千樹，舊舘壇碑墨幾重。遥望金沙何處是，浮圖千尺罩烏龍。

雲陽道中即事

漂泊扁舟晚，寒烟水上生。斷崗吴札廟，亂石吕蒙城。莫問楚人草，猶餘漢郡名。聊因風土賦，敢謂是西京。

焦　山

偶從物外寄行踪，着屐游人是處逢。隔樹送茶僧出寺，當門迎客鶴離松。天開雲霧三千頃，日射波濤十萬重。忽漫登臨情不盡，催歸無奈隔城鐘。

題沈君畫

少文能卧遊，四壁置滄洲。古寺山遥拱，平橋水亂流。人歸紅樹晚，鶴度白雲秋。滿目成真賞，蕭森象外幽。

姜舜玉

號竹雪居士，舊院人。工詩兼楷書，亦韻人也。後從良。

端淑曰：二咏有逸韻。

花源逢顧何二使君作

仙源深幾曲，夾岸桃花開。忽謾逢劉阮，慇懃勸酒杯。

戲　題

花知妾意纔含笑，柳見郎來忽作眠。幾度欲將羅帶解，只愁鸚鵡向人傳。

郝文珠

字昭文。有詩《送張隆父還閩》云云。後從良。

端淑曰：昭文貌不揚而多才藝，談論風生，有俠士風。李寧遠大帥至白下，挾之而北。寧遠鎮遼東時，携之召掌書記，凡奏牘悉以屬焉。

送張隆父還閩

一曲春風酒一卮，渡頭楊柳不開眉。從今海路三千里，有夢爲雲到也遲。

别孫子真

江左多名彦，惟君獨擅奇。興公山入賦，摩詰畫兼詩。地憶重遊處，人憐再晤時。分携且莫恨，千載託心期。

徐翩翩

字飛卿，一字驚鴻，號月慧。行大，南京人也。同母女弟名亭亭，字若鴻。名噪甚，爲秦淮才色之魁。歸江上郁公子，老于郁氏，以儀法有聞。從吴上舍邸，主其室，後翩翩二年亦卒。有集數卷。

端淑曰：飛卿以紅拂自況，何其自重聲價也！其初交宛陵梅生，許以終身。生偶適吴，見少年妓，悦而交焉。翩翩扁舟入吴，見生囓臂，血流悶絶，大集賓客，取梅所贈珠玉衣幣焚之，痛哭而去。遂適郁生。《歷朝詩集》以爲景翩翩，疑悮。余蓋得之家軫石云。

無　題

紅拂當年事，青樓此日心。

周　文

字綺生，嘉興人。體貌閑雅，不事鉛粉。舉止言論，儼如士人縉紳。好文墨者每召文即席分韻，以爲風流勝事。後文屬身養卒，敝衣毁容，重自摧廢，無何悒鬱死。

端淑曰：女子有文心而無慧眼，吾于綺生見之。嘗誦沈千秋《寄綺生》『空餘屐齒斜陽裏，記得春心楊柳邊』之句，語多秀拔，而此詩亦酷肖之。異想别致，時入筆端。乃失身瑣類，貽笑士林，悔何及哉！

游韜光庵與沈千秋分韻作

轉徑白雲近，回風清磬殘。霜花欺客眼，江鴈怯秋翰。片石泉聲細，千峯日影寒。烟深鳥不語，歸路已漫漫。

中秋鴛湖夜別

泣別鴛鴦湖，湖流淚不竭。去住無兩心，水天有雙月。

吴江夜泊

月明波上白，風送夜聲寒。數點（兼）〔蒹〕葭露，渾疑淚眼看。

夏日和友人見贈并謝蘭膏美酒

睡起獨憐人，吟詩感歎頻。蠶眠知入夏，溪漲覺餘春。搔首慙膏沐，停觴憶飲醇。蒹葭餘一水，何處問通津。

有所思

兩眼斷夕陽，兩鬌羞臨鏡。重門閉不開，唯與愁相競。

二十初度

作惡春風二十年，愁眉常到鏡臺前。去年楊柳爲誰折，今歲梅花黯自憐。

楊宛

字宛叔，南京人。歸西吳茅鹿門先生孫待詔元儀。茅没，歸戚畹田弘遇。田卒，謀奔東平侯劉澤清。將行而城陷，乃爲丐婦裝，間行還金陵，盜殺之。宛叔善吟咏，能書。所著名《中山獻》。

端淑曰：止生俠骨凌雲，肝腸似雪，雖歷戎間，乃一代才士也。宛叔雙目無珠，不辨賢肖，朝而秦，暮而楚，有負止生多矣。其後流落被殺一段情事，乃其自取，不足惜也。文人無行，女子亦然。

促梅

風期今歲阻，幽抱竟難開。幹弱猶含凍，枝繁幾暗猜。未能傳信去，那得逗香來。自恨春相避，羞憑羌笛催。

夢

悠悠清夜月，寂寂眤闌干。惟有夢來去，不言行路難。

陳非粧

蘇州人。才色擅美一時，後歸魏國公徐爲妾。有《寄王夫人》一律云。

端淑曰：非粧姿容絶麗。余十齡，從先大夫白門，曾見之。名章甚富，惜多不傳。此詩余憶而録之，竟忘起句。

寄山陰王四夫人即端慈母也。姓陳氏，蘇州人。色美。善治家，喜施捨。

闕二句。四壁琴書消白晝，幾家臺榭出青山。但憐俗駕無緣到，何處丹梯更可攀。謾説樓居空盼望，神仙只合在人間。

杜氏

北京人，名妓也。從提學彭公歌祥，色美工詩。

端淑曰：予閲杜氏小序，不覺欷歔流涕曰：嗟乎！此乾坤何等時哉！天地流血，臣子請纓之不暇，而彭公肆意平康，秉心何忍？況至詰奏以玷官嘗耶！程公殉節，可謂收之桑榆矣。杜氏詩不足録，特存之以示勸懲。

寄程九屏兵憲詩見鄒流綺《明季遺文》。

爲憐貴客芳心醉，欲訪仙郎帆影遥。

鄭玉姬

江都人，良家女。年十一，父母雙亡，其叔洪四將姬賣與妓女薛媚卿家。年十六，名重一時。性極端重，賴王百穀爲之周全，得嫁吴江吕雋生。吕後以湖陽通判卒於官。

端淑曰：玉姬、吕生，可謂佳耦矣。百穀以才子作黄衫客，更韻。

春日

開盡棠梨三月中，牡丹芍藥競東風。欲尋佳句酬春色，又被啼鶯𡀔落紅。

其二

静掩重門晝不開，落花如雪綴蒼苔。幾回羞向東風怨，蛺蝶何緣又入來。

送王百穀

有會終當别，何須爲别愁。所嗟君去日，摇落暮雲秋。

咏懷

悔殺當年悮落塵，近來清夢佛爲親。藥王有意偏憐我，神女無心惜曉春。雲散珠簾聊伴月，花窺綺席倦依人。舞衣紈扇多抛却，欲侣山頭姑射神。

秋恨

晚粧初理髩鬖鬆，徙倚瑶堦遲便鴻。幽怨直隨雲霧合，淚珠時逐露華濛。孤身欲避將圓月，病骨難禁落葉風。此夜淒涼人不見，倚欄吹入笛聲中。

王微

字修微，號草衣道人，揚州人。後歸松江給諫許公譽卿。著《遠遊篇》、《閒草》、《期山草》行世。

端淑曰：修微不特聲詩超越，品行亦屬第一流。給諫爲正人領袖，相得益彰。即其與諸名流唱和諸什，可使旗亭削色。况深入空門，實有解悟，豈非種性夙生，悟鶗鴂聲而税駕者耶！

爲汪然明題夢草

情爲夢因緣，情真夢多妄。非夢能渺茫，渺茫反多狀。先生忘情人，獨醒衆所諒。豈以春無端，而夢遂遊飏。夢中與意中，是一或成兩。湖舫讀夢草，使我識情量。斯時殘月在，千頃碧瀁瀁。夢起與夢消，只看梨花上。

中秋戲賦宛叔

霜滿枝，月滿枝。彷彿孤衾薄，徘徊就枕遲。年年今夜翻成恨，落盡芙蓉知不知。

重晤元達并次宋先生韵

木落秋應盡，烟清月漸舒。一林方冷寂，此夜欲何如。江上淹歸棹，雲間未報書。相逢正疑笑，不暇説匡廬。莫染楚山雲，楚雲愁處結。莫聽楚江雨，楚雨愁時咽。楚雲楚雨兩岸山，槐上江聲忽超越。騎鯨人不見，幽悰自淒切。以我枕上山，較爾懷中月。醉眠各得情，將無有優劣。

陽臺山晚步

上陽臺兮魂已驚，步容與兮天風鳴。采杜若兮春有情，眠芳草兮石未醒。溯江皋兮暮雲生。

秋夜舟中懷宛叔

秋風飛兮秋蟲咽，鴈驚鳴兮傷影孑。想玉顔兮宛在斯，憶往時兮如共説。情彷彿兮孤枕寒，意徘徊兮燈明滅。見無日兮愁無涯，欲自解兮反自結。聽落葉兮下窗，念深閨兮對月。

昌化道中作

炤返烟溪樹影斜，千山含翠暮雲遮。年來已自多愁緒，古道無人更落花。

秋夜月下閲邸報

此夜歸舟江月殘，不須把酒問邯鄲。思君欲向西州路，愁聽風吹鴈影寒。

怨　梅

庭樹亦如昨，故人來何時。花花自早發，偏爾獨開遲。

九日泛石湖

蒹葭秋淡石湖烟，十二雲鬟媚遠天。野老科頭無帽落，只將漁艇傍花船。

林雪

閩人，名姬。工詩畫。從良，今入空門。徐野君、沈甸華兩先生所授。

端淑曰：幽細不浮。

鏡閣

緑楊迴綺閣，碧水照朱欄。閣向雲中出，人疑鏡裹看。澗花流影媚，崖樹落陰寒。獨寤青山曲，倏然賦考槃。

名媛詩緯初編卷二十

山陰王端淑玉映選輯

正集附下

柳　是

字如是，又字河東，松江人。工詩善書，好義輕財，有烈丈夫風。歸虞山禮部尚書錢公謙益。

端淑曰：閲詩而至柳河東，如雷尚書知古，鄭端簡知今，胸中古今成熟，滔滔不竭。至奇絶透露處，則吴夫人機絶脂上，能成龍鳳之形。近時學步王、李，一切沿襲故套，不得入其筆端，真名媛巨擘也。若其輕財仗義，卓識過人，一槩凡媛，俱可抹殺。

清明行

春風曉帳櫻桃飛，繡閣花驄麗晴綺。桃枝柳枝偏炤人，碧水延娟玉爲柱。朱欄入手不禁紅，芳草紛甸自然紫。西泠窈窕雙迴鸞，蕙帶如聞明月氣。可憐玉髩茱萸心，盈盈豔作芙蓉生。明霞自落鳳窠裏，白蝶初含團扇情。丹珠泣夜涼波曲，夢入鶯園漾空淥。斯時紅粉飄高枝，荳蔻香深花不續。青樓日裏心茫茫，柔絲折入黃金牀。盤螭玉燕情可寄，空有鴛鴦棄路旁。

西泠

西泠月炤紫霞叢，楊柳絲多待好風。小苑有香皆冉冉，新花無夢不濛濛。金吹油壁朝來見，玉作靈衣夜半逢。一樹紅梨更惆悵，分明遮向畫圖中。

其二

燈昏月底更傷神，馬埒隨風夜拂塵。楊柳已成初鴈恨，桃花猶作未鶯春。青驄點點餘芳草，紅淚年年屬舊人。金縷還能移鳳吹，相思何異雒橋津。

劉夫人移居金陵賦此奉寄

釣魚磯畔賃茅茨，負戴風流近可追。雒涘潘安居舊築，荆州宋玉宅新移。門前一水如臨鏡，天外雲山與畫眉。桃葉渡頭雙槳在，清溪莫過小姑祠。

小至日京口舟中

首比飛蓬髩有霜，香奩累月廢丹黄。却憐鏡裏叢殘影，還對尊前燈燭光。錯引舊愁停語笑，探支新喜壓悲傷。微生恰似添絲線，邀勒君恩並許長。

鴛湖舟中送牧翁之新安

夢裏招招畫舫催，鴛湖鴛翼若爲開。此時對月虚琴水，何處看雲過釣臺。惜别已同鶯久駐，銜知應有燕重來。衹憐不得因風去，飄拂征衫比落梅。

胡崇娘

江南桐城人。以色麗擅名，何寤明曾爲蹇修，人稱其義。石城廣霞居士余懷作《胡崇娘記》。

端淑曰：崇娘二詩。寤明爲崇娘作蹇修，千古雅事，一時賡和如林。《酬寤明》詩不足存，第存其一。

酬何寤明義士

不辭危險意何真，千里徬徨護妾身。持贈尚存夫壻墨，願君世世見龍賓。

徐眉

字橫波，南京人。少出繼顧氏，故又姓顧。工詩善畫。今歸左都御史龔公鼎孳。

端淑曰：余閲龔芝麓先生所演《白門柳》而嘆遭逢之幸不幸也。滄海橫流，桃葉渡頭，塵飛萬丈，橫波夫人以先幾去。良禽擇木，智矣哉！及其處銅鉈荆棘中，燕婉賡和，吾不知其爲相如之琴耶？漸離之筑耶？〔三〕十二芙蓉齋，直置寒山一片石矣。簪笄中福人，當以此首推。

贈某

滄桑夢裏走黄塵，欲謝鉛華幾度春。話别傷心緣頗幻，酒逢知己醉方真。眼前未嫁誰堪訂，衷曲傳情别有因。願學若耶溪畔月，炤君孤曠素心人。

王月

字月生，南京人。工詩史，善畫。歸兵道蔡香君先生。賊破城，墜井而死。

端淑曰：女子殉節有出于天性者，亦有勉强不得已者。月生之于香君先生，殆天性然歟！聞其人沉默寡言笑，風塵中何得有此人！其臨難不苟，使天下鬚眉媿殺。

贈香君

豈無冠蓋日相親，恰有知音懶認真。夜半琴聲能殢客，醉餘花影獨依人。歌喉已試無雙調，蘭譜偏留未了音。此際柳絲還折否，願爲可繼許來春。

沈　隱

字素瓊，揚州人。與蘿山夏之雲交契，後歸夏。無何夏死，隱以紅絲縊死夏傍。

端淑曰：以蛾眉具烈丈夫志，世難其人。夏生自是多情，素瓊一死紅絲，塚上高于青陵臺矣。宜錫山馬文忠公君常爲之立傳云。

東山舘題壁

清風習習月離離，香吐花羣孰得知。有恨還嗟琴在室，當留野調寄情癡。

殘梅晚開

梅影蕭條立萬花，丰容冷落向誰誇。自憐澹素無人識，寧托芳心問米家。

絶命詩

千里從君命不猶，十年騷賦向誰收。長卿一死鷫裘敝，堪嘆當年咏白頭。

臨粧臺

對鏡臨粧面不同，空憐黄菊委秋風。尊前飲酒人何在，血染東籬葉化紅。

泣紅絲

芍藥摧殘葉亦悲，東風何事妬花奇。無端霪雨來相促，欲折名園第一枝。

薛　瑶

字小玉，揚州人。相傳爲河南宦室女，以亂被掠，入教坊。

端淑曰：今日以宦室落平康者，豈獨瑶耶？余閲詩至此，爲靖難功臣下三升血淚。

贈俠妓沈素瓊

二月烟花匝楚橋，好風好雨俠難招。詩成便欲從君去，堪笑人間有薛瑶。

雅素

《内家吟》云：美人也，後歸鹽賈。

端淑曰：以謔自解，是其作詩無聊處。然幽韻繞紙，不減騷人風味。

自解

淡紅衫子淡紅裙，淡掃蛾眉淡點唇。只爲一生都着淡，故將身嫁賣鹽人。

葉文

字素南，吴江人。適兵部張貢孫。姿容瑩然。

端淑曰：素南瑩滿豐厚，出語曉曉，洵是三吴名手。況皆令許其能詩，定非謬與。然雨中雅集，一題究未捉筆，何也？想未遇知音故耳。雖然，予不足道也，知音舍皆令而誰？一哂。

《紅蕉集》曰：文字素南，松陵人。善畫蘭，亦工詩。丰姿綽約，如飛鳥依人。幼配嚴某，困于貧，流落吴門。余得把晤，詩酒往還，三年一日。後歸武林張繡虎爲副室。

寄鄒流綺

幾度黄昏後，懷君怯上樓。娟娟松外月，偏炤别離愁。

雨餘

連朝積雨灑窗紗，遥聽枝頭噪晚鴉。爲問年來惆悵事，晝長休上七香車。

仲夏贈許鶴沙太史

殘暑初收任曉風，藕花溪上幸相逢。荒齋蕭瑟簾櫳静，好夢雲間許侍中。

春寒夜雨落紅滿地

羅袂春寒斗帳空，夢殘芳草怨東風。隔窗雨灑聲聲急，狼藉庭前一夜紅。

范能紅

松江人。

端淑曰：余讀少陵渼陂諸咏，寫景入神，時輩套襲漢魏皮毛，附會『唐無古詩』一語，真乳臭之見。能紅此詩，庶幾不爲時流所壓者。

春日遊小赤壁至陳眉公讀書臺

天朗風氣清，移舟自可適。朝躋崑山巔，暮入小赤壁。澄水浸雲根，崩崖裂石脉。柳暗平原村，花飛葑澳側。中有高世人，結褵永朝夕。琴瑟清且幽，佩襛媚今昔。鸞鳳飛冥冥，世人徒縛斥。登彼讀書臺，高致渺難極。落落予襟懷，薄暮聊憩息。

胡　蓮

字茂生，台州人。才情絶世，有《涉江集》。

端淑曰：醉眼狂歌，花鈿豪語，一洗靡靡之音。

春日集陳參周先生東園次韻

得遂探幽計，閒雲襯屐飛。花香雜鳥韻，苔翠亂人衣。醉眼看誰是，狂歌覺我非。班荆頻未厭，相對坐餘輝。

秋日山莊

爲躭林水癖，休暇恣招尋。病樹行蟲篆，寒泉奏石琴。溪雲看不厭，林影坐逾深。魚鳥閑相狎，悠〔一〕然愜素心。

校勘記

〔一〕『悠』，南圖本作『愁』。

吴湘

字若耶，江都人。工詩畫，善撫琴。困于貧，歸參軍范崑崙。今僑寓吴門以偕老云。

端淑曰：若耶諸咏，刻意求異。精思所到，幽韻鏗耳。

琴述

蹇予失耕織，滄桑感今昔。一笠棲明湖，蕭條眷餘適。荻壁張名琴，奇音而古式。上有千歲紋，烏識裏蟬翼。鼓之洗心耳，衆響赴清逸。或訝貧士居，安得此雙璧。始念長者賜，幽人破荒寂。撥指追連城，點點淨如拭。兩琴各矜雄，勝地自炫溺。譬如羲獻書，外人那得識。愧非白鵠引，譜此幽澗激。何以報球琳，啖然伏胸脊。

西泠詠

不解媚刀尺，隨時好看山。檐牙香篆字，湖面翠生斑。静亦琴中福，勞因詩未删。古人悲莫見，椎髻望躋攀。

柳聲

字紫畹，松江人。善歌，工詩畫。歸天長王野倩。

端淑曰：紫畹以歌聞，稍獵書史，遂能吟咏。吴苑邗關，揚聲染翰，可謂豪矣。後適天長君，不逾年而殞。珠沉玉碎，可勝慨哉！

咏　雪

一夜繁雲合，綏綏着處生。因風扶作態，貼水寂無聲。似結疎林皓，能通虚室明。欲清詩骨瘦，破凍掬來烹。

樓中聽雨

風雨三更壓暗鴉，簷鈴驅夢泣山花。登樓伴酒昆吾劍，對鏡敲詩陽羨茶。流水聲中移柳色，畫橋影裏失人家。開窗數點蒼茫處，青草寒潮未叫蛙。

虎丘觀遊女

書仙十五謁生公，山色驕花緑髩中。削徑小鶯時顧顧，折溪流涕故匆匆。旋吹鶴珮辭王母，忽湧鸞粧簇謝翁。石丈留人貪共語，隔林朱粉落高峰。

端陽小飲步友人韻

酒引波光漾粉郎，樓船十里卧雲鄉。蒲新緑逗鴛鴦渚，榴爛丹浮翡翠堂。何處歌喉非玉笛，誰家笑靨不霓裳。醉深忽覺龍舟罷，斜日江花助客狂。

徐驚鴻

世里無攷。

端淑曰：《正集附上》：南京名妓徐翩翩，字驚鴻，以色豔吟咏擅名，爲教坊一時之冠，後歸江上郁公子。且首句『悮落風塵』字面，確是悔語，詩少超思而調自合法；其末句又似青樓而入道。意者驚鴻即翩翩未可知，或歸郁之後，辭籍好道，而以字行耶！

禪悟

悮落風塵已有年，每思探道叩金仙。羞將鳳髻重臨鏡，獨挽牛車好着鞭。夢裏巫山空二六，悟來法界遍三千。傷心歌舞難重覩，矯首長辭玳瑁筵。

醉卧

含樽馮寄興，角枕粲容華。腕合顋痕玉，眉分臉暈霞。已酣楊柳態，未足海棠花。乍起横波漫，挑郎約髩斜。

高貴

字文卿，南通州人。名姬也，與金陵徐揮使大年交好。後從良。

端淑曰：徐子曾以序屬予，予以閨閣辭，不獲。有云：情有盡言者乎？惟無盡言者，而後知離之情倍切于合之情。今授以詩咏，贈以繡鞋，何寄情無盡也！若人遠物邇，則又爲徐子恨惋。四詩存一，限于格也。

贈徐修予

翠舘朱樓一任他，繡鞋無路出烟花。自憐豈是隨風絮，回首羞顔説故家。

袁瑞英

字素如，嘉興人。見《西湖唱和詩》。

端淑曰：可入《西湖佳話》。

集傅園

傷心不敢上高樓，滿目關山使妾愁。腸斷意中人去後，鵾絃斜整淚先流。

名媛詩緯初編卷二十一

山陰王端淑玉映選輯

新集

余珍玉

字席人，福建人。萬曆辛丑進士、知府文龍公孫女，監生兆昌長女也。

端淑曰：席人詩之佳者，似勝其妹，但時有嫩處，故遜妹一籌。若其丰度翩翩，韵致高曠，亦閨媛中韓彭伯仲也。

話別

窗前疎雨淡烟清，吟罷多憎惜別聲。山静樵歌日半午，水寒漁唱月三更。雲邊野店花同宿，天外孤身鳥伴行。君去長亭回首望，一江秋色晚霞晴。

山居次韻

高峰霧罩滿空林，入到深山隱者情。白鶴松間鳴夜月，黃鶯樹裏奏朝琴。春殘風送花香老，榻静更敲草色深。量雨較晴農叟事，鋤雲何處最知音。

佘尊玉

字其人。珍玉胞妹，明經崔五竺諱嵸子某之妻。著有《綺窗迭韻》行世。

端淑曰：其人幼服男子衣冠，延師與姊珍玉讀書塾中，俱聰慧。未幾遂能文，善詩畫。今庚寅，年方十二，學益進，能應對賓客。凡四方賢士大夫及往來聲氣之士，皆與定交。辛卯，雲間宋轅文司閩學政，時其人才名藉甚，欲出應試，或尼之曰：『黄崇嘏雖作狀元何益？不如學班家大姑，擁百城書，使海内賢豪皆北面也。』遂止。是歲即許字某，亦閩巨族，服男衣冠如故，不復見賓客。嗚呼！天地之大，何所不有？宜乎其人之衣冠也。然舉世巾幗，又何獨怪其人之巾幗而衣冠也哉！

蝶　影

玉板飛來互炤清，隔溪羽翼惹魚驚。水中兩翅臨風舞，花下雙身對月明。半挂枝頭添有色，全隨夢裏本無聲。幾迴欲撲過墻去，粉落深宫似葉輕。

七夕

愁心淚滴滿滄浪，鵲報佳期改故粧。此夕乍逢相樂少，一年來會獨憂長。銀河寂静張新幄，玉露凋殘泛舊觴。靈匹成梁遥一水，豈堪星悵淚千行。

咏梅雪

廣平作賦占花魁，莫遣飛瓊片片堆。幾陣嬌容窗下豔，千枝麗色嶺頭開。寒飄偏野紛紛落，凍結長江故故催。短笛隔垣吹片葉，又逢明月夜深來。

聞鐘次韻

鏗鏘度遠聲，半夜月華清。碧水流高下，青山吐暗明。堤烟朝寺鎖，岸柳晚潮平。僧院敲雲響，都忘身世情。

漢陽女子

姓名未詳。

端淑曰：凡士氣不興，而乾坤貞烈之氣多種于婦人。若漢陽女子者，本瓊姝墮凡，名在玉樓，寶婺沉熒，魂游弱水，烈哉難矣！二詩寓意無涯。

《詩通》曰：漢陽女子年甫十三許，甲午六月爲兵掠置舟中，密繫白綾于左臂，題詩十首，不留姓氏，沈漢陽城下。漁舟偶獲其屍，時溽暑，顔色如生。邑人立坊旌之，題『孺貞』也。

白綾詩

征帆又説過雙孤，掩淚聲聲聽夜烏。葬入江魚波底後，不留姓字任人呼。

其　二

生小伶仃畫閣時，學書曾就母兄師。濤聲夜夜悲何極，猶記挑燈讀楚辭。

程敏坤

南海人，可則胞妹。南海失守，爲兵伍所獲。今歸山陰前廣東右布政林公紹明姪廣寒。

端淑曰：敏坤詩，通體猶在得失離合之間。讀其《早起》一首，清骨孤韻，幾幾乎登蘇州之堂矣。妙才淪落，不克自振者何可勝數？敏坤得歸廣寒，領八越山川之秀，嗚呼！人固有幸不幸與！

早　起

早起步荒院，春和風滿畦。垂垂花露重，漠漠草烟低。

中秋夜看水燈

慈航燈四炤，夜咒度沉冥。月映高低焰，波含遠近星。

承恩寺看花

上方宜寶月，初地覺圓明。妙相千迴滿，空香一段清。逃禪杯内影，説法鏡中情。更愛雙林静，餘光獨自行。

汪源仙

爲楚陵某尚書之妾，美姿色，善屬文。不幸爲左兵裨將所獲，携而之燕。金吾祖君與裨將爲戚里，慕仙詩名，特索題句，仙爲書《言志詩》以見其哀憤。

端淑曰：偷生苟免，世所最鄙。有才無德，千古名言也。今既委身他人，又何志之可言？詩未深妙，而聲律自存。

言志詩

天涯落魄鬢蒼蒼，數載浮沉嘆渺茫。梁燕已非當日侶，春花不是舊年芳。縈人詩句徒拋水，老我絲桐竟慰霜。逢此不辰家國事，何堪回首水雲鄉。

素　嬌

蘇州士人妾也，被掠郾城。黄國翰傳其事。

端淑曰：哀哉女也！余見其《題濟寧店壁》小序，淒愴不忍多讀。悠悠蒼天，此何人哉？嘗欲擬《哀江南》一調，稍助張目，又恐逢天之怒，遂自已之。

題濟寧店壁

迢迢北上促行裝，掩袂含羞淚兩行。弱質幾曾鞍馬慣，柔枝今任雨風狂。忍死圖存誰信妾，生離慘别可憐郎。家園回首知何處，滿地相思如濺霜。

李氏婦

去暇聞史偶飲西湖，客有言廣陵近事：舊族李姓者，因兵燹失婦。三年，忽聞舟客得婦《手製詩》云云，倍深悽惻。尋夫婦偕歸。史聞而感之，作《廣陵記》云。

端淑曰：鏡破重圓，璧完歸趙，天下事有幸不幸也，較之漢陽女子天壤矣。詩則悲憤。

手製詩

雙飛錦鴈忽東西，拍羽南旋路又迷。天渺縱君忘舊侣，蓼紅江上只孤棲。

宋娟

杭州人。以亂被掠，至清風店，題詩于壁。後歸嘉善曹太史。

端淑曰：哀憤似蔡琰，而情思纏綿。語不求工，然亦何必工也！詩只一章，故所録僅此。

題清風店

妾命如朔風，飄然振落葉。不入郎羅幃，乃逐塵沙陌。妾本良家兒，流落平康劫。十三工秦箏，十五好筆墨。尊前柔聲歌，淚濕江州褶。人謂妾顔好，妾謂前生孽。武林遇公子，知心不徒悦。忽爾天地崩，遂令山川別。一爲俗子羈，再爲干戈絏。哼哼破車中，塵土滿髩髻。塞馬嘶寒風，元冰真慘裂。披擲一羊裘，皴肌冷如鐵。晝則强懽笑，夜則潛哽咽。誰謂文姬哀，文姬猶返闕。誰謂明妃怨，猶能封馬鬣。而我薄命妾，終當染鋒血。胡不即就死，心爲公子結。公子爾多情，豈忘西湖月。公子爾多智，豈不諒我節。公子爾任俠，忍妾委虎穴。公子爾多交，交豈無豪傑。媒妁扇上詩，顛沛不忍撇。忍死一相待，悲酸難再説。又聞洞山方，風流當世杰。爾既善顧郎，何不一救妾。

吴芳華

杭州人，文學康生妻。被掠，逆旅題壁，自述其苦。不知所終。

端淑曰：嗚呼！滄桑後如芳華者，可勝歎哉！三、四句有不願生入玉關之意，後復矛盾。甚矣，有終之難也。録之以勵後人。

逆旅題壁

胭粉香殘可勝愁，淡黄衫子謝風流。但期死看江南月，不願生歸塞北秋。掩袂自憐鴛夢冷，登鞍誰惜楚腰柔。曹公縱有千金志，紅葉何年出御溝。

湘江女子

閩士楊元瑋曰：湘江女子蒙難被掠，賦詩三章，命小童售於市以明必死。有楚人贈貲贖還，姬得不死。

端淑曰：魏武千金贖琰，自是英雄本色。究之珠還劍合，等于阿閃，孰若一死之爲快耶！

售市詩

憶昔當年別後粧，湘江一帶水茫茫。春容銷盡渾閒事，怕向籬邊摘海棠。

其　二

情識郎非薄倖郎，其如無計覓鷫鷞。幾番叮囑鱗鴻字，韻骨柔心試刃鋩。

呂林英

漳州人。祖因作宦，卒于金陵，父遂寓焉。不數載，父亦逝，止此一女。幼通文翰。年方及笄，適榕城阮生，相携歸閩。未幾，城破被掠，時戊子年也。後寄書一封、詩若干首，書西洋布上。越士人王渭傳其事。

端淑曰：女子不幸而被難，惟有一死，至陷身緘書，以冀蔡琰之歸，徒增醜耳。詩存其一，爲阮生三歎。

沙城曲

從軍惟有妾堪憐，出塞琵琶一路傳。柳線斷腸難繫馬，萍花帶淚欲留船。江城漸覺歸來遠，日月應知此去延。愁恨千端容不德，烟波風雨載將還。

李霞

字雲生，淮安人。名妓也。

端淑曰：雲生詩是趙我法壽軸中所録也。麤率不堪，至『李亞仙』句，雖然巧合，然又近于俚俗，烏乎詩哉！

祝趙我法參戎用諸同社韻

邂逅良緣夙世先，先投水乳慰欣然。曠懷君邁元貞子，陋質余慙李亞仙。兩夕恩同千載重，半生盟遂一時堅。敢祈月老紅絲繫，永效于飛到百年。

馬也如

號一斯道者，紹興人。初爲陳氏妾，遂以色稱。有《惜花春起早》一律，詞人趙我法陞與之倡和。

端淑曰：也如八越時彦，聲名藉藉，公卿名夙樂與之交，可謂解人也。

惜花春起早

依依顔色幾時人，桃李朝來謝更頻。花向人飛何處去，人看花落此中心。關情風景無情緒，着意韶華有意真。風送子規聲斷處，菱花不對且尋春。

張婉

字婉仙，一字小青，松江人，本姓沈。近依西湖汪然明先生不繫園，梁溪鄒流綺與之倡和。

端淑曰：婉仙以豔冶之容，具文藻之質。生本雲間，來遊湖畔。賴然明先生珍重，遂成一時佳話。故人亦有遇與不遇耳。

甲午夏日偕鄒流綺先生過朱萼堂予時倦暑汪然明先生因設檀牀玉枕文蓆香山清供具備有詩紀事步韻和之

一榻清供助豔觀，令人珍重若爲歡。楚魂不禁尋芳蝶，博得東君帶笑看。紫檀牀。

其二

緑陰庭際影生涼，風韻何如半野堂。深入睡鄉猶未足，應耽玉枕是鴛鴦。漢玉鴛鴦枕。

瞿珍〔一〕

字若婉，江南常熟人。係宦家女，因亂落籍烟花，雖在此中，非所願也。丁、戊間，某太史學院納之，歸都中。幼好筆墨，工圖史，美姿容。著有《月吟》等刻，無錫鄒子流綺選入《紅蕉集》〔二〕。

端淑曰：若婉諸詩，多少感慨，多少警異，讀之而不慕其人，真癡兒也。今誦其詩，想見其人。

《紅蕉集》曰：姿色傾城，雅好舟居。嘗輕舟盪槳，往來鸞溪、虎阜間，硯匣筆牀，青琴柔翰，閨閫雲林，傳爲韻事。予嘗贈以詩云：『慧似文姬與謝妹，豔非趙姊即楊姨。』殆非阿私所好云。

晚　感

冉冉烟霞夕炤中，玉窗倦繡結詩筒。春機織就雙鴛錦，粉淚抛殘薄露叢。落日寄情隨去鳥，遠山迷恨隔歸鴻。雲箋香滿人何處，一段離愁斗帳空。

題鄒流綺鷖宜齋

伊人何處是，遥望碧霄間。幽恨題芳草，閒情畫遠山。晚風吹月上，孤鳥帶雲還。願作幽棲伴，論詩韻自閒。

有　懷

燕燕鶯鶯喚奈何，鏡中斜見鎖雙蛾。偷回怨臉詞難訴，欲掩啼痕淚轉多。擁髻更誰憐好影，持觴何日辟愁魔。依依柳色催腸斷，墨淚淋漓涴綠羅。

校勘記

〔一〕南圖本『瞿珍』列於卷二十二『施偕隱』後。

〔二〕瞿珍小傳，南圖本作：『字若婉，嘗熟人。今歸良。著有《月吟》等刻。』

楊倩玉

小名秀姑，杭州人。住羊市，稱羊市女子。未嫁。

端淑曰：饒有風致，不讓前人。閲詩即知丰逸。

即　事

天涯有意作青春，水畔何由寄錦鱗。聞説沈郎腰漸瘦，應須不似捧心人。

秦影娘

揚州人。被獲，題詩二首。

端淑曰：女子生于今日，實爲可悼。或文人寄興，亦不可知。

題定州店壁

暮雲深瑣雁行斜，何處天涯是妾家。去國夢成魂乍冷，裂肌風入袖難遮。情知泥裹沾飛絮，敢向春前怨落花。誰是江州舊司馬，漫拋紅淚濕琵琶。

名媛詩緯初編卷二十二

山陰王端淑玉映選輯

閏集上

周　氏

鎮江人，有色。金山寺僧謀姦不遂，潛將僧鞋置氏床下。夫歸見鞋，責氏與僧通，逐之。氏不能解，臨去以詩自傷。既歸父家，僧蓄髮托媒娶之。後僧以情深戲言前事，周擊登聞鼓訟冤，上親鞫其事，治僧於法。氏後爲尼。

端淑曰：周氏以賊僧狡謀，爲夫所出，至於數年後能割愛以報前夫，可不爲之女中錚錚者？即寸磔賊僧，亦難逭其奸猾之罪。詩雖真，然近於俚，中有俗字，已逗曲調，存之以獎節烈。

與夫泣別

去燕有歸期，去婦長別離。妾有堂堂夫，妾有呱呱兒。撇了夫與子，出門欲何之。有聲空嗚咽，有淚徒漣而。百病皆有藥，此病量難醫。丈夫心翻覆，曾不記當時。山盟共海誓，瞬息有更移。吁嗟一女婦，方寸有天知。

豫章婦

南京人。豫章商人賈金陵，見一婦新寡，姿色動人，以厚資娶歸。比居士人窺見其色，以簪刺窗紙，擲與詩以挑之。婦得詩艴然，亦作詩以拒之。

端淑曰：女子從一而終，今又委身事人，蓋非得已也。然較之守不到底者，霄壤矣。其拒士人一段光景，亦自難得，不可草草忽過。詩殊未佳，存其情事可也。

絶客詩

失翅青鸞似困鷄，偶隨孤鸖到江西。春風桃李空嗟怨，秋水芙蓉强護持。仙子自居蓬島境，漁郎休想武陵磯。金鈴挂在花枝上，不許流鶯聲亂啼。

戴伯璘

侯官人。其兄貴與林澄共學舘於戴之西軒，女窺林容，目成久之。生題一團扇，爲女侍兒壽娘携以示女。女亦賦詩寄生，遂通焉。家奴貴郎陰知之，持斧突入，意有所挾，而生急奔出，不謂觸斧遽殞。女見生氣絶，乃取羅帕自縊，雙手抱生尸而死。兩家父母（問）〔聞〕之，無不嗟悼。簡其篋，得詩數十首，遂與生合瘞焉。時正德二年事也。

端淑曰：緣情害節，生竟以此戕其身。而伯璘卒以節報之，自是情種。情不害正，君子憐之。

和林生

風透紗窗月影寒，髩雲撩亂晚粧殘。胸前羅帶無顔色，盡是相思淚染斑。

梁善娘

番禺人，真祐女。美色，兼諳詩書。幼字潘顯宗，聞潘貌醜酗博，悔圖改嫁。東莞人鍾師周聞之，賄令梁隣婦陳之作伐，計誘善娘，載之而逃。後善娘知師周已聘王氏，悔恨哭喊，師周懼事洩，殺而擲於海。事敗告官，引律將師周梟首，沂樂湯公所斷也。

端淑曰：讀叙中改嫁意，初屬可憐，然莽昧不察，仍托身薄倖，竟至殺身。師周殊兇暴，善娘亦草草也。

寄鍾師周

抛下金針罷錦機，多情人遶費相思。惱懷最是雙雙燕，不識人愁花畔飛。

吴氏

江西人，福州知府吴君女。慧敏色麗，携以之任。秩滿還朝，候風于淮安。鄰舟有太原江商子，曰情，生雅態敏辨，女從隙窺之，情亦流盼，以詩達之，女亦爲詩。生得詩，解其意，遂宿女舟中。明早兩舟解纜，頃刻百里，江翁起，覓其子不得，以爲必墜水，號慟而去。天明情出，已失。女遑迫無計，藏之船傍榻下，分餉饔食。其嫂嫌小姑不出，伺夜窺覘之，白其母。母潛視果然，以告吴君。吴君搜得情，怒目礪刃，欲下者數四，叱曰：『爾爲何人？』生具述姓名。吴君熟視久之，曰：『吾女已爲爾所汙，爾爲吾婿。』情拜泣幸甚。情後登進士云。

端淑曰：其不死者倖也。古今情人才人，知此而身自蹈者，情惑之也，才惑之也。乃有無才無情而往往如是者，狂惑甚矣。

酬江情

自是芳情不戀春，春光何事慘閨人。淮流清侵天邊月，比似郎心向我親。

丹陽女

萬曆間，丹陽麗令緝獲輕俠少年丁邦相，搜得二詩於篋笥中，爰書指爲反詩，以前詩有『他日東南報奇事，也須杯酒拜明霞』句。此詩似別詩。

端淑曰：詩有俠骨，是俠女之有情者，而竟以一詩殺丁邦相，豈女悮之耶？抑邦相自悮耶？少年任俠，亦一危事。

贈丁邦相

長河銀漢兩漫漫，今夕夫君共木蘭。一道風沙憐弱質，千秋意氣訝衝冠。白鷗遠没汀洲晚，絳燭高燒子夜闌。此去封侯君事畢，紅顏還作白頭看。

張璧娘

一云沈姓，福建人也。歸半載而夫亡。光麗豔逸，妖美絶倫，少年慕而挑之，無不見擯。愛林子真之才而越禮焉。所居樓上有複閣，使侍婢引林匿複閣中，往來甚秘。移家臨清，就父公署，璧娘感想而没，子(貞)〔真〕有《感舊詩》云。

端淑曰：大凡女子光麗豔逸、驚人聽聞者有二，若端莊嚴肅，令人自不敢犯；若妖冶輕浮，毋論他人，即至親者亦預知之，何必聞而後辨也？璧娘竟以此而毁，可不惜哉！

答林子真秀才

黄消鵝子翠消鴉，簟拂層冰帳九華。裙縷褪來腰束素，釧金鬆盡臂纏紗。床前弱態眠新柳，枕上迴鬟壓落花。不信登墻人似玉，斷腸空盻宋東家。

王嬌鸞

臨安人，王于兵女。早寡，失節周生庭璋。一云吴姓，有妹嬌鳳，見前集。生子天錫，爲中山王徐達部將，功成爲元帥。事備《國色天香集》。

端淑曰：癡心女子負心漢，信矣乎！嬌鸞有才而無卓氏之鑒，宜乎爲廷璋之所棄也。故曰：有卓氏之才之識尚猶不可，而况其下者乎！嬌鸞真愚人耳，何必問其才識。《長恨歌》冗俚，存《閨怨》一首。

閨　怨

天涯回首斷秋波，池畔無人看芰荷。玉鏡臺前羞隻鳳，緑紗窗下没雙鵝。音書可絶情難絶，山水雖多恨亦多。借問故鄉新娶妾，朱顔莫必勝吾麽。

趙賽濤

杭州人。正德中，古杭清平山下趙家妻黎氏生二女。庚辰春，黎携二女觀燈叢雜中，少女爲惡少掠去，賣臨清沈鵬。擅名青樓，以詞翰能賽薛濤也。長女歸周子文。子文爲吏赴京，過臨清，見賽濤貌肖其妻，注目久之，因留宿焉。問所從來，秘不敢言。偶於故書中得詩一紙，子文詰之。及告其故，訟之官，携歸，即以歸子文。有《曲江鶯囀集》行世。

端淑曰：賽濤觀燈叢中，遂爲惡少掠去，以致身陷教坊。向非周生一雙眸子，則百賽濤亦終無見天之日矣。言之寒心。銅雀深鎖，遂爲後世佳話。

憶家園

日望南雲淚濕衣，家園夢想見依稀。短墻曲巷池邊屋，羅漢松青對紫微。

元　宵

滿城簫鼓元宵節，小舘燈花孤悶時。料得團圓行坐處，有人揮淚説分離。

季真一

常熟人，住居沙頭市。真一少有夙慧，其父老儒也，抱置膝上，令咏燭，詩云云。其父推墮地，曰：『非良女子也。』後果以放誕致死。而《列朝詩集》云『情人送着腰』詩即真一所作，未知孰是。

端淑曰：宫商諧暢，倩麗華贍，有清戛聲，多温醇氣，真妙筆也。但嫌涉綺語，故致放誕而死，悲哉！

詠　燭

淚滴非因痛，花開豈是春。

羽孺

字静和，號素蘭。出自蘭綺，歸於戚施，風流放誕，卒以殺身。或曰：素蘭解音律，推律得羽聲，遂自命爲羽氏。能書，善畫蘭，故以素蘭自號。既嫁，不得意，爲《漚子》十六篇以見志云。

端淑曰：放誕不羈，卒致殺身者，楊德祖、禰正平是也。男子纍纍，况巾幗乎！静和以所適非人，遂風流放誕，至於殞身，良可嗟悼。詩則下筆娟秀，疎逸超羣，可爲名媛中之有骨力者。鍾伯敬先生亦嘗稱許，載其作於《明詩選》中。

石湖

湖水望蒼茫，青山接大荒。喬松舞虬鳳，修竹動笙簧。縹緲迷歸棹，依稀隱去航。不知天欲暮，樹鳥漸成行。

初陰

寒雲吹夜夜，暝色看從今。葉下窗聲寂，烏啼山氣深。愁心依塞遠，雪意過城陰。獨向孤燈聽，更樓落静音。

懷　人

深竹傍幽檻，蕙蘭香在漪。美人隔湘水，公子江之湄。繡户長相憶，陽臺未有期。魂招靡可極，鏡塵知爲誰。視彼雙飛鳥，頻來歇故枝。何如薄命妾，年年傷別離。幽徑尋芳草，王孫知未知。西風吹鴈去，説向羽林兒。

謝五娘

潮州人。有《讀月居詩》一卷，卷中有《寄外赴試》詩，而懷人寄友之詩不一而足。嘗被逮繫，不知所坐何事，則其風流不羈，固可知也。

端淑曰：謝爲人不足論，其詩句外有情，景外有韻。三寸鬆管，從墮地時即種癡板人心腕，入水不濡，入火不化。其筆墨間一種滯色，如土苴腐草，視入世秀遠之骨，未從鬼王討得孤情別調之士，宜乎如調絃於黄犢旁耳。高山流水，可向馬牛群索知音哉？

柳枝詞

近水千條拂畫橈，六橋風雨正瀟瀟。枝枝葉葉皆離思，添得啼鶯更寂寥。

小園即事

翠竹蒼梧手自裁，芙蓉未秀菊先開。小軒睡起日將午，黄葉滿庭山雨來。

感　懷

百歲姻緣一旦休，三生石上事悠悠。無梁雙陸難歸馬，恨點天牌不到頭。千里月明千里恨，五更風雨五更愁。東風去後花無主，任爾隨波逐水流。

張麗貞

字惜奴，吴江人。廣文翼珍之女，文學徐全妻。前鍾情所至，悮奔匪人，遂致陷獄。其獄中自序并寄父書，皆悲婉清麗，時人傳録云。

端淑曰：麗貞高才淵博，竟以失節瑣類，致陷囹圄。時人多惜其才而輕其人，録《自悔》一首，以識褒貶之遺意耳。

自　悔

爲燕釵頭鈿子黄，翠翹斜護晚來粧。桃源路曲花陰黑，錯道漁郎作阮郎。

杜瓊枝

四川人。隨夫宦閩中，不得志，題詩建寧浦城張氏壁。再過其地，又題一絶。詩如白雲流水，泠然可愛。至其一絶，則又隔花唤郎，使人親近不得。一哂。

寥端淑曰：瓊枝筆舌輕慧，雖不深造至境，以爲非才女則不可，闊板巾早使其奴視矣！寥寥天地，才情本少，今之誇八斗、揮千言者，皆姓名簿、酒肉帳、古人殘羹冷汁而已。女人直可斬將擒王，攻城畧地，目無全壘矣。何獨瓊枝？天下大抵如是。

題浦城店壁

風雨瀟瀟正早春，從車萬里起清晨。芳姿不慣天涯旅，弱質何堪海角塵。紅袖只今多有淚，翠衾從此懶將薰。鴛鴦舊夢如還在，只怕鸚鵡會唤人。

再題絶句

細翻壁上詩，無一相思句。不信杜瓊枝，知音終弗遇。

張氏

揚州人。相傳爲儒家女，以亂爲兵伍所獲。氏題《被難詩》五首以寄哀憤，鴛水陳筴爲之和韻焉。

端淑曰：張氏《被難詩》其一『魂夢』句，尤爲酸楚。其二『千古恨』三字深妙，藏無限痛哭；結句只以閒語入感慨，低徊不盡，真所謂苦情真境。

被難詩有序

乙酉六月二十，遇難於竇林莊居，徬徨無聊，灑淚而拈五言，以爲異日訪尋之具。廣陵十七歲張氏，淚筆書於方順店中。

深閨日日鎖鸞凰，忽被干戈出畫堂。去去不辭千里遠，可憐魂夢遶家鄉。

其　二

江山更易聽蒼天，粉黛無辜實可憐。薄命紅顏千古恨，妾身何惜悮芳年。

余〔二〕五娘

歙縣人，産於揚。揚故多富商大賈，其父因以爲鹽客之小星。鹽客姓汪，不與夫善，鬱鬱不得志，以短吟自娱。積而爲帙，汪客見之，誇示友人。其中多恨詩居半，友人笑語汪某，某愠甚，悉付火炬，愠極而病，病遂不起。再適李四叔，母傳詩七首，正其目成時預寄李四叔者。

端淑曰：男兒淺才，故使五娘目空天下。在汪賈固不足惜，徒增鬚眉羞澁耳。詩則常景鋪叙中却自清快。其詩不乏情才，勝安生多許。

朝思暮想李四叔七首之六

淺岸何人押釣舟，八方多難此追游。一帆風送三更月，四望山河半是愁。

之七

止爲偷閒學海鷗，小亭日日在沙洲。又從別浦尋盟緒，叔度何年汗漫游。

校勘記

〔一〕『余』，卷首總目作『佘』。

施偕隱

字山居，太原趙府宗婦。己丑，大同亂被掠。今歸張氏，居廣陵，年四十，有丈夫氣。

端淑曰：情至之語，愴然淚墜。

送林古市孝廉歸閩

一自風塵邂逅，天涯流落同悲。清霜予夢徒苦，明月君心素知。

其　二

片帆江上初寒，安穩秋風不難。楓葉渡無桃葉，木蘭佩有芳蘭。

其　三

到家正值菊後，入室相期梅初。淮海原通潮汐，烹魚願得素書。

朱雪英

本杭州宦族女，世變落烟花。父名漢卿。今歸一武弁，動加鞭撻，婦更奇妬，英題壁寄恨云。

端淑曰：世變遭刦，比比皆是。題詩寫怨，想亦無益。

題　壁

吴地紅顔本世家，自憐薄命滯天涯。含羞曾唱秦樓曲，拭淚悲看紫塞笳。不及曹碑傳古石，漫聞章柳集寒鴉。當年閨客今何在，萬種傷心付落花。

名媛詩緯初編卷二十三

山陰王端淑玉映選輯

閨集下

徐　簡

字文漪，嘉興人。新安吴于庭副室也。于庭游粤東，留文漪於吴門。或曰今歸楊中翰。所著有《香夢居集》，惜零落不傳。

端淑曰：文漪詩俱秀豔輕清，宛轉曲折，無一率筆。此所謂正調聲律也。但憐其無倚而再抱琵琶，爲世所惜耳。

和元微之生春韻

何處生春早，春生錦幔中。香吹金篆火，夢警玉鈎風。緑髮堆鬟膩，紅酥壓酒融。小牕遲日炤，花影隔紗叢。

宫詞

看春偶立幔亭東，天語呼名内殿中。敕與司香薰雀尾，御衣旋覆象牙籠。

其二

紅樓昨夜醉春懷，玉導當場勝賭牌。却被簾鈎輕觸損，聖恩重賜九鸞釵。

倪瑞

字文嘉，福州人。倪參政公曾孫女，而龔殿元之外孫女。夫早歿，再適總兵黄鼎子某，爲林公茂之至戚云。

端淑曰：文嘉《鸚鵡》詩，香秀中多慧想，結語意更遠。《讀書》詩，有此雋眼絶識，自足抹殺男兒。《乳鴨圖》詩，雙字三疊，人不多用，此首用來傳乳鴨之神，殊爲靈妙。

鸚鵡

一從南國羈飛羽，無復西歸隴樹翔。曉在雕檐言異夢，暮棲粧閣唤焚香。蘭閨少女調紅荳，玉架幽人裏翠裳。願得早開金鎖去，平安時爲問君王。

乳鴨圖

細看鴨緑似鵞黄，畫出如生巧異嘗。噫噫雙雙還踏踏，也能交頸學鴛鴦。

讀　書

粧罷無爲展卷看，羣書莫比女箴難。窮經博學男兒事，也有昭儀是史官。

吴　氏

嘉興人。銓部昌時公女。才色俱絶，事不具載。

端淑曰：世有才色而不克自全者，豈少哉！吁嗟乎女，吁嗟乎銓部！

舟中咏

一泓秋水浸羅衣，月色依舟淚滿裾。皓魄不隨風落去，空留怨骨伴郎歸。

王毓貞

字月姝，揚州人。爲詩舉體皆俊，而聲情筆舌，足以發之，真香奩妙手。所著有《幽蘭閣集》。

端淑曰：月姝詩俊朗挺拔，如飲醇醪，令人心神俱遠。且《慰兄》諸作，又似不受人羈紲者。但《自慰》首句失雅，故入《閏集》。行當問流綺，再爲改正。

自慰

逢人漫説效于飛，羞把容光映落暉。步月晚行苔襯襪，惜花晨起露沾衣。從來佳配稱蘇妹，空有香情逼貴妃。才劫古今非我獨，莫愁奇句和來稀。

慰兼三兄

淡漠江天幾鴈歸，漁歌亂起没斜暉。月將夜色頻窺客，花帶餘香暗襲衣。萬箇烟雲君子宅，一汀風雪野人扉。門前莫怨無車馬，陋巷原來謁者稀。

咏柳

摇拽章臺柳萬條，時經離别贈河橋。青青願得嘗持手，又拾榴裙繫舞腰。

崔淑

吴縣人，崔永寧女。年十七，姿色姣豔，青瞳剪水，百媚俱生。先歸菜傭劉子重，以疑離歸。再嫁山陰楊汝元。汝元中進士，官福建左布政，崔封夫人。

端淑曰：天下事以疑而壞者多矣。崔淑本清貞自守，而以疑見棄，致有楊生一段奇耦。

菜傭何人，能消受如此豔質？真所謂得福不知耳。碌碌世界，何足深怪。

長安寄詩喜而拈咏

一緘摇草惠佳音，始信多才必有情。拂拭雙蛾重點黛，倚門遥聽馬嘶聲。

陸夢珠

字燕燕，又字緑珠。蘇州人。

端淑曰：鏡分再合，我見猶憐。俱以公主而遭離亂，晋之羊后、隋之蕭后，靦顔苟活，爲後世口吻大可耻也。至於貴媛名姝，流落風塵者，不勝屈指。雖然，命爲之耶？抑自爲之耶？燕燕長自名門，綽有才思，遭家不造，爲匪類所誘，大爲閨中削色。今既委質得人，則從前一段，俱可抹殺。

酬牧齋宗伯

十五吹簫暈粉腮，舞衫一半已蒙灰。聞郎爛醉燕支舘，可踏青青塚上來。

其　二

名園莫訝墜樓稀，鸚鵡無情恨是非。爲問永豐坊畔柳，雕簷春色傍誰飛。

其　三

來燕何須笑去鴻，低幃殘月寶釵鬆。儂家夫婿助歌舞，曾嘆西陵繐帳風。

其　四

綽約娥媌花嬖眉，冰綃不耐曉風吹。縱然闌入青樓去，還似徐陵入塞時。

感　懷

薄命試滄桑，千金買道粧。春風迴短陌，皓月過長廊。脉脉黄庭卷，冥冥樓上方。白衣現色相，清磬動微茫。多少浮雲影，消歸入大荒。一簪猶可富，腸斷石家牀。

小樓春坐

春風坐對獨看山，採藥非緣藥駐顔。苔静人無題字蹟，紈新不染淚痕斑。愁聽鶯舌花前囀，笑把蛾眉天上彎。夢繞碧霄霓羽奏，鐘聲吹徹到雲間。

王寄嵓

字竹素。長洲人，名宦女。父殉節川南，竹素纔十餘齡，從母暨諸昆弟扶柩萬里，歸葬于鄉。以孝聞，欒讀書，好苦吟。母死，失怙恃。性剛介，不能容兄弟，利所有者阻其事。許配東萊寒峒子趙文學琳，趙以不得已事旋里，久之不果來。相待九年，謝膏沐，成顛疾，志終不改。

端淑曰：趙子石寅以詩文名天下，夫子與之訂交，每嘆其豪爽絶倫，不讓古人，稱爲今日之岑孟。而竹素以名家女來嬪，可謂琴瑟唱隨，閨中至樂事也。第聞有不肖者，以貪慾逼之改節，竹素復能九死不悔，言之令人起敬。詩餘事耳，不失幽秀。

雜　感

琵琶何必道年庚，逸響冰絃入耳驚。恰好青春拋擲過，真成薄命負今生。

其　二

香焚清曉誓如初，茹素恒饑小甲蔬。烽火隔江魚鴈少，淚痕濡墨答君書。

其　三

小屏濃睡病微輕，淅淅涼風起二更。底事乍驚幽夢杳，碎心桐葉是何聲。

陳小鶯

玉娟胞妹，亦有傾城之譽。與姊夫崔襄私，後歸儒生。以獻逆變，死于兵。

端淑曰：玉娟、小鶯與姊霞如，才情並麗，丰韻兼優。然娟、鶯白璧微瑕，自難爲之曲護，而《春秋》善善惡惡，倘亦不容偏廢耶！

賀姊霞如合巹【健羨之意溢出，宜其屬意姊夫也。崔生何物，令人神往如此。】

麗質疑天上，良緣豈易逑。一雙仙作似，十二玉爲樓。色奪芙蓉豔，香從珠翠浮。明星將爛矣，臨鏡莫遲留。

錢宛蘭

字卉王，蘇州人。宛鸞胞妹。適文學貝生，今適翰林吴公弘安。能詩工畫，善音律。

端淑曰：卉王詩情致綿邈，非温細人不能。第二作失一韻，僭改，無怪其爲非舊《雪（焦）〔蕉〕圖》也。

題羅巾

豈因尋夢到山莊，心緒縱横懶换裳。高才御史多詩思，能取湖山作廟廊。

其　二

宫門未入獨愁予，可嘆良緣尚子虚。堤上風光春又過，全憑雙鯉一封書。

吴琪

字蕋仙，吴縣人。同邑管予嘉妻。其詩超清穎秀，高步一時。所著有《香谷焚餘草》。

端淑曰：蕋仙詩靈氣飄渺，如夢中變幻，非徒以麗情密藻矜繡管也。龍標《宮詞》爲唐人第一，以才情之生動故耳，蕋仙庶幾近之。

夜泊

棹倚低楊嫩緑柔，隔籬小犬吠芳洲。霞飛深樹疑紅葉，雲點平沙似白鷗。一片鏡湖山作髻，半帆波影荻爲舟。漁扉不鎖蘆花雪，燈火天邊月一鈎。

秋夜贈琵琶女郎

秋山欲朗秋風起，一片閒雲度秋雨。空林夜寂鴈風酸，兩兩三三桐落子。紅樓美人驚夢中，斜抱琵琶背燈倚。青衫忍見舊啼痕，江州司馬隔千里。

春夜

葉底春絲漾小晴，草烟凝碧露星星。東風吹夢知何處，寂寞鶯花月一庭。

盧夢雲

字雲卿，臨安人。盧訥齋女。其母夢吞赤雲而孕，故名夢雲。妖豔絶世，性嗜詩，尤精音律。嘗從王子曠學琴，盡得其妙。年十七，適士人張汝佳。張有酒癖，未幾而亡。新寡，悦劉新而私，遂爲臨邛之奔。新尋中進士，歷官山東左布政。秋濤子集美人第七。

端淑曰：秋濤子云：在風流之士，則羨而幸其奔；若學究之見，則醜鄙而不欲置之唇吻。若是，則文君果爲千古之善嫁者矣，李禿果爲天下之善評者矣！其然，豈其然乎？吾願爲學究而已矣。

閨　怨

楊柳風多夜色涼，挑燈獨坐更添香。最憐月轉西廊下，有客高歌曲未央。

陳玉娟

湖廣人，元洲次女。有傾城之豔，悦崔襄，托姊霞如之名私焉。後歸儒生，蠢庸不韻，鬱鬱不得志。值

獻逆之亂，被執不屈，搠死。

端淑曰：玉娟失身崔生，蔓草之什，何足道哉？其後駡賊不屈，有丈夫之風。噫！女子猶能補過如是夫！

寄崔生

緑鎖葳蕤曉院深，桃花雖豔未關情。阿誰喚起相思夢，只爲流鶯巧弄聲。

周　氏

臨清人。工詩，有殊色。今寓河南武安。

端淑曰：予弟玉嵒作幕武安，述其被掠顛末，甚爲扼惋。詩亦荒寂。

無　題

懶拈簫管譜清歌，斜倚西樓望若何。一自王孫歸去後，夕陽芳草亂烟多。

姑蘇女子

自記云『姑蘇薄命女題鄭州驛壁』，漢陽李雲田手授。

端淑曰：首句言失志也，次句言失時也。失時失志，豈非薄命？

題　壁

銀缸燒盡心還熱，畫鼓金鉦月已西。

衣氏

本山東仕族後，書『被東牽害難婦衣氏題』，楷法精善。

端淑曰：兵燹之後，衣冠女子湮没于荒烟衰草者多矣，非詩則何能傳？有云人以地傳，乃知人以詩傳如此。

題章丘龍山驛

香閨無鏡不梳頭，今日粧臺何處求。刺面北風天自在，祇餘幽夢到林丘。

王菊枝

自記云：『生于崇禎之七年，時逢九日，老母以菊枝名之。不幸大兵南渡，獲與俱來，以戊子之臘月宿此。冰霜滿面，欲語不能，偶竊筆墨，誌此壁間。大人君子，或見而憐之也。妾建安人。』

端淑曰：秉節操之志而不能全節操之行，勢萬不得已也。一絶令人有可憐之色。

清風店題壁

青青柳色照人行，恨却寒燈豔欲傾。誰誦文姬出塞曲，孤窗夜雨一般聽。

葉子眉

揚州人，自書『薄命妾廣陵葉子眉題』。

端淑曰：書不盡言，言不盡意。讀此可以無言，可以盡意。

題衛輝邸壁

風送塵飛到鬢邊，傷心從此别鄉關。勸君莫問宫中事，楊柳回頭起暮烟。

趙雪華

吴中羇婦也，見來元成先生《南行載筆》及孫枚先先生《南征紀略》。

端淑曰：鬱結不舒，發爲詩詞，以冀萬一之幸，難矣！世多俗眼，魚目不辨，陷此名姝，爲可悼也。

題沂州旗亭壁

不畫雙蛾向碧紗，誰從馬上撥琵琶。離亭空有歸鄉夢，驚破啼聲是夜笳。

其　二

日日牛車道路賒，遍身塵土向天涯。不因薄命生多恨，青塚啼鵑怨漢家。

金陵女子

未詳，見長洲錢尚濠《買愁集·哀書》。

端淑曰：豔麗娟秀，百媚皆生。懷人耶？抑自懷耶？

懷　人

瀟湘江上探春回，消盡寒冰落盡梅。願得兒夫似春色，一年一度一歸來。

浙江文化研究工程成果文庫
浙江文獻集成

浙江文叢

王端淑集

〔第四册〕

〔明〕王端淑 著
楊 葉 周昕暉 點校

浙江古籍出版社

名媛詩緯初編卷二十四

山陰王端淑玉映選輯

豔集上

楊玉香

南京人。年十五，以色藝稱。與閩縣林景清最契，約爲夫婦。林後北上，而玉香已死，林于月下見之，唏噓不置。

端淑曰：玉香至死，尚有生氣，可作忠臣烈婦，非環珮空歸之魂也。詩亦穩秀。

答林景清

銷盡爐香獨掩門，琵琶聲斷月黄昏。愁心正恐花相笑，不敢花前拭淚痕。

淮安妓

妓氏不詳。

端淑曰：彷彿似《竹枝詞》，却甚雅正。他人謾説(裁)〔栽〕冰雪，侵侵作小窗閒話矣。

送春試

淮水青青淮水渾，安排輕觴送王孫。明年三月桃花發，君聽傳臚妾倚門。

王賓儒

字蕋梅，南京舊院人。好文墨書史，吟咏詩畫之屬，皆所究心。有志相如其人，終以不遇爲恨。

端淑曰：蕋梅能立志，而不能與命衡，終與委身蔓草者不同。二詩寓意可欽。

梅花

虚名每被詩家賣，素豔嘗遭俗眼嗤。開向人間非得計，倩誰移上白龍池。

杏花

只愁風雨怯春回，怕見枝頭爛熳開。野鳥不知人意緒，啄教零落滿蒼苔。

陸氏

名妓也。其相識許贈《着腰問長短》，氏咏五言絶一章以答之。

端淑曰：詩纖鄙不足録，然在青樓，舍此又無可録耳。

情人許贈着腰問長短小詩答之

既許紅羅着，何須問短長。纖腰曾抱過，尺寸自思量。

劉季招

蘇州名妓也。

端淑曰：有豪邁之氣。

席上贈子行

華堂芳讌錦屏稠，君是瓊筵第一流。何日五陵金勒馬，玉環遥指傍江頭。

金陵妓

姓名未詳。

端淑曰：金陵妓詩，平鈍無味，讀之如嚼蔗根，愈嚼愈堅。予前有云，録及于此，亦憐才之苦心也。

送　友

送郎挾彈出平康，妾贈金丸賽夜光。若過横塘秋水上，莫教容易打鴛鴦。

馬守真

又名月嬌，字湘蘭，小字元兒。南京人。風流絶代，工詩書，善蘭竹。與王百穀友善。性好恬静，年五十七，沐浴禮佛，端坐而逝。有詩二卷。

端淑曰：留都稱金粉福地，而東西兩院，爲四方遊冶名人輻輳，豪靡極矣。湘蘭擅名一時，雖處烟花，非其志也。今花樓竹檻，夷爲瓜田，而行路之人猶豔稱之。噫！名之于人甚矣哉。詩有才情，爲百穀薰陶，自是此種香氣。

贈周青城

年少如君調不同，清狂高邁古人風。酒呑天外千江月，氣吐雲間百尺虹。攀桂久知成令譽，佩蘭今喜入芳叢。前身定是周公瑾，自醉交情氣槩中。

和街生

長虹帶映竹邊樓，樓外烟光望裏收。一水盈盈人不見，數聲腸斷鴈横秋。

遊桃花塢

攜壺與客共尋芳，遶澗桃花夾水香。襯屐緑茵岐徑軟，踏枝黄鳥柳絲長。喜傳玉液來鸚鵡，醉托金釵綴鳳凰。不減避秦當日處，却憐我輩是漁郎。

邵　氏

仁和人，名妓。

端淑曰：平腐如學究，對三字課，毫無意味。留此一絶，聊識其名。

寄　情

歲暮蕭蕭雨雪多，寒威入户墮金梭。忽聞青鳥傳消息，爲問佳期更若何。

鄭如英

小名妥，字無美，行十二。南京妓美姿容，鄭氏首推惟妥兒，韶豔奪目。親鉛槧之業，與期蓮生者目成，寄《長相思曲》，用十二字爲目，酬和成帙。冒伯麐輯《秦淮四美人稿》行于世。

端淑曰：余聞如英負才不羣，與馮具區、黄寓庸諸前輩相唱和。年三十，適期生不果，長齋繡佛。迄今將八十，【妓有至八十者，奇。】菸髮皤然。談往昔，如聽父老説天寶遺事，娓娓可聽。

南中送期蓮生

執手難分處，前車問板橋。愁從風雨長，魂爲别離消。客路雲兼樹，粧樓暮與朝。心旌誰復定，幽夢任摇摇。

朱斗兒

號素娥。畫山水小景，陳太史繼授以筆法，與陳聯詩云云。陳入史舘，素娥聚平日往還手跡，封題還之。鳳陽劉望岑訪朱，朱不出，乃投一絶云：『曾是瓊樓第一仙，舊陪鶴駕禮諸天。碧雲縹緲剛風惡，吹落紅塵四十年。』朱欣然見之。相傳託所懽買束腰詩，乃虞山女子季貞一之作也，今正之。

端淑曰：字珠句香，流傳樂府，一生二語不朽。正不必《三都》、《二京》，費盡穎元，徒博紙貴爲也。

聯　句

芙蓉明玉沼，楊柳暗銀堤。

楊　氏

南京人，善歌咏。其先學詩于陳編修繼，姿亦都，據《道聽録》云。余遊金陵，楊尚存，未見其能詩。疑此即陳代作，或好事者爲之，而梅禹金《青泥蓮花記》及方仲賢《宫閨詩史》俱云楊氏作。

附：小小

姓氏未詳。《丰韵情書》云此詩爲妓小小作，二人並存，未知孰是。

端淑曰：此詩相傳不一，而《列朝詩集》又作朱斗兒之詩。均不可知，存之以詢知者。詩亦秀韵可誦。

柳

楊子江邊送玉郎，柳絲牽繫柳條長。早知留得行人住，多向江頭種兩行。

李翠英

字文玉，小名元兒，行一。南京名妓。有王孫國華結社秦淮，以元爲稱首。其貌風韵可嘉，性沉静，頗閒翰墨。朱心遠與昵。

端淑曰：文玉詩整練，排體非此調反不工肖矣。

花飛落繡牀

粲爛驕衾枕，春風送落英。薄帷張未下，近榻拂還輕。恐攪佳人夢，偏饒浪子情。堆屏任重疊，遶檻太縱横。且戀飛頻轉，無言積更盈。秖愁雙笑起，遠却錦官城。

王觀微

字纖若，揚州名妓。陶觀濤女也，與吴子茂厚。

端淑曰：纖若負志高潔，質瑩白，弱不勝衣。素有口辯，以氣凌人，諸姬咸爲避席。詩涉詞曲，欠大雅。

敍　别

祖帳迷離候舘鴉，送君南浦碧輪斜。萋萋輾破王孫草，寂寞芙蓉江上花。

楊　玉

字玉英，沙陽人。流妓也。

端淑曰：玉英菊詩，疎淡秀冷，當于暗香浮動時誦之。

對菊感懷賦呈羽仲

勿謂秋容淡，秋籬花一枝。自能開曉色，豈必逐春時。疎影清霜在，孤懷明月知。惟君憐此意，可以共言詩。

李素素

未詳。

端淑曰：素素一咏，渾朴而風致自遠。

送周郎

君有成都往，思君難得還。蜀天何處盡，巴月幾回彎。

景翩翩

字三昧，建昌青樓女也。與梅子庾有婚姻約，不果，久之窮困以死。然三昧家本盱江，時時出游建安，故王百穀誤以爲閩中女子。詩名《散花吟》，百穀即爲作詩序。

端淑曰：三昧《怨詞》『日日萬餘里』，妙似『腸中車輪轉』；《襄陽蹋銅蹄》之作，緑珠墮樓，只爲意氣二字。

怨詞

豈曰道路長，君懷自阻止。妾心如車輪，日日萬餘里。

襄陽踏銅蹄

郎是襄陽人，慣飲襄陽酒。未醉向郎言，郎醒應回首。

朱　灡

字碧波，南京妓也。

端淑曰：碧波詩庸庸，亦不多見。如《看劍》詩，方仲賢曰：『女子言俠氣可取。』

看　劍

簇簇芙蓉鍔，寒光不可親。柔心持自遣，俠氣對逾真。炤面春山蹙，迴眸秋水新。時時勤拂拭，欲擬薄情人。

趙彩姬

字今燕。南京名妓也，與馬湘蘭齊名。張幼于嘗稱之，于是名冠北里。冒北麐云：余從十二姬中見今燕詩，頃游秦淮，知其尚在，屏居謝客。與吴非熊訪之，容與温文，清言楚楚。枇杷花下閉門居，風流可想，不獨徐娘老去也。故爲刻其詩，附于湘蘭之後。

端淑曰：今燕雅負才情，不妄交接。居常燕坐，讀書懷古，寄興落落，渢渢乎唐音哉！秦淮四美，洵不誣也。

古　意

河邊楊柳樹，枝葉何裊裊。一朝花落飛，東西不相保。人生會晤難，别離何太早。昔爲連理枝，今爲斷腸草。睠念當時歡，相思令人老。

送沈嘉則游廣陵

秋風吹送木蘭舟，處處青山待隱侯。莫向青山歌玉樹，揚州花月使人愁。

朱無瑕

字泰玉，南京人。幼學歌舞，舉止談笑，風流藴藉。長而工詩善書。有《繡佛閣集》行于世。

端淑曰：無瑕舉止閒雅，長而淹通文墨。萬曆己酉，會集天下名流，無瑕詩出，人皆自廢。時人以方馬湘蘭云。

仲春陸不淄胥成甫飲小閣

邂逅相逢處，春城日暮時。問花因對酒，刻燭擬裁詩。閣迥争波撼，簾疎月未遲。慨慨長夜飲，莫樂是新知。

秋閨曲

芙蓉露冷月微微，小院風清鴻鴈飛。聞道玉門千萬里，秋聲何處寄寒衣。

梁玉姬

字瑯環，一名小玉。杭州人。作《兩都賦》，半載而就。又著《瑯環集》二卷行世。嘗商略古今名娃，奉薛濤爲盟主，以蘇小小、關盼盼配享，顏曰『花壇三秀之祠』，歲時奠而酹之。蒙叟云：瑯環爲祭主，恐燕子樓中人不受此一瓣香也。以李季蘭、魚元機易置之，斯應此祀典耳。

端淑曰：虞山評極當。但女郎半載而賦《兩都》，媿殺左思十稔矣。詩不必責其甚工也。

舘娃宫

江有鴟夷霸氣空，還從餘址想雄風。浪傳西子能傾國，誰説東吴自造窮。歌舞化成蛙兩部，綺羅翻作薜千叢。受恩深處芳魂在，青血年年杜宇紅。

徐　氏

南京妓。

端淑曰：徐氏詩止二句，出徐昌穀先生集内。蓋昌穀愛其有婉思，以詩吊之，而載其末韵云云也。惜早死，詩不多傳。

春　陰

楊花厚處春陰薄，清冷不勝單裌衣。

小　蘭

南京人。《藝苑卮言》云：小蘭于客座分詠，得骰子，即應聲云。關漢卿襍劇載謝天香詩云：『一拉低微骨，置君掌握中。料應嫌點涴，抛擲任東風。』詞意畧同。

端淑曰：小蘭詩，《列朝詩集》作正德間妓，稱其有脱胎之妙。《堯山堂外記》贊其極清、極切、可喜。《古今女史》云：含情入趣。俱定評也。余謂夙根慧心人，如是如是。

骰　子

一片寒微骨，翻成面面心。自從遭點(汗)〔汙〕，抛擲到如今。

朔朝霞

南京人，名妓。見《列朝詩集》。

端淑曰：朝霞以深情托之毫素，銷魂戀時，端不在夕陽樓上也。

送人

秋風江上送君舟，落葉江楓總别愁。解纜不知人去遠，凭欄猶倚夕陽樓。【可作《秋江送别圖》。】

周青霞

杭州妓也。

端淑曰：嗟哉，西陵無松栢矣！欲結同心，何處着油壁車耶？青霞詩雖感人，未足盡其悲也。

病中别禹錫于藤溪

寒林落日倚枯藤，淚灑清溪紅欲冰。此際與君爲别去，好尋松栢到西陵。

趙麗華

字燕如，小字寶英。父鋭，善音律，武皇帝徵入供奉。燕如年十三，録籍教坊。容色殊麗，應對便捷，能綴小詞，即被入絃索中。性豪宕任俠，數致千金，數散之。與名士朱時陂、陳海樵、王仲房、金白嶼、沈勾章游。盡捐粉黛，杜門謝客，而諸君與之游，愛好若兄妹。

端淑曰：予讀沈勾章傳麗華曰：趙不但平康美人，使其具鬚眉，當不在劇孟、朱家下也。蓋緣燕如爲人豪爽任俠，不拘小節，雖千金亦不易心。其爲海内所重如此。詩雄健，無粉黛氣。

公孫大娘舞劍行則周公瑕

自昔盈盈初十五，獨見羞蛾頻靨輔。學歌學舞可奈勞，棄去不學學劍舞。芙蓉氣溢秋水寒，星文電轉霜威熕。羞勻粉黛小垂手，宛轉驚燕還翔鸞。生平任俠多自許，聶隱紅線吾偕侣。掌上翻飛擬翠蓋，隨風旋旋空中舉。公孫劍術夙擅塲，見之眉宇都飛揚。超悟獨推張長史，一時筆陣生鋒鋩。

笑人寄吴箋

感君寄吴箋，箋上飛雙鵲。但效鵲雙飛，不效吴箋薄。

金白嶼王仲芳沈嘉則九日醵金會飲則詩見贈即席和答

少小秦樓學燕飛，楚雲湘水見應稀。忻逢此日重陽酒，還整當年舊舞衣。結客自憐非趙俠，靚粧無復是南威。勸君未醉休辭醉，細插黄花且莫歸。

吴娟娟

字眉仙，南直青溪人。與閩林茂之厚。娟畫水仙，茂之爲作《水仙賦》，今爲石城陳宗來所珍藏。自號羣玉山人。

端淑曰：可爲水仙寫照，又可爲娟娟寫照，亦可爲茂之先生寫照，宗來以爲何如？

題自畫水仙

綽約來姑射，凌波自絶塵。近從詞賦裏，貌出洛川神。

葉星

字二珩，福建人。稱爲星星美人。性俠，姿色絶世，工染翰琴碁。與許生友眉交。著《五葉園草》，李公于堅、蔣子賓坊爲之作詩跋。

端淑曰：陳栢菴聖教評星集曰：『文生乎情，情生乎文，相生不已。李介生先生之詩之，文生乎情也；葉較書剞劂之，情生乎文也；蔣俟齋爲之序，復文生乎情也。』至哉斯言。總之，細讀星集，不離一『情』字也。

簡寄吴周屏

北郭橋横度，幽棲傍水亭。溪泉山下白，池草屋邊青。漉酒分陶葛，烹茶著陸經。最憐風雨後，深涉慰飄萍。

暮春武林胡彦遠偕許有介高雲客過五葉園見訪彦遠偶成一詩依韻奉答

到門無近想，惟咏落花多。芳草能爲緑，春風得幾何。人傳子夜曲，吾愛大風歌。漳水鈿臺下，相看事盡跎。

崔五竺久留湖上未歸用見贈韻寄懷

江湖寄傲越三秋，高卧懸知百尺樓。南望金陵懷古處，寒鵶飛上石城頭。

鍾山紀伯紫枉詩見贈越歲得之僅一副本依韻簡寄

篺冠埜服巷間過，愛向衡門坐碧蘿。何自鴻書竟漫滅，教人空倚懊儂歌。

簡謝陳昌箕學博爲余移家入省

感君真意氣，別久尚憐余。濟涉謀舟楫，防微惠赤書。事逢多艱日，情見舊交餘。欲謝何由寄，江邊雙鯉魚。

張舞媚

新安翠仙女也。萬曆庚子立春，郡邑長令皆浙人，先期申戒，迎春于東郊，百工咸悦。而窮極奇巧中有一座，名蟾宫折桂，爲嫦娥者即舞媚娘也，見者驚若天人。越四月，始破瓜，以多飲燒酒傷死，年僅十五。

端淑曰：美色人之所好，舞媚年十五而即能動人豔思。噫！色之一字，可不畏哉！

孔舍人招飲李昭齋頭適小友韓生至自白下昭一見心許戲題以贈

尊開北海集羣仙，青眼矇矓意已傳。試問平原歌舞地，座中若箇是韓嫣。

南陽妓

姓名未詳，見《青樓韻語》。

端淑曰：字字是情致語，可謂敘事之能品，非泛泛應酬之筆也。

別離曲

妾家鄭侯國，肯媿邯鄲姝。世本富繒綺，嬌愛比明珠。十五學組紃，未嘗開户樞。十六失所適，姓名傾里閭。十七善歌舞，使君要宴娛。自有兹樂府，不得同羅敷。涼温忽荏苒，屢接朝大夫。相歡不及情，何異逢路衢。昨日見一郎，目色曾不渝。結愛從此篤，暫隔猶云踈。如何遂從宦，去涉千里途。郎誇青驄馬，妾乘白雪駒。送郎郎未遠，别妾妾仍孤。不如水中鱗，雙雙依緑蒲。不如雲中鵠，兩兩下平湖。魚鳥尚有托，妾今誰與俱。去去見春華，終朝怨日賖。一心留杏子，便擬見梅花。梅花幾時吐，頻掐欄杆數。東風若見郎，重爲歌金縷。

杜飛飛

本大梁人，落籍南京舊院。

端淑曰：怨恨之語，形于筆墨，説來却又如泣如訴。

語陸仲文

歡來兩意濃于酒，自擬如君情未有。君貌君才妾獨憐，妾悲妾喜君知否。怨君冷眼腸偏熱，怨君情多語更别。一心直把掌中擎，一心番作刀頭折。相將共起合歡床，啼笑緣君兩不忘。柔腸萬轉難憑着，除却思郎却恨郎。

索四娘

不知何處人，金陵名姬也。

端淑曰：滿紙淒風楚雨，真所謂『人生最苦是離别』也，信乎！

柳枝詞送友

帶雨多雲百尺長，折來空自斷人腸。柳絲繫得郎舟住，再向江邊插幾行。

愛　奴

姓氏未詳，南京舊院人，名妓。見《青樓韻語》。

端淑曰：淡淡説去，自見真正交情。若一雕飾，反覺平常矣。

戲語方時亮

意想青藜分痛，清濃素腕舒輕。郎是深憐小小，奴應恃愛卿卿。

齊景雲

一作錦雲，直隸人。與文學傅春定情，不見一客。春坐事擊獄，景雲爲脱簪珥，至賣卧褥以供橐饘。春謫戍，景雲欲隨行不可。春去，蓬首垢面，閉户閲佛書，未幾病没。

端淑曰：景雲贈傅春詩，即有相隨至死之意，不特慧心，且具筠貞矣。收之以爲青樓增色。

贈庠生傅春謫戍詩

一呷香醪萬里情，斷腸芳草斷腸鶯。願將雙淚啼爲雨，明日留君不出城。

馬　珪

字文玉。善謳，善琴，善畫。庚戌春，遊西湖，作《憶舊》詩四章，武林詞客屬和盈帙，皆莫及也。縉雲鄭士弘爲之序。

端淑曰：黄岡朱荃宰令武康，作《名士説》曰：『所謂名士者，非姓名流傳，人人皆知其名之謂也。』快哉斯語矣！彼慕虚名，聯聲氣，干謁權貴，夤緣作合，睥睨鄉黨，淫穢無妄，且爲天地鬼神所棄，又何名之可稱哉？及點次文玉詩，名宿詞客盈帙，皆莫能及，而名曰詞客、曰名士，吾不可解也。欲作名士，當熟讀朱白石《名士説》。

春日泛湖憶舊【此二詩何至人人不及耶？】

自昔湖山羅綺春，客中君喜及花辰。開樽向午催開舫，問水臨沙拜問人。踏遍菏痕還碧嫩，眠餘柳色轉清新。獨憐車馬多非故，歌舞依然十里塵。

其　二

一隻蘭舟幾日湖，同心暗結事難圖。比來西子應無主，何處羅敷自有夫。沙暖燕歸春閣早，醉餘人別莫橋孤。年年只解看花到，草色今朝獨弔蘇。

馬如玉

字楚嶼，行大。本張姓，家金陵南市樓，徙居舊院，從假母馬蕙芳之姓。修潔美豔，傾動一時。受戒棲霞，法名妙慧，耑勤學佛。年三十八而卒。著有《楚嶼集》。

附：馬蕙芳

金陵舊院妓也，亦授戒棲霞蒼麓禪師，法名某。

端淑曰：楚嶼蕭疎，無兒女子態。喜《文選》、唐音，善小楷、八分書，墨妙諸伎。晚好宗門，意多世外。

過馬十一娘墓

南國容華謝，西陵松柏蕃。妍媸終有盡，修短復何言。舞態翔歸鶴，歌聲哽夜猿。傷情同伴女，時一弔高原。

其　二

花月人千古，乾坤土一坏。霜疑鉛粉剩，苔認翠鈿留。孤塚埋幽恨，寒烟愴墓愁。相看憐病骨，清淚灑松楸。

崔重文

字嫣然，小字媚兒，行三。與姊景文同名。少機警，知文史。所居有幻影閣，返炤入窗，則庭柳扶疎，飛禽去鳥，影現壁間。房幃虛朗，書帙横陳。(于)與名人詞客遊，程孟陽稱之。

附：崔景文

字倩，行一。重文胞姊。曲中稱曰二文。

端淑曰：重文機警，有權略，通文史。詩句足以愁添木末，爲之『北里女士』也。

別黄元龍

昨夜羅幃始覺霜，月中疎柳一時黄。曉燈欲暗將離室，不道離人畏曙光。

其　二

九月江南似小春，偷春花鳥殢歸人。粧臺直對長干道，愁見行車起墓塵。

沙宛在

字嫩兒，南京人。自稱『桃葉女郎』。有《蝶香集》、《閨情》絶句一百首。

端淑曰：詩真處不加粉飾，方是性情，若隨風掉弄，一味趨時，大傷風雅。三詩妥貼。

閨　情

白燕雙雙入幕頻，梨花香遍雪爲茵。夜來縱有遊仙夢，不作烏衣國裏人。

其　二

瓜菓初沉月殿高，雙星今夜會雲曹。笑來好事唯乾鵲，甘爲他人髡頂毛。

其　四

朝來報道牡丹開，拚取紅紗護錦堆。癡蝶貪香尋不得，遶見衣袂百千回。【的是妓。】

其　五

從來月蝕最愁予，繡佛龕前誦佛書。凡夫不知天上事，嫦娥意念更何如。

蘇桂亭

行一，南京人。《烟花小史》云：不聞能詩。

端淑曰：《亘史》云：同時名姝，才伎絶倫，不下十餘曹，咸以文狀元推之。爲人儒雅恬静，如嶽峙海澄，名流韻士，莫能窺其涯際。別淚江流，令人心賞。

送　人

交情何草草，別思更悠悠。有夢窺郎面，無書見隴頭。頻將別時淚，化作江水流。風波不可散，點點逐君舟。

張　九

蘇州人。一云沈氏，見《内家吟》。

端淑曰：巧思細心，裁成新樣，梅花閨咏，有此韻事，蟻子可飛昇叨利。

春日即事《内家吟》題作《閨情》。

金鍼戳破窗檽紙，引入梅花一線香。螻蟻也知春色好，倒拖花瓣上東墻。

陳淑女

南京人。與湖廣會元廖公道南狎，嘗有聯句，擅絶一時。最後瓊姬，以名傾世。

附：陳瓊姬

字芳春，行十。舊院人。淑女乃其姑也。

端淑曰：淑女聯句，天然巧慧，可稱作手，覺廖會元反道學氣也。詩用不着道學二字。

又曰：瓊姬容止婉麗，矩度幽閒，不同庸調。修眉俊目，秀外慧中，種種可意，自是旖旎。

穩桌同廖會元聯句

木屑原來斧鑿成，廖。暫來底處立功名。陳。雖然不作擎天柱，廖。也斷人間穩不平。陳。

張　回

字淵如，號觀若。南京朱市妓也。

端淑曰：淵如丰姿秀豔，綽約有致，音律之妙，今古無兩。人得其片紙隻字，可易千錢。《帆影》一詩，目斷歸鴻矣。

帆　影

勞勞亭次別，無計共君歸。一葉隨風去，孤帆挾浪飛。日窮河鳥亂，望斷浦雲非。只在天涯畔，傷心隔翠微。

無名妓

正德間妓。晉陵蔣仲舒《堯山堂外記》載其一聯云云。

端淑曰：詩止十四字，神傷萬里橋。身如作客，不可多讀此語。

無　題

故國五更蝴蝶夢，異鄉千里子規心。

陳瓊芳

未詳，見《丰韻情詞》。

端淑曰：瓊芳《答閨伴》詩惜未見，聞似謡歌體。《飲酒》詩足使當筵心醉。

答徐驚鴻飲酒

當杯多賞會，樂酒獨稱宜。今日儂爲政，此時卿莫辭。卿無用卿法，儂豈顧儂私。即看如約者，便是有情癡。【詩不成詩，不過撩人手耳。】

崔小英

字素交，南京妓。

端淑曰：率筆吐詞，土木感泣，可以焚盡天下誓盟書。

尋　盟

不見斷腸花，還佩相思草。對神惜少年，仰天訴偕老。吐詞羞是非，吞聲懼顛倒。長歌白頭吟，永言以爲寶。

素　帶

吴中小妓素帶能詩，有《贈情人》詩二首，沈從先稱之。

端淑曰：一副利齒，滔滔不竭，如讀《閒情賦》，古意新愁，不能斷絶。若使永年，秦淮四美豈能獨擅千古？

情　人

郎明日别，妾心惙惙。願作郎車，與郎共歇。

寄　友

妾作五言詩，試寫梧桐葉。因風寄贈郎，期與郎相接。

王　元

字元卿，南京人。

端淑曰：元卿如嫩柳夭桃，臨風欲舞，不堪摧折，亦不肯輕以接人，是以爲貴。其《凭檻》詩是渠寫炤文字。

凭　檻

雨迴桃葉渡，秋水碧差差。椅檻臨流處，凝眸不語時。雲與意俱遠，月于陰漸移。懶歸粧閣去，偏此觸相思。

范璣

字舜華，揚州名妓。

端淑曰：舜華姿容丰滿，筆墨間無復古人滓穢，女士中儲王也。

《紅蕉集》曰：姿容窈窕，名噪青樓。住在維揚，遍訪不遇。讀其詩，不能不深彼美之思。

真州偕李震菴看桃花

江柳風中亂，桃花已暮春。扁舟迎紫燕，帆影逐青蘋。載酒龍門會，清歌雒水濱。武陵從此渡，片片溯前津。

喬容

字雲生，南京人。

端淑曰：雲生二律，幽寒清迴，遠静明淡，直過皎然、馬戴。

步韻答所贈詩

憔悴粧前夢未消，春風處處傍君船。自憐弱質和花瘦，且喜同心向月標。未許白頭吟司馬，豈堪紅袖舞雙喬。巫雲一片江干遠，留却愁眉不認描。

其　二

瞬息年華莫浪消，感君魂夢繫君船。已知燕子樓頭冷，祇願麒麟閣上標。秋冉湘蘭差比晁，春深銅雀愧稱喬。可憐碌碌烟花裏，敢效微顰也待描。

劉　香

字素蘭，揚州人。

端淑曰：素蘭慕俠妓沈隱之殉義也，以詩弔之，且語多悲壯，非徒泛泛隨波者。具此肝膈，亦沈隱之亞歟！

贈俠妓沈隱

松枝落葉草含香，曉望孤踪淚幾行。憑弔虎丘花夜月，應無別恨寄真娘。

其　二

蒼蕉綠薜暗垂陰，月夜懷人託短吟。無限芳心冷水北，蘇家小妹料同心。

卞　璽

字荆璞，南京人，見《扶輪初集》。

端淑曰：荆璞之名，聞之于往來名宿非一日矣，以不見其詩爲憾。至丁酉年，睿子禪友梵林上人持一箋來，詢之，乃知爲荆璞珠玉也。反復讀之，如入華胥錐水，令人神往。

偶　題

雨濕薔薇紅潤屋，絲絲弱柳隨雲北。風帆驚起樹杪禽，片霜迎住前溪鹿。烟景空明黛可圖，波光清灩人唯獨。畫欄斜倚訴東風，船過瀟湘看鴈宿。

王梅仙

北京名妓也。山陰進士茹公鉉未第時與交，見茹所著《出京門篇》。

端淑曰：梅仙能鼓瑟，善筆墨，議論風生，頗輕南國。而性情則甚柔麗，詩出佳人齒頰，只覺其香豔也。

閨　咏

花枝點點落梅苔，一片清香遶夢來。倦起臨流看碧色，癡魂猶憶楚陽臺。【的是妓。】

梁成

北京正陽門外蘆草園名妓，美姿容，善音律。

端淑曰：成娘姿容妍麗，柔媚可餐，睿子曾爲余道之。此一詩亦吉光片羽也。

贈友

欄干斜倚怨雙鷗，試問終身可自由。最恨西隣輕薄者，閒抛蓮子過墻頭。

沈玉肌

大同人，名妓也。亦見進士茹鉉《出京門篇》內。

端淑曰：玉肌善琵琶，工吟咏。雖墮烟花，不逐車馬，每以謝金蓮自許。其然，豈其然乎！詩似情深，又學内家囑付。

閨咏

月光慘淡映花陰，露冷啼鵑送曉春。一派琴聲吹入耳，傷心唯有女兒深。

贈友人

自憐色豔少知音，今日逢君便可親。塞外風霜宜珍愛，閒花切莫又勞神。【不成詩。】

張素如

福建人。浙江温州府參軍某孫女，適華。華不肖，落風塵，遂居西湖。與山東王與階最厚。

端淑曰：此詩改换數字，覺香豔滿紙，識者當自知之。

題扇頭芙蓉

芙蓉開遍滿江紅，誰謂芙蓉似妾容。昨日妾從堤上過，何如不復看芙蓉。

錢宛鸞

字翔青，蘇州人。工詩善繪。

端淑曰：琢句幽適，能出山林逸致，只覺亭亭玉立。

無　題

天涯後會豈無期，鸞鏡生憎妬影時。别緒遠依雲樹杳，音書難訊鴈魚疑。魂迷蝶枕三更夢，腸斷花箋一紙詩。憶得秦樓雙誇[一]鳳，洞簫聲咽不堪吹。

春　恨

風雨閒庭鎖寂寥，又看春色望中消。翠屏斜倚思無奈，夢逐飛花過小橋。

雜　感

殘書一榻對松風，帶冷香銷嘆轉蓬。小院癡情春暖後，扁舟孑影夕陽中。蟬留舊草驚飛白，蝶去餘花慘夢紅。多少幽懷誰解得，林間小鳥唱酬工。

校勘記

〔一〕『誇』，南圖本朱筆校改作『跨』。

名媛詩緯初編卷二十五

山陰王端淑玉映選輯

豔集下

端淑曰：予輯《豔集》已就藁矣，夫子忽于書肆中携《青樓韻語》一册，閱之皆名姬艷妓歌咏也。大畧收羅無遺，時下作家不少，恐尚有未盡。今録葛賓月下若而人，再附以名妓姓氏。其卷内有名，兹不再列。至于詩之真贋，未暇窮執也。

葛賓月

南京舊院人。

葛氏名姬：葛鳳竹、葛么鳳

端淑曰：不必摹擬陶謝，胸中自發，識格高老，已掩前人矣。

寄情

青青蘼蕪枝，鬱鬱故山垂。詎知昔慊慊，遽作今萋萋。憶昔繆恩私，憐君特見宜。鴛鴦羞比翼，菡萏惜連絲。君持可憐意，妾誓始終期。妾心君故知，妾身不自資。情知非分理，俗態横想持。遂令君意失，翻爲妾心移。種山尚有巔，淮水尚有涯。妾意直如此，寧將衰草齊。冰輪墮羅帳，可以鑒情思。黛歛風前怨，紅翻夢裏啼。知君想晤否，淚盡此緘辭。

劉　元

南京朱市東名姬也。

劉氏名姬：劉賨、劉鳳臺、劉鳳、劉龍、劉茜華、劉繡、劉九、劉倩倩

端淑曰：心事畢露，自得中如許感愴，然妙在蘊藉。

詰顧生

朝登垝垣上，往事已非今。新燕舞未歇，前魚泣不禁。豈知青眼眄，翻作白頭吟。葑菲拚相棄，何論夙昔心。

陳真素

南京舊院人，或曰北京東江米巷，後遷杭州。

陳氏名姬：陳夜舒

端淑曰：微芳幽馥，時欲襲人。

贈汗巾

愁聽玉漏夜偏長，薄命如儂固自當。一縷機絲聊寄恨，莫教抛擲阿誰傍。

劉桂紅

南京舊院人，事見名妓劉元下。

端淑曰：丰度古折，使人低徊，不忍讀竟。

閨　怨

離居垂妾淚，遠役斷君腸。不及樓中燕，雙雙語畫梁。

其　二

送君千里別，看月幾回圓。織得相思字，無因托雁傳。

苕溪妓

姓氏未詳。

端淑曰：遺興感懷，收之囊篋中久矣。

贈香囊

幾寸輕紈手自持，偷閒繡出合歡枝。慇懃更着同心結，欲爲蕭郎繫所思。

李慶英

南京舊院名妓，後徙維揚。

李氏名姬：李昭、李小九、李美、李如意、李文娟、李虎、李瑶英、李幼華、李小三

端淑曰：嬌嗔語不必以格律拘之，却又説得可憐。

答　詩

自昔瓜初破，翻羞李似仙。小開連理竇，微創合歡眠。綽約非姑射，便娟豈洛川。敢矜年最少，惟倚壻相憐。

存　兒

姓氏未詳。

端淑曰：末句贈人之意，更自可誦。

贈　友

寥落山城露草光，坐殘明月夜生涼。何時重把幽情訴，爲解詩筒出錦囊。

金端行

本籍山東，落籍舊院。

金氏名姬：金鶯兒

端淑曰：其意蓋有在。

自　題

幾縷芳心托素絲，陽春一曲記相思。六花帶雨投絃急，三白回風又指遲。初逐落梅迷雁足，半隨飛絮入龍池。江南尚有知音在，何必黄公鑄子期。

董如瑛

南京舊院董之樓人。

董氏名姬：董文華、董秀華、董文英、董寶姬、董茜姬、董月生

端淑曰：如入桃源深處，步步香光襲人，却又説盡妙境，無限委宛，忽然想出樂地，可謂情

景如畫矣。

題李昔非齋頭

路入桃源莫問津，吾家别有武陵春。緑陰花下無人到，唯有花香暗襲人。

凌　雙

未詳。

端淑曰：形容移居亦孤冷。

聞玉如移居戲題代贈程母潛

此地風塵遠，惟君與共遊。林深耽宿鳥，椹熟醉鳴鳩。莫以殘紅盡，還將大白浮。情連目追逐，何地不相投。

蘇小瓊

南京舊院人。

蘇氏名姬：蘇淑華、玉堂春

端淑曰：似箴語，又似自矜語。

戲成寄調

羡君年少擅風流，自擬章臺號雅游。但得到門窺粉黛，何須入座聽箜篌。丰標只向簾前遇，兩態曾無夢裏投。寄語風流休自逞，目成難共結綢繆。

李素芳

南京舊院名姬也，事見李慶英下。

端淑曰：寫得歡聚不常，使人驀然心惻。

月夜元常過訪

獨夜逢君至，空庭月倍明。深情從握手，逸興起飛觥。忽漫聞雞早，倉忙策馬行。凝眸時按轡，相望各含清。

何玉鸞

南京舊院人。

端淑曰：大雅可觀。

懷　人

歡意隨東流，一去不迴首。當時燭下盟，問歡還憶否。

衛紫英

南京舊院名姬。

衛氏名姬：衛朝

端淑曰：似覺真切，説到麗情，則又套矣。

贈　友

相逢纔片語，座上覺春生。勝致君應擅，心期妾轉縈。詼諧推曼倩，脣舌藐君卿。曲室從傾倒，偏宜説麗情。

董貞貞

江南舊院琵琶巷董之樓豔姬也。

端淑曰：以色娱人，《病中》即覺意致淒然。

病中寄人

璿閨幾日抱沉痾，相對閑屏減笑歌。縱使郎心能見惜，芳期無奈轉蹉跎。

趙燕雛

金陵舊院大街名妓也。

端淑曰：柔情如脂，字敲珠豔，句落蘅香，讀之能令人心動。

清吳閣夜同謝少連雅歌劇飲作

挑燈高閣檥青絲，按拍從郎唱竹枝。座上不須頻顧曲，聲聲賡和總塤篪。

李　冠

南京舊院人，事見名妓李慶英下。

端淑曰：嬌嗔間出，恃愛彌深，妙在含蓄。

□□〔一〕

愛久情偏忤，期多信轉渝。燈前羞對語，背擲繡香襦。

校勘記

〔一〕詩題脱。

鄭秋容

南京舊院人，或云本武林舊族。

鄭氏名姬：鄭姬

端淑曰：心目惝恍，情致入奥。

□□〔一〕

朱顔緑鬌多狼藉，倦倚香奩矜粉澤。問郎何事獨鍾情，盡日相依偏見惜。

校勘記

〔一〕詩題脱。

趙　瑣

南京舊院名妓也。

端淑曰：詩亦警拔，恐能説不能行耳。

謝　友

感郎情意堅，尺素時相送。妾已謝乘鸞，君猶數題鳳。翠袖捲郎當，瑶琴罷拈弄。夜久已空牀，無復陽臺夢。

蔣瓊瓊

南京舊院名妓也。

端淑曰：是囑付語，喜其不落套。

秋日懷杜生值彦卿適至遂作書托寄賦此

當時一自叶琴心，悵别逢秋思不禁。憶爾豈應尋别調，逢人只是念知音。儘拚鏡匣辭膏沐，却似刀環望藁砧。今日憑君作雙鯉，一緘珍重莫浮沉。

周　瓊

南京舊院人，周氏鵲起甚微。

周氏名姬：周瀶雲、周菊燕

端淑曰：珍重書懷，是平康本色。

秋日書懷

閣外秋風裡柳絲，摧殘似妾近來時。花間響絶藏歌扇，匣底香含剩口脂。漸向粧樓慚傅粉，每聞清磬欲披緇。傷心佇立斜陽下，獨把殘花寄所思。

文麗容

南京舊院名妓也。

端淑曰：熱鬧中忽閲此詩，不覺撫卷長嘆。

自　嘆

旋典春山不計貧，還將緩急付誰論。到門只有徵逋客，折券誰爲市義人。四壁經時無長物，一燈獨夜有閒身。蕭蕭風雨連朝至，倚遍寒爐欲愴神。

李清音

南京舊院人，事見李慶英下。

端淑曰：描景曲盡，可入玉鏡臺中。

擬古

相歡愜魚水，共戲水中坻。操舟採蓮罷，從來理釣絲。

沙羽儀

金陵名姬。

沙氏名姬：沙寶、沙壽、沙存

端淑曰：長吉錦囊，亦不多見。

病中對友

病起共偎依，相持籠玉腕。憔悴罷紅粧，多君獨流盻。

謝爾珍

南京舊院人，一云杭州人。

謝氏名姬：謝雲仙

端淑曰：情況閒冷，似曲中佳話。

別人

無言終日倚朱樓，虛度韶顔二十秋。夜月停卮君易去，春風鼓棹妾難留。三生有幸逢司馬，七夕無緣並女牛。惆悵不堪回首處，離心遮莫寄東流。

趙觀

金陵舊院人。

端淑曰：酒令如君令，信乎？一詩寫出醉醒小似，可作《司酒》贊。

司酒

花亭月榭酒腸寬，醉殺詞人自足歡。但有青樽司命在，何妨觴政虐如殘。

李元

南京舊院人，事詳見李慶英下。

端淑曰：悲喜交集，詩本于情，信然！

喜王生再至

已道成離别，思君獨愴神。寧期愁病裏，復對意中人。笑語情逾密，隈依興轉頻。挑燈清漏永，恍惚夢相親。

趙婉容

南京舊院人。

端淑曰：訴盡平生心事，多是春花秋月語。

寫怨寄友

郎心如柳絮，飄蕩任風旋。縱有雙南贈，終無百歲緣。盟言徒謔浪，恩愛豈纏綿。番妬春來燕，雕梁比翼眠。

周　嫩

南京舊院名妓也，事見周瓊下。

端淑曰：不必故作警語，一氣呵成，而宛轉自見。

酒半示友

心期欲吐酒初酣，蟬髩斜欹墮寶簪。奈得尊前多白眼，桃花流水好重探。

李　瑣

南京舊院人，事見李慶英下。

端淑曰：不減阿鼻。

自　敘

可憐落籍向青樓，强對人前秖自羞。最是多情相愛處，教人佯笑轉含愁。

謝元珠

金陵舊院人，事見名妓謝爾珍下。

端淑曰：亦無可奈何也，可憐可嘆。

即　事

着意就歡濃，慇懃共追逐。但得心見憐，何須貯金屋。

霍雲

金陵舊院人。

端淑曰：豪華氣焰，可作公子小像。

贈遼陽李公子

銀鞍駿馬鷫鸘裘，鼎食鐘鳴並五侯。不惜黄金買歌笑，青樓日費萬纏頭。

江陵妓

姓氏未詳，徙居金陵。

端淑曰：恐未必然，亦是好看話。

送芮實卿還蕪湖

君家旅寓楚江平，今日相逢識姓名。却恨明朝又離别，相思一夜繞蕪城。

倪元美

南京舊院人。

端淑曰：如此阿獃，須得如此詩打發他，還恐他不懂得。

嘲王生

風流自擬逢傾國，到處青樓耽麗色。争知繫馬向章臺，相看若個曾相識。

李非烟

南京舊院人，事見李慶英下。

端淑曰：流連如許，特才具學問不逮古人，故不能使人矜爽，然亦清中之樸也。

再晤詩同趙生賦

去年花裏送君行，此日相逢又落英。已道鶯儔難再合，寧期牛女復憐情。雙眉轉覺增新恨，片語番從話舊盟。莫向青霄惜沉醉，河橋明發又長征。

賈素琴

南京舊院人，或曰北京前門外蘆草園名姬也。

端淑曰：無甚警思，是平康口吻。

解珮贈友

半𩎑雲鬟倚繡牀，生憎雙燕宿雕梁。臨風忽憶人如玉，自解明璫贈阮郎。

高鳳翔

南京舊院名妓也。

端淑曰：氣格高俊，兼有惋情，可謂無虛響之習矣。

贈指環

贈郎雙指環，此意郎知否。願逐掌中珍，把握從郎手。

鄭雲華

南京舊院人，事見鄭秋容下。

端淑曰：《羅敷曲》俶儻，故響逸而調遠，此作庶幾近之。

寄　情

含情未近申，授色歌頻變。願得一心憐，寧辭人目眴。

羅敷曲

采采蘼蕪枝，終朝不盈手。但愜歡來情，遑恤歡去後。奈衷別有托，莫訝歡不久。啼笑寧顧爲，歡極須回首。

楊曉

南京舊院名妓。

楊氏名姬：楊新匀、楊少真、楊淑華、楊中華、楊瓊、楊采萸

端淑曰：輕約盡致。

帳中詞

夢中鴛帳酒微醺，欹枕偎郎意轉殷。共惜影娥池上月，尚憐神女峽中雲。晨光肯逐蒼烟散，海水容將玉漏分。怕理衣裳向枕畔，隣雞莫漫使郎聞。

吴文蘭

南京舊院人。吴氏之擅名者二人，江陵吴文蘭之詩文才色，揚州吴虹之談鋒演劇，世所罕匹。

吴氏名姬：吴虹

端淑曰：一絶真淡婉而不浮。

即　事

授色颦眉薄，無言寄意深。對郎扃繡户，默默解芳心。

楊舜華

江南舊院人。佻而佚，甘心苦毒，以沉苦海。事見楊曉下。

端淑曰：流宕輕渺，無限幽思。

病起美人答徐驚鴻

一病緣誰起，都將朋好疎。幸同蘇肺後，敢學捧心餘。艾底先添縷，花間待校書。郎今看妾貌，比昔較何如。

張季蘭

秦淮名妓，或曰金陵舊院人。

張氏名姬：張六根、張七琅、张迴風、張英玉、張文儒、張蘭英、張文、張美、張龍焕、張鸞、張嘉夜、張湘波、張翠仙、張青、張聯芳、張雲度、張小潤、張昭端淑曰：宛有所寓，轉覺閒冷。

春　懷

開盡鶯花燕也愁，可堪百舌惱枝頭。春魂自是隨風散，暗逐流紅出御溝。

寇文華

又曰寇生，字琰若，小字定兒。落籍朱市。好翰墨，吟咏不置。才韵丰度，亦足驚四座。與屠赤水先生不暱，屠微哂而已。

寇氏名姬：寇雲

端淑曰：用古不妨，説到妃子則落習矣。

醉卧美人答徐驚鴻

金谷㦖㦖夜，瓊漿泛泛時。招尋周覬對，流面謝莊兒。睡去將誰夢，驚迴祇自知。遠塹妃子態，那得謫仙時。

范　琨

南京舊院名姬也。

范氏名姬：范金英、范文璉、范奇、范鶯、范巫雲、范行雲、范倚雲、范喜鶯

端淑曰：神澤俱肖。

獨寐

獨寐燈明眼底，牽期恨壓眉頭。霧隱昨宵金谷，月明何處朱樓。

蘇淑華

金陵舊院人，事見名姬蘇小瓊下。

端淑曰：不可名之曰詩，存其人可也。

懷人

別後相思任我真，恍疑魂夢洛川神。無端飲却相思水，不信相思想殺人。

徐文賓

字瓊英，小名愛兒。行三，舊院道堂術人，列榜爲女會元。

徐氏名姬：徐亭亭、徐遠音

端淑曰：音節調適，一結尤見縹緲。

寄友

江上扁舟去復還，麻姑原許住壺山。青鸞報道東來信，昨夜仙郎已入關。

楊愛

南京舊院人，事見名妓楊曉下。

端淑曰：是平康口頭語。

有懷

相思一日九迴腸，夢裏時時見粉郎。嫩玉丰姿瑩月浸，温柔標格藴蓮香。離魂先到陽臺上，别思猶牽錦瑟傍。彼此恩情深入骨，海天雖老義難忘。

趙冠

南京舊院名妓。

趙氏名姬：趙文

端淑曰：説得掃興。

贈　友

風期夙擅少年塲，遍處青樓醉羽觴。縱是相逢傾國豔，也知雲夢到高唐。

張楚楚

南京舊院人，事見名妓張季蘭下。

端淑曰：輕描淡寫，而幽韵自見。

懷　友

與子一爲別，經春秋復深。空餘相贈句，伴我白頭吟。

白　歡

南京舊院人。

端淑曰：情思惋然，不愧名姬。

寄丘長孺

記得金風八月秋，拜郎燈下閣東頭。雖慚玉樹蒹葭比，已托琴心膠漆投。

王蘂珠

或疑即王賓儒也。字蕋梅，名姬雪梅女。

王氏名姬：王雪梅、王瑣、王壽、王纖纖、王鳳仙、王眉山、王四、王桂容、王委然、王玉、王致微、王然、王裁雲、王綵生

端淑曰：嫵媚可飡。

題畫扇送人

閑年漫訝久無詩，獨坐蕭條月上時。故把一尊相憶處，梅花爲放向南枝。

呂楚卿

本瓜渚名妓，徙廣陵。

呂氏名姬：呂蒨華、呂雪衣、呂彩鳳、呂菜蓴、呂風茵

端淑曰：如此嘲友，何等大雅，却又委婉。

嘲　友

曉粧初試鏡，客至罷鉛華。舊識章臺柳，頻探杜曲花。到門題鳳字，入座試龍茶。幾度逢

迎處，空庭日影斜。

頓繼芳

南京舊院名妓。

端淑曰：起得高潔，想其丰度悠然。

題畫蘭贈友

采采不盈掬，昔以紉君裳。君裳歷九秋，馥郁時在傍。相思即相見，從此罷新粧。

馬綬

金陵舊院名姬。

馬氏名姬：馬美、馬小可、馬飛鴻、馬鼉采、馬嫩

端淑曰：是本色詩。

藍橋詩爲張生賦

自別仙郎已數秋，寧期生杵暗相投。締姻深感裴航意，肯逐藍橋逝水流。

林雲

南京舊院人。

林氏名姬：林雲儀、林珠

端淑曰：用古却好，自然藴藉。

畫蘭扇贈鄭圖南

屢結騷人佩，時飄鄭國香。郎心能永念，幽谷自含芳。

宋小燕

南京舊院人。或曰杭州人，其先名妓宋東隣由廣陵僑居武林銀錠巷。

宋氏名姬：宋東隣、宋小娥

端淑曰：岑寂中不覺幽細。

寄汗巾

高樓風雨易黄昏，拭淚緘題欲斷魂。不是迴文誇錦字，相思聊且寄啼痕。

苗　素

南京舊院人。

苗氏名姬：苗寶

端淑曰：恐是好看話。

示　友

憶昔相逢意自親，於今婉戀更情真。儂心到此郎知否，不似楊花解悮人。

楊玉娟

南京舊院人，事見名妓楊曉下。

端淑曰：淒冷難堪。

寄　友

搖落風塵已數年，不禁摧挫減芳妍。天涯幸遇多才客，繾綣幽情使我憐。

吕風茵

南京舊院人，事見名妓吕楚卿下。

端淑曰：現成語，喜其一氣呵成。

别　友

情真每向夢中留，無計慇懃挽去舟。愁聽驪歌彈别淚，可憐憔悴似悲秋。

蔣緑霏

南京舊院名妓，事見蔣瓊瓊下。

端淑曰：氣格尚自渾朴，不減騷人逸致。

吴育之有所護過我不得賦此述意

柔情結寒季，瞬目睇傾曦。念匪山川隔，云胡音義睽。知君難拔扈，悵我成觸籬。織錦不能匹，折藕空懸絲。一日如三月，千載同一時。寸腸已萬結，誰爲我佩觿。

維揚妓

姓氏未詳。

端淑曰：千叮嚀萬囑付，不離平康窠臼。

贈張夢徵

廣陵風雨驟，未理合歡衾。密約傳青眼，芳期托素心。畫眉勞囑筆，逆意數挑琴。此夕相傾倒，三生結契深。

孫　娟

南京舊院人，一曰清江浦人。

孫氏名姬：孫溥、孫月

端淑曰：情事纏綿，而高古自見。

攜手曲寄張夢徵

攜手惜芳菲，爲歡須及早。歡情若流水，儂意猶芳草。芳草解留人，流水尚有滑。歡極寧再顧，一去颺飛塵。

周　冠

南京舊院人，事見名妓周瓊下。

端淑曰：謎語亦巧，可稱細心。

寄趙維翰

雪融雲净滿天光，明。海國扶桑擁太陽。日。厭浥行人沾曉霧，早。楚宫幽夢到高唐。來。

龐文英

不知何許人。

端淑曰：渾融不露。

贈舉子

昨夜凌風上廣寒，五雲深處恣盤桓。休教影散瑶池會，還許飛瓊下月看。

李　筠

南京舊院人。

端淑曰：機致浄徹，似齊、梁間。昔人謂魏詩猶氣爽秀麗，此故近齊、梁也。

夜坐寄友

夜久燈花落，液淚滿鈿荷。乃知消息理，榮華憂患多。

其　二

客中見明月，貪立露華冷。徘徊斂衣袂，愁人畏見影。

林桂芳

南京舊院人，事見名妓林雲下。

端淑曰：悲憤激切，意氣皦晢，情辭俱稱，想見裁畫妙手。

感恩篇贈友

片言成永契，百世懷舊恩。憶昔在泥中，仳離難終存。憂心時孔棘，唯君垂覆翼。爲拭鏡中雲，好護花間色。譬彼明與良，生死同休光。主憂臣與辱，主辱臣當亡。歷此危疑境，相期結刎頸。今已罷鶩棲，共照雙鸞影。曉起靚粧新，盼郎情愈親。寧如倚門婦，顰笑由他人。

戴素芳

蘇州人，名姬也。美容貌，知詩，擅名一時。今僑寓杭省。雖居青樓，非其素願也。

端淑曰：源之爲始寧文正公之族孫，而又予之族甥也。予初來武林，借寓其家，日與其室范夫人握手談論今古。每服其脱畧無脂粉氣，且姿容艷麗，淑慎温和。工文墨，不以示人。常于花晨月夕，撫琴一曲，能令萬籟俱静。其指剔之妙，不能殫述。至于源之，雖居市廛，然豪爽仗義，飦僧瘞骨，歲以爲常，亦可以爲善之人也。

又曰：閲素芳詩，當于格外恕之，不可拘拘于常例也。

贈倪源之有小序

妾産于姑蘇，戴姓，素芳其字也。年甫二旬。姿雖少越于無鹽，而情未投于司馬。寄跡青樓，妄思金屋。今于丁未歲黄鍾月，偶與錢塘豪士倪源之訂交。心諧意協，莫與之儔，臨别贈言，聊以誌羅袂難分之志云爾。

憶昔曾經澗側遊，知君憐我展青眸。賡歌夜月情深洽，傳弄杯觴意更投。枕畔盟言猶未已，驚聞急欲策驊騮。傷心哽咽頻回首，怎奈淒清紅粉樓。

名媛詩緯初編卷二十六

山陰王端淑玉映選輯

緇　集

尼印月

姓黄氏，餘姚人，號伏龍。文學金棟女，母潘氏。十六適東山謝氏，三十披剃，爲空林大師法子，付以衣拂并偈云云。著有《伏龍印月禪師語録》。

端淑曰：佛自漢明帝時入我中國，能損萬乘之尊，苦修六載而成大道，是爲後世學佛之標格。至梁達摩，汎海西來，單傳心印，故又名曰禪。後有總（特）〔持〕、鐵磨、末山、無著諸禪師，俱係比丘尼，竝列祖位，予甚惑之。今印月禪師以一柔弱女子，精通法旨，皈依天童林野奇和尚。得其真傳，爲法門龍象，直接濟北之綱宗，奇矣！　讀其詩，非詩也，偈也。方知大道所歸，不因男方作分别相。

世尊覩明星

今古乾坤無變易，何須特地費分疎。而今夜夜明星現，試問諸仁會也無。

文殊白椎

巍巍頂相實難描，獨有文殊手段高。當下一椎輕漏洩，至今千古累兒曹。

産難因緣

聖賢刼來不殺生，分明杓卜聽虚聲。曹溪波浪如相似，無限平人被陸沉。

南泉斬猫

猫兒提起爲君通，賺殺諸人列下風。總使草鞋頭戴出，也教血濺梵天紅。

踈山造塔

人前索價只三錢，不遇知音話未圓。當日座中無識者，叢林浩浩至今傳。

三頓棒

臨濟枉遭三頓棒，令人千古恨難休。而今冷地思量起，悔不當初打睦州。

三聖逢人即出興化逢人不出

一唱無生曲，一撫没絃琴。一曲兩曲無人會，雨過夜塘秋水深。

山中偶

伏龍不會禪，問者只粗拳。高卧重巖下，都忘歲與年。堪嗟逐世客，勞勞天地間。愧予百不會，嬴得一身閒。

尼超衍

姓丘氏，號密印，杭州半山人。母吴氏。四歲出家，十二歲祝髮。爲慧雲本充大師法子，付以衣拂并偈云云。著有《吴山密印衍禪師語録》。

端淑曰：昔人云：『不善讀書者無一字在胸，善讀書者亦無一字在胸。』初，大師不讀書，而胸中無字，及一聞千悟，沛然江河，雖善讀書者不能比。覽其《語録》諸詩，海闊魚躍，天空鳥飛，不雜于字，而又不滯于字。非慧根夙生者，奚以臻此？

自　贊

吴山頂上月輪孤，冷淡清貧一物無。來問頭陀何所事，蒲團坐久自歡娱。

到九華見溪水偶成

九華別是一諸天，殿宇人傳自晋年。怪底夜來渾未寐，松風不斷水涓涓。

大　殿

寒色蒼蒼老栢風，石苔清滑露光融。半夜四山鐘磬盡，水晶宫殿月玲瓏。

峯　頂

月明如水山頭[一]寺，仰面觀天石上行。夜半深廊人語定，一枝松動鶴來聲。

蒲團偈

蒲團静坐閉禪關，四歲歸來改舊顔。彈指便將心事了，青山依舊白雲間。

夏　雨

萬樹摇風驟雨聲，蕭蕭一榻傍初更。翻身涼夢和雲斷，月上西窗透隙明。

校勘記

〔一〕『頭』，南圖本殘蝕，朱筆補作『峯』。

尼濟印

姓顧氏，字仁風，崑山人。文康公鼎臣從孫女。髫年不御華飾，未笄即以出家懇母。母許之，爲置入道之具。自吴而楚，砥志參訪，遂爲天台靈嵒大師法子，付以衣拂并偈云云。著有《玉峯靈峙尼仁風禪師語録》。

端淑曰：師本名家子，髫年即能謝去鉛華，耑心内典，歷十五寒暑而得靈嵒和尚之法，直接宗統，爲佛門大器。噫！奇矣！一偈即知不凡。

上堂偈

松林月冷霜威遠，梅嶺香生春意回。意氣不從天地得，英雄豈藉四時推。

尼行徹

姓劉氏，字繼總。父名善長，母宋氏。衡州人。適陳氏，生二子一女。早寡。入空門，爲臨濟龍池萬大師法嗣，付以衣拂并偈云云。

端淑曰：徹師超凡入静，非有大夙根、大力量，不能至此。且諸咏幽峭靈動，當是詩中郊、島一流人物。閲其《語録》，不禁神往云。

山居雜詠

亂石千峯裏，危廬倚碧岑。黄鶯鳴翠柳，白鷺雜芳林。曲徑穿雲細，荆扉落葉深。幾番遷位處，山色盡沉吟。

其　二

獨向山居老，松門露兩槎。翻經千貝葉，降錫落藤花。種竹開青徑，穿林摘紫茶。相逢塵外客，秋信寄誰家。

辭南嶽和尚

太虚一片影，南山草木深。暮雲千嶂色，何處不傷心。

尼行致

姓葉氏，號靈月。文學開先公女，浙江餘姚人。年幼即具夙根，及笄聰慧不凡，究心空王，通大乘諸典。剃染後專意宗旨，闡法禪理，爲雪竇石奇禪師法嗣，付以衣拂并偈云云。有和宋天封佛慈禪師《蜜蜂頌》云。

端淑曰：大師生長名閥，具絶代之姿而能焚修以闡禪教，爲佛門一代法嗣，可不爲女中之英傑也哉！予庚子年參三宜大師，曾覯一面，見其骨格秀逸，談論風生，真所謂翛翛然有凌雲之志矣。今讀其《蜜蜂頌》，古深得意旨，可爲後進之法則。

蜜蜂頌

千花迴遶出頭時，八面風清得意歸。去住豈貪簷下蕋，遊行不覺順天飛。

其　二

傑出深叢别有涯，天然尊貴盡投衙。甘香釀就資王用，毒刺猶來驗作家。

其　三

月明簾外轉身時，不涉青黄好相離。人用當前連夜脱，掀翻窠臼快心脾。

其　四

幾多晚蝶趁春光，轉覺無端個裏忙。放下身心高着眼，笑他逐隊亂承當。

其　五

透穿籬壁耀疎桐，出入無拘四海通。忽報上林鶯語滑，當陽奪取狀元紅。

尼智悟

姓楊氏，號净參，仁和人。係乙未進士大參廷槐楊公姪女，適徐氏某其嫡姪己亥進士孺芳。通禪教，不披剃，曹溪紫雲禪師授以衣拂并偈云云。

端淑曰：净參以女人身幻菩提相，種種經典，一目輒悟。非再來人，無以臻此。其所咏壽詩，曠達宏壯，已極幽人妙境。凡尼何敢望其埃際！

壽崑山徐公肅殿撰太翁坦齋暨顧太夫人五十雙壽

東海一輪輝，湛湛當天素。北斗皎潔清，南宸光紫婺。丹鳳舞凌霄，青烏歌彩户。心空淑氣高，松栢崗陵固。上國錫青纓，瑶池花雨祚。芳風播茂齡，乾坤頌初度。

尼覺清

嘉靖中，湛甘泉、霍渭厓在南都折毁菴觀，豹韜衛營中小菴有尼題一詩於壁，或云尼名覺清。

端淑曰：覺清何不令雞犬俱仙？刺刺花鳥，殷殷猫犬，情思繚繞，此尼已自不俗。

題　壁

急忙簡點破袈裟，收拾行囊没一些。袖拂白雲歸洞口，肩挑明月遶天涯。可憐松頂新巢鶴，却負籬根舊種花。再四叮嚀猫與犬，休教流落俗人家。

尼龍隱

本姓夏氏，華亭人，見《鼓吹新編》。

端淑曰：四詩情深意正，述家難事，悲感交集，令人撫卷三嘆。

六姊孫麗簫殁於丁亥不勝悲悼聊述短章以志夙昔

憶昔于歸紈綺叢，郎家聲譽擅江東。肅雍自叶房中樂，散朗仍高林下風。日暖畫樓彤管麗，春深珠箔麝蘭通。綵雲散後空憑吊，野哭荒郊恨幾重。

其　二

蒼茫風雨阻河梁，夜半孤舟各異鄉。翻爲危時輕死别，每因禪坐想清光。艱難力盡存亡誼，鞠育恩同子侄將。臨袂幾回辭藥物，吞聲猶道缺烝嘗。

其　三

傷心鋒鏑客身輕，訃到猶疑魂夢驚。素札乍披難竟讀，遺孤遥寄傍含情。無家獨向三更泣，有恨終歸半偈平。好去靈臺求解脱，莫留寒浦怨潮生。

閨　思

碧天新月影遲遲，翠鈿輕寒香露滋。海内風塵勞客夢，江東羅綺擅文辭。頻驚桂櫂迴前渚，時整花鈿立小墀。子夜明燈猶未寢，魚箋珍玩感魂詩。

尼道元

本姓王氏，陳留人。住杭州臨平明（音）〔因〕寺。其詩見《今詩粹》及《鼓吹新編》諸選内。

端淑曰：一氣深厚，渾而靈動。燕公『秋風不借便，先至洛陽城』，咎風已妙，此詩則又以離懷措語，其詩不同而用意自合。

禪坐書懷

碧雲静鎖梵王宫，猶似明霞拱禁中。玉樹舊枝歸净業，内家新調擅宗風。三千里外腸堪折，十二年前淚暗紅。欲悟無生何處是，禪燈移炤鏡臺空。

尼燕女

燕有貧家女，性頗慧，喜空王，能先知，里人以活佛呼之。當事坐以妖人下獄，無驗，遣適士人，未幾卒。

端淑曰：燕女數歲時，聆其伯母誦佛書，輒記不忘。里有慕之者，以禮聘爲婦。後伯母死，女繼之誦，日久不輟，文義通曉，專心事佛，不復有嫁意。母恚曰：『欲辭婚聘，禮奚償？』女曰：『必有施之者。』母誶女退。未幾，一翁以白金來施，視聘禮倍焉。里人咸詫女能前知。母以所施半償聘禮，女曰：『全畀之，恐亦不得用也。』乃作偈云云。母携偈與金往，遂得辭。不數日，聘家金爲盜持去。繇是女之名益著，咸信爲神，呼爲活佛，遠近齎香帛來。偵事者坐以妖人惑衆，收下錦衣獄，雜治之無驗，移繫秋臺，莫能行，以筐舁至。吴郡楊循適試政秋曹，嘗一鞫之，亦無驗。令之嫁，則請以死。繼諭之曰：『君命也，孰敢辭？』遂令邑庠生某娶焉，未幾卒。

偈

業緣休認是姻緣，一念真空已了然。迷時與你爲媳婦，今日身居天外天。

尼静因

號谷虚，南京人。歸紹興商氏，早寡。入空門，通宗旨，爲善知識。然亦工吟咏，恨不多得。今讀其詩，方知其悟心宗匠也。

端淑曰：谷虚師佛門翹楚，曹溪正宗。蓋其性靈不滅，淪落未幾即能脱卸鉛華，認得本來面目，可謂有功於禪教者。詩則雅致蕭疎。

訪黄皆令不遇

遥聞佳客至，雙槳度江風。道侣原相結，禪心孰與通。雲翻寒袖影，花落小池紅。不見孤舟返，愁予暮色中。

尼上信

姓駱氏，號静慧。浙江諸暨人。今歸依青涼一真恩禪師。

端淑曰：静慧道風印月，解語含珠，不妄言，不多笑。偈頌滿紙，不屑作詩，存一知概。

冰

妄念成証見，無參便爲禪。冰消原似水，日落忽離天。

尼性空

仁和臨平明因寺尼也。故豪家女，以萬曆辛丑年在寺勵志修行，爲本寺知客。顔色殊麗，見者無不嘖嘖。有徽商黄某，與尼通，有往來詩云云。世傳《金簪傳奇》即其事也。

端淑曰：性空二詩，俱涉淫穢，然較之後尼，其罪稍輕。何也？性空非後尼，尚不至此，故曰「罪莫大於主謀，謀莫險於潛引」。鄭、衛不删，此意也夫！

自感

斷俗入禪林，身清心不清。夜來風雨過，疑是叩門人。

答黄生

郎情温似玉，妾意堅於金。金玉兩相契，百年同此心。

明因寺尼

仁和臨平人，姓名未詳。尼先與徽人黄某交好，後又爲性空、黄生作合。嘗有《慰性空聯句》云云。

端淑曰：吟詩至此，可謂淫蕩極矣！以佛門爲藏垢之地，其罪尚可容於一日哉？存之以爲宣淫之戒。

慰性空聯句

久作襄王夢，相思幾日回。性空。不因頻見面，緣有折花魁。尼。

名媛詩緯初編卷二十七

山陰王端淑玉映選輯

黄　集

張嫺婧

字蓼僊，六安人。適文學閔子而學。字長文，古鶩山後也。《本傳》：六舊有甄女，入山修道，立石飛舉，謫世爲張。異骨霞標，奇穎絶世。生有書癖，博綜圖史，經目成誦。性明達幽閒，雖燕處無惰儀。壼政隙，輙閉小閣，烹芥焚沉，静對古人。讀至忠孝節烈，憂讒畏譏，每流連感憤。其志遠氣俠，不異烈丈夫。人序其有英雄道人之氣。常夢游島間，寤時猶香氣繚繞，因深抱餐霞餌栢之志，仙質應爾。年三旬，六雲際覯老慈相招，遂翛然仙去。著作甚富，有《竹經》、《鶴史》、《遺疾草》諸書，俱秘不傳，止《緑窗遺韵》行世。

端淑曰：輞川習静空山，室逝不娶；；龜蒙載琴鶴茶竈，浮沉鷗凫藻荇間；；逸少、孤山，籠鵝放鶴。幽人興趣，非直在小小禽鳥山水中，本有一段牢騷不平之氣，消融無地，故以此爲寄。而冰雪心胸，愈遠愈冷。蓼仙行止奇邁，《序》稱其有英雄道人之氣，嘆蛾眉中不特堪稱才藪，而摩詰、孤山亦復履見乎！爲之敬禮。作詩英秀不凡，遠過卿子、小淑。

臨　鏡

花落驚春籟，粧簾逐樹開。披塵驚物態，拂炤笑人駘。影似臨池步，光如映月回。因人喜怒者，想自此中來。

清夜聞鐘

疎鐘在何處，點點落山房。一榻寒侵夜，禪心映月光。

秋　暮

山紅柿葉凋，水白蘆花老。野徑無樵人，涼風動秋草。

聞　笛

夜深簷鐵寂，有月缺而明。何處猶吹笛，其聲淒以清。

夜　景

冷葉醮秋光，幽草餐夜冽。月明叫草蟲，孤燈半明滅。

夜　聽

秋風吹亂蒹葭草，寒雨半天松葉老。孤燈明滅不成花，數盡疎鐘猶未曉。

對月懷外

馬踏秋山去，人居落葉中。共望一輪月，獨披五兩風。壯心鎖不盡，奇字價難同。此意何堪似，孤高井上桐。

夜　景

愁重睡易覺，天秋夜懶明。桐梢山月掛，窗上竹枝横。燈燼螢增焰，詩窮蟲續聲。清霜冷危木，宿鳥報三更。

流　螢

幾年池上草，幻質忽離離。火棗垂蒲劍，寒星掛柳絲。孤明不借炤，處暗有餘曦。多病嘗慵讀，何須戀我幃。

染　甲

玉笋蘸丹沙，纖纖吐豔葩。杯擎鸜鵒啄，袖蹙牡丹芽。匀粉飄紅雪，梳雲落絳霞。瑶琴理一曲，片片撒桃花。

謝湘蘭

南京人。善扶乩請仙，唐女冠魚元機降乩，示士人劉新。

端淑曰：盧夢雲一生，俱爲乩仙道破，若合符節云。劉新之請，斷不可少。

示劉新

一代偉人，何問凶吉。遇崖則遷，遇山則息。

曹素侯

蘇州人，女道士也，見《鼓吹新編》。

端淑曰：素侯二詩是正調，然怨恨滿紙，不似世外口吻，亦别有寄托耶？抑元機、海印流亞耶？

寄明貞子

一見芳春恨不禁，百端愁緒漫相侵。無情碧草牽新翠，多事黄鸝弄好音。自信到今成薄命，更憐何處寄傷心。殘陽斜送人歸去，不覺沉吟又夕陰。

其　二

梧桐一夜早驚秋，鶴夢留人塵夢收。情逐綺雲飄玉宇，心隨碧露蕩銀鈎。浪游清院難消日，偷上層樓未散愁。空憶舊時衣帶緩，不勝遥夜淚重流。【情濃意熱，如此焉可學道？】

補　雲

湖廣黄岡名家女。避亂，丁亥道粧歸里。手書樂府七章，以示其同里庶常禮科王公追騏。

端淑曰：直逼晋魏，可稱名手。宜乎家雪洲稱頌不置也。

黄冠歸故鄉

黄冠歸故鄉，懷中尚抱箜篌响。响是何人語，聽者未必能斷腸。黄冠歸故鄉。

其　二

黄冠歸故鄉，手中檀板鬧村粧。粧成女道士，觀者猶聞紅粉香。黄冠歸故鄉。

其　三

黄冠歸故鄉，門掩誰人發夜糧。夜卧一幅被，布與情人情共長。黄冠歸故鄉。

其　四

黄冠歸故鄉，舉家已共國同亡。惟餘平日憾，不堪針刺舊衣裳。黄冠歸故鄉。

其　五

黄冠歸故鄉，書焚屋燼月輪光。舉頭無限恨，低頭只見水茫茫。黄冠歸故鄉。

其　六

黄冠歸故鄉，醉中一曲訴黄粱。良人仍入夢，醒來還唱怨歌行。黄冠歸故鄉。

其　七

黄冠歸故鄉，誦經無伴入雲房。飄颻袖上淚，有時乘月吊空桑。黄冠歸故鄉。

名媛詩緯初編卷二十八

山陰王端淑玉映選輯

外集

高氏

元平章總管段功元配。功戀梁王女阿禚主，不歸，高寄以詩。功歸完聚，未幾又念阿禚而去，遂及於難。

端淑曰：古朴中又帶怨憤，男子負心，比比皆是。末句真率失雅，然猶有餘憾。

寄段功

風捲殘雲，九霄冉冉逐。龍池無偶，水雲一片緑。寂寞倚屏幃，春雨紛紛促。蜀錦半牀閒，鴛鴦獨自宿。好語我將軍，只恐樂極生悲怨鬼哭。

阿禚主

元季梁王把都鎮雲南，明玉珍自將紅巾三萬來攻。大理總督段功擊退之，王深德功，以女阿禚妻之。

功威望大著，王忌而殺之，阿𧝞欲自殺，不得死，愁憤作詩。

端淑曰：阿𧝞女子耳，乃能爲其夫吐氣，兼爲宫幃吐氣。平陽、湖陽二公主，可不愧死地下？其詩不當以格律拘之，我已賞之於驪黄之外矣。

愁憤

吾家住在鴈門深，一片閒雲到滇海。心懸明月炤青天，青天不語今三載。欲隨明月到蒼山，悮我一生路裏彩。錦被名也。吐嚕吐嚕段阿奴，吐嚕，可惜也。施宗施秀同奴歹。不好也。雲片波潾不見人，狎不蘆花顔色改。狎不蘆花，北方起死回生草。肉屏獨坐細思量，肉屏，駱駝背也。西山鐵立霜瀟灑。鐵立，松林也。

段僧奴

段功妹也，適阿黎氏。遺侄段寶詩二首，令爲其父復讐。

端淑曰：忿不顧身，男子事也。古有女子而行鬚眉事者，曹娥、提縈是也。僧奴二詩，怨徹雲漢，真女中英傑也。合曹娥、提縈，呼之爲『女三仁』亦可。

遺侄寶

珊瑚勾我出香閨，滿目潸然淚濕衣。水鑑銀臺前長大，金枝玉葉下芳菲。烏飛兔走頻來往，桂馥梅馨不暫移。惆悵同胞未忍别，應知含恨點蒼低。

其　二

何彼穠穠花自紅，歸車獨别洱江東。鴻臺燕苑難經目，風刺霜刀易塞胸。雲舊山高連水遠，月新春疊與秋重。淚珠恰似通宵雨，千里關河幾處逢。

妖巫女

段氏，妖巫女也。太祖皇帝開基金陵，段寶遣其叔真自會川奉表歸欵，朝廷亦以書報之。時有《妖巫女歌》云。

端淑曰：邪不勝正，况聖天子乎？女巫歌唯一正字乃能服段氏，真段氏之功臣也。

妖巫女歌

莫道君爲山海主，山海笑諧諧。園中花謝千萬朵，别有明主來。

負家女子

七月望日，新羅儒理王使王女各率六部女子績于廣庭。八月望日，乃考其工。負者設酒，相與歌舞，百戲皆作，爲之嘉俳。是時，有負家女子起舞而歌，曰『合蘇』。後人因其聲而作歌云。金宗直歌最著。

女　婷

《詩選》不載姓氏，應是朝鮮女子。

端淑曰：天然秀媚，此真錦囊中物，他人直城隅瓦礫耳。

古寺尋花

春深古寺燕飛飛，深院重門客到稀。我正尋花花盡落，尋花還爲惜花歸。

郭真順

潮陽寨主周伯玉妻也。大兵下嶺南，指揮俞良輔征諸寨之未服者，真順從伯玉居溪頭寨，作此詩，遮道上之。良輔得其詩大喜，一寨得全。

端淑曰：骨勁氣雄，一掃人間鉛粉，此簪珥中英雄也。亟收之，以作詩家金湯之衛。

俞將軍引【女詩中算此爲第一。】

將軍開國之武臣，早附鳳翼攀龍鱗。烟雲慘淡蔽九野，半夜捧出扶桑輪。【雄壯不似巾幗人。】前年領兵下南粵，眼底羣雄盡流血。馬蹄帶得淮河冰，灑向江南作晴雪。潮陽僻在南海濱，十載不斷干戈塵。客星移處萬里外，天子亦念遐方民。將軍高名邁千古，五千健兒猛如虎。輕裘緩轡踏地來，不減襄陽晋羊祜。【立言得體。】此時特奉明主恩，金印斗大龜龍紋。大開藩衛制方面，期以忠義酬明君。宣威布德民大悅，把菜一笠誰敢奪。黄犢春耕萬隴雲，鼇龍夜卧千秋月。去歲壺陽戍守時，下車愛民如愛兒。壺山蒼蒼壺水碧，父老至今歌咏之。欲爲將軍紀勳績，天家自有麒麟筆。願屬湖民歌太平，磨崖勒盡韓山石。

許景樊

字蘭雪，朝鮮人。八歲作《廣寒殿玉樓上梁文》。長適進士金成立，後金殉國難，許遂爲女道士。其兄筠、篈，俱狀元及第。詩之名與兩兄並著。金陵朱狀元之蕃出使朝鮮，得其集，刻行於世。

端淑曰：此等聲口，出自景純、太白輩，嫌其有瓢笠氣；出自女子口中，襟期便已浩渺。又曰：《古別離》數轉，深遠似孟東野。《少年行》，女郎胸中那有此一肚皮悲憤豪壯，安得以鉛粉視之？《夏歌》直使義山、飛卿焚硯騷壇。

臨川湯海若曰：景樊小字翠蛾，狀元許筠之妹也。幼攻書史，通六藝，舉筆成文，不下七步。年二十而寡。才名與兄並著。予于徽省偶得其文集一卷，讀之陸離射目。不虞異域女子，乃有此淑慧耶！

雜　詩

我有一端綺，今日持贈郎。不惜作君袴，莫作他人裳。

貧女吟

豈是無容色，工織復工織。少小生寒門，良媒不相識。

宫　詞

鸚鵡新詞語未齊，金龍鎖向玉樓西。閒回翠首依簾内，却對君王説隴西。

其　三

長信宫門待曉開，内宫金鎖鎖門回。當時曾笑他人到，豈識今朝自入來。

塞下曲

都護防秋掛鐵衣，城南初解十重圍。金戈渫盡豺狼血，白馬天山踏雪歸。

楊柳枝詞

灞陵橋畔渭城西，雨鎖烟籠十里堤。繫得王孫歸思切，不同芳草緑淒淒。

竹枝詞

永安宫外是層灘，灘上行人多少難。潮汛有時應自至，郎舟一去幾時還。

李淑媛

自號玉峰主人，朝鮮人。承旨學士趙瑗之妾也。遭倭亂，死之。

端淑曰：古直壯渾，多少情緒，纏綿婉約。《國風》、《離騷》，于此不墜。

斑竹怨

二妃昔追帝，南奔湘水間。有淚寄湘竹，至今湘竹斑。雲深九嶷廟，日落蒼梧山。餘恨在江水，滔滔不去還。

採蓮曲

南湖採蓮女，日日南湖歸。淺渚菱子滿，深潭荷葉稀。盪槳嬌無力，水濺[一]越羅衣。無心恰迴棹，貪看鴛鴦飛。

古别離

西隣女兒十五時，笑殺東隣古别離。豈知今日坐此恨，青髩一夜垂絲絲。受郎無計繫驄馬，滿懷都是風雲期。男兒功名自有日，女子盛歲忽已馳。吞聲那敢歎離别，掩面恰悔相見遲。【得厚意。】聞郎已過康城縣，抱琴獨坐江南湄。妾身恨不似江鴈，翩翩羽翮遥相隨。粧臺明鏡棄不炤，春風寧復舞羅衣。天涯魂夢不識路，人生何用慰愁思。

校勘記

〔一〕『濺』，南圖本作『淺』。

成　氏

朝鮮人。

端淑曰：伸紙書懷，以曠遠之目洗蹙嚬之見，詩律至此，别有秀骨。

書懷次叔孫兄弟

事隨流水遠，愁逐曉春生。野色開烟緑，山光過雨明。簾前雙燕語，林外數鶯聲。獨坐無多興，傷心粧不成。

竹枝詞

空舲灘口雨初晴，巫峽蒼蒼烟藹平。相憶郎心似潮水，早時纔退暮時生。【巧而淫。】

俞氏婦

朝鮮人，俞汝舟妻也。

端淑曰：下語清涼，恰非中晚，便易法門。

別　贈

別恨逾三歲，衣裘獨禦冬。秋風吹短髩，寒鏡入衰容。旅夢風塵際，離愁關塞重。徘徊思遠近，流歎滿房櫳。

貧女吟

夜久織未休，戛戛鳴寒機。機中一疋練，終作阿誰衣。

賈客詞

朝發宜都渚，北風吹五兩。船頭各澆酒，月下看盪槳。

柳枝詞

條妬纖腰葉妬眉，淒風愁雨盡低垂。黄金穗短人争挽，更被風吹折一枝。

王翠翹

或曰姓王氏，南京人。名妓也，進士左公鍾情焉。後公之任兩載，翹寄以詩云。

端淑曰：翠翹故臨淄民家女也。少鬻娼家，冒其姓爲馬。携之江南，以色藝稱，擅胡箏、月琴。後以計脱鴇母，從海上，爲倭主徐海所掠，專寵，稱王夫人。説海送欵于總制胡襄懋公宗憲，宗憲誘而殺之，以夫人賜某將。夫人不屈，投江死。若夫人者，忠義而兼節烈，豈可與青樓中人同日而語哉？

寄左公詩

一點芳心尚未灰，那知浪性效王魁。楊花有力隨風舞，葵藿留心向日開。萬斛愁腸凝晝錦，兩行珠淚濕香腮。幾迴謾把簾高捲，不見尋巢舊燕來。

德介氏

高麗妓也。

端淑曰：深怨中不似時人，細細道出，所以大雅。

送　行

琵琶聲裏寄離情，怨入東風曲不成。一夜高堂香夢冷，越羅裙上淚痕明。

黎瑜孃

廣州土司女，與生員辜輅爲表兄妹。輅過瑜家問候祖姑，祖姑命瑜相見，兩意潛孚，鍾情彙集。祖姑欲以瑜議姻於輅，輅不勝喜，孰意瑜父別有他議，母命遂虛。

端淑曰：丰采翩翩，幽適不讓古人。

即　事

爐烟裊裊夜沈沈，獨立花間拜太陰。心事不須重跪訴，姮娥委是我知音。

名媛詩緯初編卷二十九

山陰王端淑玉映選輯

幻集上

芸香

洪武辛酉，禮部林公鴻爲將樂司訓，與客遊至玉華洞。酒酣，藉草而卧，夢入摇華洞。洞主之三女小字芸香，延入天葩軒，案有詩集，題曰《霞光》。女郎曰：『嚴君偕列地仙，職司文衡。凡文人才子之詩，皆録集中，以備上帝御覽。妾見君詩數十首，至「一鳥鏡天净，萬花潭雨香」等句，尤嚴君所稱賞也。』因揮翰賦詩，流連而覺。翌日，避客獨遊，夢徑宛然，石壁阻絶，潭深莫測。鴻書一詩投之，如炊黍時，見蠟箋浮詩云云。覽畢，循所得箋，乃一黄葉，字亦隨滅矣。鴻有記甚詳。

端淑曰：天下皆幻也，林公所夢之事，奇奇怪怪，意想不到。及授詩一段，變幻百出，令人叫絶。

授林鴻

天葩小院敞銀屏，鵲散天河逗客星。欲識别來幽異苦，晚峰長想黛眉青。

蘇小小

小小塟于西陵。弘治初，于京兆景瞻謝事歸杭，與詩人馬浩瀾洪同泛西湖，馬首倡一詩。明日再遊，坐中有客扶乩，洪以前詩請和。運乩如舞，詩畢曰：『錢塘蘇小小和馬先生昨日湖橋首倡書。』楊儀《驪珠雜録》。

端淑曰：小小至明數百餘年，而其英靈不泯，乃能借乩留姓氏于人間，亦異事也。且小小以色擅時，從不聞其能詩，抑陰陽不可概論，又別一境界也？

和馬洪遊西湖詩

此地曾經歌舞來，風流回首即塵埃。王孫芳草爲誰緑，寒食梨花無主開。郎去排雲叫閶闔，妾今行雨在陽臺。衷情訴與遼東鶴，松柏西陵正可哀。

薛　濤

字洪度，唐妓也。洪武中，與田公洙聯句。

端淑曰：按，五羊田洙，字孟沂。洪武十七年，從其父之成都教官任，而洙舘于郊外。日暮還學宫，遇山下桃花盛開，徘徊久立，一美人延佇花下，目成笑語，携歸其舍。自稱文孝坊薛氏女，相與賦詩聯句。往來數月，主人覺而伺之，美人泣曰：『數盡矣。』質明，鄭重而別。主人曰：『此地相傳爲唐妓薛濤所瘞，故鄭谷成都詩有「小桃花繞薛濤墳」之句。文孝坊者，教坊也。』洙後中甲戌進士，爲曹縣令。

落花聯句

韶豔應難挽，芳華信易凋。薛。綴堦紅尚媚，田。委地白仍嬌。薛。墜速如辭樹，田。飛遲似戀條。薛。蘚鋪新甃繡，田。草疊巧裁綃。薛。麗質愁先殞，田。香魂痛莫招。薛。燕啣歸故里，田。蝶逐過危橋。薛。粘帙將晞露，田。銜簾乍起飈。薛。遇晴猶有態，田。經雨倍無聊。薛。蜂趁低兼絮，田。魚吞細雜藻。薛。輕盈朱履踐，田。零亂翠鈿飄。薛。鳥過生愁觸，田。兒嬉最怕摇。薛。褪英浮雨潤，田。殘蕋漾風潮。薛。積逕教童掃，田。沿流倩水漂。薛。媚人沾錦瑟，田。瀹茗入詩瓢。薛。玉貌樓前墜，田。冰容夢裏消。薛。芳園曾藉坐，田。長路或追鑣。薛。羅扇姬盛瓣，田。筠籬僕護苗。薛。折來隨手盡，田。帶處近鬟焦。薛。泥涴猶悽慘，田。缾空更寂寥。薛。葉濃陰自厚，田。蒂密子偏饒。薛。豈必分茵溷，田。寧思上砑硝。薛。香餘何吝耦，田。珮解不須邀。薛。冶態宜宫額，田。癡情妬舞腰。薛。粧臺休浪拂，田。留伴可憐宵。薛。

桃花仕女

見于景泰辛未年。

端淑曰：按，紹興上舍葛棠博學能文，下筆千言，未嘗就藁。景泰辛未，築亭于圃，旦夕浩歌縱酒，壁張桃花仕女古畫，棠對之，戲曰：『誠得是女捧觴，豈吝千金？』夜飲半酣，見一美人進曰：『日間重辱垂念，請歌詩以侑（觸）〔一〕〔觴〕。』棠曰：『吾欲一杯一咏。』姬連咏百絶，棠沉醉而卧。曉視畫上，不見仕女，少焉復在。今録此記憶者八首，餘皆忘之矣。

桃花仕女詩

梳成鬆髻出簾遲，折得桃花三兩枝。欲插上頭還住手，偏從人問可相宜。

其　二

慵慵欹枕捲紗衾，玉腕斜籠一串金。夢裏自家搔髩髮，索郎抽落鳳凰簪。

校勘記

〔一〕『觸』，南圖本朱筆校改作『觴』。

鄭婉娥

僞漢陳友諒婕妤也。

附：鈿蟬

婉娥侍兒。

端淑曰：按，吴江沈韶，洪武初避徵辟，泛舟遊襄漢。次九江，登琵琶亭，月下彷彿聞歌聲，有司馬青衫之感。明日復往，徙倚亭中，有麗人冉冉而來，呼韶同茵而坐，曰：『妾僞漢主陳友諒婕妤鄭婉娥也。年二十而死，殯于亭側。』命侍兒鈿蟬取酒，歌《念奴嬌》二闋，曰：『昨夕郎所聞也。』口占一律贈韶。韶與留連半載，談元末羣雄興廢及僞漢宫中事，歷歷可記。臨别，以(舍)〔一〕〔金〕條脱爲贈。同遊梁生作《琵琶佳遇歌》。

贈沈韶

風艦龍舟事已空，銀屏金屋夢魂中。黄蘆晚日空殘壘，碧草寒烟鎖故宫。隧道魚燈油欲燼，粧臺鸞鏡匣長封。憑君莫話興亡事，淚濕胭脂損舊容。

校勘記

〔一〕『舍』，南圖本朱筆校改作『金』。

王秋英

字淡容，見于嘉靖甲子年。

端淑曰：嘉靖甲子，福清秀士韓夢雲授經于邑之藍田，過石湖山，見遺骸，哀而掩之。是夕，宿藍田書舍，一童子欵扉授刺，曰：『娘子奉謁。』俄有一麗人立燈下，歛袵再拜，謝掩骼之事。問其家世，曰：『楚人也，姓王名秋英，字淡容。父得育，元至正間以兵曹郎參軍入閩。妾從任，遇寇石湖山，投崖而死。今得遇公，蓋夙緣也。』遂薦枕蓆，作詩詞以贈生。生還家，王復遣童子遺詩。明年寒食，生携雞黍奠墓上。少頃王至，藉草痛飲，謂生曰：『妾懷君之子，將免身矣，請從君而歸。』乙丑四月，産一丈夫子，復謂生：『兒爲鬼子，里人觀如堵，恐不便於君。妾當歸楚，寄兒楚人，後十八年圖相見也。』萬曆壬午，遺書招生曰：『兒寄湘陰朱黄橋，亟往覓之。』生遂抵湘陰，扣朱氏，朱氏言：『歲乙丑，有神女扣門，以白布裹兒，題以血書，曰「閩人韓夢雲子也，後十八年當來」，君其是乎？』兒名鶴算，爲朱氏第三子。父子相抱痛哭，遂復韓姓。仍留楚，就昏于易氏，將發，王復至，偕歸閩。踰年别生，與家人曰：『緣盡矣。』揮淚而去，舉家號慟，爲之舉哀，立主以祀。

冬日韓生於玉融

朔風振撼似瀟湘，滿樹歸鴉噪夕陽。不見王孫停駟馬，唯聞牧豎喚牛羊。荒山野水悲長夜，懶髩疎容怯凍霜。漠漠陰雲愁黯黯，幾時相對一爐香。

歸楚留别夢雲

兩年歡會夢魂中，聚散人間似轉蓬。歲月無情催去燕，關河有信寄來鴻。劍沈延浦光終合，瑟鼓湘靈調自工。他日扁舟尋舊約，夕陽疎影楚雲東。

花　神

事見西寧宋侯家傳。

端淑曰：鄭翰卿客西寧侯邸第，晝寢，夢一黄衣少年，邀至左（蕪）〔廡〕下共飲，呼一麗人至，靚粧絶代。少年自起舞，歌《春遊》之曲，麗人作迎風之舞，歌《春愁》之曲。鄭正歡適，少年曰：『文羌校尉來矣。』一人緑袍危冠，踉蹌至前。罷席而寤，起視庭中，牡丹一花，映日婉媚，一黄蝶翩翩未去，乃花神與少年也；緑葉上一螳螂，長二寸許，則文羌校尉與？其年西寧侯薨逝。

春愁曲

老鶯巧婦送春愁，幾度留春更不留。昨日漫天吹柳絮，玉人從此懶登樓。

賣餅妻

事見洪武初年，妻乃唐開元長安鬻餅妻也。

端淑曰：洪武初，洛陽巫馬期仁遊諸漢帝陵，以轡緩天暝，入雙户，見一少年，及其妻出拜，皆國色也。自陳曰：『妾夫開元間長安鬻餅師也。讓皇帝爲寧王時，見妾貌美而悦之，納以入宫。妾以死自誓，如此月餘，王無奈何，叱遣歸家。當時史官既失妾夫婦姓名，不復登載，唯《本事》載之，有「經歲召夫方遣出」之語，厚誣若此，何以堪之？甚(子)〔二〕〔至〕騷人賦《餅師婦咏》，亦逞其才，有「夫壻輕一諾」等語，豈不冤哉？今懇公直筆者此也。』期仁諾諾，夫婦各贈期仁一詩。天曙，四顧闃然，身在霜露中矣。

贈巫馬期仁

妾家閥閱本尋常，茅屋衡門環堵墻。辛勤未暇事粧飾，婉娩唯知佩禮章。前年嫁得東隣子，博學多才貫經史。致身勿願取功名，鬻餅寧甘混閭里。朝朝日出肆門開，童子高僧雜遝來。得錢即已隨閉户，促席相看同舉杯。何期忽作韓憑别，赴水墮臺心已訣。紅蓮到處潔難汙，白璧歸來完不缺。當代豪華久已亡，貞魂萬古抱悲傷。煩公一掃荒唐論，爲傳粱鴻與孟光。

校勘記

〔一〕『子』，南圖本朱筆校改作『至』。

譚節婦

事見洪武初年。

附：鍾碧桃

節婦侍兒。

端淑曰：節婦，宋趙氏也。當元之初，節婦殉節，吉安永新人義而祀之。至洪武初，四明烏斯道邑斯地，捐俸新其廟。公子熙猶尚風槩，且精于琴，一夕天空月明，忽有美姬自外入，云：『姓鍾名碧桃，宋譚節婦侍兒也。主母貞節，上帝嘉之，已位高仙，妾幸無罪，俾敬衛焉。乞與主母側坐别設一位，曰故侍兒鍾氏神主。』熙許諾。鍾又云：『主母感華表之恩，集古句七言近體二十首以贈云。』

集古

花壓闌干春晝長，温飛卿。清歌一曲斷君腸。沈雲卿。雲飛雨散知何處，温飛卿。天上人間兩渺茫。宋邕。已託蕉桐傳密意，胡宿。不將清瑟理霓裳。宋邕。江南舊事休重省，李玉。桃葉桃根盡可傷。宋庠。

黄氏屏女

事出《古今談林》。

端淑曰：吴中黄生置一屏，雕縷美女三十五人，各執笙簫絃管。内一舞者，生尤愛之，戲曰：『得如此佳偶，吾願足矣。』數日後，忽有詩書于屏，人皆詫之。

題屏

紫笛空吹入楚聲。

陶氏

事見宣德七年。

端淑曰：宣德七年春，有范微者，詩人也，慕成紀百花園名，往遊之。乃吟二詩，酒興愈狂，不覺沉酣，卧于花下。夢五美人嬉嬉然携手而入，色皆殊絶，微見而奇之，且歷懇姓名。各陳姓氏，曰陶、曰李、曰杏、曰唐、曰牡，見郎在此，故相詢耳。微喜甚，因以褻狎五美人，不之懼，遂交會于棚之下，各賦詩自表。吟畢，共爲歡躍，彼此牽紐，作携手聯行之態。微遂夢覺焉，舉目四顧，依然獨卧于花棚之下，乃始知其身幻于花境云。

又曰：陶，桃也。自序來歷，以桃字發揮，想亦文人幻出。

贈范微

仙姿綽約絶纖埃，曾是劉郎去後栽。一種天工唯我愛，十分春色爲誰開。玉皇殿上紅雲合，金谷園中絳錦堆。好看花成三級浪，蛟龍乘此起風雷。

李　氏

見前。

端淑曰：李，李花也。形容李花，逼肖其致。

贈范微

玉蕤銀英貯澹香，不隨紅紫競芬芳。冰霜骨格籠春色，水月精神縞夜光。魏武臺前含粉淚，漢皇宮内作梅粧。幽人雅性真清素，吟對瓊林逸興長。

杏氏

見前。

端淑曰：按，《萬姓統譜》無杏姓。杏，杏花也。作杏字亦真。

贈范微

二月東皇醉豔陽，靚粧倚遍午橋莊。紅光熖滿珊瑚樹，紫豔薰成錦繡裳。幾度晚香來野店，一枝春色出隣墻。書生對此多高興，題品新詩入錦囊。

唐氏

見前。

端淑曰：唐，海棠也。無棠姓，故曰唐。或曰唐棣，非是。

贈范微

江南二月好韶光，一種芳菲迥異嘗。色豔春風薰醉臉，淚凝曉露濕啼粧。絶憐西子偏貪睡，却報東君不與香。何事當年杜工部，懶吟詩句入奚囊。

牡氏

見前。

端淑曰：牡，牡丹也。《萬姓統譜》亦無牡姓，與杏姓同。意文人幻想，隨意所到，尤喜其不癡重，乃可誦也。

贈范微

落盡殘紅始吐芳，佳名號作百花王。競誇天下無雙豔，獨占人間第一香。醉態迎風嬌欲語，奇姿含露濕啼粧。鬧花浪蕋君休看，足稱栽培對錦堂。

朝雲

宋蘇子瞻妓也。葦于西禪寺松林下，子瞻贈以詩，後人因建詩屋數楹，遊人于此息焉。洪武初，一士子乘醉過此，忽見一靚粧女子，前有侍婢持燈先導，士隨之，倏然不見。惟見月映長廊，淋漓滿壁，得集句律詩十首、絶句十五首，蓋仙靈之遺芳也。

端淑曰：諸詩似仙子遺芳，凡人那得道隻字？存一以見一班。

西禪夜月

紫烟石上繡春雲，一樹繁花對古墳。辛苦無歡容不理，半緣修道半緣君。

名媛詩緯初編卷三十

山陰王端淑玉映選輯

幻集下

京口女鬼

事見正統己巳間。

端淑曰：正統己巳間，鎮江醫士褚必明視疾遠村，歸抵中途，天色已夜。俄大雨如注，不能前進，見路傍一廟宇可棲，亟避之。乃一居所，且有燈光，隨扣其門，忽見一丫鬟問客何來，褚以告。引至中堂，一女盛粧出迎，丰彩動人，異香滿室，年可十八九。褚以言挑之，遂携生手至寢榻，見壁中挂《采蓮曲》一幅，乃女所自製者。褚誦畢，深贊其妙，就寢。已而聞雞唱聲，女辭起，生復就睡，一張目，但見天色爽明，日光映體。亟起視之，乃坦卧于一荒塚間焉。

採蓮曲

採蓮朝下湖西曲，短袂輕綃闘粧束。小紅艇子駕雙橈，蕩破摇摇鏡光緑。荷葉荷花颺錦雲，鴛鴦兩兩護波紋。荷錢却喜似儂鈿，藕絲還愛似儂裙。湖頭昨夜西風雨，沙嘴新添三尺水。翠倒紅翻相向愁，波心半露青蓮子。採蓮復採蓮，回船正迎浪。不惡歸去遲，只嫌明月上。明月團圓湖水秋，清光滿面炤人羞。郎家只隔湖南宅，咫尺橫波日夜流。湖南復湖南，彼岸石頭巖。欲上無繇上，掩面空自慚。

花麗春

事見天順年間。

端淑曰：天順年間，有鄒師孟者，慶元人，慕會稽山之勝，無不登游臨覽。忘倦值暮，正躊躇間，見燈燭盈户，生隨光入，乃巨室也，遂假宿焉。見一美人，盛粧危坐，顔色如生，見生，下堂迎之，設酒以待。生問以姓名，女曰：『妾本姓花，名麗春。臨安府人氏，僑居于此二百餘年。先夫趙祺，表字咸淳。妾有愿：人能咏四季宫詞者，即與爲婚。』生遂濡筆而吟，與之就寢。如是一年。忽一日，美人淚下如雨：『本欲與君共期諧老，不意上天降怒，今當永别。』方别而雷電交作，見一古墓擊碎。詢之鄉人，曰：『此處塟有花麗春者，乃宋度宗之嬪妃。』生方悟云。不復再娶，修煉出家，不知所終。

枕上

幽閉深宮幾度秋，粧臺塵鎖不勝愁。故園冷落淩波襪，塵世經添海屋籌。陰伉儷諧陽伉儷，新風流是舊風流。追思向日繁華地，盡付湘江水上漚。

别鄒生

倚玉偎香甫一年，團圓却又不團圓。怎消此夜將離恨，難續前生未了緣。豔質罄成蘭蕙土，風流盡化綺羅烟。誰知大數明朝盡，人定何如可勝天。

許氏女

事見弘治壬戌年間，出《古今談林》。

端淑曰：弘治壬戌，雲南巡按某宿某驛，明燭獨坐，忽聞窗外女人吟詩云云。公大詫，曰：『女何以至此？』女曰：『妾非人，有沉冤欲訴耳。』公令前，即跪燈下泣曰：『妾欽州許巡簡女也。五年前從老父赴任，至此驛，驛夫悦妾貌，毒殺父。犯妾，妾不從，羅巾縊死，猶瘞園中，淺土纔覆面耳。惟大人憐察。』忽不見。明日，公集驛夫庭下，曰：『五年前有許巡簡負重罪逃至此，有能捕獲者厚賞。』一卒曰：『曾有人殺之矣。』公大怒曰：『殺者即汝也。』一訊即吐實。發女屍，面如生，命具棺殮移瘞之。而械〔卒〕，具奏斬于市。

自　吟

旭日轉洪鈞，園林萬樹新。畫屏朝弄色，彩檻夜移春。巢雀俱堪託，人家盡不貧。獨憐寒谷底，黄葉尚凝塵。

絶　句

夜月懸金鏡，春風颺錦帆。江花如有意，飛點繡衣衫。

小水人

各選本俱載。

端淑曰：安城彭姓者，築菴山中，命奴守之。暮有女子自稱小水人，徑入卧室，奴因拒之。婦云：『只見船泊岸，不見岸泊船。何無情至此？』因近奴身，自解下體。奴疑爲怪，遂各榻而寢。夜中，又登奴榻，奴舉而擲之，輕如一葉。奴懼起，取佛經執之，女笑云：『經從佛出，佛豈在經耶？汝謂畏佛畏經耶？』天將明，起擊菴鐘，女云：『莫打莫打，打得人心碎。』取髻上牙梳，掠畢而去。奴出觀所向，忽入松林不見，壁上有詩云云。

題　壁

妾住小水邊，君住青山下。青年不可再，日日坐成夜。只見船泊岸，不見岸泊船。豈能源谷裏，風雨誤芳年。薄情君拋棄，咫尺萬里遠。一夜月空明，芭蕉心不展。解下緑羅裙，無情對有情。那知妾意重，只道妾身輕。經從佛口出，佛不在經裏。郎在妾心頭，郎身隔萬里。月色熠羅衣，永夜不得寐。莫打五更鐘，打得人心碎。

龍井神女

事見嘉靖辛丑年，出《堯山堂外紀》。

端淑曰：具區東山有井，淵深叵測，世呼柳毅井，即唐傳洞庭君女歸柳毅事。言至今風月夜，往往見彼出遊。嘉靖辛丑，新安博士田藝蘅，字子蓺，同中翰王子、蔡子往遊，酒酣，因吟一絶。見林月漸明，隱隱橘柚影中，美人掩映，若隔烟霧，却前遥吟云。三人追討其跡，杳不可得。質明，欲闢地祠之，鋤下硜然有聲，得一石碑，題曰『龍井神女祠』，因建宇于其上。

答田子蓺

橘花如雪晚風清，迢遞關山春夢驚。明月一天涼似水，不堪重省舊時情。

嫦娥

事見范狀元家傳及《堯山堂外紀》。

端淑曰：烏程鼎元范公應期赴京會試，卧舟中，夢入廣寒宮。老桂輪囷，飄香散彩，爲嫦娥者千百輩，皆齊聲歌此詩。既醒，知爲吉兆，而衆皆聞天香，經日不散。是科果成殿元，極鸞坡之選。泥金報日，夫人訃音已至，續娶吴夫人，小字紫薇云。

嫦娥歌

絲綸閣下文章静，鐘鼓樓中刻漏長。獨坐黄昏誰是伴，紫薇花對紫薇郎。

魚元機

唐女冠。金陵女子謝湘蘭善扶乩，所請仙女，元機也。

端淑曰：事之有無，不必問也。但詩有仙氣，不似後人杜撰。

示盧夢雲

兒女情多未可嗔，笑談豈比事臨身。春風曾把癡根種，花月難將綺思馴。偶寓人間皆幻態，能遊世外即仙真。何須笑我當年事，看汝琴臺逐後塵。

翠　薇

嘉靖初，清河丘任泊舟江陵，有一女子，自稱兩淮鹽運使何公之妾翠薇，引生至一亭就枕，作此詩云。次日訪之，乃其墓也。

端淑曰：人鬼一理也。人不能斷塵，鬼不能斷塵，亦一理也。點綴生風，聊學人世邯鄲否？一詩三韻，存其事耳。

贈丘生

不斷塵緣露本真，翠薇花下遶香魂。如今了却風流債，一任東風啼鳥聲。

蓬萊宫娥

事見隆慶時。既別，朱足墮山下，若夢焉，軸在手。後事覺，軸亦失去。

端淑曰：嘉興有朱姓，一日道經南城，花雨濛濛迷去路。心正驚疑，忽有二女童曰：『奉主母命來迎。』生與偕行，望殿陛瓌瓏，一仙娥自稱：『蓬萊宫中人也，邀君了夙願，不須駭問。』與朱促席暢飲。逮晨，朱辭歸，娥愀然，乃設宴正殿，鋪陳飲饌，比昨愈奇。將徹時，出一錦軸，寫詩十絶以贈，各揮淚而别。

題軸贈朱生

海外三山十二樓，弱流環遶不通舟。此身也解爲雲雨，迢遞驂鸞檇李遊。

十八孃

事見萬曆中。

端淑曰：萬曆中，有東海生者，閩人也。一日遊東郊，少憩于報國院，夢至一所，見霎鬟侍兒，揖曰：『奉十八孃命，邀郎君。』女郎曰：『妾開元皇帝侍兒也。以江采蘋之薦，得幸于上。今歸此中，與郎君有宿緣。』因出金鐘，貯瓊液以酌生，生飲之，歌《菩薩蠻》以侑觴，因悉開元事甚備。既而侍兒報江家、周家、陳家三姬至，江衣緑，周衣紅，陳衣紫，種種妖麗。三姬曰：『聞吾姊今有嘉賓，故來相賀。』三姬各奏詩二章，皆集古所成者，十八孃亦和二章。吟畢，十八孃因以紅繡鞋爲贈，江姬出麝囊一函，周姬出真珠一顆，陳姬出紫瓊枝一枚爲贈。生方與別，而遽然已覺，詢其傍，果有十八孃塚云。

集古

遥指紅樓是妾家，瓊枝日出曬紅紗。摘時正帶凌晨露，應服朝來一片霞。

江　姬

見前。

端淑曰：人皆幻影，不必驚訝，何怪諸姬之出現也。

集　古

百般紅紫鬬芳菲，隔水殘霞見畫衣。別有玉盤承露冷，紅粧飛騎向前歸。

周　姬

見前。

端淑曰：周姬予疑爲榴花所幻者，蓋其詩内有『琥珀』等字故也。

集　古

紅樹枝頭日月長，一枝濃豔露凝香。菱花併作新粧面，玉椀盛來琥珀光。

陳　姬

見前。

端淑曰：諸姬《集古》詩，俱妥貼安詳，喜無醜態。然似一人手筆，故疑僞作也。

集　古

何處横釵帶小枝，可憐妖冶正當時。曾緣玉貌君王寵，莫比潘家大谷梨。

婁聖妃

事見《列朝詩集》。

端淑曰：按，《列朝詩集》云：此婁聖妃西江絶筆也。曹縣王士龍矢心清修，羣真降乩，詞翰往復。著有《徹鑒堂詩》。崇禎十年，青渚大帝摇華氏韓湘爲敘，奉玉帝所撰也。廣寒以星君爲主官，輔尉以下屬員甚多，嫦娥共有百二十餘座，昇降謫罸，與世無異。又最珍秘者，傳瑫事例，天上男女二榜，俱于甲年。女榜以蠡伯彤玉爲主考，龍霄大皇母爲總裁，瑶池王母爲提調，才菩七十二員分考閲卷。二月十六日一場，判三條；十九日二場，律詩四首；二十二日三場，論一篇。入試三千九百二十八人，雋才一百二十九名，名曰署士。入簾名春香晏，放榜名羣署正晏。儀節甚多，不能悉舉。又靈真位業一十九位，太保萬楚、中嶽陶潛、南嶽杜甫、西源大帝王羲之、巡王四大洲謝安、左舘玉書蘇軾、西溟星君莊杲、太極殿大學士李攀龍，其可知者也。今古詩人，玉帝許可者，李白、韓愈輩，其中有王世貞、謝臻。豈時代遞降，世好所鍾，上帝亦不得而違也？ 庚申二月，星君傳士龍于大椿堂。

謫星絶筆

畫虎屠龍歡舊圖，血書纔了鳳睛枯。 乞今十丈鄱陽水，流盡當年淚點無。

雲 貞

名朝簪，字天母。湖州人。二八絶色，登甲戌天榜二十七名。即上玉帝此詩，取入宫札。

端淑曰：莊重整練，深厚典雅。且一氣貫串，洗盡人間鉛粉，自是玉宫人物。癡重凡媛，何曾夢見。

無 題

雲花徉儻迴難羣，二百叢中第一人。氣壓崑崙無利壁，才流江海有餘垠。昂藏踏踐紅龍爪，號叫衝開白兔鱗。早賜彤庭論握事，何辭匍匐獻丹宸。

周貞環

金鄉周中丞之子婦貞烈潘姬也。丙子初一日赴乩，申謝(玉)〔王〕士龍，贈此詩。或云有靈貞降哎，如興寧二年楊君故事。王公字五雲，自稱祝鼇大道人。以明經除嘉興府判，遷商州知州。

端淑曰：晋興寧間楊君事，説者以爲後來淺人僞撰。唯鍾伯敬、譚友夏兩先生每極稱，予不知何故，西陵毛子馳黄已駁之矣。

赠王士龍

跳出塵埃入玉鄉，瓊樓深處叩穹蒼。繁華總事無根草，寶月方知碧海長。有處秋聲鶴唳語，無愁普化兔園香。勞君祝我三生句，拭筆猶描紫翠堂。

陶楚生

事出《西元洞志》。

端淑曰：金陵之名姬也，歸于吴興茅止生元儀，不三載而亡。臨没，見羽幢相迎，曰爲西元洞主。一時詞人賦詩哀挽，名曰《西元洞志》。癸酉，降于曹南王士龍之乩，自述小傳，係瑶池西元洞八主之一，名倩英。茅生亦東朝大元宫二品才官也。有《螺園詩》三十首，自署曰『神霄東府内苑螺翠山元澄第一宫閩夷澄覺元君陶倩英』。止生得五雲報，作《西元青鳥紀》。

二十聚香欄

十二雕闌盡白珩，賣花聲裏唱流鶯。月來露濺胭脂瘦，風去雲牽琥珀輕。瑶國龍鬚蘭麝靄，仙姬鳳骨玉香瑩。酣來忘却千官錦，倒卧堦前碧漢横。

陳志能

字或容，月府散仙。一云乩仙也，出《皷吹新編》。

端淑曰：開口雄渾，是大歷、開元聲調。且仙風滿紙，令人有蓬瀛三島之想。

暮春即事

殘紅點點送春光，月染胭脂透夕陽。鶴夢後期沉琥珀，鶯聲先陣問笙簧。洞中緑樹雲間出，世上青山烟裏藏。寄語玉虚休悵恨，三千弱水路茫茫。

湘　君

下降謝彩家，異香飄動，白鶴翩躚，從鶴背而下。

端淑曰：西王母、穆天子以及楊真人事，説者皆云後人僞筆，今謝彩、丁六郎傳内，述羣仙降真、聚會酣飲一段情景，令人目眩心摇，真耶？夢耶？不可得而解耶。

絶　句

吴水迢遥接楚雲，瑶臺清露滴黄昏。當時誰向蒼梧望，休信斑斑竹上痕。

玉城仙史

衣紅，下降謝彩、丁七郎家，六年後又降。

端淑曰：二詩鋪叙得宜，手腕鬆秀。

贈丁生

求厥道初，端倪莫測。杳杳冥冥，以誠爲宅。元之又元，呼吸之間。不矯不疾，無倚無偏。變化反覆，元牝之谷。以實爲虚，静而匪獨。戒之慎之，毖爾玉燭。

苕上君

衣白，亦降謝彩、丁七郎家。

端淑曰：羣仙聚真，想頭幻甚。且俱以姓氏留傳人世，各以詩歌寫炤，豈非天地間一絶奇事！

玉如意擊案歌

呑吐日月兮吸其英，浩氣磅礴兮得長生。糠粃濁世兮，高躡乎太清。雖天上之無愁兮，羡人間之有情。溯清風于子夜，樂故人之瑟琴。白鶴舞兮丹鳳鳴，令看迎子之馭而徜徉乎瑶京。

少室靈妃

衣紫，亦降謝彩、丁六郎家。

端淑曰：讀《十二美人書》内，丁、謝雙鶴冲舉，蓋崇禎以前事也。秋濤子言之鑿鑿，定非説鬼説夢。其歌亦典雅莊重，無鄙俗字句，烟火人恐不能道。

揚袂起舞再拜而歌

悠悠浩刼兮逐逝波，茫茫大地兮崇者山而卑者河。何人世之迷昧兮，騖於名利而紛拏。豈知太清之上，更有神凝炁謐，超世乎塵刼之外，終乾坤而不磨。只俄傾兮可以遍遊於九有，笑塵世之百齡兮僅刹那。子不見夫樵者觀弈兮爛其柯，是知清虚之理莫測，神仙之樂居多。抽子之佩慨且歌，於焉不醉兮如此良夜何。

妖鼠女

《列朝詩集》及諸選本俱載。

端淑曰：成化二年，福建長樂士子陳豐獨坐山齋，梁上二鼠相鬬，忽墜爲老翁，長可五六寸許，對坐劇飲，聲如小兒。既而有二女子歌舞勸酬，其歌云云。酒既闌，乃合爲一大鼠，向人作拱揖狀而去。

鼠　歌

天地小如喉，紅輪自呑吐。多少世間人，都被紅輪誤。

又

去去去，此間不是留儂處。儂住三十三天天外天，玉皇爲儂養男女。

太湖金鯉

事見弘治年。

端淑曰：弘治中，衢州鄒德明舟至太湖，泊椒山下，月色朗然，豪吟二絶。吟畢，聞溪上笑語聲，見一美女。生驚訝，邀女，携手入舟，對坐蓬下。女曰：『今以浪花爲題，聯成一律，可乎？』生曰：『諾。』聯成大笑，極其歡謔，已而就寢。及天明，女忽披襟投水中，視之一大金鯉，悠然而逝。

浪花聯句

不欲天邊帶露栽，生。只憑風信幾番催。女。一枝纔見蓬迤動，生。萬朵俄驚頃刻開。女。

盆浦秋容和雨亂，生。鏡湖春色逐人來。女。分明一幅西川錦，生。安得良工仔細裁。女。

泐　庵

陳、隋間古佛也。崇禎時現女人身，入上方宫度世者，附乩作《村婦艷》云。

端淑曰：是度世語，自然不同。

村婦豔

西施盡住黄金屋，泥壁蓬窗獨剩儂。寄語梁間雙燕子，天涯可有好房櫳。

王　氏

乩仙也，自言宋時人。色媚而豔，年二十卒。見于明時。

端淑曰：乩仙亦作此綺語，何耶？

無　題

兒家夫婿太輕狂，錦瑟春風淚萬行。孤枕伴人憐夜月，翠蛾蹙盡五更長。

周烈女

年十七，美姿色，元兵渡江，欲迫汙之，不屈，投江而死。見于明時。

端淑曰：王氏及烈女詩，俱見沈宛君《伊人思》選本内，亟刻以備參考。

無題

潯陽江上不勝愁，雲去天空水自流。咽盡波聲愁不盡，深深江水恨悠悠。

名媛詩緯初編卷三十一

山陰王端淑玉映彙輯

備　集

端淑曰：《備集》一卷，俱出自百家小説以及傳奇雜劇，大約皆後人杜撰，不可爲訓。雖有一二真者，前已爲之選入，其餘一切贋筆，不敢再爲混輯。或曰：子選詩也，在詩言詩，但論其詩之臧否，何必以真僞而遂棄之？且太虚真人等作，亦係後人僞撰，而鍾、譚二子每極嘆賞，皆爲選訂。今子删而不録，毋乃太刻乎！曰：否，不然。昔夫子作《春秋》，筆則筆，削則削，采《風》《雅》而删《詩》《書》，正恐其惡紫奪朱，惡鄭聲之亂雅樂也。若存而不削，是夫子之罪人也，又何可以鍾、譚二子爲法則也乎哉！今但存其姓氏爵里，以備稽覽，使頑兒稚女見之，一目了然。此亦司選者之一段苦心也，豈可忽云？

姓氏嗣刻。

名媛詩緯初編卷三十二

山陰王端淑玉映彙輯

遺集上

端淑曰：余選《詩緯》而彙《遺集》姓氏，何耶？蓋不忍其能詩名媛無傳故耳。或曰：既知其能詩，又知其姓氏，何爲而不傳其詩也？曰：湮没無稽，故不得已而止傳其姓氏也。且女子深處閨閣，惟女紅酒食爲事，内言不達于外，間有一二歌咏，秘藏笥篋，外人何能窺其元奥？故有失于喪亂者，有焚于祖龍者，有碍于腐板父兄者，有毁于不肖子孫者。種種孽境，不堪枚舉。遂使謝庭佳話，變爲衰草寒烟，可不增人悒惋乎！于是彙《遺集》姓氏，以襄大觀。

顯陵慈孝獻皇后蔣氏南直徐州人。玉田伯蔣公效女，睿宗元后。弘治五年册爲興王妃，及永陵入承大統，尊爲皇太后。嘉靖十七年十二月崩，上尊謚曰慈孝貞順仁敬誠一安天誕聖獻皇后。合葬顯陵。所著有《女訓》及《紅葉詩》。

以上《宫集》。

潘氏　五經博士辰公女，大學士李文正公東陽子中書兆先妻。兆先生十餘歲能詩，年二十七而殀。娶潘，亦能詩，後兆先六年而卒。

邵氏　湖廣人。進士梅公之煜高王母也，爲鴻臚公元配。才學方駕古班姬姑姪，長公春門製舉，皆邵手自課督。邵有古文詞及詩篇，其曾孫西星氏珍藏秘笈。西星早世，之煜僅八九齡，遺稿遂廢失不傳。惜哉！

李桃英　順天人。錦衣千户李雄次女，玉英胞妹也。玉英爲繼母焦氏陷獄，桃英擊登聞救姊，置焦氏于理。桃英亦能詩。

姚孺人　杭州人，予生妣也。父醫隱，諱恂公，；母張孺人。妣生而聰慧端好，及笄愈妍，望若天人，莊重不苟言笑。曉音律，工圍棋，女工刀尺，繕綉作尤精。譜花寫卉，不假繩尺，鸞鳳宛然，飛舞十指間。更喜筆墨，諸兄教爲文章，援筆立就。及歸先宗伯，日多吟咏。以見背之時，端方在髫年，故手澤著述皆遺失不存，端真罪人也。

方蕙　閩中武臣方輿之女。母周玉簫，以守節而死，乃將所作詩篇授蕙，蕙刻而傳之。

鄭氏　閩縣人，提學孫公昌裔妻。諳文墨，與張、翁兩夫人以篇咏相往返。

翁佩玖　永春人，太守翁公爲樞公女，母吴慧鏡。張夫人集成，翁爲之較訂云。

蔣玉君　永春人，太守翁公爲樞子某妻。張夫人次集，蔣有長歌題其後焉。

屠夫人　鄞縣人，進士屠公隆妻。諳篇章，與女瑶瑟、媳沈天孫輩諷咏商訂，信成一家盛事，亦一時美談也。

林氏　莆田人，乙未進士許公伯倫子某妻。善詩工書。

瀾如　失其姓氏籍貫，見《古文冰雪携·女山人傳》。

張永淑 建武人。與同里黄淑素評訂古今文字，亦好番駁，然多喜鮮麗。

梅花居士 吴縣人，簡討陳公繼子寛侍女也。辨慧知書，不詳姓氏，號曰梅花居士。寛苦吟，忽忽多所遺忘，姬輒能記之。

陳氏 自秦州徙關中，鄠縣學博錢公仲妻。父陳惟元。夫婦皆讀書善琴。

林氏 莆田人，徐叔英嫂也。林見徐抱賈長沙之恨，詒書勸勉，爲人所傳。

楊氏 山東人。楊磐石妹，進士邢公侗之九嫂也。書法自成一家，博學能詩文，過于邢女静慈。

吴烈婦 徽人。邑諸生正寵女，適汪氏。吴通書史，臨殉夫時，遺書晷如葉指，而婉轉千言，其聲悲哀，尤令人酸鼻。

丁豫貞 新建人。参政此吕公女，適太僕少卿王公時熙次子隱君猷定。幼聰慧能文，善記唐詩，不多作。

吴娟 字眉生，江寧人。進士汪公道昆子某文學妻，後爲女道子。能詩畫，美豔絶倫，兼精諸技。

徐範 字玉卿，嘉興人。能詩文，善小楷。

胡貞波 字冰心，徽州人。能琴能簫，曉音律。古今人詩，靡不披覽。間亦短吟，而不能長咏。所輯《古牌譜》行世。

李月英 順天人，桃英妹。亦能詩文。

王文娟〔一〕 横浦官女，直隸人。

朱安人　南昌人，輔國中尉换授廣西潯州府通判朱議汸妻。通文義，工詩詞。予同吴姊孫妙音與之訂盟。是日大會名夙，如雲間李蘭友、鴛湖王聖若、池州郭蝶公、江右陳興公、霅水黄趾千輩，俱以詩文請正焉。

附：孫妙音　杭州人，山西太原府通判吴存誠妻。愛才博雅，予集内有《贈妙音》詩。

丁聖祥　順天籍，山陰人。夫子長姊，適宫保尚書姜公逢元四子詹事府録事廷榦。丁姿才絶世，能詩文；榦亦名士，然皆丁之薰陶也。年二十五而卒，惜哉！

劉文玉　四川人，丙子解元劉泌妹。能詩翰，其嫂尹紉榮見而師事之。

吴貞慜　山陰人。宫保大金吾國輔公女，母胡夫人紫霞，適戊戌進士沈翰林振嗣。貞慜，其私謚也。吴少受業于予，讀書聰慧。性至孝。以夫訃至，絶食而殉，年止十九。詩文秘不傳。

黄垣　錢塘人。大參汝亨公曾孫女，祖母顧若璞。垣有《和吴梅里吏部雪夕》詩。

何静宜　山陰人，知縣嘉祐公女。工詩。《梅墅唱和集》有《次静宜韵》詩。

張恭人　華亭人，守憲張公安豫妻。與黄媛介有《木香聯句》詩。

吴氏　吴人，琪之妹。其姊有《和妹》詩，見《名媛新詩》。

尹桐琴　字聞道，山陰人。進士三聘公孫女，適朱氏。工詩文，通大乘。今入禪門爲大和尚。

丁君淑　山陰人。夫子長兄户部郎中聖期公長女，母徐宜人藴光，適臨懷少尹沈公秋鯤子庠生錫仁。君淑少而聰慧，讀書一目十行，以孱弱早卒。

附：丁君肅　君淑胞妹，適懷寧知縣張公聖運子庠生永佐。君肅姿容修逸，稍知書，間亦作小詞。

馮紫雲　揚州人。小青妹，會稽馬髦伯姬人。丰姿絶世，與姊後先輝映。既精書史，兼達禪宗。自是蓮花化身，不第閨中名秀。惜與姊俱早歿。有《妙山樓集》及髦伯《紀事畧》。

趙貞姒　山陰人。參戎趙陞女，適王氏。知書。早寡，陞有《勵節篇》以著其貞節。

鄧榕貞　揚州人。兩浙松江分司運同羅公霆章之室。姿容妍麗。通詩文，有寄予手札。

胡體坤　山陰人。庠生瑞祥公女，天錫趙生元授妻，乃夫子堂表姊。能詩文。

丁樛　山陰人。夫子族兄庠生聖儒女，母嚴氏。美姿容，受業予門，聰慧早夭。

附：丁樑　樛之胞姊也，適吴氏。少亦受業予門。

周德宜　蕭山人。州刺三台公子文庠圓尚女，許明經陳邦政子某。姿性不凡，受業予門，以嗜酒早没。

校勘記

〔一〕『王文娟』條，南圖本作『周挹芬　吴江人。聰穎倩麗，善畫工詩。歸嘉興黄公子。沈夫人宛君爲之作詩序』。

名媛詩緯初編卷三十三

山陰王端淑玉映彙輯

遺集下

張蘊玉　字潤三，秦淮妓。喜讀小學，寫字有帖意。每厭青樓，及笄歸孫子。

婁可　金陵百户女。少受游氏聘，以媵侍之携，遂落樂藉。于《毛詩》、唐詩、宋元詞曲皆能成誦。

賈扣　趙王府妓女，以琵琶供，王悦之。與謝茂榛交，及謝死，以千金付謝二子，令歸葬，遂終老焉。

王雙雙　行四，人稱雙君。産于海陽郡，長育于王，遂冒其姓。喜文墨，吕茂才藥師與交。後歸吴室。

高娃　行三，京師娼，昌平侯楊狎之。侯爲石亨搆誅，親戚故吏無一往者，獨娃往哭，自縊于旁。

李小大　金陵舊院妓。通文墨，工詩。從丁丑進士劉公侗。

范喜　南京舊院妓，美麗非常。從徽州吴元輔。

寇白　一號白門子。南京朱市名妓，工詩。美麗傾時，兼擅才藝。

蔣淑芳　小字雙雙，號蘭玉。行四，舊院人。幼時遇黄冠，云：『此瑶臺侍季兒，前身隸仙品，今凡矣。』體香氣襲人，音律書繪，殊絶一時。東方生設女較，而榜之當首第爲狀元云。

齊淑芳　小字愛春，又曰瑞春，小名愛兒。行五，舊院人。清揚嫵媚，自詞翰、書畫、歌舞、簫管、蹴踘、走馬、六博，靡不擅長，而尤喜圍碁、彈琴，能解人意。破瓜五歲而亡，年十九耳。

姜如真 小字玉兒，號賓竹。行八，舊院前門人。亭亭玉樹，一見令人神往。

蔣婇屏 小字耐經，號文仙。行三，舊院大街上人。列榜爲女魁。

王彩姬 小字姐兒，號玉娟。行十，舊院人。丰姿如玉。

趙綵鴛 小字延齡，號連城。行五，舊院人。燕如女姪也。凡舊禮燕如者，俱禮連城，以故連城著聲，長于（如燕）〔燕如〕。

陳士蘭 小字八十兒，號玉英。行八，舊院人。以居吴久，人稱蘇州陳八。長益俊拔，且中慧，爲詞匠司勳氏納之。逾三歲，還平康。解文義，清歌宛轉，聞者爲之消魂。

陳素芳 小字回兒，號文姝。行五，舊院人。丰神雅澹，賦性聰慧。好文墨談棋，喜閲《毛詩》、《烈女傳》、《草堂詩餘》諸書。

張友真 小字奴兒，號如英。行五，舊院人。狷介寡合，非文儒不見。善吟咏，琴棋靡不通曉。

王曼容 金陵妓也。白皙而莊，清揚巧笑，殊有閨閣風，人呼爲長楊君。又號少君。結社于院曲。年十六，詩字琴畫俱精絶。與張肇卿交厚不出，而社遂散。未幾卒，張爲之寫照云。

傅壽 字靈修，金陵妓。冰華生結社秦淮，同朱無瑕、崔嫣然日集曲中。美艷異常，能絃索，喜登場演劇，見之皆狂。

王節 字卿持，少時人以纖纖呼之。姿態娟媚，音律甚妙。甘貧窘自若，士大夫所賞鑒。

沙飄飄 金陵妓。凡選六院佳麗爲侑，沙首及門，若天女散花，至也一座爲之魂消。後爲方元貞嬖之，十年不出。

楊婉素　字叔卿，舊院姬。嘗閉一閣，喜摹二王、顔魯公字。尤精音律。

楊婉如　字漢卿，小字曰昭。長婉素一歲，從兄弟也。姿容美麗，與妹同學，不欲攘妹名。

陳念如　字心玉，又曰賽。行四。自秦淮立社，咸推心玉爲後進之首。

李貞孋　字澹如，又號鷥艷。秦淮妓，丰姿絶世。案頭止存《艷異編》一部，誦之，故以鷥艷名。

王六姝　字幼翔，行六。年十五，締交盧元則，有終身之約。後盧病，欲遣之，王未知所竟。

陳玉　字無瑕，號艷雪。揚州人，遷杭之三元坊。姬姿容最美，其書畫音律，靡不精通。

朱觀奴　杭妓也。通文義。

李澹生　名妓也。工詩，善弈碁，曉音律、畫。

江鳳　淮陽名妓。善詩。

陸粲　字楚雲。吴中妓。善詩文，工書法，名動一時。後歸嘉善曹爾坊。

名媛詩緯初編卷三十四

山陰王端淑玉映選輯

逆　集

徐安生

順天人，原籍杭州。爲紹興陳太學妾，尋與陳生通，弑太學。

端淑曰：緑珠之墮樓，以季倫後不可復季倫也；文君之夜奔，以相如後無復兩相如也。任俠好才，各有至性。安生緣色害節，是謂淫蕩而已，藉口琴挑，曷不爲金谷之烈烈也？《呈御史》詩殊痴重，晋人吾見猶憐，何况老奴于安生大徑庭矣。抱此名姿，徒殞三尺，夫復何言！

《蘭咳七才子初集》曰：絶色女子徐安生，兼有詩才，能細楷。順天大興人，原籍杭州。爲紹興陳太學之妾，寓御河橋之東。太學甚漁色，好内且好外。一夕，侍兒妖甚，與安生橋頭步月，對月長吁，遇一少年，四目注處，各各魂揺。詳其姓名居止，珍重而别。蓋少年姓陳，亦紹興人，而初入國學者也。一日，少年瞯其夫他出，登堂求見。安生呼爲表弟，留之飲，遂通焉。臨别謂少年曰：『過日幸以刺來，呼吾爲姊。母生妾于安福衚衕，故名爲安生。隨父母回浙，一書生悦吾才貌，强委禽焉，吾不相歡。今又歸陳君，陳君非吾偶，子真吾夫也。當徐圖之。』少年唯唯。次日挾刺來，并敘姻誼。陳太學故好外，相見歡甚，留飲下榻，亦與少年私，一室兩榻，無所不至矣。後事露，執少年剪髮，并令寫甘責，始縱之去。少年兄俱爲吏部當該，勢炎甚，少年奔告兩兄，兩兄不能平，率十餘人排户而入，執陳太學，欲甘心焉。安生跪泣得免，執髮與甘責而去。太學素漁色，遂不起，嗚之官。官爲顧御史，令各作一詩，『詩佳，吾當寬汝』。詩俱成，御史曰：『女詩勝于男，吾不忍刑汝。今放汝去，汝當爲尼，以謝前愆。抑欲嫁少年，以圖偕老？』安生泣曰：『生爲陳郎，死爲陳郎。』御史怒曰：『然則夫病有之，病而不湯不藥，以速其死亦有之。』一斬一絞，爰書遂定。安生決不待時，少年踰二夕亦死。

附：徐安卿

蘇州人。美丰容，善畫蘭竹梅花，且善書，詩楚楚。嫁一書生，以失德出之，歸海寧陳監生爲妾。太學就選北京，安卿因與其親監生陳三狎，憐陳三之麗容也。爲其夫所執，陳三得脱去，乃率弟兄斃其夫，安卿與三坐極刑。當秋，部堂上面試，有詩，一時傳誦。其事大同小異，備載莆田姚旅國客撰《露書》内。

呈御史

恩情總是前生孽，非關怕守衾兒鐵。生生要學卓文君，衾生死穴深相結。一朝夫病病後亡，爰書未就情先絶。可憐人草可憐詩，聲聲啼出杜鵑血。

永訣詩

瞬息百年同一夢，王侯螻蟻總歸墟。所悲未得酬知己，幽恨綿綿無日舒。

其　二

風雨瀟瀟一院涼，寄來宋玉莫悲傷。上林花木渾如錦，開盡紅梅有海棠。

周靚娘

嚴州人。贈五經博士遐志女，國子司業陶公楚子臣妻。天然秀麗，體質窈窕。臣生而憨懵，後同靚娘爲幕漳泉兵道席元浩任。席與靚娘通，用計謀臣，賴義婢梅萼梟二人之首，擊登聞以救臣，臣得不死。

端淑曰：睦州古稱醇樸之鄉，而乃産此等女兒，若非梅萼，將何以堪？詩縱妖冶，爲色受罪，存之以助刑書之一案。

憶舊時月色和韻

危欄邪倚不勝情，强步庭除憶月明。桂魄未靳今夜炤，蟾光偏擅昔時清。迷離相對深如瘦，慘淡俄驚誰爲縈。自是嫦娥新有恨，羞教皓色落愁城。

和惟馨

藍田應有璧，流水豈無春。含愁憑晚炤，甘爲獨影人。

戴嬌鳳

揚州人。太師大學士馬士英之妾。某生爲士英幕，與戴私焉。及北兵來，遂同逸，爲妾以偕老云。

端淑曰：紅拂女以僞作男子，夜奔李郎，世稱女中丈夫。乃嬌鳳復能出奇假扮，以賺某生，私約夫婦，偕老終身。不但姿容冠世，其巧慧亦豈尋嘗可及哉？彼姦佞馬賊，何不奉爲參謀？

送人

遠適燕山道，長歌一送君。慎時投客邸，着意訪巫雲。綺陌休迷戀，鱗書可寄聞。還家須及早，記取舊羅裙。

上元和外

淡月溶溶炤碧空，千門燈火一宵中。停杯忽憶當時事，最喜年華處處同。

壽姑某夫人七十

七十未華髮，嶷然姿貌清。拈鍼猶刺繡，燈下時誦經。唯在慈與德，便合獲長生。何必啖交棗，何必餐黄精。從此歲千百，難以算遐齡。

李翠微

米脂人，逆賊李自成女。自成僭稱大順皇帝，改元永昌，翠微封僞公主。手刃賊將高梧，又屢諫賊父自成，不從，逃至三楚，倚某生母鄔氏。後生返楚，納以爲妾。生恐禍及己，遂埋名隱去，不知所終。

端淑曰：逆賊無天，弑及帝后，竟將三百年無缺金甌，變于傾刻。稍有血性之人，恨不食肉寢皮。何物某生，尚敢納其逆女哉？凛凛三尺，恐難逃赤族之禍也。况亂臣賊子，人人得而誅之，新朝信義佈聞，倘一奏劾，齏粉無遺矣。此生獨不慮及此，何也？

壽姑某夫人七十

瑞烟浮鼎綺筵開，共祝長春壽一杯。聞説瑶池桃正熟，竚看青鳥自西來。

名媛詩緯初編卷三十五

山陰王端淑玉映選輯

詩餘集上

孟淑卿

見卷三《正集一》。

端淑曰：詩餘繼《離騷》，最爲近古。閨閣多粉豔，更難樂府，欲得瀸遠輕新，曲盡情致，正未易得。淑卿以『剩明月』作《幽懷》，殊出詞人，在百尺樓上。

減字木蘭花　幽懷

銀河如畫，料峭黄花寒越瘦。小立闌干，滿砌花陰怯步還。　當年劉阮，天台重訪桃花亂。怪道而今，眼下眉間剩月明。

黄　氏

楊文憲公慎妻，見卷四《正集二》。

端淑曰：詞中一句一字，可銷人魂。此詞上、下末句，百媚精神，真足鏤雲繪雨。【玉映亦識趣。】

巫山一段雲 美人

巫女朝朝豔，楊妃夜夜嬌。行雲無力困纖腰，媚眼暈紅潮。【好春畫。】　阿母梳雲髻，檀郎整翠翹。起來羅襪步蘭苕，一見又魂銷。

張紅橋

見卷四《正集二》。

端淑曰：上是別時淚，下是別後思。不想銅琵琶、鐵綽板，竟化作《渭城柳》、《陽關疊》，使蘇學士見紅橋此詞，亦當掀髯拜倒。

念奴嬌 次韵送升之金陵

鳳凰山下，恨聲聲玉漏、今宵易歇。三疊陽關歌未竟，啞啞棲烏催別。含怨吞聲，兩行情淚，漬透千重鐵。柔情一縷，不知多少根節。　還憶浴罷描眉，夢回携手，踏碎花間月。謾道胸前懷荳蔻，今日總成虛設。桃葉津頭，莫愁湖畔，遠樹雲烟疊。寒燈旅邸，熒熒與誰閒說。

素　貞

見卷四《正集二》。

端淑曰：用情之正，惟恨其情之不多。若此一詞，藴藉慘切，猿聞腸斷，自當年年寒食，向虎丘作《塚上連理曲》，以澆慰九原可也。

西江月

短炬熒熒殘炤，餘寒峭峭微霄。疎林掩映隔溪橋，掩却重門春老。　殘夢初回意懶，新愁半壓眉梢。柳絲暗約玉肌消，魂逐落花繚繞。

姚青娥〔一〕

見卷五《正集三》。

端淑曰：《竹枝詞》以俚謔得妙，此等輕脱，是太白鼻祖宗風。

竹枝詞

春風無處不羅衫，名姝蕩槳弄摻摻。歌聲嬌逐彩雲去，千片飛花亂錦帆。

校勘記

〔一〕卷五作『姚青峨』。

陸卿子

見卷七《正集五》。

端淑曰：題從古，意從今，數字尋聲中寫出自己幽怨，他人那移不去，當推卿子慧心逸手。

憶秦娥感懷

拈聲歇，梅花夢斷紗窗月。紗窗月，半枝疎影，一簾淒切。　心前舊願難重説，花飛春老流鶯絶。流鶯絶，今宵試問，幾人離别。

徐媛

見卷七《正集五》。

端淑曰：詞不難于豔而難于樸，不難于填而難于切。若《郊居》詞，樸矣切矣，隱居村況，舟旅重陽，似道子畫水，壁上有聲。至采石蛾眉，寫景寓言，雋爽高華，過于魚李。

漁家傲郊居

板扉小隱清溪曲，夜月羅浮花覆屋。木籠戛戛摇新穀。莊田熟，桔槔懸向茅簷宿。　青山一片芙蓉宿，林皋逸韻飄横竹。遠浦輕帆低幾幅。濃睡足，笑看小婦雙鬟緑。

張倩倩

見卷八《正集六》。

端淑曰：情至之詞，自然感于心胸。雖欲脱畧，而傷心自見。

蝶戀花丙寅寒夜，與宛君談君庸流落，相對泣下而作。

漠漠輕陰籠竹院，細雨無情，淚濕霜花面。試問寸腸何樣斷，殘紅碎緑西風片。　千遍相思纔夜半，又聽樓前，叫過傷心鴈。不恨天涯人去遠，三生緣薄吹簫伴。

項蘭貞

見卷（八）〔七〕《正集（六）〔五〕》。

端淑曰：冰詞玉調，一澌塵套，不是河鼓黄姑夢裏笙簫。

鵲橋仙 七夕和女冠王修微

秋葉辭桐，虚庭愛月，漫道雙星踐約。人間離合總難期，空對景、静占靈鵲。還想停梭，此時相晤，可把别愁訴却。瑶堦獨立且微吟，覩瘦影、薄羅輕綽。

武　氏

見卷八《正集六》。

端淑曰：小令悠然可思，無人着想。

如夢令 戊申夏日

晝閣閒吟玉案，簾捲薰風滿院。悶則向花前，獨立闌干倚徧。堪玩，堪玩，座裹清陰一半。

葉紈紈

見卷九《正集七》。

端淑曰：煩惱二字，人所自討。若清空佳思，得之自然，形諸筆墨，遂爲春秋二月令一段詩話。紈紈種種凄凄，洵是《草堂》妙手。

浣溪沙 春恨

窗外梅花落素英，隔簾啼鳥弄春情，斷腸芳草又青青。　獨倚畫鸞愁日暮，半籠金鴨怯寒生。閒思心事暗傷神。

吴貞閨

見卷九《正集七》。

端淑曰：形容一個癡字，多情多韻。

臨江仙 春閨

曉窗怯怯羅衣薄，癡打鸚歌豆緑。呼紅欲剪雨中花，爲甚淚含來，花人情自各。　睡起思絲關不住，緒在眉峰一處。非愁非病爲誰來，癡倚玉樓前，忘却收針刺。

吴静閨

見卷九《正集七》。

端淑曰：咏物咏思，各有一種無可奈何處，竟實落道破。

虞美人 蘭

湘簾冰簟秋初倦，人在西風苑。暗香何處拂衣來，行過畫欄深處、蝶徘徊。　竹溪寒玉曾同倚，雪塢清無暑。一枝和露碧垂垂，怯似楚江寒雨、夜來時。

馮小青

見卷十《正集八》。

端淑曰：小青才名殊色，至今香動孤山。心魂二字，自己一問，此中大有冤枉。

天仙子

文姬遠嫁昭君塞，小青又續風流債。也虧一陣黑罡風，火輪下，抽身快，單單别却清涼界。原不是鴛鴦一派，休猜做相思一槩。自思自解自商量，心可在，魂可在，着衫又撚雙裙帶。

商景蘭

見卷十一《正集九》。

端淑曰：婉孌正大，調如二雅，愁深三疊。以此入清廟明堂之曲，唐山夫人何足稱羨？

青玉案 即席贈黄皆令言别。

一簾蕭颯梧桐雨，秋色與人歸去。花底雙尊留薄暮。雲深千里，鴈來寒渡，客有愁無數。

片帆明日東皋路，送别恨重重烟樹。越水吴山知何處。舞移燈影，箏綢絃柱，且盡杯中趣。

紀映淮

見卷（十二）〔四〕《正集（九）〔二〕》。

端淑曰：詞不甚異，意在瀟疎。以柳枝説到秋光、疎樹，殊有别致。

柳　枝 一名折楊柳

春風蘺芷渡頭香，青眼微窺入畫粱。張緒如今寥落甚，長條葉葉不勝狂。

又

棲鴉流水點秋光，愛此蕭疎樹幾行。不爲行人綰離别，賦成謝女雪飛香。

葉小鸞

見卷十一《正集九》。

端淑曰：詞家口頭語，正寫不出在筆尖頭。寫得出便輕鬆流麗，淡處見濃，閒處耐想，足以供人咀味。何必蘇、劉、秦、柳，始稱上品？

搗練子 春暮

春寂寂，月溶溶。落盡紅香剩緑濃。明月清風同翠幙，夜深人静小窗空。

梁孟昭

見卷十二《正集十》。

端淑曰：深情爽致，筆底無雲，十五之月，竟被一語回護。

菩薩蠻 八月十六喜月調寄

嫦娥豈是無情種，昨宵偶被雲遮擁。今夜好青天，清光端的圓。歡然重慶賞，人月同盈望。多少個中情，三生到此生。

翁孺安

見卷十二《正集十》。

端淑曰：眼前語，亦是香奩清冷處。

浣溪沙 秋日

碧天沉影散秋光，鴈陣初過列半行，冷風徐沁白羅裳。　墮桑井梧旋静砌，含英籬菊護低墻。聲聲何處搗衣忙。

郭　璚

見卷十二《正集十》。

端淑曰：香鬆凄切，不待詞畢而意態横生。固陵索梅，春愁過病，一般刻劃。

南鄉子 池荷

午院新凉，不捲疎簾拭暗香。意在蓮心向誰問，情長，懶將紗扇撲鴛鴦。　雨過秋塘，翠蓋深深露半妝。一似低頭嬌不語，思量，淚浥紅腮不記行。

柴貞儀

見卷(十三)(十二)《正集(十一)(十)》。

端淑曰：新詞誌物，手腕芳妍，如光之于紅蘭，其猶天寶之《哀江頭》也。紅蘭不死，存于紙上。

桃源憶故人有序

余性耽異卉，文殊蘭別號美人蕉者，色豔含苞，皆非人世恒有。移種而植之于庭，數年成林焉。迨乙酉歲，人驚仳離，花遭翦拜，蕩然無復存矣。而情之所鍾，宛有斯蘭，鮮妍綽約，於寤寐自屬，窮其情態而繪之。爰以新詞，用誌不忘云爾。

丹青圖就紅蘭見，彷彿鮮柔在撚。依翠因風宛轉，嬌倚朱樓遍。記得前時芳薦，今被蠹風夷翦。試取軸綃開卷，猶覩花容絢。

馬淑祉

見卷十五《正集十三》。

端淑曰：高老清孤，光風霽月，此是詞家風流濂洛。

搗練子

花泣雨，月悲風。衰草空堦月影中。坐久不知燈蕊老，清清鶴唳古庭松。

張小蓮

見卷十五《正集十三》。

端淑曰：『只催春去』四字，一部《草堂》不能多得。以此四字敵辛稼軒，作者以爲何如？

如夢令

鶯囀欲留春住，儂意只催春去。何事爲春來，添得許多愁句。無緒，無緒，又是撲簾飛絮。

顧　諟

見卷十六《正集十四》。

端淑曰：平鋪中時露尖秀。

菩薩蠻 春日思歸

江南風景春光好，江南愁女他鄉老。柳罨舊湖堤，行人路轉迷。　山花紅隱淥，水鳥飛相逐。凝佇盻斜暉，浮雲何處歸。

謁金門 春暮

心似織，無數悶懷堆積。腸斷年年芳草碧，鶯花何處覓。　百鳥嘲殘春色，千樹緑肥南陌。若箇喚伊留不得，泥人長嘆息。

郝湘娥

見卷十八《正集十六》。

端淑曰：許多綺翠，浮動筆端。有韻處，有莊處，韻是事實，莊是理路。

清平調

鵞黄柳色，一抹烟如織。倚遍南樓鶯語寂，又是暮山横碧。　忽聞女伴相邀，踏青准（凝）〔一〕〔擬〕明朝。單少繡花鞋子，呼鬟連夜同挑。

校勘記

〔一〕『凝』，南圖本朱筆校改作『擬』。

張蘭

見卷十八《正集十六》。

端淑曰：清思利齒，冷然可思。方其品格，當在汴河石刻之間。

浣溪紗 秋懷

脉脉幽懷只自籌，幾回無語獨凭樓，斷腸時節是深秋。　風漏鴈鴻情似實，月沉楊柳意還浮。是真是假暫紓愁。

杜秀珩

蘇州人，孫之龍妻也。完姻方三月，遂從軍於蜀。去三年矣，妻思之，寄書與生，生作字復妻，忽遺書於地，邊帥見之惻然，生復以妻之書呈帥。帥嘆曰：『有是哉！相思之苦也。』亟命其歸而完聚焉。

端淑曰：悲酸淒冷，使人讀之涕淚交集，不可以武臣竟不知書。

尋芳草詞 寄外

眼中許多淚，濕透羅襟鴛被。枕頭兒放處，都不是、舊家時，怎生睡？更也没書來，那堪被、雁兒調戲。道無書、却有書中意，排幾个人字。

黄字鴻

見卷八《正集六》。

端淑曰：瑰瑋之詞，見稱當世，真無媿於《草堂》諸人。

上西樓 暮春

闌前荳蔻初紅，趁東風。忽見荼蘼開罷，恨匆匆。　簾櫳静，悵心事，阿誰同。贏得殘紅未掃，下堦慵。

董少玉

見卷五《正集三》。

端淑曰：春明光霽讀此詞，覺此身朗朗然在冰壺秋月中也。

雨中花

絲絲細雨霑林木，濕透深紅并殘緑。看小苑池亭，輕風漾盪，片片飛寒玉。　千山萬山雲斷續，拂水穿籬撲短竹。把玉笛橫吹，瑶琴高掛，試奏梅花曲。

陳　氏

見卷四《正集二》。

端淑曰：詞愈少，斷不可盡情作完，完反覺嚼蠟矣。

如夢令 寒食

節令傳來寒食，人家盡禁炊烟。我塵甑釜空懸，旬日三朝舆爨。厨畔，厨畔，不禁時常烟斷。

顧若璞

見卷十《正集八》。

端淑曰：瑩然似玉，如觀商彝周鼎，閨閣中之典型也。

長相思 春

梅子青，豆子青。飛絮飄飄撲短襟，風褰羅袖輕。　送芳辰，惜芳辰。春事支離些個情，眉峯恨幾層。

謝　瑛

見卷十八《正集十六》。

端淑曰：情景逼露，却又自然，蘇、柳之作復見于今日矣。

漁家傲

瘦竹懸絲閒聽鵲，石泉飛潤紅香土。睡起喜同麋鹿舞。瞻衡宇，逍遥盡却金鑾俯。　紫菜摘來杯莫數，山妻對酌休催鼓。長嘆一聲衣未補。何須苦，不知塵世披雲覩。

黃修娟

見卷十一《正集九》。

端淑曰：疎疎落落，字字合拍。易安以後，未能多得。

玉聯環 春閨

風吹綵袖花間舞，鶯聲半吐。畫欄干外恣遨遊，真堪愛情無數。　有限姻緣休阻，牽人腸肚。相思相見更相親，人易老、憑誰主。

顧長任

見十八卷《正集十六》。

端淑曰：詞韻香艷，非追琢可擬，吾猶喜其胸臆曠然。

清平樂 春閨

惱人春色，砌草迴風織。斜倚銀屏深寂寂，偏是遠山凝碧。　天台諸女頻邀，香箋已約來朝。挈伴攜琴相謔。冰絃欲撥慵挑。

黄　埈

見卷十一《正集九》。

端淑曰：讀《遺草》，雖不多，然具有夙根，自是再來人物。

畫眉彎

宿粧殘。未梳雲髩，先學畫眉彎。簾外聲聲喚，喚道海棠開遍。愁春去，惜春殘。世事如今休怨。蚤知道，學道參禪，不負平生之願。

劉　氏

湖廣人。著作甚多，少年夭歿，遂俱散佚。

端淑曰：殀折不禄，可謂傷心矣。詩文散佚，則更慘然。詞似李後主聲口套出。

浪淘沙 新秋

昨夜雨綿綿，寒澀燈烟。薄衾蕭索不成眠。曉起床頭看暦日，換了秋天。　緑葉尚新鮮，猶想争妍。教他知道也淒然。眼底韶光容易改，樹且堪憐。

名媛詩緯初編卷三十六

山陰王端淑玉映選輯

詩餘集下

劉翠翠

見卷二《前集》。

端淑曰：詞意不雅。

臨江仙 新婚枕畔作

曾向書窗同筆硯，故人今作新人。洞房花燭十分春。汗霑蝴蝶粉，身惹射香塵。　殢雨尤雲渾未慣，枕邊眉黛羞顰。輕憐痛惜莫辭頻。願郎今日始，日近日相親。

楊文儷

見卷四《正集二》。

端淑曰：丰度敏捷，情思靈動。須眉所不能道隻字者，夫人得之，可稱詠雪妙手。

清平樂 詠雪

悠悠揚〔揚〕，做盡輕模樣。夜半蕭蕭窗外響，多在梅邊竹上。　朱樓向晚簾開，六花片片飛來。無奈熏鑪烟霧，騰騰〔扶〕上金釵。

張嫺婧

見卷二十七《黄集》。

端淑曰：小令如此，可稱楚楚。

如夢令

細柳餐風飛絮，嬌鳥驚人夢際。起把紅簾垂，不愛遠山送翠。春去，春去，忘却新詩成未。

楊宛

見卷十九《正集附上》。

端淑曰：上説春，下説秋，一番記憶，一番憐惜，及妹傷姊意，嬌韻叫絶。

金人捧露盤 詠秋海棠

記春光，繁華日，萬花叢。正李衰、桃謝匆匆。儂家姊妹，妖枝豔蕊笑東風。蕩情仍共，春光去、惆悵庭空。到如今，餘孤幹，羞桃李，一園中。憐嬌妹、試沐新紅。恐傷姊意，含芳歛韻綺窗東。隣家不分，伊偏占、放出芙蓉。

王　微

見卷（二十）（十九）《正集附（中）（上）》。

端淑曰：落想空靈，吐句慧遠，他人説盡千行紙，不若修微寥寥數字。絶非温、李，誰説蘇、辛，詞家勝地，已爲修微占盡。胸中若無萬卷書，眼中若無五嶽瀟湘，必不能夢到想到。

搗練子 青衣送遠

雨初收，風乍煖。閒愁一霎生虚舘。梅花歷亂不勝粧，春晝何如春夢斷。

陳玉娟

見卷二十（四）（三）《閨集下》。

端淑曰：未語入情。

如夢令

喜殺功名成就，準備玉簫雙奏。擬定夜深時，相與從容話舊。非謬，非謬，月上柳梢時候。

馮　絃

行二，馬洲當壚妓也。曾讀西陵毛甡大可《桃枝詞》，乞桐鄉鍾子由邀之，值大可返里不果。今爲陸氏妾云。

端淑曰：輕清幽寂，是《花間》調中體，與《草堂》長短不同。

江城子 讀毛大可新詞有感

緑陰何處曉啼鶯。弄新聲，最關情。一夜寒花，吹落滿江城。讀得斷碑黄絹字，人未渡，暮潮横。

又 前題

蘭陵江上柳花飛。冷烟微，着人衣。無數新詞，最恨是桃枝。待得蘭陵新酒熟，柳葉好，報君知。

武陵春 春晚

花裏杜鵑啼欲暮，盡日懶登樓。泱泱樓前春水流，何處是歸舟。楊柳已飛簾外絮，偏點小紅浮。望斷城西金埒溝，撇不去，許多愁。

虞美人 賦得落紅滿地

東風吹徹雙簾幕，散盡胭脂薄。夜來細雨灘灘，一半墻頭一半在汙泥。滿園新緑叢叢暗，隔葉黄鸝唤。空堦新月看朦朧，彷佛紅茵鋪遍小亭中。

楊玉香

見卷二十(五)〔四〕《豔集上》。

端淑曰：印板腔兒，張帽李戴。若『新詞宛轉』二語，黯然魂銷者此也。

鷓鴣天 答林生

郎是閩南第一流，胸蟠星斗氣横秋。新詞宛轉歌纔畢，又遂征鴻下翠樓。開錦纜，上蘭舟。見郎歡喜别郎憂。妾心正是長江水，晝夜隨郎到福州。

呼舉

字文淑，湖廣人。以放榜日生，因名舉，又號素蟾。其大父、父浪游荆鄂間，遂藉江夏。後墮隸營妓中。幼而貞静，性疎朗敏慧，容止冲澹。自文墨，以至棋畫、雙陸、打馬、呼盧、蹋蹴，無不精曉。刺繡女紅種種，其餘耳。與臨皋王追美交厚。王孝廉也，後爲所納。王别號岣嶁主人，人皆羡其佳人才子爲得雙焉。

端淑曰：情至之語，如腸曲瀉。『尋得去』『忘去路』，斷波分影，使人欲泣。

如夢令 夏日睡起

獵獵高原晴蓼，瑟瑟小窗風竹。午坐倦拋書，夢遶巫山六六。睡熟，睡熟，癡雨嬌雲相逐。

木蘭花令 夜坐

孤燈半滅愁無數，河外清蟾凉印户。閒庭露草，亂蟲吟，似共離人分泣語。　玉樓杳隔湘江浦，黯黯離魂尋得去。夜半沈鐘落遠聲，短枕驚回忘去路。

趙彩姬

見卷二十〔五〕〔四〕《豔集上》。

端淑曰：似現成語。然不如此，不是兒女子。

長相思

去悠悠，意悠悠。水遠山長無盡頭，相思何日休。　見春愁，對春羞。日日春江認去舟，含情空倚樓。

沙嫩

南京舊院名妓也。顔色與姊飄飄齊名。慧甚，彷彿是唐昌玉蕋，豈無玉峯期哉！

端淑曰：因雨有詞，此人亦自幽淒馨逸。

醉花陰寄友

翡翠樓前雨幾陣，斷送殘紅盡。纔暮掩羅幃，獨夢無聊，不識初來徑。　起來忽忽無心性，恰似相思病。雨過近昏黄，撥動癡腸，怎奈淒涼運。

蜀妓

有客自蜀挾一妓歸，蓄之别室，率數日一往。偶以病少疎，妓疑之，翁作詞自解，妓答之。一作宋翁客妓。

端淑曰：蜀中産奇，子雲輩起。若此蜀妓，咄咄逼人，莫看作紅紫隊中物。

踏沙行又名鵲橋仙

説盟説誓，説情説意，動便春愁滿紙。多應念得脱空經，是那個先生教的。　不茶不飯，不言不語，一味哄他憔悴。相思已是不曾閒，又那得工夫呪你。

胥芩弟

亳州人。

端淑曰：秀媚之極。雜之《花間集》，亦復難辨。

小重山答伍倫

一片江波剪緑蘋。鴛鴦顛倒寫，是何人。西歸司馬蜀江春。琴臺下，何處少知音。　怪爾太相侵。三生無限事，淚盈巾。東園錯愛柳條新。風摇處，曾拂舊階塵。

鄭婉娥

見前。有二侍女，一名鈿蟬，一名金鴈，亦當時之殉葬者。

端淑曰：讀婉娥詞，余不禁掩袂而泣下也。燕殿灰飛，吴宫春冷。嶺頭鸚鵡，筵前舞象。

文文山改題驛壁句，此詞恨不令文丞相一見耳。《黍離》、《麥秀》，遂有接手。惜也爲僞陳婕妤，名遂不顯。詞自足與行邁同，意取此《黍離》二字焉。

念奴嬌 憶宫

離離禾黍，歎江山似舊，英雄塵土。石馬銅駝荆棘裏，閲遍幾飜寒暑。劍戟灰飛，旌旗烏散，底處尋樓艣。喑嗚叱咤，只今猶説西楚。　憔悴玉帳虞兮，燈前掩袂，淚交飛紅雨。鳳輦羊車行不返，九曲愁腸慢苦。梅瓣凝粧，楊花翻曲，回首成終古。翠螺青黛，絳仙慵畫眉嫵。

王秋英

見卷（三十）（二十九）《幻集上》。

端淑曰：字與淚俱，才同峽倒。『江山風雨』等句，可與日月争光，女士中何能有此？其感慨悲愴之詞，蓋目擊心酸，怨思縈結。殆太玻、昭儀之流亞也歟！

滿江紅 枕上

偶度銀河，霎時間雨收雲歇。枉做了叢莽溪頭，一塲轟烈。江山風雨百年心，家國存亡千里月。愧今宵勾引蔓藤，又添淒切。　煙花耻，應難雪。雲雨債，何時滅。只爲塵緣把白瑜玷缺。高堂夢裏情如海，望帝山中淚成血。羞睹着、嫦娥長自在，瑤瑶闕北。

翠　薇

見卷三十《幻集（上）（下）》。

端淑曰：翠薇若逢大計，不免一箇貪字。

憶秦娥　閨情

楊枝裊，恩情無限天將曉。天將曉，漏窮雞喚，教人煩惱。　郵亭一夜風流少，匆匆後會應難保。應難保，最傷情處，殘雲風掃。

花麗春二侍姬

侍兒衣錦衣，執檀板，歌《天仙子》以侑鄒師孟酒。麗春遽止之曰：『勿歌此曲，徒增傷感。』

端淑曰：《東京夢華》、《天寶遺事》中，何可不載此數闋？但天下山川都姓劉，歌者之曲且止矣。悲哉！

天仙子

金屋銀屏疇昔景，唱徹雞人眠未醒。故宮花落夜如年，塵掩鏡，笙歌靜，往日繁華都是夢。

天上曉星先破暝，明滅孤燈隨隻影。翠眉雲髩麝蘭塵，空歎省，成悲哽，無數落紅堆滿鏡。

蓬萊宫娥

見卷三十（一）《幻集（上）〔下〕》。

端淑曰：作此等題詞，極易敷衍。看此詞駁换吞吐，具大手腕，蘇、黄鉅公，遜其風韻。

賀新郎 贈朱生

花柳繞春城。運神工，重樓疊宇，頃刻間成。緑水青山多宛轉，免教鶴怨鴛驚。看來無異舊神京。慮只慮佳期不定，天從人願邂逅多情。相引處，珮聲聲。等閒回首遠蓬瀛。呼小玉，旌開錦晏，謾薦蘭羹。須信是瓊漿一飲，頓令百感俱生。且休道、塵緣易盡。縱然雲收雨散，琵琶峽依舊風月交明。念〔一〕此會，果非輕。

校勘記

〔一〕『念』原脱，據馮夢龍《情史》卷十九《情疑類·蓬萊宫娥》補。

元妙洞天女

玉茗堂主人夏夜坐簫舘，夢至元妙洞府，見一少女，獨立於中，朗然商誦。其詞最多，謹記其一，以備參考。

端淑曰：洞天之女，何至柔腸乃爾？只『一箇愁人』四字，想風流院裏，國士無雙。

眼兒媚

石榴花發尚傷春，草色帶斜曛。芙蓉面瘦，蕙蘭心病，柳葉眉顰。　如年長晝雖難過，入夜更消魂。半窗淡月，三聲嗚鼓，一個愁人。

戴嬌鳳

維揚人，大學士馬士英妾也。某生入幕，嬌鳳悦而同逸爲妾。

端淑曰：女以爲癡，我亦以爲癡。

如夢令答生

愛殺玉人丰韻，豈索珍珠爲聘。賺入繡衾窩，頓作鴛鴦相並。癡甚，癡甚，直到月殘燈盡。

韓翠屏

揚州人。七品散官韓芳之女，兵部尚書崔呈秀之妾也。丰姿俊雅，寵冠一時。喜詞曲。及呈秀自縊，翠屏以刀自刎；不死，復自縊死。

端淑曰：以此人，有此妾。負此詞，存此篋。

西江月 殉夫

主德無涯難報，妾身命薄多艱。欲教青史把名傳，苦〔一〕被夫人勸免〔二〕。　明月三更慘澹，孤燈一盞熒然。得題此恨向長箋，魂逐曉煙飄散。

校勘記

〔一〕『苦』，南圖本作『又』。

〔二〕『免』，南圖本作『勉』。

徐驚鴻

見卷二十《正集附下》。

端淑曰：驚鴻豔麗非常，詩文詞賦，咄咄驚人。第所見最晚，收一，餘見《二集》可也。

臨江仙 戲題

自愛鳳頭能窄小，踏春纖草剛慎。綺窗徙倚尚稱艱。秖堪蓮上步，最懊酒中傳。　豈是飛鳧仙子舄，到今零落人間。無端竊去惹人嫌。毬場荒蹴踘，樂事罷鞦韆。

郭湘雲

南京舊院人，一云杭州人。

郭氏名姬：郭粟如

端淑曰：娟秀欲滴，真可稱浣花中人。

瑞鷓鴣 寄友

憶昔投璚期繾綣，盡日相思歡不見。郎情珍重妾難忘，掌上擎來時把玩。　雙璧南金應不羡，燈下偷看腸欲斷。思君無計共追隨，覩物依稀如覩面。

景翩翩

見卷二十四《豔集上》。

端淑曰：幽媚中帶莊重，所以讀之使人擊節嘆賞。

好事近 咏鳳頭簪贈友

鳳引玉搔頭，偏傍紫簫飛到。粧罷綠窗斜插，問菱花誰俏。　還須郎至倩郎扶，打叠髩雲好。伴那鳳釵鴉髻，與六珈偕老。

趙觀

見二十五卷《豔集下》。

端淑曰：詞婉而真，曲盡情景。

柳梢青 與王生坐談偶成

合歡連理，自知不及，多情偎倚。佩結多心，三生契合，百年和美。笑語悲歡，渾疑似、形馳影起。着意端詳，何須巫峽，朝雲暮雨。

盧月容

南京舊院名妓。

端淑曰：蒼翠不敷。

菩薩蠻 夜行

儂家心意堅于鐵，囑郎休要人前洩。俏地出羅幃，中堂知不知。下堦花影亂，舉步蓮根顫。此去莫重還，雞鳴客渡關。

劉元珍

見卷二十五《豔集下》〔一〕。

端淑曰：敏捷無匹，慧心自見。

應天長 追憶往事

生憎別去音塵絶，一日思君腸寸結。乍歡娱，多契闊，佳期暗把金錢跌。每相逢，心反折，只恐片時輕別。最是此時情切，吞聲番哽咽。

校勘記

〔一〕卷二十五僅有『劉元』，無『劉元珍』。

鄭雲璬

見卷二十五《豔集下》〔二〕。

端淑曰：可與蜀妓答翁客詞並傳。

揀香詞 贈情

明明的山盟共設，鬱鬱的爐香漫爇。怕情人心見別，貼香肌，把着人燒香徹。此際情兒切，此後疤難滅。便做了冷痛熱還疼，須知是，我和依着疼熱。

校勘記

〔一〕卷二十五僅有『鄭雲華』，無『鄭雲璈』。

李　筠

見卷二十五《豔集下》。

端淑曰：作嘲字亦真，未免稍帶嗔意。

風中柳崔生與女弟投契，作此相嘲。

暮去朝來，不似參商契闊。念多情，寧辭跋涉。縱然分袂，忍教輕撇。願將相共耽風月。一日三秋，只恐番成吳越。假饒瑶池路杳，潯陽信阻，也須知、青鳥解傳書，不教愁絶。

李盈盈

南京舊院名妓。

端淑曰：虧他說得出口。

卜算子 期友不至

春寒翡翠孤，夜永金猊盡。薄情人悮有情期，逗得情牽引。　我約秪憑伊，你約端無準。縱使明朝另有期，此際情難忍。

凌　雙

見卷二十五《黜集下》。

端淑曰：總是李盈盈一樣聲口。

蝶戀花 閟中寄人

數日蘭闈增懊惱。倦起葳蕤，恨蹙雙蛾小。薄倖不來音問杳，爲（依）〔伊〕常自傷懷抱。幾度尋思空自討。記得當時，密約成歡好。爲報風流重絶倒，莫教望斷王孫草。

衛紫英

見卷二十五《黜集下》。

端淑曰：無甚妙思，尚不惡俗。

清平樂 岳無文以詩謎寄人，賦此戲之。

幽情密愛，斷送人無賴。料得郎心深自解，尺素藏將機械。　字字藍橋着意，聲聲巫峽縈懷。縱使社家了悟，也須幾度驚猜。

岳　文

南京舊院名妓。

端淑曰：香細溢幅，詞中妙境。

眼兒媚 述懷

簾幙低垂晝偏寒，無語獨憑欄。猛將心事，暗中思省，自覺摧殘。　芳期依舊成躭悮，此意有誰憐。傷情處，數聲悽惋，雙淚闌干。

楊曉英

見卷二十五《豔集下》〔一〕。

端淑曰：輕清秀媚。

感恩多 寄友

感君情最契，執手西陵誓。共慚楊柳枝，逐風吹。　佳期莫漫成虚謬，願綢繆。願綢繆，更祝檀郎，百年思好逑。

校勘記

〔一〕卷二十五僅有『楊曉』，無『楊曉英』。

王玉英

南京舊院名姬，見前王蕋珠下〔一〕。

端淑曰：俊朗孤渺，流麗嚴密。以筆鋒寫情事，自是幽細人聲口。

念奴嬌 贈李昭

鳳臺鸞鏡，照雲鬟高髻，内家粧束。獨倚雕欄多俊朗，掩映碧梧翠竹。羞逞嬌痴，撩雲撥雨，温香軟玉。最宜閒雅小窗，時話心曲。　月下素質飄揚，舞衫歌扇，向風前羞縮。自愛芳蘭時紉佩，雅稱冰肌玉骨。笑語翩翩，衣裳楚楚，懶向烟花逐。端詳丰韵，殊是貯來金屋。

校勘記

〔一〕卷二十五『王蘂珠』下僅有『王玉』，無『王玉英』。

尚紫蘭

南京舊院名妓也。

端淑曰：柔腸俊骨，下筆驚人，填詞上品。

醉蓬萊 獨坐，偶念與吴生疇昔暢飲，輙成却寄。

記中宵燈下，共掩流蘇，緩斟佳釀。偎倚郎懷，正朱顏半醉；鬟雲鬢口脂香澤，漫污青衫上。尚依稀别時，記得夷猶清賞。午晌低徊，曲欄深處，半怯餘醒，倍增離況。檀板輕謳，更鴛鴦歡昵；笑語温存，渾疑似夢兒中，片時相向。爲謝多情，鸞牋試展，不禁惆悵。

鄭嬌

南京舊院人。

端淑曰：輕鬆雋逸，《草堂》中亦不多見。

千秋引 期人

數整鶯期，重尋燕侶，誰信明河隔牛女。君情尚懷交甫佩，儂心敢忘藍橋杵。算佳期，經幾度，心相許。無奈情緣多齟齬，無奈歡娱成間阻。恨殺相逢依共語。今宵乍冷秦樓月，明朝好逐陽臺雨。訴衷情，鴛幃啓，杯重舉。

劉　勝

南京舊院人。

端淑曰：落筆靈動，暗藏機鋒。

蘇幕遮 示友

恨桃花，憎柳絮。何事春來，浪逐東風去。邂逅從君花下語。無那情痴，魂夢偏傾注。楚臺風，巫峽雨。暮暮朝朝，無計重相遇。背處偷彈雙玉筯。笑我多情，番爲多情悞。

蔣　愛

南京舊院名妓。

蔣氏名姬

端淑曰：出口雖太露，然尚響亮。

絳都春 托星甫寄念顧源長

相思愁寂。問玉郎何事，音塵遼絶。瘦削楚腰，恨蹙雙蛾情千結。幾回倩托人傳，爲我密語，多情親切。自憐繡幕，傷心誰訴，弓鞋輕跌。飛越。良宵夢寐，誰爲伴，只有疎櫺寒月。

畫閣懶凭，繡裙輕褪香羅摺，總然一晌貪歡也。暫得片時寧貼。須知此際傳情，秖勞唇舌。

劉月香

南京舊院。

端淑曰：瀏亮可愛，與俗滯者自然不同。

蝶戀花 憶昔

憶昔逢人多阻礙。兩地多情，恨瑣雙眉黛。謝得檀郎多盼睞，迴眸勾引人無賴。我亦秋波傳密愛。暗約雲期，好把心兒耐。若使佳期還可待，目成座上何妨再。

劉佩香

南京舊院人，見名姬劉□□下。

端淑曰：作詞與詩不同，詩老詞秀，總之此詞不離一秀字。

傳言玉女 贈友

何處好風，吹到乘槎仙客。經年記憶，對面翻羞澁。相偎相倚，檻外牛女剛集。黄皁漁聲，惠泉茶色。 別後時時獨倚欄，情何極。今宵一夜，勝往時千刻。纔得爲歡，又恐天南地北。牽衣淚漬，露華更濕。

李秀蘭

南京舊院人，見名姬李瓊英下。

端淑曰：巧慧天然。

減字木蘭花 寄友

自從君去，曉夜縈牽腸斷處。綠逼香堦，過夏經秋燕又來。 想伊那裏，應也情懷愁不止。縹緲書沉，直至如今没信音。

張 文

南京舊院人，名妓，見張□□下。

端淑曰：辛、蘇、周、柳，詞家宗匠，讀此可以掩映前人。

□□ 口占贈張生

門掩梨花院，風折蘭芽淺。帳冷流螢度，人去鶯期遠。舊恨新愁，怕見雙雙燕。 芳心不逐飛蓬轉。想到乍會旋離，淚添幾綫。天天妬這姻緣。漫自把絳臘高燒，與君驪歌唱一遍。

孫　月

南京舊院人，名妓。

端淑曰：香嫩處正是其秀豔。

戀情深念友

袖擁餘寒籠寶釧，香沉小院。自從些箇繫縈心，兩情深。　等閒忽慢暫分簪，徙倚迴難禁。幾迴風前獨語，自沉吟。

名媛詩緯初編卷三十七

山陰王端淑玉映選輯

雅集

黄氏

見卷四《正集二》、卷三十（四）〔五〕《詩餘集上》。

端淑曰：幽思綺語，濺人齒牙，絃索之下，蕙芬珠瀉。邇來諸學士家，新聲户著，豔烈交喧，傳奇散曲，刻本藁本，幾等海霧。此十二曲，其詞隱先生之所未備也歟！

黄鶯兒 苦雨

積雨釀輕寒，看繁花樹樹殘，泥途滿眼登臨倦。雲山幾盤，江流幾灣，天涯極目空腸斷。寄書難，無情征鴈，飛不到滇南。

前　腔

夜雨滴空堦，傍愁人枕畔來，鄉心一片無聊賴。淚眸懶揩，征衫懶裁，沈郎多病寬腰帶。望琴臺，迢迢天外，懷抱幾時開。

前　腔

霽雨帶殘紅，映斜陽一影虹，樓頭畫角聲三弄。東林晚鐘，南天晚鴻，黄昏新月弦初控。坐長空，披襟誰共，萬里楚臺風。

前　腔

細雨織流光，愛青苔繡粉墻，鴛鴦浦外清波漲。新篁送涼，幽蘭弄香，雲廊水榭堪清賞。倒金觴，形骸放浪，到處是家鄉。

黄鶯兒春思

采葯憶天台，盼仙音不見來，倚闌却把青鸞恠。香留鏡臺，明分玉釵，桃花流水依（在然）〔然在〕。憶天台，合歡雙帶，好寄與多才。

前　腔

折柳寄章臺，襞雲牋錦句裁，銀争翠袖煙花寨。千回萬回，傳杯放杯，故人惟有何戡在。寄章臺，牽情係愛，舞袖與弓鞋。

前　腔

遥夜步閒堦，恨璘瓏音信乖，三生未了鴛鴦債。道來不來，説諧不諧，窗殘夜月人何在。步閒堦，藍橋路窄，空使燕鶯猜。

前　腔

聽雨坐空齋，任閒花爛熳開，碧雲信斷南天外。風摇緑槐，露冷紫苔，詩人老去多情在。坐空齋，黄昏無耐，燈影炤離懷。

羅江怨冬思

【香羅帶】空亭月影斜，東方既白，金雞驚散枕邊蝶。長亭十里，唱陽關也。【一江風】相思相見，相見何年月。淚流襟上血，愁穿心上結，鴛鴦被冷雕鞍熱。

前腔

黄昏畫角歇，南樓鴈疾，遲遲更漏初長夜。愁聽積雪松稠也。紙窗不定，不定風如射。墻頭月又斜，牀頭燈又滅，紅爐火冷心頭熱。

前腔

青山隱隱遮，行人去急，羊腸鳥道馬蹄怯。鱗鴻不至，空相憶也。惱人正是，正是寒冬節。長空孤鳥滅，平蕪遠樹接，倚樓人冷闌干熱。

前腔

關山望轉賒，征途倦歷，愁人莫與愁人説。遥瞻天闕，望雙環也。丹青難把，難把衷腸寫。炎方風景别，京華音信絶，世情休問凉和熱。

徐媛

見卷七《正集五》。

端淑曰：《春日書懷》，高亮輕圓，沈、袁、唐、祝，差相伯仲。《寒夜書愁》，調揚氣激，有冰城擊鐵之聲。《傷逝》南北，則漆園鼓拍，赤松遺漢，熱沸場中，清涼一散。臨川越幅，遜其新裁。

綿搭絮春日書懷

薄寒輕悄，紅雨染春條。翠襯香芸，一片煙絲軟蝶嬌。杏花梢，啼鳩聲高。閒殺鞦韆院落，睡損鮫綃。擔害得悶對芳辰，結思空拈白玉毫。

前腔

落英鋪繡，景色豔河橋。簾影疎疎，曉日曈曨映柳梢。鏡花銷，翠黛慵描。盻殺蠨蛸塞遠，離恨天遥。斷送得短歎長吁，三度瓜期折大刀。

前腔

春歸院小，風煖淡雲飄。户外青山，繚繞吹絲送伯勞。總無聊，都上眉稍。想殺曲江詩酒，錦字宫袍。抛閃得粉剩脂殘，腸斷東風爲玉簫。

前腔

棲遲荒檄，落月户梁高。露白中庭，風細雲波竹影拋。聽銅蕉，旅鴈天遥。愁殺金鞭難拗，寶袜煙消。折倒得望眼將穿，甚日脂車萬里橋。

【仙呂】桂枝香寒夜書愁

清霜點嶠，元雲天老。四野來鵞管聲繁，寒堞上漏籌頻報。聽簾鈴逗風，聽簷鈴逗風，恍一似舊日笙歌雅調。更添我迴腸縈繞，轉眼總虚飄。池館人歸後，朱門氣寂寥。

前腔

寒風嶛峭，黄沙捲草。瑶天凍碎墮瓊芳，丸微燼博爐煙渺。正嚴威勢侵，正嚴威勢侵，躭沉疴倩誰相告。着冷煖有誰相勞，空自旅魂銷。泣盡燈前淚，家園已棘蒿。

前腔

俗情已掃，生緣未了。没來繇兩字功名，縴絆我一生潦倒。看澄月印潭，看澄月印潭，恰一似重昏夜曉。何日遂皈依真誥，及早云脱塵囂。回首青山近，仙娃拂袖招。

【雙調】北新水令傷逝

一翻塵話夢栩栩，空勞了半生心跡。當日個帝城春色近，今日個故國冷煙迷。浮名似片瓦飛飛，浮名似片瓦飛飛，怎如那巢雲的伴孤松在萬山深處。

南步步嬌

衝鋒蹈虎名韁事，七首蒼龍勢。無端貝錦詞，以馬爲麋，憑將心指。何苦去辨事和非，青蠅那願你真和似。

北折桂令

沉埋了一場心事已成灰，説甚的鷹揚廊廟總休提。到如今綺疎寂寞冷煙脂。芙蓉帳掩，孤舘人非。度流光更如涉歲，歷寒暑那辨推移。載愁端了無歸計，我呵如今好息機莫疑。怎得向叢桂山頭，相邀佳趣。

南江兒水

休問君平技，休吟澤畔詩，筭來五行已註生前事。勤王的不把黄金鑄，負薪的何處投知己。總是一場兒戲，到不如去飲炭吞冰，跣足徉狂塵市。

北鴈兒落帶得勝令

回首事，總乖離；千年調，已傾欹。想當日個綉户文楣列着錦圍，青玉案張着蓴鱠，紫葡萄泛着瓊巵，寶雕闌裁着蘭蕙，百和香燒着獸灰。怨青輝忽隨秋去，把從前事猛追再思，往勞我神呆意癡。呀！一重提，一重心醉。

南僥僥令

鵲印流塵暗，貂冠總汙泥。便有那層臺花塢蛙聲殢，怎得個環珮歸來月下遲。

北望江南

呀！我只道晝堂春晝暖、樂庭幃，又誰知人去會無期。經不慣別離況味，事與心違，按歌喉送不到愁人枕際。我呵淚灑灑痛伊，淚灑灑痛伊，這都是斷腸深處嶺猿悲。

南園林好

住幽居伴山人鬭雞，挈五老籬邊弈棋。徑卧着乾松蓬杞，吸石髓，餌元芝，邛杖舉，竹龍飛。

北沽美酒帶太平令

看王喬鳬舄歸，看王喬鳬舄歸。仙掌上白雲栖，訪故友山陰載酒回。唤秦娥採珠拾翠，聽青童演出新詞。茶烹着武夷雀嘴，松棚上挂着軍持。矮茅簷牽着薜荔，池塘内覻着游魚。我呵笑勞名的朝東暮西，白眼看趨蹌路岐。呀！亂黄塵再不上俺緇衣雙袂。

尾　聲

蠅頭蝸角誠虚器，瓦枕上黄粱睡起，門鎖蒼苔護紫泥。

梁孟昭

見卷十二《正集十》、卷三十五《〔詩〕餘集（中）〔上〕》。

端淑曰：詩才易，曲學難，苦心吴歈，浩首難精。夷素才敏英慧，女中元白，每拈一劇，必有卓識。《七夕感懷》，破黄姑之妄；《中秋月色》，逗月姊之愁；《感懷坡羊》，寫兒女之衷腸；《喜月黄鶯》，盡蟾宫之佳趣；《秋夜畫眉》，似蛩嗥而慘切；《秋後三日》，剪寒衣而自傷。傳神寫炤，雄視騷壇，能不爲之擊節於雲欐之上也？

集賢賓七夕感懷

雲霞阻隔天際頭，更何心貪玩牽牛。銀漢河殊江海溜，却教人目斷芳洲。魂消情逗，只落得兩眉空皺。愁難宥，止有個對星低呪。

前腔

滿懷離恨無限憂，何心爲畫牽牛。月裏佳人能自守，笑多情織女偏愁。今宵生受，却也是眼前消受。愁難宥，更有個對燈低呪。

黄鶯兒

星月一天幽，炤人間乞巧羞，何曾乞得些兒有。終朝樂遊，何須效尤，綢繆無過添盃酒。逞風流，形骸對面，一味是胡謅。

前腔

對面弄虚頭，鬼胡謅最可羞，人間天上皆差謬。他猜我愁，（濃）〔二〕〔儂〕疑你憂，三星不及雙星透。好因繇，天長地久，難昧許多眸。

猫兒墜

雙星相會，欲閏幾更籌。離合悲歡一夜週，相思都在舌尖頭。休休，總説不盡那許多僝僽。

前腔

一年懷抱，堆積萬千愁。那句先堪起話頭，不如不説到還休。堪羞，露水樣夫妻也當厮守。

尾聲

恩情總是休，窮究，一點關心難誘，天上人間各自繇。

黄鶯兒中秋月色，隱現朦朧，寓中感懷。

明月也含羞，把重雲密布週，嫦娥獨自蟾宫守。天成素秋，人耽景幽，人間天上都消受。想因繇，盈虚圓缺，總是一般愁。

前　腔

蟲也會吟秋，似傳儂心上愁，相思都被他説透。嗟嗟語悠，聲聲淚流，應心出口何其溜。好清謳，幸他月裏，還少這些幽。

前　腔

雲重怕擡頭，恰年年耽此憂，今年更比年年又。輕身浪遊，孤身旅愁，天涯骨肉應翹首。恨悠悠，離居時節，圓得月兒羞。

前　腔

織女罵牽牛，怎無能家室謀，羨他月姊能圓透。牛郎勸休，何須怨尤，笑他也只空圓就。究因繇，清光雖滿，元氣似還偷。

山坡羊感懷

雨瀟瀟涼秋時節，韻啾啾寒蟲嗚咽。便做是好襟懷也要喠嗻，况兼着悶懷兒恰怎生寧貼。空自嗟，雙蛾能重耶。自恨一時短計做了輕離別，今日旅底淒涼淚珠凝血。愁些，望家鄉雲又遮；癡呆，似曾吞杯影蛇。

前　腔

淚汪汪難支的歲月，恨悠悠怎能得歡悦。每日假好夢兒都把魂賒，恰教人呪得心兒熱。恨更嗟，愁來無計遮。自歎一生冷面不慣逢迎訣，今日怎會無端粧神粧乜。悲耶，好雙蛾簇壞些；悲耶，景瀟條燈影斜。

前　腔

歎兒郎愛做的西風客，使儂嗟薄命的東風妾。羞殺了托妻孥千里停車，獨自個又作天涯别。嗟更嗟，人離鄉賤耶。可憐也是侯門葉，今日怎地無端乞隣餔啜。悲些，兒饑夢唤爹；悲耶，遥憐女念爺。

前　腔

眼睜睜歸期難説，一行行鴈聲悽切。没忽地憶來時囑付些些，怕如今料也都忘者。愁似呆，渾如着乜邪。幸他筆解些兒也，悶來時便把短篇長寫。嗟嗟，對寒風絺綌嗟；嗟嗟，采靡蕪憶五笳。

黃鶯兒十七夜喜月代嫦娥

整貌出蟾宫，問人間可識儂，紅塵青眼徒驚哄。冰姿自容，丰神自融，清虚獨坐情珍重。夜溶溶，安排雲霧，好待受天風。

前　腔

星宿侍西東，展光華夜未中，纖雲不剩些兒奉。香生露濃，煙飛影空，沉沉萬籟無聲動。步雍雍，臨虚分付，好閉斗牛宫。

前　腔

皓魄馭長空，喜今宵度數冲，太陽不厭山川擁。時相炤儂，期將望隆，何愁晦朔精神懂。露濛濛，一天佳氣，都在廣寒宫。

前　腔

不做美天公，度霓裳曲未終，參横斗轉雞聲動。寅辰候躬，啟明俟恭，娑婆樹愛雙柯共。影朣朧，月兒西向，紅日自升東。

淚痕。

懶畫眉 秋夜感懷

瀟條時節怕黄昏，又蚤黄昏唤掩門，斜風細雨鬧紛紜。履綦羞踏蒼苔印，深院無人泣淚痕。

前　腔

燈煇無焰影沉沉，蟲語聲聲生弔人，西風韻冷暗驚神。尋眠又奈衾兒潤，斜倚薰籠拭淚痕。

前　腔

朦朧孤枕恨纔真，夢遶天涯幻片雲，驚鴻隨影過江濵。仙風似把塵魂引，吹醒羅浮花底身。

前　腔

夢迴雞塞遠無聞，細雨濂瀸孤鴈嗔，悽悽楚楚似呼羣。乍增琴思忙和軫，離恨難消絃亂捫。

一江風中秋後三日寄懷

杳茫茫，一派煙雲障。錢塘在那廂，何方是故鄉？空教淚眼成凝望，西風淚兩行。西風淚兩行，離居鄉夢長，天涯歸思偏怏掌。

前　腔

夜初長，月漸墻東上。蟲聲字字傷，相呼訊句忙。似儂夢語詢親樣，傳聞歲作荒。傳聞歲作荒，奚知災與祥，田園蕪盡誰爲掌。

前　腔

暗思量，底事閑中想。秋容日減芳，菱花不管央。眉兒命帶崎嶇相，勞人詢故鄉。勞人詢故鄉，修書望鴈行，幾番消息傳來誑。

前　腔

快時光，鴈又嘹雲唱。羅衣怯晚涼，西風送雨狂。砧聲韻得人癡想，離居在遠方。離居在遠方，誰裁稱體裳，寒衣欲寄誰齎往。

校勘記

〔一〕『濃』，南圖本朱筆校改作『儂』。

沈蕙端

字幽芳，吴江人。沈巢逸公孫女，伯明侄，卜大荒甥，顧來屏妻。工詞曲，尚未刻。

端淑曰：詠物甚難。《佛手柑》巧亂天花，《紡紗女》慧鏤冰繭，變幻解脱，精思入雲。

金梧落粧臺詠佛手柑

【金梧桐】兜羅羅握香，分現金身樣。把玩秋風，豈承露仙人掌。來從祇樹園，指點成千相。不須拳作降魔，却撮合慈悲向。【傍粧臺】可也拈花一色晚籬黄。

封書寄姐姐詠紡紗女

【一封書】他娘在錦機，促鮫梭呼緯急。停針響綉帷，學蠶絲抽繭疾。似你蜂簧吟柳絮，兩夜風生冷怯衣。【好姐姐】姜老矣，不比半天秋千戲，敢月暈嫦娥吐在圍。

郝湘娥

見卷十〔六〕〔八〕《正集十六》、卷三十五《〔詩〕餘集（中）〔上〕》。

端淑曰：出詞霏霏玉屑，嫵媚娟娟依人。紅牙新藻，應付雪兒。

黄鶯兒月夜

今夕是何年，向南樓月正圓，相看總是嬋娟面。霞觴競傳，陽春共聯，盈盈笑語皆生豔。且調絃，莫教沉醉，争倚玉郎肩。

前　腔

玉宇迴無煙，到更深興益添，庾樓樂事還應淺。人圓月圓，歌喧笑喧，石家金谷何須羡。漫留連，平分秋色，狡兔乍離弦。

前　腔

桂魄自娟娟，笑嫦娥鎮獨眠，何如一隊同心串。冷冷管絃，霏霏篆煙，金杯兢把檀郎勸。更堪憐，今宵情夢，知道阿誰邊。

張嗣音

見卷十五《正集十（七）〔三〕》。

端淑曰：姆氏慧心蘭質，明敏幽芬，予之益友也。惜乎早凋，一曲得之巾帨，不勝惋恨。

懶畫眉 憶外

忙將筆墨譜離愁，爲憶兒夫在遠遊，緣何一去遂淹留。反把閒言來逌逗，怎不記少婦閨中又白了頭。

顧長芬

南京舊院名姬也。

顧氏名姬：顧元、顧筠卿、顧喜

端淑曰：朱元亮云：『若輩爲經營計也，豈可認真？』信乎！

黄鶯兒 贈陳生

一自結盟言，感卿卿心自專，西陵松栢時相念。祝蒼天見憐，願和諧百年，守堅貞肯逐風花轉？結良緣，今生永好，比翼效鶼鶼。

馬　綬

見卷二十五《豔集下》。

端淑曰：繞梁幽韵之作也。

醉扶歸 贈張生

向幽窗坐憶河陽貌，算風流不數六郎嬌。乍時相見便相抛，好教人鎮日縈懷抱。笑情痴空自悶無聊，怕君心不戀我閒花草。

董如瑛

見卷二十五《豔集下》。

端淑曰：填詞雋筆。

步步嬌 贈友

燈前笑擁芙蓉面，鬢軃雲鬟亂。偏喜夜如年，夢怯陽臺，自覺情兒倦。欹枕並香肩，喘吁吁，不奈多嬌顫。

名媛詩緯初編卷三十八

山陰王端淑玉映選輯

雅集下

沈静專

字曼君，吴江人。吏部詞隱先生璟公季女。所著《適適草》及散曲。

端淑曰：情詞兼到，可謂得家學之真傳者，膺服膺服。

懶鶯兒舟次題秋

【懶畫眉】風渚蕭疎竹千竿，次第閒鷗點幾灘。遥天青碾到雕欄，夢依誰遠。【黄鶯兒】落霞寒，征帆幅幅，欲渡奈秋殘。

呼　祖

見卷十九《正集附上》。

端淑曰：刻骨尖酸之句，四聲檀板，舊腔中得未曾有。

皂羅袍四時詞

早是燈兒時節，見燕兒作叠，對對欹斜。榆錢兒買不得春風夜，楊花兒故意飛殘雪。門兒重掩，燈兒半滅，人兒不見，病兒怎説？腰兒掩過裙兒摺。

前　腔

早是鶯兒時候，見蓮花兒出水，瓣瓣風流。心兒慾火畏紅榴，鼻兒酸涕過梅豆。門兒重掩，簾兒半鈎，人兒不見，病兒怎瘳？扇兒摺叠眉兒皺。

前　腔

早是鴈兒天氣，見露珠兒奪暑，點點侵衣。針兒七夕把腸刺，砧兒萬户敲肝碎。門兒重掩，帳兒半垂，人兒不見，病兒怎支？書兒難寫心兒事。

前　腔

早是雪兒飄粉，見梅花瀟灑，蕊蕊争春。夢兒凍死也離魂，氣兒呵殺全無影。門兒重掩，被兒半薰，人兒不見，病兒怎禁？ 屏兒靠熱牀兒冷。

蔣瓊瓊

名妓也。詳見武林張琦、王煇所選《吴騷二集》内。

端淑曰：紅躅高歌，須有一段出人情思，不然是啞閼氏在白登城頭也。瓊瓊於四時曉夜，無時無妙思繚繞於花禽雪月之際。沉吟之下，腔板自生，不待搦管而搜索也。

桂枝香 閨思　有序，見《文緯》　春思

澄湖如鏡，濃桃如錦。心驚俗客相邀，故倚綉幃稱病。一心心待君，一心心待君，爲君高韻，風流清俊。得隨君半日桃花下，强如過一生。

前　腔 夏思

碧蘭將綻，紅蕖初展。空憐金屋清幽，不共玉人歡晏。喜南薰可人，喜南薰可人，把朱簾盡捲，獨憑池檻。候郎舡試把郎新曲，微吟三兩篇。

前　腔 秋思

詩篇久廢，秋涼應會。雖無白雪相酬，頗有黄花堪對。許多時未來，許多時未來，有書難

寄，悶懷如醉。問花枝何日東籬下，陶然共舉杯。

前　腔冬思

寒深翠幙，夢醒烏鵲。生憐雪片紛飛，宛似梨花亂落。更思君想君，更思君想君，無緣共酌，獨吟紅閣。望君河怎得殘煙外，扁舟帶雪過。

前　腔曉思

來驚天熱，嘗乘曉月。城頭已盡更籌，湖上早多鳴楫。這些時好來，這些時好來，東方動也，北門開者。七香車莫過荷香渚，先爲小玉遮。

前　腔夜思

堦前落葉，煙中鳴楫。總含萬疊青山，簾捲半湖初月。倚紅樓正思，倚紅樓正思，此心如結，金錢懶跌。喜君車扶醉還來也，忙將繡被揭。

楚　妓

湖廣人，名妓也。能書畫，善音律，名振三楚，士大夫多與之交，且色豔絕倫。其曲見《最娛情》。

端淑曰：此妓一曲，遂擅名三楚，動士大夫之鑒賞，奇矣！總之小聰明則有餘，于風化則大有碍也。然教坊中人，非此又不能動人豔思也。

黄鶯兒寄友

風月擔兒，拴上肩時難上難，挑得的便是真鐵漢。壓得人腿酸，喘得人口乾，半塗中又恐怕繩索斷。耐些煩，一場辛苦，脱卸了没相干。【的是妓女。】

馬守真

見卷二十（五）（四）《豔集上》。

端淑曰：明喉雪齒，張一孃、李藥師髣髴一時並見。

錦纏道閨思

本待學樹交枝、奇花並頭，歎息舊風流，到如今教人目斷神州。俺自有惜玉心、偎紅意，攀花素手，又何須慕功名浪蹟閑遊，猛可裏自含羞。這恩情肯教人拖逗，待再和鳴鸞鳳儔，方顯得天長地久，任區區噙冷笑淹留。

普天樂

謝多情歡娱厚，暫許我離不久。約春來，約春來，再聚綢繆。扇頭詩珍重藏收，似梅松竹友，最堪憐沈休文多病多愁。

古輪臺

幸書投，片言句句暗藏鬮，可堪機變參難透。滚滚流花，紛紛飛絮，分明是泛泛浮鷗。俛首躊躇，轉添愁恨，自慚宋玉又驚秋。看你儀容清秀，笑談間俊雅温柔。多管是思鱸張（瀚）〔翰〕，畫眉京尹，題痕君瑞，欲會苦無繇。君同我，未知何日見能否？

尾　聲

風塵何必勞奔走，頃刻如同隔數秋，有日君封萬里侯。

少年游 三生傳

笑臉開花，顰眉鎖柳，顰笑豈無繇。且學倚門，休教刺繡，又上晚粧樓。

景翩翩

見卷二十四《豔集上》。

端淑曰：度曲家每低聲以媚之，不在勉强凑插，而在過腔合節，乃爲當行。翩翩銀臺絳蠋，絃索一絲不斷，而神情慘澹。心旌相向，竹肉縹緲相隨，而意緒纏綿。舉盞移顧，何必在多。

金落索冬思

【金梧桐】銀臺絳蠋籠，翠屋金鈎控。錦帳紅爐，獨自無人共。月明初轉却，【東甌令】小房櫳，不放清光炤病容。愁聽畫角聲三弄，【針線箱】吹落梅花一夜風。【解三醒】關山夢，【懶畫眉】魚沉鴈杳信難通。【寄生子】孤眠人最怕隆冬，又值隆冬，做不就鴛鴦夢。

二犯江兒水贈友

心旌相向，想當日心旌相向，情調初蕩漾。把空花落相，青鳥迴翔。寄春心明月上，粉蝶爲伊忙，遊蜂還自嚷。恩愛昭陽，魂夢高(堂)〔一〕〔唐〕，恰便是含驪珠千頃浪。蕭寺行藏，説甚麽蕭寺行藏。臨邛情況，可正是臨邛情況。向天臺遇阮郎。

校勘記

〔一〕『堂』，南圖本朱筆校改作『唐』。

李翠微

見卷三十四《逆集》。

端淑曰：不廢此者，其猶貗猪艾豭之歌也歟！　案有寸鐵，天其厭否，吾將掩耳。

山漁燈犯 元宵艷曲

燈如晝，人如蟻。總爲賞元宵，粧點出錦天繡地。抵多少鬧攘攘笙歌喧沸，試聞取今夕是何夕。這相逢忒煞奇，輕輕説與他，笑聲要低。雖則是燈影堪遮掩，也要慮露容光惹是非。愛殺你，果傾城婉麗。【玉芙蓉】害相思，經今日久，甫得效於飛。

錦庭樂

【錦纏道】笑他們振盈盈，村的（悄）〔俏〕的男女混相携，更諠譁打着燈謎。【滿庭芳】且和你離芳街，步星橋，畧尋徙倚。遞歌聲梅落穠李，嚮銅壺玉漏頻滴。【普天樂】一任他攘攘熙熙，偏咱巧遇是這上元之夕。

朱奴兒犯

一處處燈煇月輝，一陣陣喧填鼓鼙，一曲昇平賀聖禧。大家羨皇都佳氣，從今後歲歲如斯。【玉芙蓉】願和伊，一雙永擬鳳鸞栖。

六么令

夜闌風起，蕩春衫香靄遥飛。金鞭欲下馬頻嘶，歸去也，月西移。聽雲璈噫噫朱門裏，聽雲璈噫噫朱門裏。

尾　聲

歸來重把闌干倚，慢慢的唱和新詩贈月姨，直等那斗轉參横始掩扉。

名媛詩緯初編卷三十九

山陰王端淑玉映選輯

雜集

胡氏

歷城人，户部尚書邊公貢繼妻。通書識字。邊以子遲，多置姬侍，每於胡反目。邊致仕家居，時妾生有二女，邊復欲求姝麗，托其弟某圖之，爲胡所沮。後弟携酒過邊，行令云云。

端淑曰：狠心腸有此韻語。

對叔氏課

討小老嫂惱，叔出。相娘狂郎忙。胡對。

熊從貞

南昌人。文學汝驥女，副使揖公從孫女，豐城御史涂公巽齋孫文學煒卿妻。通六經、《列女傳》。七歲，父出對，即應聲云。女適太僕卿王公時熙，王生子猷定，爲熊作傳以傳。

端淑曰：對巧。《東方歲時占》：十日中惟人日爲貴，餘俱雞犬；十二時中惟子時可入人物門，餘俱牛羊。雖龍虎不能雜稱，方知『人、子』『日、時』爲確而難。

父屬對

人日，父出。子時。熊對。

又

犬當路，父出。龍在天。熊對。

兄弟怡怡，不必論長論短；父出。王臣蹇蹇，須當盡孝盡忠。熊對。

兄弟中一長一短

父指月命作破

秉太陰之精，得天而能久照。

王　琰

見卷十（四）〔三〕《正集十二〔一〕》。

端淑曰：有此一副心腸，何必倉庚來療妬，只恐難一律看泥人耳。

無　題【脱胎管夫人作，而此更復心地光明。】

莫要心懷嫉妬，妻與妾休分爾我。譬如一塊泥，塑出人兩箇，那裏論情深情淺。總之不在爾，即在我。我若情濃爾亦歡，爾若恩深我豈醋。再將泥打碎調和，塑一箇你，捏一個我。雖則別形軀，心腸總一副。郎索歡時，爾也可，我也可。我只帶挈你，任你念着我。【更好。】恩愛和同，方是個不淫不妬的賢哲婦。

羅慧女

休寧人程堯封賈於檇李，納羅氏長女爲妻。生二子而長女歿，程挾二子而歸。無何長男殤，羅翁來視，竟挾少子去，屬季女養之以招程，願爲繼室。當除夜，程出課云云。

端淑曰：『嫩』字對得嬌巧；《古對》妙在『鳳皇』『獅子』；『煙』『火』二字天然。

蔗

甘蔗老頭甜，程出。酸梅嫩心苦。羅對。

東坡古對

栗破鳳凰見，程出。榴開獅子翻。羅對。

又

五月榴花噴火，程出。三春柳葉生煙。羅對。

梁瀹宜

浙江錢塘人。能詩賦，與畫媛楊慧林最契，結爲姊妹，寄慧林書云。亦同調憐才，足爲西湖佳話。

附：楊慧林

字雲友，號林下風。杭州人。工山水，諳墨妙。

端淑曰：是古今佳話。湖上李漁所編《意中緣》傳奇，蓋爲慧林而作也。

寄楊慧林

阿妹輞川一幅，某郎斗酒百篇。

張瞻

字小雅。故金陵華族，隨母之燕，遂鬻都門。始破瓜，復隨之越。徘徊久之，以不獲見范大夫其人，眉峯自顰，心見於色。有劉仲倩與之狎，贈《子夜吴歌詩序》以記之。

端淑曰：隨口拈來，風情飄蕩，倒不是張打油。

紀遇詞

把絲桐一再彈，彈出月兒高，彈出風兒峭。彈出瘦緑肥紅時正好，彈出那人兒恰遇了。名香嫋，銀釭遶，細語盟心直到曉。彈出苧羅村浣紗嬌，彈出若耶溪上採蓮橈。彈出桃花路上逢年少，彈出東山游屐跕雙眺。只都是越國舊風標，却不是今朝。彈出八百里湖光，勝過三竺六橋。此日元宵，明日花朝。盤桓芳草，解得個拈花微笑。人都道：你是高山蘇學士，我是流水小琴操。

富翁妾

餘姚王狀元華，文成公父也。嘗出館，主不爲禮，因爲《屈屈歌》，有『分付兒孫莫教書』之句。後又館一富翁家，翁婢妾衆而無子。一夕，遣妾就王，蓋借種也。王峻詞却之，妾出一紙云：『此主人意也。』王即援筆書其傍云：『悠悠不納。』明日遂行。後主人修醮，一道士拜章伏地，久不起，主人訝問。曰：

『適奏章至三天門下，遇迎狀元榜，久乃得遲。』因問狀元爲誰，道士曰：『不敢言。但馬前有一聯云云。』主人怒王薄德，故洩前語。未幾，王果狀元及第，位至大宗伯。及文成以新建分茅，遂生封如其爵。世之昭昭餙節而墮行冥冥者，可儆矣。

端淑曰：吾越文章功業，萃於文成公一門，溯厥陰德，乃在馬前一聯。讀書萬卷，不若十字可銘也。

馬前對

欲借人間子，妾出。恐驚天上人。王對。〇一云：欲借人間種，難欺天上神。

琵琶妓

宣德朝，三楊相公與一兵官會飲，文定倡爲酒令，各誦詩一句，以月字在下而四分時。令畢，文定指席女侍妓曰：『不可謂秦無人，女輩有能者乎？』一妓遽成小辭云云。

端淑曰：三楊相業，竟爲一妓冷然。

小令

到春來梨花院落溶溶月，文定。到夏來舞低楊柳樓心月。文敏。到秋來金鈴犬吠梧桐月，兵官。到冬來清香暗度梅梢月。文貞。呀好也月，總不如俺尋嘗一樣窗前月。琵琶妓。

馮喜生

龍子猶曰：『此名妓馮喜生所作也。善諧謔，與予稱好友。將適人之前一夕，招予語别。夜半予且去，問馮曰：「子尚有不了語否？」馮曰：「兒猶記《打草竿》及《吴歌》各一，所未語者獨此耳。」因爲予歌之。』

端淑曰：巧慧絶倫。

打草竿

隔河看見野花開，寄聲情哥替我採朵來。姐道郎呀，你采子花來，小阿奴奴原拿花謝子你，決勿教郎白采來。

蘇小小

見二十九卷《幻集上》。

端淑曰：絶對。使『佳人』『大士』合作一聯，平仄西南，數目金玉，珠兩悉稱，若遇千手觀音，南國佳人，當爲一噱。

降乩

捧瑶觴南國佳人一雙玉手，馬洪出。趺寶座西方大士丈六金身。小小對。

張好兒

吴中妓也，婉麗而貌已是徐娘。一日，爲人携游登舟，客杜君者望見，即誚之云云。杜本無藉，借太醫籍入貲，官吏目，張即應聲云云。衆皆鼓掌。見《耳談》。

端淑曰：杜君固是狠語，好兒回得忒惡。妙在敏捷而工，可稱慧業文人。

誚語

他老便老也是個小娘，杜。你小便小也是個老爹。張。

名媛詩緯初編卷四十

山陰王端淑玉映彙輯

繪集

端淑曰：《詩緯》告竣，猶恨畫媛姓氏之不傳爲缺陷也。乃因簡編所載，耳目所見，自許静芬〔一〕下若而人，名曰《繪集》。余女子也，蒐羅未廣，遺漏頗多，名公鉅卿，知者不妨賜教，以便陸續增刊，共成盛事。

許静芬〔二〕 字烟蓴，號攬愚道人。仁和人。工部員外聯樞女，大參文岐妹，庠生黄茂榛妻。

顧夫人 見《十五國風詩源》内。

阮月卿 見黄夫人顧若璞《卧月軒集》内，善蘭竹。

韋雪梅 荆溪女郎，善山水竹石。

范元坤 會稽人。

王氏 紹興人，文學曾益妻。善花卉竹石。

何玉仙 號白雲道人。金陵史痴翁忠妾。能篆書及小畫，解音律，尤善琵琶。

吴小坤 紹興人。能文，琴弈書畫，無不精曉。兼擅描鸞刺繡諸技。余堂姊莊淑，乃其高足。

王莊淑　五伯父少尹思佑公女，適進士副使張公泰禎子。能文，善琴畫。早殁。

文淑　吴縣人。高士趙凡夫宦光之媳也。工花卉草蟲。

周祐　江陰人。文學榮起女，工花卉。

范道坤　會稽人。

周禧　祐之姊，自稱江上女子。善花卉。

范隆坤　會稽人。

趙粹貞　山陰人，文學伯穉女。善蘆雁。

丁完淑　山陰人，參戎龔公某之妻。工山水。

朱淑姬　杭州人，高隱姜在湄泓之妻。美姿容，工花卉翎毛。

王智珪　字履端，紹興人。侍御陳公孫婦。早寡，入空門。工山水。

倪素坤　紹興人。女畫史范道坤侄女，適會稽鈕氏。工山水。

湯顧　字月雲，吉水人。與鼎元劉公同升狎，後歸紹興進士[三]沈胤范。工蘭。

王畹生　名妓。王玉烟妹。工弈，善畫蘭。

章韵先　名妓。善褉曲，畫蘭。李今生因有《贈别懶園》詩。

谷蘭芳　自淮陰徙休寧。行三，小字笑兒。用吴音度曲，人以『姗姗』稱之。喜畫蘭，師丁南羽，得管夫人筆法，酒態憨甚。蓋十年而譽益起，惜其早世云。

仲愛兒 維揚名妓，工蘭。

陳凌雲 字湘雲，嘉興人。工花卉草蟲。

馬徵玉 杭州人。工山水諸墨妙。

周素〔四〕 杭州人，名畫曹灝之妻。善翎毛草蟲。

連璧 福建人，學博緒陸玫之妻。善弈棋，鬬葉子，工蘭竹。

王琬 嘉興人，自署曰『檇李女子王琬寫』。工花卉翎毛。

張〔五〕**素芷** 杭州人，名姬也。今歸餘杭王子年爲側室，有子已入庠。工蘭。

馮静容 蘇州人。武進相國侍姬，今寓西湖。善演劇，工蘭竹。

李文静 杭州人。工水墨人物。

校勘記

〔一〕『静芬』，南圖本作『夫人』。

〔二〕『許静芬』條，南圖本作『許夫人　許攬愚元配也』。

〔三〕『進士』，南圖本作『明經』。

〔四〕『周素』條，南圖本作『林天素　閩人，名姬也。與董宗伯其昌、陳徵君繼儒、汪封翁汝謙筆墨來往。工畫』。

〔五〕『張』，南圖本作『王』。

名媛詩緯初編卷四十一

山陰高幽貞樸素選輯

後集上

王端淑嗣刻

名媛詩緯初編卷四十二

山陰丁啓光步孟選輯

後集下

王端淑

見前。

啓光曰：閨閣中偶有吟咏，輒稱逸才，此恕閨閣之語也。玉映博極羣書，湛深理學，居然有儒者之風。故其所爲詩，無不舂容博大，嚴謹整飭，對之穆然。玉映嘗謂余曰：『詩貴體格，而學識濟之。』余閲《詩緯初編》，其所評選諸詩，亦往往近是。昔人云：具才、學、識三長者，可以作史。故惟曹昭一人，足與玉映比倫，今人罕見其儔。海内盡知玉映，而猶謂有過于玉映者，豈真知玉映者哉？余唯唯，退爲游、夏而已。

題秋山圖

秋山崒嵂高烟平，秋水霜寒錦樹明。誰人卜築此山裏，數間茆屋臨溪水。荒途闃寂白雲深，猩啼木落皆清音。古來智士勵高節，幽人捨此恒寫心。糊山縛水走空碧，荆浩關仝無此筆。大癡好寫富春圖，吾越山川庶其匹。歎息兵戈二十年，烟霞板蕩無林泉。宗炳卧遊看五嶽，元猿丹鶴畫中妍。對此孤懷忽飄颻，四座滿壁皆飛嶂。蓬壺雖好隔三千，咫尺雞犬蒼崖上。

述言

倏忽盛年過，白髮生鬢邊。流水去不返，青山當我前。舉頭天地廣，居身無一廛。世少青白眼，孰知肖與賢。喜曲不愛直，譬如弓與弦。蓮花生舌上，囊篋羞一錢。自知寸陰惜，晏過耻徒然。朝籌秦晋遊，暮思走齊燕。嘆無鴻鵠志，困頓惟拳拳。每作杜鵑愚，耻爲精衛填。蒼天不可問，誰言達者先。

錢牧齋宗伯爲柳夫人徵予詩畫爲其長姑佟湄白撫軍配錢夫人壽

慚予彤管濫吹竽，澹寫溪山入畫圖。班史雄文兄有妹，謝庭高詠嫂酬姑。清新開府西湖在，南國佳人間世無。青鳥雲摶徵翰墨，可容王母備雲衢。

秋　夜

破壁蟲吟絶，窺人月未明。始知觸意者，不獨子規聲。

重修禹陵告成喜賦

高陵蓊蓊萬峯低，整〔一〕列衣冠拜會稽。旭日射梁鳥鼠散，深松轉鐸鳳凰棲。探奇窆石開金簡，夾鎮層屏繞玉圭。當日茅山朝會處，龍翔河雒景雲齊。

其　二

玉函寶籙舊名傳，久伴空山對暮煙。草色芊芊雯豹隱，江聲寂寂老龍眠。昌言聖蹟遺千古，題碣神功濟百川。劒佩丹墀重整肅，故陵新建賴時賢。

青藤爲風雨所拔歌有序〔二〕

青藤書屋，天池先生故居也。向時爲老蓮寓，今予徙居焉。藤百尺，緣木而上。甲午五月，忽大風雨，藤盡拔，予憐之，輒起援筆，作《青藤爲風雨所拔歌》。

青藤百尺緣枝起，葉葉憑雲壓花紫。今時記得徐天池，不識從來屬誰氏。天池有文命亦〔三〕薄，抵獄問天羨燕雀。拘繫争知獄吏尊，隻身猶被青藤縛〔四〕。惜哉待詔陳章侯，隱淪書畫徒淹留。余幸〔五〕移居嘆禾黍，每唤青藤相共語。藤憐竹影龍蛇徙，竹影入藤拂秋水〔六〕。怒風忽拔勢萬〔七〕斤，擊棟破垣〔八〕如千軍。疾雷崩濤飄屋瓦，驚魂露立憑雨打〔九〕。孰云樹老數亦滿，百載偏長今日短。陽春三月試花色，青藤主人〔一〇〕正驕客。自起抱藤對藤哭，會藤何遲毁藤速。青藤青藤毋復悲，天池既死來〔一一〕何爲。

爲夫子送曹梦白别駕歸晋

舟發歸三晋，雲回明月閒。離情餘黯淡，水色共潺湲。修竹留高影，圖書贈遠還。西陵堤柳下，應有賦青山。

寄吴夢勳别駕夫人孫姊妙音有序

夫人與余契闊者十幾年矣。壬辰秋，聞至武林，急買舟過訪，而夫人已抱病去，悵然返棹，因作俚句寄之。

蹉跎相失恨時艱，聞在蒹葭秋水間。兩槳乘潮來古渡，十年勞夢問關山。憐君歸路鷄號急，使我空帆雁影還。病裏故人猶有憶，停雲宛轉自斒斕。

典鏡

余笑同君笑，余悲君亦悲。清光寧忍別，只恐炤愁眉。

爲夫子賀長裕叔氏舉子

秋露滴芰荷，縹緲香不已。皎好明月珠，種秀銀塘裏。光澤耀鴛鴦，翠蓋輕烟起。若耶有清歌，淪漣發溪水。羡君折蓮房，剖中新得子。

送素中百四兄游元城之二

野岸江邊艸，青青送遠舟。蓮香來燕子，萍緑點沙鷗。珮拭吴刀冷，囊餘古帙幽。元城高阜處，歷歷聽箜篌。

宫怨

長門春鎖月溶溶，綉柱金鋪翠自封。忽聽鳥啼驚欲曙，多年不候景陽鐘。

壽吴素求司馬太夫人

金風裊裊吹瑶島，仙人獨進安期棗。碧空焰焰剪秋雲，彩雲作珮壽太君。會稽司馬聲久傳，八越争頌慈幃賢。一經教子能自拔，蘭閨夜夜虛明月。斑衣喜舞稱清樽，佳子繞膝膝有孫。曩時出示熊膽丸，掌中或化絳雪丹。截髮封鮓斷機手，今日復見陶侃母。

臨發山陰

愁人行役最堪憐，况復離懷秋暮天。可是寒蓬多轉側，風吹一夜到蕭然。

中秋月

后羿真凡質，不射明月偏射日。竊藥得長生，寧守清虛不求匹。金鏡推輪瑩如玉，幽窗夜夜罷銀燭。竹陰鋪地月在天，明月炤人人未宿。碧空來雁破雲烟，月中亦有孤眠仙。【清迴。】

余年三十鬢皤然，嫦娥那得還少年。

僑寓武林何氏雅軒和錢子方扇頭韵

作客悲稠市，移情任小軒。鴻分江上渡，花發故鄉園。剪錦留殘杼，啼烏起斷垣。夜來涼月下，一徑夢桃源。

客蕭山懷浮翠吴夫人

高樓閒倚早梅開，又見春光入鏡臺。共咏繡屏如昨日，閨中誰是爾憐才。

上元夕浮翠吴夫人招同黄皆令陶固生趙東瑋家玉隱社集拈得元字

上元逢雅集，詩律重開元。麗藻歸彤管，逍遥擬漆園。墨香浮畫棟，花氣襲明軒。彩筆千秋夢，黄河萬里源。疎燈摇翠竹，修月對清樽。撿韵調絲繭，空華轉法輪。寸心誰自得，五字共深論。兢發春宵思，相期古道存。奇情追左鮑，招有落梅魂。

其　二

佳氣延春日，和風靄上元。拂花開綺席，愛客近文園。撥篆香分玉，揮毫翠落軒。紅燈輝彩袖，素影耀清源。四壁懸名蹟，多年寄酒樽。峯巒雲入座，天漢月盈輪。把臂留新契，含顰憬異論。蘭亭書可續，蓮社韵猶存。况憶傳柑會，相將欲斷魂。

九日游徐皆春破園看桂三首之一

野徑蒼苔色，皆成極目愁。難尋鴻雁路，新賦美人樓。霜影憐叢桂，沙明繞宿鷗。亭皋無限意，楓葉動高秋。

喜王藉茅學士司臬兩浙有序

學士尊人文安公，爲先文忠壬戌門下士，而與先大夫又聯譜兄弟也。學士佐理有年，今以四方多事，特命司臬兩浙，實用宋以宰相刺諸郡例也。賦此誌喜。

兩浙何多福，瀛洲命重臣。褰帷花路錦，拜詔帝城春。京國文章盛，翰藩丰度新。夔龍辭内苑，台鼎列重茵。士庶歡相慶，軍民望轉頻。表儀輝日月，風雅正人倫。七葉貂蟬貴，三槐藍璧珍。世交聯夙好，合譜幸同親。疇昔叨名德，於今更仰仁。宣麻繽紫氣，述頌拜清塵。霜雪隨琱戟，星辰燦畫輪。何如韓范業，華采滿丹宸。

讀州刺六符周先生傳

六符先生廊廟器，髫髮即負天下志。懷玉三獻副秋闈，萬馬争馳遺北驥。一朝籲足附青雲，海内咸讀先生文。南宫不利忌者抑，劉蕡下第士無色。兩就師範却餽鎰，嚴飭諸生正心術。文成謫黔改頑風，先生治粤淳化同。耻爲斗粟折一揖，毅然解組歸蕭邑。歸來杜門惟著書，森森桃李門墻立。在田不敢忘宸居，六經訓子成大儒。世風自漓品自真，從來廉吏多清貧。戊寅冬日病不起，紛紛閭閻皆罷市。仙去已更二十年，吾越猶頌周公賢。只今登拜鍾夫人，被服懿範令余欽。閨中賢媛守冰節，布衫茹素頭如雪。

贈大姆徐三恭人

憶余入都門，二八尚英穉。承顏孀姑前，不諳理中饋。皆賴姆氏賢，始得老姑意。國變余南還，骨肉分異地。既飽姆氏德，不敢忘寤寐。暌違十餘年，安托姆福庇。別離事所難，會合亦不易。幸同歸故鄉，爰賦聊存誌。

西陵阻風却渡

搖落西風不自由，蠻歌唱徹古涼州。恨無勁弩平潮去，兀坐西陵破酒樓。

其　二

破浪無能寄酒樓，酒樓無酒更添愁。英雄豈乏投鞭術，淪落秋風易白頭。

施尚白比部送饒景玉還天都徵和

夕陽芳艸惜年年，一望滄江倍黯然。自是高賢懷玉案，不堪姹女弄金錢。流雲響遏柯亭竹，帶雪疑迴剡水船。三尺鷲溪烟雨內，推蓬豪寫數峯邊。

偶　感

欲將雲岫剪春衣，手撚松花送燕歸。草岸行舟無限意，勞勞亭畔雨霏霏。

玉卺弟子得週

書種家聲舊，麒麟吐玉馨。蘭英離襁褓，鳳羽映簾屏。桂子初嫻禮，佳兒學過庭。燕歸巢翡翠，春轉茂芝苓。白鶴窺青柳，明湖眩彩扃。秦峯昇旭日，鑑水耀文星。跨灶箴猶在，推梨慧已形。提戈追勝事，取印記週齡。

閨　怨

羞將顏色散春蕪，學寫桃源作畫圖。一片白雲空有恨，集花茵上理笙竽。

題許飛瓊團扇即用原韵

莫作啣泥燕，乘風到曲江。海棠憔悴甚，不復見蕭郎。

代夫子贈錢子方兼呈周又元

去冬滯虎林，運薄厄陽九。栖窘歲已終，兵臨奪鷄狗。余本儒門兒，况兼挈家口。身心兩徬徨，無策止束手。子方維揚歸，真余肉骨友。解囊無慍色，知余不責負。買舟江上回，敢避風雪走。青衫破一衿，兩袖將露肘。書卷置輿中，携糧不滿斗。暫居蕭然山，幸不落人後。居停天下賢，杜門唯孝母。竟讀渠文章，爰知高尚久。牕軒爲余開，從容拂塵垢。淡交久不厭，人情朴愈厚。豈悦今人稱，古昔亦希有。援余春風中，融和發桃柳。何能報二君，木瓜乏瓊玖。

爲夫子賀吴素求司馬署篆

柳絲猶裊去春煙，鳥送清暉聽五絃。北海尊題新日月，雁門書載舊山川。子虚賦就凌雲客，下榻文修大政篇。萊草野民無所事，數年風雅籍名賢。

秋季海棠盛開倣唐寅妬花歌

梧桐颯颯風颼颼，海棠秋發花亦幽。静起湘簾教鸚鵡，寒風吹落花難數。冒雨初浴楊太真，妬花作歌唐伯虎。花貌與春一樣同，妾顔如玉花顔紅。即道花容年年好，紅顔少婦閨中老。花枝無識不解愁，妾心嘗被郎言惱。既知人貌不如花，何事歡娱不早早。

甘棠行爲夫子頌郭价人大令

劒光牛斗燦空旻，繽紛紫氣出廉循。亘古豪傑出三秦，專城越水澤萬民。桑麻村陌禮樂新，韶歌象舞左右陳。山林隱逸無埋湮，威鳳元豹揚清塵。柯亭流響識奇筠，懸榻受賢和風匀。安仁花縣何足倫，嗟予十載牛衣淪。片肝累邑增逡巡，願同百里載陽春。

贈　別

雲外行帆立，清風一鷁輕。空餘流水意，迴繞越王城。

贈郡侯吴素求夫人

玉鴛作珮碧蓮裾，楚楚凝粧素有餘。脱珥已成千載事，抱書方降七香車。庭梧葉隱雙鳴鳳，鑑水波摇比目魚。花發湘簾鸚鵡墜，知君援筆畫眉初。

讀吴門葉聖野北哀賦

洞庭落葉賦高秋，獨處猶憐故國楸。志士烏猿三峽恨，王孫風雨五陵愁。投鞭壤土勳偏易，砥柱功名事已浮。讀竟北哀哀復讀，玉關頭白未封侯。

次韵答汝南龔汝黄徵和

翰墨聯名器，蕭然遇大賢。鍾俞琴上友，李郭水中仙。蝶化真成幻，心閒亦解元。玉臺題舊草，寶鋏泣新篇。鸚鵡樓前月，烏衣巷口箋。微風吹短袂，旅況歷秋烟。杜若環江岸，芙蓉到客船。青楓巒岫老，彩筆錦雲鮮。賣賦當縣耜，吹簫代撫絃。獲君金石韵，留待鄙人傳。

明月篇爲張伯凝都護賦

長虚宫闕歷秋煙，碧天雲静生寒蟾。玉簫宛轉因風傳，缺圓百世滄海遷。嗟予對月病未痊，忽聞柬索吟紅篇。張君博學勝茂先，胸中浩浩如長川。擁書南面猶自前，愧余拙作非青錢。月明流影炤空椽，斗牛恐犯星河騫。

同夫子讀毛大可雨中聽三絃子長句賦贈

亢陽懶龍鞭不起，焦枯萬山河無水。會稽古道不俗人，株守不若行路塵。奔馳百里行最艱，三日始到蕭然山。毛君有才過八斗，少年獨熾詞壇口。筆花落處烟霞從，慘淡余同秋芙蓉。如蓬踪跡朝暮更，虚樓夜聞龍吼聲。捲衣急起風雨馳，粧成忽接長箋詩。絃索自新詩自古，内爲羈人惜風雨。人情傾刻秋雲變，誰向蛾眉思宛轉。瑶篇不敢置几案，一字一讀增一嘆。才疎敢博名賢譽，且逐孤帆渡江去。

李一暉惠箑即代夫子和韵

一航自别越溪東，客夢依然百里通。塵路欲催雙髩白，秋風漸减萬山紅。窺人月色看將落，拂曙濤聲聽轉雄。玉笛金牕無限意，飄蓬何日學歸鴻。

爲龔汝黄題黄皆令畫

孤亭秋樹色，即是雲深處。寫此數峯青，倒逐扁舟去。

爲夫子和毛大可贈别韵

西陵落月板橋霜，衰柳楓林衹自傷。幾日旅愁兼别怨，一帆秋色帶斜陽。浮雲影逐離亭發，征雁聲驚歸夢長。學采芙蓉江上去，黯然回首恨茫茫。

感遇詩呈周又元

薄游長鋏敢輕彈，憔悴梨花自少歡。來燕共嗟王謝異，好風如護客途安。鐘敲夜半覊魂斷，香燼燈前花信寒。愧我投林非國士，感君不作布衣看。

懷徐雲夫人

天涯芳草白雲俱，每念蘭閨夢轉迂。此際憶君親曉黛，折花調引掌中珠。

讀虎林毛馳黄集

余本越溪人，生長深閨裏。不能窮名勝，兼乏異書史。昨從西陵來，聞之大可氏。謂今風雅師，馳黄是其士。迢遞立素秋，伊人隔江水。涉江采芙蓉，不若親蘭芷。今來得佳篇，爰展錦雯綺。恍在春風中，敢思蕁鱸美。相看西子湖，明秀正堪擬。

蕭然童子王念恃索書戲筆

玉樹庭前舊燕貽，携來素練索題詩。自慚不是籠鵞客，老媪兒童咸得知。

髪無油

裊裊緑烟光，輕持手自香。紅顔知命薄，欲令鬢先霜。

錢塘阻風

早梅香動欲遲留，颯颯高風阻客舟。落日半横寒雁渡，羈情全逐凍雲收。愁看鳿鵲憑誰舞，乍越關山悵遠游。回首故廬烟月待，鹿車共挽復奚求。

予客游半載至丙申春尚滯蕭邑浮翠吴夫人以扁舟相接賦此誌感

慚愧無書寄羽鱗，歲寒更值客中貧。載途雨雪蒙相念，又遣扁舟接遠人。

寄黄皆令梅花樓

買舠急欲探先春，風雪偏羈病裏身。聞有梅花供色笑，客途如爾未全貧。

其二

凍筆塗殘半是鴉，剡溪渺渺竟迷槎。相逢只恐梅花笑，謂我春來不憶家。

題吴門馬篇雲畫扇

吴山叠翠越溪明，春色三分半解情。一葉雲深歸白鶴，寒梅獨識隱君名。

途中

灼灼路旁花，依依堤上柳。春風吹行人，惆悵一回首。

病中乞詩序〔一二〕

高閣倚春雲，闌干蕩日曛。扶床臨寶鏡，結珮掩湘裙。書史年來盡，聲名身後分。願將鄙俚〔一三〕句，不朽藉君文。

客蕭然寓周又元衡門見其麟兒德邁甫就傅輙有成人之度喜賦

玉脂蘭氣羡寧馨，莫是台垣摘下星。他日文章欽遠器，一班先見學趨庭。

次周風遠江岸韻

素浪輕帆逆，江聲壯海門。黄雲迷古渡，紅日下孤村。芳艸沿堤闊，漁燈隔樹昏。更增禾黍嘆，岐路惜王孫。

陳無名惠畫扇索句

老遲固非塵凡人，瀟洒翰墨如有神。狂飲復畫畫復飲，長康道子非其倫。門下弟子似雲集，儒行獨得乃父筆。慧心年少筆便老，到得翁年畫更好。儒行謂予婦女家，一紈惠我山茶花。畫花玩花心亦快，無錢敢望青山買。

賦得滿城風雨近重陽吳亮公大令徵句

滿城風雨近重陽，取次登臨意正長。折角無巾堪漉酒，翻書得句倦携觴。疎林楓色芙蓉樹，小院溪光白練裳。欲倣龍山思極目，遠痕掩翠盡茫茫。

曹南萬子伯雅守憲朱介菴及家千里年侄也慕山陰會稽之勝來遊於越惠貽賦贈

春前催發王孫艸，輕帆想歷天涯道。效顰每學步邯鄲，啼笑難工秋自老。鹿門欲挽恨無車，煢煢荆布寒衡廬。左顧客從遠方來，名邦禮樂兼高才。守憲丰采滿越州，客星下榻名賢留。瑶章焕彩琳瑯美，曹南萬君名熱耳。半年抱病餘吟懶，今爲新詩重搦管。連宵風雨下庭梧，殘膏不明詩腸枯。新詩玉古鮫珠集，秘余笥中珍什襲。

贈胡静思代

芙蓉處越江，高原秋色老。五噫每自吟，霜風入寒襖。天都有名士，縱遊山陰道。壽予七夕歌，珠璣在懷抱。豪氣滿瑶章，文思轉淵浩。九皋鶴孤鳴，沅水芳蘭草。山水幻龍蚍，千軍筆底掃。籬菊點征裘，楓殘葉亦好。行行桃花潭，詩文新脱藁。

謝莫雲卿惠鮮荔枝

飛騎紅塵進錦枝，楊妃微醉海棠時。傾城色笑今何在，惟博才人一首詩。

校勘記

〔一〕「整」，南圖本作「重」。

〔二〕《燃脂集》收録此詩，題下「有序」作「并序」，並有夾注：「《留篋集》。○稍删。」

〔三〕「亦」，《燃脂集》作「苦」。

〔四〕「拘繫争知獄吏尊，隻身猶被青藤縛」，《燃脂集》無。

〔五〕「幸」，《燃脂集》作「也」。

〔六〕「藤憐竹影龍蛇徙，竹影入藤拂秋水」，《燃脂集》無。

〔七〕「萬」，《燃脂集》作「千」。

〔八〕「擊棟破垣」，《燃脂集》作「破垣擊棟」。

〔九〕「疾雷崩濤飄屋瓦，驚魂露立憑雨打」，《燃脂集》無。

〔一〇〕「主人」，南圖本、《燃脂集》作「新主」。

〔一一〕「來」，《燃脂集》作「生」。

〔一二〕《燃脂集》收録此詩，眉批：「頗似情語。」

〔一三〕「鄙俚」，王士禄改作「牽率」。

名媛詩緯跋

蕭山周之道樹氏撰

蓋聞披章分什，多存嬿婉之言；抗雅揚風，並取閨房之語。城闕莫删于尼父，《栢舟》獨表于《衛風》。舒鸞毫于帷蓋，五色騰輝；開鳳彩于縢囊，八音協律。元黄增象服之華，琬琰耀丹軿之采。返清源于初服，班左並馳；振芳躅于後塵，董南齊轡。杼軸琴心，含商觸徵；描摹屧響，入漢排雲。重彤管于宫闈，取縹緗而甲乙。華苑歌清，識吴姬之夭豔；詞塲月白，知越女之蹁躚。温柔鄉裏，句入温柔；宛轉橋頭，情多宛轉。想風流于桃葉，思深怨于柳枝。出塞之歌，毛嬙拭淚；迴文之錦，蘇蕙含愁。志非取于搴芳，義毋同于獵豔。網羅遺逸，博採衆家。鄧林之彩，架溢長源；珠澤之篇，車充壯武。宫人御覽，著脚閎才；幼玉中書，神經學海。愁縈春艸，頌獻椒花。文德之四部，燦曜明珠；道蘊之二卷，珍同拱璧。金輪鳳曆，並擅蜚聲；玉清寶鑑，齊高鴻譽。黄門太宰，獨有賢妻；都尉常侍，俱誇才婦。不僅世叔之修史以屬文，寧僅皇甫之抱忠而善隸。

慨夫殷淳之集不傳，崔光之帙已没。荒烟蔓艸，池上刦灰；零雨辰星，篋中羽蠹。遂使㟍村之卷，想南豐作序之名；蕭臺之詩，惜醴陵既鐫之版。于是採擷尊于蕭統，月旦藉于鍾嶸。收一代之遺文，價增尺玉；表千年之逸韻，譽重連城。然昭容之進退舘閣，開僭婦人；顔竣之題品香奩，微嫌男子。未若以鏡臺之質摹寫鏡臺，閨閣之才丹黄閨閣。義惟存乎釐正，雅亦當乎討論。

山陰王玉映夫人，曲巷烏衣，中庭鳳羽。立四壁而易安，甘兹橡艾；飲一瓢而靡悶，適此懸鶉。鉛華已謝，清嫻獨標。文心擬萬斛之珠璣，笥腹等千章之錦繡。曉臨粧鏡，翠黛當窗；晴映香闈，芙容初日。每憐傾國傾城之色，因集如江如海之篇。列架置瓶，若香山之輯《六帖》；持鉛摘槧，如楊子之洵《方言》。或去留之所裁，務搴剟其必當。井然按部，秩如就班。啓窈窕于丹筒，十指染桃花之色；拂孌諸于素紙，雙鬟雜桂子之香。千金一字，朱紫難淆；八體六文，緇澠已辨。無少而酷不入情之慮，寡多而濫無歸則之嫌。是故位崇九御，高垂拱之書；侍列小星，多抱衾之怨。團扇齊紈，恨深長樂；鮮花解語，春暖昭陽。題芳詞于紅葉，妬好面于春風。若乃香閨絳質，綺閣素膚。或對名花而思鏡裏，或開錦幔以望人歸。或琴鳴于珠柱，或書翻于玉杯。秋梭鳴機，悵桂輪之既夕；因風想漏，悲蕙帳之空垂。剪緑葉以試香箋，傾縹瓮而酌紅友。乍展吴綾，口脂新印；頻舒蜀纈，金粉初殘。怨結蕉心之碧，愁銷燭淚之紅。亦有時感標梅，贈惟芍藥之花；情依零露，酬必葡萄之錦。寫密約于烏絲，陳相思于鳳紙。且如麗華比豔，碧玉舒嬌。紫陌春風，吹緑玉鈎之色；紅橋夜月，遺尋金寶之釵。咏新詩而畫壁，雜引琵琶；歌豔曲于迷樓，輕颺檀拍。至若心同定水，光映紫金，機息禪林，輪迴香象。且有西母《白雲》之謡，南嶽《元感》之咏。壁上題詩，操堅金石；笥中點畫，妙擅丹青。

採金牀玉几之歌，集都亭曲水之句。預此丹鉛，俱名才媛。功渝歲月，卷集若干。滴蹄涔于江海，誠香閨之潭奥；燦硯匣于琳玕，允粉黛之藻林。有脊有倫，以雅以頌。余也言秣爲勞，覿芳欣止。几上琉璃，近現美人之影；牀頭鞶帨，微飄繡幄之香。欲舒毫以燃脂，追孝穆之序《新咏》；願在裳而爲帶，猶高士之賦《閑情》。息心紅粉，屬意青筠。所謂才愧茂陵，而放同嗣宗者也。

時康熙癸卯孟夏朔旦。

詩文補遺

詩文補遺

詩

嚴母江太孺人七秩壽詩〔一〕

西陵有王母，上齒稱百觴。紫珮雜萱草，金章輝北堂。餌丹吐素絲，頤指忘形相。鳳羽振苞彩，蛇珠耀靈光。芸臺流鴻譽，蒿里奉晨漿。黄樞迎板輿，白簡遺皂囊。恩寵渥鸞渚，雙翮翔雁行。伯爲瀛洲客，叔能穿長楊。卓哉簪纓家，奕葉傳餘芳。菡萏日初麗，薰風來無方。小人傳鼓瑟，君子獻文章。歡樂何可極，羅綺珍難量。祝年慶難老，耄耋兹相望。南山何高高，壽考永不忘。

——清嚴沆輯《德聚堂壽言》第二册《於越詩文》，康熙刻本

校勘記

〔一〕原無題目，爲編者所擬。

愚山徙以下四首並《無才集》

北山愚公抱愚德，太行王屋千仞極。此山當户七百里，愚公不喜其壅塞。一朝聚室欲平山，共協謀之力弗殫。比鄰孀婦攜幼男，雜然相許三荷擔。幾年殘力惜空勞，太行何能損一毛。嗚呼一愚能格天，帝命徙山東南偏，世人孰謂才者賢？

聽軫石老人彈琴賦贈稍删

楓零遠墅殘秋裏，萬點寒烟天際起。横空征鴈逐微霜，江岸芙蓉紅未已。軫石老人欲□駕，攜琴過别鴛鴦舍。旅中有人愧非玉，拂几請君彈一曲。秋江夜泊悲思多，客中送客心如何。鳥過不鳴雲不飛，山高水深風微微。大絃徐徐小絃急，使余聞之頭欲白。素函〔一〕半幅心亹亹，偶作長吟贈焦尾。况復烽烟更不常，天涯良會知能幾。【眉批：結遒密。】

校勘記

〔一〕「素函」，王士禄改作「玉苔」。

題惲正叔畫稍删

秋山崒嵂高烟平，秋水霜寒錦樹明。誰人卜築此山裏，數間茅屋臨溪水。荒塗闃寂白雲深，猩啼木落皆清音。洄流絶巘寫空碧，荆浩關仝無此筆。大癡好寫富春圖，吾越山川庶其匹。歎息兵戈二十年，烟霞板蕩無林泉。宗炳卧游看五嶽，靈猿丹鶴圖中妍。對此孤懷忽飄颻，嶙峋四壁皆青嶂。蓬壺雖好隔三千，咫尺鷄犬蒼崖上。

讀浣浦孟貞女柏樓吟贈孟子塞學博 稍删

浣浦之上有柏樓，樓上有女抱孤愁。柏樓之吟松柏色，柏樓之人已白頭。金石一言永不變，從未登堂識夫面。獨居柏樓迴絶塵，紅絲不繫尋常燕。柏舟貞節自古難，七十餘年耐歲寒。心則不能與之苦，淚亦不能與之乾。柏樓之内歲月更，柏樓之外秋月明。燕去燕來春風情，花開花落皆春聲。玉顔任同春花落，不作鴛鴦作孤鶴。君不見齊女歸衛宣夫人，匪石匪席重一身。鳴琴絃斷不復纏，堦前雨落不上天。守符斷臂何須擬，相逢相識向黄泉。孟君雅是文壇伯，能惜幽芳表貞白。曾從浣浦覓高風，不見高樓見古柏。當日旌書上柏樓，柏樓貞女榮千秋。而今柏樓人化石，勝事悠悠委陳蹟。浣浦之水常清清，柏樓之節皦如日。【眉批：初唐調。】

游曹山 以下七首並《無才集》

天花飄谷口，絶壁見明湖。獅子朝譚法，龍神夜獻珠。僧烟隨磬斷，谿水傍雲無。更聽菱

歌起，看山興未孤。【眉批：谿水五字，明滅可思，圖畫不出。】

代外送方與士之官桂林司李二首

行車辭北闕，班馬又南征。卧治清時望，攀轅父老情。方先爲杭李。暮雲雙槳遠，秋水一江平。

月落琴潭曲，幽香桂露清。才壓名邦重，琴書興自豪。湖雲兼曙色，岸柳雜旌旄。地入炎方遠，星懸瘴嶺高。王程看叱馭，脱贈〔一〕吕虔刀。

校勘記

〔一〕『脱贈』，王士禄改作『應佩』。

五日呈外

酒緑異鄉情，榴花照眼明。詩文藏舊〔一〕篋，鼓角響空城。鎮惡當時望，田文此日名。牛衣看尚在，猶是一儒生。

校勘記

〔一〕『舊』，王士禄改作『敝』。

聽雁

兀坐危樓上，驚聞征雁還。林湍飛白水，雲葉暗青山〔一〕。戎馬今方熾，詩書老未閒。舉頭皆絶塞，何處是鄉關。【眉批：後四語意到神來，居然入妙。】

校勘記

〔一〕『林湍飛白水，雲葉暗青山』，王士禄改作『林聲紛落葉，雲影薄秋山』。

辛丑中秋 二首録一

聚星鴛墅内，客思共中秋。月待一樽滿，詩成三峽流。寒蟲依石井，敗〔一〕葉下江樓。不盡滄桑意，何曾悵遠游。【眉批：五六足稱名句，結深一層。】

校勘記

〔一〕『敗』，王士禄改作『落』。

贈楊氏瑶浦 自注：羅宫詹篁菴如君善琴簫歌曲，白門人。○二首録一

爲問江南月，今知照玉人。藏鈎探秘戲，疊柳怨嬌春。楚舞陽阿麗，吴謳子夜新。明珠何足貴，消得步香塵。

——清王士禄輯《燃脂集》，上海圖書館藏稿本

桃　花

日暖湖堤試玉驄，遊絲小尺裊芳叢。□[一]都仙種依然在，南國風流想像中。映面只愁時序改，含春未許蝶蜂攻。六橋處處亭亭影，埜老停舟指故宮。

校勘記

〔一〕□，原書此處奪一字，當爲『玄』字。

紅豆花

素質驕天粉，東山勝事多。黄鸝修竹隱，紫燕午風過。石匱藏書史，雲莊繫薜蘿。看花兼問字，鸚鵡舌中和。

——以上清歸淑芬輯《古今名媛百花詩史》，吴江蘆墟龐龍德鈔本

答家丹麓

困頓寒窗疾未瘳，一簾明月冷香篝。璇源炫錦千秋盛，華國宏才第一流。惠我元言皆玉屑，贈君緑字少銀鈎。絳紗隔面應難叩，徒仰龍門百尺樓。

——清王晫輯《蘭言集》卷四，康熙刻本

小樓曉望

江城殘漏盡，曙色萬山齊。海闊星沉野，烟深樹隱溪。鼓鼙虚夜月，車馬試春泥。誰解幽人意，樓頭燕子低。

吴山春望

越角吴頭一望開，黄羊野馬總堪哀。草痕新緑扶山閣，花氣輕紅落酒杯。一鏡春涵朝日動，雙亹潮走暮江迴。龍舟鳳輦今何處，南院西宫幾劫灰。

採菱曲

蘭橈桂楫西風裏，無數菱花照秋水。羅袖垂垂薄晚煙，美人臨鏡惜華年。採菱歌罷不知處，慢逐歌聲亂流去。

——清阮元輯《兩浙輶軒録》卷四十，光緒十七年浙江書局刻本

次韻答李季子

邗江磊落較書郎，翰墨輕傳荀座香。瀟灑爲裁雲作珮，遨遊多半俠爲腸。廣陵自鼓梅花

散，小閣慵修遠岫粧。　捉麈欲譚人事冷，烏衣愧殺舊稱王。

十載幽棲鬢欲霜，不隨戲劇暫登場。　新亭景物悲千古，舊事滄桑泣數行。　點點疎梅飄野澗，飛飛紫燕憶華堂。　喟然有客題風雅，吾道悠悠幸不亡。

——清鄧漢儀輯《詩觀初集》卷十二，康熙慎墨堂刻乾隆十五至十七年如皋仲之琮深柳讀書堂重修本

寄西河（殘句）

王嫱非不無顔色，怎奈毛君筆下何。

——清查爲仁撰《蓮坡詩話》卷中，乾隆刻《蔗塘外集》本

詞

浣溪紗

淡緑輕紅掩畫樓。　珠簾盡日下金鈎。　玉人鸞鏡倦梳頭。　春老夢尋芳草路，消魂人在木蘭舟。　月明何處弄箜篌。

秦樓月 題陳素素像

新妝裹。纖腰素帶黄金鎖。黄金鎖。珠宫玉闕，春風花朶。　文心艷質俱停妥。飛瓊萼緑無烟火。無烟火。沉香亭北，昭陽方可。

前　調 又

芳香縝。華裙織翠肌如雪。肌如雪。春山秋水，天然嬌絶。　黄金鎖綰同心結。青蓮浥露休輕媟。休輕媟。珊珊環珮，奇文清澈。

千秋歲 惜春

鶯啼飛絮。盡是縈離緒。人有淚，春無語。春來渾不管，春去還凄楚。天意惡，將愁不去將春去。　故國笙歌處。芳草斜陽暮。迴首裹，愁如許。千杯消悶酒，幾點催花雨。春解去，因伊題遍傷春句。

醉蓬萊 壽外

慕於陵風味，三徑荒蕪，暮秋時候。廡下齊眉，對蕭條杵臼。鳳管偕吹，鹿車同挽，正筆耕春畝。菊傲霜明，青山碧水，天長地久。　閉户著書，灌園看月，抱膝長吟，竹松爲友。五十餘年，幸存心操守。去北來南，式微家國，離黍難回首。王謝休言，漁樵勿問，睡醒惟酒。

——以上清徐樹敏、錢岳輯《衆香詞·樂集》，康熙二十九年刻本

解語花 贈沈繹堂侍講典試

帝心隆眷，文采千秋，珠玉光争射。典儀風雅。飄丹桂、月闕梯雲先駕。班揚阮謝。看桃李、巍然聲價。不勝衣、金帶垂腰，楚楚惟盈把。　此際鳳池清夜。有瑞烟銀燭，瀛署盃斝。宫槐璚樹。龍蛇字、風雨也堪驚怕。香塵似麝。歸朝去、綸音重下。東閣開、新築沙堤，待沐昇平化。

——清周銘輯《林下詞選》卷十，康熙十年刻本

憶秦娥〔一〕 秋夜

秋寂寂。月寒風細凉無力。凉無力。今宵情願，舊時離憶。　黄昏門掩秋蕪碧。寒江縹緲聞吹笛。聞吹笛。樓高夢遠，夜長聲急。

——葉恭綽輯《全清詞鈔》卷三十，中華書局排印本

校勘記

〔一〕作者一云『黄媛介』。

文

文津序

數百年來，以帖括取士，工古文辭者絶少，寡撰者亦寡選者。然豈無撰者，特無選者爲之指津耳。故問津者亦不概見焉。天下英雄之士，能識英雄之士，能作英雄之文，能識英雄之文。陶匏入耳爲殊響，不能以悦聾，黼黻際目爲盛觀，不能以怡瞽，無聰、明者之不可爲離婁、師曠也。離婁之明不在目，師曠之聰不在耳。倘耳焉目焉，鄭、衛雜陳，魚目竝賞，其與聾瞽相去無幾。

予閲家丹麓《文津》之選，自具性情，卓犖千古，豈非與離婁、師曠同擅其明、聰也哉！文自六經、戰國以後，各以己説自鳴，雖鄧林不過矣。梁蕭統起而釐定之，撰若一家之言。夫統雖謂祖述王逸之遺，使非淹通博洽，含英咀華，卓有衡鑒，烏能删其蕪穢而集其清英哉！

今丹麓所選者，皆卓然大家之文，又烏知非丹麓之性情所寓言者也！噫！天下之學爲古文辭者，向丹麓問津可矣。

——清王晫輯《蘭言集》卷十六，康熙刻本

比目魚傳奇叙

有萬物然後有男女，此有天地來第一義也。君臣、朋友，從夫婦中以續以似。笠翁以忠臣信友之志，寄之男女夫婦之間，而更以貞夫烈婦之思，寄之優伶雜伎之流。稱名也小，事肆而隱。

《老子》曰：『聖人爲腹不爲目。』旨哉！宋督見孔父之妻，目逆而迎之，曰：『美而艷！』王使史巫監謗者，而道路以目。譚楚玉、劉藐姑初以目〔成〕，繼以目語，而終以目比。目之足以死生人如此其甚也！《莊子》曰：『子非魚，安知魚之樂？』安知魚之足以寄人死生如此其神也！

考諸物化，自無情而之有情，老楓爲羽人，朽麥爲蝴蝶也。自有情而之無情，賢女爲貞石，山蚯爲百合也。兩人情至此，忽然忘窈窕之儀，而得圉圉之質，彼倏然失儒雅之規，而適悠然之逝。『中孚，豚魚吉』，《易》辭豈欺我哉！笠翁以神道設教，歸之慕容介，其實皆自道也。

説者謂文章至元曲而亡，笠翁獨以聲音之道與性情通，情之至即性之至。藐姑生長於伶人，楚玉不羞爲鄙事，不過男女私情。然情至而性見，造夫婦之端，定朋友之交，至以國事滅恩，漪蘭招隱，事君信友，直當作典謨訓誥觀。吾鄉徐文長先哲爲《四聲猿》，千古絶唱，《比目魚》其後先於喁也哉！

辛丑閏秋，山陰映然女子王端淑題。

——清李漁撰《笠翁傳奇十種·比目魚》卷首，康熙刻本

與夫子論槎雲遺稿

槎雲律體諸作，高老莊重，不加雕琢，真大雅之餘音，四始之正格也。五、七言絶句，明逸娟秀，音韻鏗然，引而愈長，令人可歌可誦，洵乎笄維中獨步矣！惜其芳齡不永，蘭玉遽摧，【玉樓仙去，千載咸悲。】倘天假之年，其所造豈有竟哉？

——清陳枚輯《憑山閣新輯尺牘寫心集》卷四，康熙刻本

柬馮夫人

病後心氣苦不足，束書韜硯，嗒然隱几。徵書者日凡十數至，强起應之，亦不能多作書，多書頭岑岑也。間有吟咏，苦索不夙就，或至竟夜。明日抽鏡對之，鬢髮又添數莖白矣！來扇附青衣呈鑒。

汪憺漪曰：敘得有烟雲影現，其嘅嘆處又有蝶舞花飛之致。何天地之秀氣，獨鍾于婦人也！

柬莫夫人

疇昔之夜，見有白毫從東，隱隱如虹，久之不散。明日便得沈貞子、吴玉英詩。玉英有《題

織成金剛經卷》詩一章，稱是夫人閣中所藏唐時禁中所織者。淑攬詩大奇之，因嘆此法寶中希有之珍也。其詩已取入選，他日當澡盥就夫人觀之，不知作何纂組，是何杼軸，歷年千餘，絲縷不裂。異哉！乃始爽然而信前夜白毫出自君家高閣藏經處也。昔竇氏錦機，千古絶嘆，今有是寶，足掩前美矣！

汪憺漪曰：徵尺牘于閨閣，亦罕有矣！其淫艷之詞，今人未有，亦不便于録。集成正乏佳篇，得虎男覓惠此，即玉映致雲卿夫人之札也。如此往還，清標既高，渺衆無上。

謝莫夫人惠鮮錦枝

錦枝珍品，來自海南。秋暑未消，煩襟頓快。一掬沁心，餘甘浸齒。如從仙人掌上取沆瀣金莖，調以玉屑而斟酌之也。昔人論錦枝若離本枝，一日色變，二日香變，三日味變，今且走二千餘里，而香味猶逾常珍，何異身在楓亭，手剥宋香時也？一詩占謝，感在心腑。

汪憺漪曰：寫錦枝處，真有竹影交横、艷麗凝秀之致，又何異一騎紅塵之笑也？

與惲夫人

曩從夫子得君家藁砧詩遍讀之，輒對夫子擊節稱嘆，其藻艷如山龍黼黻，其雋遠如島鶴瑶簧，信衣被之至麗，音樂之至妙者也。真足冠冕時流，擅場不朽矣！第淑也竊有疑焉：何以秦、徐相遇，獨無贈答之篇；左、鮑同時，偏吝玉臺之唱？棄擲千古，祕匿勝風，是非不慧所敢知也。《詩緯初編》兹已殺青，尚冀惠我新詩，爲全書增重。

諸虎男曰：此與正叔夫人箋也，真似老幹疎梅，枝葉自然掩映。

——以上清汪淇、吴雯清輯《分類尺牘新語廣編》第二十四册，康熙七年刻本

附録

附録一　故宮博物院藏王端淑山水册題辭

故宮博物院藏王端淑山水册題辭

其　一

十年夢想山陰道，此日披圖意不窮。想到越山高處望，千岩萬壑畫圖中。林下風流紗絶倫，寫將丘壑欲置身。從此有山何必買，尚平原是卧遊人。

壬寅夏首，敬爲菉翁老伯題，晚侗。『置』誤，擬改『藏』。（編者按：菉翁即王與階，字菉澳；侗即孫寶侗，字仲愚）

其　二

女士今逢王右軍，能於筆下作烟雲。半舫不出西湖水，玉映聲名天下聞。閒中常起山陰想，千岩萬壑明如掌。撫絃動操有高人，紙上髣佛衆山響。

壬寅中秋，爲菉翁王老師敬題，門人傅宬。（編者按：傅宬字彤臣）

其　三

土城回望東西路，聞道施家今有無。寂寞五湖煙水裏，含情自寫苧蘿圖。書似箓翁詞壇博粲，弟進美。（編者按：進美即趙進美，號清止居士）

其　四

疎松古屋倚雲根，此是山陰何處村。秋水粧成臨玉案，直今彷佛浣紗存。若耶秋色澹書裙，落筆花前静不聞。千里猶憐人似月，采山時着越溪雲。夢裹繁華終有無，美人染翰自冰壺。伯圖何與紅顔事，番笑當年西子愚。壬寅季秋，似菉翁親家詞宗政，曉菴賓王。（編者按：曉菴賓王即謝賓王，號友匋）

其　五

吴綾似雪，倩佳人染翰。纖指風流雲烟滿。筆生花，起來餘韻侵人，山共水，點綴縱横歷亂。　若耶收尺幅，萬壑千峰，魂夢登臨似廣漠。見倒影疎林，淺渚平沙，遠峰下、路隨堤轉。儘憑俺、操動衆山鳴，一任十斛明珠不换。

右調《洞仙歌》，步髯公緒後主韻，壬寅初夏爲菉翁岳父題，愚埍竇仍具草。（編者按：竇仍

即孫寶仍，字孝堪）

其　六

山陰山色滿晴川，我别山陰已十年。今日披圖看畫史，譬如重上子猷船。

壬寅初夏，爲菉澳詞兄題，沚亭銓。（編者按：沚亭銓即孫廷銓，號沚亭）

附録二　傳記評論

端淑字玉映，浙江山陰人，王季重先生之季女，宛平丁睿子配也。先生有八子，惟玉映能讀父書。爲人倜儻不群，負才工詩。初得徐文長青藤書屋居之，繼又寓武林之吴山。與四方名流相倡和，對客揮毫，同堂角塵，所不吝也。著有《吟紅集》，爲蓺林所賞。予偶得其二詩，授諸梓，擬過江索其全帙焉。

——清鄧漢儀輯《詩觀初集》卷十二，清康熙慎墨堂刻乾隆十五至十七年如皋仲之琮深柳讀書堂重修本

丁未客笤山，羅霆章鏡庵以《從征美人燈詩》見示，凡九十首。余同戴尚書巖犖坐茅氏之聚星堂，共爲點定，得詩三首。萊陽宋荔裳琬：『瘦削腰支似沈郎，若爲烽燧向沙場。夫人城外木蘭戍，太乙宫中鞢韐妝。衫映猩紅天不夜，劍横鵜練雪生光。更闌可怕金吾問，新佩銅符出上陽。』杜子濂滚：『明璫抹額兩相宜，疑是吴宫夜獵時。碎錦裲襠星歷亂，團花衫袖玉參差。雲中旌旆遊龍賦，馬上琵琶火鳳詞。坐對煙花裁露布，功成先拜小姑祠。』丁素涵瀠：『不須脂粉自容輝，束素腰身掛鐵衣。豈是烏孫初款塞，何來神女突重圍。鳳尖紅印桃花色，犀帶香吹柳葉飛。悄竊銅符行海上，鮫宫新捧夜珠歸。』他如王玉映端淑：『比月每煩歌吹引，如花

偏稱錦貂妝。』宋荔裳又一首：『未到關山愁雨雪，爲防火伴斂容光。』曹顧庵爾堪：『翠鈿不夜珠生暈，錦袖迴風劍有光。』徐咸池叔夏：『還擬鏡臺妝盡改，教人終夜辨雄雌。』周子俶肇：『銀樹花間呈小隊，碧油幢裏倚新妝。』馮幼將肇杞：『夜闌旭日紅昇海，莫憾軍中氣不揚。』雖非全錦，亦自可誦。

——《慎墨堂詩話》卷四十三《筆記四十四條》第五則（鄧漢儀撰，陸林、王卓華輯，中華書局，二〇一七年三月第一版）

王端淑，字玉映。山陰人。禮侍季重先生之女，適太史丁文忠公子司理聖肇。所著有《吟紅》、《留篋》、《恒心》諸集，輯《名媛文緯》、《詩緯》、《歷代帝王后妃》、《古今年號名》、《史愚》行世。今僑居武林，以詩文自娛。東南閨閣之中，允爲稱首矣。

——清周銘輯《林下詞選》卷十，康熙十年刻本

名玉映，字映然。即季重先生女也。作配丁睿之。幼聰潁，喜讀書。稍長，益沉酣史傳古大家。工於詩，能臨池，亦間遊戲水墨。詩則摽新探奥，敵體沈宋。其論斷古人處，絶似龍門，毫無兒女口角。雖翁官詹事，而家世清白。際鼎革之後，一椽不保，日食不繼，氏處之怡然也。惟以書史消歲時，山水爲良朋。每花晨月夕，則哦咏自得，幾不知寢廢食亾。所著有《吟紅全

集》、《論古》諸書行世。

——清茹鉉纂輯《王會新編·紹興》，康熙刻本

（評王端淑詩）名媛諸詩，選至玉映氏亦極矣！玉映爲遂東先生閨玉，傳家衣缽，以秀脱爲工，而玉映則高視闊步，居然盛唐，可謂奇矣。吾嘗與友論閨秀詩與名士不同，閨秀之詩如太白之錦心繡口，一見顔開，樂天之九鼎一臠，乍嘗味别，不是杜陵野老吞聲哭中選也。而玉映以高蒼之筆，横行海内，竟不知以香奩爲何物，垢膩已盡，粉黛俱消。噫！天下有如此婦人乎哉！假使玉映操彤管而登朝堂，大家、小婕又奚足道？惜其終老窮愁，杜門著書，經營慘淡而已。士之不遇，亦猶姝之不遇也。悲夫！

（評王静淑詩）寫來無一點煙火之氣，真女中瞿曇也。玉映詩有名士風，玉隱詩則真山人矣！揔之二姝皆王遂東先生閨玉，一得其藻，一得其空，俱從右軍一片青氊上得來。〇玉隱道人號一真，有《青涼集》行世。

——清夏基輯《西湖攬勝詩選》卷六，康熙刻本

王端淑，字玉映，號映然子。山陰人。遂東先生思任女也，適錢塘丁（肇聖）〔聖肇〕。博學工詩文，善書畫，長於花草，疎落蒼秀。順治中，欲援曹大家故事，延入禁中教諸妃主，映然子

力辭之。卒年八十餘。著有《吟紅集》。

——清張庚傳《國朝畫徵録》卷下《閨秀王端淑》，乾隆四年刻本

毛西河選浙江閨秀詩，獨遺山陰王氏。王氏有女名端淑，寄西河詩結句云：『王嫱非不無顔色，怎奈毛君筆下何。』引用二姓恰合。

——清查爲仁撰《蓮坡詩話》卷中，乾隆刻《蔗塘外集》本

錢文端公少時，鄉試落第。其科主試者趙侍郎也，别號長眉公，觀演《小尼姑下山》，戲題云：『三寸黄冠綰碧絲，裝成十六女沙彌。無情最是長眉佛，訴盡春愁總不知。』毛西河選閨秀詩，獨遺山陰女子王端淑。王獻詩云：『王嫱未必無顔色，争奈毛君筆下何。』一藏其名，一切其姓。

——清袁枚《隨園詩話》卷二，乾隆刻本

王端淑，字玉映，號映然子。遂東先生思任女也，適錢塘丁（肇聖）〔聖肇〕。博學，工詩文。善書畫，長於花草，疎落蒼秀。順治中，欲援曹大家故事，延入禁中教諸妃主，映然力辭之。卒年八十餘。著有《吟紅集》。《畫徵録》。

——清馮金伯《國朝畫識》卷十六，乾隆五十六年刻本

端淑，字玉映，號映然子。山陰人。王思任女，宛平丁（肇聖）〔聖肇〕配。著有《吟紅集》。《蓮坡詩話》：毛西河選浙江閨秀詩，獨遺山陰王氏。王氏有女名端淑，寄西河詩，結句云：『王嬙非不無顔色，怎奈毛君筆下何。』引用二姓恰合。

按，西河檢討曾有《雨中聽三絃子適女氏玉映將之吴下過宿蕭城書感寄示》七古一篇，其篇中云：『江東女氏當代希，會稽王氏多烏衣。著書不讓漢時史，織素自憐機上詩。清暉閣中父書在，綵筆長濡舊螺黛。吟成紅雨滴口脂，行得青藤繞裙帶。風流遺世姿獨殊，將從秦氏聽啼烏。朝行賣珠暮無粟，天寒袖薄凉肌膚。可憐兵革滿衢路，欲望西陵過江去。崎嶇宛轉進退難，祇恐行來且多誤。』非不誇其才貌，惜其途窮。此詩大抵作於玉映寄詩之後，應屬解嘲，恐難補過。又按，陳其年云：『山陰王端淑，意氣犖犖，尤長史學。父季翁嘗撫而愛憐之，曰：「身有八男，不易一女。」』今人但知其精於詩學，無有知其通於史學者。西河『著書不讓漢時史』之句，亦可謂端淑實録。

——清陶元藻輯《全浙詩話》卷五十一，嘉慶元年怡雲閣刻本

王端淑，字玉映，號映然子。山陰人。王思任季女，宛平丁（肇聖）〔聖肇〕室。著《吟紅》、《留篋》、《恒心》等集。

鄧漢儀曰：山陰王季重先生有八子，惟女玉映能讀父書，負才工詩。初得徐文長青藤書屋居之，繼又寓武林之吴山。與四方名流相倡和，對客揮毫，同堂角麈，所不吝也。《蓮坡詩話》：毛西河選浙江閨秀詩，獨遺山陰王氏端淑。端淑寄西河句：『王嬙未必無

顔色，怎奈毛君下筆何。』引用二姓恰合。

陳其年云：山陰王端淑，意氣犖犖，尤長史學。父季重常撫而愛憐之，曰：『身有八男，不易一女。』今人但知其精於詩學，無有知其通於史學者。西河『著書不讓漢時史』之句，亦可爲端淑小傳。

——清阮元輯《兩浙輶軒録》卷四十，清嘉慶仁和朱氏碧溪艸堂錢塘陳氏種榆僊館刻本

王玉映，名端淑。山陰王季重先生次女也，適錢塘貢士丁（肇聖）〔聖肇〕。偕隱徐天池之青藤書屋。少時夢隨羽客陟廣寒，有園曰青蕪，因作《青蕪園記》。又夢坐宋安妃畫舫，有《玉真閣》二詩。善書畫，長於花草，疎落蒼秀。順治中，欲援曹大家故事，延入禁中教諸妃主，玉映力辭，乃止。卒年八十餘。著有《吟紅集》。

——清吴德旋撰《初月樓續聞見録》卷一，道光二年刻本

王端淑，字玉（瑛）〔映〕，號映然子。遂東先生思任女也，適錢塘丁（兆聖）〔聖肇〕。

天資高邁，楷法二王，畫宗倪、米。《正始集》。

博學，工詩文，善書畫。順治中，欲援曹大家例，入禁中教諸妃主，映然力辭。《畫徵録》。

——清震鈞輯《國朝書人輯略》卷十一，光緒三十四年刻本

端淑，字玉映，號映然子。山陰人。禮侍季重先生女，丁（肇聖）〔聖肇〕室。博學，工詩文。季重常撫而愛憐之，曰：『身有八男，不易一女。』嘗輯《名媛文緯》、《詩緯》、《歷代帝王后妃》、《古今年號名》、《史愚》行世。毛西河選浙江閨秀詩，獨遺端淑，端淑寄西河詩云：『王嬙未必無顔色，怎奈毛君下筆何。』引用二姓恰合，一時傳誦。著有《吟紅》、《留篋》、《恒心》諸集。《林下詞選》、《蓮坡詩話》、《婦人集》、《兩浙輶軒録》。

——周慶雲輯《歷代兩浙詞人小傳》卷十三，民國十一年刻本

王端淑，字玉映，號映然。山陰人。明僉事思任女，宛平諸生丁（肇聖）〔聖肇〕室。楷法二王，畫宗倪、米，兼工花卉。畫、書、詩外，尤長史學。其父嘗曰：『身有八男，不易一女。』年逾八旬。初得徐文長青藤書屋居之，後寓武林。與名流倡和，每對客揮毫。有《玉映堂集》。

——李濬之《清畫家詩史》癸上，民國十九年李氏刻二十七年增刻本

端淑，字玉映，號映然子。静淑妹，司理丁（肇聖）〔聖肇〕室。有《吟紅》、《留篋》、《恒心》諸集。

端淑輯《名媛文緯》、《詩緯》、《歷代帝王后妃》、《古今年號名》、《史愚》行世。《林下（詩）〔詞〕選》。

博學，工詩文。善書畫，長於花草，疎落蒼秀。卒年八十餘。《畫徵録》。

山陰王季重先生有八子，惟女玉映能讀父書，負才工詩。初得徐文長青藤書屋居之，繼又寓武林之吴山。與四方名流相倡和，對客揮毫，同堂角麈，所不吝也。《兩浙輶軒録》。毛西河選浙江閨秀詩，獨遺山陰王氏端淑。端淑寄西河句：『王嬙未必無顔色，怎奈毛君下筆何。』引用二姓恰合。《蓮坡詩話》。意氣犖犖，尤長史學。父季重常撫而愛憐之，曰：『身有八男，不易一女。』今人但知其精於詩學，無有知其通於史學者。西河『著書不讓漢時史』之句，亦可爲端淑小傳。《婦人集》。

——施淑儀《清代閨閣詩人徵略》卷一，民國十一年鉛印本

王端淑，字玉映，號映然子。山陰季重女，適錢塘丁（肇聖）〔聖肇〕。畫學倪、米，工花卉。且博學，工詩文，善書。順治中，欲援曹大家故事，延入禁中教授，力辭不赴。卒年八十餘。著《吟紅集》。《畫徵録》、《圖繪寶鑑續纂》。

——盛叔清《清代畫史增編》卷十八，民國十六年鉛印本

王端淑，字玉映，號映然子。浙江山陰人。遂東先生思任女也，適錢塘丁（肇聖）〔聖肇〕。博學，工詩文。善書畫，長於花草，疏落蒼秀。卒年八十餘。著有《吟紅集》。

——竇鎮輯《清朝書畫家筆録》卷四，民國九年二友書屋鉛印本

《吟紅集》三十卷　（清）王端淑撰　《然脂集》著録（未見）

《留篋》、《恒心》、《無才》、《宜樓》諸集　同上

《名媛詩緯》三十八卷　同上（存）　康熙六年丁未（一六六七）刊本。

《名媛文緯》　同上（未見）

《歷代帝王后妃考》　同上

《玉映堂集》　同上

《史愚》　同上

《恒心集》　同上

《宜樓集》　同上

《無才集》　同上

《留篋集》　同上

後四集原書已佚，無法訪覓，惟《然脂集》選王端淑著其書名，《無才集》録四首：《愚山從》、《聽軫石老人彈琴賦贈》、《題惲正叔畫》、《讀浣浦孟貞女柏樓吟贈孟子塞學博》。《留篋集》録一首：《青藤爲風雨所拔歌》。又有不注集名八首：《五日呈外》、《辛丑中秋》、《游曹山》、《病中乞詩序》、《代外送方與士之官桂林司李》二首、《聽雁》、《贈楊氏瑶浦》。均爲《吟紅集》所不載，當爲此二集中之詩，内題黄皆令詩《宫怨》二首。又見《擷芳集》，今録爲一卷。

端淑，王季重女。

案：《吟紅集》，吴縣吴慰祖藏有咸豐元年辛亥（一八五一）鈔本。前有其夫丁聖肇題序，同秋社曾益、張岱等四十七人《刻吟紅集小引》。卷一賦，卷二至十四詩，卷十五、十六詩餘，卷十七記，卷十八序，卷十九奏疏，卷二十傳，卷二十一至二十三紀事，卷二十四行狀，卷二十五墓誌銘，卷二十六偈（未刻），卷二十七贊，卷二十八銘，卷二十九祭文，卷三十詞餘。刊本不易得，僅賴此鈔本以傳，至爲珍本。玉映曾寓北京，故此集在北京坊間收購。余到北京，吴慰祖同志即出以惠借。

丁聖肇序曰：《三百篇》多閨中作，予向醉心《雄雉》、《葛覃》諸篇，若李夫人章句，《瓠子歌行》，固相擊節也。内子性嗜書史，工筆墨，不屑事女紅，黛餘燈隙，吟咏不絶。雪霽西嶺，雲障金臺，内子得句不廢疾書。居燕邸數載，先太史憤傷於熹廟閹人，先帝變興，煤峯泣血，予遂攜家南歸，内子更多長沙、三閭之句。歸蠡家於翁園謔庵小樓處，於白馬巖田廬數年，得林巒花鳥之情，爲簾窺鏡感之助，荆布塵甑，鬢無驚鷰，澹如也。而詩章盈於粧盝，集曰『吟紅』，不忘一十七載黍離之墨跡也。予不自言，得吾内子而於是獲良友，亦足誌也。將翺將翔，弋鳧與雁，内子其有以勖予哉。衢間散人睿子氏漫題。

《宫閨氏籍藝文考略》：王端淑字玉映，號映然子，又號青蕪子，山陰人。傳云：讀書自經史及《陰符》、《老》、《莊》、内典稗官之書，無不流覽淹貫。工詩賦，間爲古文。所著有《吟紅集》三十卷，又有《留篋》、《恒心》、《無才》、《宜樓》諸集。選明代以來詩文爲《名媛詩緯》、《文緯》二書。所輯有《歷代帝王后妃考》。《神釋堂脞語》云：玉映以才情學問自負，欲奄有衆長，故詩文諸體靡不涉筆，語其大致，小賦《秋蟲》一篇最善。《倚玉堂詩序》規撫昌黎，誠爲閨人所僅有；《鄭金吾行樂圖贊》雜以談諧，酷類子瞻，皆其佳作。詩諸體並有勝處。古詩《咏藺相如》：『七寸小臣刃，五步大王頭。』《述言》：『舉頭天地廣，居身無一廛。』《題畫》：『歎息干戈二十年，烟霞板蕩無林泉。』律詩《聽雁》：『戎馬今方熾，詩書老未閑。』《漫興》：『五堰幾回東越馬，三城唯見夕陽樵。』絶句《西陵阻風》：『恨無勁弩平潮去，兀坐西陵破酒樓。』諸如此例，當其興酣落筆，真忘其身落(斂)〔歛〕舀間矣。他如五言『寒蟲依石井，落葉下江樓』，七言『花氣輕紅上酒臺』，兼可想其麗情逸韻也。

案玉映詩文集，今均不可得見，而《然脂集》稿本中有《秋蟲賦》、《荷賦》、《菊賦》三首，賴此以傳。

——胡文楷編著、張宏生等增訂《歷代婦女著作考(增訂本)》二四八頁—二五〇頁，上海古籍出版社二〇〇八年八月第二版

附録三　酬贈追懷詩文

汪汝謙

次兒請假歸省督師贈余風雅典型扁額兒歸因敘親友隨任十無一存僮僕亦忘十七余慨八十老人一切當謝使餘年得閒即兒輩養志感懷述事復拈八章自此當焚筆硯矣（其四）

世事看來總戲場，如何偏我獨多傷。每逢按劍無男子，猶喜譚詩遇女郎。昔逢王、楊、林、梁諸女史，今遇吴巖子、元文、黄皆令、王端淑諸閨閣。昔慨侯門懷短鋏，今看彩服上高堂。庭前緑映逢初夏，喜視兒孫序雁行。

——清汪師韓輯《春星堂詩集》卷五《松溪集》，乾隆三十八年刻本

錢謙益

山陰王大家玉映以小影屬題敬賦今體十章奉贈

季重才名噪若耶，縹囊有女嗣芳華。漢家若採東征賦，彤管先應號大家。王大家玉映，故尚書季重之幼女也。

刦火燒焚玉不枯，鮫人啜泣總成珠。居然撩穀垂羅女，寫入長康舉案圖。

越絶何人説掃眉，於今才子是西施。采蓮溪畔如花女，齊唱吟紅絶妙詞。《吟紅》，玉映詩名也。

臨河殘帖妙通神，放筆能開桃李春。傳語山陰王逸少，王家自有衛夫人。

鏡中金翠倩誰知，鏤月裁雲是畫師。西子湖頭貌西子，纔看點筆已迷離。

薄粧墮髻步遲遲，懷古巡簷自咏詩。忽漫漏天風雨急，青藤舊館哭天池。玉映居乃徐天池青藤書屋，有《青藤爲風雨所拔歌》。

過雨溪山潑墨濃，清琴徐拂半牀風。那知淺絳輕綃裏，身在陶家畫扇中。

雙蛾横黛遠山皆，引鏡雲霞蹙鬏釵。指點眼中眉眼在，老夫何用辦青鞵。

老病傴衣再拜難，錦帷初捲佩珊珊。如何省識春風面，博一金錢便與看。

雲容月魄許題名，健筆難誇老更成。拂拭霜紈憑授簡，敢將平視抵劉楨。

——清錢謙益撰《牧齋有學集》卷十一，康熙刻本

王玉映夫婦生日

織女黄姑嘉會同，紅牆銀漢本相通。共傳王母爲金母，又説丁公似木公。絛脱贈來猶晉代，洞簫吹出並秦宫。劉剛莫訝登仙晚，上樹依然跨碧空。

——清錢謙益撰《牧齋有學集》卷十二，康熙刻本

與遵王三十首（其十五）

《紅豆詩》潦草捉筆，真所謂東家效顰，不若王玉映閣筆吟紅，差能免俗也。《梅聖俞集》，可覓一部見示。

——《錢牧齋先生尺牘》卷第二，康熙顧氏如月樓刻本

張　岱

映然子三十初度七夕後一日

詩道年來更不倫，幾家夢筆盡針神。越裳一國無男子，王氏三蘇有婦人。乞巧文成蛛結字，天孫錦就帨懸辰。請言三十年前事，道藴生時醉比隣。余時住青門，與三峨叔同赴湯餅會。

——張岱《瑯嬛文集·七律》，沈復燦鳴野山房抄本

和映然子戎粧美人燈

麗女戎衣意氣揚，不於椎髻見剛腸。古人粧束誰堪比，劍器公孫舞大孃。

其　二

美人變幻似妖狐，艷服戎粧貌轉都。康節當年曾有句，腰間仗劍斬愚夫。

——張岱《瑯嬛文集·七絶》，沈復燦鳴野山房抄本

嚴繩光

映然子爲季重先生少女適丁睿子精于筆墨著有吟紅留篋諸集乞巧後一日爲三十懸帨辰里言壽之

筆屯霞魄墨屯池，林下夫人舊鬱儀。柳氏靈文方册後，陶家書甲半花期。【工而不鑿。】二王雌遜東西帝，七子雄争大小兒。【東西帝、大小兒，尤奇合。】天漢一過經歲恨，輸君遼鶴共啣芝。

王延密曰：壽詩得此新奇巧妙，便足爲筆墨生光。雖陵頹海竭，而詩或不死。

讀映然子吟紅集却贈

紅啼宛轉曉風前，怪底霜林響杜鵑。薇露沾函魚洗冷，指痕窺袖鹿裘穿。【珍重留連，真鑑賞家。】帝鄉仙籍青蕪夢，慧業靈章朱璐編。鄭重六丁莫浪取，歸航收盡耶溪烟。

馬玉起曰：玉映才過左芬，評閲家須從名士着眼，一味縷金錯彩，反下聲價。此詩下語矜貴，足揚慧業文人。

元日飲丁睿子新居

惟君宜地勝，作客放身閒。從此開詩篋，何時不醉顔。靈光餘魯殿，【高渾。】王會指稽山。徒望春陵氣，羈栖尚未還。魯王昔監國于此。

杜功王曰：老健似高、岑。

蔡子佩曰：因所見以興思，何待芳艸萋萋。

丁睿子醉飲小寓道中傷足祖跣夜分歸有美跌詩戲爲和之

何妨雨夕與花朝，潦倒一尊共客澆。帶履遺忘方是適，地天席幕未爲遥。墮車酒國神冲穆，墜馬曼卿韵寂寥。齊物醉中無大小，詩人漫向賦椒聊。

王延密曰：不特用古入化，更滑稽醉人，艸艸一跌，弄出多少韵語。美哉跌，自是不誣。

和映然子

倚徙花間候小門，誰家芳樹卧王孫。角巾烏啄零雲片，珠靸苔封隱石根。何計奉寧仍白墮，【對得趣甚韵甚。】無方分痛守黄昏。從今笑跛君休怒，憐取佳人侍罍尊。【便代笑跛者乞憐，刻毒。】

代丁睿子解嘲答映然子戒酒之謔

酒國弘開解脱門，我名無忌學長孫。冠綏飲露斯靈蜕，葵藿披霜可衛根。臟止三存猶視息，夔惟一足自朝昏。婦言休聽君知否，速築糟丘老盎尊。

王延密曰：鬼斧神工，鑿破混沌，應發帝江之歌。

徐滅菴曰：以上三詩，當令曼倩卷舌，優孟失聲。文人筆墨之樂，一至于此。

方竹和王皡長韵

君山聊寄傲，材可濟顛危。海氣分形接，【奇確。】坤儀具體微。不容寧屈子，守正答湘妃。翻覺凌霄客，徒圓亦損威。一『圓』字括盡世態，然病不在『圓』字，在『徒』字。

丁睿子曰：不曾一字做方竹，却字字是方竹。和韵天然，迥出意表。

——以上嚴繩光《越秋吟》（一名《越遊艸》），康熙刻《客旅紀遊集》本

杜肇勳

壽映然子

高秋此日綺筵張，懸帨辰逢慶未央。共擬禎祥歸窈窕，蚤知風雅屬姬姜。筆華幾日開香鎖，紙價經年貴洛陽。咏雪庭前推玉樹，家風江左擅青箱。蛾眉獨占山川秀，鳳羽争傳翰楮芳。譽重京陵兼四德，史成東觀挾三長。半周花甲春秋富，滿積蘭陵日月光。德耀乍供青玉案，飛瓊先進紫霞觴。初迴銀漢雙星駕，競奏瑶池五舌簧。白髮自慙南極叟，持籌常與記滄桑。

唐善長曰：七言排律至幾十韻，一氣渾成，絶無湊泊，足徵厚力，惟吾功老能之。

——以上清杜肇勳撰《杜功王詩草》卷四《冰壺艸》，清初刻本

秋懷二十四首（其二十四）

獨吟秋興去，秋色正堪尋。霞錦青楓岸，丹砂烏桕林。村春茅店近，樵斧白雲深。【金子藏曰：五字思路曲折，落想空際。】恍入桃谿路，空中雞犬音。

丁睿子曰：空秀杳渺，恍如身入桃源。

張宗子曰：渺然高遠。

殘衾

衾老寒如鐵，衰軀凍欲僵。温柔消歲月，破裂出風霜。【陶夢剡曰：刻畫殘字，而煅煉渾化。】有在春難借，無眠夜轉長。因思古名將，挾纊意何良。

丁睿子曰：古人不棄敗履遺簪，『温柔』二句，正有眷戀深情。一結宕開，意寬而議大。

落梅

花事驚心又一年，閒情立盡夕陽邊。飄零粉素愁蝴蝶，狼籍臙脂吊杜鵑。疎影幾時還浸月，暗香何處更浮烟？【丁睿子曰：空香欲動，妙在於落梅相關，他處移易不得。】孤山遠夢憑誰寄，好倩江城笛裏傳。

金子藏曰：句句是落梅，不是尋常咏梅。熟讀數過，自得其層次唱嘆之妙。

孟夏六日金仲星邀同劉迅侯錢挺生馬玉起集澄映堂即席賦事

禾風麥雨種愁天，誰唤衰翁到酒邊。一徑落花飛燕子，半鐺新火改茶烟。多君懷抱仍今日，笑我疎狂更昨年。竟日留連渾不勸，大都高興有同然。

丁睿子曰：『仍今日』『更昨年』，主人之厚客，予之狂，情狀宛然，此能存人之品而自存其品者。

壽王玉映玉映七夕後一日初度

燭龍啣珠照蓬島，玉繩影轉銀河曉。天孫未返碧瑶宫，珮鸞直向山陰道。幻作烏衣國裏身，桂芬蘭艷馳聲蚤。青箱獨剖瑯環藏，緑窗不繡鴛鴦褓。配得僊人丁令威，鳳樓夜夜晴雲繞。吹簫耻學秦女技，金石遺文恣蒐討。沐日浴月發奇光，春纖落處珊瑚飽。道韞多才貌未聞，夷光有貌才偏少。一代群推二美并，皎皎芳名軼塵表。霞觴競進清秋時，想見玉顔春不老。滄溟丹合青蓮花，何須更進安期棗。

金子藏曰：玉映才華悉掩映于筆酣墨飽之中，不愧錦心繡口。

——以上清杜肇勳撰《杜功王詩草》卷五《紉蘭艸》，清初刻本

丁耀亢

山陰王玉映女史投詩爲宗弟丁睿子元配詩以答之王季重先生女，丁文忠學士婦。詩文甚富，爲江浙閨範，欲過寓枉謁，辭之。

江海知名久，吾宗有孟光。流風推世譜，詠雪見文章。環珮來高士，詩文到老傖。媿予無鑒别，免拜德公牀。

再答山陰王玉映并宗弟睿子以選《詩緯》來求序

海上仙人挽鹿車，五噫歌就出關初。黔婁偕隱稱良友，班女工文續漢書。玉笈家乘超粉黛，青箱世業伴樵漁。又聞宮壼徵閨範，不去翻來問索居。

——以上清丁耀亢撰《江干草》卷一，康熙刻本

曹　溶

傷映然子

浙有林間秀，風流嗣謔菴。映然爲王季重女。唾花增旅寂，繡佛寫春酣。山月憑誰餞，寒花不上簪。竟虚瑶島訊，海鶴自毵毵。

——以上清曹溶撰《静惕堂詩集》卷二十四，雍正三年李維鈞刻本

宋　琬

戎裝美人燈三首

未笑先防下蔡迷，健兒裝束映青藜。蠻靴窄窄裁冰翦，羽葆輝輝綴火齊。似竊兵符來卧

内，應無魂夢到遼西。裂繒舉燧千年後，又見宮娃拊皷鼙。

螓首鵶黄插鵕鸃，鰲山峰外逞腰支。文姬千里從征日，紅線三更入魏時。嬾著霓裳奔月窟，易傾燭淚怯風姨。上元何處停鸞馭，只在明星玉女祠。

香閣由來賦小戎，蘭皋仍復怨飛蓬。腰懸錦帶魚腸豔，步印金蓮鳳脛紅。皎皎何須雲母幛，珊珊長傍蘂珠宮。東皇欲報暾將出，寶炬先驅女侍中。

和王玉映前題四首

娥娥紅粉羽林郎，横槊宵征校獵場。吴苑火攻教夜戰，阿房星鏡改新裝。雙彎鐵月懸弓影，一點靈犀射甲光。自是偃師誇絶巧，眩人結隊出昭陽。

瘦削腰支似沈郎，若爲烽燧向沙場。夫人城外木蘭戍，太乙宮中韎韐裝。衫映星紅天不夜，劍横綈練雪生光。更闌可怕金吾問，新佩銅符出上陽。

錦繖曾聞照夜郎，由來閫内制疆場。長城高挂秦時月，小隊争看洗氏裝。未到關山愁雨雪，爲防火伴歛容光。天街不羨魚龍戲，士女傳呼滿洛陽。

貝帶渾疑傅粉郎，豈因射雉出平場。乍迴金粟堆邊影，又學燕支塞下裝。神女行雲環珮動，元妻如爈鬢雲光。迷離誰辨雌雄兔，不願揮戈駐魯陽。

——以上清宋琬撰《安雅堂未刻稿》卷四，乾隆三十一年刻本

徐夜

贈王玉映大家

山陰道上雲霞起，萬壑千巖論山水。王家玉女絶代人，秀出閨房映圖史。我來越州經語兒，途中拾得留篋詩。春水船頭卧且誦，夭桃夾岸東風吹。從此十日無所事，坐看香泥落花膩。流水何人吟斷紅，遠山已見眉横翠。窈窕徒聞金屋居，嬋娟還有瑶臺書。爲憐芍藥春殘後，猶是芙蓉日出初。今來移向錢塘住，倚閣妝成對芳樹。鳳凰山畔畫中人，鴛鴦樓上香生路。杭城一雨十丈泥，欲訪仙源何處迷。扁舟且效鴟夷子，西子湖頭路又西。

——武潤婷、徐承詡校注《徐夜詩集校注》卷三，山東大學出版社一九九七年第一版

讀吟紅集贈玉映大家

吟紅讀罷反成悲，慧質靈心總寄斯。天壤可能消道藴，家門差好過文姬。流離書籍從南渡，詫是江山又北移。空谷爲鄰零落後，天寒袖薄不勝思。玉映，明時王思任之女，因遭世亂爲尼〔一〕，所著詩刻有《吟紅集》。

——武潤婷、徐承詡校注《徐夜詩集校注》卷四，山東大學出版社一九九七年第一版

校勘記

〔一〕此處徐夜自注有誤，出家爲尼者是『王静淑』，非『王端淑』。

張養重

雨過訪王玉映吴山宜樓值移居《巫山一段雲》。小令。

黄葉飛朝雨，紅樓散午烟。蠅頭小楷覓濤牋。粉壁貼依然。　舉案偕鴻隱，吹簫跨鳳仙。晚寒袖薄倚誰邊。只在此山前。

——清張養重《古調堂集·附詩餘》，康熙刻本

曹爾堪

贈映然子〔一〕

閨中才子望如仙，曾記珠宫下降年。漢苑針神西蜀錦，衛家筆陣剡溪箋。詩文月旦歸彤管〔二〕，山水風光入畫船〔三〕。自挽鹿車偕隱後，同心常結鵲橋邊。

——徐釚《本事詩後集》卷八，光緒十四年邵武徐氏刻本

附徐釚《本事詩後集》按語：按映然子，即王玉映端淑，季重先生之女，適貢士丁聖肇，偕隱青藤書屋。少

時夢隨羽客陟廣寒，園曰青蕪，因作《青蕪園記》，而係以詩曰：『飈如沖舉逅黃冠，引入青蕪曰廣寒。丹草芃芃新月映，雙鬟隊隊白雲攢。幽游一晌歸春杳，謫落三旬解俗難。敗葉聲敲清夢遠，荒雞啼徹曉鐘殘。』又夢坐宋安妃畫舫，遂有《玉真閣》二絶句。自號映然子。工詩，善楷書，選《詩緯》、《文緯》行世。越中毛甡有《贈女士》云：『當年曾説秦嘉婦，此日方知伯玉妻。詞賦舊傳遐海上，樓臺近向小橋西。書縈蕙帶雙縑薄，釵壓桃花兩鬢低。昨夜天孫聞有約，隔河先聽汝南鷄。』亦爲映然子作也。

校勘記

〔一〕夏基《西湖攬勝詩選》題作《湖上贈王玉映》。

〔二〕《西湖攬勝詩選》有曹爾堪自注：『時玉映有《名媛詩選》，評論悉皆史裁，膾炙人口者多矣。』

〔三〕《西湖攬勝詩選》有曹爾堪自注：『玉映亦善畫。』

徐緘

贈閨秀王玉映

多病復他鄉，鉛華減昔妝。枕函紅淚滿，裙帶細腰長。夢秤才無敵，傾城瘦不妨。從來謝道韞，天壤恨難忘。

——徐釚《本事詩後集》卷十，光緒十四年邵武徐氏刻本

附徐釚《本事詩後集》按語：蕭山毛于一〔一〕曰：『玉映爲季重先生之女。嗣本中郎，家餘鮑照。紅吟未

斷，還傳靧面之辭；綠篋堪留，實儲傷心之句。』又題玉映《詩緯》調《玉樓春》云：『吴山曉閣妝螺子。山木倒開鸞鏡裏。筆牀寒寫竹衣紅，書帶綬垂藤菜紫。　機頭小鑷穿花綺。纂就散絲盈絡緯。秋波千頃照芙蓉，無數綵霞江畔起。』按：玉映名端淑，所著有《吟紅集》〔二〕，故陳玉瑾詩云：『客舍無端喚鷓鴣，聖湖風物杳難圖。他時欲覓吟紅處，梔子枇杷伴碧梧。』

校勘記

〔一〕『一』字原脱，據毛奇齡字補。

〔二〕『吟紅集』，原作『紅吟集』，據王端淑著述改。

毛先舒

爲王夫人營葬啟

山陰王玉映夫人者，季重先生之愛女，而天行丁先生之第五媳也。産自名門，少嫺禮法；來歸巨族，雅習詩書。亂離之餘，與夫偕隱。夙慕聖湖之好，遂汎錢塘之船。僑寓西泠，幾二十載。伯通廡下，宛爾齊眉之風；祝牧歌中，非無子佩之和。

邇乃偶過鄮郡，托迹桐川。示現空王，嗒焉坐化。睿子扶棺苦嶺，返棹杭州。繐帳漆燈，寄停蕭寺。亭雖喜鄰于鶴唳，上久未卜夫牛眠。竊念孤山，宿稱幽勝，埋香瘞玉，于此爲宜。但以嫦娥奔月，羿氏空居；弄玉登雲，蕭郎失路。縈縈鰥者，畚鍤徒懸。某等身爲地主，誼切壠枝，擬共斂錢，爲之營葬。昔者蘇小青樓，猶封翠柏；菊香女子，亦樹雉碑。況忍夫人前和剥落，竟使酒酹春風，堂坊不築，魂飛夜月，環珮無歸者哉！想諸君子都有同心，定應不惜投金，成兹善舉者也。

至于丹鉛狼藉，翰墨淋漓。蔚乎文彩，聿昭彤管之新書；美矣芳華，奚止玉臺之妙體？仍當收拾零星，編摩琬琰，傳諸不朽，更俟方來。謹啟。

——清陳枚輯、陳德裕增輯《憑山閣增輯留青新集》卷九，康熙刻本

毛萬齡

戎裝美人燈 二首，此女史王玉映所倡也，和集成編

火樹星橋豈戰場，美人何事儼戎裝。木蘭月下横金槊，紅線空中逐電光。五夜孤燈衣帶聳，一腔春思淚珠藏。何時掌舞從容罷，脱却征袍侍阮郎。

元夜何曾禁夜遊，一燈紅粉佩吴鈎。桃花人面梨花舞，火樹樓臺大樹秋。似怕金吾撓密約，翻裝夫壻覓封侯。只愁遊偏春城路，不識西明巷裏頭。

曾遠曰：二詩意，集中無一人道過，亦一奇也。

——清毛萬齡《采衣堂集·七言律詩》，康熙刻本

毛奇齡

閨秀王玉映留篋集序

萃山林川澤之氣以生才，才固未易言也。歷塊而一逢，閲十百年而間一二覯，况閨房也者！夫惟天能愛才，故亦不急于生才，乃生之而人反棄焉山林川澤，其不如人意久矣。吾鄉之有閨秀，自謝道藴始。然謝在當時，未離梱域，獨王江州以孫恩見害，而謝亦抽刀挾婢，登車殺賊，及乎嫠居，則間隱幔，與士大夫談義已矣。今吾鄉閨秀十倍於昔，然早見稱者，王玉映也。玉映爲季重先生少女。先生制文傳海内，而玉映繼之，中郎有女，可慰孰甚！乃七八年前，予亦得讀所爲《吟紅集》者。時先生尚在，通家子弟争相傳道。曁乎後而稍衰矣，遭家仳離，即夙昔倚聲聞者，猶以予選越詩時登玉映作，且羣起詬厲，在有辭説。今玉映以凍餧輕去其鄉，隨其外人丁君者，牽車出門，將棲遲道路，而自衒其書畫筆札以爲活。

記去秋，鄉田燒自山陰，道江凡一百里，渠腹龜拆，結袂而蒙暵，未及税而風雨驟發，邑市衢巷皆漲，牛馬暴涑。予既聞其事，值有客抱三絃者托屋下，其哀彈與風雨迸出。予乃作長句，既悲閨中之在道，而又自託于箜篌作諷，中無渡之意，其詞至今在也。見《瀨中集》七古卷。今渡江已久，丁君且攜玉映詩示予爲序。

夫玉映固季重先生之女，而丁君非他，其尊人文忠公，所稱以詞官而死于魏監，非耶？文忠爲東林祭尊，復能見概節，其于王、謝兩家，正復無憾。而丁君以三衢法曹，所在乞食，而玉映且不得復爲隱幔之懽，於人意何如也？《吟紅集》詩文多激切，而《留篋》反之。《留篋》獨有詩，然其詩已及劉禹錫、韓(翊)〔翃〕，閨秀莫及焉。《留篋》者，予爲之名也。

史訥齋曰：通篇以實叙爲空翻，其層沓迸注處徘徊動人。

——清毛奇齡撰《西河合集·序(七)》，康熙刻本

西河詩話一則

王玉映有乞予作序一詩最佳，在《留篋集》中。又一首乞予選定其詩者，落句云『慎持千載筆，切勿𢙣雲鬟』，亦最佳。然集中不知何故，竟無此詩。

——清毛奇齡撰《西河合集·詩話(卷一)》，康熙刻本

雨中聽三絃子適女士王玉映將之吴下過宿蕭城西河里因作長句書感却示

汝不聞三絃聲最悲，啁啰哳軋誰所爲。天心雨落風迸裂，坐客一時雙淚垂。三絃初開彷鞞鼓，萬曆年來重張甫。遠公曰：張甫，張聘甫也。父少塘，祖野塘，俱以三絃傳。曹剛不作甫不傳，

何處新聲到江滸。當前撥拉如訴説，潀潀嘈嘈漸相接。絃聲復襍風雨聲，拍散音繁語嗚唈。江東女士當代希，會稽王氏留烏衣。著書不讓漢時史，織素自憐機上詩。清暉閣中父書在，綵筆長濡舊螺黛。吟成紅雨滴口脂，行得青藤繞裙帶。王季重兵憲所居有清暉閣，後玉映徙居青藤書屋，徐文長故宅也。所著初刻名《吟紅集》。風流遺世姿獨殊，將從秦氏聽啼烏。朝行賣珠暮無粟，天寒袖薄涼肌膚。可憐兵革滿衢路，欲望西陵過江去。崎嶇宛轉進退難，祇恐行來且多誤。昨宵行李深巷宿，聞汝空奩脱車軸。今朝寂歷風雨來，令我停絃撫心曲。梧宮木落愁復愁，女墳湖畔今難留。君行渺欲向何所，長江浩浩還東流。蛾眉掩抑自今古，况復哀彈最淒楚。今朝自雨昨自晴，不盡三絃此中苦。從來出處難復難，願君絃絶勿再彈。

——清毛奇齡撰《西河合集·七言古詩（五）》，康熙刻本

丁司理偕内君王夫人玉映四十初度一在九月一在七月

四十懸弧日，同逢設帨辰。建安推敬禮，林下重夫人。漉酒黄花近，支機綵馭新。從來歌穎秀，大抵在秋旬。

希�曰：《漢郊祀歌》：『秋氣肅殺，含秀垂穎。』閨中稱夫人，繫其生氏，西河選越詩，稱祁忠敏夫人爲商夫人，或非之。西河有覆友書甚辨，如王司徒婦稱鍾夫人，右軍婦稱郗夫人，李矩妻稱衛夫人，鄭文學妻稱孫夫人，類《世説》『王夫人』與『顧家婦』，對偶然耳，他便稱謝夫人矣。見《文集》卷。

——清毛奇齡撰《西河合集·五言律詩（三）》，康熙刻本

同韻贈王玉映閨秀渡江

樟亭西望古錢塘，終歲他鄉復故鄉。綵筆題來當上巳，畫船載去又重陽。千層羅綺波紋細，十里芙蓉江岸長。吴苑楚宫能遍歷，他年青草恨茫茫。

——清毛奇齡撰《西河合集·七言律詩(二)》，康熙刻本

前調題《詩緯》，有敘

乃若金箱填字，遠過縹囊；鏤管成文，勿需黛椀。秋金懷寶鍼之篇，晨鏡挂玉臺之咏。則有寄旨蒲生，興情紈素。藏明月于篋笥之中，望悲風于臯蘼之末。雖或華釵曜首，難問兩思；溢布縫衣，徒傷十指。誠哉託累嘆以叙情，惟導揚之撫志者矣。夫陰陽麗居，玄黄以間；奇偶環生，鍾吕惟錯。故物情以抒播而相宣，幽思緣咏謡而就闡。曩者畚山嬌女，創始南音；於越小君，實憐西往。周官諧淑女之章，尹姞重都人之什。則夫學士稱詩，不疑備録；閨中揚誦，能無軼音？洎乎倢伃嗣[一]徽於有漢，令暉振藻于齊代。鳥聽三妹，未誤吹桃；蘭偶二媛，不生上葉。縱左兒金艸，數樹遺馨；陶氏鈿箏，幾行斷線。亦且修肴扶寸而成味，繭絲雜組以爲色。況復盤中屈曲，刀尺所未傳；錦上迴環，機絞所難及。以至翾風多仙去之思，著日起忘歸之樂。即新聲苦耳，子夜歌來；舊地驚心，陽春看去。妓童且戀其金鈿，嫂婢竟攘夫團扇。沙

門留少婦，色比茗華；湘岸送嬰兒，號爲蘭杜。斯亦叢檜所難遺，稛穜之必備也。且夫古之稱採摭者，豈徒摫長飾孑、周流美好云爾哉！蓋將以離合衆多，區别媮妙，而善用其所至優也。雜花非一色，而皆釀于目；紛割非一味，而皆蕩于齒。故混絲匏于條貫之會則扭矣，列黼畫于纂組之班則殺矣。故夫囊帙既備，捜討易爲功；近載未詳，賓陳難爲力。苟其故杼之纏綿，自必殘絲之紹屬。然而空織無緯，求匹自難；絲子未生，春蠶已化。當日婉兒選士，帳殿珠飛；惠姬授書，藜屏火爟。加以婦功而受婦絲，則絣紹不失其文；以女士而作女誡，則窈窕不傷其體。矧玉映嗣本中郎，家餘鮑照。紅吟未斷，還傳醴面之詞；綠篋堪留，實儲傷心之句。曾攬珮纕于澧外，已散珠唾于雲間。則其堇銅照物，鏡裏花開；魏尺量衣，燈前錦爛。紅蛾著樹，必當收園客之絲；綺瑟停歌，誰謂減嫘妃之鑷哉？

吴山曉閣粧螺子。山木倒開鸞鏡裏。筆牀閒寫竹衣紅，書帶自垂藤菜紫。　機頭小軸穿花綺。纂就散絲盈絡緯。秋波千頃照芙蓉，無數彩雲江畔起。

——清毛奇齡撰《西河合集·填詞（三）》，康熙刻本

校勘記

〔一〕「嗣」，原作「似」，據四庫本改。

丁　瀠

從征美人燈時和王玉映

不須脂粉自容輝，束素腰身挂鐵衣。豈是烏孫初欵塞，何來神女突重圍。鳳尖紅映桃花色，犀帶香吹柳葉飛。悄竊銅符行海上，鮫宫新捧夜珠歸。

——清陶煊、張璨輯《國朝詩的（浙江）》卷三，康熙刻本

王　晫

謝玉映大家送畫梅啟

折枝粱上，争傳无咎之名；墨暈圖中，共祖花光之派。縱是畫家神品，殊非林下清風。何意寒牕，忽承明賜。標仲仁之逸韻，出叔雅之新裁。裝以文綾，懸之素壁。暗香浮動，疑美人之乍來；疎影横斜，比高士之僵卧。寄遠毋煩驛使，吟詩應傲法曹。

蔡九霞曰：清味迴絶，全是一片幽香，沁人肌骨。

——清王晫撰《霞舉堂集·南牕文畧》卷五，康熙刻本

孫自成

丁酉七夕後一日祝映然子初度遊蘭亭諸勝

青藤屋壁富圖書，曲徑橋通竹樹疎。争道大家修史處，我疑蓬島謫仙廬。

千巖黛色盡輸君，浣浦明粧也未芬。昨巧尚從天上乞，人間今有織星文。

——清徐樹敏、錢岳輯《衆香詞·樂集》，康熙二十九年刻本

朱敞

讀王玉映女史擬春耕應制奉寄

佳章堂皇正大，不似閨閣佳人，絶勝詞林名宿矣！某欲藉手上之清廟明堂間，報足下研精苦思數十年之勞，而未免夢中囈語。詩中光艷華贍，自是色映球琳也。【若在漢時，不減曹大家身價。】子雲奇笈，當貯之以待時。何如？

——清陳枚輯《憑山閣新輯尺牘寫心集》卷四，康熙刻本

周炤

次林文貞韻寄王玉映

夫子南歸後，永夜述名媛。生小貯金屋，弱齡弄玉硯。海桑失廬畝，竹素易釵鈿。感爾瑶華贈，時時動紈扇。芰荷綴鴛翠，天真寫素絢。咏絮謝女匹，織錦蘇娘彦。儂是小家女，畏令仙人見。注目倚鏡閣，因風寄方便。所恃一片心，的的花澄練。

——清陳維崧撰、冒褒注《婦人集》，道光二十六年刻《海山仙館叢書》本

周之道

甲辰上巳日奉和王玉映夫人

三月春風上巳天，芳林園内起啼鵑。已驚謝女題詩好，不少王融作序傳。楊柳一村飛白雪，桃花幾處落紅泉。謾誇禊飲當年勝，今日風流倍可憐。

從征美人燈七陽韻同王雪洲太史韓秋巖明府賦

佩劍持戈耀晚粧，青�紅粉豈尋常。征顔近帶朝霞色，舞練遥飛夜雪光。祇惜丹心存豔

質，莫愁膏火歷風霜。舉頭堪笑兒童語，錯認王嬙出未央。

——清周之道《倚玉堂文鈔初集·詩》，康熙刻本

與王夫人論文書

月日，之道再拜：前辱示近作古文辭，真能力追班、馬，與唐、宋大家並驅。因慨然想唐、宋而後，歷數百年之久，八埏六合之廣，其間角才鬬智，莫不争雄，獨文章一道，敝極榛蕪，欲求一追溯班、馬大家者而不可得，豈古文辭之極難歟？道蓋有以知其故矣。

謂人之才學，天爲之限，不足于資者餘于學，不足于學者餘于資。【兩語照出前古後今無數人來。】吾見人之智慧英絶者，玩畧書史，下筆則累累數千百言，雖其才智曠逸，識力不到，故文氣終于淺薄。若癯儒老師，諷誦百家，脣腐齒落，服膺不釋，而所爲文多庸俗腐穢之態，至不可解救，天不忌人以學，而忌人以才。故知有餘者天也，【畧鎖了落『天』字。】不足者亦天也。

唐、宋已來，歷數百年之久，其間豈無才學兼長之士？古文辭之佳者不多概見，其説何在？大抵在于勦詞襲故，濫習而無宗主。【二語提綱，從來作者正生此病。】文章之道，貴乎自然合節，命意下筆，時有躍然于心而不可告語者，【非深于龢認大家者，勘不到此。】此文之自然者也。六朝文章固另是一體，而其所以不貴者，專在剽掠僭竊，【氣象萎薾。】誇多鬬靡，以摭砌典實爲工，琢换字句爲巧，舊物攘爲新裁，此昌黎所以戛戛務陳言之是去也。【李漢謂有摧陷廓清之功。】歐

陽公爲四六之文，不可謂文章，乃知文章不在勦襲舊語，有靈蠢死活之辨。今之作文且蠢且死者，病在以富麗爲工，貪用典故，未下筆時先有故物梗于胸中，及臨文則格格然窒礙于筆下，而毫無生動靈活之氣。或一而至再，再而至三，三而至四，湊砌成篇，且惟恐他人笑腹儉也，意失而體壞，【灼見膏肓。】法亦隨之而敝。

因謂大家文不可學，蘇氏文尤不可學。余謂大家之文，文之自然者也。有一童子于此，口不誦韓、歐、蘇氏之書，其所爲帖括，出而疎淨曠逸，則曰眉山父子也；出而氣槩磅礴，辨論縱折，則曰廬陵也；【謂文章如日月，終古常見，而光景常新。豎論至斯，烏得而不新也？】出而體製深鬱高老，意致綿密蘊藉，則曰昌黎也。韓、歐、蘇氏之文，童子胸中生而自有，何待于學？余故謂大家之文，文之自然者也。倘以胸中之所自有，而博學廣聞，多識前言往行，尚論千古之時勢風尚，得失美疵，縱横胸中，驅使筆下，或以意行，或以事使，如月明冰化，無痕跡可尋，則意到而法密，法密而體端，以幾于韓、歐、蘇氏，不難矣！

又謂文章當學太史公，以其典奥奇縱，博碩可喜。余謂太史公用事奇，用句奇，用字奇，非博極羣書者不能，而不知其用意之奇，【『意』字，一篇之眼。】據事直敘，中無不以己意行之，真如神龍夭矯，不可摹捉。及尋其得意處，如兔起鶻落，縱不可追。人能讀太史公之書，不能讀太史公作書之意，烏能讀太史公之書哉？【讀史公書妙訣。】『讀書破萬卷，下筆如有神』，不可知之謂神，鼓之舞之以盡神，行文至鼓舞不知之地，斯謂有神。離合變化，莫測其端，豈謂字句間奇奥難讀之謂有神乎？ 謂當學太史公，蘇氏不可學者，其失總在于勦襲而病中于貪用，豈蘇氏父子之學疎歟？【破妙。】且長公謂絢爛之極乃造平淡，知絢爛非文之極，而平淡則文之至也。【照應自然。】噫！ 議之者悞矣。

文章貴屏習氣，而取法最上一乘。 班、馬之書，繼古開來，作文當先宗主班、馬，而後參倣大家，【作文丹頭。】猶學書當先宗主晋書，而後參酌宋、唐之法，有原有委，次第不可紊也。 余有二友，皆以能書稱。 一則純任己意，臨書則縱横滿紙，人目爲龍躍虎跳，盡爲尤傚；一則體勢不失晋人累黍，往來導送，確然規準，人皆呼爲庸書。 余竊笑其呼爲庸書者何故，而目爲躍跳者不知何法也。【嘲妙。】唐、宋以來無古文辭者，由倡導者之無其人。 昔有所稱爲名卿巨公者，不止一輩，著述盈若干卷，自負爲海内宗主，其所爲古文辭，間有一二合作，非率意苟且，自寶爲粟帛，則漶漫詭誕，共襲爲奇珍。【明數百年無古文，坐此病痛。】嗚乎！ 此即目爲躍跳者也。 當世翕然宗之，後代尤而傚之，浸淫厭飫，習以成風，使非有豪傑之士奮然而興，屏絶蕪穢，鳌正先軌，則鮮不爲其所汩矣！ 古文辭遂已大壞，習氣之敝，所當慎如此。

余少時入秦。 秦俗以漿爲羹，秦人稱漿甚佳，初以漿爲酸穢不可飲，漸且不覺其穢，久且不覺其酸。 在秦凡八月而歸，倘再久之，烏知不猶秦人之嗜，余幾何不爲秦俗所汩也？【令人悚然。】

余幼小怠玩，比長寡聞。 近者間爲古文辭，苦無可告語者。 惟鄞海李子杲堂善古文，遠隔五六百里，則又不可得而與語。幸夫人久客西泠，一葦可渡，每造請，而作文之法吝不肯教。然余嘗竊觀夫人作詩，【故將作詩作波。】或賦物，或誌事，或酬答，必擇唐人詩，如李、杜、王、岑諸人之尤佳者，凝波而視罘罳，日移未釋几案，【傳述至此，真繪影鏤空之手，然是作詩妙訣。】及脱藁，而唐人之體格俱得之經營慘澹中。然即執夫人是詩之體格，而謂其學唐人是詩之體格，則又不可得。何者？體格在神行，而不在貌似，夫人得其神而不肖其貌也。意夫人作文之法，亦猶是歟！

又嘗觀夫人作古文，【好章法。】或序或論或記，每就事就人立意，握管時或旁通而引古，或反覆而證今，【作古文之法，如是如是。】吾見夫人得之則喜動顔色。又嘗見其清思玄辨，不驅使一古人，不填織一故事，娓娓盈數幅，及脱藁時，則夫人之頤又未嘗不解。【如湘靈鼓瑟，縹緲若見。】夫人雖吝不肯教，豈余果窺其一得耶？抑余所論近日作文之失，倘與夫人之意有當否耶？回示開教，幸隱發婉導，使余喟然嘆慰時，即當頭棒喝耳，無着言筌可也。之道再拜。

相其胸中不屑一切，直以韓、歐自命，故于論文中稍稍自見。所謂奪他人之酒杯，澆自己之魂壘者也。樹老少年負才，英絶領袖，文章詞賦，輝映縹緗，噴玉吐珠，(照)〔昭〕回雲漢，自是當今才子。

文中極言文人勦襲之弊，是爲王夫人寫照。其爲王夫人寫照，政是自爲寫照也。至若筆之靈宕無方，亦再世之韓、歐、蘇氏也。大奇大奇！

從來論文者類多影響語，周子胸有智珠，目空墳典，反復辨論千餘言，洞灼時病，位置前賢，都有確不可易之理。操觚家長眠久矣，得此新聲一喚，自覺耳目皆靈。篇首揭出一『天』字，中以自然、平淡二義，展轉發明，至末始結出王夫人行文以神，照應有法，逼真班、馬。

——清周之道《倚玉堂文鈔初集·書》，康熙刻本

朱彭

吴山遺事詩（其二十二）

新緑扶山春已徂，偶來翠閣寄吟軀。西泠角藝多名士，曾設王家步障無。

山陰王端淑，字玉映。王思任季女，宛平丁（肇聖）〔聖肇〕室。著有《吟紅》、《留篋》等集。鄧漢儀曰：『季重先生有八子，惟女玉映能讀父書，負才工詩。初得徐文長青藤書屋居之，繼又寓武林之吴山。與四方名流相倡和，對客揮毫，同堂角麈，所不吝也。』

附端淑《吴山春望》詩：『越角吴頭一望開，黄羊野馬總堪哀。草痕新緑扶山閣，花氣輕紅落酒杯。一鏡春涵朝日動，雙䨱潮走暮江迴。龍舟鳳輦歸何處，南院西宮幾劫灰。』

——清朱彭撰《吴山遺事詩》，光緒刻《武林掌故叢編》本

陳文述

西湖詠王玉映

名端淑。山陰人，王季重女。工詩善畫。適宛平丁睿子聖肇。著有《吟紅》、《玉映堂詩》、《留篋》、《恒心》諸集。所輯有《名媛文緯》、《詩緯》等書。偕隱青藤書屋。夢隨爲客陟廣寒，園曰青蕪，作《青蕪園記》。陳玉瑛贈詩有：『客舍無端喚鷓鴣，聖湖風物杳難圖。他時試覓吟紅處，梔子枇杷伴碧梧。』和吴巖子有『榻占西湖第一樓』句。

誰占西湖第一樓，吟紅玉映亦無儔。分明德曜甘偕隱，仿彿瑶英紀夢遊。梔子軒窗真灑落，藤花池館自風流。廣寒定識乘風去，寂寞青蕪滿地秋。

——清陳文述撰《西泠閨詠》卷十一，道光刻本

顧太清

題王端淑碧桃翠禽

風前玉蕊濛濛寫，天際浮雲淡淡遮。小鳥枝頭相睡穩，月明初上碧桃花。

——清顧太清撰《天游閣集·詩二》，宣統元年南陵徐乃昌刻本

薛紹徽

外子居滬閉户譯書囑余作畫易薪米戲題筆單後（其一）

吟紅欲學王端淑，胎素曾嗤蔡女蘿。筆底春風隨意作，真香活色費搜羅。

——清薛紹徽《黛韻樓詩集》卷二，宣統三年刻本

題王玉映水墨花卉畫册

詩文兩緯散遺編，大集吟紅冷素箋。女德麗于花氣淑，春光潤到墨痕圓。鏡臺青黛磨香屑，褢帶青籐罷粉鉛。垂老且辭供奉役，毛公休仗筆如椽。

——清薛紹徽《黛韻樓詩集》卷四，宣統三年刻本

附録四　王端淑年譜簡編

王端淑（一六二一—一六八一），字玉映，别號映然子，又號青蕪子、吟紅主人。紹興府山陰縣（今紹興市）人。王思任第三女，丁乾學媳，丁聖肇妻。明末清初女詩人。

明天啟元年（一六二一）辛酉　一歲

七月八日，王端淑生。

九月，夫丁聖肇生。丁聖肇，字睿子，號北平衢散人、衢間散人、酒癖散人。宛平籍，山陰人。丁乾學第五子。崇禎十二年順天恩貢，南明魯王時官衢州推官。

是年，父王思任四十七歲，長兄王槐起五歲，長姊王静淑二歲。

母姚孺人，杭州人，萬曆四十三年（一六一五）秋王思任納爲側室。

王思任有八子，長子王槐起，次子王壽起，三子王寶起，四子王魁起，五子王鼎起，六子、七子、八子名不詳（其一名爲王霞起）。又有六女，長女王静淑，配陳樹勷；次女名不詳，配朱曾契；四女王貞淑，配陳儀春；五女名不詳，配張瑗；六女名不詳，配張寧簡。

明天啟二年(一六二二) 壬戌 二歲

七月十七日夜半,祖父王維新去世,享年九十三歲。

明天啟四年(一六二四) 甲子 四歲

是年,偕諸昆弟就外傅,遇目輒成誦,屬對不凡。

曾觀劇,演善財,效之,以母爲觀音,叩拜不已。

丁乾學任江西鄉試主考,事畢展墓紹興,與王思任有締結兒女姻親之議。

丁乾學於章奏中暗諷宦官專權,爲魏忠賢所嫉恨。

十月十六日,丁聖肇妾陳素霞生。

明天啟六年(一六二六) 丙寅 六歲

二月,魏忠賢矯旨,丁乾學被削職爲民。

春,王思任應同年周應秋之邀北上京師,見魏忠賢氣焰囂張,决計南歸。歸時,丁乾學留飲兩日。

是年,聽父講古今忠孝賢媛諸故事,輒記憶不忘。

喜爲丈夫妝,剪紙爲旗,以母爲帥,列婢爲兵將,王思任贊爲女狀元。

明天啟七年(一六二七) 丁卯 七歲

正月(一云三月十五日),丁乾學遇害。

二月五日,弟王鼎起生。

四月,丁乾學遺腹子丁聖衡生。

是年,王思任將王端淑許聘給丁聖肇。

王端淑布痘幾殆,母摶顙發願進香普陀,尋愈。

明崇禎元年(一六二八) 戊辰 八歲

二月,隨母赴普陀山進香。

明崇禎二年(一六二九) 己巳 九歲

十二月二十六日,丁聖肇三哥丁聖瑞病亡。

明崇禎四年(一六三一) 辛未 十一歲

二月,王思任升南工部營繕司主事。

六月，王思任至白下，王端淑隨任。

十一月，隨父之蕪關。

明崇禎六年（一六三三） 癸酉 十三歲

四月六日，長兄王槐起娶妻陳德卿。

中秋夜，昏倒。次早始蘇，以夢中所見，自號『青蕪子』。改女兒妝。

明崇禎七年（一六三四） 甲戌 十四歲

三月十一日，王思任抵九江，任按察司僉事。時匪寇横行，王思任欲遣姚孺人、王端淑等返歸故鄉山陰，王端淑不從，誓與父同生死。

是年，髮齊眉。

明崇禎八年（一六三五） 乙亥 十五歲

是年，習女紅。

農民起義軍逼近黄梅，王思任率軍解之，事息，飄然歸。

母姚孺人病逝。

明崇禎九年（一六三六） 丙子 十六歲

七月，次兄王壽起娶妻商氏。

是年，丁聖肇自京師抵山陰，與王端淑成婚。

婚後，隨夫北返，定居北京（一云定居北京在成婚二年後）。

明崇禎十一年（一六三八） 戊寅 十八歲

二月，三兄王寶起娶妻金氏。

明崇禎十二年（一六三九） 己卯 十九歲

十月，開始編選《名媛詩緯初編》。

是年，四兄王魁起入贅州山吴氏。

丁聖肇被選爲恩貢生。

明崇禎十三年（一六四〇） 庚辰 二十歲

九月十六日，丁聖肇生母李孺人病逝。

明崇禎十四年（一六四一）辛巳 二十一歲

中秋，丁聖肇與十餘人結盟，王端淑代之作《中秋盟集記》。

明崇禎十五年（一六四二）壬午 二十二歲

十月，趙光抃取丁聖肇爲軍前監紀，以軍功題定推官。

明崇禎十六年（一六四三）癸未 二十三歲

二月，丁聖肇因母之喪，與王端淑啟程南歸。南歸途中，路過蘇州，丁聖肇與程九屏訂交。

明崇禎十七年（一六四四）甲申 二十四歲

正月，王端淑出資，於蘇州爲丁聖肇納妾陳素霞。

三月，李自成農民起義軍攻入北京，丁聖肇四嫂張嗣音死於戰亂。丁、王二人約於是年返歸山陰，借住王思任謔庵小樓處。

南明福王弘光元年（一六四五）乙酉　二十五歲

五月，南京陷落，南明弘光政權覆滅。

閏六月二十一日，魯王朱以海監國台州。

七月四日，魯王於紹興正式就任監國。

七月，徐人龍、王思任捐資起義，丁聖肇爲監軍。

十月，李之椿薦丁聖肇爲推官。

南明監國魯元年（一六四六）丙戌　二十六歲

丁聖肇候選四月有餘，除授杳然，向魯王上《奏爲陳乞當嚴事》疏，由王端淑代筆。

丁聖肇得授衢州府推官，王端淑作《睿子銓除衢郡司李》。

五月，丁聖肇向魯王上《奏爲易名屢奉等事》疏，爲父請謚，亦由王端淑代筆。魯王予謚『文忠』，加贈丁乾學禮部尚書。

六月，紹興爲清軍攻陷，魯王逃往台州。

八月初二，衢州陷落，王端淑一家在亂離中逃歸紹興。歸途遇劫，財物喪盡。

九月二十二日，王思任卒於孤竹庵。

返回紹興後，王端淑一家僑居會稽縣漫池。堂兄王雪癡來訪。

清順治四年(一六四七) 丁亥 二十七歲

是年之後數年,王端淑一家皆居於紹興,王端淑以授女徒爲業,丁聖肇以飲酒排解家國殘破之苦悶,生活日漸貧困。

清順治五年(一六四八) 戊子 二十八歲

二月十五日,庶女丁君望生。

清順治六年(一六四九) 己丑 二十九歲

是年,暫寓梅山。戊子、己丑兩年間,作《管文忠公紹寧傳》、《黄忠節公端伯傳》、《凌侍御公駉傳》、《袁部院公繼咸傳》、《唐忠愍公自彩傳》、《金陵乞丐傳》六傳,後爲張岱采入《石匱書後集》。

丁聖肇有始寧(上虞)之行,常熟何夢齡來訪,不獲會面。

十二月三十日除夕,寥落無事,寒燈下作《己丑除夕歎》。

清順治七年(一六五〇) 庚寅 三十歲

春,堂兄王雪癡北上,作《送雪癡兄北上序》。

生活困頓。七月八日爲王端淑三十生辰，衆親友祝壽，因故避而不見，作《自壽三十呈真姊》。

張岱作《映然子三十初度》，與三叔張炳芳同赴王端淑生辰湯餅會。

七月十二日，作《祭亡故表姊嚴氏孺人文》。

八月十五日，賞月，作《中秋月》。

九月十六日，丁聖肇生母李太孺人辭世十周年忌日，作《九月十六姑李太孺人十週年》以悼之。

九月，丁聖肇三十歲，王端淑作《壽睿子》、《壽睿子三十》。

十月初一，作《庚寅孟冬朔日辛巳日有食之既》。

清順治八年（一六五一） 辛卯 三十一歲

歲始，作《映然子小像贊》。

正月某日，夢見楊褳，作《夢楊忠烈公小記》。

三月五日，受某氏之辱，作《辛卯三月五日突有某氏之侮悶氣填胸終夜不寐偶集曲牌一律得叉字》。

十二月二十九日，陳素霞卒，年二十八。

清順治九年（一六五二） 壬辰 三十二歲

歲始，作《悼姬》。

春杪，與一徐姓女子結爲盟友，作《盟銘》。

秋，赴杭州拜訪吴存誠別駕夫人孫妙音，不遇。

是年，大侄丁書年自金陵來訪。

清順治十年（一六五三） 癸巳 三十三歲

正月十六日，涂四長別駕四十歲生日，代夫作賀詩。

四月上旬，繪《松禽圖》。

是年，丁聖肇盟兄周銘鼎任常州通判，代夫作《喜周公勷盟兄別駕常州》。

吴勉任紹興府同知，作《爲夫子賀吴素求司馬署篆》。

紹興大禹陵重修告成，作《重修禹陵告成喜賦》二首。

清順治十一年（一六五四） 甲午 三十四歲

正月初六，王泰然將軍、吴奉璋別駕、李枚臣明府、孫天印中翰、趙我法參戎拜訪丁聖肇夫婦，丁聖肇以《吟紅集》請衆人品鑒，酒後吟詩，王端淑代夫作七律一首。

五月，大風雨，所居徐渭故居藤盡拔，作《青藤爲風雨所拔歌》。丁、王二人徙居青藤書屋時間不詳，當在五月之前。

是年，施閏章客遊山陰，送饒璟還歙縣，以詩徵和，王端淑作《施尚白比部送饒景玉還天都徵和》。

郭維藩任會稽知縣，王端淑作《甘棠行爲夫子頌郭价人大令》。

汪汝謙爲張宛仙作詠物四詩，一時和章雲集，王端淑亦有和詩，惜已失傳。

清順治十二年（一六五五） 乙未 三十五歲

正月十五日，吴夫人（胡紫霞）召集黄媛介、王静淑、王端淑、趙東瑋、陶履坦等集於浮翠軒，祁德瓊、張孅爽約。王端淑作《上元夕浮翠吴夫人招同黄皆令陶固生趙東瑋家玉隱社集拈得元字》二首。

初夏，汪汝謙詩中述及王端淑。

七月，汪汝謙卒。

因家貧，是年下半年由紹興出遊，作《臨發山陰》。

過蕭山，宿西河里，拜訪毛奇齡。毛奇齡作《雨中聽三絃子適女士王玉映將之吴下過宿蕭城西河里因作長句書感却示》，王端淑作《同夫子讀毛大可雨中聽三絃子長句賦贈》。

臨去，毛奇齡作贈别詩，王端淑作《爲夫子和毛大可贈别韵》。

聽聞毛奇齡盛贊毛先舒爲當今風雅士，抵杭後急尋《毛馳黄集》讀之，作《讀虎林毛馳黄集》。

在杭期間，寓居何氏雅軒。

是年，鄒漪編刊《詩媛八名家集》，選王端淑詩九十六首、詩餘三首。

清順治十三年（一六五六） 丙申 三十六歲

客遊杭州，丁元楧妻徐爾芳贈扇。

王鐸之子王無咎任浙江提刑按察使，王端淑作《喜王藉茅學士司臬兩浙》。

毛奇齡爲《留篋集》作序。

丁、王二人盤資耗盡，生活窘迫。春季在友人錢其恒資助下，暫寓蕭山。

寓居蕭山周又元家，作《感遇詩呈周又元》、《客蕭然寓周又元衡門見其麟兒德邁甫就傅輒有成人之度喜賦》。

胡紫霞得知王端淑滯留蕭山，遣人以扁舟相接，始得返歸紹興。

黄媛介客居山陰，王端淑雨中訪之。

清順治十四年（一六五七）丁酉　三十七歲

是年，丁聖肇禪友梵林上人以卞璽詩相贈，襄助《名媛詩緯初編》之編撰。

清順治十五年（一六五八）戊戌　三十八歲

初夏，王鼎起選編《謔庵文飯小品》五卷。

是年，讀周三台傳記，作《讀州刺六符周先生傳》。

清順治十六年（一六五九）己亥　三十九歲

是年，丁君望年十二，作《和孟貞女》。

徐安吉勸説王鼎起變賣家産，刊刻《謔庵文飯小品》。

長姊王靜淑年四十，胡紫霞作《壽一真師四十》。

清順治十七年（一六六〇）庚子　四十歲

九月，丁聖肇、王端淑再次客遊杭州，寓居吴山，與四方名流相唱和。丁彦以妻沈珵遺稿相贈。

秋，王猷定客遊杭州，時丁、王二人亦客杭州，或於此時訂交。

是年，參三宜大師。

丁耀亢遊歷杭州，王端淑欲登門拜訪，爲其所拒。

丁聖肇約於是年爲《吟紅集》撰序。

日本内閣文庫藏《映然子吟紅集》卷首有《刻吟紅集小引》，具名曾益、張岱等四十七人。

清順治十八年（一六六一）辛丑 四十一歲

夏，北平許兆祥爲《名媛詩緯初編》撰序。

溽暑時節，王端淑在鴛鴦新墅爲《名媛詩緯初編》撰寫自序。

六月，錢謙益在杭州作《名媛詩緯叙》。錢氏另有組詩《山陰王大家玉映以小影屬題敬賦今體十章奉贈》。

閏七月，爲李漁《比目魚》撰序。

是年，徐夜南遊吴越，於嘉興途次閲《留篋集》，作《贈王玉映大家》。

徐夜抵杭，讀《吟紅集》，作《讀吟紅集贈玉映大家》。

清康熙元年(一六六二) 壬寅 四十二歲

二月,王猷定卒於杭州。王猷定卒前,作詩一首寄韓程愈,托丁聖肇代爲轉送。

是年,錢謙益作《王玉映夫婦生日》。

清康熙二年(一六六三) 癸卯 四十三歲

七月初一,蕭山周之道(起莘)撰《名媛詩緯跋》。

冬,爲黄翁老先生繪《仿雲林筆意》扇面。

清康熙三年(一六六四) 甲辰 四十四歲

二月,繪《江亭山色圖》立軸。

八月,丁聖肇爲《名媛詩緯初編》撰序。

九月,《名媛詩緯初編》告竣。

秋,王期齡妻林文貞寄詩扇(詩題《寄山陰王玉映夫人》)並秋蘭數筆。

是年,嘗作山水扇,今有《山水圖》六幅藏於故宫博物院。

清康熙四年（一六六五）乙巳　四十五歲

正月，王端淑作《戎裝美人燈》，宋琬、張岱、丁澎等皆有和詩。

清康熙六年（一六六七）丁未　四十七歲

三月三日，鄢陵韓則愈爲《名媛詩緯初編》撰序。

《名媛詩緯初編》雖已於康熙三年九月告竣，然後續工作並未停滯，是年尚有輯補修訂之跡象。

是年，《名媛詩緯初編》開始刊刻付印。

清康熙八年（一六六九）己酉　四十九歲

是年，丁聖肇於杭州吴山晤韓程愈，轉送王猷定遺詩。

清康熙十一年（一六七二）壬子　五十二歲

是年，沈荃典試浙江，王端淑作《解語花·贈沈繹堂侍講典試》。

清康熙十二年（一六七三） 癸丑 五十三歲

王端淑晚年依然筆耕不輟，惜文稿散佚，流傳稀少，多不可見。《醉蓬萊·壽外》約作於是年。

清康熙十三年（一六七四） 甲寅 五十四歲

五月，爲張翀《西園風度》題詩。

清康熙二十年（一六八一） 辛酉 六十一歲

王端淑僑寓杭州二十載，是年偶過郭郡，托迹桐川，示現空王，唔焉坐化。丁聖肇扶棺返棹杭州，毛先舒作《爲王夫人營葬啟》，曹溶作《傷映然子》。

丁聖肇育有一子三女，王端淑生子丁卜年、女丁君喜，陳素霞生女丁君望、丁君卿。

王端淑著述豐碩，有《吟紅集》、《名媛詩緯初編》、《名媛文緯》、《歷代帝王后妃考》、《玉映堂集》、《史愚》、《恒心集》、《宜樓集》、《無才集》、《留篋集》等，今存《吟紅集》、《名媛詩緯初編》。